Traurig, rauschhaft, fröhlich, opulent – eine Verführung!

Die Aussichten sind nicht rosig: Sir Robert Merivel, Medicus, Lebemann und Vertrauter Charles' II., hat bessere Zeiten gesehen. War er nicht der Mann, der den König von England zum Lachen brachte? Soll er sich jetzt mit nur 57 Jahren bereits zurückziehen und auf seinem Landgut Trübsal blasen?
Merivel denkt nicht daran und begibt sich nach Frankreich, zum Sonnenkönig in dessen soeben erbautes Wunderwerk Versailles. Statt mit Pomp und Zeremoniell empfangen zu werden und gar zum Leibarzt Ludwigs XIV. aufzusteigen, muss er sich jedoch im Gesindehaus den Nachttopf mit einem holländischen Uhrmacher teilen! Als er der charmanten Louise de Flamanville begegnet, glaubt er an einen zweiten Frühling – der jäh zu enden droht, als ihn ein Ruf des englischen Hofes erreicht: Sir Merivel soll umgehend ans Krankenbett Charles' II. eilen …

Rose Tremain ist eine erfolgreiche und vielfach preisgekrönte Schriftstellerin. Sie lebt in London und Norwich. Für ihren Erfolgsroman *Der weite Weg nach Hause* (it 4037) wurde sie 2008 mit dem Orange Prize for Fiction ausgezeichnet. Zuletzt sind im insel taschenbuch erschienen: *Zeit der Sinnlichkeit* (it 4200) und *Melodie der Stille* (it 4242).

insel taschenbuch 4314
Rose Tremain
Adieu, Sir Merivel

Rose Tremain

ADIEU, SIR MERIVEL

Roman

Aus dem Englischen
von Christel Dormagen

Insel Verlag

Die Originalausgabe erschien 2011 unter dem Titel
Merivel: A Man of his Time
bei Chatto & Windus, London 2012
Copyright © 2012 Rose Tremain

Umschlagfotos: Marcus Lyon/The Glassworks;
The Art Archive, London

Erste Auflage 2014
insel taschenbuch 4314
© der deutschen Ausgabe Insel Verlag Berlin 2013
Alle Rechte vorbehalten, insbesondere das des öffentlichen
Vortrags sowie der Übertragung durch Rundfunk und
Fernsehen, auch einzelner Teile.
Kein Teil des Werkes darf in irgendeiner Form (durch
Fotografie, Mikrofilm oder andere Verfahren) ohne
schriftliche Genehmigung des Verlages reproduziert oder
unter Verwendung elektronischer Systeme verarbeitet,
vervielfältigt oder verbreitet werden.
Vertrieb durch den Suhrkamp Taschenbuch Verlag
Umschlaggestaltung: Cornelia Niere, München
Druck: CPI – Ebner & Spiegel, Ulm
Printed in Germany
ISBN 978-3-458-36014-8

ERSTER TEIL
Die große Ungeheuerlichkeit ✍

I ～

An diesem Tag, welcher der neunte Tag im November des Jahres 1683 ist, hat sich etwas äußerst Bemerkenswertes ereignet.

Ich verzehrte gerade, wie gewohnt, mein Mittagsmahl (gekochtes Hühnchen mit Karotten und ein kleines Bier), als mein betagter Diener Will das Speisezimmer auf Bidnold Manor betrat. In seinen knotigen alten Händen hielt er ein in brüchiges Papier eingeschlagenes und mit einem verblichenen Bändchen verschnürtes Paket. Er legte diesen Gegenstand zu meiner Rechten nieder, wodurch eine Staubwolke aufwirbelte und auf meinen Teller sank.

»Gib acht, Will«, sagte ich und merkte, wie ich die Luft anhielt und sie dann in einem derart gewaltigen Nieser wieder ausstieß, dass die Tischdecke mit winzigen Karottenstückchen verziert wurde. »Was ist das für ein Plunder?«

»Ich weiß es nicht, Sir Robert«, sagte Will und versuchte den Staub zu verteilen, indem er mit seinen missgestalteten Fingern wedelte.

»Das weißt du nicht? Aber wie ist er ins Haus gelangt?«

»Kammerzofe, Sir.«

»Du hast ihn von einer der Mägde bekommen?«

»Unter eurer Matratze entdeckt.«

Ich wischte mir den Mund und schnäuzte mich (mit einer sehr fadenscheinigen gestreiften Serviette, die mir einst der König geschenkt hatte) und legte die Hände auf das Päckchen, das mir wahrhaftig wie etwas erschien, das aus einem Pharaonengrab, tief unten in der trockenen Erde, entwendet worden war. Ich hätte Will wohl auch genauer nach dessen merkwürdiger Herkunft gefragt und warum es ausgerechnet an diesem Tag so plötzlich entdeckt wurde, doch er hatte sich schon umgewandt und auf den langsamen, hinkenden Rückzug von der Tafel zur Tür begeben, und ihn zurückzurufen hätte durchaus zu einer physischen Katastrophe führen können, die zu riskieren ich nicht das Herz hatte.

Wieder allein, zog ich an dem Band und bemerkte darauf einige Flecken wie von Mäuse- oder Fliegenkot, und die Vorstellung, dass irgendeine Kreatur womöglich ihr gesamtes elendes Dasein unter meiner Matratze verbrachte, erheiterte mich für einen Moment.

Dann war das Päckchen geöffnet, und vor mir lag etwas, das ich so lange vergessen hatte, dass es mir von allein nie und nimmer wieder in den Sinn gekommen wäre.

Es war ein Buch. Vielmehr hatte es einst den unsterblichen Status eines Buchs angestrebt, diese Unsterblichkeit jedoch nie erlangt, es war stets nur eine Zusammenstellung von Seiten geblieben, beschrieben in meiner tintenfleckigen, geschwungenen Handschrift. Vor langer Zeit, im Jahre 1668, als ich endlich wieder nach Bidnold Manor zurückgekehrt war, hatte ich die Vernichtung des Buchs in Betracht gezogen, dann aber Will die Seiten gegeben – mit der Anweisung, sie einem Versteck seiner Wahl anzuvertrauen und dann möglichst zu vergessen, wo dieses Versteck sich befand.

Die Seiten enthielten die Geschichte meines einstigen Lebens. Ich hatte diese Geschichte in einer Zeit großer Verwirrung, in den letzten Jahren meines vierten Jahrzehnts, niedergeschrieben, als zum ersten Mal der Glanz König Charles' II. auf meine unbedeutenden Schultern fiel.

Ich hatte gehofft, dass ich durch die Niederschrift besser verstehen würde, welche Rolle ich in meinem Beruf als Arzt in meinem Land und in der Welt spielen könnte. Doch obgleich ich damals glaubte, mich in all meinem fieberhaften Gekritzel einer Art Weisheit zu nähern, kann ich mich nicht erinnern, sie jemals erreicht zu haben. Ich wurde, wie ein hungriger Hund, von einem Ort zum nächsten getrieben. Es war eine Zeit voller Glanz und Gloria und eine Zeit großer Kümmernisse. Und meine eigenen Worte jetzt zu lesen und jenes Leben nun wieder vor mir ausgebreitet zu sehen, versetzte mein Herz in einen nahezu unerträglichen Überschwang der Gefühle.

Ich nehme das Buch und begebe mich in meine Bibliothek. Ich lege das Buch auf meinen Sekretär und widme mich dem kümmerlich brennenden Feuer, lege noch ein paar Holzscheite hinein und ermahne es, nicht zu vergessen, wozu es da ist – dazu nämlich, mich zu wärmen. Doch ich zittere immer noch. Ich überlege, ob ich erneut nach Will rufen soll, der in langer, ermüdender Übung das Talent erworben hat, Flammen zum Leben zu erwecken. Doch in diesen vorgerückten Zeiten der 1680er Jahre, nun, da ich mich meinem siebenundfünfzigsten Geburtstag nähere, widerstrebt es mir mehr und mehr, Will angesichts seines hohen Alters (von vierundsiebzig Jahren) und seiner vielen Gebrechen überhaupt noch mit irgendwelchen Aufgaben zu betrauen.

In der Tat ist die ganze Angelegenheit Will eine Frage, die mich außerordentlich quält, denn ich bin mir durchaus bewusst, dass ich, was meinen treuen Diener angeht, in einer sehr schmerzlichen Falle sitze.

Ich kenne William Gates (stets und ständig von mir nur »Will« genannt) seit dem Jahre 1664, als der König mir zusammen mit den Ländereien in Norfolk den Hosenbandorden verlieh. Diese Auszeichnungen erhielt ich für einen bedeutenden Dienst, den ich Seiner Majestät erwies und der mein Leben von Grund auf änderte.

In eben diesem Jahr kam Will, zusammen mit dem Koch Cattlebury, in meinen Haushalt und zeigte mir in all meinen Freuden und Leiden nichts als treue Ergebenheit und Achtung, und das auf die berührendste Weise.

Obgleich die Innenausstattung meines Hauses eine Zeitlang sehr überladen und vulgär war, gab Will vor, sie zu bewundern. Obgleich ich mich Celia, meinem jungen Weib, gegenüber in einer Weise verhielt, die sowohl sie wie die Welt nur verabscheuen konnten, bedachte Will mich nicht ein einziges Mal mit einem auch nur versteckt betrübten oder vorwurfsvollen Blick. Und als mein geliebtes Haus und ich aufgrund meiner zahllosen Torheiten für einige Jahre voneinander scheiden mussten, wurde Will zum Hüter des Hauses und versorgte mich getreulich mit Nachrichten über das Kommen und Gehen dort und die veränderten Farben des Parks im Wechsel der Jahreszeiten. Kurzum, niemand hätte beinahe zwanzig Jahre lang einen trefflicheren, treueren und tüchtigeren Diener an seiner Seite haben können.

Doch mittlerweile sind Wills Körper und Geist sehr hinfällig geworden. Obwohl ich ihn weiter mit einem hübschen Sümmchen entlohne, ist er nicht länger in der Lage, die Aufgaben, die das Haus und meine Person betreffen und für die ich ihn bezahle, in befriedigendem Maße zu erledigen. Laufen kann er nur, indem er die Knie nach außen dreht und das Rückgrat beugt, wie den Rücken einer kleinen Ratte, und Räume durchquert er langsam und unter größten Schmerzen. Was er in seinen Händen trägt, sei es eine Suppenterrine oder ein Bierkrug, droht zu fallen, zu zerspringen oder überzulaufen, denn seine Hände sind von einer Krankheit verkrümmt und können Dinge nicht mehr sicher und fest umschließen.

Andere Gebrechen haben sich dazugesellt, als da wären Vergesslichkeit, Sehschwäche und eine Taubheit, von der ich jedoch vermute, dass sie eher auf eine Grille als auf den tatsächlichen Verlust des Gehörs zurückzuführen ist. Denn wenn ich Will einen Auftrag gebe, der ihm nicht behagt, etwa mich auf einem meiner Patientenbesuche zu begleiten, gibt er vor, kein Wort von dem, was ich geäußert habe, zu verstehen, während er jedem Befehl, der ihm zusagt, fraglos und ohne zu zögern nachkommt.

Die Welt jenseits der Tore von Bidnold macht ihm jetzt Angst. Früher konnte er mich noch in einer schnellen Kutsche nach London begleiten und geduldig in den Gärten von Whitehall warten, während ich eine Audienz beim König durchzustehen hatte, die mir fast das Herz brach, und Will ebenfalls; heute dagegen hält er sich stets im Innern des Hauses auf und wird kaum bei einem Gang durch den Park anzutreffen sein – »damit ich nicht«, wie er mir eines Tages erklärt hat, »von einem Winterfieberfrost befallen werde, Sir Robert, oder auf einem Grasbüschel ausgleite und stürze und mir das Schienbein breche und nicht mehr in der Lage bin aufzustehen und unentdeckt liegenbleibe, bis die Nacht oder der Morgen kommt und Frost oder Schnee mich gänzlich erledigt hat.«

»Ach, ist es das, was du von mir denkst, Will«, sage ich daraufhin, »dass ich dich dort liegen lassen würde, allein und verletzt unter den Sternen oder im Schnee?«

»Nun ja, so ist es, Sir«, entgegnet er, »weil Ihr nämlich nichts von meinem Sturz *wissen* würdet, denn ich bin ein Diener, Sir Robert, und habe mich in den vergangenen zwanzig Jahren in der Kunst der Unsichtbarkeit geübt, damit mein Anblick, ob aufrecht oder liegend, Euch niemals beunruhigt.«

Ich hätte gern geäußert, dass Wills Anblick in den letzten Jahren bei mir *nichts als Beunruhigung* weckt, tat es jedoch nicht. Denn irgendetwas Verletzendes zu Will zu sagen, stand außerhalb meiner Macht. Und wenn ich an das denke, was ich billigerweise tun sollte, ihn nämlich aus meinen Diensten entlassen, dann fühle ich in meinem Herzen einen entsetzlichen Schmerz. Denn in Wahrheit ist es so, dass ich eine äußerst tiefe Zuneigung zu Will hege, fast so, als wäre er eine Art Vater für mich, ein Vater, der in seiner Güte beschlossen hat, über meine Unzulänglichkeiten hinwegzusehen und mich für einen ehrenwerten Mann zu halten.

Was also soll ich tun?

Wenn ich Will seine Vorrangstellung in der Hierarchie der Bediensteten von Bidnold Manor nehme und ihn mit leichteren Pflichten betraue, solchen, die ein einfacher Lakai gut erledigen kann, weiß ich, dass ihn der Schmerz der Degradierung ins innerste Herz treffen wird. Er wird daraus schließen, dass ich ihn nicht mehr schätze. Die Liebenswürdigkeit seiner Natur wird sich in Bitterkeit denen gegenüber verkehren, die ihm dann im Rang überlegen sind.

Wenn ich ihn zu mir rufe und ihm erkläre, dass ich wünsche, er möge es sich fortan bequem machen und keiner Arbeit mehr nachgehen, sondern hier in meinem Hause in ehrenvollem Ruhestand leben, alle pekuniären Bedürfnisse würde ich begleichen – wird er vielleicht vor mir auf die Knie fallen, mich segnen, Tränen der Dankbarkeit vergießen und mir erklären, es lebe und atme in dieser Welt kein freundlicheres Wesen als ich, Sir Robert Merivel.

Doch auch wenn ich gestehe, dass ich mir diese Szene gerne vorstelle – meinen armen alten Diener, der vor mir auf den Knien liegt, als wäre ich der König höchstselbst, mit all seiner unermesslichen Macht, so sehe ich doch leider auch großes Ungemach voraus, das aus einer anderen Quelle entspringen würde, namentlich dem Rest meines Haushalts, eingeschlossen Cattlebury, der Will in Alter und geistiger Verwirrtheit kaum nachsteht und mich in Schrecken versetzt mit seinen gelegentlichen sehr heftigen aufrührerischen Ausbrüchen, bei denen er sich in blasphemischen Reden gegen den Monarchen und die Stuartdynastie und all ihre Taten gefällt.

Tatsächlich befürchte ich, dass ich zur Zielscheibe einer eifersüchtigen Meuterei werden könnte, dass man mir meine Ungerechtigkeit vorwerfen würde und meine mangelnde Anerkennung für Cattlebury, aber auch für die Hausmädchen, Diener, Waschfrauen, Holzknechte, Stallburschen und Küchenmädchen et cetera, et cetera. Und dann sehe ich im Geiste eine furchtbare Phalanx all meiner Bediensteten (ohne die dieser Haushalt schon bald im Chaos versinken würde) den Weg zum Tor hinaus marschieren und verschwinden, während ich zurückbleibe, allein, bis auf Will, für den ich, binnen kurzem, zur Krankenschwester werden würde ... und auf diese Weise eine weitere zwar anständige, aber verdrießliche Drehung auf dem Rad des Schicksals vollzogen hätte.

Besser, sage ich zu mir, verhärte ich mein Herz und lasse Will seinen einsamen Abgang machen, »Arbeitshaus« wird auf seinem Rücken geschrieben stehen. Doch auch bei dieser Vorstellung schnappt die Falle zu. Denn ich habe die Arbeitshäuser gesehen. Wahrlich, das habe ich. Es sind nicht nur kalte und ungastliche Orte, voller Ungeziefer und Lärm und Gestank, sie müssen auch, laut Gesetz, ihrem Namen gerecht werden und verlangen deshalb von ihren Bewohnern, dass sie *arbeiten*. So schließt sich denn der schreckliche Kreis, und wir landen wieder bei der einen Sache, die Will Gates kaum noch leisten kann: Arbeit.

Ich frage erneut: Was soll ich tun?

Ich kann Will nicht zum Betteln auf die Wege und Felder Norfolks schicken. Er hat keine Familie (und auch, so weit ich feststellen kann, nie gehabt), die ihn aufnehmen könnte. Und so beschließe ich, dass mir nur – wie bei so vielen verdrießlichen Dingen dieses Lebens – eines bleibt, *nichts zu tun*, in der vergeblichen Hoffnung, dass die Angelegenheit Will sich irgendwie auf natürlichem Wege löst.

Doch kaum kommt mir der Gedanke, dass Will vielleicht bald *stirbt*, schon ergreift mich ein Gefühl äußerster Panik, und ich verlange, dass Will sofort zu mir in die Bibliothek geschickt wird, damit ich mich vergewissern kann, dass er *noch nicht tot* ist.

Zwischen meinem Befehl und Wills Erscheinen an meiner Tür vergeht einige Zeit. Und während es dauert – aufgrund der Langsamkeit, mit der Will sich bewegt –, fällt mein Auge wieder auf das Buch, das auf meinem Sekretär liegt, und ich erinnere mich, dass seine Seiten zahlreiche Berichte von Wills Liebenswürdigkeiten enthalten, wie ich wegen einer Audienz beim König in aller Eile und ohne Nachtmahl nach London reiten musste, zum Beispiel, und wie Will zwei gebratene Wachteln in die Tasche meines Reitmantels steckte und eine Flasche Weißwein an den Sattel meiner Stute Danseuse band, ohne welche Mahlzeit ich womöglich in Ohnmacht gefallen wäre, als ich schließlich vor seine Hoheit treten musste.

Es scheint in der Tat so, als hätte Wills Verstand fast zwanzig Jahre lang über meinen gewacht, seine zahlreichen Lücken und Unzulänglichkeiten vorausgeahnt und versucht, Abhilfe zu schaffen, noch bevor ich mir ihrer überhaupt bewusst wurde. Und diese Erkenntnis rührt mich zu plötzlichen Tränen, weshalb Will mich, als er endlich die Bibliothek betritt, schluchzend am Kamin vorfindet. Obwohl er schlecht sehen kann, weiß er sofort, dass ich weine, und sagt: »Oh, nicht schon wieder, Sir Robert! Meiner Seel, ich glaube, noch bevor das Jahr zu Ende ist, werdet Ihr all Eure Taschentücher aufgebraucht haben.«

»Zum Glück«, sage ich, »haben wir November, Will. Weshalb es nicht mehr viel Gelegenheit gibt, sie aufzubrauchen.«

»Wie wahr, Sir«, sagt er, »aber ich weiß nicht, und keiner von uns hier auf Bidnold weiß, warum Ihr immer weinen müsst.«

»Nein«, sage ich und schnäuze mich in ein seidenes Tuch, das mir meine einstige Geliebte, Lady Bathurst, schenkte und das inzwischen bis zur Durchsichtigkeit verschlissen ist. »Ich weiß es ebenso wenig. Nun, Will, ich habe nach dir geschickt, um dich über dieses Buch zu befragen. Eben jenes von mir in den Jahren 1664 bis 1667 geschriebene Buch, das ich in deine Hände gab, als dieses Haus mir 1668 wieder übereignet wurde. Hast du es damals unter meine Matratze gelegt?«

Will lässt die Augen über den Boden vor seinen Füßen wandern, als wäre dort eine dunkle Höhle, in die niemals ein Lichtstrahl dringt. Endlich fällt sein Blick auf das Päckchen mit dem Buch.

»1668?«, sagt er. »Das ist lange her, Sir Robert.«

»Das weiß ich. Fünfzehn Jahre, um genau zu sein. Hast du also damals das Päckchen unter meine Matratze gelegt?«

»Muss wohl so gewesen sein, Sir.«

»Aber sicher bist du nicht?«

»Welcher Sache könnte ein Mann sich schon sicher sein, Sir Robert?«

»Nun, es gibt so etwas wie das Gedächtnis. Hast du irgendeine Erinnerung daran, dass du dieses Objekt in mein Bett gelegt hast?«

»Ja, Sir.«

»Ach?«

»Ja. Ich nahm es und legte es unter Eure Matratze, wo Ihr es nicht sehen würdet.«

Ich entferne mich vom Kamin, schreite im Zimmer auf und ab, stecke mein Seidentuch weg und versuche, meiner Person einen Anschein von Würde zu verleihen, so als verstünde ich die Situation zu meistern. Dann wende ich mich um und blicke Will vorwurfsvoll an. »Willst du also behaupten«, sage ich, »dass meine Matratze in *sechzehn Jahren* keinmal gewendet wurde?«

Will rührt sich nicht, er steht neben dem Sekretär und hält sich daran fest, als müsste er sonst fallen. Endlich sagt er: »Es ist nicht meine Aufgabe, Matratzen zu wenden, Sir Robert.«

»Ich weiß. Und dennoch, Will. Sechzehn Jahre! Bist du denn nicht der Ansicht, dass du als Haupt der Dienerschaft von Bidnold eine gewisse Verantwortung trägst? Hätten nicht Flöhe und Bettwanzen sich dort sammeln und mir Schaden zufügen können?«

»Euch Schaden zufügen?«

»Ja.«

»Ich würde Euch niemals Schaden zufügen, Sir Robert.«

»Ich weiß, Will. Alles, was ich wissen möchte –«

»Aber da ist noch etwas.«

»Ja?«

»Manchmal sieht man Dinge einfach nicht.«

»Wie meinst du das?«

»Ich meine ... dieses Buch von Euch, es ist so verblichen und verstaubt mit der Zeit, dass es – für das Kammermädchen – vielleicht wie ein Keil aussah, der die Ecken der Bettstatt zusammenhält.«

Ein Keil, der die Ecken der Bettstatt zusammenhält.

Ich gestehe freimütig, dass ich über diese letzte Äußerung von Will tatsächlich lächeln muss. Mein Lächeln wird rasch zu lautem Lachen, worauf Will ein überaus erleichtertes Gesicht macht. Vermutlich ist es nicht sehr angenehm, für einen Herrn zu arbeiten, der so häufig von Melancholie und kindischen Tränen überwältigt wird, und ich weiß, dass ich einen Weg finden muss, mein Dasein heiterer zu gestalten. Im Augenblick jedoch bin ich ratlos, wie ich diese Aufgabe angehen soll.

Ich schicke Will weg. Erneut öffne ich das Buch (das ich fortan als den *Keil* bezeichnen werde) und beginne zu lesen.

Ich lese, bis sich die Novemberdunkelheit herabzusenken beginnt. Kein Diener erscheint in der Bibliothek, um eine Lampe anzuzünden, weshalb der Raum sich mit sehr blauen Schatten füllt.

Und ein noch dunklerer Schatten kriecht aus der Geschichte hervor und scheint stumm neben mir im Raum zu stehen. Ich bilde mir ein, dass ich den muffigen Geruch seiner Kleidung riechen und seine weißen Hände sehen kann, die einen Gegenstand umschließen, es ist eine blauweiße Suppenkelle aus Porzellan. Sein Name ist John Pearce.

2 ⁊

Ich kann an John Pearce nicht denken ohne das Gefühl, beinahe ersticken zu müssen. Aus diesem Grunde bemühe ich mich nach Kräften, überhaupt nicht an ihn zu denken. Doch dies gelingt mir nicht immer.

Einst war er mein Freund und Kommilitone an der Medizinischen Fakultät in Cambridge. Sein Leben lang war er der Religion der Quäker verbunden, weshalb ich ihn sehr häufig neckte, in der Hoffnung, ich könnte in die düstere Landschaft seiner Gesichtszüge ein kleines Lächeln gravieren oder vielleicht sogar sein Lachen vernehmen, ein bemerkenswert krächzendes Geräusch, fast wie das Knarzen eines Ochsenfrosches.

Obgleich Pearce mir viele Freundlichkeiten erwies, weiß ich heute, dass er mich mit all meinen unbeherrschbaren Begierden, meinem Spott über die Welt und meinen gescheiterten Versuchen, die beständige Melancholie zu besiegen, in Wahrheit nie von Herzen geliebt hat.

Als er mich hier auf Bidnold besuchte, blickte er sich um, betrachtete mein scharlachfarbenes und goldenes Mobiliar, meine vergoldeten Spiegel, meine Gobelins und Marmorstatuetten und meine Sammlung von Zinngeräten und erklärte mir, dieser Luxus werde meine »Lebensflamme auslöschen«. Und als ich gemeinsam mit Will siebenunddreißig Stunden an Pearce' Bett wachte, nachdem ein Fieber ihn niedergestreckt hatte, empfing keiner von uns beiden auch nur irgendeinen Dank von ihm.

Dennoch war es Pearce, zu dem ich ging, als der König es für angeraten hielt, mich aus dem Paradies zu werfen, in welches er mich zuvor versetzt hatte.

Ich war bestrebt, mich in dem Irrenhaus der Quäker in Whittlesea nützlich zu machen, wo Pearce und seine Freunde einigen jener Menschen Hilfe gewährten, die unter der Last der Welt wahnsinnig geworden waren. Doch die Torheiten, die ich dort beging, waren sehr groß, und als bekümmere ihn all das, was ich mir an Ausschweifung und Dummheit leistete, brütete Pearce' schwächlicher Körper eine sehr hitzige Schwindsucht aus, an der er schließlich starb.

Wir legten blühende Birnenzweige in seinen Sarg. In die Hände gab ich ihm die blauweiße Suppenkelle aus Porzellan, an der er leidenschaftlich hing, weil sie das einzige Erinnerungsstück war, das seine Mutter ihm hinterlassen hatte. Dunkle Moorerde wurde über ihm aufgehäuft.

Von Zeit zu Zeit besuche ich Pearce' Grab. Als sie neun oder zehn Jahre alt war, nahm ich meine geliebte Tochter Margaret mit mir, um sie den Quäker-Freunden vorzustellen, die so liebenswürdig zu mir gewesen waren. (Margaret ist und war immer schon ein sehr schönes Kind, mit glatter, heller Haut, einer Überfülle feuriger Locken und einem Grübchenlächeln von großer Anmut.) Ich bin maßlos stolz auf sie.

Als wir zu dem Fahrdamm kamen, der als Earls Bride bekannt ist und zu dem Ort führt, wo einst das Irrenhaus-Spital stand, sah ich sofort, dass die Gebäude verlassen waren. Das umgebende Gelände war verwildert, und keine Menschenseele wohnte noch dort. Wir stiegen aus der Kutsche, und ein wütender eisiger Wind empfing uns. Ich nahm Margaret bei der Hand und führte sie in das erste der Gebäude, in dem noch einige Strohmatratzen lagen, und ich sah, wie sich ihre Augen in Staunen und Verwirrung weiteten, und sie sagte zu mir: »Papa, wo sind denn all die Menschen hin? Sind sie ertrunken?«

»Margaret«, sagte ich, »ich weiß es nicht. Aber mir scheint, sie sind fort.«

Und das brachte mich in Verlegenheit. Ich hatte geplant,

Margaret in der Obhut der Quäker-Wärter zu lassen und mich für eine kurze Weile an Pearce' Grab zu begeben. Ich wünschte nicht, dass sie seinen traurigen Erdhügel sah (denn noch hatte der Tod keinen Eingang in ihre unschuldige Seele gefunden), und doch widerstrebte es mir, nach dieser langen Reise wieder umzukehren, ohne einen Augenblick unter freiem Himmel im stillen Gespräch mit meinem toten Freund verbracht zu haben.

Ich stolperte mit Margaret über das Feld, wo das Unkraut wild und hoch wucherte, und zeigte ihr die knorrige Eiche im Hof, unter der ich einst auf meiner Oboe und mein junger Freund David auf seiner Fiedel spielte und wir allesamt – die Wärter und die Wahnsinnigen – eine Tarantella tanzten –, aber ich sagte ihr nicht, dass ihre Mutter eine der Wahnsinnigen gewesen war.

»Was ist eine Tarantella?«, fragte Margaret.

»Oh«, sagte ich, »das ist ein wild wirbelndes Gehopse, es geht so …« Und ich nahm ihre beiden Hände und begann mit ihr zu tanzen, und sie hüpfte und sprang voller Freude, und ihr Lachen war wie der Klang von Glocken, die unter dem weiten Himmelsgewölbe geläutet werden. Und dann hob ich sie hoch und trug sie zur Kutsche und sagte zu ihr: »Ruh dich hier kurz aus, während ich einen letzten Rundgang durch die Häuser mache, um mich zu vergewissern, dass niemand zurückgelassen wurde, ich werde im Nu wieder hier sein.«

Ich hatte eine Tüte Korinthen mitgenommen, und ich gab ihr eine Handvoll, und sie begann, sie gehorsam zu essen, während ich dem Kutscher sagte, er solle auf mich warten. Und dann machte ich mich auf den Weg zu dem Ort, wo Pearce liegt.

Das Grab, nur geschmückt mit einem schlichten Holzkreuz (denn bei den Quäkern hat alles schlicht zu sein), war ganz und gar mit Holunder und Dorngestrüpp überwuchert, und ich konnte nicht umhin, mich an deren Beseitigung zu machen, und riss mir in meiner Hast die Hände auf, und ich spürte Pearce' Verachtung für das, was ich tat, und hörte ihn im Geiste sagen: »Merivel, erklär mir, welchem Zweck dein Tun dient. Denn fürwahr, ich sehe keinen.«

»Nein«, sagte ich. »Es gibt absolut keinen. Nur den, dass diese Dinge mich erzürnen.« Und dann stieß ich einen schluchzenden Schrei aus und fragte: »Wohin sind sie alle gegangen, Pearce? Sag mir, wohin sie gegangen sind!«

Aber selbstverständlich kam keine Antwort aus dem vernachlässigten Grabhügel. Ich beseitigte alles Unkraut und verband meine Hände mit einem Schnupftuch und berührte die schwarze Erde mit meinen Fingern.

»John Pearce«, sagte ich, »du bist immer bei mir.«

Margaret hat nun das Alter von siebzehn erreicht. Sie wohnt schon ihr Leben lang hier bei mir auf Bidnold, und ich habe mich bemüht, ihr beides zu sein, Vater und Mutter, und zu meiner Freude und Erleichterung stelle ich fest – ohne mich rühmen zu wollen und ohne väterliche Blindheit –, dass sie ein wunderhübsches, keusches, warmherziges junges Mädchen ist, von arglosem Wesen, dem meinen nicht unähnlich, wundersamerweise jedoch ohne die Dummheit ihres Vaters.

Sie liebt mich, das weiß ich, so, wie es nur ein Vater von seinem Kind verlangen kann, doch als sie größer wurde, gefiel es ihr zunehmend, ihre Zeit im Hause Sir James Prideaux' zu verbringen, meines nächsten Nachbarn in Norfolk, der ein höchst geachteter und der Jurisprudenz kundiger Mann ist und dreimal in der Woche den Vorsitz im Sitzungshaus von Norwich führt.

Prideaux' Haus, Shottesbrooke Hall, ist, dank seiner vortrefflichen Gemahlin Arabella und ihrer vier Töchter, Jane, Mary, Virginia und Penelope, ein sehr lebhafter Ort. Und ich sehe wohl, dass es dort mehr gibt, was Margaret froh machen kann, als hier bei mir auf Bidnold.

Dass Prideaux keinen Sohn hat, muss für einen Mann seines Standes und Strebens eine Enttäuschung sein, doch er spricht nie darüber. Seinen Mädchen gegenüber zeigt er nichts als zärtliche Güte und ist bestrebt, ihnen alles zu bieten, was er glaubt, ihnen bieten zu müssen. Musiklehrer, Tanzmeister, junge Magister der Mathematik und Geografie, aber ebenso Schnitt-Entwerfer, Weißnäherinnen und Kurzwarenhändler (wie meine lieben Eltern es einst waren) gehen in Shottesbrooke ein und aus, und die Prideaux-Mädchen zeigen ein jedes die feinste Wissbegier auf die Welt.

Um Margaret, die dasselbe Alter hat wie Mary, ist die gesamte Familie rührend besorgt – gerade so, als gehörte sie zur Familie. Sie begreifen, dass Margaret, obgleich auch ich mich sehr um ihre Erziehung bemüht habe – mit dem Erfolg, dass sie ausgezeichnet Cembalo spielt, fließend Französisch sprechen kann und tanzt wie eine reizende Waldelfe –, die Tage bei mir häufig ein wenig öde finden muss. Sie studiert jetzt Geografie mit Mary und gerät darüber in wahres Schwärmen und sagt zu mir: »Ach, Papa, erst jetzt begreife ich, wie weit und groß die Welt ist. Und gewusst habe ich auch nicht, dass die großen Ströme als kleine Quellen im Schoß der Berge beginnen, und hast du gewusst, dass es mehr als zweihundert Sprachen auf der Erde gibt?«

»Nein«, sage ich, »gottlob wusste ich es nicht. Das Französische zu meistern fällt mir schon schwer genug.«

Margaret weilt in diesen grauen Novembertagen, als *Der Keil* so plötzlich in meinen Besitz gelangt ist, in Shottesbrooke Hall.

Ich möchte anmerken, dass ich, als ich meine Geschichte niederschrieb, glaubte, sie könne mehr als einen Anfang haben. Ich zog in der Tat fünf Anfänge in Betracht. Denn damals begriff ich, dass kein Leben nur da beginnt, wo es beginnt, sondern dass es auch noch andere Anfänge hat und dass ein jeder das, was kommen wird, mitbestimmt.

Und jetzt erkenne ich mit der gleichen Klarheit, dass das Leben eines Menschen mehr als ein Ende haben kann. Doch leider Gottes zeigen sich mir die Enden, die ich möglicherweise verdient habe, allesamt in einem düsteren Licht. Wenn es denn fünf gibt, so wie es fünf Anfänge gab, dann werden es gewiss die folgenden sein.

Ein Ende in Einsamkeit. Ich klammere mich an Margaret. Sie allein steht zwischen mir und einem sehr übermächtigen Gefühl für die Leere, die mich umgibt. Alles, was in mir gut und nobel sein mag, sehe ich einzig in ihr. Doch ich weiß, dass Margaret nur zu bald heiraten muss. Sie wird Bidnold für ein anderes (und besseres) Leben verlassen.

Schon spinne ich insgeheim Pläne für diese Zukunft, beratschlage mich, mit Prideaux und anderen mir bekannten Personen aus Norfolk, über die Eignung gewisser Söhne von Landedelleuten – oder sogar des Adels – als möglicher Ehemann für die Tochter eines Ritters des Hosenbandordens und engen Vertrauten des Königs.

Hugo Mulholland, Sohn und Erbe von Sir Gerald Mulholland, ein stattlicher junger Mann, aber mit seltsam stotternder Zunge, hat Margaret schon mehr als einmal seine Aufwartung gemacht. Ich weiß, dass sie nichts von ihm hält und, kaum ist er weg, über sein Stottern lacht und es meisterhaft zu imitieren versteht.

Bei seinem letzten Besuch, als dieser arme Hugo schon sicher und geborgen in seiner abfahrbereiten Kutsche saß, umarmt Margaret mich und flüstert: »Papa, ich bitte dich, wirf mich nicht einem stammelnden Gemahl in die Arme!« Und ich küsse ihr Haar und versichere ihr, dass sie nur heiraten wird, wenn sie es selbst will, und dass ich sie am liebsten bis ans Ende aller Zeiten bei mir auf Bidnold behalten würde. Doch ich weiß, dass ich das nicht darf. Margaret wird eines Tages heiraten, Punkt, aus.

Ein Ende in Armut. Obgleich ich immer noch als Arzt praktiziere und die Wunden und Leiden meiner Nachbarn in Norfolk so gut ich kann behandele, scheine ich zu den Menschen zu gehören, bei denen andere sich lieber verschulden als ihnen das zu zahlen, wozu sie sich verpflichtet haben.

Von Zeit zu Zeit rechne ich zusammen, was man mir noch schuldig ist, und diese Summen sind stets sehr hoch, und für eine Weile gebe ich mir redlich Mühe, meinen Schuldnern gegenüber Härte und Entschlossenheit zu zeigen. Einige haben darauf die Güte, meine Rechnungen zu begleichen, aber wenn dann der Rest der Gelder ausbleibt, schwinden nach und nach Härte und Entschlossenheit, ich werde meiner Verfolgungsjagd absolut überdrüssig, so als ginge es um ein in den Wäldern der Legenden umherirrendes Einhorn, das ich niemals finden werde.

Folglich wird mein Einkommen sich mit der Zeit womöglich auf fast gar nichts belaufen, und ich werde – sofern der König nicht an seinem sehr generösen Salär oder *loyer* festhält, das er mir zusprach, als er mir mein Haus 1668 zurückgab, um sicherzustellen, dass ich jederzeit in der Lage wäre, ihn auf Bidnold Manor zu empfangen – vielleicht in einen Zustand der Mittellosigkeit geraten, aus dem es keinen Ausweg gibt. Ohne den *loyer* würde ich zweifellos in großen Unannehmlichkeiten sein.

Ein Ende durch Gift. Mein Koch Cattlebury steht – wie schon erwähnt – Will mit seiner Konfusion kaum nach, weshalb er seine kulinarischen Aufgaben auch nicht länger verlässlich und mit wirklichem Geschick und Können erfüllen kann. Vergangene Woche süßte Cattlebury eine Fleischpastete und briet einen Hering in Sirup. Als ich diese Kunststücke in die Küche zurückgehen ließ, erschien Cattlebury, wie ein dampfumwehtes und schweißgebadetes Ungeheuer, in meinem Speisezimmer, hielt in seinen Händen keinen Knüppel, sondern ein hölzernes Sieb, durch dessen Löcher sein Gehirn fortgesickert sein muss, und fragte mich, wieso ich ihn, der sich solche Mühe mit der Erfindung neuer Gerichte für mich gegeben habe, und seine Kunst derart verächtlich behandele.

»Cattlebury«, sagte ich, »wenn dies Erfindungen sind,

dann bitte ich dich, kehr zu dem zurück, was schon erfunden worden ist.«

Will stand neben ihm, tief gebückt und mit trauriger Miene. »Es war keine böse Absicht, Sir Robert«, sagte er.

»Wenn es keine Absicht war«, erwiderte ich, »dann tat er es aus Unachtsamkeit oder Verwirrung, und keines von beidem darf in einer Küche überhandnehmen.«

Die beiden Männer schienen ratlos, der eine war zu einem rechten Winkel zusammengeklappt, der andere sah aus, als wäre er in einem Kessel mit Brühe gekocht worden, und ich betrachtete sie und dachte bei mir: Ihr werdet noch mein Tod sein. Das Chaos, das ihr anrichtet, überlebe ich nicht.

Ein Ende durch Selbstmord. Von Sir James Prideaux, der manch einer Hinrichtung auf dem Schafott am Mouse Hill hinter Norwich beigewohnt hat, habe ich erfahren, dass unter all den Räubern, Münzfälschern, Taschendieben, Schuldnern, Piraten und Mördern, die auf dem von Menschenmengen gesäumten Weg zu ihrem Ende schreiten, nicht wenige sind, die ihn mit einem »gewissen Maß an Stolz« gehen. Es scheint, dass ein Verurteilter in seinem letzten Gang auf dieser Erde einen Augenblick wahrer Glorie sieht, als würde er plötzlich erhoben, um für seine fabelhaften Taten gepriesen anstatt für seine Bubenstücke und Betrügereien gehängt zu werden.

Er trägt dann den besten Rock, den er besitzt; seine Perücke, so er denn eine hat, ist gepudert; die Schnallen seiner Schuhe glänzen; und auf seinem Gesicht liegt – wie Prideaux behauptet – ein glückseliges Lächeln; und dann winkt er, fast wie ein königlicher Prinz, der Menge zu, und wenn für ihn der Augenblick kommt, das Schafott zu besteigen, tut er es mit stolzem Schritt und immer noch winkend, wobei man die schmutzige Spitze an seinem Ärmelaufschlag sehen kann oder die zerzauste Feder an seinem Hut.

Und das setzt mich wahrlich in Erstaunen, und ich denke bei mir: Warum nur, Merivel, scheust du, wenn solche Männer den Tod nicht fürchten, so feige vor dem Gedanken an ihn zurück? Und so befehle ich mir jetzt, dieses Entsetzen abzuschütteln und meine feige Seele zu stählen, auf dass sie das mir vorbestimmte Ende überspringt, indem sie wie ein Wegelagerer in die Arme ihres Schöpfers eilt. Schwierigkeiten bereitet mir einzig die Vorstellung dieses Schöpfers. Ich sehe ihn immer und ausschließlich als meinen armen Vater, der 1662 in einem Feuer mitsamt den Federn und Bändern seines bescheidenen Kurzwarenhandels verbrannte.

Ein Ende in Bedeutungslosigkeit. Dies ist, so meine ich, das mögliche Ende, welches mich am meisten bestürzt. Trotz eines gewaltigen Kampfes mit Gott und meiner Berufung und im steten Bemühen (wie einst vom König angemahnt), meinen eigenen Nutzen und Zweck auf der Welt zu entdecken, kommt mir stets wieder der Verdacht, mein Leben sei ein nichtig Ding, schlecht geführt, voller Fehlurteile, falscher Nachsichtigkeit und Faulheit, das mich nur immer tiefer in einen Abgrund von Wirrnis und Leere geführt hat; am Ende erinnere ich mich nicht mehr, warum ich überhaupt lebe. Und ein Mann, der diese besondere Erinnerung verloren hat, ist mit Sicherheit zum endgültigen Vergessen verurteilt.

Heute kehrt Margaret nach Bidnold zurück.

Da ist es nur angemessen, dass sich zwischen den Wolken ein Spalt auftut und in meinem Park die Sonne golden und kupferfarben auf Buchen und Eichen scheint. Ich mache einen Rundgang durch den Garten, wo ich erst jüngst eine Allee aus Hagebuchen gepflanzt habe, die mich über alle Maßen erfreut, und schaue dem Rotwild zu, wie es, ungestört von den Novemberwinden, im ruhigen Licht friedlich grast und mit den Stummelschwänzen zuckt. Und ich konstatiere, was ich schon hundertmal konstatiert habe, wie viel Schönheit es hier doch gibt.

Als die Kutsche mit Margaret die Zufahrt heraufgefahren kommt, gehe ich eilig zurück zum Haus, wo ich auf Will stoße, der sich schon auf die Begrüßung seiner jungen Herrin einzustellen versucht. Margarets Zofe Tabitha tritt ebenfalls vor die Tür, streicht sich die Schürze glatt und ordnet ihre Haare, die der Wind zerzaust hat, und ich sehe in den Gesichtern dieser beiden einen Ausdruck großer Freude.

Margaret entsteigt der Kutsche in einem neuen braunen Cape, vermutlich einem Geschenk von Lady Prideaux, und ich eile zu ihr, schlinge meine Arme um sie und sage ihr, wie froh uns alle hier auf Bidnold ihr Anblick mache. Obgleich sie doch mein Kind ist, erstaunt mich jedes Mal von Neuem der strahlende Glanz, den sie mit sich bringt. Sie ist wie ein Regenbogen oder wie ein funkelnder Lichtstrahl, der vorher nicht da war.

Beim Nachtmahl sagt Margaret zu mir: »Papa, ich habe dir Neuigkeiten zu berichten: Sir James wird den ganzen Dezember und noch bis über die zwölfte Januarnacht hinaus mit seiner Familie auf dem Landgut seiner Mutter in der Grafschaft Cornwall weilen. Und man hat mich eingeladen, sie zu begleiten.«

Cattlebury hat uns eine Carbonada serviert, eines der wenigen Gerichte, die er nur selten verhunzt oder anbrennen lässt. Bis zu diesem Moment habe ich diese Köstlichkeit genossen, aber nun spüre ich plötzlich, wie mein Appetit schwindet.

»Cornwall?«, frage ich hilflos.

»Ja«, erwidert Margaret. »Mary sagt, in jenem Teil des Landes wehe das ganze Jahr über ein warmer Wind, und Blumen blühten zu Weihnachten, und es gebe dort Wege mit Sand und Kamille, die vom Haus bis ans Meer führen …«

Ich sage nichts. Vor meinem inneren Auge sehe ich, wie Margaret in ihrem neuen braunen Cape auf diesen duftenden Pfaden zum Meer hinunterwandelt, sie geht immer weiter, entfernt sich immer weiter von mir, bis sie schließlich verschwunden ist.

»Papa«, sagt Margaret. »Ich hoffe, dass du mich gehen lässt. Es gibt dort jenseits der Bucht eine Insel, zu der wir mit einer kleinen Barke hinübersegeln können, auf der Insel leben Papageientaucher, und ich habe noch nie einen Papageientaucher gesehen.«

»Oh«, sage ich. »Ich auch nicht.«

Ich muss wohl bleich geworden sein, denn Margaret sieht mich an und sagt: »Ist dir nicht wohl, Vater? Was ist mit dir?«

»Gar ... nichts ...«, stammele ich (wie Hugo Mulholland). »Ich habe nur versucht, mir die Farben des Papageientauchers ins Gedächtnis zu rufen und wie ihre Schwanzfedern beschaffen sind.«

»Die Vögel sind schwarz und weiß mit einem gelben oder orangefarbenen Schnabel, sagt Penelope, aber was die Schwanzfedern betrifft, da werde ich, wenn du mich nach Cornwall reisen lässt, einige Zeichnungen oder Gemälde für dich anfertigen, und dann wissen wir beide genau, wie sie aussehen.«

Ich trinke einen Schluck Wein. »Es wird eine große Erleichterung sein«, sage ich, »wenn endlich alle Ungewissheiten über Papageientaucher beseitigt sind!«

Wir lachen, und ich versuche, mich wieder dem Fleischgericht zu widmen, während ich Margaret erkläre, dass sie selbstverständlich nach Cornwall reisen soll, welches eine der lieblichsten Gegenden ganz Englands sei. Und somit ist es beschlossene Sache. Margaret wird ungefähr zwei Monate fort sein. Und ich höre mich versprechen, dass ich ihr Geld für neue Kleider und einen neuen Pelzkragen geben werde, für den Fall, dass es an Bord der Barke ein wenig windig sei. Und dennoch denke ich unterdessen immerzu – nicht an Margaret, sondern an mich –, und ich sehe das Gespenst eines Todes in Einsamkeit auf mich zukommen, und ich spüre, ohne dass ich es will, schon jetzt seine Bitternis und die langsamen Schauer, die ihn begleiten.

Am Morgen vor ihrem Aufbruch nach Shottesbrooke – ein kalter Winde wehte an diesem Tag, und ein plötzlicher Hagelsturm verteilte weiße Eiskiesel auf dem gesamten Parkgelände – saß ich mit Margaret in der Bibliothek vor dem Kamin und versuchte, mein Gemüt durch kleine, regelmäßige Schlückchen von einem feinen Alicantewein zu stärken, obgleich ich wusste, dass meine Melancholie kaum zu übersehen war. (Ich habe es mir erst jüngst, nach der Lektüre des französischen Philosophen Michel de Montaigne, zur Gewohnheit gemacht, mich selbst *de près* anzuschauen, will sagen »aus der Nähe«, indem ich nicht nur nach außen blicke, sondern auch nach innen, auf mein eigenes Verhalten und meine eigenen Reaktionen, um, so das hochgesteckte Ziel, über die Person, die ich bin oder vielleicht werden könnte, einigen Aufschluss zu erlangen.)

Um mich ein wenig aufzumuntern, versprach Margaret, sie werde mir häufig Briefe aus Cornwall schreiben und darin die Schönheit der verborgenen Buchten schildern, welche die Gezeiten in ihrer ewigen Rastlosigkeit füllen und leeren, und auch die Feinheiten der Muscheln, die sie mit Mary dort sicherlich finden werde.

»Ach«, sagte ich, »und die Feinheiten der Wracks der Schiffe, die von Piraten angegriffen wurden und dann an den Felsen zerschellten, ebenso wie all die Toten, die an Land gespült wurden ...«

Margaret betrachtete mich mit Sorge, wie eine Mutter, die das Verhalten ihres Kindes enttäuscht.

»Vater«, sagte sie nach einem kurzen Schweigen, »ich habe über etwas nachgedacht.«

»Das freut mich«, sagte ich, »denn ein gedankenleerer Geist neigt zu furchtbarem Irrtum.«

»Pscht! Und spotte einmal nicht.«

»Wieder die Papageientaucher? Hast du über sie nachgedacht?«

»Nein. Ich dachte an etwas, das Sir James bei meinem letzten Besuch in Shottesbrooke zu mir sagte. Der Mensch solle sich, meinte er, für seine kurze Zeit auf Erden unbedingt eine Art Lebensaufgabe setzen.«

»Darin stimme ich mit ihm überein. Aber sieh deinen Vater nicht so anklagend an, Margaret. Du weißt, dass ich schon jetzt eine große Anzahl von *Aufgaben* habe, und –«

»Er sprach vom Schreiben, Papa: vom Verfassen einer Abhandlung über ein Thema von Bedeutung. Er selbst hat sich an die Niederschrift eines sehr langen und bedeutenden Werks gemacht, dem er den Titel *Traktat über die Armen und die Verbreitung des Verbrechens in England* gab. Und er sagte mir, diese anstrengende Arbeit schenke ihm große Befriedigung, da er sich so aus seiner eigenen Welt entfernen könne ...«

»Ganz und gar entfernt er sich nicht«, entgegnete ich scharf. »Sir James ist, wie du weißt, Friedensrichter, und insofern hat er sehr häufig mit den verbrecherischen Armen zu tun.«

»Wohl wahr. Aber er selbst ist keiner von ihnen. Er muss sein Leben nicht mit dem Verkauf von Austern oder mit kleinen Diebstählen fristen. Er wird nicht von einer Gemeinde in die nächste vertrieben, weil jeder die Kosten seines Unterhalts scheut ...«

»Richtig. Jedoch –«

»Ich möchte dir gerne einen Vorschlag unterbreiten, Vater. Ich glaube, wenn *du* dich zu dem großen Wagnis des Schreibens entschließen könntest, würdest du weniger in Melancholie versinken und zufriedener mit der Welt sein.«

Ich glotzte meine Tochter an. Es ist wahr, ich habe sie zu einer gewissen Unabhängigkeit des Geistes erzogen, aber wenn diese Unabhängigkeit, wie ein mit Widerhaken versehener Pfeil, auf mich gerichtet ist, dann fühle ich ... nun, was fühle ich denn? Vermutlich fühle ich mich einfach töricht. Doch diese Torheit mischt sich mit Furcht. (Wurde nicht das Leben des armen König Lear durch den unabhängigen Geist seiner jüngsten und am meisten geliebten Tochter gänzlich zerstört?)

Ich rückte näher ans Feuer und streckte die Hände aus, um sie zu wärmen. Es hätte nicht viel gefehlt und ich hätte Margaret – als eine Art kläglicher Verteidigung dessen, was sie für Müßiggang und das Fehlen jeglicher Freude hält – von meinen einstigen Versuchen erzählt, die Geschichte meines Lebens im *Keil* niederzuschreiben, doch im letzten Moment fiel mir ein, dass diese Lebensgeschichte manch eine Torheit und Bosheit in ihrer ganzen nackten Entsetzlichkeit offenbart, darunter auch die Bosheit gegenüber Margarets eigener Mutter. Und so sah ich davon ab.

Ich wandte mich wieder dem Wein zu. Von diesem etwas erwärmt, sagte ich: »Es ist sehr freundlich von dir, dass du deine Gedanken meinem Wohlergehen widmest, und glaube nicht, es rührte mich nicht. Und du hast auch Recht, wir verbinden uns mit der Welt durch strebendes Bemühen, und dennoch ...«

»Und dennoch was?«

»Ach, Margaret«, sagte ich, »du kanntest mich ja nicht, als ich jung war! Einst war ich nichts als strebendes Bemühen. Für jede Minute meines Daseins entwarf ich großartige und wunderbare Pläne. Ich versuchte sogar, ein Künstler zu werden – bis ein dünkelhafter Porträtmaler mir erklärte, ich hätte kein Talent. Der Tag hatte nicht genügend Stunden noch das Jahr genügend Tage für all meine Vorhaben. Doch nachdem du geboren warst und Bidnold mir wieder übereignet worden war, beschloss ich, meine Rastlosigkeit aufzugeben und mich hier in Norfolk niederzulassen, um mich um dich zu kümmern, meinem Beruf nachzugehen und nicht mehr an Glanz und Glorie, an Emporkommen und an sonstige weltliche Dinge zu denken.«

»Papa«, sagte sie sanft, »ich sprach nicht von Glanz und Glorie.«

Ich blieb noch lange, nachdem Margaret sich schlafen gelegt hatte, in meinem Sessel sitzen. »Merivel«, sagte ich zu mir, »hier Tag um Tag allein zu sitzen, während Margaret in Cornwall weilt, wird dich mit Sicherheit in dunkle Verzweiflung stürzen. Du musst aufstehen und dich umschauen, an einem neuen Ort.«

Vielleicht war es Margarets Erwähnung der Worte »Glanz und Glorie«, die mich auf die Idee brachten, nach Frankreich, an den Hof Ludwig XIV., zu reisen. Ich wusste, wonach ich mich in diesen mir noch verbleibenden Jahren sehnte: Ich wollte durch Wunder in Erstaunen versetzt werden. In Versailles würden sie sich gewisslich finden lassen.

3

Ich bin nun in London.

Ich trage einen sehr vornehmen rostroten Rock und braune Kniebundhosen, um den Hals eine Kaskade prächtiger Spitzen und auf dem Kopf einen sehr flotten Hut, der seine warme Last von Zeit zu Zeit zu verschieben scheint, als wäre es ein zahmer nistender Fasan, den ich in Norfolk aufgezogen habe.

Meine Perücke ist üppig, glänzend und neu. Und ich führe das Schwert mit mir – etwas, was ich schon eine Weile nicht mehr getan habe, es zieht ständig an meinem Rock, und ich habe Angst, zu stolpern und in die Gosse zu stürzen. Glücklicherweise habe ich auch einen meiner Gehstöcke aus Ebenholz mitgebracht, und mit ihm als Stütze bin ich in der Lage, auf dem Birdcage Walk eine angemessen würdige Erscheinung zu bieten.

Ich bin auf dem Weg zum König, nachdem ich mir durch einen Boten recht einfach eine Audienz zu verschaffen wusste und von Seiner Majestät eine höchst liebenswürdige kurze Antwort erhielt, die folgendermaßen lautet:

Ach, mein lieber Merivel,
Sie glauben nicht, wie sehr es Uns in diesen dunklen und schwierigen Zeiten erheitert, von Ihnen zu hören. Kommen Sie doch um die Mittagszeit in die Gemächer der Herzogin von Portsmouth (Unserer reizenden »Fubbs«), wo Sie Uns grauer und düsterer als bei unserer letzten Begegnung vorfinden werden, jedoch nicht ohne die Freude, Sie zu sehen. Und ich hoffe, dass es uns gelingt, unseren Herzen ein Lachen zu entlocken. Charles Rex

Auf dem Birdcage Walk, so bezeichnet wegen seiner vielen luftigen Vogelkäfige, die am Straßenrand aufgebaut sind, werde ich von einer großen Anzahl Menschen gepufft und gestoßen, die dort in dem breiten Schatten promenieren, den der Whitehall-Palast immer noch auf London, das Herz der Nation, wirft.

Ich weiß, dass der König, der seiner Parlamente mittlerweile sehr überdrüssig ist und nun ohne sie und absolut regiert, nicht länger so bewundert und verehrt wird wie zu Beginn seiner Regentschaft, als er uns wie ein Gott erschien. Es herrscht in der Tat ein unruhiger – ja, wie ich höre, sogar aufrührerischer Geist in den Kaffeehäusern, und das Land würde es vorziehen, wenn England durch ein Parlament in den Krieg mit dem katholischen Frankreich geführt würde, statt in den königlichen Gemächern eine mit allem Pomp eingesetzte französische Mätresse zu erblicken, jedoch weit und breit kein Parlament. Und dennoch glaube ich, dass es viele Männer (und Frauen) gibt, die immer noch, so wie ich, an einer alten Krankheit leiden, und das ist die Krankheit der Liebe zum König.

Obgleich John Pearce in seinem Quäker-Hass auf die Monarchie und die Hierarchie des sogenannten Adels, den sie hervorbringt, mich bis zu seinem letzten Atemzug von dieser Krankheit zu heilen suchte und obgleich ich stets bemüht war, die Person zu sein, die er in mir zu sehen wünschte, merke ich doch, dass der Anblick des Königs – oder auch nur der bloße *Gedanke* an sein Erscheinen in Bidnold – in meinem Herzen eine außerordentliche Freude weckt, die ich nicht unterdrücken kann. Und die ich, wie mir scheint, auch nicht länger zu unterdrücken gedenke. Die Natur des Königs ähnelt sehr der meinen in ihrer Zusammensetzung aus schmachtenden Begierden und missmutiger Hypochondrie, und so trösten wir einander, und dieser Trost wird von uns beiden wohl verstanden.

Ich setze meinen Weg ohne zu straucheln oder zu stolpern fort, doch mein schweres Schwert macht jedes Mal, wenn es gegen meine Schenkel stößt, ein unangenehm klackendes Geräusch; ich betrete den St. James' Park und bleibe beim Teich stehen, wo eine Gruppe von Gecken ein Krokodil angafft, das gerade aus dem Wasser steigt.

»*Mon dieu! Mon dieu!*«, kreischen die Gecken, zeigen auf das Geschöpf und fassen einander in gespieltem Entsetzen an die Schultern. »Welch ein Vieh! Ach, und stellt euch vor, dieses große Maul öffnete und schlösse sich über dem eigenen Bein!«

»Oder dem eigenen Rumpf!«

»Oh, wie entsetzlich! Oder über dem eigenen *Gemächt*!«

Und übermütig hüpfend eilen sie davon, lachen wie Chorknaben, und ihre Schwerter klirren aneinander, und ihre seidenen Strümpfe blitzen in der Sonne, wenn sie die Beine schwingen.

Ich stehe da und starre auf das Krokodil. Es liegt so gelangweilt im Gras, als fragte es sich, wie es nur hierher nach London gekommen sein mochte, um der Unterhaltung von Gecken und Besuchern aus Norfolk zu dienen, und ich bemerke seine sichtlich sehr dicke Haut, als wäre es schon in der Rüstung geboren und jederzeit zum Krieg bereit.

Und es kommt mir in den Sinn, dass beinahe jedes Tier auf Erden etwas besitzt, das mir Respekt abverlangt. Selbst eine Maus oder ein Bockkäfer: die Geschmeidigkeit und Lautlosigkeit der Maus und das kühle Schimmern des Käfers bringen mich zum Staunen. Ich habe nicht die geringste Ahnung, warum das so ist, aber es ist so. Für die Fuchsstute Danseuse, die der König mir schenkte, empfand ich eine Bewunderung, die an Anbetung grenzte. Der Tod des Tieres ließ mich viele Tage weinen.

König Charles empfängt mich im *petit salon* seiner Mätresse, der, wie man mir sagte, sogar mehr Glanz besitzt als der

der Königin und wo der König sich sehr wohlzufühlen scheint, wie er dort, inmitten von Pelzen und mit einem belustigten Lächeln um die Lippen, auf einer Chaiselongue liegt.

Ich knie zu seinen Füßen nieder. Meine Knie knirschen, und mein Schwert berührt klirrend den Boden.

»Oh, Merivel«, sagt Seine Majestät, »es freut mich, dass du noch immer so viel Lärm machst wie früher.«

Ich breche in Lachen aus. Der König schlägt mir mit seiner Hand auf die Schulter.

»Großartig!«, sagt er. »Ich habe dein Lachen schon viel zu lange nicht mehr vernommen! Ich trinke gerade einen Sherry. Möchtest du dich mir anschließen?«

»Ich sehe mich nicht in der Lage, einem Sherry jemals zu widerstehen, Euer Majestät«, entgegne ich.

Dann versuche ich, mich wieder aus meiner kriecherischen Lage zu erheben, doch die Scheide meines lästigen Schwerts verhakt sich hinter einem Bein der Chaiselongue, und ich kippe nach vorne und rette mich nur dadurch vor einem Fall in den königlichen Schoß, dass ich die Hand, mit der ich meinen Fasanenhut halte, gegen das königliche Bein presse.

Ich murmele meine Entschuldigungen, während ich mich endlich erhebe, und stelle mit Erleichterung fest, dass der König immer noch lächelt. Und in diesem Moment bemerke ich zum ersten Mal, wie sehr er – in den langen Monaten, die ich ihn nicht mehr sah – gealtert ist.

Dann darf ich in einem bequemen Sessel Platz nehmen, und es wird mir ein Becher mit Sherry gereicht, und der König beginnt eine melancholische Rede über die Verfassung seines Geistes, der, wie er mir erklärt, »mittlerweile zu irrationalen Ängsten neigt und nur noch nach Ruhe und Frieden verlangt«.

»Das verstehe ich wohl«, sage ich. »Wahrlich, Sire, ich zweifle nicht daran, dass auch ich danach verlangen würde, wäre es nicht schon jetzt ein wenig zu friedlich und still auf Bidnold.«

»Ach, Bidnold. Ein sehr besonderer, ein wunderbarer Ort. Wir werden uns dorthin begeben, wenn der Winter vorüber ist. Wie geht es Gates?«

»Nun, ich muss gestehen, er bereitet mir ... einen gewissen Kummer, Eure Majestät«, sage ich und lege dem König weiter mein großes Dilemma bezüglich Wills dar und schließe damit, dass ich wohl, zu gegebener Zeit, Wills Krankenschwester werde sein müssen.

Auch wenn dies alles den König eine kurze Weile unterhält (besonders, als ich ihm beschreibe, wie lange Will braucht, um meinen Salon zu durchqueren, nämlich drei, vier oder sogar *fünf* Minuten), verdüstert sich doch bald seine Miene, und er sagt zu mir: »Wir dürfen die wenigen Menschen, die uns treu geblieben sind, niemals verstoßen, Merivel. Einige meiner Vertrauten sähen es gern, wenn ich mich meiner Königin entledigte, weil sie mir keinen Erben geschenkt hat. Aber ich sage zu ihnen: ›Warum sollte ich sie verstoßen, sie, die solche Herzensgüte besitzt und mir, trotz all meiner Amouren, in Liebe verbunden bleibt?‹ Ich sage zu ihnen: ›Auch ihr solltet das Haupt vor der Königin beugen, so wie ich es tue, weil es niemanden im Königreich gibt, der es ihr an Großmut gleichtut.‹«

Ich nicke sehr heftig und denke wieder daran, dass Königin Catherine mich einst davor bewahrte, mein Nachtmahl auf dem königlichen Tennisplatz wieder von mir zu geben, indem sie mir Orangen aus ihrem heimatlichen Portugal bringen ließ, als mir ganz schwach und elend war vom vielen Einsammeln der Bälle des Königs. Dann sagt der König: »Doch nun sollten wir zum eigentlichen Grund deines Besuchs kommen, Merivel. Du bist gekommen, um mich um etwas zu bitten. Oder irre ich mich?«

Ich trinke einen Schluck Sherry. Des Königs Geschick, in meinen Gedanken zu lesen, hat mich seit jeher konsterniert.

Ich kann ein Seufzen nicht unterdrücken und sage dann: »Ich weiß nicht recht, wie ich den Grund meines Hierseins erklären könnte.«

»Vielleicht liegt der Grund darin, dass du ihn selbst nicht genau kennst?«

Ich schaue mich in dem Gemach um und stelle zufrieden fest, dass die Farben, mit denen er geschmückt ist, mich, wenn auch in geschmackvollerem Maße, an die Scharlach-, Karmesin-, Magenta- und Goldtöne erinnern, die ich einst freigiebig in den Gemächern von Bidnold verteilte, und schließe daraus, dass die Herzogin von Portsmouth (in Paris als Louise de Kéroualle geboren und vom König, aufgrund ihres üppigen Leibs, »Fubbs« oder »Fubbsy« genannt) womöglich einen etwas vulgären Geschmack hat.

Dann wende ich mich dem König zu und sage: »Meine Tochter reist nach Cornwall, und ich werde ganz allein auf Bidnold sein. Und, Majestät, ich habe vor, nach Frankreich zu fahren, um meine Gemütslage ein wenig zu verändern ...«

»Welche Gemütslage möchtest du denn verändern?«

»Nun, mir ist sehr wohl bewusst, dass ich allmählich selbstmitleidig werde. Gates sieht das nur zu genau. Immer häufiger versinke ich in Erinnerungen an die Vergangenheit ...«

»Ach, die Vergangenheit. Sie ist immer bei uns. Unser Leben füllt sich immer mehr mit ihr, und irgendwann läuft sie über. Wie soll Frankreich dir aber helfen?«

»Ich bin überzeugt, es kann mir helfen, weil ich noch nie dort war. Ich möchte vermuten, dass schon die Luft dort anders ist und das Wetter und die Beschaffenheit der Dinge ...«

»Wohl wahr. Aber was gedenkst du dort zu tun?«

»Nun, Sire«, stammele ich, »ich weiß es nicht genau, aber ich sollte mich besser nicht als armer Wanderer, der niemanden kennt, dort hinbegeben. Und ich habe mich gefragt, ob nicht in den Wochen meiner Anwesenheit dort ... ob meine medizinische Kunst nicht vielleicht auf irgendeine Weise von Nutzen sein könnte ... falls ich vorgestellt würde –«

»Ich verstehe. Du wünschst, am Hofe von König Louis, meinem Cousin, empfangen zu werden?«

»Ich weiß, das ist sehr anmaßend. Es ist lediglich ein Gedanke, dass ich Seiner Majestät, *le roi*, von gewissem Nutzen sein könnte …«

»Erinnerst du dich noch, dass ich dir, als du zum ersten Mal zu mir kamst, die Sorge um meine Hunde anvertraute?«

»Sehr gut erinnere ich mich daran, Sire.«

»Du hast meine kleine Lou-Lou vor dem frühzeitigen Tod bewahrt, und dafür belohnte ich dich. Du könntest dieselbe Aufgabe für Louis übernehmen, doch bedauerlicherweise mag er Hunde nicht. Die Franzosen kennen nicht unsere empfindsame Liebe zu den Tieren. Nun ist mein Cousin jedoch von einer großen Menge liebedienerischer *Bittsteller* umgeben. Und diese sind so ängstlich bemüht darum, dass ihr König, den sie für einen Halbgott halten, sie anerkennen oder belohnen möge, dass wir durchaus vermuten können, dass ihre armen Herzen in einiger Bedrängnis sind. Weshalb womöglich du – vor allen anderen – dort von großem Nutzen sein könntest, indem du Arznei für die Herzen der *plaideurs* ersinnst.«

Obgleich mich die Formulierung des Königs »du, vor allen anderen« ein wenig verwirrt, zwinge ich mich zu nicken und ihm mit einer Verbeugung beizupflichten.

»Du musst begreifen, Merivel, dass der Hof in Versailles so unermesslich groß ist, dass er alles ihn Umgebende verdunkelt. Er *ist* Frankreich. Mein armes Whitehall mitsamt meinen eingeschränkten Machtbefugnissen als König von England ist ein Nichts im Vergleich zu Louis' Universum. Welches ein Weltwunder ist. Wusstest du, dass sechsunddreißigtausend Menschen an seiner Errichtung beteiligt waren?«

»Nein, Sire.«

»Sechsunddreißigtausend Männer! Und was die Gärten angeht, so wurden ganze Wälder in der Normandie entwurzelt und Baum für Baum dorthin geschleppt. Ich glaube, Versailles ist von größerem Ehrgeiz besessen als das antike Rom. Und ich bin der Meinung, du solltest dich dort hinbegeben und seine Schönheit und sein ehrgeiziges Brennen selbst erleben.«

Ich will gerade stammeln, wie glücklich ich darüber wäre, in Versailles empfangen zu werden, als der König unvermittelt sein Glas absetzt und sich erhebt. Ich sehe mich genötigt, seinem Beispiel zu folgen, bemühe mich aus meinem Sessel und lasse versehentlich meinen Fasan auf den Boden fallen.

»Ich werde darüber nachdenken, wie es für dich in Versailles sein könnte«, sagt er. »Das vordringliche Problem wird sein, dass niemand über deine Scherze lachen wird. Die Franzosen haben einen eher düsteren und unbarmherzigen Witz, und Louis besitzt keinerlei Sinn für Humor. Doch nun möchte ich dir etwas zeigen. Folge mir.«

Diener eilen an die Seite des Königs, doch er scheucht sie fort. Und ich bemerke jetzt, dass er beim Gehen sehr leicht hinkt, indem er das rechte Bein bevorzugt belastet, und doch schreitet er entschieden voran und führt mich rasch aus den Gemächern der Herzogin und zu einer schmalen Treppe, die nach oben führt.

Es wird kälter, je weiter wir hinaufsteigen, und als wir das oberste Stockwerk erreichen, kann ich den Wind in den Dachziegeln seufzen hören. Und für einen kurzen Augenblick muss ich an den Westturm von Bidnold denken, der mir bei meiner Rückkehr im Jahre 1667 als Einziges wieder überlassen wurde und in dessen Gemäuern ich viele Monate mein Dasein fristen musste. Diesen Wind, der stets und ständig über all meinem Wachen und Schlafen klagte, habe ich nie vergessen können.

Endlich betreten wir einen niedrigen von Lampen erleuchteten Raum, in dem ein kleines Feuer brennt. Auf einem Stuhl sitzt, inmitten von halb beendeten Stickereien, eine Frau mittleren Alters. Ihr Haar, ursprünglich braun, ist mit grauen Strähnen durchzogen. Sie trägt ein graues Gewand.

Bei unserem Eintreten blickt sie auf, und ein mattes Lächeln huscht über ihr Gesicht. Weder steht sie auf noch knickst sie vor dem König. Es scheint, als wisse sie nicht, dass diese Person der König ist. Stattdessen streckt sie uns die Stickerei entgegen, an der sie gerade arbeitet, mit Fäden blauen und goldenen Garns, und sagt: »Die Blumen hier habe ich fast fertig gestickt. Möchtet Ihr schauen? Es fehlen nur noch ein paar unbedeutende Kleinigkeiten.«

»Sehr hübsch«, sagt der König. »Bist du nicht auch der Meinung, Merivel?«

»Fürwahr«, sage ich. »Eine vortreffliche Arbeit.«

»Sieh nur die Sorgfalt. Kein Stich zu lose, keiner zu straff gezogen.«

»Ich sehe es wohl. Welch fabelhafte Sorgfalt.«

»Die Muster sind auf dem Stoff schon vorgegeben«, sagt der König mit leiser Stimme zu mir. »Die Künstler haben sie vorweg mit ihren Stempeln und Farben markiert, so dass sie ihnen nur zu folgen braucht. Was die Künstler mit Blau markiert haben, wird sie mit blauem Garn besticken, und ich habe festgestellt, dass sie niemals davon abweicht. Sie wird nie irgendwo Grün einführen, wo kein Grün ist. Denn sie folgt einem Muster, und es ist das Muster, das ihren Tagen Sinn und Frieden verleiht.«

Darauf weiß ich keine Antwort. Ich betrachte die Frau gedankenverloren, denn sie erinnert mich an jemanden. Es ist etwas in der Art und Weise, wie sie das Haupt über ihre Arbeit beugt und so ruhig auf ihrem Stuhl sitzt, das ich – da bin ich sicher – schon einmal gesehen habe, doch es will mir nicht einfallen, wann und wo.

»Siehst du, wie zufrieden sie ist?«, fragt der König mich flüsternd.

»So scheint es zu sein ...«

»Nein. Es *ist* so. Es trifft, wie ich weiß, zu und steht außer Frage. Ich glaube, die Stoiker nannten diesen Gemütszustand *ataraxia*, was ›Freiheit von Angst‹ bedeutet. Und wie sehr sehnt man sich nach diesem Zustand. Ich würde wahrhaftig mein Königreich für solch herrlichen Seelenfrieden hergeben. Du nicht auch?«

»Das würde ich, nur dass ich kein Königreich besitze, Sire.«

»Doch, das tust du. Denn du selbst bist dir dein eigenes Königreich, Merivel! Du bist du, mitsamt den Verirrungen deines Herzens und deinen großen Ängsten. Würdest du deine Tage nicht auch lieber auf diesem Stuhl verbringen?«

Ich will gerade sagen, dass ich keinesfalls meine Tage auf so einem Stuhl verbringen und Linnen mit der Nadel durchstechen möchte, als ich plötzlich merke, dass mir die Stimme versagt. Denn mit einem Mal weiß ich, wer diese Frau ist: Sie ist meine einstige Gemahlin Celia.

Mir wird sehr kalt. Ich wende mich zum König, als verlangte es mich nach dem Schutz seiner Arme.

»Sire«, sage ich. »Es ist Celia!«

Er scheint nicht zu hören, betrachtet vielmehr Celia, die sich wieder ihrer Stickerei zuwendet, und zupft gedankenverloren an seinem Schnurrbart.

»Ja«, sagt er endlich. »Es ist Celia.«

»Und doch ...«

»Nicht so, wie du und ich sie kannten. Nein. Sie ist wahnsinnig, und das schon seit vielen Jahren.«

»Ach«, sage ich. »Welches Unglück hat sie denn in den Wahnsinn geführt?«

»Mein lieber Merivel, du weißt die Antwort so gut wie ich. Celia hat sich nie von der Enttäuschung erholen können, dass der König von England nicht mehr sein Bett mit ihr teilen wollte.«

Ich bleibe stumm und betrachte aufmerksam die Frau, deren Schönheit mein Leben einst an den Rand des Ruins brachte. Jetzt ist von dieser Schönheit nichts mehr geblieben.

»Ihre Eltern haben sie lange Jahre bei sich aufgenommen«, fährt der König fort. »Doch als sie starben, sorgte ich dafür, dass sie hierhergebracht wurde. Das war das Mindeste, was ich tun konnte. Sie erkennt mich selbstverständlich nicht – und dich ebenso wenig. Aber bei ihr handelt es sich nicht um tobenden Wahnsinn, so wie du ihn mir von deinem Irrenhaus in Fenland beschrieben hast. Es ist eine Geisteskrankheit des Nichtwissens. Deshalb lebt sie in Frieden.«

Hinter Celia, am anderen Ende des Raums, dort, wo Lampenlicht und Feuerschein kaum hinreichen, sitzt eine alte Frau genauso stumm auf einem Stuhl, vermutlich Celias Betreuerin oder Krankenschwester. Ich muss an den strahlenden Glanz denken, in dem Celia sich einst sonnte. Und es kommt mir sehr elendig vor, dass sie jetzt hier haust und, selbst noch nicht alt, das Leben eines alten Weibs führt, mit einem wirklich alten Weib als einziger Gesellschaft und beide in Dunkelheit vergessen.

»Woher wollt Ihr wissen, dass sie in Frieden lebt, Sire?«, frage ich.

»Nun. Schau sie dir doch an, Merivel«, sagt der König. »Beachte ihre Konzentration. Nichts stört das friedliche Wandern ihres Geistes von einem Moment zum nächsten.«

»Wäre es ihr denn nicht *lieber*, wenn er gestört würde – durch einen Besuch im Theater des Herzogs oder ein gelegentliches Kartenspiel oder durch –«

»Nein. Im Gegenteil. Derlei Dinge würden sie vollkommen verwirren, da sie deren Gesetze nicht mehr kennt.«

Am frühen Nachmittag verlasse ich den Palast. Nach der Begegnung mit Celia befinde ich mich in einem derart aufgewühlten Zustand, dass ich mein Schwert losschnalle und es wie eine Donnerbüchse über der Schulter trage, bis ich an eine freie eiserne Bank komme, wo ich es mit großem Getöse zu Boden fallen lasse, mich niedersetze, mir die Stirn wische und mein klopfendes Herz zu beruhigen versuche. Wieso schlägt es so heftig? Weil der Name »Celia Clemence« bis zum Tag meines Todes mein Herz ergreifen wird…

Wie ich im *Keil* in aller Ausführlichkeit berichtet habe, schloss ich 1664 einen höchst außergewöhnlichen und unvorhergesehenen Pakt. Bis dahin ein bescheidener Doktor für die königliche Hundemeute in Whitehall, wurde ich, aufgrund einer befremdlichen Laune des Königs, von dieser tierärztlichen Arbeit entbunden und erhielt ein Landgut in Norfolk geschenkt und dazu die Ritterwürde.

Als Gegenleistung für diese Gaben hatte ich der Bräutigam von Celia Clemence zu werden, der jüngsten Mätresse des Königs, damit seine Liaison mit ihr vor der Welt und, insbesondere, vor seiner *première amour*, Lady Castlemaine, verborgen bliebe. Doch es gab eine Bedingung bei diesem Handel: Es wurde mir von Seiner Majestät untersagt, mein Weib anzurühren. Ich sollte nur dem Namen nach ihr Gemahl sein – ein Bräutigam auf dem Papier, ein entlohnter Hahnrei. Tatsächlich wurde ich aufgefordert, meine Ehre gegen weltlichen Reichtum und Aufstieg einzutauschen – und ich versprach es.

Und so wurde ich mit Celia vermählt. In meiner Hochzeitsnacht wohnte der König meiner Braut bei, nicht ich.

Von anderen Zerstreuungen in Anspruch genommen und leidenschaftlich verstrickt in die wilden Vergnügungen auf Bidnold mit Lady Bathurst, meiner eigenen Mätresse, war ich lange Zeit in der Lage, meinem Versprechen treu zu bleiben. Celia weilte sehr häufig in London. Obgleich sie eine hübsche Frau war, dachte ich nur selten an sie.

Doch eines Tages, nachdem der König sie für eine Weile nach Bidnold geschickt hatte, hörte ich sie in meinem Musikzimmer singen. Ich setzte mich vor dem Zimmer auf einen Stuhl und hörte ihr zu. Celia Clemence sang mit ungewöhnlicher Musikalität und Leidenschaft. Und, ach und weh, der Klang dieser süßen, vollkommenen Stimme rührte mich derart, dass er mich nicht nur sofort in einen meiner Schluchz-Exzesse stürzte, sondern es änderten sich bei mir fortan auch alle Gefühle meiner Gemahlin gegenüber, und sie brachten mich sehr rasch dazu, dass ich mir einbildete, ich sei in sie verliebt.

Diese Einbildung wurde in den folgenden Tagen und Wochen immer stärker. Ich wollte Celia als meine Braut besitzen. Ich wusste, dass ich alles hätte daransetzen müssen, meine Neigung zu bezwingen, dass mein Handel mit dem König bindend war, doch ich schien nicht fähig, meine Begierde zu unterdrücken.

In einer sternklaren Nacht, als ich Celia mit auf den flachen Teil meines Daches nahm, unter dem Vorwand, am Himmel ihren Planeten Jupiter für sie zu suchen, schlang ich, in einem unschicklichen Gerangel, die Arme um sie und versuchte, sie zu küssen. Da sie in der letzten Zeit sehr höflich und liebenswürdig zu mir gewesen war, glaubte ich, dass sie meine Inbrunst aus freien Stücken erwidern würde, doch ich wurde enttäuscht. Sie widerstand mir so erbittert wie ein wütender Vogel Strauß und stieß mich derart heftig von sich, dass ich um ein Haar zwanzig Meter tief in den Garten gestürzt wäre. Dann flüchtete sie und rief laut nach ihrer Zofe, und ich begriff, was ich leider schon gewusst hatte: dass mein Weib nichts für mich empfand außer Abscheu und Verachtung.

Und als ich nun voller Entsetzen allein auf dem frostigen Dach stand, wusste ich, was mir widerfahren würde. Ich hatte das Gesetz des Königs gebrochen. Wie Adam hatte ich genau das getan, was mir verboten worden war. Wenn mein Verhalten dem König zu Ohren kam, was, wie ich wusste, nur zu bald geschehen würde, dann würde Seine Majestät mich aus dem Paradies vertreiben, das doch, wie ich mir eingebildet hatte, für immer meins hätte sein sollen.

Ich wurde nach Whitehall einbestellt. Im Verlauf einer kurzen Audienz nahm mir der König alles, was er mir gegeben hatte, darunter meinen Titel und mein Haus. Alles, was mir blieb, waren ein paar wenige Kleider, ein paar Schillinge und meine Fuchsstute Danseuse.

In entsetzlichem Kummer ritt ich zum letzten Mal zurück nach Bidnold, packte die wenigen mir verbliebenen Habseligkeiten, sagte Will Gates und Cattlebury und meinen anderen Bediensteten ade und begann meine lange, einsame Reise zu den Fens, wo Pearce und seine Quäker-Freunde ihr Bedlam-Irrenhaus gegründet hatten. Es war nicht mein Wunsch, dorthin zu gehen und unter den Wahnsinnigen zu arbeiten, aber ich wusste nicht, wo sonst ich eine Bleibe hätte finden können. Als Pearce mich sah, eilte er mir entgegen, rief meinen Namen, und die Quäker nahmen mich auf.

Und dort wurde ich dann irgendwann später von Margarets Mutter Katharine verführt.

All das habe ich in hitziger Raserei und Verwirrung im *Keil* festgehalten …

Um mich aufzuheitern und um meine Erinnerungen an Celia und an Katharine und das Irrenhaus zu vertreiben, ziehe ich aus der Tasche meines rostroten Rocks ein sehr wertvolles Dokument, das der König mir mitgab. Es ist ein Brief an seinen Cousin, Louis XIV. von Frankreich, in welchem er ihn darum bittet, »Sir Robert Merivel möge am Hof von Versailles freundlich empfangen werden und, sollte er darum ersuchen, die Stellung eines Doktors zweiten oder dritten Ranges erhalten«.

Trotz des ein wenig herabsetzenden Hinweises auf den *zweiten oder dritten Rang* begreife ich, dass ich jetzt eine sehr begünstigte Person bin und diese Gunst an einem einzigen Nachmittag und ohne Täuschung und Bemühen erlangt habe, sondern allein, indem ich ich selbst war.

Ich weiß auch, dass ich nun all meine Gedanken auf die Reise nach Frankreich richten sollte. »Wehe dir, Merivel«, sage ich zu mir, »wenn du dich nicht *in deinem Leben vorwärtsbewegst* und wieder die Suche nach seinem Sinn aufnimmst. Du musst dich sputen, um ins Land des unvergleichlichen Montaigne zu gelangen. Wenn du das nicht umgehend tust, wirst du unweigerlich auf einem Stuhl in einer Dachstube enden und Lumpen mit grünem Garn besticken. Und dieses Ende musst du unbedingt vermeiden!«

Aber ich bin müde. Ich fühle mich nicht einmal im Stande, auch nur bis Dover zu reisen. Mir glüht der Schädel noch von all den Grausamkeiten der Vergangenheit. Ich sehne mich nach Trost und Ruhe.

Ich tue das, was ich immer tue, wenn Körper und Geist in Aufruhr sind.

Sie wohnt jetzt in einer sehr hellen und sauberen Wohnung über ihren Gewerberäumen, *Mrs. Pierpoints ausgezeichneter Wäscherei*, auf der London Bridge. Der große Fluss schlägt unermüdlich gegen die Ulmenpfosten unter ihr.

Nun, da sie älter ist, empfängt sie nicht mehr viele Besucher meiner Art, sondern verdient ihren Lebensunterhalt ausschließlich mit der Wäscherei. Zwei Mädchen, Marie und Mabel, arbeiten unter ihrer Aufsicht, seifen ein und schrubben und spülen und bügeln, und all das in einer ewigen Wolke aus Dampf. Sie erklärt mir, ihre Wäscherei sei mittlerweile »in ganz London berühmt« und Menschen würden viele Meilen durch Schlamm und Regen trotten, um ihre Wäsche hierherzubringen.

Als ich ankomme, steht sie am Bügeltisch, Arme und Gesicht engelhaft rosig wie immer und das Haar, ein wenig ergraut inzwischen, recht anmutig mit einem rosafarbenen Tuch hochgebunden.

»Rosie!«, rufe ich aus. »Rosie Pierpoint!«

Sie blickt auf und sieht mich, so elegant in meinem rostroten Rock und mit glänzender Perücke, und sie setzt ihr Eisen ab, geht auf mich zu, legt die Arme um mich und küsst meine Lippen.

»Sir Rob«, sagt sie, »welch eine Freude, Euch zu sehen.«

Ihr Körper, schon immer üppig, ist nun wirklich fett, und die Haut ihres Gesichts ist nicht mehr glatt wie einst, doch diese Veränderungen haben mein Verlangen nach ihr nicht gemindert, es hat sich nur eine süße Traurigkeit hinzugesellt, die dieses Verlangen auf geheimnisvolle Weise verstärkt.

Wir ziehen uns in Rosies Schlafgemach zurück, dessen Fenster mit Musselin verhängt ist und wie ein luftiges Behältnis für all die Musik des Flusses erscheint – sein Wirbeln und Rufen und Klagen und Lachen. Und alles, was wir einander zuflüstern, und alles, was wir veranstalten, wird somit aufgenommen und von der Welt gesammelt, und wir werden eins mit ihr, winzige Teilchen bewegten Fleisches, und doch lebendig noch, wie wir da schwimmen und atmen im Kessel der Zeit.

4

Ich bestieg die Nachtkutsche in Deptford.

Sie wurde von einem älteren Kutscher gelenkt, und ein dunkelhäutiger Wachposten stand hinter ihm. Beide Männer schienen gezeichnet, sowohl durch den Wechsel der Jahreszeiten wie auch durch das, was ihnen auf der dunklen Straße nach Dover schon alles widerfahren war.

Meine fünf Reisegefährten waren von sehr unterschiedlicher Herkunft. Einer von ihnen ein Diener Gottes, der sich bemüßigt sah (und damit erinnerte er mich stark an Pearce' Auftreten gegenüber der Welt), unsere kleine Gesellschaft zu segnen, als die Pferde sich in Bewegung setzten und die Räder der Kutsche sich drehten. Niemand hatte ihn darum gebeten, er tat es aber dennoch, und das ist etwas, was mir an den sehr Frommen missfällt, dass sie stets *meinen*, die Seele eines Menschen bedürfe ihres Eingreifens, und nicht zuerst höflich fragen, ob diese Seele dies tatsächlich wünscht.

Ein weiterer in unserer Runde, ein recht beleibter Gutsbesitzer, dankte ihm nach dieser Segnung und sagte: »Nun bin ich unbesorgt, Hochwürden. Ich sah mich im Geiste schon als Opfer von Wegelagerern, die uns überfielen, jetzt aber bin ich bar jeder Furcht.«

Das Jahr neigte sich seinem Ende zu, und die Nacht Anfang Dezember war frostig. Der Boden der Kutsche war mit sauberem Stroh bestreut worden, und nach und nach griffen wir alle danach und häuften uns das Stroh um die Beine, um sie zu wärmen.

Ich versuchte, ein wenig zu schlummern, doch ich saß zwischen dem hageren Geistlichen und dem fetten Gutsbesitzer und wusste nicht, wie ich zwischen diesen beiden so unterschiedlich gepolsterten Gestalten mein Gleichgewicht finden sollte, weshalb ich mich zu einer aufrechten Haltung gezwungen sah, als wollte ich mich gleich von meinem Sitz erheben. Und was taten der Mann Gottes und der Mann des Fleisches? In ihrem geräuschvollen Schlaf fielen sie *hinter mir* gegeneinander und schnitten mir so den Kontakt zur Rückenlehne gänzlich ab.

Mir gegenüber saßen drei Frauen mittleren Alters, die einander so ähnlich sahen, dass ich sie für Schwestern, wenn nicht gar Drillinge hielt, geboren zur selben Stunde. Was sie hauptsächlich beschäftigte, war der Proviantkorb von beträchtlicher Größe, den sie für die Reise mitgebracht hatten, und sie reichten einander Hähnchenschenkel und gewürzte Rindfleischpastetchen und gesalzene Rettiche und eine Flasche Bier und verzehrten alles, als würden sie nie wieder eine Gelegenheit zum Essen haben.

Nachdem sie eine Weile alle drei auf dieselbe Weise geschlungen, getrunken und geräuschvoll gekaut hatten, sah ich mich von einem derart entsetzlichen Hunger gepeinigt, dass ich mir die Bemerkung erlaubte, dass es doch in Frankreich Nahrung im Übermaß gebe, dazu exzellent und auf die verschiedenste Weise zubereitet. Doch sie erwiderten mir nur, alle mit demselben verächtlichen Schnauben, man könne sich doch »ebenso gut aus unserer eigenen vorzüglichen Speisekammer versorgen«.

»Wohl wahr«, sagte ich, »doch leider Gottes habe ich meine Gedanken vor dieser Reise nicht auf irgendwelche Speisekammern gerichtet.« Und dabei hoffte ich auf eine kleine Pastete oder zumindest einen Hähnchenflügel, doch sie zogen es vor, meine offensichtliche Notlage zu ignorieren. Alles was sie mir anboten, war ein Rettich, welcher aber bitter war und in meinem Magen eine unwillkommene Menge an Gallenflüssigkeit produzierte, weshalb ich gegen diese Drillinge nun eine entschiedene Ablehnung hegte und die Frau bedauerte, die sie geboren hatte.

Weit nach Mitternacht hörte ich (als einzige Person, die in dieser Kutsche noch wach war) das Geräusch sich rasch nähernder Hufe, und unser Gefährt begann zu schaukeln und zu beben, als der Kutscher mit der Peitsche knallte, um die armen Gäule, die sich durch die Dunkelheit kämpften, zu einer Art Galopp anzutreiben. Dennoch kam der fremde Reiter immer näher, und dann vernahm ich den Ruf: »Haltet an! Haltet an! Oder es kostet euer Leben!« Und ich wusste, dass wir, trotz des empfangenen Segens, nun durch einen kentischen Wegelagerer womöglich unser Leben, unsere Gliedmaßen oder unsere *livres* verlieren würden.

Unter großem Pferdegewieher und mächtigem Räderknirschen auf der steinigen Straße kam die Kutsche entsetzlich schlingernd zum Stehen. Und dieses lärmende Gerüttel weckte meine Mitreisenden. Sie blickten sich um wie Kinder, die, noch ganz erhitzt von ihren Träumen, vergeblich nach ihren Müttern oder Ammen suchen.

»Keine Angst«, sagte ich mit einem Lächeln. »Sicherlich nur ein Wegelagerer!«

Und ich gestehe gern mein Vergnügen, als ich im flackernden Licht der Kutschlampen das Entsetzen in den Gesichtern sah und beobachtete, wie sie hastig zu wühlen begannen, um ihre Habseligkeiten weiter unter die Sitze zu schieben. Eine der Drillingsschwestern warf einen Schal über den Proviantkorb, und der Gutsbesitzer holte einen dicken Geldbeutel aus seiner Tasche und versuchte, ihn in seinen Stiefel zu schieben, doch sein Bein war ein wenig zu fett, und der Verschluss schaute oben heraus. Der Priester löste das Kreuz, das er um den Hals trug, jedoch nicht, um es zu küssen oder um göttliche Hilfe zu flehen, sondern um es unter seinem Gewand zu verbergen, weil es aus Silber war.

Jetzt überlegte auch ich, wie ich retten könnte, was ich bei mir trug, doch die meisten kostbaren Güter (darunter auch einige feine neue Kleider, die ich mir in London hatte anfertigen lassen) befanden sich in zwei Koffern auf dem Dach der Kutsche. Und ich glaubte nicht, dass Straßenräuber sich mit Truhen und Kisten beladen würden, da sie stets schnell wieder flüchten mussten. Es ging um Geld.

Der Brief des Königs an Louis XIV. in der Tasche meines Rocks bereitete mir dagegen durchaus einige Sorge, denn ohne ihn besaß ich kein *entrée* für Frankreich – und ich weiß, dass des Königs Unterschrift und Siegel, ungeachtet des Dokuments, das damit versehen ist, stets einen guten Preis erbringt. Ich legte die Hand auf den Brief, als fasste ich mir ans Herz, dachte aber im selben Moment: »Wenn ich nicht nach Frankreich kann, dann eben nicht, das wäre halt das Ende der Geschichte. Und nichts im Leben ist mir so wichtig wie Margarets Sicherheit und Glück und dass ich hin und wieder das zustimmende Lachen meines Herrschers höre.« Und weil ich wusste, dass meine Überlegungen unzweifelhaft zutrafen, begriff ich mit einem Mal, wieso ich nicht die geringste Angst verspürte.

Nicht lang, und die Tür der Kutsche wurde aufgerissen, und ein seltsames Gesicht erschien, Hut tief in die Stirn geschoben und ein Tuch oder Schal um die untere Hälfte gebunden, so dass es aus nichts als einer Nase zu bestehen schien.

Diese Nase erschnüffelte die widerliche Luft im Innern, wo wir, die hilflosen Opfer, saßen, dann langte eine behandschuhte Hand herein, und diese Hand hielt eine Steinschlosspistole, mit der sie zuerst auf mich und dann auf den Priester und schließlich auf die Drillinge zielte, welche, gekräftigt durch Bier und Pasteten, versuchten, sich tapfer zu zeigen, und mutig ihre Schreie unterdrückten.

Dann sprach eine leise Stimme. »Ich bitte ergebenst um Verzeihung, meine Herren. Meine Damen, bitte nehmen Sie meine Entschuldigung an. Aber ich bin in eine schlimme Lage geraten und habe keine Mittel, um zu leben und meine Schulden zu begleichen, mir bleibt nur, Sie zu berauben. Ich vertraue darauf, dass Sie mir vergeben.«

»Oh«, sagte ich leise zum Priester, dessen Zittern ich mit meinem ganzen Wesen spüren konnte, »ein sehr höflicher, artiger Räuber.«

»Was soll das? Was soll das?«, fragte die Stimme. »Wer spricht da? Sind Sie das, Sir?«

Ich sagte nichts, sah jedoch, dass die Steinschlosspistole wieder auf mich gerichtet war.

»Glauben Sie bloß nicht, Sie könnten mir entkommen«, sagte die Stimme, und die Nase schnüffelte erneut in alle Richtungen, witterte vielleicht das gebratene Hähnchen oder die wohlriechenden Törtchen. »Das Leben hat seine Karten ausgeteilt. Ich bedaure die Unannehmlichkeiten. Geben Sie mir einfach all Ihr Geld. Mehr verlange ich nicht. Dann ziehe ich von hinnen. Und Sie können Ihre Reise nach Dover fortsetzen.«

Niemand rührte sich. Ich konnte immer noch den Geldbeutel sehen, der oben aus dem Stiefel des Gutsbesitzers guckte, und als meine Augen dorthin wanderten, folgte ihnen die Nase, und eine zweite Hand erschien und schnappte sich den Geldbeutel. Der Gutsbesitzer stieß einen kleinen zornigen Schrei aus, und als der Priester erkannte, dass unser Wegelagerer seinem Beruf mit großem Ernst nachging, murmelte er, er sei ein armer Mann Gottes, der nichts sein Eigen nenne.

»Ich bedaure, Hochwürden«, sagte die Stimme, »es widerstrebt mir, einen Mann auf einen möglicherweise geäußerten Irrtum hinzuweisen. Ich bezweifele nicht, dass Sie sich in dem, was Sie sagen, um Ehrlichkeit bemühen, ich kann jedoch nicht glauben, dass Sie *nichts* besitzen. Tragen Sie nicht, zum Beispiel, ein Kreuz um den Hals? Und würden Sie es nicht vorziehen, dass ich das Kreuz nehme, anstatt Ihnen die Kette, an der es hängt, um den Hals zu legen und so lange zu ziehen, bis Sie nicht mehr atmen können?«

Der Priester neben mir zitterte jetzt so heftig am ganzen Leib, dass ich seine Knochen in ihren Gelenken knirschen hören konnte, und vielleicht war es Mitleid mit ihm, das mich zu der Äußerung verleitete: »Ich besitze einen Ring, Räuber! Es ist ein Saphir, der mir von Seiner Majestät, König Charles, als Wiedergutmachung geschenkt wurde, weil er mich so häufig beim Tennis besiegte. Ich verbürge mich dafür, dass er mehr wert ist als alles andere hier in dieser Kutsche. Nimm ihn, er wird dir hundert *livres* oder zehn *Pistolen* einbringen, was eine Menge mehr ist als seine *Pistole* da. Und dann zieh ab in Frieden!«

Ich entfernte den Handschuh meiner rechten Hand und wollte gerade den Ring mit dem Saphir vom Finger ziehen, als ein Knall, so ungeheuer wie der Donner Jupiters, die Luft erfüllte, und ich sah die Nase und den Kopf, an dem sie saß, zur Seite kippen, sofort gefolgt von der Hand mit der Steinschlosswaffe, und ich roch den Gestank von Schwefel, und durch die offene Tür der Kutsche drang beißender Rauch, der Rauch einer abgefeuerten Donnerbüchse.

Jetzt ließen die Drillinge ihrem Schreien freien Lauf, und der Priester fiel nach vorne ins Stroh. Ich rappelte mich hoch, kletterte über die liegende Gestalt des Priesters und trat hinaus in die Dunkelheit. Bitterkalte Nacht umfing mich, und der Rauch der Donnerbüchse verhinderte jegliche Sicht. Aber binnen Kurzem klärte es sich, und ich konnte den Kutscher sehen, der die Pferde zu beruhigen suchte, und vor meinen Füßen den Körper des Wegelagerers, dessen Kopf sauber weggeschossen war. Der Wachposten, der die Donnerbüchse auf den Körper des Räubers gerichtet hielt, als frage er sich, ob ein weggeschossener Kopf einen Menschen auch hinreichend töte, stand da und schüttelte den Kopf. Dann trat er gegen den Leichnam. »Ich ertrage sie einfach nicht«, sagte er. »Wegelagerer sind Ungeziefer. Es gibt nicht einen, den ich nicht ins Jenseits befördere, wenn sich mir die Gelegenheit bietet.«

Ich befinde mich jetzt auf hoher See.

In meiner kleinen Kabine (die so eng ist, dass sie mich an das Zimmer erinnert, das ich bewohnte, als ich in Whittlesea arbeitete, welches mich wiederum an meine Besenkammer auf Bidnold erinnerte) versuche ich, einen Brief an Margaret zu schreiben, doch nach meinen Abenteuern in der Nachtkutsche überwältigt mich die Müdigkeit, und ich lege den Brief beiseite, lege meinen Kopf auf die sackleinerne Matratze und falle in einen tiefen Schlaf.

Es ist später Morgen, als ich erwache. Der Tag ist sehr kalt, doch der Kanal ist ruhig, und das Schiff, eine Brigg, die englische Wolle zum Hafen von Dieppe bringt, bewegt sich so sanft und angenehm, dass all meine Ängste vor der Seereise verschwunden sind. Tatsächlich bin ich in höchstem Maße entzückt von dieser Art des Transports und frage mich, weshalb ich ihn nicht schon eher gewagt habe.

Ich begebe mich nach oben, spaziere über das Deck, staune, dass der träge Wind doch reicht, unsere Segel zu blähen und uns voranzutreiben, und fühle mich sehr glücklich, weil ich lebe und nicht mit weggeschossenem Kopf tot auf der Straße nach Dover liege. Als Doktor habe ich in meinem Leben schon vielerlei Arten zu sterben gesehen: Tod durch Schwindsucht, Tod durch Fieberkrämpfe, Tod durch Auszehrung, Tod im Kindbett, Tod durch die Pest und Tod durch Feuer. Doch nie zuvor wurde ich Zeuge, wie der Kopf eines Menschen mit der Donnerbüchse von seinem Körper katapultiert wurde, und ich glaube nicht, dass ich das so schnell vergessen werde.

Und dennoch bin ich nun ruhig. Hier draußen, in den Weiten des Ozeans, scheint sich alles seiner selbst zu erfreuen: Sonnenlicht versilbert die kleinen Wellen und die Flügel der weißen Möwen, die uns ebenso folgen, wie sie dem Pflug folgen, und in unserem bewegten Kielwasser nach Fischen tauchen. Die fröhlichen Flaggen, die von unseren Masten wehen, scheinen den Stolz auf unsere Ladung Wolle, auf uns selbst und auf England zu verkünden. Und ich merke, wie mein Herz von einer lächerlichen patriotischen Freude erfüllt ist.

Ich stolziere wie eine fette Taube umher (ich trage Grau), plaudere mit den Matrosen, kümmere mich nicht darum, ob sie mich für närrisch oder verrückt halten, plaudere mit ihnen über dies und das und bedaure allein, dass Margaret nicht bei mir ist, nicht fühlen kann, was ich fühle, und sich daran freuen, dass meine Melancholie fürs Erste verschwunden ist und einer plötzlichen Lebenslust Platz gemacht hat.

Während der gesamten Fahrt nach Frankreich bin ich berauscht von einem unerwarteten Glücksgefühl. Doch als endlich die französische Küste auftaucht, spüre ich mit einem Mal Enttäuschung. Nicht, weil der kleine Hafen von Dieppe wenig einladend wirken würde, das tut er nicht. Vielmehr hat mich die Seefahrt selbst so fest umfangen gehalten, dass mir der Wille zur Ankunft abhandengekommen ist.

Ursprünglich hatte ich geplant, ein Gespann zu mieten und mich unverzüglich nach Versailles kutschieren zu lassen. Doch als ich von Bord gehe, bemerke ich jene Trübung der Luft, die mir stets wie das allmähliche Schwinden meiner Sehkraft erscheint und doch nur das Hereinbrechen der Dämmerung ist.

Und nun, da ich friere und meine Fröhlichkeit mich verlassen hat, weiß ich, dass ich nicht das Herz habe, um ein Gespann zu feilschen, und gewiss auch die lange Fahrt zu meinem Ziel nicht ohne einige Stunden Schlaf ertragen werde. Um mir diese Schwäche zu verzeihen, rufe ich mir einmal wieder die Worte von Montaigne ins Gedächtnis, der darauf beharrt, der Mensch könne sein Glück durch Wissen beeinflussen, welches er wiederum nur in kleinen Schritten, nach *seinen eigenen Fähigkeiten*, erwerben könne.

Ich frage Umstehende nach einem Gasthof in Dieppe, wo ich ein Bett und gutes Essen finden könne, und werde zu einem Haus verwiesen, das die Franzosen *Auberge* nennen, eine bessere Art von Schenke. Dort werde ich in ein stattliches Zimmer geführt. Ein Kammermädchen mit dicken Locken, die ihr unter der weißen Haube hervorquellen, macht mir Feuer, und ich bin froh, dass mir auf der Straße nach Dover nicht all mein Geld geraubt wurde, weil ich mich ihr nun mit ein paar *sous* erkenntlich zeigen kann.

Das Zimmer hat die Form einer Galerie, ist lang und schmal und nimmt das gesamte oberste Stockwerk des Gebäudes ein. Es könnten sicherlich vier oder fünf Menschen dort schlafen, es gibt jedoch nur ein Bett, das mit einem Chenille-Vorhang eingefasst ist und an dessen Fußende eine beträchtliche Anzahl Bücher in bedenklicher Weise übereinandergestapelt sind. In dem Haufen bemerke ich den ausgezeichneten *Commentarius* des Theodor Bibliander darüber, wie die menschliche Sprache uns von den Tieren unterscheidet, und zuoberst auf dem Stapel eine Ausgabe der *Fabeln* von Äsop.

Mitten im Raum steht, wie auf einer unsichtbaren Insel, auch ein schwerer hölzerner Sekretär. Und darauf sehe ich ein Tintenfass, ein Dutzend Schreibfedern, einige Bögen Pergamentpapier und einen bemalten Globus, der alles zeigt, was von der Welt bekannt ist. Neben der Tür steht ein Korb mit Gehstöcken, und an einem Nagel hängt ein Umhang aus Leder.

Zuerst stelle ich mich vors Feuer und wärme mich, bis ich spüre, dass die Kälte aus meinen Fingern weicht. Ich nehme die Decke vom Bett und hülle mich zum Trost in sie ein. Dann setze ich mich an den Sekretär und stelle fest, dass mein Rumpf sich hervorragend in den Sessel fügt, und denke bei mir, dass hier sicherlich der Geist eines Schreibers oder Kopisten hausen muss, eines Mannes, der, wie ich, einst die Geschichte seines Lebens niederschrieb und schließlich unter seine Matratze legte, weil sie ihm nicht von Bedeutung schien. Und diese Vorstellung wärmt mir ebenso sehr wie die Bettdecke Körper und Herz.

Ich schicke nach Wein und einem Teller Austern. In der Ferne kann ich das Meer hören, das sich an den Ufern Frankreichs bricht.

Meine allerliebste Margaret, schreibe ich,
nun habe ich mich wahrhaftig auf diese große und exotische Reise begeben. Doch glaube nur nicht, dass ich, weil ich so fern bin, nicht auch an Papageientaucher denke …

5 &

Meine Kutschfahrt nach Versailles dauerte lange, und während ich so über die von keinem Sonnenstrahl beschienene graue Straße fuhr, vorbei an armseligen Dörfern und Hütten, fiel es mir angesichts des vielen Elends um mich herum schwer zu glauben, dass ich auf dem Weg zu der großen Ungeheuerlichkeit war, die der König mir beschrieben hatte. Doch dann entsann ich mich, dass das Wort »Ungeheuerlichkeit« zwei Bedeutungen enthält: In der ersten meint es »Unvorstellbarkeit« und der zweiten »Vermessenheit«.

Seine Majestät hatte in seinem Schreiben darum ersucht, dass mir Kost und Logis im Schloss geboten werde, doch während der ermüdenden Stunden der Reise dachte ich bei mir, dass alles davon abhing, ob ich dieses Schreiben König Louis überhaupt persönlich übergeben konnte. Und meine Kenntnisse von Whitehall genügten, um mir in Erinnerung zu rufen, dass Bittsteller mit ihren Bittbriefen, an die sie sich klammern wie an kleine Flöße auf einem windgepeitschten Ozean, häufig tagelang ohne Schlaf und Nahrung in den königlichen Fluren warten mussten. (Es wird sogar berichtet – ich selbst habe es nicht gesehen –, dass einige so lange warteten, dass sie dort *starben*, und das ist, wie mir scheint, so jammervoll, dass es in einem nur hilflose Heiterkeit weckt.)

Ich versuchte, mir alle pessimistischen Gedanken aus dem Kopf zu schlagen, als ich endlich merkte, dass wir uns dem Palast näherten. Als Erstes hörte ich ein sehr lautes Hämmern und Klopfen. Ich öffnete das Fenster der Kutsche, und der Lärm wurde gewaltig, und ich roch, dass die Luft voller Staub war, worunter sich noch ein morastiger Gestank mischte. Dann erblickten wir die Quelle all dessen: ein weites ebenes Gelände, in dem eine große Anzahl Steinmetze sich mit Granitblöcken und Blöcken aus weißem Marmor abplagte und Zimmerleute Holz bearbeiteten und all diese schweren Werkstoffe in Karren geladen wurden, gezogen von Pferden und Mauleseln.

Diese Ebene erstreckte sich bis weit an den östlichen und westlichen Horizont, und überall wurde unter großen Mühen gearbeitet. Es müssen wohl an die fünfhundert Männer und hundert Pferde dort auf dem Gelände gewesen sein, das sehr feucht zu sein schien, denn die Räder der Karren sanken immer wieder ein, und wie die Tiere sich mühten, die Karren zu bewegen, war ein Bild des Jammers. Gottlob habe ich nie ein Schlachtfeld gesehen, doch ein solches kam mir bei dem Anblick in den Sinn: Als hätte sich Blut mit der Erde vermischt, um sie schwer zu machen. Und überall waren zerbrochene und fortgeworfene Dinge verstreut: Leitern und Räder und Deichseln und auch Pferde, die still und wie tot im Schlamm lagen.

Ich starrte blöde auf dieses Panorama. Und ich glaubte wahrhaftig, das Wirken des königlichen Verstandes vor mir zu sehen. Obgleich Versailles schon stand, umkränzt von universellem Ruhm, wünschte König Louis es sich offenkundig noch großartiger. Er war noch nicht fertig mit der Natur, sondern zerrte an ihr, wie die römischen Kaiser, um ihr unvorstellbare, nie zuvor gesehene Wunder zu entreißen.

Ich dachte an die sechsunddreißigtausend Seelen, die diesem Unternehmen schon ihre Arbeit geschenkt hatten, und ich fragte mich, wie groß die Zahl hier sein mochte und wie groß sie noch werden würde und wie viele schon zugrunde gegangen waren. Und ich dachte, wie glücklich ich mich doch schätzen konnte, dass ich in England ein Leben verhältnismäßiger Behaglichkeit führen durfte und mir nicht hier in dieser schwarzen, übelriechenden Ebene als Steinmetz die Muskeln verderben musste, jetzt wo der Winter nahte.

Ich wandte den Blick ab. Ich studierte ein weiteres Mal

meinen Brief. Jenseits der Ebene begann ein steiler Abhang, den unser Gefährt nun mühsam erklomm, und dann, siehe da, lag er vor mir, der großartige, wunderbare Palast.

Ich gestehe gern, dass er mir den Atem raubte. Im Nu waren die Leiden der Steinmetze vergessen. Alles war vergessen. Denn hier bot sich mir ein Ensemble von Gebäuden dar, wie ich es noch nie gesehen hatte. Ich habe Mühe, es in schlichten Worten zu beschreiben. Was ich vielleicht am ehesten sagen kann, ist, dass das Ganze in seiner wundersamen horizontalen Ordnung beinahe zu *fließen* und in seinem Miteinander von rosigen Ziegeln und cremefarbenem Sandstein einen einzigen harmonischen Zusammenklang zu bilden schien, fast so, als wäre es gar nicht von einem Architekten erdacht, sondern von einem Komponisten dort hingezaubert worden. Selbst die Sonne wirkte mit an diesem Lied von Pracht und Schönheit, indem sie durch die grauen Wolken brach und die Gebäude mit ihrem warmen Winterlicht streifte, so dass die Schieferdächer wie Zinn glänzten und das Glas der tausend Fenster, wie die hohen Töne einer Flöte, in diamantener Helligkeit erstrahlte.

Ich hätte mir das Gelände gern verlassen gewünscht, um ganz allein seiner Musik zu lauschen, oder vielleicht sogar als ein Gemälde seiner selbst, um es in Muße und vollkommener Stille zu betrachten. Doch als wir weiterfuhren, sah ich unsere Kutsche von einer Menge Menschen umringt, die meisten ärmere Leute, die nicht durch das äußere Tor zu treten wagten und sich damit zufriedengaben, ihre Waren zu verhökern oder kleine Kunststücke, wie etwa auf Stelzen laufen oder Purzelbäume schlagen, zu vollführen, um von den ein und aus gehenden Höflingen ein paar *sous* zu erhalten.

Mein Kutscher drängte so ungeduldig durch diese kleine Menge, als wäre es eine Herde Gänse, ein Stelzen-Mann stürzte und fiel in den Staub; endlich fuhren wir in den ersten der zwei weitläufigen, auf Wallanlagen errichteten Schlosshöfe, genannt *Place d'Armes*, der dem Palast zusätzlichen Raum und Glanz verleiht.

Hat man diesen Hof erreicht, kommt es einem vor, als beträte man eine eigene *Stadt*, denn nun schließt sich alles um einen zusammen. Man sieht nur noch den Aufmarsch verzierter Fassaden, der sich bis ins Unendliche zu erstrecken scheint. Die Welt jenseits dieser Fassaden hört auf zu existieren. In zwei prächtigen Reihen haben die uniformierten Schweizer Garden, welche das *portail* bewachen, hinter dem sich die königlichen *Appartements* befinden, Aufstellung genommen und bewegen sich mit langsamem, untadeligem Schritt zum leisen Schlagen von zwanzig oder dreißig Trommeln.

Die Kutsche fuhr bis ans *portail* heran, wo uns der Weg durch Wachposten verstellt wurde, die Hellebarden trugen und zweifellos wegen ihrer wilden dunklen Augen und ihres hohen Wuchses ausgewählt worden waren. Ein wenig steif und gebückt, staubig und nach Stroh riechend, entstieg ich der Kutsche und zog mein Schreiben hervor. Dieses Dokument – von der langen Reise schon leicht zerknittert und beschmutzt (und mit einem kleinen Riss im Siegelwachs, der mir nun entsetzlich deutlich ins Auge sprang) – wurde von den Wachposten, als wäre es eine tote Maus, nur widerstrebend geprüft und mir zurückgereicht. Und sehr bestimmt wurde mir bedeutet, dass meine Kutsche nicht weiterfahren dürfe.

»*Messieurs*«, sagte ich in dem besten Französisch, das mir nach den langen Stunden auf der Straße noch gelingen wollte, »*regardez-bien*. Dies ist das Siegel von Seiner Majestät, König Charles II. von England. In diesem Schreiben drückt er seinen Wunsch aus, es möge mir eine sofortige Audienz bei Seiner Majestät, König Louis, gewährt werden, welchem meine Dienste anzubieten ich gekommen bin …«

»Der König«, erwiderte der größte Wachposten, »gewährt keine ›sofortigen Audienzen‹. Begebt Euch also zum *Grand*

Commun dort drüben, wo Euch durch einen der *Surinten-dents* die korrekten Formalitäten für ausländische Bittsteller erklärt werden.«

Wie sich herausstellte, war das *Grand Commun* das sehr bedeutende dreistöckige Gebäude zur Rechten des Hofes mit einer Vielzahl von Fenstern und einer großen Menge von Menschen, die durch die zwei Türen ein und aus gingen. Mir blieb keine andere Wahl, als dem Wachposten zu gehorchen und wieder in die Kutsche zu steigen und mich mit meinen Koffern vor eine der Türen fahren zu lassen; dort wurde ich dann endlich abgesetzt.

Ich entlohnte den Kutscher und bedankte mich bei ihm. Als er die Pferde wendete und sich anschickte, wieder aufzubrechen, hob ich die Hand und winkte ihm so traurig nach, als wäre ich ein Armeleutekind, das man auf den Stufen eines Waisenhauses abgelegt hat. Und kaum war er nicht mehr zu sehen, merkte ich, wie die mächtige Welt von Versailles mich von allen Seiten bedrängte, als wollte sie nach mir greifen und mich zu ihren tausend Wundern führen; doch dann drängte und zog sie doch nur, stoßend und schiebend, mit ungeheurer Gleichgültigkeit an mir vorbei; und da wusste ich mit einem Mal tatsächlich nicht, was ich tun oder wohin ich mich wenden sollte. Ich wünschte nur, ich wäre jünger und wendiger und besäße ein Herz, das dem großen Abenteuer, zu dem ich aufgebrochen war, leidenschaftlicher entgegenschlüge als meines.

Meine schweren Koffer möglichem Diebstahl überlassend, betrat ich das *Grand Commun*, wandte mich nach links und sah mich beim Öffnen der ersten Tür, auf die ich stieß, zu meiner Erleichterung in einer ungeheuer großen Küche, in der fünfzehn oder zwanzig Köche offenbar gerade ein Festmahl zubereiteten. Dampf stieg aus zwei großen Suppenkesseln auf einem geschwärzten Herd, es duftete nach geschmortem Lauch und Zwiebeln, und die Luft hallte wider vom Lärm und der *badinage* der Köche bei ihrer Arbeit.

Da ich seit vielen Stunden nichts gegessen hatte, blickte ich mich sehnsüchtig um und entdeckte eine beträchtliche Anzahl Hühner und Kaninchen, die sich an einem Bratspieß drehten, und einige ergötzlich zarte Pasteten, die zum Abkühlen auf eine Marmorplatte gestellt worden waren.

Ich nahm meinen Hut ab, grüßte die Köche und sagte in meinem uneleganten Französisch: »Ihnen einen guten Tag, Messieurs. Ich bin aus England gekommen, ein Gesandter meines Königs.«

Ein oder zwei Köche blickten auf und starrten mich an. Die anderen fuhren einfach in ihrer Arbeit fort. Niemand sagte etwas.

»Bitte verzeihen Sie mir das Eindringen in Ihr Reich«, fuhr ich fort. »Doch ich gestehe, ich bin ratlos. Und ein bisschen hungrig.«

Woraufhin einer der Küchenmeister ein Musselintuch über die Pasteten warf, auf die es, wie er wohl bemerkte, meine Augen (wenn nicht gar meine Hände) abgesehen hatten. Dann wischte er sich die Stirn mit einem Zipfel seiner Schürze und sagte zu mir: »Bitte geht, Monsieur. Wir haben keine Zeit, mit Fremden zu sprechen.«

»Aha«, sagte ich, »ich verstehe. Aber wenn mir einer von Ihnen vielleicht den Weg zeigen könnnte … man wies mich an, nach den *Surintendents du Grand Commun* zu fragen …«

Da packte mich dieser Koch mit seiner feuchten, fleischigen Hand am Arm und schob mich zu der Tür, durch die ich gekommen war, und zeigte auf eine Treppe am Ende des Ganges. »*Surintendents* da oben«, sagte er. »Nicht in der Küche.«

In der folgenden Stunde lief ich durch die Korridore des *Grand Commun*. Hier im ersten *étage* gab es anstatt Sandstein wie im Erdgeschoss poliertes Holz und Gobelins, die zwischen den Fenstern hingen, und überall standen marmorne Büsten und Statuen von solch blendendem Weiß, dass es schien, als wären sie erst an diesem Tag aus der Werkstatt des Bildhauers gebracht worden.

Es war jedoch schwierig, irgendetwas aus der Nähe zu betrachten, da es überall von Menschen wimmelte: Männer und Frauen in einem Aufzug, den ich für die neueste Pariser Mode hielt. Sie verpesteten die Luft mit ihrem starken Parfüm, ihrem Perückenpuder und den seltsamen Chemikalien, die Frauen zu benutzen pflegen, um sich Schönheitsflecken ins Gesicht zu malen.

Ich bewegte mich mit einem Lächeln auf den Lippen durch diese Menge, ganz als wäre ich ein alter *habitué* des Hauses, obgleich ich weder eine Vorstellung davon hatte, wohin ich gehen und wen genau ich aufsuchen sollte, noch hätte sagen können, wo meine verwaisten Koffer standen.

Nach einer Weile bemerkte ich, dass einige der Höflinge mich seltsam anblickten, und plötzlich tippte mir ein Mann in einem korallenfarbenen Satinrock mit Daumen und Zeigefinger leicht auf die Schulter, lachte und sprang davon. Daraufhin drehten sich auch seine Begleiter um, betrachteten mich und stimmten in das Lachen ein. Ich sah an mir hinunter, ob vielleicht noch Dreck oder Stroh an meinem Rock klebte, aber er schien mir sauber genug, weshalb ich ahnungslos weiterschritt. Das gehört zu den Dingen, die ich verachte: wenn andere mich auslachen, ohne dass ich den Grund dafür kenne. Ich bin gern bereit, die Zielscheibe von Spott zu sein, was ich schließlich auch häufig in Whitehall war, aber um selbst Vergnügen daran zu haben, muss ich wissen, worin der Witz besteht.

Hunger verfolgte mich. Ich war beinahe schon bereit, wieder hinunter zur Küche zu gehen und die Köche um eine Schale Suppe zu bitten, als endlich ein freundliches altes Weib mit einer eigenartigen Haartracht aus schwarzer Spitze mich langsamen und gemessenen Schrittes zu einem der *Surintendents* des Hauses brachte.

Mittlerweile taumelte ich fast vor Erschöpfung und fühlte mich am Rande des Wahnsinns. Mit verzweifeltem Griff klammerte ich mich deshalb an diesen *Surintendent*. Denn ich hatte den Eindruck, dass im Gegensatz zu der erlesenen Akkuratheit der Fassaden von Versailles im Inneren der Gebäude ein verheerendes Chaos herrschte. Ich begriff gar nicht mehr, weshalb ich mich an diesem Mann festhielt wie ein *Desperado*, entschlossen, ihn zu gewinnen, denn ich war überzeugt, dass nur einer, der sich *Surintendent* nannte, über Mittel verfügte, um mich von der großen Last meiner Verwirrung zu befreien.

»Monsieur!«, rief ich, griff wieder nach meinem Brief und hielt ihn ihm hin, »ich zähle auf Ihre Hilfe.«

»Wer seid Ihr?«, fragte der Mann und entwand seinen Arm geschickt meinem Griff.

Ich nannte ihm, so ruhig ich konnte, meinen Namen, bezeichnete mich aber als *Chevalier* Robert Merivel, für den Fall, dass »Sir« für ihn keine Bedeutung hatte, und lenkte seine Aufmerksamkeit auf das königliche Siegel auf dem Brief, das er zu meiner großen Bestürzung sofort erbrach.

»O nein!«, rief ich. »*Non, Monsieur!* Dieses Schreiben ist ausschließlich für den König bestimmt!«

Der *Surintendent* schenkte meiner Verzweiflung keinerlei Beachtung, sondern hielt sich das Schreiben dicht vor die Nase, um es zu lesen. Der Brief ist kurz, doch dessen Lektüre schien ihn viele lange Minuten zu kosten. Dann blickte er auf und betrachtete mich ungläubig.

»Ein Arzt?«, sagte er. »Ihr seid ein Arzt?«

»Ja«, erwiderte ich, »und ich hatte das seltene Glück, meiner hochgeschätzten Majestät, König Charles, zu Diensten zu sein. Deshalb empfiehlt er mich und meine Dienste hier …«

»Ihr seht aber nicht aus wie ein Arzt.«

»Und dennoch bin ich es. Ich übe diesen Beruf seit vielen Jahren aus. In Cambridge habe ich Anatomie studiert …«

In diesem Moment läutete es in der Ferne zur fünften

Stunde, und der *Surintendent* drückte mir hastig den Brief in die Hand, ohne sich dafür zu entschuldigen, dass er das Siegel erbrochen hatte, und wollte sich entfernen. Doch ich hielt ihn an seinem Arm fest.

»Bitte, Monsieur«, sagte ich, »bitte sagen Sie mir, wo ich logieren kann. Meine Reise war lang, und ich bin sehr müde.«

»Ich bedaure«, sagte der *Surintendent*, »doch ich muss jetzt gehen. Ich werde andernorts gebraucht und habe mich in der Tat schon verspätet, wie mir das Fünfuhrläuten sagt. Was das *logement* anbetrifft, so müsst Ihr euer Glück in den oberen Stockwerken versuchen. Versailles ist zurzeit sehr überfüllt, wie Ihr selbst seht. Am ehesten habt Ihr eine Chance, wenn Ihr jemandem, der bereit ist, sein Eckchen mit Euch zu teilen, Geld zahlt.«

»Was? Was sagen Sie da, ›ein Eckchen‹?«

Der Mann zuckte mit seinen mageren Schultern. »Etwas Besseres werdet Ihr kaum bekommen«, sagte er. »Selbst ein Marquis muss hier manchmal auf dem Gang schlafen.«

Jetzt ist es Nacht.

Ich liege auf einer schiefen Pritsche in einem kalten Dachzimmer. Ein Wandschirm aus Leinen schenkt mir ein wenig Ungestörtheit, der übrige Raum wird von einem niederländischen Uhrmacher benutzt, dem ich drei englische Schillinge gab, damit er sein Zimmer und seinen Nachttopf mit mir teilt. Er schläft in einem schmalen Bett und schnarcht wie ein Schwein.

Ich habe meine Koffer geöffnet – sie standen noch dort, wo ich sie gelassen hatte –, um mich wenigstens mit Nachthemd und Schlafmütze zu versorgen, und habe nun beides angezogen, doch es gibt nichts, wo ich meine Kleider aufhängen oder meine wenigen Habseligkeiten unterbringen könnte, nur dieses Eckchen in einem sehr kleinen Zimmer unter den bleiernen Dachplatten des *Grand Commun*.

Ich falle in einen unruhigen Schlaf und wache, wie es mir scheint, sofort wieder mit einem nagenden Hunger auf, der vom Stadium des Verlangens in das Stadium solch heftiger Qualen übergewechselt ist, dass ich schreien könnte. Und mit einem Mal denke ich, dass dies die Art von Hunger ist, die Will Gates erleiden müsste, sollte er aus Bidnold vertrieben werden, und ich weiß, dass ich das – um keinen Preis – zulassen darf. Und so schwöre ich es hiermit.

Meine Gedanken wandern wieder zu der Küche unten im Haus. Der Uhrmacher hat mir berichtet, dass alle Gerichte, die dort zubereitet werden, zu den *Grands Appartements* gehen, wo der König und seine Entourage sie in großen Mengen verzehren. Niemand, erklärt er mir, der im *Grand Commun* wohne, werde jemals verköstigt, einfach weil der König diese Ausgaben für unangemessen hoch hält.

»Wie sollen wir dann überleben?«, frage ich.

Anstelle einer Antwort öffnet der Niederländer (dessen Haut sehr rosig und gesund wirkt, dessen Kinnlade jedoch mit dem fortwährenden Mahlen der unteren Backenzähne auf den oberen beschäftigt zu sein scheint) eine hölzerne Kiste, die er mit sich führt, und zeigt mir deren Inhalt, der aus einer Anzahl von Marmeladengläsern und Tüten mit Hafermehl besteht. Davon lebe er, sagt er zu mir. Dazu trinke er Wasser aus den Brunnen im Garten. Seit zehn Tagen versuche er, sich eine Audienz bei Madame de Maintenon zu verschaffen, der Mätresse und Vertrauten des Königs, da er ein entfernter Cousin ihres verstorbenen Gatten, des Dichters Scarron, sei und sie angeblich eine große Bewunderin niederländischer Uhren. Doch bis jetzt habe sie noch nicht »die Muße« gehabt, ihn zu sehen.

»Ich werde es morgen wieder versuchen«, sagt er. »Und übermorgen.«

Ich besitze weder Marmelade noch Hafermehl und kann den Niederländer doch nicht bestehlen. Aber nun hat sich zu meinem Hunger noch ein entsetzlicher Durst gesellt, und ich weiß, dass ich hier keinen Moment länger liegen bleiben kann. Ich muss versuchen, Nahrung und Wasser zu finden.

Ich nehme die Schlafmütze ab und setze die Perücke auf. Ich ziehe meine fleckigen Kniehosen, den staubigen Rock und meine Schuhe an, die von dem Versuch, in der rüttelnden, schaukelnden Kutsche die Füße auf dem Boden zu halten, sehr mitgenommen sind.

Mit einem Talglicht trete ich hinaus auf den Korridor, der hier und da von Menschen versperrt ist, die auf Strohbetten schlafen, wie die Verrückten in Whittlesea. Ich steige über sie hinweg und stehe nach langer Suche und manchem Irrweg endlich wieder in dem Gang im Erdgeschoss vor der Tür zur Küche.

Ich drehe den Knauf. Ein köstlicher Duft nach gebratenem Fleisch hängt immer noch in der Luft, und ich bin sicher, dass ich mir einen kalten Kaninchenschenkel schnappen kann, der die Pein in meinem Magen stillt. Doch die Küchentür ist verschlossen.

Ich setze mich auf den kalten Steinboden direkt vor der Tür. Ich reibe mir die Augen. Ich denke, dass ich nur in Whittlesea vergleichbaren Hunger gelitten habe, und selbst dort war es möglich, sich für ein kärgliches Mahl zumindest eine Schale mit Haferschleim oder Mehlsuppe zu besorgen.

Die Gedanken an Whittlesea rufen mir Bilder meines toten Freundes ins Gedächtnis. Während ich selbst von Kindheit an gefräßig war, nahm Pearce während seines kurzen Lebens so wenig Nahrung zu sich, dass ich mich häufig fragte, wie das Fleisch überhaupt an seinen Knochen haften konnte. Einmal fragte ich ihn aus einer spöttischen Laune heraus, wie ihm das bloß gelinge, und er antwortete schlicht: »Sei doch nicht so blöde, Merivel.«

Wie stets beruhigt mich die Erinnerung an Pearce ein wenig, und ich flüstere ihm zu: »Was soll ich tun, Pearce? Morgen spätestens werde ich tot sein …«

Im Geiste höre ich sein krächzendes Lachen. Er hat mich

häufig als einen großen Übertreiber getadelt, weil ich stets behauptete, mein Los sei viel schlimmer, als es in Wahrheit war. Jetzt bilde ich mir ein, dass er sagt: »Denk an die Leute vor dem äußeren Tor, Merivel. Denk an den Mann, der von seinen Stelzen stürzte, als deine Kutsche vorbeidrängte. Denn vielleicht hat er sich den Arm oder das Schlüsselbein gebrochen, und wer wird ihm helfen, und wo wird er sein Haupt betten können? Du hast ein Zimmer und eine Pritsche, doch er wird heute Nacht draußen auf der kalten Erde schlafen.«

Und dann erkenne ich, dass er mir mit diesem Gedanken einen großen Dienst getan hat. Denn ich erinnere mich, dass unter diesen armen Schluckern auch Verkäufer von Brot und in Salzlake eingelegten Erbsen waren. Und ich rede mir ein, dass sie, obgleich es mitten in der Nacht ist, vielleicht noch dort sind und aus dem Schlaf geweckt werden könnten, um mir ein paar kümmerliche Lebensmittel zu verkaufen.

Doch zwischen mir und dieser einzigen Hoffnung auf Nahrung liegt die endlose Fläche der *Place d'Armes*, und die Vorstellung, dass ich sie in Kälte und Dunkelheit überquere, nur um festzustellen, dass die Höker alle verschwunden sind, erfüllt mich mit Kummer. »Ich Unglücklicher«, sage ich bei mir, »ich werde bis zum Morgen hierbleiben müssen, daran ist nichts zu ändern.«

Doch als drängte der Geist von Pearce mich dazu, stehe ich plötzlich auf und gehe hinaus. Reglos im Mondlicht erduldet eine Phalanx Schweizer Garden, deren dichte Schatten wie gestürzte Statuen auf den Kies der *Place* fallen, die frostkalte Wache. Und während ich zitternd zum Tor gehe, frage ich mich, wie viel im Leben aus nichts als Erdulden besteht. Und ich denke an Margaret in Cornwall und bete, dass sie in einem warmen Bett liegt und schläft.

Am Tor ist alles still und verlassen. Ich umfasse die Gitterstäbe und spähe hindurch, ob vielleicht irgendjemand dort auf dem Boden schläft. Ich rufe leise und klimpere mit ein paar Münzen, die ich in meiner Rocktasche entdeckt habe. Doch nichts rührt sich.

Als ich mich umdrehen und zu meiner Pritsche zurückkehren will – falls es mir gelingen sollte, das Zimmer wiederzufinden –, vernehme ich das Rumpeln von Rädern und das Schnauben eines Pferds. Ich warte und schaue. Endlich erscheint ein langsamer Karren, der von einer großen Shire-Stute gezogen wird, und ich sehe zwei in Tücher gehüllte, aneinandergekauerte weibliche Gestalten auf dem Karren.

Und dann erkenne ich es, dieses schwere Fuhrwerk, das lange, bevor der Morgen dämmert, vor die Palasttore fährt: Es ist ein Milchwagen.

Nie hätte ich gedacht, dass Milch etwas so Schönes und Wunderbares sein kann. Ich bezahle für einen bis an den Rand gefüllten Krug aus den Händen der Milchmädchen. Die Milch ist sahnig und frisch und von der Nachtluft gekühlt; ich trinke sie mit dem zufriedenen Vergnügen eines Babys, das an der Brust seiner Mutter saugt. Dann kaufe ich einen zweiten Krug und stürze auch den hinunter, und die Milchmädchen in ihren wollenen Umhängen blicken mich an und lächeln.

6 ᥱᦂ

Einige Tage sind vergangen.

Ich habe mir meinen Teil vom Zimmer des Niederländers notdürftig eingerichtet, indem ich meine Pritsche zwei Meter nach links rückte, und kann nun einige meiner Kleider an behelfsmäßige Holzhaken hängen und meine Stiefel zum Lüften aufstellen.

Ich lebe von eingelegten Erbsen, Brot und Milch, erstanden bei den armen Händlern am Tor, und trinke wie der Niederländer, der Jan Hollers heißt, Wasser aus den Brunnen. Hollers hat mir großzügig einen hölzernen Teller und Löffel geliehen, und wir sitzen nebeneinander auf Hollers' Bett und löffeln Erbsen und Haferbrei in unsere hungrigen Münder.

Und es geht mir durch den Sinn, dass ich hier am reichsten Königshof der Welt (und trotz eines in meinem Besitz befindlichen Schreibens vom König von England) wie ein Almosenempfänger lebe, ein Paradox, das mich gleichzeitig zum Weinen und zum Lachen bringt. Und ich versuche, mich an das Lachen zu halten, als Waffe gegen die Melancholie. Denn ich sehe nicht, dass sich mein Schicksal in nächster Zeit wenden könnte, und über die Vorstellung, mit der grässlichen Last des Scheiterns auf den Schultern nach Norfolk zurückzukehren, mag ich kaum nachdenken.

Hollers hat mir ein paar Ratschläge gegeben, meinen Brief an den König betreffend. Es scheint nur drei Möglichkeiten zu geben:

1. Ich muss, wenn möglich, einen gewissen Monsieur Bontemps aufsuchen, der des Königs erster *Valet de Chambre* ist. »Wenn Bontemps Euch sein Ohr leiht, dann gehört auch das des Königs Euch.« Doch auch wenn ich mir habe sagen

lassen, wie Bontemps aussieht und dass er unter den Personen, die sich um den Monarchen drängen, hervorsticht, weil seine Perücke klein und flaumig ist, ist es mir bis jetzt nicht gelungen, ihn eindeutig zu identifizieren.

2. Um acht Uhr morgens, wenn der König die *Appartements* verlässt, um die Messe in der Kapelle zu besuchen, soll ich versuchen, mich in jener Ecke der *Salle des Gardes* aufzustellen, die den *Appartements*-Türen am nächsten ist. Denn König Louis habe die Gewohnheit, kurz dort stehenzubleiben und aus der Gruppe der Höflinge ein oder zwei Petitionen entgegenzunehmen. »Ich habe gehört«, sagt Hollers, »dass er huldvoll ist. Was er verspricht, wird er auch tun oder veranlassen.«

Ich sagte Hollers, dass ich es versuchen würde, und er mahlte beifällig mit seinen Backenzähnen. An den folgenden Morgen, nachdem ich meine Perücke gebürstet, die Falten aus meinem besten Rock geschüttelt, mit Speichel die Schnallen meiner Schuhe poliert hatte und zur *Salle des Gardes* geeilt war, fand ich jedes Mal schon eine große Menge Menschen vor, in jene Ecke gedrückt wie Tiere in einem Käfig und einander hässlich stoßend, sobald die Tür sich öffnete und der König heraustrat. Er schritt vorbei, ohne auch nur in meine Richtung zu blicken.

Ich hatte jedoch endlich Gelegenheit, ihn zu beobachten. Er ist nicht so hochgewachsen und so stattlich wie mein Gebieter, König Charles. Doch er besitzt große Würde, hält sich sehr aufrecht und wirkt so gesammelt, als wollte er gleich zu einer Gavotte ansetzen. Seine Nase ist sehr lang.

3. Zur Essenszeit, das heißt also etwa um elf Uhr dreißig am Morgen, ergeht König Louis sich gern in der *Galerie des Glaces*, die mit ihren siebzehn Fenstern und mehr als hundert Spiegeln einer der prunkvollsten Säle in Versailles ist. Anscheinend darf man sich ihm hier gelegentlich nähern. Dies werde ich also zu gegebener Zeit versuchen. Doch im Augenblick fehlt mir offenbar der Mut. Denn wenn ich dort zu-

rückgewiesen würde, wäre dies ein schreckliches öffentliches Ereignis, und mir bliebe keine andere Wahl, als meine Koffer zu packen und mich auf den Weg nach Dieppe zu begeben.

Viele Tage sind nun vergangen. Ich selbst habe in meinen Versuchen, die Aufmerksamkeit König Louis' auf mich zu ziehen, zwar keine Fortschritte gemacht, aber erfreulicherweise kann ich berichten, dass heute Madame de Maintenon nach Mr. Hollers geschickt hat.

Hollers hatte seinen besten Rock angelegt, und in den Händen hielt er, eingeschlagen in ein wollenes Tuch und zärtlich wie ein Kind, eine kleine, aber wunderschöne Uhr, die er als Beispiel für seine Arbeit aus den Niederlanden mitgebracht hatte.

Ich fragte ihn, ob ich das Stück betrachten dürfe, bevor er zu seinem großen Gang aufbrach. Ich bin kein Kenner von Uhren, aber dennoch konnte ich sehen, dass das Gehäuse außerordentlich zierlich gearbeitet war und die Messingzeiger große Schlichtheit und Schönheit verrieten. Und gleichzeitig konnte ich es nicht verhindern, dass mir Bilder von Hollers in den Sinn kamen, wie er in seinem Bett schnarchte, Marmelade verschlang, seine Perücke entlauste, mit den Zähnen knirschte, furzte und in unseren gemeinsamen Nachttopf schiss, und diese Bilder legten sich über die reizende Symmetrie der Uhr.

Gleichzeitig dachte ich, dass man tunlichst vermeiden sollte, die Empfindsamkeit eines Menschen nach seinen täglichen Gewohnheiten oder dem Zustand seiner Kleider zu beurteilen. Zum Ausgleich für meine unfeinen Gedanken sagte ich zu Hollers: »Mein lieber Freund, ich verstehe nicht, warum Ihr es nötig habt, mit Arbeiten dieser Qualität nach Frankreich zu kommen. Geben denn Eure Landsleute nicht schon ausreichende Mengen bei Euch in Auftrag?«

Hollers schlug den Zeitmesser wieder in das wollene Tuch ein und faltete es viele Male.

»Es mag der Fluch unseres Zeitalters sein«, erwiderte er, »aber mir einen kleinen Namen in den Niederlanden zu erwerben, hat mir offenbar nicht genügt. Ich scheine vom Leben *mehr zu verlangen*. Wenn Madame de Maintenon meine Gönnerin wird, dann werde ich mein Unternehmen nach Paris verlegen, und dann werde ich berühmt.«

Ich wünschte ihm alles Gute, er brach auf, und sofort begann mein Herz um ihn zu bangen. Für so lange Zeit ein Leben mit Marmelade und Haferschleim zu fristen und dann, am Ende, nichts in den Händen zu halten, erschien mir wahrhaftig beklagenswert, und ich merkte, wie ich plötzlich betete, dass dies nicht geschehen möge.

Im Geiste begleitete ich Hollers auf seinem erwartungsvollen Weg zu den Gemächern Madame de Maintenons. Ich hatte Madame einmal mit eigenen Augen gesehen: eine beleibte Frau reiferen Alters, ohne besondere Schönheit und ganz in schwarzen Samt gekleidet. Doch der Leumund behauptet, sie sei außerordentlich klug und sehr geistreich, und das seien die Dinge, die den König an sie bänden. Ich hatte keine Ahnung, ob sie sich durch eine zierliche niederländische Uhr rühren lassen würde oder nicht.

Ich setzte mich auf Hollers' Bett, wo ich noch den Abdruck seines Körpers erkennen konnte, und versuchte mir vorzustellen, wie seine Träume Wirklichkeit wurden: das Schild über seinen Gewerberäumen in Paris, ganz in der Nähe der Seine, und das Licht vom Fluss, welches das glänzende Messing der zahllosen Zeiger und Pendel zum Funkeln brachte.

Und während die Sekunden und Minuten vergingen, dachte ich darüber nach, wie doch der Mensch sich abmühte, die Zeit darzustellen oder »festzuhalten«, und ich dachte, dass für Uhrmacher wie Hollers eben dieser Gegenstand, den sie zu bearbeiten suchten, ein herzloser, kapriziöser Feind war, alldieweil er sie bestahl und niemals ruhte.

Als Hollers zurückkam, war es fast dunkel in unserem kleinen Zimmer. Er betrat den Raum, setzte sich auf meine Pritsche und rieb sich die Augen.

»Nun, Hollers?«, sagte ich und erhob mich. »Wie ist es Euch ergangen? Hat Madame die Uhr an ihren Busen gedrückt? Ist Eure Zukunft gesichert?«

Hollers stieß einen langen Seufzer aus und griff nach der Kiste mit dem Hafermehl und der Marmelade. Er begann, sich Marmelade in den Mund zu schaufeln, und schüttelte dabei den Kopf.

»Ich weiß nicht, wie ich weiterleben soll, Merivel«, sagte er endlich.

»Wie meint Ihr das?«, fragte ich.

»Seht doch nur die Marmelade. Sie geht zu Ende.«

»Das ist meine Schuld. Ich habe zu viel davon gegessen.«

»Nein, nein. Dafür habt Ihr Eure Erbsen mit mir geteilt. Aber wie lange werden wir beide überleben können?«

»Hat Madame de Maintenon die Uhr denn nicht bewundert?«

»Sie sagte, dass das *Gehäuse* der Uhr ›sehr hübsch‹ sei. Aber sie sagte auch, dass sie nichts auf der Welt nur nach seinem äußeren Anschein beurteile; ich solle eine Zeitlang warten (sie sagte nicht, wie lange), währenddessen wolle sie sehen, ob die Uhr auch akkurat arbeite. Sie erwartet, dass die Zeit, die sie anzeigt, nicht mehr als eine Minute pro Tag von der großen Uhr der Kapelle abweicht, ganz gleich, ob sie nun zu schnell oder zu langsam gehe. Sie sagte, wenn meine Uhr sich nicht an ›Gottes Zeit‹ halte, sei sie ihr nicht von Nutzen.«

»Nun ja«, sagte ich, »aber ich sehe hier doch einen deutlichen Fehler, mein Freund. Angenommen, Euer Zeitmesser ist *akkurater* als die schwerfällige Kapellenuhr mit all ihren Zahnrädern und Ankerhemmungen? Wie würde sie das feststellen wollen?«

»Das würde sie nicht können. Sie glaubt, die Kapellenuhr

sei der unfehlbare Lenker der Zeit, und würde niemals zugeben, dass ihr Mechanismus vielleicht einen Fehler aufweist. Meine Uhr muss mit jener im Einklang sein, sonst bin ich verloren.«

Es blieb uns keine andere Wahl, als weitere Tage verstreichen zu lassen, in deren Verlauf Hollers' Erregung immer spürbarer wurde und sich nur ein wenig legte, als wir eines frühen Morgens glücklicherweise ein Badehaus hinter dem *Pavillon* der Schweizer Garden entdeckten, in dessen dampfendes Wasser wir unsere stinkenden, verdreckten Körper tauchten, um uns mit kindlicher Freude einzuseifen und abzuspülen.

Ich versuchte Hollers davon zu überzeugen, dass unsere plötzliche Sauberkeit eine Wende in unserem Schicksal ankündige, doch der Kummer des Niederländers legte sich nur für die Dauer unseres Bades, und als wir in die kalte Luft hinaustraten, sackte er in einer Haltung der Verzweiflung in sich zusammen.

Ich wiederum sah die Gelegenheit gekommen, die feinsten Kleider anzulegen, die ich mitgebracht hatte (in einem schmeichelnd zarten Taupe und mit kostbaren silbernen Brustschnüren verziert), und mein Glück bei einer Promenade in der *Galerie des Glaces* zu versuchen. Ich bürstete meine Perücke ebenso sanft wie gründlich (wie meinen Lieblingsspaniel, wenn er von einem Schnüffelabenteuer im Park von Bidnold zurückkehrt), strich diskret ein wenig Rouge auf meine Wangen, nahm meinen Gehstock und machte mich auf den Weg.

In der *Galerie des Glaces* schien die Sonne durch jedes der siebzehn Fenster und wurde von den hundert Spiegeln auf eine Weise zurückgeworfen, dass ich den Eindruck hatte, in einen kolossalen Diamanten eingesperrt zu sein, dessen Helligkeit meine Augen tränen ließ. Ich bemühte mich um einen eleganten Gang, indem ich die ausholenden Schritte von König Charles nachahmte (wenn auch mit etwas kürzeren

Beinen und einem dickeren Bauch), erntete aber nur belustigte Blicke von den anderen Höflingen, die dort promenierten.

Ich zog meinen Bauch ein und schlenderte weiter, jeden Augenblick gewärtig, dass eine gewisse Unruhe das Erscheinen des Königs ankündigen konnte; doch schließlich wurde mir der Weg entschieden durch eine Schar von Stutzern verstellt, die mich umringten und in vielstimmiger Harmonie auszulachen begannen.

Einer der Kavaliere stupste mich an der Schulter, wie es mir schon einmal widerfahren war, während ein anderer sich bückte und erdreistete, mir ans Knie zu greifen.

»Messieurs«, sagte ich. »Wieso haltet Ihr mich in so unhöflicher Weise auf? Bitte erklärt es mir.«

»Ach«, sagte einer, »wollt Ihr etwa behaupten, Ihr wisst es nicht?«

»Nein. Ich fürchte, ich weiß es nicht.«

»Er weiß es nicht!«, kreischte der Mann, der mich am Bein festhielt. »Er muss aus einem anderen Land kommen! Vielleicht ist er vom Mond!«

Noch mehr Gelächter erscholl im Diamanten und wurde von seinen tausend Facetten zurückgeworfen. Ich hob die Hände in einer Geste der Unterwerfung.

»Ich bitte euch, Messieurs, klärt mich auf«, sagte ich. »Welchen *faux pas* habe ich begangen?«

Die Stutzer drängten mich ohne viel Federlesens zu einem der Spiegel, wo sie sich um mich herum aufstellten.

»Schaut Euch bitte genau an«, sagten sie im Chor. »Und dann schaut uns an. Seht Ihr nicht die bedenkliche Ungeheuerlichkeit, deren Ihr Euch schuldig macht?«

Ich betrachtete mich gemäß ihrer Anweisung. Trotz meines gerade erst genommenen Bades erschien ich mir nicht gerade wie der Inbegriff von Gesundheit. Meine Augen waren rot, meine Haut fahl und meine Perücke glanzlos trotz meiner Bemühungen mit der Bürste. Doch schnell begriff ich, dass es den Kavalieren nicht um mein Gesicht ging, sondern um meine Schultern und Knie.

Mit neu aufkommender Heiterkeit machten sie mich auf meine *bloßen* Schultern aufmerksam. (Das französische Wort, das sie benutzten, lautete *nu* und bedeutet nackt.) Und erst da bemerkte ich an ihrer eigenen prächtigen Kleidung eine große Anzahl von Bändern, die in die Schultersäume eingenäht waren und in eleganten Kaskaden zu ihren Ellbogen herabfielen. Mein Rock besaß keinerlei Bänder. Obgleich ich ihn vor meinem Aufbruch nach Frankreich von einem erstklassigen Schneider in der Londoner St. James Street hatte anfertigen lassen, war es diesem ausgezeichneten Mann nicht in den Sinn gekommen, Bänder dort anzubringen, wo nach dem Dekret der französischen Stutzer Bänder zu sein hatten. Tatsächlich war das Wort »Bänder« zu keiner Zeit in meiner Unterhaltung mit dem Schneider gefallen.

Und was nun meine Knie betraf, so wurde ich darauf aufmerksam gemacht, dass jeder Höfling, der mir in der *Galerie des Glaces* vor Augen kam, dort am Bein, wo seine Hose endete und die Seidenstrümpfe sichtbar wurden, eine Art Satinkrause trug, die offenbar *canon* hieß. Und meine armen Beine waren ebenfalls *nues*, nirgends irgendwelche *canons*, und meine Knie erinnerten meine schmerzenden Augen mit einem Mal an die knolligen, nach außen gedrehten Gelenke meines Dieners Gates.

»Ich bitte um Entschuldigung«, sagte einer der lachenden Höflinge, »nach Eurem verdrießlichen Akzent zu urteilen, seid Ihr aus England. Wir haben durchaus Verständnis. Aber hier in Frankreich weiß jeder, dass man sich in der Öffentlichkeit, schon gar *bei Hofe*, nicht ohne *canons* sehen lassen kann. Wir empfehlen Euch dringend, Euren Schneider zu Rate zu ziehen.«

Schneider? Gerne hätte ich protestiert: »Wie soll ich in all diesem Wirrwarr einen Schneider finden, wenn ich noch nicht einmal angemessene Nahrung zur Erhaltung meines

Körpers finde, der diese Kleidung tragen soll?« Doch ich wusste, wie jämmerlich die Bemerkung mich in den Augen dieser wohlgenährten Kavaliere erscheinen lassen musste, und sagte stattdessen: »Ach! Wie dumm von mir. Erst gestern wurde mir ein Paar *canons* geliefert – in einem herrlichen Aquamarin übrigens, das sehr hübsch zu diesem taupefarbenen Rock passt –, doch ich vergaß, sie anzulegen.«

»Nun«, sagte ein anderer, »an Eurer Stelle würde ich hier erst wieder mit *canons* und Ärmelbändern promenieren. Und Taupe ist in dieser Saison selbstverständlich nicht *à la mode*. Versailles ist der Mittelpunkt der Welt, Monsieur ›Äänggländer‹. Der König wünscht, dass wir alle und zu allen Zeiten in unserer äußeren Erscheinung Frankreich zur Ehre gereichen – und das gilt auch für Ausländer.«

Und damit entfernten sie sich.

Allein gelassen starrte ich auf mein unangemessenes Spiegelbild, das mir in diesem unbarmherzigen Licht jedes einzelne meiner siebenundfünfzig Jahre und noch einige darüber hinaus zu zeigen schien; und dennoch – ungeachtet dessen und trotz der modischen Demütigung, die mir soeben widerfahren war – konnte ich in meiner Erscheinung immer noch eine hartnäckige Unbeschwertheit erkennen, und das war mir ein kleiner Anlass zur Freude.

Erst jetzt bemerkte ich – im Spiegel – eine Frau, die hinter mir stand. Sie hielt einen Fächer vor ihr Gesicht, so dass es zum Teil verdeckt war, dennoch wusste ich, dass sie lächelte.

Ehe ich mich umdrehen konnte, näherte sie sich mir und sagte in einem reizenden Englisch mit Akzent: »Verzeihen Sie, Monsieur, aber ich konnte nicht umhin, das soeben Vorgefallene zufällig mitzuhören. Hier am Hof ist man sehr, sehr unhöflich. Mir scheint, die Leute fühlen sich dazu verpflichtet. Sie halten Unhöflichkeit für eine ihrer vielen Pflichten, wenn sie aufsteigen wollen. Bitte erlauben Sie, dass ich mich für sie entschuldige.«

Ich wandte mich um und verbeugte mich vor der Fremden, die ein sehr kleidsames, aber schlichtes Gewand aus dunkelblauer Seide trug und deren Alter ich auf vielleicht fünfundvierzig schätzte. Ihr Lächeln besaß, das sah ich sofort, eine stille Schönheit.

»Vielen Dank, Madame«, erwiderte ich. »Es ist höchst liebenswürdig von Ihnen, dass Sie Anteil nehmen an meinen Unzulänglichkeiten. Ich werde mich bemühen, Abhilfe zu schaffen, wenn ich kann. Aber darf ich mich Ihnen erst einmal vorstellen. Meine Name ist Sir Robert Merivel aus der Grafschaft Norfolk im Osten Englands.«

Sie deutete einen kleinen Knicks an; ihr Fächer flatterte unterdessen die ganze Zeit vor ihrer Wange.

»Es freut mich, Ihre Bekanntschaft zu machen, Sir Robert«, entgegnete sie. »Ich bin Madame de Flamanville. Mein Gemahl ist Oberst im Regiment der Schweizer Garden.«

»Oh, die Schweizer Garden! Welch unvergesslichen Anblick sie doch bieten. Diese Disziplin in den Reihen. Dieser stoische Gleichmut in den kalten Nächten. Und wie sie die Trommeln so anmutig schlagen ...«

»Ja, auch ich finde die Trommeln ergreifend: So viele Trommeln, die einen so gedämpften Ton erzeugen können. Doch nur wenigen Menschen fällt das auf. Ich werde meinem Gemahl von Ihrer Beobachtung berichten.«

Ich verbeugte mich erneut. Madame de Flamanville hatte ihren Fächer jetzt sinken lassen, und es verblüffte mich, wie klar und lebhaft ihre haselnussbraunen Augen waren.

»Und was die Frage der Bänder und *canons* betrifft ...«, begann sie zögernd, »so halte ich persönlich es für eine Art Geistesgestörtheit, so viel Wert auf Künstlichkeiten zu legen. Doch sollte deren Fehlen an Ihrer ansonsten vortrefflichen Kleidung Sie zu vexieren beginnen, dann wüsste ich einen sehr tüchtigen Schneider in Paris, der Ihnen den Rock ändern und die *canons* nähen würde, und das zu einem sehr vernünftigen Preis.«

»Vielen Dank, Madame«, sagte ich. »Vielen Dank für Ihre Anteilnahme …«

Hier geriet ich ins Stocken, da ich nicht wusste, was ich sonst noch zu ihrem Angebot sagen sollte. Ich musste an das trostlose Zimmer denken, das ich mit Hollers teilte, und an die Armenkost, von der wir uns ernährten, und ich begriff, wie sehr ich mich – in der kurzen Zeit in Versailles – schon von jeglicher Normalität entfernt hatte, zu der eben auch der Besuch eines Pariser Couturiers gehören würde.

Vielleicht umwölkte sich mein Gesicht ein wenig bei diesen Gedanken, denn Madame de Flamanville kam noch näher und legte sanft eine Hand auf meinen Arm. »Meine Kutsche fährt am Mittwoch nach Paris«, sagte sie. »Wenngleich ich in Versailles wohne, um an der Seite meines Gemahls zu sein, muss ich zugeben, dass es für mich am Hof keinerlei intellektuelle Inspiration gibt. Sie werden vielleicht inzwischen bemerkt haben, dass sich hier alles um königlichen Klatsch dreht – meist aus persönlicher Neigung. Und deshalb flüchte ich, so oft ich kann, nach Paris, wo wir ein Haus besitzen. Und es wäre mir ein Vergnügen, Ihnen einen Platz in der Kutsche anzubieten.«

Ich schaute in die klaren, nussbraunen Augen. Und ich versuchte, in Madames Gedanken zu lesen, doch ihr Blick war fest und ruhig und machte mich ratlos. Die Berührung meines Ärmels mit ihrer Hand war jedoch, wie mir jetzt bewusst wurde, so außerordentlich angenehm, dass der Gedanke, mit ihr die elf Meilen bis Paris zu fahren, mich plötzlich ganz wirr vor Glück machte. Und doch antwortete ich blöde: »Ach, Madame, das ist mehr als freundlich von Ihnen, aber ich kann es unmöglich annehmen.«

In diesem Moment entstand eine Unruhe im Raum, und weil jeder sich plötzlich in dieselbe Richtung wandte, war klar, dass der König die *Galerie* betreten hatte. Madame de Flamanville drehte sich ebenfalls um, und zu meinem großen Erstaunen sah ich, dass König Louis sich mit seiner *entourage* direkt auf die Stelle zubewegte, wo wir beide standen.

Er trug einen prächtigen Rock in Scharlach und Gold. Seine Perücke über dem langnasigen, fleischigen Gesicht war ebenfalls golden und verwegen hoch. Seine Haltung war durch und durch die eines schönen, souveränen Tänzers, die Füße (auf leicht erhöhten Absätzen, um ihm mehr Größe zu verleihen) beim Gehen auswärts gestellt, der Rücken in wundervoll gerader Haltung.

Er blieb vor uns stehen, und Madame de Flamanville sank in einen tiefen Knicks, während ich in der Taille zu einer Art Verbeugung einknickte, deren Ausführung mir, vor langer Zeit in Whitehall perfektioniert, jetzt doch ein wenig schwerfiel – meine Nieren schienen zu murren.

»Unsere teure Madame de Flamanville«, sagte König Louis, »Wir sehen Sie immer gern bei Hofe. Madame de Maintenon schätzt das Gespräch mit Ihnen. Sie sagt, sie sei sonst nur von Dummköpfen umgeben! Besuchen Sie sie doch bitte heute Abend um sechs Uhr. Bringen Sie Ihre Stickerei mit. Wie Sie wissen, stickt sie gern, während sie sich unterhält.«

»Das werde ich, Majestät«, erwiderte Madame de Flamanville. »Mit großem Vergnügen. Bitte sagt Madame, dass ich dem Abend mit Freude entgegensehe. Darf ich euch unterdessen Sir Robert Merivel aus England vorstellen ...«

Ich formulierte gerade im Stillen einige bescheidene Worte der Wertschätzung für die Bereitschaft des Monarchen, einen Blick auf mich zu werfen, doch als ich meinen Körper endlich aus der peinvollen Klapp-Verbeugung aufrichtete, sah ich, dass der König schon weitergeschritten war und jetzt von der Gruppe von Stutzern umringt war, die mir besagten Verdruss bereitet hatten.

Innerlich enttäuscht über dieses gebieterische Weiterschreiten, wollte ich Madame de Flamanville versichern, dass ich in meiner Sorge um Perücke und Kleidung et cetera keinesfalls vergessen hätte, König Charles' Brief in meine Tasche zu stecken. Doch gerade, als ich den Mund öffnete, bemerkte ich, wie die unermesslich große *Galerie des Glaces* plötzlich vollkommen verstummte. Allein die Stimme des Königs war zu vernehmen, und er sprach in dem verführerischen Flüsterton eines Menschen, dem man stets und immer zuhören würde.

Wir erduldeten diese Stille eine beträchtliche Weile; es war, als wäre die Zeit selbst stehengeblieben, und das erinnerte mich plötzlich wieder an die Verlegenheit, in der Hollers sich befand. Ich beschloss auf der Stelle, ihm zu helfen, und sobald der König die *Galerie* verlassen hatte und wieder Normalität eingekehrt war, wagte ich, mich an Madame de Flamanville zu wenden. »Darf ich Sie, da Sie heute Abend Madame de Maintenon besuchen werden, im Namen eines Freundes um eine kleine Gefälligkeit bitten?«

»Ach«, sagte Madame de Flamanville und wandte sich seufzend ab, »*Gefälligkeiten.* Das ist ein Wort, das mir in letzter Zeit viel Missbehagen bereitet.«

»Tatsächlich ...«, stammelte ich. »Nein, tatsächlich. Oder vielleicht meine ich doch ›ja, tatsächlich‹. In jedem Fall haben Sie vollkommen Recht. Bitte denken Sie nicht mehr daran.«

»Das Lästige an Gefälligkeiten, müssen Sie wissen«, sagte sie und wandte mir ihr Gesicht erneut zu, »ist, dass sie fast immer zurückzuzahlen sind. Wenn ich Ihnen nun einen Gefallen tue, wie wollen Sie ihn mir bezahlen?«

Der Blick, den sie mir schenkte, war herausfordernd, und zudem entdeckte ich in ihren Mundwinkeln den Ansatz eines Lächelns, das sie zu unterdrücken suchte.

»Ich weiß es nicht, Madame«, sagte ich lahm. »Aber bezahlen würde ich. Erbitten Sie, was immer Sie wünschen. Und vielleicht darf ich mir erlauben, Ihnen zu gestehen, dass Seine Majestät, König Charles, mir, was das Worthalten betrifft, eine bittere Lektion erteilt hat. Ich brach einmal ein ihm gegebenes Versprechen, und der Preis, den ich dafür zahlte, war entsetzlich hoch und sehr nachhaltig. Seit jener Zeit versuche ich, in allem, was ich tue, stets ehrlich und wahrhaftig zu sein.«

»Ach ja? ›Ehrlich und wahrhaftig‹? Wie außergewöhnlich! Denn blicken Sie sich doch um, Sir Robert. Wie viele ›ehrliche und wahrhaftige‹ Menschen sehen wir denn hier in der *Galerie*?«

Nur widerstrebend riss ich mich vom Anblick ihres sanften Gesichts los und betrachtete die Menge pomadisierter Höflinge und mit Schönheitsflecken geschmückter Damen, die im gespiegelten Licht funkelten.

»Nun«, sagte ich, »ihren eigenen Sehnsüchten und Begierden sind sie aber vermutlich absolut treu.«

Nun lächelte Madame de Flamanville frei heraus, und sie berührte mich kokett mit ihrem Fächer am Kinn.

»Sie gefallen mir, Sir Robert«, sagte sie. »Also erzählen Sie mir doch bitte, um welche Gefälligkeit es sich handelt. Madame de Maintenon hört auf mich, und sie ist die große Ausnahme in Versailles: eine Frau, die zu ihrem Wort steht.«

Ich erzählte ihr also die Geschichte von Hollers' Uhr, beschrieb jedoch nicht die erbärmlichen Bedingungen, unter denen wir beide zurzeit hausten, sondern erwähnte nur seinen Kummer darüber, dass er so lange zu warten habe, bis er endlich wissen würde, ob sein Werk Gnade fand. Weiter sagte ich, für mein ungeübtes Auge sei die Uhr aber ein Werk großer Schönheit und Erlesenheit und ich würde darum beten, dass Madame de Maintenon das ebenfalls finde.

»Ich verstehe Sie sehr gut«, sagte Madame de Flamanville. »Wollen wir hoffen, dass die niederländische Uhr mit Gottes Zeit Schritt hält und dass Ihr Mr. Hollers die Gönnerin bekommt, die er sich wünscht. Ich werde nachfragen.«

»Vielen Dank, Madame«, sagte ich und vollführte eine weitere leicht lächerliche Verbeugung. »Ich bin Ihnen zu tiefstem Dank verbunden.«

»Nun«, sagte Madame de Flamanville, »Dankbarkeit ist

selbstverständlich ein vortreffliches Gefühl, aber *tiens*, nun, da ich darüber nachdenke, fällt mir das perfekte Zahlungsmittel für diese Gefälligkeit ein.«

»Nennen Sie es mir, und ich werde mein Bestes tun –«

»Meine Kutsche fährt am Mittwochmorgen um neun Uhr von der *Place des Armes* nach Paris. Ich erwarte, Sie darin zu sehen.«

7 ✂

Die de Flamanvilles bewohnten in Paris ein exquisites Herrenhaus aus Stein, hier *hôtel* genannt, im Faubourg Saint-Victor, ganz in der Nähe des Eingangs zum Botanischen Garten (oder *Jardin du Roi*), den der Vater des französischen Monarchen, König Louis XIII., gegründet hatte.

»Das Haus ist groß«, sagte Madame de Flamanville, als die Kutsche in die kreisförmige Auffahrt einbog und ich adrett gekleidete Dienstboten erblickte, die sich zu unserer Begrüßung in einer Reihe aufgestellt hatten, »deshalb werden Sie selbstverständlich hier wohnen, Sir Robert.«

Ich widersprach nicht. Denn eines hatte ich auf der sehr angenehmen Fahrt nach Paris gelernt: Madame de Flamanville, deren Taufname Louise war (was mich auf köstliche Weise an die Mätresse des Königs, »Fubbsy«, erinnerte, die ebenfalls Louise getauft worden war), war eine Frau, die ihren Willen durchzusetzen wusste. Daraus schloss ich, dass sie vielleicht das Kind eines liebevollen Vaters war (so wie Margaret) oder Oberst de Flamanville ein ebenso liebevoller Gatte oder aber ein schwacher Mann – oder auch beides.

Madame de Flamanville trat wohl auch deshalb so selbstbewusst auf, weil ihr Verstand ungemein lebhaft war und sie sich für alles um sie herum interessierte. Ihre Erziehung, die sie überwiegend in der Schweiz genossen hatte, wo sie geboren worden war, sei, wie sie sagte, »ausreichend« gewesen, doch im Laufe der Fahrt gewann ich den Eindruck, dass sie sehr viel mehr als das gewesen sein musste.

Sie sprach vier Sprachen, darunter auch Latein. Sie komponierte Musik. Sie kannte die Heilige Schrift »gut genug, um erhobenen Hauptes in ein Kloster einzutreten, sollte dieses

Schicksal mich jemals treffen«. Wie Margaret begeisterte sie sich für die Geografie der Erde. Aber die größte Befriedigung schenke ihr, sagte sie, das Studium der Heilpflanzen und ihrer Eigenschaften, und im *hôtel* im Faubourg Saint-Victor habe sie sich »ein kleines Laboratorium eingerichtet – mit weit zu öffnenden Fenstern für den Fall von Explosionen! –, in der ich eine dilettantische Form von Chemie betreibe«.

Man kann sich vorstellen, welches Vergnügen mir dieses Geständnis bereitete. Es erlaubte mir zu erwähnen, wie gut ich König Charles' Laboratorium in Whitehall kenne und dass ich mich als Arzt sehr für die Heilkräfte der Natur interessiere. Ich ging sogar so weit, von meinem verblichenen Freund, John Pearce, zu sprechen, und berichtete ihr von seinem Mittel gegen die Pest aus der Hahnenfußwurzel, das ich selbst angewendet und das mich 1666 vor dem Tod bewahrt hatte. Und wie ich gehofft hatte, schufen diese gegenseitigen Offenbarungen unserer Interessen und Kenntnisse ein Band zwischen uns, und ich muss gestehen, dass ich solch eine Verbundenheit noch nie mit einer Frau erlebt hatte.

Auf der ganzen langen Fahrt nach Paris, während der ein kalter Dezemberregen der flachen Landschaft um uns herum einen traurigen Anblick verlieh, führten wir ein höchst belebendes Gespräch, und bei unserer Ankunft bemerkte ich, dass meine Wangen übermäßig erhitzt waren und mein Herz in einem beschleunigten Rhythmus klopfte.

Im *hôtel* wurde ich in ein großes, angenehmes Schlafgemach geführt, mit einem eigenen Nachtstuhl, der sich hinter einem Vorhang befand. Als ich diesen Gegenstand und den großen Krug mit heißem Wasser in meinem Zimmer sah, trieb es mir beinahe Tränen der Dankbarkeit in die Augen.

Derselbe Kammerdiener, der das heiße Wasser gebracht hatte, teilte mir mit, dass das Nachtmahl um sieben Uhr eingenommen werde. Und bei der Vorstellung einer köstlichen Mahlzeit, die nicht aus Erbsen und Marmelade bestehen würde, schnürte es mir die Kehle zu, und ich wäre beinahe in einen meiner Weinkrämpfe ausgebrochen, die Will Gates so inkommodierten und die mich im Laufe der schnell dahineilenden Jahre unzählige Taschentücher gekostet hatten.

Nachdem ich mich gesäubert, das Gewand, das ich zum Essen anlegen würde, ausgewählt und meine Perücke so lange gewaschen, geschüttelt, ausgescholten und gebürstet hatte, bis sie wundersamerweise endlich etwas von ihrem einstigen lebendigen Glanz wiedererlangt hatte, setzte ich mich an den kleinen Kirschholztisch und begann den folgenden Brief:

An: Miss Margaret Merivel
Unter der Obhut von Sir James Prideaux, Ritter
Mevagissey, Cornwall

Meine liebe Margaret,
Dein pflichtvergessener Vater schickt Dir seine herzlichste Liebe und viele Grüße und Entschuldigungen für das Fehlen jeglicher Briefe seit seiner Ankunft in Dieppe.
Sein Aufenthalt am Hof von Versailles gestaltete sich einigermaßen schwierig wegen des großen Menschenandrangs dort, und bis jetzt ist es mir noch nicht gelungen, eine Anstellung unter den Ärzten des Königs zu erlangen.
Hege jedoch meinetwegen keine Befürchtungen. Denn ich hatte jüngst das Glück, die charmante Bekanntschaft von Oberst und Madame de Flamanville zu machen, und heute bin ich als ihr Gast in Paris angekommen.
Alles, was ich bislang von der Stadt sehen kann, wirkt höchst geordnet und schön, und sozusagen mir zu Füßen liegen die Alleen und Repräsentationsgärten des Jardin du Roi, wo ich morgen einen Spaziergang zu machen hoffe und wo es, wie mir berichtet wurde, einen gefangenen Bären gibt, der auf seinen Transport in die königliche Menagerie von Versailles wartet.
Wie du siehst, wohne ich inmitten von Wundern. Die Me-

*lancholie, an der ich zuletzt litt und die Dich, meine liebe
Margaret, so betrübt hat, ist, wie mir scheint, ganz verschwunden. Ich wünschte nur, Du wärest hier bei mir und
wir könnten den Bären gemeinsam besuchen und ich
könnte Deine Hand in meiner halten.*

*Unterdessen stelle ich mir vor, wie Ihr, Du und Mary
und die anderen, auf Euren duftenden Pfaden zum Meer
hinunterspaziert und eure eigene kleine Sammlung von
Kaurimuschelschalen anlegt, niedlich wie die Finger eines
Säuglings ...*

Ich hatte angenommen, dass Madame de Flamanville und
ich beim Nachtmahl allein sein und unsere angeregte Kon-
versation fortführen würden, doch es sollte nicht sein, und
einen Moment lang fiel es mir schwer, meine Enttäuschung
zu verbergen.

Denn zu uns gesellte sich Mademoiselle Corinne de Flamanville, die unverheiratete Schwester des Obersten, unter
der Obhut ihres Bruders ständige Bewohnerin des Hauses,
die, wie zu hören war, Paris nicht verlassen mochte, »wegen
meiner großen Furcht, mich zu verirren«.

Sie war eine ganz in Schwarz gekleidete sehr dünne Frau
ungefähr meinen Alters, die keinen einzigen Zahn mehr besaß, weshalb das gemeinsame Einnehmen einer Mahlzeit mit
ihr ein gefährliches Unterfangen war, weil ihr das Essen erstaunlich weit aus dem Mund flog und man somit nur
schwerlich ihrer Unterhaltung folgen konnte. (Meine eigenen Tischmanieren, über die meine Gemahlin sich sehr heftig
zu beklagen pflegte, schienen mir, muss ich gestehen, im Vergleich dazu tadellos koordiniert.)

Gleichwohl versuchte ich, einen angenehmen Eindruck bei
Mademoiselle zu machen. Alte Jungfern bereiten meinem
Herzen große Qual, denn ich weiß, dass ihr Leben bitter ist.
Sie besitzen absolut nichts außer ihrer eigenen Seele.

Da ich nicht recht wusste, welches Thema ich anschlagen

sollte, sagte ich, es interessiere mich außerordentlich, wie sie sich gegen die Angst, die Orientierung zu verlieren, wappne, da es mir manchmal ähnlich ergehe und ich, zum Beispiel, Versailles sehr verwirrend gefunden hätte.

Mademoiselle sah mich entgeistert an. »Was hat er gesagt?«, fragte sie Madame de Flamanville. »Welche Sprache spricht er?«

Worauf ich einen kleinen Heiterkeitsausbruch nicht verhindern konnte. Ich brachte es nicht fertig, Mademoiselle Corinne anzuschauen, an deren hängender Unterlippe ein weiches Stück Pastinake wie ein Wurm baumelte, sondern blickte zu Louise (denn so werde ich sie von nun an nennen) und sah, dass sie ebenfalls lachte.

»Ich bitte Sie«, wandte ich mich stammelnd an Mademoiselle Corinne und versuchte, meinen inneren Aufruhr, so gut ich vermochte, zu bändigen, »mein furchtbares Französisch zu entschuldigen. Ich weiß, wie unelegant es ist. Würden Sie es vorziehen, dass ich Englisch spreche? Ich war sehr beeindruckt, wie viele Ihrer Landsleute die englische Sprache verstehen.«

»Ich habe nicht die geringste Ahnung«, erklärte Corinne, »wovon er spricht. Ist er ein Flame? Hat er einen flämischen Namen? Die Flamen sind doch nie zu verstehen.«

»Er hat dich nur nach deiner mangelnden Bereitschaft, Paris zu verlassen, gefragt«, sagte Louise. »Er empfindet Mitgefühl für deine Ängste. Er sagt, es gebe viele Orte, an denen man sich verloren fühlen kann.«

»Viele Orte, an denen man sich verloren fühlen kann? Was ist das für ein Unsinn! Ich sagte ihm doch, ich *begebe* mich nicht an solche Orte. Ich bleibe im Faubourg Saint-Victor. Aus welcher Stadt kommt er denn?«

»Er kommt aus England«, sagte Louise. »Er ist ein Doktor der Medizin und lebt in England.«

»Doktor? Sagtest du Doktor? Er sieht gar nicht wie ein Doktor aus.«

»Ach. Das ist sehr interessant«, wagte ich einzuwerfen. »Wie stellen Sie sich denn einen Doktor vor?«

Mademoiselle Corinne wischte sich den Mund und entfernte dabei endlich den Pastinakenwurm, der in ihren Schoß fiel, nahm ihre Lorgnette und betrachtete mich von oben bis unten durch die perlenförmigen Gläser.

»Dünner«, erklärte sie.

Ich spürte, wie mich ein neuer Lachanfall überkam, ohne ihn verhindern zu können. Widerstrebend ließ ich Messer und Gabel, die gerade mit einem wunderbar gebratenen Moorhuhn beschäftigt waren, sinken und barg das Gesicht in meiner Serviette, und mein hilfloses Gurgeln erfüllte die *Salle à Manger*. Und – Pech für Mademoiselle Corinne – mein Lachen war derart ansteckend, dass auch Louise nur zu bald von einer nicht zu bändigenden Heiterkeit überwältigt wurde, einer Heiterkeit, die uns beinahe von den Stühlen hob.

Mademoiselle starrte uns an, blickte in blankem Entsetzen von einem zum anderen. Zum *Maître d'hôtel*, der hinter Louises Stuhl stand, bemerkte sie: »Es ist der Wein, Bertrand. Der Wein hat sie in Hyänen verwandelt. Ihnen kein *einziger* Tropfen mehr!«

Vielleicht war es auch der Wein, aber ebenso sehr hatten die anregende Fahrt, das ausgezeichnete Moorhuhn und der Anblick eines sauberen Betts dafür gesorgt, dass ich bei Einbruch der Nacht vollkommen erschöpft war.

Eigentlich hatte ich meinen Brief an Margaret beenden wollen, sah mich aber nur noch in der Lage, meine Nachtkleidung anzulegen, zwischen die Leinentücher zu kriechen und mich dem nahenden süßen Schlaf zu überlassen. Als ich die Augen schloss, dachte ich, dass ich mich seit vielen Jahren nicht mehr so glücklich gefühlt hatte wie in diesem Augenblick.

Die gesamte Nacht hindurch wurde mir eine wahrhaft epikureische Ruhe beschert, und als ich einige Zeit nach acht Uhr erwachte, erfüllte augenblicklich Freude mein Herz.

Nach dem Frühstück fragte Louise mich, ob ich Lust hätte, ihr Laboratorium zu besichtigen, und ich willigte nur allzu gern ein.

Das Laboratorium war auf marmornen Tischen zu beiden Seiten eines schmalen Raums aufgebaut. Auf ordentlichen hölzernen Regalen über den Tischen stand eine große Anzahl kleiner, sorgfältig etikettierter Apothekerfläschchen, die, wie ich sofort sah, so starke und bedenkliche Substanzen enthielten wie Arsen, Hornquecksilber und Bleiweiß.

»Sapperlot!«, sagte ich. »Sie haben hier aber viele Gifte. Verfügen Sie denn aber auch über das erforderliche Wissen?«

»Beileibe nicht«, antwortete Louise sofort. »Doch ich lerne. Ich darf gelegentlich bei den Experimenten dabei sein, die im Laboratorium des *Jardin du Roi*, direkt neben uns, hinter dem Tor dort, gemacht werden. Anfangs wollten die Chemiker nicht, dass ich kam, weil ich eine Frau bin. Doch ich sagte zu ihnen: ›Frauen werden von allem Experimentieren in der Welt ferngehalten. Selbst unsere *Gefühle* haben einem vorgeschriebenen und niemals sich ändernden Muster zu folgen. Aber warum sollte ich nicht wenigstens *Ihre* Experimente mitverfolgen dürfen? Worin besteht die Gefahr – außer dass meine Bewunderung für Sie nur noch weiter wächst!‹

Und obgleich einige murrten und meinten, sie bei ihrem Tun zu beobachten könnte ›meinem Verstand schaden‹ und, wie einer sagte, ›mich in eine Hexe wie die berüchtigte La Voisin verwandeln‹, gestatteten sie mir endlich den Zugang, unter der Bedingung, dass ich keine Kommentare abgab und mich niemals an irgendetwas zu beteiligen versuchte. Sie konnten mich jedoch nicht daran hindern, anschließend hierher zurückzueilen und mir zu notieren, was ich gesehen hatte. Und so begann ich zu lernen …«

Während Louise sprach, fuhr sie mit den Händen zärtlich

und doch rastlos über die Tische, prüfte Tiegel und Destillierkolben, Kräuter, die in Körben trockneten, und ein Glasgefäß, in dem es von Schnecken wimmelte. Ich beobachtete sie sehr aufmerksam und dachte, dass mir gewiss noch nie eine Frau wie sie, mit einer solch reizenden Mischung aus Geist und Ernsthaftigkeit, begegnet war. Und ich merkte, wie sehr mich jeder Augenblick, den ich in ihrer Gesellschaft verbrachte, fesselte.

»Nun denn«, sagte sie und blieb am Ende von einem der Tische stehen, wo eine Reihe identischer Gläser zu einer kleinen Pyramide arrangiert war. »Lassen Sie mich Ihnen meinen einzigen kleinen Erfolg demonstrieren.«

Sie entkorkte eines der Gläser und reichte es mir. Ich hielt es mir unter die Nase, und der Geruch erinnerte mich sofort an jene verworrene Zeit in meinem früheren Leben, als ich mich noch als Künstler versucht hatte, ehe ich es verzweifelt aufgab.

»Eine Salbe gegen Wunden«, sagte Louise. »Wirksam auch bei Verbrennungen. Als mein Küchenmeister sich die Hand verbrannte, heilte sie mit meiner Salbe binnen zweier Tage!«

»Sehr gut«, sagte ich. »Ich hoffe, etwas davon mit nach England nehmen zu dürfen, für meinen Koch Cattlebury, der dermaßen mit Brandwunden übersät ist, als wäre er gerade noch dem Bratspieß entkommen.«

Louise lächelte und fuhr fort: »Lange Zeit hatte ich einige Schwierigkeiten mit dem Mengenverhältnis der Ingredienzien, doch jetzt stimmt es. Schaftalg, Bienenwachs, Terpentinöl und Spitzwegerichblätter, eine Stunde lang über einem niedrigen Kohlenfeuer gekocht, bis die gewünschte Reduktion entsteht. Das Wachs wird sehr langsam geschmolzen, und Reduktion und Öl werden bei sehr niedriger Hitze hineingerührt. Schwierig war es, eine Salbe zu erhalten, die auch nach dem Abkühlen weich genug zum Verstreichen war. Aber jetzt ist sie weich. Stecken Sie Ihren Finger hinein.«

Ich nahm eine Kostprobe und verrieb sie auf meinem Handrücken.

»Und? Was denken Sie?«, fragte Louise. »Sie als Arzt wissen, dass viele Salben ranzig riechen, diese aber nicht, oder?«

»Nein. Sie riecht sehr frisch. Das Terpentin …«

»Ja. Ich habe es eher als eine Art Parfüm hinzugefügt. Das Heilende liegt im Wachs und dem Spitzwegerich, aber für mich ist der Duft einer Sache auch wichtig. Lassen Sie mich Ihnen dieses Glas zum Geschenk machen.«

Mit Worten des Danks blickte ich zu Louise hoch, und meine große Bewunderung für sie muss in meinem Gesicht gestanden haben, denn sie hielt meinem Blick nur kurz stand und blickte dann rasch weg. Eine Frau wie Louise de Flamanville, dachte ich, wirkt gewiss wie Salbe im Leben eines Mannes. Das Leben schlägt ihm nach und nach seine Wunden, und sie heilt diese.

Nun zeigte Louise mir andere Mittel, an denen sie arbeitete. Darunter war eine Lotion »zur Überdeckung oder Reduzierung des Gestanks der Achselhöhle«.

»Oh«, sagte ich, »die wird in Versailles sehr dringend benötigt.«

»Wohl wahr, Sir Robert. Wissen Sie übrigens, dass Madame de Montespan furchtbar gestunken hat?«

»Nein.«

»Vielleicht hätte meine Lotion verhindert, dass sie in Ungnade fiel. Ich habe eine Idee. Aber sie ist noch nicht zu Ende gedacht. Ich nehme Weißwein, Rosenwasser und wilde Rauke. Anfangs kochte ich alles in einem Destillierkolben, um durch das Glas zu beobachten, wie klar oder trüb die Mischung ist, doch mein Feuer war zu heiß, der Kolben explodierte, und die glühenden Glassplitter verletzten mich im Gesicht!«

»Oh, mon dieu!«, sagte ich, »Sie hätten blind werden können.«

»Gewiss. Doch das geschah zum Glück nicht. Und seltsamerweise hatte ich auch keinerlei Schmerzen. Ich war sogar recht heiter. Denn mir kam plötzlich der Gedanke, dass *echte Chemiker* eben solche Erfahrungen machen, solche Schocks und Rückschläge erleben und dass ich mich nun zu ihnen zählen durfte.« Sie reichte mir ein Fläschchen, das alles enthielt, was sie von diesem Präparat schon hergestellt hatte, und ich schnüffelte so bedächtig daran wie Weinkenner an ihrer geliebten Flüssigkeit.

»Was meinen Sie dazu?«, fragte sie. »Es muss stark sein, aber nicht so stark, dass die Lotion stärker riecht als das schwitzende, schmutzige Fleisch. Raukesamen dämpfen die Transpiration, das ist bewiesen, und der Wein und das Rosenwasser wirken reinigend, aber ...«

»Limonengras«, sagte ich. »Nicht mehr als ein paar gekochte Blätter, und Sie hätten eine haltbarere Tinktur.«

»Ach«, sagte Louise. »Limonengras. Daran habe ich noch nicht gedacht. Welch ein Vergnügen, einen so fähigen Hilfslaboranten an der Seite zu haben.«

Es war ein sehr freundlicher, wenn auch kalter Dezembermorgen, und als wir das Laboratorium verließen und den *Jardin du Roi* betraten, hatte die Sonne den Glanz winterlicher Schönheit über die gepflegten Wege und Irrgärten gelegt.

Ich war mit Louise fast allein in dem Garten, da er nur wenigen auserwählten Personen zugänglich ist.

»Die königlichen Chemiker erlauben es mir, von Zeit zu Zeit ein paar Blätter oder Zweige für meine eigenen kleinen Experimente mitzunehmen«, sagte Louise, und als wir zu einem Beet mit Limonengras kamen, dessen Frische jetzt, zu Beginn der dunklen Jahreszeit, längst vergangen war, bückte sie sich, pflückte einige zerzauste Stängel und reichte sie mir.

Dabei sagte sie: »Von den wenigen Abhandlungen Newtons, die in Frankreich zirkulieren, verstehe ich kaum etwas. Aber seine Zerlegung von Licht mittels eines Prismas in ein Spektrum wurde mir erklärt, und sie ist, finde ich, wirklich erstaunlich. Auch seine Differenzierung zwischen einer Hypothese, die, wie er sagt, ›reine Spekulation‹ sei, und der Theorie, die auf Beweisen beruht, scheint mir verlockend. Sobald ich sie begriffen hatte, wusste ich, dass ich seinem Beispiel folgen muss und keine Behauptungen über irgendwelche meiner Präparate aufstellen darf, ehe ich nicht – ganz sicher – weiß, dass sie wirksam sind. Mein Beweis kann nur die Heilung sein.«

»Ganz recht«, erklärte ich. »Mein Freund, John Pearce, war in dieser Frage sehr, sehr unnachgiebig und folgte darin seinem Helden, William Harvey, der sich nur an eigene Beobachtung und ans Sezieren hielt und nicht an die alten Autoritäten. Pearce sagte einmal, meine Neigung zu Hypothesen mache ihn ganz elend.«

»Oh! Ihre ›Neigung zu Hypothesen‹. Haben Sie die immer noch?«

»Viel weniger als früher. Doch gelegentlich erhitzt mein Verstand sich noch immer an gewissen Vermutungen und Spekulationen; ohne sie würde allerdings auch niemals irgendetwas Neues versucht. Aber ich glaube, ich werde immer mehr wie Harvey, in jeder Hinsicht.«

»Tatsächlich? Und in welcher Hinsicht, zum Beispiel?«

»Nun«, sagte ich, »um nur eine zu nennen: Harvey liebte die Dunkelheit. In der Nähe seines Hauses in Surrey ließ er sich Höhlen bauen, in denen er gerne saß und meditierte. Ich bin nicht so weit gegangen, Höhlen zu graben, weil mich die Geschöpfe, die darin leben – Fledermäuse und Schlangen und so weiter – nicht sonderlich begeistern. Aber wenn ich allein in meinem Haus in Norfolk bin, kann ich die Dunkelheit gut aushalten, ohne gleich eine Öllampe oder ein Talglicht anzuzünden. In dieser Fastdunkelheit spüre ich dann manchmal, wie mein Verstand sehr ruhig wird und ich Dinge, die mir bis dahin undeutlich erschienen, sehr klar sehen kann.«

Louise legte mir noch mehr Limonengras in die Hand und betrachtete mich aufmerksam. Das winterliche Sonnenlicht beschien ihre Wangen, die von einem sehr blassen Olivgrün waren und trotz ihrer fünfundvierzig Jahre sehr glatt, und ich musste an mich halten, um mich nicht vorzubeugen und sie mit meinen Lippen zu berühren. Stattdessen hielt ich mir das Bündel Grasstängel unter die Nase und sog ihr nachhaltiges Parfüm ein.

»Sie enthalten immer noch ein wenig Limonenfrische«, sagte ich.

»Schön. Wir werden die Stängel kochen und schauen, wie die Reduktion meine Tinktur verändert. Sind Sie denn allein in Ihrem Haus in Norfolk, Sir Robert, wenn Ihre Tochter bei ihren Freunden weilt, oder haben Sie eine Ehefrau?«

Ich verstummte. So angenehm war mir die Gesellschaft von Louise de Flamanville, dass ich versucht war, ihr hier und jetzt, im kühlen Licht des *Jardin du Roi*, alles zu erzählen, die Geschichte meiner Ehe mit Celia mitsamt deren Annullierung einige Jahre später, als der König mir erneut seine Gunst schenkte. Doch ich wusste, dass dieser Teil meiner Lebensgeschichte nur dazu dienen würde, mich aufdringlich und töricht erscheinen zu lassen, und so sah ich davon ab.

»Ich habe keine Ehefrau«, sagte ich. »Sie verließ diese Welt schon vor langer Zeit. Hin und wieder erscheint der König mit einem Teil seines Gefolges und sehr vielen Hunden, und dann bewege ich mich in guter, lebhafter Gesellschaft. Aber die meiste Zeit des Jahres bin ich allein.«

»Ach«, sagte Louise leise, und wir spazierten weiter. Wir bogen in eine Allee mit Platanen ein, die ihre großen Blätter schon abgeworfen hatten, an den kahlen Zweigen hingen nur noch die Fruchtstände wie matt gewordener Schmuck. Und in diesem Augenblick nahmen wir beide ein seltsames Geräusch wahr, einen kläglichen, heulenden Lärm, der uns von großem Unglück zu künden schien. Wir gingen bis ans Ende der Allee, wandten uns nach links, kamen zu einer Wiese und sahen vor uns etwas sehr Trauriges.

In einem viereckigen Käfig aus Ulmenästen stand ein großer Braunbär auf seinen Hinterläufen, kratzte am Holz und heulte wie ein Wolf. Im geöffneten Maul war seine ausgedörrte Zunge voller Geifer zu sehen, und das Geräusch, das aus seiner Kehle kam, war so verzweifelt – in meinem ganzen Leben hatte ich so etwas noch nicht gehört.

Wir blieben stehen und starrten nur. Louise berührte meinen Arm, und ich nahm ihre Hand in meine.

»Ich weiß, wo er enden wird«, sagte sie.

»Ich auch. In der Menagerie von Versailles.«

Wir standen sehr still, das Elend des Tiers lähmte unsere Sinne – alles, was wir rochen, war sein Entsetzen, alles, was wir atmeten, war sein Schmerz, und alles, was wir in unseren Kehlen fühlten, war sein Durst.

Ich spürte, wie Louises Hand in meiner zitterte. Ich zog sie fester an mich, und um Louise zu beschwichtigen, begann ich, sehr ruhig die Geschichte eines benachbarten Gutsherrn in Norfolk zu erzählen, eines gewissen Squire Sands, der das Shire-Pferd, das seinen Pflug zog, so erbarmungslos schlug, dass es an seinen Wunden starb.

»Squire Sands hatte kein Geld«, fuhr ich fort, »um sich einen neuen Gaul zu kaufen. Ein ganzes Jahr lang blieben seine Felder dem Unkraut überlassen. Doch als er begriff, dass er verhungern würde, wenn er kein Korn und Gemüse anbaute, blieb ihm nichts anderes übrig, als sich selbst vor den Pflug zu spannen. Und ich sah ihn einmal in seiner Rolle als Pferd, wie er Herz und Lunge anstrengte, um sein eigenes Land zu bestellen. Und für einen Augenblick hatte ich Mitleid mit ihm. Doch dann dachte ich wieder an das, was er der Shire-Stute angetan hatte, und sofort war mein Mitleid verflogen.«

Louise schwieg eine Weile. Dann wandte sie sich um, blickte mich an, legte die Arme um mich und küsste mich auf den Mund.

8 ✑

Vierundzwanzig Stunden sind vergangen: Stunden voller aufwühlender Gefühle.

Während Louise und ich am Mittag in einer vortrefflichen *Auberge* Austern speisten, uns die Finger ableckten und säuberten und unsere salzigen Kehlen mit einem köstlichen Wein aus dem Loiretal kühlten, neigte Louise sich zu mir herüber und sagte: »Ich möchte Ihnen gern ein wenig über mein Leben erzählen, Sir Robert. Oder hielten Sie das für sehr dreist?«

»Nein«, erwiderte ich. »Es würde mich ehren, aus Ihrem Leben zu hören …«

Louise nippte an ihrem Wein, wischte sich den Mund und flüsterte: »Ich möchte Sie wissen lassen – selbstverständlich in strengster Vertraulichkeit –, dass meine Ehe mit Oberst Jacques-Adolphe de Flamanville, der als tapferer Soldat selbstverständlich meinen Respekt verdient, so verdorrt ist wie ein leerer See.«

»Oh, das höre ich mit Bedauern –«

»Wir haben keine Kinder. Ich wäre gerne Mutter geworden, aber de Flamanville sagte stets: ›Sie können keine Mutter sein, solange ich nicht bereit bin, Vater zu sein, und das werde ich nicht.‹«

Ich berührte Louises Hand. »Das tut mir leid«, sagte ich. »Denn ich weiß, wie kostbar ein Kind sein kann …«

»Ich glaube, ich wäre eine liebevolle Mutter geworden, Sir Robert, aber nun ist es zu spät. Meine chemischen Versuche, so dilettantisch sie sein mögen, verleihen meinem Leben ein wenig Sinn, aber das Gleichmaß der dahingehenden Jahre hat mich müde werden lassen. Ich liebe Paris; Versailles ertrage ich kaum. Doch es kann sein, dass ich sowohl Paris wie Versailles bald verlasse und in die Schweiz zurückkehren werde, um für meinen Vater zu sorgen, der alt und einsam ist. Ich bin sein einziges lebendes Kind und ihm sehr zugetan, und ich möchte nicht, dass er einsam stirbt. Jacques-Adolphe wird protestieren, aber vermissen wird er mich nicht, allenfalls als seine gesellschaftliche Tarnung.«

»Seine Tarnung?«

»Er legt großen Wert darauf, auch wenn ich kaum begreife, weshalb. Es gibt in Versailles eine Gesellschaft, die sich *Fraternité* nennt. Sie werden erraten, um welche Art von Gesellschaft es sich handelt. Ihre Mitglieder lieben nur Männer, und de Flamanville ist einer von ihnen. Madame de Maintenon sähe es gern, wenn der König sie verbieten würde, aber was soll er machen, wenn sein eigener Bruder, der Duc d'Orléans, zu ihren Gründern gehört?«

»Ich verstehe.«

Louise nahm noch einen Schluck. Ihre Haselnussaugen leuchteten, und ihr Blick war eindringlich.

»Vielleicht sollte ich Ihnen diese Dinge nicht erzählen, Sir Robert, doch in Ihnen scheine ich einen Geist gefunden zu haben, der dem meinen verwandt ist. Ich führe ein sehr einsiedlerisches Leben, und ich fürchte, es hat mich zu kühn gemacht. Ich hatte Liebhaber …«

»Louise«, sagte ich, »denn so möchte ich Sie von nun an nennen dürfen – und Sie müssen mich Merivel nennen, da dieser Name mir am liebsten ist –, ich freue mich, dass Sie Liebhaber hatten. Und ich hoffe, sie waren so wild wie Leoparden und so sanft wie neugeborene Hunde.«

Louise lächelte. »Ich erinnere mich kaum noch an sie«, sagte sie, »es ist so lange her.«

Ich nahm noch einen Schluck, und es schien mir, als habe mir Wein noch nie so gemundet wie in diesem Augenblick.

»Ich möchte gern, dass Sie meinen Namen sagen«, erklärte ich. »Sagen Sie ›Merivel‹.«

»Merivel«, wiederholte sie leise. Und das Aussprechen meines Namens griff mir ans Herz. Ich nahm Louises Hand.

»Sagen Sie: ›Merivel, möchten Sie mein Liebhaber sein?‹«

Ich dachte, ihre Antwort käme ohne Zögern. Sie war eine kühne Frau, die, wie mir schien, durch nichts zu schockieren war, und die Enthüllungen über ihren Gemahl und ihre Liebhaber hatten mich, so glaubte ich, ihrem Bett näher gebracht. Doch zu meinem großen Unbehagen entzog sie mir plötzlich ihre Hand, errötete und sagte, sie könne nicht aussprechen, worum ich sie gebeten hätte. Und nun war es an mir, mich zu fragen, ob ich, wenn ich an die Leidenschaft dachte, mit der ich sie im *Jardin du Roi* geküsst hatte, zu stürmisch und zu berechnend gewesen war.

Am Nachmittag suchten wir Monsieur Durand auf, einen namhaften Schneider in der Rue de l'Oiseau, nahe der Porte Saint Antoine. Er sollte die Änderungen an meiner Kleidung vornehmen, die mir bei meinem Aufenthalt in Versailles nahegelegt worden waren.

Während ich mir Schulterbänder anschaute und *canons* in verschiedenen Farben und Ausführungen anprobierte, bedauerte ich im Stillen, dass ich, da Louise sich keineswegs für mich als ihren Liebhaber entschieden hatte, ihre Gastfreundschaft in Paris wohl nicht länger würde in Anspruch nehmen und ziemlich bald nach Versailles zurückkehren und mein Armeuteleben wieder aufnehmen müssen.

Bei dieser bitteren Vorstellung musste ich sofort an meine Pritsche, an den Geruch nach Erbsen in Salzlake und an den Anblick von Hollers auf dem Nachttopf denken.

»Holla!«, sagte ich plötzlich, »das Leben ist wahrhaftig nichts als Gegensatz und Widerspruch!«

Ich stieß einen langen Seufzer aus. Ein Paar scharlachfarbener *canons* zwickten mich höllisch an den Beinen, und ich schleuderte sie von mir. Ein Gefühl maßloser Enttäuschung und Wut stieg in mir auf, wie ich es aus meinem früheren

Leben so gut kannte, und ich wusste, dass ich es unbedingt zügeln musste, um zu erreichen, was ich mir vor allem anderen wünschte.

»Woran denken Sie?«, fragte Louise ernst, während der Schneider die *canons* auflas, die ich so gereizt durch den Raum geschleudert hatte.

»Ich dachte an Hollers«, erwiderte ich. »Während die Zeit hier auf so angenehme Weise fliegt, kriecht sie für ihn zweifellos nur schleppend dahin. Und ich weiß, dass dieses Kriechen von Zeit nur schwer zu ertragen ist.«

»Das stimmt«, sagte Louise. »Aber Ihr Freund muss lernen, geduldig zu sein. Madame de Maintenon hat Recht: Man kann eine Uhr erst beurteilen, wenn man sie einige Tage und Nächte lang beobachtet hat.«

Nächte.

Ich wünschte die Nacht herbei, und ich wünschte sie nicht herbei.

Wir setzten uns artig zum Nachtmahl nieder, sahen zu, wie Lauchsuppe von Mademoiselle Corinnes Kinn tropfte und Entenfleischstückchen ihr schwarzes Seidengewand besudelten. Ich versuchte, mich mit ihr über die tausenderlei Waren zu unterhalten, die es in der rue de l'Oiseau zu kaufen gab. Aber alles, was sie sagte, war: »Ja, ja, ich kenne diese Straße, aber ich begebe mich nicht dorthin. Warum sollte ich auch? Um Besen oder Vogelkäfige oder Spielzeug zu kaufen? Warum sollte man so etwas haben wollen? Warum sollte man überhaupt irgendwo hingehen?«

Darauf wusste ich keine Antwort. Ich sah hilflos zu Louise, doch die mied meinen Blick. Es gab kein gemeinsames Lachen.

Nach dem Essen begaben wir uns alle in den *Salon*, und Mademoiselle vertrieb sich die Zeit damit, Profile von Gesichtern auf schwarzes Papier zu zeichnen und sie gewissenhaft auszuschneiden. Ihr zu Gefallen bewunderte ich diese

Silhouetten in dem besten Französisch, das ich zustande brachte, aber sie dankte es mir nicht. Sie bemerkte lediglich, dass es an den Winterabenden nichts anderes zu tun gebe, als Silhouetten aus schwarzem Papier auszuschneiden, und dass sie im Laufe der Jahre schon über fünfhundert ausgeschnitten habe.

»Wie Sie sehen, Monsieur«, sagte sie, »bin ich keineswegs müßig.«

»Das sehe ich, Mademoiselle«, erwiderte ich. »Und ich würde sehr gern einen Blick auf diese fünfhundert Silhouetten werfen ...«

»Heißt das, Sie misstrauen mir?«

»Ich misstraue Ihnen keinesfalls.«

»Warum belästigen Sie mich dann mit der Bitte, sie zu sehen? Was allein zählt, ist, dass ich sie mache.«

Erneut blickte ich hinüber zu Louise, doch sie schwieg und arbeitete, ohne den Kopf zu heben, weiter an ihrer komplizierten Stickerei. Nachdem das Gespräch mit Mademoiselle Corinne zum Erliegen gekommen war, sah ich mich mit einem Mal als Einzigen im Zimmer ohne Beschäftigung, und diese plötzliche Untätigkeit war mir lästig.

Ich erinnerte mich an das, was Pearce einst zu sagen pflegte, wenn ich mit ihm angeln ging – dass ich stets »zu rastlos« sei –, und deshalb versuchte ich, ruhig in meinem Sessel zu sitzen, ins Feuer hinter dem Kaminrost zu blicken und alle Gedanken an die kommende Nacht und was sie bringen oder nicht bringen würde, zu verscheuchen.

Ich sah auf meine Beine hinunter. Ich hatte ein Paar taupefarbener *canons* angelegt, für die ich dem Schneider in der rue de l'Oiseau eine beträchtliche Summe gezahlt hatte. Doch nun erschienen mir meine Beine, die eher dünn und mickrig sind (im Gegensatz zu meinem Bauch, der trotz der Hafersuppe-Erbsen-Diät in Versailles immer noch beträchtlich ist), mit diesen albernen Rüschenringen, wie Geier sie an ihren scheußlich schuppigen Beinen tragen, unglaublich lächerlich, und ich konnte nicht verhindern, dass mich eine große Melancholie befiel.

»Du bist ein törichter Sterblicher, Merivel«, sagte ich zu mir. »Du hast dich von etwas verführen lassen, was keine Zukunft hat. Das nächste Mal wirst du diese *canons* wohl in der *Galerie des Glaces* in Versailles tragen, und deine Rolle als Bittsteller wird kein Ende haben, allenfalls ein Ende mit Schrecken.«

Es hielt mich nicht mehr in meinem Sessel. Ich stand auf und entschuldigte mich, so heiter ich vermochte, mit einer Verbeugung bei den Damen: Das »wundervolle Umherwandern in der Stadt« habe mich derart ermüdet, dass ich mich jetzt gerne zurückziehen würde.

»Was hat er gesagt?«, piepste Mademoiselle Corinne.

»Er sagte, er ist müde«, antwortete Louise. »Ich habe ihn erschöpft.«

Fest entschlossen, mich so zu verhalten, als würde ich nichts mehr von diesem Abend erwarten, entkleidete und wusch ich mich und ging zu Bett. Meine Perücke hängte ich über die Türklinke. Ich lag zwischen meinen Leintüchern und kratzte mich am Kopf.

Hoffentlich hatte ich mir in meiner Zeit mit Hollers keine Läuse geholt. Im Übrigen war ich mit einem Mal recht froh, dass mein Haar, obgleich drahtig und rau (in dem *Keil* hatte ich es mit den »Borsten eines Igels« verglichen), noch einigermaßen dicht war, während viele Männer meines Alters von einer entstellenden Kahlheit heimgesucht wurden. Anders als manche von ihnen hatte ich keine Angst davor, ohne meine Perücke gesehen zu werden, und ich sagte mir, dass mein Anblick Louise, *falls* sie in mein Zimmer kommen sollte, nicht über Gebühr erschrecken würde.

Doch, ach, sie würde nicht kommen. Dessen war ich inzwischen fast sicher. Sie war sehr zärtlich und kokett gewesen, aber nach meinem plumpen Vorschlag, mich zum Liebhaber zu nehmen, hatte sie sich plötzlich zurückgezogen. Das hatte ich ganz und gar nicht erwartet, und ich gestehe, dass ich immer noch Mühe habe, ihr Verhalten zu verstehen, aber ich wusste, dass sie ihre Gründe hatte.

Ich lag in der Dunkelheit und überlegte: Was würde König Charles wohl in dieser unklaren Situation tun? Doch dann dachte ich, dass ihn solch ein Problem aller Wahrscheinlichkeit nach niemals quälen würde, da sich ihm niemals eine Frau verweigerte oder seiner Umarmung entzog. Sie sanken vor ihm danieder wie Narzissen unter der Sense. Anstatt sich allein in seinem Bett zu kratzen wie ich jetzt, läge er schon längst bei Louise de Flamanville.

Und weitere Überlegungen bestürmten mich. War es möglich, dass Louise, nachdem sie den Anfang gemacht und mir sogar von ihren früheren Liebhabern und der großen Unzulänglichkeit ihres Gatten berichtet hatte, mir jetzt gewissermaßen den Taktstock übergab, damit ich den nächsten Satz unseres kleinen privaten Musikstücks dirigierte?

Sie war eine Person großer Intelligenz und Finesse. War es also nicht sehr wahrscheinlich, dass sie, als sie sich gedrängt sah, mich zu einer körperlichen Vereinigung aufzufordern, die womöglich weitreichende Folgen für uns beide haben würde, sich in ihrem weiblichen Empfinden zu sehr unter Druck gesetzt fühlte? Der einzige Ausweg in diesem Fall war, dass *ich* handelte.

Ich lag sehr still und horchte auf die Geräusche der Pariser Nacht, die viel ruhiger schien als die Nacht in London. Ich fühlte mich recht müde, und die eine Hälfte meines Verstandes riet mir, umstandslos und ohne viel Aufhebens einzuschlafen. Aber die andere Hälfte konnte nicht umhin, sich vorzustellen, wie es wäre, in Louises Armen zu liegen; und wenn ich tatsächlich ihr Liebhaber werden könnte, würden die folgenden Tage eine einzige Abfolge unendlicher Wonnen.

Ich war schon im Begriff, mich zu erheben und auf den Weg zu Louises Zimmer zu machen, als mir plötzlich einfiel, dass ich mich, falls sie mich abwiese, *noch schlechter* fühlen würde, als wenn ich sie gar nicht erst aufgesucht hätte. Darum versuchte ich nun, im Geiste das eventuell *Schlechtere* gegen die Möglichkeit abzuwägen, dass sie, während ich hier lag und mich nicht rührte, tatsächlich auf mich wartete und sich sehr verletzt und gedemütigt fühlen würde, wenn ich nicht käme ...

Und während mir diese beiden Möglichkeiten endlos im Kopf herumgingen, schlief ich ein.

Ich erwachte in der ersten Dämmerung des frühen Morgens. Ich hörte eine einsame Amsel singen.

Ohne jede Angst oder Besorgnis und ohne jedes Zögern erhob ich mich, trank etwas Wasser, um meinen Mund zu erfrischen, zog meinen Rock über das Nachthemd, öffnete meine Tür und machte mich auf den Weg zu Louises Zimmer.

Ich öffnete ihre Tür. Sie schlief. Die Kerze neben ihrem Bett brannte noch, war aber kurz davor zu verlöschen. Louises braune Haare lagen in weichen Wellen ausgebreitet über ihrem Kissen, und ihre Lippen umspielte ein feines Lächeln. Ich stand über sie gebeugt und bewunderte ihre Ruhe und ihre Schönheit, und da öffnete sie die Augen. »Ach, Merivel«, sagte sie. »Ich bin so froh, dass Sie verstanden haben.«

Die Freude, die ich für mich als Liebhaber von Louise de Flamanville erhofft hatte, erfüllte mich tatsächlich sofort, als ich sie in den Armen hielt und spürte, dass sie all meine Leidenschaft erwiderte.

Wie selten, dachte ich, ist doch die Inbrunst zweier Liebender gleich stark; immer ist da einer, der mehr fühlt. Doch Louise und ich genossen unser Vergnügen in köstlich übereinstimmender Weise, waren weder hastig noch langsam, sondern, jeder für den anderen, einfach nur stark und zärtlich, während wir uns Worte leidenschaftlicher Zuneigung zuflüsterten.

Später sanken wir in eine Ohnmacht der Liebe. Eng umschlungen, schliefen wir ein wenig, erwachten wieder, Amseln sangen laut, und ein kaltes, graues Licht schien durchs Fenster.

»Du musst gehen«, flüsterte Louise. »Bald melden sich die Bediensteten. Und Corinne ...«

Doch ich konnte nicht gehen, ehe ich sie nicht noch einmal geliebt hatte, dieses Mal sehr leise, aus Furcht, den Haushalt zu stören, und sie umklammerte mich stumm, ihr Mund an meinem, und stieß nur einen erstickten Schrei aus, als sie zu ihrem Vergnügen kam.

Und erst, nachdem diese zweite wonnevolle Verschmelzung vorüber war und wir in seidigem Schweiß nebeneinanderlagen und warteten, dass unsere Herzen wieder normal schlügen, bemerkten wir einen Aufruhr unten in der Auffahrt. Ein Gespann, offenbar von vier Pferden gezogen, näherte sich.

Einen Moment lang rührten wir uns beide nicht. Dann schob Louise die Bettdecke mit einem Ausdruck des Entsetzens beiseite.

»De Flamanville!«, flüsterte sie. »Ich erkenne das Geräusch seiner Kutsche!«

Ich sprang aus dem Bett, suchte auf dem Boden nach meinem Nachthemd, fand es jedoch nicht. Auf einem Stuhl lag aber mein Rock, und ich warf ihn rasch über.

»Schnell, Merivel!«, sagte Louise. »Er darf es nicht erfahren! Er *darf* es nicht erfahren!«

Ich warf ihr eine Kusshand zu und eilte zur Tür. Ich horchte einen Moment, konnte jedoch im Korridor nichts hören, also huschte ich, so leise ich vermochte, hinaus und eilte, die gelassene Flinkheit einer Ratte imitierend, zu meinem Zimmer.

Wie lächerlich ich in dem nicht zugeknöpften Rock, mit den nackten Beinen und den von meiner vergangenen Anstrengung noch feuchten, zerzausten Haaren aussehen musste, begriff ich erst, als ich wieder sicher in meinem Zimmer war und mich in dem großen Spiegel erblickte. Ich nahm mir jedoch nicht die Zeit, in Ruhe über mein Bild nachzudenken.

Ich schleuderte meinen Rock fort, versteckte mich, nackt und kalt, unter meiner Decke und gab vor zu schlafen. Jetzt konnte ich auch zahlreiche Füße auf der Treppe hören: Bedienstete, die in den letzten Minuten der Nacht aufgewacht waren und nun ihrem Meister entgegeneilten, dessen laute Schritte schon bald auf den Steinplatten der Diele zu hören waren.

Zu meiner großen Erleichterung führten diese Schritte nicht zur Treppe, sondern zur *Salle à Manger*, wo Oberst Jacques-Adolphe de Flamanville nun nach seinem Frühstück rief.

9 ∽

Zum Glück für mich und für Louise teilte Oberst de Flaman-ville schon seit langer Zeit nicht mehr das Zimmer mit seiner Gemahlin. Nachdem er sein Frühstück eingenommen und die Treppe hinaufgestiegen war, ging er direkt zum Zimmer seiner Schwester und ersparte sich so den Anblick von Lou-ises zerwühltem Bett, das unmissverständlich nach meiner Anwesenheit roch.

Tatsächlich suchte er seine Gemahlin nicht auf, und so konnte sie sich waschen und ankleiden und, frisch und ge-fasst, um neun Uhr zu ihrem eigenen Morgenmahl in die *Salle à Manger* hinunterbegeben.

Auch mir gelang es, mich ordentlich herzurichten, so dass kein Hauch von Louises Parfüm mehr an mir haftete. Ich seifte und trocknete sogar mein Haupt ab und rasierte mein Gesicht. Nur mein linkes, sehr rotes Ohrläppchen, in das Louise gebissen hatte, legte ein mögliches Fehlverhalten unter de Flamanvilles Dach nahe, doch das verbarg meine Perücke, so dass ich alles in allem das Bild eines unschuldi-gen Gastes bot, der eine keusche Nacht verbracht und sich, erfrischt vom Schlaf, recht früh erhoben hatte.

Allerdings litt ich grässlichen Hunger und verzehrte inner-halb kürzester Zeit nicht weniger als vier Lammkoteletts, einige pochierte Eier und trank drei Schalen Schokolade.

Als ich sah, wie Louise darüber lächelte, sagte ich: »Mei-nen Diener in Norfolk, Will Gates, hat meine Schlemmerei stets belustigt. Er ist der Ansicht, es schade meinem Her-zen.«

»Oh«, sagte Louise, »ich hoffe doch sehr, dass das nicht zutrifft.«

Und gerade als mein Rüssel wieder in der heißen Schokolade steckte, betrat Oberst de Flamanville den Raum.

Wie vermutlich viele Militärs war de Flamanville ein hochgewachsener Mann von äußerst aufrechter Haltung. Selbst den Kopf trug er grimmig hoch, als wollte er ständig seinen Hals dehnen. Zusammen mit seiner langen Nase verlieh ihm dies eine Art hochfahrender Souveränität, die es ihm, wie ich mutmaßte, leicht machte, solchen Personen seinen Willen aufzuzwingen, die er für unterlegen hielt, so wie mich.

Dennoch gab es etwas in seinem Verhalten, das mich – ich konnte nicht anders – an eine Giraffe erinnerte, weshalb ich nun – ungeachtet all dessen, was ich heimlich getan hatte und was nur sein äußerstes Missvergnügen erregen konnte – feststellte, dass ich nicht die geringste Furcht vor ihm verspürte.

Er ließ sich am Tisch nieder und fragte Louise, wie wir die Zeit nach unserem Aufbruch von Versailles verbracht hätten. Ich setzte die Trinkschale ab und wischte mir übers Gesicht. Louise blieb sehr ruhig und sagte: »Wir haben vor allem in meinem Laboratorium gearbeitet, mon chéri. Sie erinnern sich, dass Sir Robert Merivel ein Doktor der Medizin ist? Was er über meine Präparate weiß, ist beeindruckend.«

»Ach«, sagte de Flamanville, »das wusste ich nicht. Ein Doktor? Ihr seht gar nicht aus wie ein Doktor. Steht Ihr in Monsieur Fagons Diensten?«

»Monsieur Fagon?«

»Der Arzt des Königs. Ihr kennt ihn nicht?«

»Nein«, sagte ich. »Ich kam aus England mit einem Schreiben des Königs, für den ich sehr viele Jahre arbeitete. Er empfiehlt mich für einen medizinischen Posten im Umkreis Seiner Majestät. Unglücklicherweise –«

»Sie wissen doch, wie schwierig es ist«, warf Louise ein, »das Interesse des Königs zu erlangen, und Versailles ist zurzeit so überfüllt. Und ich hatte den Eindruck, dass es wichtig für Sir Robert ist, sich nach Paris zu begeben, um seine Kleidung an das Niveau des französischen Hofs ... nun ja ... *anzupassen*. Seine besten Röcke werden gerade von Monsieur Durand geändert.«

Die Giraffe reckte ihren Hals noch höher und starrte über die lange Nase auf mich herab, krauste sie dabei leicht, als könnte ich vielleicht ein Fleckchen Vegetation sein, das sie abzugrasen gedachte.

»Und wie sieht Euer Plan aus?«, fragte er. »Wenn Eure Röcke geändert worden sind?«

»Nun«, erwiderte ich (und erneut kam mir das Bild des Zimmers in den Sinn, das ich mit Hollers teilte), »ich werde selbstverständlich nach Versailles zurückkehren. Ich setze großes Vertrauen in meinen Brief.«

De Flamanville sah mich noch einen Moment lang an, schnaubte dann und erhob sich.

»Ich spiele morgens Billard«, sagte er. »Möchtet Ihr Euch mir anschließen?«

Ich blickte zu Louise hinüber, die, auf höchst unauffällige Weise, zustimmend nickte, weshalb ich mich gehorsam von meinem Stuhl erhob. Dennoch muss ich gestehen, dass die Vorstellung eines Billardspiels mit Oberst de Flamanville mich unerträglich langweilte. Meine Knochen schmerzten mich allein bei dem Gedanken daran. Ich hatte mich noch nie besonders hervorgetan in diesem Spiel, bei dem man vor allem eine möglichst ruhige Hand (und einen möglichst leeren Kopf) haben muss, um endlose Stunden lang Bälle aus Elfenbein durch hölzerne Tore auf einem mit Teppich bezogenen Tisch zu stoßen. Mir war es schon immer wie das Gegenteil eines »Zeitvertreibs« erschienen: als eine törichte Beschäftigung, bei der die Zeit in einem derart unerträglichen Maße gedehnt wird, dass man daran verzweifelt, ob sie sich jemals »vertreiben« lässt.

Doch da bin ich nun in dem Raum, den Oberst de Flamanville seine Bibliothek nennt, der aber nicht sehr viele Bücher zu enthalten scheint. Ich sinniere darüber, ob man, wenn man Oberst der Schweizer Garden und gleichzeitig Mitglied der berüchtigten *Fraternité* ist, womöglich keine Muße zum Lesen hat.

Das Markanteste im Raum ist der gigantische Billardtisch, der mit einem sehr edlen Gobelinteppich bezogen ist; ich werde sofort aufgefordert, mir meine »Waffe« aus einem Haufen scheinbar identischer Waffen zu wählen, mit denen man die Bälle umherstößt.

Ich habe den korrekten Namen für diese Gegenstände vergessen. König Charles nennt sie spaßeshalber »Löffel«, weil sie an ihrem dickeren Ende leicht geschwungen sind; vermutlich könnte man mit ihnen durchaus eine Brühe essen, wenn sonst kein Besteck zur Hand ist. Ich suche mir einen aus und begutachte die feine Verarbeitung. (Ich gewinne allmählich den Eindruck, dass die meisten Dinge in Frankreich sorgfältiger gestaltet sind als in England.)

Billardbälle können aus Blei oder aus Elfenbein bestehen, und diese sind selbstverständlich aus Elfenbein und sehr edel gearbeitet. Oberst de Flamanville hält gern einen Ersatzball in der Hand, während er zusieht, wie ich mein beklagenswertes Spiel beginne. Er hat auch die Angewohnheit, nach einem schwachen Schlag seines Gegners verächtlich zu schnauben und zu schniefen. Ich stelle mir vor, wie der Schleim in seiner Giraffennase in einem verwirrenden Zustand ständigen Auf und Abs ist.

Das Spiel entwickelt sich unaufhaltsam zu seinen Gunsten, und das, obwohl er nicht nur schnauft, sondern sich auch unablässig mit mir unterhält, mir Fragen stellt nach meiner Arbeit für König Charles, meiner Position in Whitehall, der Größe meiner Ländereien in Bidnold, in *Hektar* gemessen, und nach vielerlei anderen Dingen (wie etwa meinem Familienstand, der in einem katholischen Land als äußerst zweifelhaft gilt, weshalb ich zu lügen gezwungen bin, so wie ich Louise anlog), über die ich mich nur höchst ungern auslasse, weshalb ich sie, so gut ich kann, umschiffe.

Als nach einer Weile einer meiner launischen Bälle gegen ein Tor knallt und bedauerlicherweise nicht hindurchrollt, sagt er plötzlich: »Ich werde morgen nach Versailles zurückkehren. Ich schlage vor, dass Ihr mich begleitet. Von Zeit zu Zeit leiht der König mir sein Ohr, und ich werde alles daransetzen, dass er Euch eine Audienz erteilt.«

Angst erfüllt mein Herz. »Oberst de Flamanville«, sage ich, »das ist überaus freundlich von Euch. Ich fürchte nur, dass meine Röcke bis dahin nicht fertig sind …«

»Oh«, sagt er. »Eure Röcke. Welche Veränderungen werden denn vorgenommen?«

»Sie haben leider gar keine Schulterbänder …«

De Flamanville blickt mit all der Verachtung auf mich herab, die eine Giraffe einem lästigen kleinen Hund gegenüber zeigen würde, der um ihre Beine herum kläfft.

»Das ist alles?«, sagt er. »Bänder, die eingenäht werden?«

»Ja.«

»Und wieso sollte das mehr als einen Nachmittag beanspruchen?«

»Es sind nicht nur die Bänder«, lüge ich hastig. »Während meines Aufenthalts in Monsieur Durands bewunderungswürdigen Geschäftsräumen kam mir die Idee, dass man mir dort einen Rock nähen könnte, eleganter als alle, die ich besitze, und ich war so verwegen, einen in Auftrag zu geben. Montagmorgen soll ich zu meiner ersten Anprobe erscheinen.«

De Flamanville vollführt einen gewandten Stoß, schickt seinen Ball durch das Tor und schiebt meinen gleichzeitig weg. Er richtet sich auf, denkt über seinen nächsten Zug nach, durch den er mit einem einzigen Stoß das endgültige Ziel treffen könnte. Dann wendet er sich zu mir und sagt: »Und während all dieser Anproben, wo werdet Ihr da logieren?«

Auf diese Frage bin ich nicht vorbereitet. Ich wünschte, Louise wäre hier, um sich einzumischen und für mich zu verwenden. Aber ich weiß, dass ich mit der größtmöglichen Gefasstheit antworten muss.

»Ich gestehe«, sage ich, »dass ich dieser Frage nur deshalb keine Beachtung geschenkt habe, Monsieur, weil Eure Gemahlin mich liebenswürdigerweise einlud, hier zu logieren. Falls diese Lösung Euch in keinerlei Weise zusagt, werde ich sofort eine der anscheinend vortrefflichen *Auberges* beziehen, die ich am Fluss entdeckte.«

De Flamanville enthält sich einer Bemerkung, marschiert an seiner Seite des Billardtischs auf und ab und misst offenbar immer noch den Abstand seines Balls zu dem letzten Tor.

»Seid Ihr absolut sicher«, sagt er nach einer kurzen Weile, »dass Ihr tatsächlich einen Brief von König Charles besitzt?«

»Ja. Er befindet sich oben in meinem Koffer.«

»Nun denn. Vielleicht würdet Ihr so freundlich sein, ihn zu holen.«

An der Treppe, auf dem Weg zu meinem Zimmer, begegne ich Mademoiselle Corinne. Louise hat mir erzählt, dass sie niemals zum Frühstück erscheint, sondern es unter den wachsamen blinden Augen ihrer tausend Papiersilhouetten in ihrem Schlafgemach einnimmt.

»Oh«, sagt sie, während ich höflich und geduldig warte, dass sie herunterkommt. »*Ihr*.«

»Bonjour, Mademoiselle Corinne«, sage ich. »Ich hoffe doch, Sie haben gut geschlafen.«

»Nein, ganz und gar nicht«, sagt sie. »Ich wurde noch vor Tagesanbruch von lärmenden Menschen geweckt. Wenn es nicht so kalt gewesen wäre, wäre ich aufgestanden und hätte nachgeforscht.«

»Vermutlich werden Sie die Dienstboten gehört haben, die sich auf die frühe Ankunft des Obersten vorbereiteten.«

»Das bezweifele ich. Das ist doch eine faule und beschränkte Gesellschaft, die alles bis zur letzten Minute aufschiebt. Nein. Ich glaube, das wart Ihr. Die Schritte hatten einen englischen Hall.«

»Einen englischen Hall.«

»Ja. Franzosen gehen eleganter. Euereins schlappt mit den Füßen wie Pinguine. Ich hörte eindeutig einen Pinguin.«

Ich kann nicht umhin zu lachen und errege nur noch größeres Missfallen bei Mademoiselle.

»Und da ist noch etwas, Monsieur le ›Docteur‹. Ich begreife einfach nicht, was Ihr ständig so lustig findet. Ist denn das Elend der Welt nicht zu groß dafür? Habt Ihr denn nicht dem Tod von Patienten beiwohnen müssen? Wird nicht manch einer durch eben die Person verraten, die er liebt? Wurde Jesus Christus nicht ans Kreuz geschlagen?«

»Richtig«, sage ich rasch. »Aber er ist wiederauferstanden. Mein Lachen entstammt meiner Freude über die Auferstehung, die uns allen Hoffnung schenkt, mögen wir auch Sünder sein.«

Daraufhin schließt sie ihren zahnlosen Mund und sagt nichts mehr. Sie steigt die Treppe unendlich langsam herunter, aber als sie an mir vorbeikommt, sticht sie mir mit einem knochigen Finger gegen die Brust und erklärt: »Ich beobachte Euch! Darauf könnt Ihr zählen. Und Jacques-Adolphe tut es ebenfalls. Denn ich habe meinem Bruder alles erzählt.«

Nun ist meine Furcht vor der Giraffe plötzlich erwacht. Ich verfluche mein Schicksal, das mich in Liebe zur Gemahlin eines Oberst der Schweizer Garden hat entbrennen lassen. Ich weiß, dass die Verletzungen – gesellschaftliche ebenso wie körperliche –, die solch ein Soldat (selbst einer, der der *Fraternité* angehört) zufügen kann, um seine vermeintliche »Ehre« zu verteidigen, ungeheuer sein können. Feigling, der ich bin, blicke ich mich hilflos in meinem Zimmer um und überlege, ob ich vielleicht sofort flüchten sollte. Doch ich entscheide sehr schnell, dass das töricht und sehr wahrscheinlich verhängnisvoll wäre.

Eine Nacht …, denke ich traurig. Ich hatte nur eine einzige Nacht mit Louise, und jetzt werde ich schmachvoll von einem Ehemann hinausgeworfen, der sie niemals geliebt hat …

Ich beschließe, so gut ich kann den Unschuldigen zu spielen. Weder Mademoiselle noch der Oberst werden irgendetwas mit absoluter Sicherheit wissen, es sei denn – ein sehr beunruhigender Gedanke! –, mein Nachthemd würde in Louises Zimmer gefunden.

Ich atme einmal tief durch und kehre, äußerlich gefasst und ruhig, in den Billardraum zurück und reiche meinen Brief dem Obersten, der ihn mir fast aus der Hand reißt.

»Das Siegel ist erbrochen«, sagt er sofort.

»Das Siegel wurde von einem der *Surintendents* des *Grand Commun* erbrochen. Ich beschwerte mich bei dem Mann, doch er blieb ungerührt.«

»Mit einem erbrochenen Siegel ist Euer Brief wertlos.«

»Nun«, sage ich, »Ihr habt Recht, er ist kompromittiert, aber nicht wertlos. Ich zweifle nicht, dass König Louis die Hand seines Cousins, des Königs, erkennen wird. Wusstet Ihr, nebenbei bemerkt, dass sie als Kinder zusammen gespielt haben?«

»Das ändert nichts.«

»Mein Gebieter, König Charles, erzählte mir, dass sie sehr ernst miteinander zu spielen pflegten, manchmal in nahezu vollkommenem Schweigen, so sehr waren die beiden Prinzen sich der großen Aufgaben bewusst, die ihrer harrten …«

»Unnützes Geplapper, Monsieur. Lasst uns zum vorliegenden Fall zurückkehren. Euer Brief von Whitehall ist durch das erbrochene Siegel wertlos geworden und wird von König Louis sehr wahrscheinlich als Fälschung betrachtet.«

»Bei meiner Ehre, Oberst, er ist keine Fälschung. Dass das Siegel erbrochen ist, bedeutet nicht, dass keines gemacht wurde. Denn hier ist es. Ihr könnt immer noch sehr deutlich die Initialen C. R. im Wachs erkennen.«

De Flamanville studiert den Brief einen kurzen Augenblick und reicht ihn mir dann zurück.

»Er ist wertlos und wird Euch zu nichts verhelfen«, sagt er. »Ihr habt Euer Geld umsonst für modische Neuheiten vergeudet. Eure Rückkehr nach Versailles ist nun völlig sinnlos.«

Er äußert dies mit solch boshafter Gewissheit, dass ich für einen Moment nichts zu sagen weiß.

»Was ich vorschlage«, sagt er, »ist, dass Ihr Eure Koffer packt und meine Kutsche Euch zu einer *Auberge* Eurer Wahl bringt. Auf diese Weise könnt Ihr so lange in Paris bleiben, bis Eure neuen Kleider fertig sind und Ihr diese in England zur Schau tragen könnt, wenn Ihr dorthin zurückkehrt. Ich bin sicher, man wird sie sehr bewundern.«

»Wenn Ihr wünscht, dass ich das Haus verlasse«, sage ich, so ruhig ich kann, »werde ich das selbstverständlich tun. Ich gehöre nicht zu denen, die eine Gastfreundschaft über die Gebühr beanspruchen, wofür mein König sich gewiss verbürgen würde. Doch ich möchte euch daran erinnern, dass ich nur hier bin, weil Eure Gemahlin mich ausdrücklich zum Bleiben aufforderte und ein Nein nicht gelten lassen wollte.«

Mit seinem Löffel schlägt Oberst de Flamanville jetzt grob gegen die Tischkante. »Meine Gemahlin«, bellt er, »tut nichts ohne meine Erlaubnis. Ihre Einladung an Euch ist zurückgezogen!«

Ich blicke auf das halb beendete Billardspiel. In der zufälligen Anordnung der Bälle auf der Gobelinbespannung meine ich deutlich die unklare Führung meiner Hand und die unbeirrte, pfeilgerade Zielgenauigkeit der seinen zu erkennen.

»Nun denn«, sage ich. »Wie Ihr wünscht.«

Ich lege meinen Löffel weg. Ich verbeuge mich vor dem Oberst und gehe zur Tür. Als ich sie öffne, höre ich, wie jemand eine süße Musik auf dem Spinett spielt, und ich weiß, dass es Louise ist, und ein heftiger Schmerz ergreift mein Herz. Ich zögere an der Tür und lausche der Melodie.

Hinter mir brüllt de Flamanville: »Lasst mich Euch noch eines sagen, Monsieur: Ich wünsche *nicht*, dass meine Schwester unter diesem Dach mit unzüchtigem Verhalten gepeinigt wird! Wenn ich von Corinne höre, dass Ihr in mein Haus zurückgekehrt seid, werde ich Euch töten lassen.«

10 ✎

Dass etwas so Belangloses wie die Änderung meiner Röcke mich noch länger in Paris hielt, sollte, wie sich herausstellte, nicht ohne Folgen bleiben.

Zwar wusste ich kaum, wie ich, da ich niemanden kannte, die Zeit verbringen sollte, außer staunend in der großartigen winterlichen Stadt herumzulaufen, doch immerhin erhielt ich reichlich Gelegenheit, über meine Lage nachzudenken.

Diese Überlegungen fanden, zwei Tage nach meinem Auszug aus dem de Flamanville'schen Hause, hauptsächlich im Innern der Kathedrale von Notre Dame de Paris statt. Ich war das ganze Längsschiff entlanggewandert, hatte das Querhaus durchschritten und mich auf einer Steinplatte in der Kapelle der Sieben Schmerzen am östlichen Ende des Chors niedergelassen. Hier befand ich mich in Gesellschaft von Heiligen, die in blassen Freskofarben melancholisch von der Südwand blickten.

Diese Figuren, vor schätzungsweise drei oder vier Jahrhunderten in sicherlich wunderbar lebhaften und leuchtenden Farben gemalt, waren mit der Zeit derart verblasst, dass sie mir die Vergänglichkeit eines jeden Lebewesens zu verkörpern schienen – trotz all der Versuche, ihnen durch die Kunst ewiges Leben zu schenken. Denn: Die Jahre vergehen, und wir stellen fest, dass, wie durch einen unheimlich geräuschlosen Zauber, auch die Kunst verblasst und abblättert.

Einer der Heiligen, gekleidet in ein düsteres, braunes Gewand, erinnerte mich an Pearce. Sein Gesicht war hager, sein Ausdruck erregt. In den Händen hielt er ein großes Kreuz, das er auf genau dieselbe Art an sich presste wie Pearce einst seine Suppenkelle, als fürchtete er jeden Augenblick, ein Dieb oder Straßenräuber sönne darauf, sie zu entwenden.

»Pearce«, sagte ich leise zu diesem Fresko, »das Leben hat mich einmal wieder in Wirrwarr und Konfusion gestürzt. Und ich weiß einfach nicht, wohin ich gehen soll.«

Das unbewegliche Gesicht des gemalten Heiligen betrachtete mich bekümmert. In der Stille der großen Kirche glaubte ich, Pearce seufzen zu hören.

»Soll ich nach Norfolk heimkehren?«, fragte ich meinen verblichenen Freund. »Oder soll ich auf irgendeine Weise versuchen, Louise wiederzusehen, die ich (und ich beeile mich, dies hinzuzufügen, Pearce, da ich weiß, dass du all meine Liebschaften für seicht hältst und nur von Wollust getrieben) … die ich ganz außerordentlich schätze … und von der ich einige Beweise erwiderter Zuneigung erhielt.«

»Erwiderte Zuneigung?«, sagte Pearce. »Das bezweifle ich.«

In diesem Augenblick kam ein junger Priester an der Kapelle der Sieben Schmerzen vorbei, und als er mich mit mir selbst reden sah, blieb er stehen und fragte: »Gibt es irgendetwas, was ich für dich tun kann, mein Sohn?«

»Ach«, sagte ich, »ich glaube nicht.«

»Möchtest du die Beichte ablegen?«

»Die Beichte?«

»Ja. Nur wenn du möchtest.«

Ich erzählte dem Priester nicht, dass ich im protestantischen Glauben erzogen worden war, und auch nicht, dass dieser Glaube mir nach dem schrecklichen Feuertod meiner unschuldigen Eltern abhandengekommen war. Ich behielt es für mich, weil die Vorstellung zu beichten – meine Bürde von Sünde, Scheitern und Unentschiedenheit auf die schmalen Schultern eines Mannes der Kirche abzuladen – mir aus irgendeinem Grund in diesem Moment äußerst verlockend erschien.

Ich folgte dem Priester in den Beichtstuhl, der mich in seiner räumlichen Enge stets an eine Art Gefängniszelle oder

Kerker erinnert, doch ich ertrug es. Vom Sitzen auf der Steinplatte in der Kapelle der Sieben Schmerzen war mein Allerwertester kalt geworden und schmerzte, und die Holzbretter des Beichtstuhls trugen auch nicht zur Erleichterung bei. Ich geriet ins Grübeln, ob es nicht klug wäre, Beichtstühle mit Kissen auszustatten, damit die Sünder nicht versucht wären, durch ihre Verfehlungen zu hetzen oder einige gar vollkommen auszulassen, und das aus dem einfachen Grunde, weil ihnen der Arsch wehtat.

Durch das Gitter konnte ich das Auge des Priesters sehen, das mich sehr braun und glänzend wie das Auge der Misteldrossel betrachtete.

»Nun, mein Sohn«, sagte er. »Sprich.«

Ich wandte den Blick von der Misteldrossel und sah auf meine Hände nieder. Ich wusste, dass ich eigentlich mit dem Bericht meiner Hauptsünde beginnen sollte, der Unzucht mit dem Weib eines anderen Mannes, doch ein plötzlich aufwallendes Gefühl der Loyalität gegenüber Louise hinderte mich daran; meine Liebschaft mit ihr erschien mir nun ebenso privat wie kostbar, und irgendwelche Priester hatten nichts damit zu schaffen.

Stattdessen sagte ich: »Mon père, ich bekenne, dass ich nicht mehr weiterweiß. Aus Ehrgeiz und Gier und aus einer Art ruheloser Einsamkeit bin ich, in der Hoffnung auf eine Beförderung, nach Frankreich gekommen. Doch die blieb mir verwehrt, und nun weiß ich nicht, welchen Weg ich einschlagen soll.«

»Sprich, mein Sohn«, sagte der Priester erneut.

»Das ist alles«, sagte ich. »Ich weiß nicht, was ich noch hinzufügen sollte. Ich bekenne meine Gier. Doch sie ist mir nicht gelohnt worden, außer mit bitterer Enttäuschung. Und nun geht mir auch noch das Geld aus. Ich wünschte, Gott würde mir raten, was ich als Nächstes tun soll.«

Es folgte ein kurzes Schweigen auf Seiten des Priesters in der Kammer. Dann räusperte er sich und sagte: »Gott gibt keine Anweisungen. Um herauszufinden, was du tun sollst, musst du in dein eigenes Herz blicken.«

Ich verbrachte einige Zeit allein in meinem Zimmer in der Auberge St. Denis, wo der de Flamanville'sche Kutscher mich abgesetzt hatte. Sie lag auf der Isle de la Cité mit Blick auf den glänzenden Fluss.

Es gefiel mir, all dem Treiben auf dem Wasser zuzuschauen. Ich sah Frachtkähne, die Holz und Seekohle und Wollballen und Sand und Schiefer transportierten. Ich sah einen, der bis oben hin mit Pelzen beladen war, einen anderen mit Zwiebeln und wieder einen anderen mit lebenden Enten in Holzkäfigen. Und das Rufen der Kahnführer und die Schreie der anderen Ruderer, die Passagiere übersetzten oder die Seine aufwärts und abwärts fuhren, klangen für meine Ohren recht genau wie die auf der Themse – stets ging es ums Handeln und um nichts sonst. Und ich dachte, wie sehr sich England und Frankreich in ihren Krämerseelen glichen und dass beide Länder von Rechts wegen in einen geräumigen Beichtstuhl gestopft werden sollten, um dort all ihre Habgier preiszugeben.

An den Treppen und den hölzernen Laufstegen, die zum Wasser hinunterführten, drängte sich ein buntes Völkchen von Bettlern, genau wie in London, die Hände ausgestreckt, die Augen groß vor Hunger. Und da ich von meiner ersten Nacht in Versailles noch wusste, welche Pein wirklicher Hunger bereiten kann, verteilte ich hier und da einige *sous*.

Ich hatte den Priester jedoch nicht angelogen, als ich behauptete, mir gehe das Geld aus, und so konnte ich nicht viel hergeben. Und es war dann auch die Vorahnung meiner eigenen drohenden Armut, die mich in meiner zweiten Nacht in der Auberge St. Denis folgenden Brief schreiben ließ:

An Wm. Gates
Bidnold Manor, in der Grafschaft Norfolk
England

Mein lieber Will,
ich schreibe Dir aus Paris, wo ich Logis bezogen habe, und
nicht weit entfernt von Versailles, wo ich eigentlich sein
sollte, aber nicht bin, weil Seine Majestät, König Louis,
genügend Ärzte um sich hat und mich nicht braucht, um
ihre Zahl zu vergrößern.
Ich habe deshalb beschlossen, dass ich noch vor Weihnach-
ten nach Bidnold zurückkehren werde. Ich weiß, dass Miss
Margaret bis Epiphanias in Cornwall bleibt, aber ich werde
trotzdem zurückkommen und hoffentlich einiges an Unter-
haltung ersinnen, das uns über die Weihnachtstage fröhlich
sein lässt, damit kein Engel der Melancholie uns aufsucht
und keine Taschentücher mehr verbraucht werden müssen.
Bitte richte also das Haus für meine Rückkehr in vielleicht
einer Woche her.
Ich verbleibe
Dein Dir zugetaner Herr und Freund
Sir R. Merivel

Ich saß lange an meinem Fenster, während eine Kerze nieder-
brannte.

Ich versuchte zu entscheiden, ob ich einen zweiten Brief
schreiben sollte, bevor ich Paris verließ, und diesmal an Louise. Selbst wenn das Ehepaar de Flamanville, wie geplant,
nach Versailles zurückgekehrt war, konnte ich, meiner Einschätzung nach, nicht sicher sein, dass ein Brief von mir
nicht in feindliche Hände – die von Mademoiselle Corinne –
fallen würde, bevor die wunderbare Frau, für die er gedacht
war, ihn erhielt.

Schließlich beschloss ich, eine schlichte, kurze Nachricht
zu verfassen, die wie folgt lautete:

Chère Madame,
es schmerzt mich, dass ich gezwungen war, Ihr Haus zu
verlassen, ohne Abschied zu nehmen.
Ich kehre in Kürze nach England zurück.
Bitte beehren Sie mich am Dienstagnachmittag um zwei
Uhr mit Ihrer Anwesenheit im Jardin du Roi, in der Nähe
der Stelle, wo der Käfig des Bären steht.
Ich verbleibe
Ihr bescheidener Diener
Merivel

Ich versiegelte die Briefe und brachte sie nach unten mit der
Bitte, sie möchten unverzüglich in die Posttasche gelegt werden. Und als ich das getan hatte, spürte ich eine Art *sou-
lagement*, meine Sorgen und Ängste ließen nach, aus dem
einfachen Grund, weil ich einen Plan gefasst hatte.

Jetzt ist Dienstag.

Gestern holte ich meine Röcke bei Monsieur Durand ab
und bin sehr angetan von ihrem veränderten Aussehen. Die
Art, wie die Bänder an meinen Armen hinunterflattern und
-fallen, empfinde ich als seltsam angenehm, fast als wären es
Flügel, bereit, mich in den weißen Winterhimmel emporzu-
tragen. Sie scheinen meinem Gang eine gewisse Leichtigkeit
zu verleihen.

Als ich durch das Tor des *Jardin du Roi* trete und dem
Wächter mitteile, ich sei ein »naher Bekannter« von Madame de Flamanville, verrät seine Miene Respekt, während
er mich von oben bis unten betrachtet. Ich weiß jedoch, dass
dieser Respekt nicht mir gilt, sondern meiner Kleidung, und
ich staune erneut über das Wunder, das die Mode und einzig
die Mode bewirken kann.

Der Tag ist trübe; letzte Platanenblätter fliegen herab und
gesellen sich zu den übrigen auf den Kieswegen, dunkle Wolken versprechen Regen. Doch bei dem Gedanken, dass ich

in wenigen Minuten vielleicht Louise sehen werde, wird mir warm ums Herz, und ich lege meine behandschuhten Hände dorthin, wo ich weiß, dass mein Herz ist, und sofort lässt die Kälte in meinen Fingern ein wenig nach.

Ich gehe zu dem Bären. Er heult nicht mehr, sondern sitzt in einer Lache aus eigenen Exkrementen und starrt in die Welt hinaus.

Ich weiß nicht, warum das Elend eines Tiers mich so tief bewegt. Vielleicht, weil ich selbst meine animalische Natur noch nicht ganz überwunden habe, und wenn Tiere mit mir reden und über meine Scherze lachen könnten, dann gehörten wohl nicht nur Hunde, sondern auch Rinder und Schafe zu meinen engsten Freunden.

Ich nähere mich dem Käfig. Es stinkt nicht nur nach Exkrementen, sondern auch nach animalischem Entsetzen. Ich kann wenig anderes tun als dastehen und das Geschöpf anschauen. Es bewegt sich nicht, doch seine wässrigen Augen betrachten mich mit einer Art passiver Zärtlichkeit, als wüsste es um meine Hilflosigkeit. Dann, plötzlich, stellt es sich auf seine vier großen Tatzen, kommt auf mich zu und steckt seine Schnauze durch die Gitterstäbe des Käfigs.

Geifer tropft aus seinem Maul. Ich würde ihm schrecklich gern Wasser oder Futter geben, habe aber beides nicht. Ich gehe ein bisschen näher heran und strecke meine Hand aus, und der Bär macht ein Geräusch, das kein wirkliches Heulen ist, sondern nur ein leiser Sehnsuchtslaut.

Eine Stimme in meinem Rücken sagt: »Wie ich sehe, ist der Bär nicht nach Versailles gekommen. Ich fürchte, er ist dem König nicht schneidig genug.«

Ich drehe mich um und sehe Louise, die einen mit weißem Pelz besetzten Umhang trägt, und ich entferne mich vom Bären, gehe zu ihr, verbeuge mich, nehme ihre Hand und bedecke sie mit einem glühenden Kuss.

»Louise«, sage ich, »ich bedaure unendlich, dass ich so überstürzt aufbrechen musste. Ich wäre gerne vorher noch einmal zu Ihnen gekommen. Da waren hundert Dinge, die ich Ihnen hätte sagen wollen, doch der Kammerdiener Ihres Gemahls war stets in meiner Nähe, selbst, als ich meine Sachen packte, und führte mich dann direkt zur offenen Haustür und zur Kutsche ...«

»Ich weiß«, sagt Louise. »Und ich konnte auch nicht zu *Ihnen* kommen, aus Furcht vor Jacques-Adolphes Reaktion. So wurden wir getrennt.«

Wir blicken einander an, beide in der Gewissheit, dass dieses Wiedersehen nur kurz sein würde und in Wahrheit nur das Vorspiel zu einer erneuten Trennung. Meine Sehnsucht, Louise in meine Arme zu nehmen, ist so groß, dass ich mich umblicke, um mich zu vergewissern, dass wir in diesem Teil des Jardin alleine sind, und ich bin äußerst verärgert, als ich sehe, dass sich zwei Wachposten sehr schnell nähern, beide tragen Musketen.

»Louise«, sage ich. »Ich fürchte, ich werde gleich erschossen.«

Sie dreht sich um und sieht die Soldaten. Ihre Hand fliegt vor den Mund, sie stellt sich mutig vor mich. »Das würde er nicht wagen!«, flüstert sie.

Die Männer kommen näher. Ich bin darauf gefasst, dass sie im nächsten Augenblick stehenbleiben und ihre Waffen anlegen, wie ein Exekutionskommando. Doch stattdessen schlagen sie die Hacken zusammen und verbeugen sich leicht vor uns, woraufhin mein rasender Herzschlag sich ein wenig beruhigt. Louise greift nach meinem Arm.

»Madame, Monsieur«, sagt einer der Wachposten, »Sie sollten vielleicht lieber ein wenig zur Seite treten ...«

Ich starre sie an, und jetzt begreife ich, was sie vorhaben: Sie wollen den Bären töten.

Ich frage mich, ob ich nicht froh darüber sein sollte, da das Geschöpf ein so elendes Dasein führt. Aber etwas in mir wehrt sich dagegen. Meine Kenntnisse der tierischen Anatomie sagen mir, dass dieser Bär, ungeachtet seines jämmerlichen Zustands, immer noch jung ist. Und die Vorstellung, dass sein ganzes Leben am Ende nur aus einem Dasein in einem Käfig mit Hunger und quälendem Durst bestehen soll, empfinde ich als Zumutung.

»Ich habe gehört«, erkläre ich bestimmt, »dass der Bär nach Versailles gebracht werden sollte.«

»Ja«, antwortet einer der Soldaten, »doch seine Majestät hat es sich anders überlegt. Große Tiere langweilen ihn mittlerweile.«

»Dann werdet ihr den Bären also erschießen?«

»Ja, Monsieur. Wenn Sie und Madame sich bitte entfernen würden …«

»Nein!«, sage ich plötzlich. »Bitte, tötet ihn nicht!«

»Pardon, Monsieur. Aber so lautet unser Befehl.«

Augenblicklich tat ich etwas höchst Überraschendes. Ich habe meinen Handschuh abgestreift und die Hand ausgestreckt, an der ich den Saphirring trage, den König Charles mir schenkte – eben den, welchen ich beinahe an den Wegelagerer auf der Straße nach Dover verloren hätte.

»Seht ihr diesen Schmuck?«, sage ich zu den Wachposten. »Er wurde mir vom König von England geschenkt. Er ist zehn *pistoles* wert – oder mehr. Und er wird euch gehören, wenn ihr eure Musketen sinken lasst und tut, was ich euch heiße.«

Louise sieht mich erstaunt an, was auch kein Wunder ist. Ich kann ihr nur rasch zuflüstern: »Es ist eine *Zumutung*, Louise. Diese Zumutung ertrage ich nicht!«

Die Soldaten beratschlagen. Gewiss glauben sie, dass ich einigermaßen verrückt bin, sagen sich aber vielleicht, dass nur wenige Verrückte sich solche Schulterbänder leisten können, mit denen mein Rock geschmückt ist, und so kommt einmal mehr die Mode mit in die Debatte.

»Hört mir gut zu«, sage ich. »Ich breche morgen oder übermorgen nach England auf. Ich werde euch dafür bezahlen, dass ihr einen Wagen mietet, der den Bären in seinem

Käfig nach Dieppe bringt und ihn sicher dort im Hafen abliefert. Von Dieppe fahre ich mit dem Schiff nach England. König Louis braucht nichts davon zu erfahren. Doch ihr, ihr werdet eine Zeitlang vom Wert dieses Ringes leben, den euch jeder gute Pariser Juwelier nur allzu gern abkaufen wird.«

Die Soldaten starren mich mit offenem Mund an. Ich ziehe den funkelnden Saphirring ab und halte ihn den beiden unter die Nase. Sie werfen einen kurzen Blick darauf und schütteln dann ihre Köpfe. »Woher sollen wir wissen«, sagt der eine, »dass es echter Schmuck ist und keine Fälschung?«

»Nun, da reicht doch gewiss ein *Blick*! Dieser Ring kommt aus den königlichen Schatullen in Whitehall und ist die Wiedergutmachung Seiner Majestät dafür, dass er mich so häufig beim Tennis geschlagen hat.«

»*Tennis? Tennis?* Was soll das alles, Monsieur? Was um Himmels willen wollt Ihr mit einem Bären?«

»Ich werde für ihn sorgen!«, sage ich zu meiner eigenen Überraschung. »Ich habe einen wunderschönen Park an meinem Haus in England. Ich werde ein Gehege einrichten, wo er in Frieden seine Tage verbringen kann. Ich werde ihn genau beobachten und von ihm lernen! Er wird mir sehr viel mehr Wissen und Erkenntnis schenken, als ein Saphirring es jemals könnte!«

Louises Hände flattern unruhig an meinem Arm, als wollte sie mich von meiner wilden Idee abhalten, doch jetzt bin ich zornig und nicht mehr aufzuhalten. Da die Wachposten spüren, dass es mir ernst ist, ziehen sie sich kurz zurück, um erneut zu beratschlagen. Dann wenden sie sich an mich und verkünden: »Wir werden es für die zehn *pistoles* tun. Ihr müsst den Ring selbst verkaufen und euch das Geld besorgen. Dann werden wir es tun.«

Ich seufze. Es war nicht meine Absicht, die mir verbleibende Zeit mit Gefeilsche bei Pariser Juwelieren zu verbringen, aber ich sehe, dass mir wahrscheinlich keine andere Wahl bleibt. Außerdem wird mir augenblicklich klar, dass ich mit einigem Glück vielleicht mehr als zehn *pistoles* für den Ring bekomme, und dann wären all meine Geldsorgen behoben.

Ich ziehe einen Beutel mit etwas Geld aus meiner Tasche und gebe sie den Wachposten.

»Also gut«, sage ich. »Ich werde den Schmuck verkaufen. Ihr müsst Fleisch kaufen. Sorgt dafür, dass das Tier heute Nachmittag frisst und trinkt. Sorgt dafür, dass der Käfig gesäubert wird. Dienstag um die Mittagszeit will ich alles in tadelloser Ordnung auf dem Kai in Dieppe vorfinden, dort werde ich euch dann die *pistoles* übergeben.«

Die Wachposten untersuchen den Beutel. Noch einmal beratschlagen sie flüsternd miteinander, und ich glaube zu verstehen, dass sie Fleisch für sich selbst kaufen und dem Bären nichts geben wollen.

»Wenn dieses Tier nicht gefüttert wird«, sage ich, »wird es versuchen, *euch* zu fressen. Wollt ihr das riskieren?«

»O ja, das wird es«, bestätigt Louise mutig. »An seinem Speichel könnt ihr sehen, wie ausgehungert es ist. Es wird gute Lust haben, euch die Hände abzureißen.«

Als hätte er das verstanden, öffnet der Bär sein Maul und stößt ein gewaltiges Gebrüll aus. Die Wachposten weichen noch weiter zurück und blicken ihn ängstlich an. Sie umklammern ihre Musketen fester.

»Nun?«, frage ich. »Wie entscheidet ihr euch? Zehn *pistoles* oder gar nichts?«

Wieder beratschlagen sie. Beide sehen etwas blass aus.

»Wir werden es tun«, sagen sie beinahe gleichzeitig.

»Gut«, sage ich. »Ihr habt die richtige Entscheidung getroffen.«

Ich gehe zu ihnen und schüttele beiden die Hand. Sie sind immer noch überzeugt, dass dieser bebänderte Engländer von allen guten Geistern verlassen ist, was in gewisser Hinsicht sicher zutrifft, und es wäre nicht das erste und wohl auch nicht das letzte Mal.

Im Ostteil des *Jardin du Roi* gibt es einen immergrünen Irrgarten, dessen buschige Wege zu einem bewaldeten Hügel hinaufführen, von dem aus man einen wunderschönen freien Blick über die Stadt hat.

Louise und ich steigen Hand in Hand zu diesem wahrhaft großartigen Platz hinauf, und nachdem wir Paris ausgiebig bewundert haben, wenden wir uns einander zu und umarmen uns. Dass ich diese Frau niemals mehr in meinen Armen halten soll, bricht mir beinahe das Herz, Tränen steigen mir in die Augen und fließen meine Wangen hinab.

Louise leckt sie zärtlich auf. Wir küssen uns erneut, und ich spüre, dass die Leidenschaft, die uns in ihrem Bett vereinte, nicht nachgelassen hat bei ihr. Und so gehen wir tiefer in das kleine Wäldchen, wo wir vom Weg aus nicht zu sehen sind, und ich ziehe meinen neuen Rock aus und lege mich auf den Waldboden, und dort werden wir an diesem kalten Winternachmittag erneut zu Liebenden.

Und als wir danach sehr still und, trotz kühler Luft und abnehmenden Tageslichts, ohne jede Neigung, uns zu rühren, beieinanderliegen, sagt Louise zu mir:

»Ich habe mich entschieden, Merivel. Im Sommer werde ich in die Schweiz fahren. Dort werde ich sehr lange bleiben. Vielleicht könntest du mich besuchen? Ich weiß, dass mein Vater dich gerne kennenlernen würde. Er war mit meiner Heirat nie einverstanden und weiß, wie unglücklich ich bin. Ich werde dafür sorgen, dass er dich in seinem Haus willkommen heißt.«

Ich streichele Louises Haar. Vor mir sehe ich die herrlichsten Bilder von Bergen, wilden Blumen, kobaltblauen Himmeln und einer stolzen Burg hoch oben zwischen Fichten und Tannen. Ich bitte Louise, mich zu benachrichtigen, sobald sie dort ist, denn dann will ich mich ein weiteres Mal den Straßen und dem Meer anvertrauen.

ZWEITER TEIL
Die große Gefangenschaft ↢

II ⁓

Ich sah den Bären in seinem Käfig, an Deck des Schiffes sicher verstaut von französischen Matrosen, die mich fragten, was für ein Tier das sei.

»Es ist ein Bär«, sagte ich. »Er stammt aus Germaniens Wäldern.«

»Ist denn Bärenfleisch eine Delikatesse in England, Monsieur?«

»Nein, ich werde ihn nicht essen.«

»Aber was machen Sie dann mit ihm?«

Darauf wusste ich keine rechte Antwort. Ich war so sehr auf die Rettung des Tiers bedacht gewesen, dass meine Überlegungen, was dessen weiteres Schicksal betraf, nicht sehr weit gediehen waren. Vor Augen hatte ich nur ein sicheres und angenehmes Gehege mit einer Einfriedung im Park von Bidnold; dort würde der Bär gefüttert und umsorgt werden, ein herrlicher neuer Zeitvertreib für Margaret und mich, wenn wir ihn dort besuchten. Und wenn ich Gäste auf Bidnold empfing (unter ihnen auch den König), würden auch sie sich mit Vergnügen die Zeit mit der Betrachtung eines Tiers vertreiben, das sie noch nie gesehen hatten.

Doch dann hörte ich mich zu den französischen Matrosen sagen: »Ich will eine Menagerie einrichten, wie es in Versailles eine gibt. Ich hoffe, zu gegebener Zeit dort auch eine gefangene Giraffe zu halten.«

Während das Schiff an einem frostigen Morgen mit undurchdringlichem Nebel Kurs auf den Ärmelkanal nahm und nur der Schrei der Möwen uns daran erinnerte, dass unser Fahrzeug nicht das letzte und einzige Ding auf der

Oberfläche der Erde war, ließ ich mich, anstatt nach unten in meine Kabine zu gehen, oben an Deck auf einem Hühnerkorb nieder, blieb sehr still sitzen und betrachtete meinen Gefangenen.

Die Stille wurde hin und wieder durch die Hühner gestört, die unschicklicherweise versuchten, durch die Löcher im Weidengeflecht an meinem Allerwertesten zu picken, doch ich fand etwas Sackleinen und breitete es über den Korb, woraufhin die Hühner sich ein wenig höflicher zeigten, vielleicht, weil sie glaubten, die Nacht sei plötzlich hereingebrochen.

In besserer Verfassung, anders als an dem Tag, da Louise und ich ihn im *Jardin du Roi* gesehen hatten, beschäftigte sich der Bär eine ganze Weile mit einem Stück Fleisch, zog dann einen Kreis, schiss gewaltig, trank Wasser aus einem Blecheimer und ließ sich anschließend nieder, um mich, ruhig und gelassen, auf ziemlich ähnliche Weise zu betrachten wie ich ihn.

Worte meines geliebten Montaigne, die er, glaube ich, über einen Hund oder eine Katze schrieb, kamen mir in den Sinn. Bei Tieren, behauptet er, könne sogar das Schweigen eine Forderung ausdrücken, und ich überlegte, welche Forderung der Bär wohl gerade an mich stellte oder ich an ihn.

Denn ich begriff sehr wohl, dass wir uns beide gerade im Übergang von einer Zeit in eine andere befanden und dass uns vielerlei Verwirrungen quälten. Der Bär konnte weder das Element, auf dem er sich befand – das Meer –, begreifen noch hatte er eine Idee von der Zukunft. Was mich betraf, so hatte ich keine Mühe, mich als das Tier im Käfig vorzustellen. Groß waren meine Zweifel, ob mir nach meinem kläglichen Scheitern in Versailles noch jemals etwas gelingen würde, groß auch die Zweifel, ob und wen ich denn noch würde lieben können, ohne mich von einem Schwert durchstoßen zu sehen.

Zum Bären sagte ich: »Das Schiff, das uns trägt, bewegt

sich auf dem Wasser nach England, mein armer Freund, doch der Nebel hüllt uns in einen gespenstischen Schleier des Nichtwissens.«

In der Kälte begannen meine Glieder sich zu verkrampfen, doch ich blieb auf dem Hühnerkorb sitzen und tröstete mich mit der Erinnerung an Louise, an ihre süße Wärme, ihre lebhafte Unterhaltung und ihre üppigen Brüste, und ich fragte mich, ob ich nicht, nach siebenundfünfzig Lebensjahren, am Ende doch die Liebe gefunden hatte.

»Was glaubst du?«, fragte ich den Bären. »Täusche ich mich?«

Und als Antwort streckte das Tier sich sacht aus und schloss die Augen.

Ich blieb eine Nacht in Dover, in einem ärmlichen Gasthaus ohne wärmendes Feuer.

Dort sorgte ich dafür, dass der Bär mit einem Fuhrwerk nach Norfolk gebracht würde, und musste teuer dafür bezahlen, da es schwierig war, in Dover einen Mann zu finden, der die Fahrt auf sich nehmen wollte. Ich glaube wahrhaftig, alle Menschen in Dover sind von der Nähe zum Meer leicht gepökelt und entfernen sich nicht allzu gern vom Ozean. Wenn ich sie gebeten hätte, einen Walfisch in einem großen Wasserfass nach Bidnold zu fahren, hätten sie es vielleicht, aufgrund einer natürlichen Ähnlichkeit mit diesem Ungeheuer der Tiefe, getan, doch der warmblütige Bär und die weite Strecke, die sie für bloße siebzehn Schilling in seiner Gesellschaft zurücklegen müssten, schreckten sie ab.

Zum Glück war ich gut mit Geld versorgt, da ich für den Saphirring zwölf *pistoles* von dem Juwelier, einem Bekannten von Monsieur Durand, erhalten, den Wachposten im *Jardin du Roi* aber nur zehn versprochen hatte. Und für die überzähligen zweihundert *livres*, die das Geschäft mir eingebracht hatte, würde ich in der nächsten Zeit noch dankbar sein.

Nur hin und wieder schalt ich mich dafür, dass ich etwas derart Kostbares verkauft hatte, etwas, das ich niemals wieder zurückerlangen würde.

Kaum war meine Mietkutsche in die Auffahrt von Bidnold, in seinen mit Schnee gepuderten Park eingebogen, hatte ich plötzlich das Gefühl, dass mich in meinem Haus etwas erwartete, was mir nicht gefallen würde. Ich kann dieses Gefühl nicht erklären, ich weiß nur, dass mir bei meiner Ankunft in der Abenddämmerung alles sehr verschattet und wie erstorben schien, kein Wild war zu sehen, kein Vogel oder sonst ein Tier, und in meinem Herzen wollte sich nicht die gewohnte Fröhlichkeit einstellen, dass ich wieder einmal in meinem geliebten Bidnold war.

Als wir zur Haustür vorfuhren, kam Will Gates heraus – wie er es immer tat –, um mich zu begrüßen. Doch in seinem Gesicht las ich sofort eine große Ängstlichkeit, und als ich aus der Kutsche stieg, kam er auf mich zu, nahm meine beiden Hände in seine, und in seinen Augen schimmerten Tränen.

»Will«, sagte ich, »was ist geschehen?«

»Ach, Sir Robert«, sagte Will, »ich wage kaum, es zu sagen. Es ist Miss Margaret, Sir. Sie ist sehr krank. Und niemand weiß Rat.«

Keine Nachricht hätte schrecklicher sein können als diese – nur die Nachricht von Margarets Tod. Steif von der Reise, merkte ich, wie ich schwankte und beinahe niedergesunken wäre, wo ich gerade stand, vor meiner eigenen Haustür. Will, krumm wie er war, konnte mich halten und half mir ins Haus, wo ich auf einer hölzernen Truhe in der Halle zusammenbrach.

»Wo *ist* denn Margaret?«, konnte ich gerade noch fragen. »Ist sie nicht weit weg in Cornwall?«

»Nein, Sir. Sir James und seine Familie konnten gar nicht nach Cornwall fahren. Miss Margaret wurde am Vorabend ihres Aufbruchs krank. Sie war nicht in der Lage zu reisen. Sie pflegen sie in Shottesbrooke und hoffen und beten …«

»Welche Krankheit ist es denn, Will?«

»Alles, was ich weiß, ist, dass sie das Bett schon seit mehr als dreißig Tagen hütet. Und es gibt keine Zeichen der Besserung. Ich habe Tabitha hingeschickt, damit sie bei der Pflege hilft. Wir hätten sie sehr gern hier auf Bidnold gepflegt, Sir Robert, aber Lady Prideaux hielt es für das Beste, sie nicht auf die Reise zu schicken. Und so wusste ich nicht, was ich sonst noch hätte tun können …«

Ich saß zusammengesunken auf der Truhe, Will stand über mich gebeugt, und ich konnte seinen gepressten Atem hören und sehen, wie er seine knotigen alten Hände in Verzweiflung rang. Und dann bemerkte ich, dass Cattlebury und einige andere Dienstboten in die Halle gekommen waren und schweigend um mich herumstanden.

»Wir sind sehr traurig, Sir Robert«, hörte ich Cattlebury sagen. »Ich habe verschiedene Brühen mit auserlesensten Markknochen gekocht und sie persönlich nach Shottesbrooke gebracht. ›Deine Brühen, Cattlebury, halten Margaret am Leben, denn sie mag nichts anderes zu sich nehmen …‹, sagt Lady Prideaux.«

»Dank dir, guter Mann«, sagte ich. »Das ist sehr aufmerksam.«

Ich blickte mich um, sah meinen versammelten Haushalt, die stummen Gesichter, die mich alle mit großem Mitgefühl anschauten, und diese Treue, für die ich eine große Dankbarkeit empfand, half mir, mich zu sammeln. Ich erhob mich ohne Wills Hilfe und verkündete: »Ich werde unverzüglich nach Shottesbrooke fahren. Bring mir einen Becher Alicante, Will. Lass den Wein ein wenig mit Nelken und Zimt köcheln, damit er mich wärmt. Ich werde ihn in der Bibliothek trinken. Dann werde ich aufbrechen.«

»Ihr solltet auch etwas zu essen mitnehmen, Sir Robert.«

»Ich habe keinen Appetit.«

»Ich bringe Euch etwas Brühe«, sagte Cattlebury. »Die wird Euch beleben.«

Ich dankte Cattlebury und den anderen Dienstboten für ihr Mitgefühl und ging langsamen Schritts in die Bibliothek, wo zu meiner großen Freude ein Feuer brannte.

Will half mir in einen Sessel. Als er mir meinen Umhang abnahm und die neuen Bänder entdeckte, die in die Rocksäume eingenäht waren, konnte er nicht anders als zu fragen: »Was sind das für seltsame Verzierungen, Sir? Solcherlei ist mir noch nie begegnet.«

»Mir auch nicht, Will«, sagte ich, »bevor ich nach Versailles kam. »Und kostspielig waren sie, doch *ein* sehr großes Glück haben sie mir gebracht. Aber das zählt jetzt alles nicht. Wird meine Tochter sterben?«

Will machte großes Aufhebens um meinen Reiserock, den er umständlich faltete und über seinen Arm legte und immer wieder glatt strich, bis es nichts mehr zu glätten gab.

»Ich weiß es nicht, Sir Robert«, sagte er.

Es war späte Nacht, als ich in Shottesbrooke Hall ankam.

Sir James und seine Gemahlin kamen in ihren Nachtgewändern herunter, begrüßten mich und wiesen einen Dienstboten an, mir ein Bett herzurichten. Dann schlang Arabella Prideaux die Arme um meinen Nacken und weinte.

»Es ist unsere Schuld, Merivel!«, schluchzte sie. »Wir besorgten von Lowestoft einige gekochte Garnelen, um Margaret einen Vorgeschmack auf das Essen in Cornwall zu geben. Sie mochte sie nicht, aber Mary und Penelope drängten sie, trotzdem noch welche zu kosten … Und in der Nacht wurde sie sehr krank, erbrach alles, was sie gegessen hatte, es folgten hohes Fieber und starke Kopfschmerzen, und der Magen tat ihr weh …«

»Ihren Magen konnten wir ein wenig beruhigen, mit Eselsmilch und der vorzüglichen Brühe – Ihr Koch ließ es sich nicht nehmen, sie uns zu bringen«, sagte Prideaux, »doch das Fieber will nicht sinken, und auch die heftigen Schmerzen in ihrem Kopf weichen nicht. Sie ist purgiert und zur Ader gelassen worden. Wir haben es mit Pulver von der Spanischen Fliege versucht und allem, was Doktor Murdoch sonst noch vorgeschlagen hat. Manchmal hört es eine Weile auf, und die Schmerzen lassen nach. Aber danach kommt alles wieder. Und sie wird immer schwächer.«

Ich spürte kalten Schweiß auf meiner Haut.

»Wollen Sie damit sagen«, fragte ich, »dass niemand dem, woran sie leidet, einen Namen zu geben wusste?«

»Doktor Murdoch weiß es nicht«, erklärte Arabella.

»Doktor Murdoch ist ein Quacksalber«, sagte ich, »und das war er schon immer. Wen haben Sie noch zu Rate gezogen?«

»Einen weiteren Arzt aus Attleborough, Doktor Sims. Doch er konnte die Ursache auch nicht benennen«, sagte Prideaux, »erwähnte aber ein mögliches Gift, das von den Garnelen stammt.«

Wir schwiegen einen Moment. Dann fragte ich: »Gibt es auf Margarets Gesicht oder an ihrem Körper irgendein Anzeichen von Rötung oder Ausschlag?«

»Es gibt einen Ausschlag«, sagte Arabella. »In der Gegend des Halses und der Brüste. Wir haben versucht, sie mit Nesselseife zu waschen, um das Brennen des Ausschlags zu lindern, aber er ist hartnäckig …«

Jetzt wurde mein Schweiß eisig, und ich fühlte, wie er mir am Körper herunterlief. Ich betrachtete Prideaux und seine Frau, wie sie da so hilflos in ihren Nachtgewändern standen, das Haar in peinlicher Unordnung, und beide mit einer Kerze in den zitternden Händen. Und auch wenn ich wusste, dass sie gute, ehrliche Menschen waren, hätte ich heulen und schreien mögen über ihre Ahnungslosigkeit und die Ahnungslosigkeit der Ärzte.

»Sie hat Typhus«, sagte ich.

Sie liegt in einem hohen, geräumigen Zimmer in weichen, sauberen Leintüchern. Ein Feuer brennt hinter dem Kamingitter.

Draußen in der frostkalten Nacht schreien Eulen. Und dieses Geräusch, welches nach einer großen Verzweiflung klingt, ist das Echo auf jenes Geräusch, welches ich in mir selbst höre, während ich an ihrem Bett sitze.

Ich habe den Haushalt angewiesen, keine Besucher mehr zu Margaret vorzulassen, denn Typhus ist ansteckend und tödlich, und ich möchte nicht, dass die liebe Mary und ihre Schwestern meiner Tochter an diesen Ort hier folgen.

Tabitha, die ihrer Herrin nicht von der Seite weichen will, habe ich die Anweisung gegeben, sich Tücher vor das Gesicht zu binden, wenn sie sich Margarets Bett nähert, wie auch ich es tun werde, so wie damals, im Jahre 1666, als ich die Opfer der Pest betreute. »Und wenn wir sie waschen«, erkläre ich ihr, »müssen wir uns anschließend auch waschen, wie wir uns ohnehin ständig waschen müssen, damit wir uns nicht an ihrer Haut oder ihrem Mund anstecken.«

Margaret liegt in einem unruhigen Schlaf. Ich sehe, dass der Ausschlag zu ihrem Kinn und auf die Wange hochgewandert ist. Ich sehne mich danach, ihre Wange zu streicheln, lasse es aber bleiben. Ihre Haare sind feucht und liegen zerzaust auf dem Kissen, und auch sie möchte ich streicheln und mit meiner Hand glätten, lasse es aber bleiben.

Ich spreche leise mit ihr. Ich erzähle ihr, dass ich eine Kutsche mit Pelzen und Kissen auspolstern und sie am folgenden Morgen heim nach Bidnold bringen werde.

»Dieses dein Bidnold«, sage ich, »wurde mir einst vom König beschrieben als ›ein Ort, wohin wir kommen, um zu träumen‹. Er wusste, dass es ein Haus ist, das großen Trost birgt. Wenn du nicht in Bidnold gesund wirst, dann wirst du nirgends auf der Welt gesund, ganz gleich, ob dort jetzt kalter Winter herrscht. Und ich schwöre dir im Namen des Königs und im Namen meines längst dahingegangenen Freundes John Pearce, den ich nicht vor dem Tod retten konnte, dass ich, als Vater und als Arzt, alles in meiner Macht Stehende tun werde, damit du gesund wirst.«

Sie erwacht und sieht mich an ihrem Bett stehen, und ihre Augen verraten mir, dass sie mich erkannt hat, und das tröstet mich ein wenig, denn ich weiß, dass der Typhus in seinen letzten Stadien das Gehirn verwirrt, ein Anzeichen dafür, dass der Erkrankte in Kürze sterben wird.

Ich wiederhole, dass ich sie nach Hause bringen werde. »Und wenn du wieder gesund bist«, sage ich, gehen wir hinaus in den Schnee, und dort draußen im Park wirst du ein großes, schwerfälliges Tier entdecken, einen Bären, den ich gerettet und aus Frankreich mitgebracht habe. Und mit der Zeit werden wir seine Eigenheiten kennenlernen, und vielleicht wird er sogar für uns tanzen.«

»Das wusste ich nicht«, sagt sie. »Dass Bären tanzen können.«

»Oh«, sage ich, »noch so eine Narretei von mir. Ich fürchtete, du würdest mich nur erkennen, wenn ich etwas Närrisches sage.«

»Ich erkenne dich, Papa«, sagt Margaret, »nur bist du ein wenig anders gekleidet.«

»Ach«, sage ich. »Noch eine Narretei: Schulterbänder! Sogar Will, der nur noch schlecht sieht, machte eine Bemerkung.«

»Sie sind sehr vorteilhaft ...«

Sie lächelt, und dieses Lächeln macht mein Herz so glücklich, dass ich sie am liebsten hochheben und an meine Brust drücken möchte, doch ich lasse es bleiben.

Ich frage sie nach ihren Schmerzen im Kopf, und sie erklärt mir, das sei das Schlimmste und am schwierigsten zu ertragen, und ich erkläre ihr, ich würde vom Apotheker in Norwich Opium für sie besorgen, und nach dessen Einnahme würden die Schmerzen nachlassen.

Sie schließt die Augen, und ich vermute, dass sie wieder in

den Schlaf gleitet, doch sie sagt leise: »Erzähl mir vom König von Frankreich.«

Ich höre mich seufzen. Erst in diesem Augenblick und tatsächlich erst jetzt merke ich, wie müde ich bin und wie sehr ich mich nach Schlaf sehne, doch ich zwinge mich, Margaret einige kleine Anekdoten aus Versailles zu erzählen, um sie zu unterhalten und zu beruhigen.

»Der König von Frankreich«, beginne ich, »nennt sich selbst Louis *Dieu-donné*, Louis, der von Gott Gesalbte. Er ist ein Mann des Pomps und der Glorie und vergleicht sich gern mit der Sonne – *Le Roi Soleil*.«

»Ähnelt er denn der Sonne?«

»Sehr sogar, denn er kleidet sich in Gold, und seine Perücke hat die Farbe schimmernden Kupferrots, so wie deine wunderschönen Haare, und die große Hitze, die er in einem Raum erzeugt, ist eine sehr greifbare Hitze, ich habe sie selbst gefühlt und gesehen, wie andere darin fast ohnmächtig wurden.«

»In Ohnmacht gefallen?«

»Ja. Sie haben einfach die Besinnung verloren! Und warum? Er gehört kaum zu uns Sterblichen. Man erzählt sich, dass er schon mit zwei Zähnen im Mund geboren wurde, durchscheinend wie Perlen, und das galt als Zeichen, dass Gott ihn auserwählt hat. Dass er das Säuglingsalter überleben und regieren würde bis in alle Ewigkeit …«

»Nichts dauert bis in alle Ewigkeit, Papa«, sagt Margaret.

»Bist du sicher?«, frage ich. »Und was ist mit meiner Liebe und Zuneigung zu dir? Ich sehe keinen Grund, warum sie ein Ende haben sollten.«

12 ✑

Kein Winter meines Lebens war so kalt wie dieser, der Winter 1683-1684.

In meinem Park legte die Kälte ihren frostigen Brand auf jedes Blatt und jeden Zweig, auf jeden Stein und jeden Grashalm. Vögel, die in den Bäumen saßen, fielen zu Boden und starben. Rote Eichhörnchen kratzten und nagten an den Stellen, wo sie ihre Vorräte versteckt hielten, doch die Erde hatte sich in Granit verwandelt. Die Eichhörnchen wurden mager und struppig und verschwanden.

Ich gab den Befehl, das Rotwild zusammenzutreiben und zum Schutz in die Kuhställe zu führen, doch selbst dort fror das Wasser nachts in ihrem Trog. Die Tiere drängten sich aneinander, um warm zu bleiben, und ihre reizenden Gesichter, die mich allesamt mit stillem Vorwurf anblickten, erinnerten mich an Stiefmütterchen.

»Es wird aufhören«, sagte ich zu ihnen. »Auch dieser Winter ist endlich.«

Doch ein Ende war nicht in Sicht. Die Holzfäller, die den Auftrag hatten, die Einfriedung für den Bären zu bauen, erklärten, sie könnten, selbst mit den spitzesten Eispickeln, keine Löcher für die Pfosten machen. Infolgedessen konnte ich den Bären nicht ins Freie lassen, er musste im Käfig bleiben, und die Kinder der Holzfäller in ihren zerfetzten, nur mit einer Schnur zusammengehaltenen Wolllumpen schlichen sich in meinen Park und bewarfen das Geschöpf mit Stöcken und Eiszapfen, um es zu ärgern und zu quälen.

»Das dürfen sie nicht«, schalt ich die Holzfäller. »Ihr müsst sie zurückhalten, oder ich werfe euch allesamt von meinem Grundstück.«

Doch wohin sollte ich sie vertreiben? Ins Arbeitshaus? Und ich war ja auch angewiesen auf diese Menschen. Sie lieferten das Kleinholz für Cattleburys Kochherde, für das wärmende Feuer in meinen Räumen und für die Flamme, die Tag und Nacht in Margarets Krankenzimmer zu brennen hatte.

Und wenn ich bedachte, wie diese Holzfäller mit ihren Familien lebten – in ärmlichen Hütten aus Lehm und Brettern mit reetgedeckten Dächern – und wie dagegen ich lebte – mit all meinen französischen Möbeln, den steinernen Kaminen, den Gobelins und Wandbehängen aus Brokat –, dann überkam mich ein nagendes Gefühl von Mitleid für ihre Lage, und ich war außerordentlich froh, dass Pearce nicht auf Bidnold war und mir die Ungerechtigkeit der Welt vorhalten und mich dafür verantwortlich machen konnte.

Und doch ärgerte es mich, dass der Bär so gequält wurde. »Bewerft mich mit Stöcken, wenn es denn sein muss«, hätte ich gern zu den rohen Burschen und den zerlumpten kleinen Frauenzimmern gesagt, »aber lasst das Tier in Ruhe, denn es hat euch nichts getan.«

Es ist Weihnachten, aber ich habe angeordnet, dass es kein Fest geben soll.

Still fiel der Schnee und errichtete überall Mauern und Hügel, wo nie welche gewesen waren, und allmählich fürchtete ich, dass uns bald die Nahrungsmittel ausgehen würden, weil die Karren der Metzger und Fischhändler nicht die großen Schneemengen auf dem Weg zum Haus passieren konnten und weil viele unserer Hühner starben und all unser Wintergemüse unter einer fast einen Meter hohen Schneedecke lag.

Ich schickte nach Cattlebury und fragte ihn, wie es um die Vorräte stünde, und er versicherte mir, da er »eine kalte Jahreszeit in den Knochen spürte«, habe er Kartoffeln, Zwiebeln, Rüben und Karotten, aber auch Säcke mit Mehl unten in der Dunkelheit des Kellers gelagert und wir würden alle davon leben können, ohne es »büßen zu müssen«.

»Und wenn das alles aufgebraucht ist?«, fragte ich.

»Dann werden wir das Rotwild töten«, antwortete er. »Wildbret ist wunderbares Fleisch, Sir Robert.«

Ich schickte ihn fort. Ich stieg die Treppe zu Margarets Zimmer hinauf, wo Tabitha, das Gesicht in Musselin gehüllt, still Wache hielt. Obgleich ein Feuer brannte und alle Fenster fest geschlossen waren, war es kühl in dem Raum. Und als ich ans Bett trat, bemerkte ich zum ersten Mal ein hässliches Geschwür, das die Haut von Margarets Lippe blasig aufwarf.

Jede neue Pein, die ihr der Typhus zufügte – vom dünnflüssigen Stuhl bis zu den Konvulsionen ihres Magens und den heftigen Schmerzen in ihrem Hirn, die nur das Opium lindern konnte –, steigerte meine hilflose Angst, bis ich beinahe die Kunst des Schlafens verlernte. Und als ich mich jetzt mit Tabitha daranmachte, Margaret zu waschen – was wir sehr häufig taten, da sie sich unfreiwillig selbst besudelte –, sah ich, wie sehr ihr Körper dahinschwand.

Und meine Gedanken wanderten zu der Zeit zurück, als John Pearce zu sterben begann, und ich erinnerte mich, dass ich seinen nahenden Tod daran erkannte, dass seine Knochen kaum noch mit Fleisch bedeckt waren; damals wusste ich, dass ich, trotz all meiner langen medizinischen Studien, nichts für seine Rettung tun konnte.

Während ich auf das furchtbare Geschwür auf Margarets Lippe blickte, hatte ich zum ersten Mal das Gefühl, dass ihr Leben verloren war. Ich kniete mich neben ihr Bett. Ich klammerte mich an ihre Laken, drehte sie zwischen meinen Fingern. Und mein Gebet galt Pearce: »Hilf mir! Um unserer Freundschaft willen, hilf mir, sie zu retten!«

Seine einzige Antwort war diese plötzliche Stille – in der die ganze Welt für eine lange Minute den Atem anhält –, die ich »das Schweigen von Pearce« genannt habe. Viele Male in meinem Leben hat dieses merkwürdige Verschwinden von Ton und Bewegung mir schon Trost geschenkt, doch diesmal versetzte mich dessen offenkundige Nutzlosigkeit in einen plötzlichen Zorn. Ich hätte am liebsten geschrien und geweint und mit der Hand gegen die Wand geschlagen, um sie mir zu brechen.

Ich eilte nach unten, griff nach meinem wärmsten Umhang und lief hinaus in den Schnee, in der Hoffnung, ein Gang durch den eisigen Park werde mich beruhigen. Die Dienstboten hatten vom Haus zu den Scheunen einen Weg durch die großen Verwehungen freigeschaufelt. Ich folgte dem schmalen Pfad, und als Gesellschaft hatte ich plötzlich ein Huhn, das von ich weiß nicht woher auftauchte und mit raschen zierlichen Schritten neben mir hertrippelte.

Das Huhn und ich, beide blickten wir mit leuchtenden, unruhigen Augen auf das erstarrte Land. Die Buchen, die das filigrane Werk des Frostes mit größter Anmut ertragen hatten, wirkten nun, mit der gewaltigen Schneelast, klobig und unförmig. Und ich befürchtete, dass ihre Äste unter der Last brechen würden, und die Vorstellung, dass meine Bäume zu Fall gebracht würden, steigerte meine Wut nur noch.

Ich lief weiter. Mein Atem wehte als bläulicher Schwaden vor mir her, und die eisige Luft stach mir in die Lunge. Die grüne Parklandschaft hatte sich zu wogenden weißen, vom Wind geformten Dünen aufgewellt. Zu dem Huhn, das kleine Flatterbewegungen machen musste, um mit mir Schritt zu halten, wozu es aber, als fehlte ihm Gesellschaft, durchaus entschlossen schien, bemerkte ich: »Diese Schneedünen sind wie der Sand einer Wüste.«

In jener Nacht träumte ich, während ich auf einem Bettvorleger in Margarets Zimmer ein wenig schlief, von Pearce.

Er kam mir an einem Flussufer entgegengelaufen, und der Fluss war silbrig von der Sonne, und all die wilden Pflanzen, die am Ufer wuchsen, so üppig, kräftig und leuchtend.

»Pearce«, sagte ich in meinem Traum, »da bist du endlich. Sag mir, was ich tun kann, um meine Tochter zu retten. Ich flehe dich an, sag es mir.«

Pearce setzte sich mitten zwischen die Pflanzen, die ihn wie ein grüner Sessel sicher zu halten schienen. Er wollte sich nicht bequemen, mich anzublicken, doch nach einigen Augenblicken – das Wasser floss lieblich dahin – sagte er: »Geh, wohin du immer gehst. Geh dorthin, wohin zu gehen du dir nicht versagen kannst.«

Ich schwieg. Eine von Pearce' beunruhigendsten Eigenheiten war es, in Rätseln zu sprechen, und sehr oft führten diese Rätsel zu keinerlei Lösung, und oft blieb ich mit dem Gefühl meiner eigenen Beschränktheit zurück.

»Und wo ist das?«, fragte mein träumendes Ich. »Du musst mir sagen wo, Pearce.«

Doch zu meiner Bestürzung erhob er sich aus seiner weichen Pflanzen-*Chaise* und machte Anstalten, sich von mir zu entfernen.

»Geh nicht!«, flehte ich. »Sag mir, was ich tun soll!«

Er hielt inne und blieb stehen, und ich sah, dass er in seinen Händen die blauweiße Suppenkelle trug, und ich rief laut: »Ich bin froh, dass du die Kelle noch hast, Pearce! Um deinetwillen bin ich sehr froh, dass sie nicht verlorengegangen ist!«

Er beachtete meine Worte nicht, drückte die Kelle jedoch liebevoll an seinen mageren Körper und sagte: »Stell dir vor, du wärst ein Sklave zur Zeit Julius Cäsars. Dieser Sklave hat die Abwesenheit von Freiheit in seinem Leben vollkommen vergessen, das ist seine Krankheit, und an der leidest du ebenfalls. So ist es doch?«

»Nun ja –«

»Stell dir vor, du wärst dieser Sklave und ein furchtbarer Kummer oder Schmerz würde dich bedrängen; wen würdest du um Hilfe bitten?«

Ich zögerte einen Moment, dann sagte ich: »Ich würde mich wohl an Cäsar wenden.«

»Natürlich tätest du das. Denn im Grunde deines Herzens *liebst* du dein Sklaventum; deshalb bist du immer noch ein

Sklave. Hier hast du also deine Antwort: Du musst zu Cäsar gehen.«

Eure Majestät, schrieb ich,

Euer Diener Merivel sendet Euch seine ergebensten Grüße aus den Schneewüsten von Norfolk, wo wir in ein großes Weiß eingeschlossen sind, desgleichen ich noch niemals sah.

Ich weiß nicht, wie dieser Brief Euch erreichen wird, denn weder Briefbote noch Wagen finden derzeit hierher nach Bidnold. Ich schreibe dennoch, teils auch, um meine Seele zu beschwichtigen, die sich in Todesangst befindet.

Sire, Margaret stirbt an Typhus.

Ich habe jedes Mittel, das ich kenne, versucht, doch indem die Tage verstreichen, muss ich feststellen, dass sie keine Heilung bringen. Sollte ein Arzt in Whitehall mit besserer Kenntnis dieser heimtückischen Krankheit als ich einen Rat wissen, den ich befolgen sollte, dann bitte ich Euch in aller Bescheidenheit, mir diesen Rat zukommen zu lassen. Denn ich bin gewiss, dass der Tod von Margaret sehr rasch meinen eigenen zur Folge hätte, und dann könnte ich Eure Majestät nicht mehr mit meinen Albernheiten und Scherzen unterhalten.

Ich hoffe, Ihr befindet euch in guter Gesundheit, Sire, und leidet nicht an der großen Eiszeit, die unser Land heimgesucht hat.

Von Eurem getreuen Untertan
und treu ergebenen Narren
Sir R. Merivel

Jeden Tag betete ich, der Schnee möge schmelzen, so dass mein Brief nach London geschickt werden konnte, doch kein Tauwetter wollte kommen. Ich begann zu glauben, Margarets Leben hinge an diesem Brief, und wenn ich sie nur so lange am Leben halten könnte, bis die Straßen wieder passierbar wären, dann würde sie nicht sterben – ein Rat aus Whitehall würde sie retten.

Meine medizinischen Bücher erklärten mir, es gebe kein sicheres Mittel gegen Typhus. Alles, was ich herausfinden konnte, war, dass die Krankheit gemeinhin eine Dauer von acht oder zehn oder zwölf Wochen hat, danach zeige der Patient wahrscheinlich Merkmale der Genesung, etwa ein deutliches Sinken des Fiebers und eine Beruhigung der Gedärme. Wenn diese Anzeichen sich jedoch nicht einstellten, nun, dann folge eine wachsende Verwirrung des Verstandes, das Ende seien Bewusstlosigkeit und Tod.

Unser beider Leben, meines und Margarets, lag darum in den Händen des Schicksals oder (worauf meine Eltern nicht weniger als John Pearce und selbst der König bestanden) in den Händen Gottes. Alles, was ich, ein sterblicher Doktor, tun konnte, war, die Symptome zu lindern. Zusammen mit Cattleburys Brühen verabreichte ich ihr Opium. Ich ließ sie von Zeit zu Zeit zur Ader, um die Galle zu besänftigen. Ich wusch ihr den Schweiß von der Stirn und vom Körper. Auf das Geschwür strich ich eine Paste aus Bienenwachs und Spitzwegerichsalbe, und zu meiner großen Freude war das Geschwür nach wenigen Tagen geschrumpft.

Dieser kleine Erfolg heiterte mich ein wenig auf, und ich pries Louise für ihre Erfindung.

Ich verwandte viel Zeit aufs Reden. Ich dachte, wenn es mir gelänge, Margarets Verstand wach zu halten, könnte ich sein allmähliches Versinken in Dunkelheit abwenden. Ich erzählte ihr Geschichten aus ihrer Kindheit und begann mit der Geschichte ihrer Geburt im Jahr des großen Brandes, als ich sie, um ihr Leben und auch das ihrer Mutter zu retten, aus Katharinas Schoß geschnitten hatte.

Sie hatte diese Erzählung zuvor schon oft gehört: wie überzeugt ich gewesen war, sie beide retten zu können, und wie ich scheiterte. Sie hatte um ihre Mutter geweint und gefragt: »Warum konntest du sie nicht ebenfalls retten, Papa?«

Und ich erklärte ihr, wir hätten, bei allem, was ich versuchte, und bei allem, was die Hebamme versuchte, das Blut in Katharinas Schoß nicht stillen können, und so sei das Leben aus ihr herausgesickert. Aber ich versicherte Margaret, dass ihre Mutter nicht gelitten habe, sondern in einen schönen Schlaf hinübergeglitten und daher sehr friedlich gestorben sei.

All dies war richtig, und doch war Margaret mit einer schrecklichen Lüge aufgewachsen, einer Lüge, die Katharina betraf. Sie glaubte, Katharina sei eine der Quäker-Krankenschwestern gewesen, die Pearce und seinen Freunden bei der Sorge um die verrückten Menschen in der Irrenanstalt von Whittlesea geholfen hatte. Doch dem war nicht so. Katharina, eine wunderschöne, verführerische Frau, war eine der gequältesten Insassinnen des Spitals. Pearce hatte mir wieder und wieder nahegelegt, mich von ihr fernzuhalten. Doch das tat ich nicht. Die Wollust lockte mich wieder einmal auf jenen verhängnisvollen Pfad, den ich niemals hätte betreten dürfen.

Darüber hinaus hatte ich Margaret erzählt, ihre Mutter und ich seien in der Kirche St. Alphage getraut worden, wo Katharina begraben liegt, doch eine solche Zeremonie hat niemals stattgefunden, aus dem einfachen Grunde, weil es mir, aufgrund der anhaltenden Entfremdung vom König, nicht gelang, die Zustimmung zur Annullierung meiner Ehe mit Celia zu erhalten. Und für eine Bigamie mit Katherine war ich nicht gerüstet.

Nun, da ich Margarets Tod befürchtete, fragte ich mich, ob ich ihr nicht die Korrektur einiger Unwahrheiten schuldig sei, welche das kurze, kummervolle Leben ihrer Mutter betrafen.

Ich wusste, wie sehr ich davor zurückschrak. Ich sagte mir, es sei nicht recht, einer Kranken derart grausame Enthüllungen zuzumuten. Und während ich in die Flammen des Feuers starrte, das ständig in Margarets Zimmer brannte, stellte ich mir vor, was geschehen würde, wenn Margaret von der Geisteskrankheit ihrer Mutter hören und erfahren würde, in welch beklagenswerter Weise ich diese arme, hilflose Frau benutzt hatte, würde sie sich plötzlich von mir, ihrem einzigen lebenden Verwandten, abkehren und mich zur Hölle wünschen.

Der Gedanke, dass meine Tochter, ob lebendig oder im Sterben begriffen, mir all ihre Liebe entziehen könnte, war mehr, als meine erschöpfte Seele ertragen konnte. Und so schwieg ich.

Als ich an einem frostigen Morgen durchs Haus wanderte, um zu prüfen, ob das Gebäude dem Toben von Schnee und Stürmen noch standhielt, betrat ich das Zimmer, das ich stets als das Olivenzimmer bezeichnet hatte. Es war nicht mehr in allerlei olivgrünen Farben ausgeschmückt (mit scharlachroten Quasten über dem Bett), sondern in einem traurigen wässrigen Blau, das durchaus nach dem Geschmack des Königs war, mir jedoch ein wenig zu fade erschien.

Ein großer französischer Schrank aus furniertem Walnussholz stand seit jeher in diesem Raum, und jetzt öffnete ich seine Türen, um jenen Duft aus seinem Inneren in meine Lunge zu ziehen, den Duft der Vergangenheit.

Ich stand da und atmete tief durch die Nase. Und mein Verhalten erinnerte mich an ein witterndes Tier, das prüft, welche Art von Nahrung oder fleischlichem Vergnügen der Wind ihm herantragen mag; oder an einen Connaisseur von Wein, der an seinem Kelch schnüffelt und behauptet, er röche in einem Becher mit Rotwein Brombeeren und Ulmenholz und ich weiß nicht was sonst noch.

Was ich riechen konnte, war meine Jugend. Die Erinnerung an ihre Vergnügungen drang durch meine Adern und wärmte mich. In eben diesem Zimmer hatte ich mit Violet Bathurst gelegen, hatte an ihren Kleidern gezerrt, und ihre schamlosen Forderungen hatten mich schwach gemacht.

Hier hatten Will und ich John Pearce siebenunddreißig Stunden lang gepflegt. Und hier hatte ich die kleine Margaret in meinen Armen gehalten, als ich ihr jedes einzelne Zimmer des Hauses zeigte, das mir 1668 zurückgegeben worden war und das eines Tages ihr gehören würde.

Mein jugendliches Ich befand sich, wie ich mich jetzt wieder erinnerte, in einem fortwährenden hitzigen Überschwang. So überschäumend vor Plänen und verrücktem Staunen war dieses Ich gewesen, dass ich mich an keinen Winter – bis auf einen – erinnern konnte, in dem ich gefroren hätte. Und gerade wollte ich mich darüber wundern, als ich auf dem Boden des Schranks ein in Leinen gehülltes großes Bündel entdeckte. Und ich wusste, was es enthielt.

Ich nahm es heraus, legte es nieder, schlug das Leintuch auseinander, und vor mir lag ein großer Haufen Dachsfelle. Sie waren von meinem Schneider, dem guten alten Trench, einst zu Wappenröcken verarbeitet worden; das war im Winter 1665 gewesen, der, wie mir nun einfiel, lang und eisig gewesen war und in dessen Verlauf auch ich wie jeder andere zu frieren begonnen hatte.

Ich hatte darauf bestanden, dass all meine Dienstboten meinem Beispiel folgen und diese Dachsfelle tragen sollten, »um Katarrh und Fieberfröste fernzuhalten«. Ich hatte sie gewarnt, wir würden allesamt ein wenig albern aussehen in diesen eigenartigen Kleidungsstücken (mit einer toten Dachsschnauze, die sich von jeder Schulter reckte), doch von ihnen hänge womöglich unser Überleben ab. »Was zählt schon das bisschen Albernheit«, fragte ich sie, »verglichen mit dem Tod?«

Alle hatten sich bereit erklärt, die Pelze zu tragen. Alle bis auf Will.

Will hatte sich abgewandt und geweigert, selbst unter Androhung verschiedenster Strafen, sein Fell anzulegen. Ich hatte mich bemüht, hatte ihn gedrängt und beschwatzt. Ich hatte ihn gewarnt, es würden ihn alle möglichen Leiden befallen, wenn er seinen Körper nicht auf diese Weise warm halte, doch er wollte nicht hören.

»Ich werde es nicht tun, Sir Robert«, ließ er mich wissen, »und dabei bleibt es.«

Mittlerweile waren die Felle ein wenig räudig von Mottenlöchern und gewürzt mit dem Staub der Zeit, und die Schnauzen reckten sich auch nicht mehr in die Höhe, sondern hingen recht schwermütig herunter, und viele der Glasaugen, die Trench eingenäht hatte, waren herausgefallen. Dennoch konnte ich, als ich die Kleidungsstücke jetzt ausschüttelte, fühlen, dass noch viel Wärme in ihnen war. Und so kam mir der Gedanke, sie auszubürsten, zu waschen und zu trocknen, genauso sorgfältig wie meine Perücke, und dann würde ich einige von ihnen auf Margarets Bett legen. Einen Pelz würde ich für mich behalten und die anderen unter die Dienstboten verteilen. »Kümmert euch nicht um die Mottenlöcher«, würde ich sagen, »denkt lieber an die Wärme, mit der das Fell eure Herzen umhüllen wird.«

Ich stehe in meiner Bibliothek und verteile die gereinigten Felle.

Als Will hereinkommt, rechne ich damit, dass er sich weigert, sein Fell anzulegen, doch das tut er nicht. Er zieht sich das Fell über den Kopf und schnürt es fest um seinen gekrümmten alten Körper.

»Sehr schön, Will«, sage ich. »Es freut mich ganz außerordentlich, dass du es anziehst.«

Er geht langsam durch das Zimmer auf die Tür zu. Das Fell schwingt beim Gehen um seine Waden, und der Mann erinnert mich an ein armes Bison, das ich einst auf einem Kupferstich sah, mit hängendem Kopf und völlig zerfetztem Fell.

Ich weiß nicht, ob ich lachen oder weinen soll. Etwas wallt in mir hoch, ein mächtiges Gefühl, aber es scheint sich in meiner Brust niedergelassen zu haben und will nicht heraus.

Als Will die Tür erreicht hat, dreht er sich um und sagt zu mir: »Ich tue das um Miss Margarets willen, Sir Robert, um meinen Beitrag zu ihrer Heilung zu leisten, allein deshalb.«

13 ⁀ၹ

Die erste Februarwoche war für uns die neunte Woche von Margarets Krankheit. Es gab keine Veränderung ihres Zustands, weder zum Besseren noch zum Schlechteren. Der Typhus ist, wie es scheint, ein rücksichtsloser Besucher, der sein Wohnrecht im Körper beansprucht, sich dort schlafen legt und keine Anstalten macht, wieder zu gehen.

Als ich eines Morgens in meinen Almanach schaute und die ermüdende Abfolge der Tage zählte, begann ich zu glauben, wir würden für immer in unserem arktischen Gefängnis eingeschlossen bleiben und langsam darin sterben. Und dieser Gedanke brachte mich auf jenen anderen seiner Freiheit beraubten Gefangenen, den Bären, den ich erbärmlich vernachlässigt hatte.

Ich ging hinaus zu der Stelle, wo der Käfig stand, und sah, dass der Schnee so hoch lag, dass kaum noch Platz für das Tier blieb. Es versuchte zwar weiter, sich Raum zu schaffen, doch der kompakte, gefrorene Schnee vereitelte fast all seine Bemühungen. Kurzum: Das Wetter baute einen Sarg um den Bären.

Ich rief einen der Stallknechte herbei, und gemeinsam schaufelten wir den Schnee mitsamt den Fäkalien durch die Gitterstäbe des Käfigs hindurch heraus – ein sehr umständliches und mühseliges Unterfangen –, doch nach einer Stunde, in der wir mächtig ins Schwitzen gekommen waren, war der Bär aus seiner unglückseligen Lage befreit, und er konnte wieder, sehr langsam, im Kreis gehen.

An der Art, wie das Tier sich bewegte, sah ich, dass seine Gliedmaßen steif und wund von der Gefangenschaft waren, und ich wies den Stallknecht an, mir aus den Stallungen einige starke Ketten zu besorgen.

»Ketten? Zu welchem Zweck, Sir Robert?«, fragte er.

»Geh sie einfach holen«, sagte ich, »dann zeige ich es dir.«

Er kam zurück, behängt mit Ketten, und klirrte mit ihnen wie ein dem Grabe entsprungener unheimlicher Geist, worüber ich lächeln musste, denn er war ein sehr dicker Mann, dem der Tod zweifellos als etwas höchst Ungerechtes und Feindliches erscheinen musste. Ich nahm ihm die Ketten ab und fand eine, deren eines Ende ich durch einen Ring am anderen Ende stecken konnte.

»Und nun«, sagte ich, »werde ich in den Käfig greifen und dem Bären diese Kette in einer Schlinge um den Hals legen, so wie eine Leine um den Kopf eines Hundes.«

»Aber wozu, Sir?«

»Wenn die Kette sicher um den Hals liegt, wirst du das Tor des Käfigs öffnen …«

»Nein, ich nicht, Sir Robert!«

»Doch, guter Mann. Ich kann es nicht allein. Aber hab keine Angst. Ich werde das Tier an der Leine halten. Du stehst sicher hinter dem offenen Tor, und ich führe den Bären heraus.«

»Der Himmel sei uns gnädig! Und was ist, wenn er Euch die Kette aus der Hand reißt?«

»Das wird er nicht. Er ist schwach. Du hast doch selbst gesehen, wie eingezwängt das arme Geschöpf war.«

»Er könnte Euch aber immer noch bei lebendigem Leib auffressen.«

»Nun, dann wirst du mich immerhin nicht in der Erde begraben müssen.«

»Ich habe nicht gescherzt, Sir.«

»Ich auch nicht. In dieser gefrorenen Erde ein Grab zu schaufeln wäre eine grausame Qual.«

Der Stallknecht starrte mich an, als bedauerte er, dass er für einen Verrückten arbeiten musste, dann lenkte er den Blick zum Himmel, der sich, während wir uns mit dem Schnee plagten, über Bidnold verdunkelt hatte und einen weiteren Schneesturm versprach.

Nun zog ich, während er mir zusah, meine dicken Lederhandschuhe bis fast an die Ellbogen hoch, langte mit der Kette in der Hand langsam in den Käfig und ließ sie über den Hals des Bären gleiten. Als er sie im Nacken spürte, warf er den Kopf zurück und hätte die Kette beinahe weggestoßen, doch es gelang mir, sie zu halten, und mit der anderen Hand nahm ich den Ring und zog kräftig an der Kette, bis sein Kopf in einem Halsband steckte.

Der Bär gab einen kleinen Protestlaut von sich, nicht zu vergleichen jedoch mit dem Gebrüll im *Jardin du Roi*, weshalb ich so kühn war, mit ihm zu sprechen.

Ich sagte: »Mein armer Freund, wir werden nun einen Spaziergang machen. Wir werden langsam gehen, damit du wieder Gefühl in deine Lenden und deine Pfoten bekommst. Und wir werden nicht sehr weit gehen.«

»Gott schütze mich!«, sagte der Stallknecht. »Ihr geht mit einem wilden Tier *spazieren*?«

»Ja. Wenn es mich begleiten will. Tiere, die sich nicht bewegen, sterben sehr schnell.«

»Und was ist, wenn der Bär sich losreißt? Was, wenn er über meine Pferde oder die Kühe herfällt?«

»Das wird er nicht. Er ist jeden Tag gefüttert worden – zumindest habe ich das befohlen. Tiere wie dieses greifen nur an, wenn sie hungrig sind.«

»Woher wisst Ihr das, Sir Robert?«

»Durch logisches Denken. Würdest du einem Lamm die Kehle durchschneiden, um es zu essen, wenn du gar keinen Hunger hättest?«

»Ja, natürlich, Sir. Ich würde es für später aufsparen.«

Da mein »logisches Denken« durch diesen fetten Stallknecht so leicht zunichtegemacht worden war, hielt ich es für das Beste, die Angelegenheit nicht weiter zu diskutieren. Unterdessen verdunkelte sich der Himmel immer mehr, und die Vorstellung, sehr lange mit dem Bären durch einen Schneesturm zu laufen, gefiel mir gar nicht. Das Tier versuchte ständig, das Halsband abzuschütteln, doch die Kette war stark und mein Griff fest, und jetzt gab ich den Befehl zum Öffnen des Käfigs.

Das Tor war durch zwei eiserne Riegel gesichert, doch diese waren in der Kälte fast ganz in ihrer Führung festgefroren, und ich fürchtete, der Knecht würde nicht die Geduld aufbringen, die Riegel zu lockern, sondern vorher fortlaufen. Während er sich noch abmühte, betrachtete der Bär ihn hungrig.

Um den Bären von der Ideen abzubringen, dem Stallknecht die Hand abzubeißen, streichelte ich eines seiner Ohren, und mit dem Ausdruck bitterer Vorwurfs wandte er mir seinen Kopf zu.

»Ich weiß«, sagte ich, »ich versprach dir ein schönes Gehege. Ich versprach dir Äste zum Klettern und einen Platz zum Laufen oder Rennen. Aber noch können wir diese Dinge nicht bauen. Alles auf Bidnold liegt in den Fesseln des Winters.«

Als die Riegel endlich nachgaben und der Stallknecht das Tor aufzog, blickte der Bär in die weiße Landschaft, die vor ihm lag, rührte sich jedoch nicht von der Stelle. Der Knecht klammerte sich ängstlich an das offene Tor und benutzte es als Schild. Ich hielt mit der einen Hand die Kette fest und mit der anderen einen kräftigen Stock, der mir, wie ich wohl wusste, kaum von Nutzen sein würde, sollte der Bär sich doch zu einem Angriff entschließen, dennoch war er eine, wenn auch ungeeignete Waffe und half mir, in meinem Entschluss nicht wankend zu werden.

Darum ging ich nun los und versuchte, den Bären hinter mir herzuziehen, und langsam und humpelnd folgte er mir. Dem Knecht rief ich zu, er solle den Käfig reinigen und schrubben, sauberes Stroh auslegen und frisches Wasser hinstellen.

Ich führte meinen armen Gefangenen auf einem freigeschaufelten Weg in den Park. Einige Tauben, die sich auf den obersten Ästen einer erfrorenen Eiche versammelt hatten, brachen umgehend in einen gereizten Lärm aus, doch der Bär schenkte ihnen keine Beachtung, und wir wanderten weiter.

Ich blickte mich immer wieder nach dem Tier um, hauptsächlich, um mich zu vergewissern, dass es nicht Anstalten machte, mich zu zerfleischen. Ich musste an jenen Herbsttag mit Louise im *Jardin du Roi* denken, als die Soldaten erschienen waren, um den Bären zu erschießen. Und dann fiel mir der Preis ein, den ich für sein Leben bezahlt hatte, ein außerordentlich hoher Preis, denn der Saphir des Königs war mir sehr kostbar gewesen – und ich dachte bei mir, wie schwer es doch häufig ist, den Wert eines Dings gegen den eines anderen aufzuwiegen, und dass die Kompliziertheit dieser Arithmetik Menschen in den Ruin führen kann.

Doch lange grübelte ich nicht darüber nach. Das mühselige Schneeschaufeln hatte mich gewärmt, und auch wenn der Himmel immer noch dunkel war, schien es mir mit einem Mal, als habe die Kälte nachgelassen. Und das machte mich froh, mir wurde so leicht ums Herz wie schon lange nicht mehr.

Wir liefen eine gute Strecke durch den Park bis zum Ende des freigeschaufelten Pfads, wo wir vor gewaltigen Schneebergen standen, die uns den Weg versperrten. Als ich stehen blieb, setzte sich der Bär und blickte mich an. Sein Blick war so sanft und sorgenvoll, dass alle mir noch verbliebene Furcht vor dem Tier verschwand.

Ich lehnte mich gegen die Schneewand, streckte die Hand aus und streichelte den Kopf des Bären. Und mir kam der Gedanke, dass dieses in den Wäldern Germaniens gefangene wilde Tier vielleicht schon *von Menschen gezähmt* worden war, bevor man es nach Paris gebracht hatte.

Und meine nächste, schändliche Idee war, dass ich – um mit meinem Mut und Geschick zu protzen – doch vor meinen zukünftigen Gästen auf Bidnold behaupten könnte, allein Merivel (der sich vor langer Zeit großes Ansehen damit erworben hatte, dass er das Leben eines Tiers aus der königlichen Spaniel-Meute rettete) sei es gewesen, der den Bären zahm und gehorsam machte, denn er besitze ein einzigartiges Verständnis von den Tieren und der Beschaffenheit ihrer Seelen und sei in der Lage, direkt mit ihnen zu sprechen.

Darüber musste ich lächeln. Und im nächsten Moment geschah etwas Ungewöhnliches: Plötzlich fegte eine heftige Windböe über die Stelle hinweg, wo ich mich mit dem Bären befand, und dann begann es zu regnen.

Die ganze Nacht lang lauschte ich dem Geräusch eines gewaltigen Strömens, als Schnee und Eis erneut zu Wasser wurden, welches sich in allen Gräben und Senken sammelte und in einer drängenden Sturzflut den Weg hinabfloss.

Und im Geiste sah ich meinen Brief an den König auf dieser Sturzflut reiten wie ein Papierschiffchen und binnen Kurzem im Badezuber Seiner Majestät landen und hörte seine Majestät rufen: »Oh, eine Botschaft in Form eines Schiffes! Wie ungewöhnlich brillant!«

Und mit seinen langen Fingern würde er den Brief aus dem Wasser fischen und meine Worte lesen, und dann würde er, immer noch im Zuber, all seine großartigen Wundärzte von Whitehall zu sich rufen und sagen: »Schreibt mir jede bekannte Arznei gegen die Typhuskrankheit auf. Schreibt sie jetzt auf, sofort, oder ihr verliert eure Stellung bei Hofe!«

Und eifrig würden sie ihre Rezepte hinkritzeln, und auch wenn die Schrift ein wenig verwischt sein mochte vom Dampf des heißen Wassers, das dem König über den Rücken gegossen wurde, so würden sie doch in kürzester Zeit hier auf Bidnold ankommen.

Dann würde ich auf Nebenwegen, die nicht länger vom Schnee verschüttet wären, zu meinem Apotheker reiten. Und danach würde es nicht mehr lange dauern, und Margaret wäre geheilt.

Was nach der Schneeschmelze folgte, waren zwei Wochen milden Wetters von solcher Süße, dass ich glaubte, ich könnte in der weichen Luft schon den Frühling riechen. Die Errichtung des Geheges für den Bären hatte begonnen. Mein Brief an den König war nach London geschickt worden.

Ich dachte, nun würde sich alles zum Besseren wenden. Doch dem war nicht so.

Eines späten Februarmorgens spazierte ich durch meine Hagebuchenallee und hielt Ausschau nach frischem Grün, als Will Gates, immer noch in sein Fell gekleidet und darin einigermaßen schwitzend, herbeigeeilt kam – wenn man das in Anbetracht seines alten gekrümmten Körpers so nennen kann – und mich ins Haus zurückrief.

»Was ist denn, Will?«, fragte ich. »Warum diese olympische Hast?«

»Tabitha verlangt nach Euch«, keuchte Will. »Miss Margarets Geist hat sich verwirrt, und sie weiß nicht, wo sie ist …«

Ich griff nach dem grauen Stamm einer Hagebuche und hielt mich daran fest, um nicht zu stürzen. Will fasste meinen Arm, um mich zu stützen.

»Sir Robert«, sagte er, »es ist gewiss nur eine vorübergehende Verwirrung …«

»Nein, Will«, sagte ich. »Ich habe die medizinischen Aufsätze studiert. Es ist der Anfang des Endes.«

Will schüttelte heftig den Kopf, immer hin und her. »Das kann nicht sein!«, rief er aus. »Ich trage doch immer noch mein Dachsfell!«

Ich sitze an Margarets Bett. Ich halte ihre Hand. Ich spreche ihren Namen laut aus.

Sie sagt zu mir: »Ich habe Angst vor der Höhle.«

»Welcher Höhle?«, frage ich.

»Ich ging hinein«, sagt sie, »und ein Vogeljunges war darin eingeschlossen, und ich nahm es in meine Hände, um es hinauszutragen ...«

»Und dann?«

»Das habe ich vergessen. Es war nichts in meiner Hand. Nur ekelhafter Schleim.«

Ich streichele ihre Stirn, die nicht mehr glühend heiß ist wie zuletzt immer, sondern kalt wie Ton. Ich frage sie, wo diese Höhle wohl sein möchte, und sie antwortet: »Cornwall.« Und das schenkt mir ein wenig Hoffnung, weil sie sich an den Namen von Cornwall erinnert, wo sie mit ihren Freundinnen hätte sein sollen, und nicht Mesopotamien oder Ipswich oder Lyme Regis sagt.

Auch wenn mir solch ein Eingriff zuwider ist, schicke ich Tabitha nach meinen medizinischen Instrumenten, öffne eine Ader in Margarets Arm und entnehme ihr Blut. Ihr beklagenswerter Arm ist, wie ich erschrocken feststelle, beinahe zu einem Nichts geschwunden, und mein Kind in diesem Zustand zu sehen, weckt einen solchen Zorn in meinem Herzen, dass ich mich kaum enthalten kann, laut zu schreien.

Ich verbinde den Arm, verfluche innerlich meine unzulänglichen medizinischen Kenntnisse und schicke Tabitha mit dem Auftrag zu Cattlebury, er solle eine Milch-Poshotte zubereiten.

»Wird er denn noch wissen, was das ist?«, fragt Tabitha. »Mr. Cattlebury ist in letzter Zeit recht vergesslich, Sir.«

»Milch!«, brülle ich. »Milch, Weißwein, mehrere Eigelb, Zucker, Zimt und Muskatnuss. So lange schlagen, bis es dick wird. Los, mach dich auf den Weg!«

Tabitha huscht fort wie ein kleiner Schatten, und ich schelte mich dafür, dass ich sie angebrüllt habe, sie ist so ein liebes Mädchen, hat ihr Leben für Margaret aufs Spiel gesetzt und nächtelang nicht geschlafen, um sie zu pflegen.

Es ist sehr still in Margarets Zimmer, und diese Stille gefällt mir nicht, denn sie erinnert mich an die Stille des Grabes. Um diesen Gedanken zu vertreiben, beginne ich in recht ungeordneter Weise loszuplaudern, erzähle ihr erneut von dem Kurzwarenladen meiner Eltern und all den hübschen kleinen Dingen darin. »Es gab Federn in allen Größen«, sage ich, »und Kärtchen mit Spitze, bretonischer Spitze, aber auch Spitze mit eingewobenen Gold- und Silberfäden. Dann gab es fein gebürsteten Filz und kleine Fellstücke und Satinbänder, so wie jene, die in die Schultersäume meiner Röcke eingenäht sind, und Knöpfe jeder Art, auch solche aus Knochen … doch dann kam das Feuer, und all diese Dinge verbrannten, selbst das Silber und das Gold …«

Margaret sieht mich ernst an. Die Pupillen ihrer Augen sind sehr groß. Ich weiß nicht, ob sie mich hört oder versteht, was ich sage, oder ob sie schon auf dem einsamen Meer des Vergessens davongleitet. Und es überwältigt mich der ganze Jammer darüber, dass meine Tochter sich in dieser womöglich zunehmenden Dämmerung alleingelassen sieht, dass alles und alle, die sie geliebt hat, für immer verloren sind, ich beginne zu weinen. Und als ich erst einmal begonnen habe, überlasse ich mich vollständig dem Schluchzen und versinke lange in einem Meer von Tränen, und ich weiß nicht, wie ich da herauskommen soll. Ich scheine zu ahnen, dass in diesem stillen Zimmer meine Welt ihr Ende findet. Sie findet ihr Ende.

Mir tut die Brust vom Schluchzen weh. Und ich denke bei mir, wie unbedeutend doch dieser Schmerz ist, verglichen mit dem gewaltsamen Tod meiner Seele, der folgen wird, wenn Margaret nicht mehr ist. Und ich sage laut: »Ich weiß nicht, wie ich das ertragen soll!«

Hilflos wiederhole ich es viele Male, den Kopf in Margarets Kissen vergraben, die Arme um ihren zerbrechlichen Körper geschlungen. »*Ich weiß nicht, wie ich das ertragen soll!*«

Und da höre ich in meiner feuchten Dunkelheit eine Stimme, die antwortet. Die Stimme ist sehr leise, kaum zu hören. Sie sagt: »Du wirst es nicht ertragen müssen, Merivel.«

Ich versuche, mein Schluchzen zu unterdrücken, und hebe den Kopf vom Kissen.

Das Zimmer ist dunkel, da die Vorhänge gegen den hellen Frühlingstag zugezogen sind, nur eine einsame Kerze brennt. Ich wische mir die Augen mit einem Zipfel von Margarets Bettlaken und blicke zur Tür und sehe eine hochgewachsene Gestalt dort stehen, ganz in Schwarz gekleidet und um das Gesicht ein weißes Tuch gebunden. Und ich denke, dass das der Tod ist, der ungehört das Zimmer betreten hat, und mein ganzer Körper wird zu Eis.

Der Tod bewegt sich sehr langsam, er geht auf das Bett zu. Und ich spüre seinen Hauch, als er sich mir nähert, doch seltsamerweise riecht der Tod nicht schlecht und abstoßend, sondern duftet nach herrlichstem und edelstem Parfüm. Ich atme dieses Parfüm ein und weiß, dass es mir vertraut ist, kann mich aber nicht besinnen, woher.

Erneut wische ich mir die Augen, um klarer zu sehen. Der Tod steht regungslos am Bett meines Kindes. Er trägt schwarze Handschuhe. Über der weißen Musselinbinde mustern mich seine Augen mit grimmiger Eindringlichkeit.

»Merivel«, sagt er. »Ich werde sie berühren, so wie ich Menschen mit Pocken berührt habe. Wenn einen der König berührt, hilft sehr oft Gott.«

Geschwächt vom Weinen erhebe ich mich mühsam. Ich versuche, meine so oft praktizierte Verbeugung zu machen, doch ich muss die Hand ausstrecken, um nicht auf das Bett zu fallen.

»Majestät ...«, stammele ich. »Ich hielt Euch für den Tod.«

»Ach?«, sagt der König. »Wie interessant. Monarchen und

der Tod sind beide behaftet mit Furcht. Vermutlich ist das der Grund.«

»Nein«, sage ich. »Mein Herz hegt keine Furcht vor Euch.«

»Schön. Das habe ich auch nicht angenommen.«

»Nur eine sehr hartnäckige Liebe.«

»Dies ist mir bewusst. Und deshalb bin ich hier. So lasst uns denn für einen Moment schweigen. Und dann werde ich Margaret berühren, und wir werden beten, und du wirst sehen, dass sie binnen Kurzem genesen wird. Könige müssen an ihre eigene Macht glauben, sonst sind sie verloren. In diesem Glauben liegt all ihre Macht und Stärke. Das weiß ich aus meinen langen Jahren des Exils. Selbst als ich Zuflucht in jener Eiche in Boscobel suchte und all meine Schlachten verloren hatte, wusste ich es.«

Ich versuche, sehr ruhig und still dazustehen, aber ich merke, dass meine Nase läuft und Rotz mir über die Lippen aufs Kinn und, noch tiefer, auf meinen Kragen tropft. Ich habe kein Tuch, um ihn mir abzuwischen, also benutze ich den Ärmel meines Rocks, und erst da wird mir bewusst, dass ich ein zerfranstes altes braunes Gewand trage, das ich gern anziehe, wenn ich meine einsamen Besuche in meinem Garten mache; denn so getarnt kann ich frei mit den Buchen und Eichen plaudern. Ich schäme mich über meinen armseligen Aufzug im Angesicht des Königs, doch ich schenke dieser Scham keine große Beachtung, denn ich weiß, sie zählt nicht. Was hier in diesem Zimmer geschieht, ist so unerwartet, so außerordentlich, dass ich weiß, ich muss mich ihm mit ganzer Seele widmen. Und wie zur Bekräftigung dieses Wissens sehe ich, als ich zur Tür blicke, plötzlich Will, der, umhüllt von seinem Dachs-Gewand, auf dem Boden kniet und die Hände zum Gebet gefaltet hat.

Der König beugt sich über das Bett. Margaret öffnet die Augen, sie flackern, als erkenne sie etwas, und schließen sich wieder. Die behandschuhten Hände senken sich, eine über die andere gelegt, sanft auf Margarets Stirn.

»Könige haben nicht die Macht zu heilen«, sagt König Charles, »aber Gott hat diese Macht, und wir können, vielleicht, wirken durch *ihn*. In Gottes Namen berühre ich dich, Margaret. Möge Gott dich heilen und genesen lassen.«

»Amen«, murmelt Will.

»Amen«, sage ich.

14 ◔

Der König beabsichtigte, nur eine einzige Nacht auf Bidnold zu verbringen, und war deshalb mit einem sehr kleinen Gefolge angereist, das aus zwei Kutschern, einem Offizier der königlichen Garde, zwei Kammerdienern und seinem Lieblingsspaniel Bunting bestand.

Er logierte mit der Spanielhündin Bunting in dem Raum, der früher das Ringelblumengemach hieß und in dem Celia einst gelegen und sich stets über meine vulgäre Ausstattung und meinen fehlenden Geschmack beklagt hatte. Doch der König bewundert dieses Zimmer, das inzwischen mit einem flammenden Sonnenuntergang aus Korallenrot und Violett ausgekleidet ist und einen herrlichen Blick auf den Park bietet, und als der König es wieder betrat, sagte er: »Ach ja. Hier habe ich Frieden. Ich werde eine Weile ruhen.«

Ich ließ Tabitha bei Margaret, rief sämtliche Dienstboten zusammen und wies sie an, bis zum Abend ein üppiges Festmahl zusammenzustellen, denn der König sollte, trotz der Kürze der Zeit, so großartig dinieren, wie es meinem Haus nur eben möglich war.

Auf Cattleburys Vorschlag von einer »köstlichen Wildpastete mit Marmelade« sagte ich: »Gern, wenn du möchtest, Cattlebury, aber bitte in Begleitung von Austern und Sardellen, einem Lammrücken mit Madeirasoße und einem Rinderlendenstück, gefolgt von einer Rum-Poshotte und gebackenen Äpfeln. Seine Majestät hat eine lange Reise hinter sich und wird einen Löwenhunger haben.«

»Einen Bärenhunger, hättet Ihr sagen sollen, Sir«, bemerkte Cattlebury. »Wenn Ihr mich fragt, diese Kreatur wird Rotwild verschlingen, noch bevor der Frühling ausbricht.«

»Vielen Dank, Cattlebury«, sagte ich. »Ich bin immer interessiert an Meinungen. Nun aber: Ich wünsche, dass der Speisesaal gründlich gereinigt wird; alle Möbel, alles Silber und Zinngerät ist zu polieren, das beste Leinenzeug aus den Truhen zu holen und zu bügeln, und die Tische sind damit zu decken. Niemand rastet oder ruht, bis nicht alles sauber ist und glänzt. Und ich wünsche, dass fünfzig Kerzen angezündet werden, bevor das Essen gereicht wird. Seine Majestät liebt das Licht ebenso wie ich.«

Dann nahm ich Will in der Speisekammer der Dienstboten beiseite und sagte vorsichtig: »Will, die Zeit ist gekommen, das Fell abzulegen. Heute Abend wirst du deine beste Livree anziehen, damit du den König bei Tisch bedienen kannst.«

Will hob einen Zipfel seines räudigen Fells hoch, betrachtete die Mottenlöcher, die ihn entstellten, und schüttelte traurig den Kopf. »Sir«, sagte er, »ich habe geschworen, ihn erst auszuziehen, wenn Miss Margaret wieder gesund ist. Was würde denn mein Versprechen taugen, wenn ich es jetzt bräche?«

Ich betrachtete ihn, wie er da, gebeugt und traurig, stand, fast so angegriffen von der Zeit wie das Dachsfell, und ich sah, dass der Tag gekommen war, an dem ich ihn von seinen Pflichten im Speisesaal entbinden musste, da er Teller und Gerichte nicht mehr würde sicher und aufrecht tragen können.

Und ich begriff, nicht ohne ein gewisses Maß an Scham, dass sein Beharren auf dem Fell mich womöglich vor einer Katastrophe wegrutschender Austern und fallen gelassener Saucieren bewahrt hatte, wenn nicht gar vor einem ganz und gar peinlichen Dinner-Chaos. Und so sagte ich: »Also gut, Will. Ein Schwur ist ein Schwur, und du bist ein ehrenhafter Mann. Behalt dein Fell nur an. Aber –«

»Ich weiß, Sir Robert, ich soll nicht bei Tisch erscheinen. Ich würde alles dafür geben, Seine Majestät wieder zu bedienen, doch ich werde nicht in Erscheinung treten.«

Nach einem hastig zusammengestellten Mittagsmahl lud der König mich zu einem Rundgang durch den Park ein.

Im hellen Sonnenlicht konnte ich sehr deutlich die Falten erkennen, die die Zeit in König Charles' Gesicht gegraben hatte, und ich sah auch, dass seine Haut – seit jeher von einem sehr schönen Karamellton – mittlerweile bleich und voller Leberflecken war. Ich wollte gegen diese Zeichen des Alters protestieren: gegen den Missklang, den sie in meinem Kopf erzeugten, der doch in kindlicher Weise geglaubt hatte, der König sei alterslos und unsterblich.

Zuerst führte ich ihn zu meiner Allee aus Hagebuchen. Er bewunderte sie und bekannte, er sei selbst entzückt von »Gärten im französischen Stil, in denen alles Geometrie und Ordnung« sei, worauf ich ihm erzählte (da ich von seinem beständigen Interesse an den Herzensangelegenheiten anderer Menschen wusste), dass ich mich in Paris in eine Frau »mit grenzenloser Wissbegier in Bezug auf Pflanzen« verliebt hätte.

»Oh«, sagte der König, »wie delikat, Merivel. Ich hätte dich nicht für einen Mann gehalten, der sich durch Botanik verführen lässt.«

»Ich auch nicht«, sagte ich, »doch es hat mich schon immer überrascht, wodurch ich mich in meinem Leben schon habe anrühren lassen. Trotz der großartigen Aufforderung Montaignes, die Menschen sollten ›sich selbst erkennen lernen‹, scheint es mir noch nicht gelungen zu sein, meine eigene Natur zu begreifen.«

»Sehr wahrscheinlich. Doch der Grund könnte auch sein, dass es dich immer noch danach verlangt, dich zu amüsieren und überraschen zu lassen. Habe ich nicht Recht?«

»Nun«, erwiderte ich, »es verlangt mich danach, *Euch* zu amüsieren und zu überraschen.«

»Ha! Wie aufmerksam von dir. Und meistenteils hast du Erfolg damit. Doch diese Geliebte da in Paris, verstehst du sie zu unterhalten?«

»Ich glaube doch, Sire. Aber ich bemühe mich, sie zu vergessen. Ihr Ehegatte ist ein Oberst der Schweizer Garde und hat gedroht, mich mit dem Schwert zu töten, sobald ich mich in seinem Hause zeige ...«

»Ach, wie kindisch! Mätressen sollten verheiratet sein, und Ehegatten sollten ihren Platz kennen – wie du ja hast lernen müssen, auf deine Kosten. Ob die Schweizer Garden der Ehre wohl zu viel Wert beimessen?«

Im Geiste sah ich Oberst Jacques-Adolphe de Flamanville vor mir, wie er mich, verächtlich schnaubend, beim Billard niedermachte, und ich erwiderte, die Wahrung seiner Würde scheine ihm tatsächlich sehr wichtig zu sein und ich hätte ihm den Spitznamen »die Giraffe« gegeben. Doch um seinen Gardesoldaten Gerechtigkeit widerfahren zu lassen, berichtete ich dem König (der England in letzter Zeit nur ungern verließ und folglich Versailles seit einiger Zeit nicht mehr gesehen hatte) auch vom stoischen Gleichmut der Schweizer Garden, die so regungslos im frostigen Mondlicht gestanden und so unendlich zart ihre Trommeln geschlagen hatten, dass die Töne beinahe aus der Erde selbst aufzusteigen schienen.

»Das gefällt mir«, sagte er. »Wenn die Starken ihre Stärke zurückhalten und feinsinnig werden ...«

Wir wandelten weiter und kamen schon bald zu der neu errichteten Einfriedung, in der der Bär unablässig im Kreis lief.

Der König blieb stehen, umfasste zwei Holzpfähle des Geheges und betrachtete den Bären höchst aufmerksam. Bunting begann zu bellen, und er nahm die Hündin hoch und wiegte sie in seinen Armen, bis sie ruhig war.

»Hat dieses Geschöpf auch einen Namen?«, fragte er nach einer Weile.

»Nein«, sagte ich. »Mir fällt kein angemessener ein.«

Der König lächelte und beobachtete weiterhin schweigend den Bären, der sich trollte und unter einem Ast einen eher unbehaglichen Ruheplatz fand. Dann sagte er: »Ich glaube, wir sollten ihn Clarendon nennen, nach meinem ehemaligen Hofmeister. Ausgestoßen und einsam, wie er ist. Er wird wohl schon bald sterben.«

Für einen Moment war ich schockiert. Ich wollte nichts davon hören, dass mein Bär »schon bald sterben« werde. Doch dann blickte ich zu der geplagten Kreatur und musste daran denken, wie der begüterte, aufgeblasene alte Earl und Chancellor Clarendon, der geglaubt hatte, sein Leben an der Seite des Königs verbringen, ihn führen und beraten zu können, am Ende *seine eigene Nützlichkeit überlebt hatte.*

Clarendon, der so hoch aufgestiegen war und ein so gewaltiges Vermögen erworben hatte, wurde nach Frankreich ins Exil geschickt und kehrte nie wieder zurück, um das große Haus zu bewohnen, das er sich hatte bauen lassen. Lady Castlemaine und andere am Hofe lachten und freuten sich, dass er in Ungnade gefallen war, sein Wappen war entehrt, und er wurde in Abwesenheit des Verrats bezichtigt (ein Prozess fand nie statt).

Der König, den Clarendons allgegenwärtige Aufdringlichkeit irgendwann in Zorn versetzt hatte, beteiligte sich anfangs an Hohn und Spott über einen Mann, der ihn sein Leben lang beraten hatte; doch in späteren Jahren, nach Clarendons Tod in Montpellier, verglich er ihn mit Shakespeares Falstaff und sich selbst mit Prince Hal. »Ich war grausam«, sagte er. »Clarendon starb an gebrochenem Herzen. Ich hätte ihn nicht so furchtbar strafen dürfen.«

Und nun bedrückte mich plötzlich der Gedanke, dass mein Bär, für dessen Retter ich mich gehalten hatte, hier auf Bidnold einer Art traurigen Exils ausgesetzt war. Ich erkannte, dass ich dem Geschöpf nicht einen einzigen Augenblick des Glücks zu schenken vermocht hatte. Ich hatte ihn vor dem schnellen Tod gerettet; das war alles.

»War es falsch, dass ich dem Bären das Leben rettete?«, fragte ich.

Der König drückte die Hündin an sich, vielleicht ebenso sehr zu ihrem Schutz wie zu seinem eigenen Trost, und fragte zurück: »Warum *wolltest* du ihn denn retten, Merivel?«

»Ich glaube, ich dachte wohl, es könnte vielleicht bedeutsam sein ...«

»Wofür?«

»Dafür, dass ich meine eigene Natur besser verstehe.«

Der König drehte sich um und blickte mich an. Es war ein Blick unverhohlener Verachtung, ein Blick, den ich aus lang vergangenen Zeiten kannte und der mich heftig schmerzte, denn ich las in ihm immer wieder aufs Neue meine eigene ewige Unzulänglichkeit.

»Wie ich sehe, hast du die Gewohnheit, alle Dinge immer nur auf dich zu beziehen, nicht verloren«, sagte er abfällig.

Wir kehrten ins Haus zurück und stiegen zu Margarets Zimmer hinauf. Sie schlief.

Wir standen da und beobachteten sie. Ihr Schlaf wirkte ruhig, und Tabitha berichtete uns, sie habe etwas von der Milch-Poshotte zu sich genommen, bevor sie wieder ihre Augen schloss. Ihr bandagierter dünner Arm lag wie in einer Geste der Hingabe still auf ihrem Kissen. Beide rührte uns dieser hingestreckte Arm; danach zog sich der König, nun in düsterer Stimmung, erneut zur Ruhe zurück, und ich stieg in die Küche hinab, wo Cattlebury gerade zwei Stockenten die Köpfe abhackte.

»Enten habe ich nicht bestellt«, sagte ich.

»Nein, Sir Robert«, erwiderte dreist der Koch, »doch sie spazierten einfach in meine Speisekammer, und ich sage zu ihnen: ›Ihr seid erledigt, Burschen!‹ Und sie quaken zurück: ›Wird der König uns essen?‹ Und ich, ein Mann von Geist – wie Ihr, Sir Robert, so hoffe ich doch, in all den Jahren bemerkt haben werdet –, ich sage zu ihnen: ›Der König isst alles in diesem Land, wieso solltet ihr da verschont bleiben?‹«

»Was meinst du mit ›der König isst alles in diesem Land‹?«

»Nur, was ich sage, Sir. Wenn eine Hungersnot kommt,

wird der König da hungern? Nein. Er wird den Menschen das Wenige nehmen, das sie haben, um es in sein eigenes Maul zu stopfen.«

»Schweig still, Cattlebury!«, rief ich. »Ich will unter diesem Dach kein aufrührerisches Gerede hören.«

Cattlebury ließ die Enten liegen und kam, das Fleischerbeil schwingend, auf mich zu. Als ich zurückwich, sagte er: »Er wird auch Euer Ruin sein, Sir Robert. Mr Pearce hat es schon immer gesagt: Der König wird Euer Ruin sein.«

Ich ging hinaus in den Garten und sammelte einige Nieswurzblätter. Ich hatte erwartet, Frost und Schnee hätten die Pflanzen so beschädigt, dass sie jetzt braun und verdorrt seien, doch das waren sie nicht.

Ich kochte einen Sud aus Nieswurz und Honig – ein weiteres Rezept von Pearce zur sanften Behandlung von Geisteskrankheiten, das in Whittlesea mit einigem Erfolg angewandt worden war. Ich brachte ihn hinauf in Margarets Zimmer, wo Tabitha wieder Krankenwache hielt. Ich entschuldigte mich bei dem Mädchen, das ich vorher angeschrien hatte, und sagte, sie solle gehen und sich ausruhen.

Margaret hatte sich in ihrem Schlaf nicht ein bisschen bewegt. Als wäre sie, nachdem der König an ihrem Bett erschienen war, in eine Art sanften Vergessens gesunken, ähnlich dem, das ihre Mutter einst befallen hatte, und ich betete, sie möge aus dem Vergessen nicht in den Tod hinübergleiten.

Ich versuchte, mich in Gedanken an jenen Moment in dem Drama von King Lear zu klammern, wo der arme wahnsinnige Monarch *durch den Schlaf* von seiner Verwirrung geheilt wird. Als er erwacht, steht seine Tochter Cordelia an seinem Bett, und nach einer Weile erkennt er sie, die er grausam lange nicht gesehen hat, und ruft: »Lacht nicht über mich, denn so gewiss ich lebe, die Dame halt ich für mein Kind Cordelia.« Und sie antwortet: »Das bin ich auch! Ich bin's!« Und bei dieser letzten Wiederholung der Worte »Ich bin's« – wenn sie denn vom Schauspieler schön deklamiert werden – kann ich meine Tränen nie zurückhalten, denn am allermeisten ergreift es mich, wenn ich sehe, wie etwas, das verloren war, zurückgegeben wird.

Ich weckte Margaret sanft, und sie öffnete die Augen und schaute mich an. Ich half ihr, sich ein wenig aufzurichten.

»Margaret«, sagte ich. »Der König ist nach Bidnold gekommen. Er hat seine Hände auf deinen Kopf gelegt und Gott gebeten, er möge dich gesund machen. Also wirst du jetzt gesund.«

Sie sagte nichts, sondern schaute mich nur mit jenem Mitgefühl an, das Kranke häufig denen entgegenbringen, die sie pflegen. Ich streichelte ihre Hand.

»Ich habe dir einen Sud zubereitet, der deine Sinne beruhigt. Willst du versuchen, ein wenig davon zu trinken?«

Ich hielt den Becher an ihre Lippen, und sie nahm wie ein Kind einige kleine Schlucke. Ihre Haut war blass, jedoch vom Schlaf leicht rosig überhaucht, und ihre Hand war warm und trocken.

Ich erzählte ihr, dass der König seine Ankunft nicht angekündigt hatte, sondern wie Zeus in seinem Wagen beim Tor vorgefahren war, und dass Will holpernd und stolpernd derart hastig zur Haustür geeilt war, dass sein Herz beinahe stehen geblieben wäre, noch ehe er vor dem König erscheinen konnte.

»Doch er erschien tatsächlich, Margaret«, sagte ich, »und zu Wills großer Freude richtete Seine Majestät, als er sich zu verbeugen suchte, ihn auf und sagte: ›Gates! Unser hervorragender Mann! Wie freut es Uns, dich zu sehen!‹ Und Wills Herz blieb vor Erstaunen beinahe ein zweites Mal stehen. Stell dir doch nur diese Szene vor ...«

Aufmerksam prüfte ich ihr Gesicht, um zu sehen, ob sie meinen kleinen Bericht verstanden hatte. Einen Moment lang verzog sie keine Miene, doch dann hob der Anflug eines Lächelns ihre Mundwinkel.

»Ich bin froh«, sagte sie.

Mit meiner Hilfe trank sie den halben Becher Nieswurztee, sank dann wieder auf ihr Kissen und wollte nichts mehr davon. Erneut schloss sie die Augen. Ich blieb regungslos sitzen und fragte mich, ob ich auch nur im Entferntesten daran glaubte, dass ein König seine Untertanen von ernsthaften Krankheiten heilen kann, und ich wusste, dass ich es, in Wahrheit, nicht tat.

Doch die Vorstellung, dass der Besuch des Königs in meinem Haus gänzlich ohne wohltuende Folgen war, gefiel mir auch nicht. Wenn Pearce hier gewesen wäre, hätte er sicherlich gesagt: »Einmal mehr, Merivel, betrittst du das Reich der Täuschungen. Ärzte mögen eine Heilung unterstützen können, aber Könige vermögen das nicht. Nur Gott heilt.« Worauf ich geantwortet hätte: »Das weiß ich, mein Freund. Ich glaube sogar, dass auch der König es weiß. Und dennoch übersiehst du vielleicht etwas Entscheidendes: die Macht des Geistes, solche Täuschungen zu nähren, die ihn erhalten.«

In Anbetracht von Cattleburys Unzuverlässigkeit und Wills Unfähigkeit, ihn zu überwachen, war das Nachtmahl, das im Speisesaal aufgetragen wurde, alles andere als schlecht.

Die Kerzen waren angezündet. Alles glänzte hübsch und sauber. Der König saß am Tisch, hatte Bunting auf dem Schoß und fütterte sie mit Stückchen von der gebratenen Ente und der etwas zu lang gegarten Rinderlende. Cattleburys Wildpastete war mit einer Teigkrone geschmückt, die mit exzellenter Marmelade gefüllt und mit Korinthen bestückt war, die aussahen wie Juwelen – ein höflicher kleiner Akt der Reue, wie ich inbrünstig hoffte, nach seinem Ausbruch antimonarchistischer Gefühle.

Eine ganze Weile sprach der König zu meiner Beunruhigung mit seiner Hündin und nicht mit mir, aber ich wusste, dass ich ihn besser nicht unterbrach. Es schien, als gehe etwas Wichtiges in seinem Kopf herum, und ich irrte mich nicht. Endlich – die Pastete war schon angeschnitten – hob er den Blick und sagte zu mir: »Ich habe dir noch nicht erzählt, wie müde ich bin, Merivel. Nicht müde von meiner Reise nach Norfolk, die ich, nachdem wir den sehr von Armut geprägten inneren Bereich Londons verlassen hatten, sehr genossen habe, sondern müde und überdrüssig meiner staatlichen Geschäfte.«

»Das kann ich mir vorstellen, Sire«, sagte ich.

»Die bloße Vorstellung all der zu erledigenden Aufgaben – nicht gezahlte Löhne an die Matrosen, Geld, das wir für tausend andere Dinge schulden, Petitionen von allerlei Gesellschaften oder Zünften – macht mich krank. Es gibt Tage, an denen ich nach meinem kleinen morgendlichen Spaziergang im Park zu nichts anderem fähig bin, als mich in Fubbsys Gemächer zu begeben, mich vor den Kamin zu legen und mir den Kopf von ihr kraulen zu lassen, so schrecklich quält er mich.«

»Krankheiten des Kopfes sind schwer zu ertragen. Das weiß ich wohl.«

»Ich wünschte beinahe – und solch einen Gedanken hatte ich noch nie in meinem Leben –, ein anderer wäre König.«

»Das würde nicht gehen, Sire. Ich wüsste keinen, der die Statur dafür hätte.«

Der König lächelte und nahm einen Schluck Wein.

»Es gibt so wenige, so *überaus wenige* am Hof, die noch zu meiner Unterhaltung beitragen, Merivel. Überall nur Ernst und Vorwürfe. Man will sogar, dass ich Krieg gegen Frankreich führe! Im Verbund mit den Holländern und ihrem Konkurrenzwahn um die Handelsmonopole. Aber warum sollte ich das, wenn das einzige Geld, das ich mein Eigen nennen kann, als Darlehen von König Louis kommt?«

»Krieg ist eine schreckliche Geißel …«

»Wohl wahr. Ich werde nicht in den Krieg ziehen – nicht gegen Frankreich und auch sonst gegen niemanden. Wonach ich mich sehne, ist Frieden.«

In diesem Moment begann Bunting, die sich vernachlässigt fühlte, um ein Stückchen Pastete zu betteln. Während sie damit versorgt wurde, sagte ich: »Majestät, Ihr wisst, dass Ihr herzlich eingeladen seid, so lange auf Bidnold zu bleiben, wie Ihr mögt ...«

Der König streichelte die Hündin und sah mich an. »Darauf wollte ich noch kommen«, sagte er. »Dieser Ort hier wirkt stets sehr beruhigend auf mich. Eigentlich hatte ich morgen nach London zurückkehren wollen, aber ich habe das Gefühl, dass ich es einfach nicht kann. Ich brauche Schlaf und frische Luft. Ich werde auf Bidnold bleiben.«

Ich verbeugte mich und sagte, ich fühlte mich geehrt, was ich auch war. Doch kaum wurde mir bewusst, was die Äußerung des Königs eigentlich bedeutete, bereitete sie mir auch schon einiges Unbehagen. Denn wenn ich an Wills Altersschwäche, an Margarets tödliche Krankheit und an die fehlenden Vorräte nach dem großen Schnee dachte, gar nicht zu reden von Cattleburys aufrührerischen Bemerkungen, dann schien mir Bidnold nicht in der Lage, einen längeren Aufenthalt des Königs durchzustehen.

Und ich selbst war ebenfalls müde und erschöpft. Es würde mir schwerfallen, dem Monarchen meine ganze Aufmerksamkeit zu schenken, wenn all meine Gedanken doch Margaret galten. Und in regelmäßigen Abständen meldete sich auch mein schlechtes Gewissen, da ich meine Patienten derart vernachlässigt hatte. In letzter Zeit hatte ich mich damit entschuldigt, dass ich mich besser von ihnen fernhalten sollte, da ich möglicherweise ein Überträger von Typhus war. Doch in Wahrheit hatte ich während meines Aufenthalts in Frankreich und in dem langen, schrecklichen kalten Winter praktisch nie an sie gedacht, in der unbekümmerten Annahme, der alte Dr. Murdoch (dieser Quacksalber!) und Dr. Sims würden sicher ihr Bestes tun und hätten meinen Patienten auch von meiner großen Not hinsichtlich der Krankheit meiner Tochter berichtet.

Ich hatte jedoch gehofft, dieses Versäumnis sehr bald wiedergutzumachen, indem ich jeden einzelnen von ihnen besuchen würde, und nun erkannte ich, dass ich, mehr denn je, ein Gefangener meines Hauses war und mich ausschließlich Margaret und dem König würde widmen müssen. Gewöhnlich reiste der König mit einem größeren Hofstaat an, der ihn versorgte und unterhielt, so dass ich den stillen Gastgeber spielen konnte und nur, je nach Verlangen oder Bedarf, hin und wieder mit Späßen und Narreteien aufzuwarten brauchte. Aber nun war er hier auf Bidnold, mit nur zwei Kammerdienern und einer verwöhnten Hündin als Gesellschaft. Voller Sorge begann ich mich zu fragen, wie wir die folgenden Tage überstehen sollten.

Beim Verlassen des Speisesaals blieb der König an der Tür stehen, drehte sich um und blickte zurück auf den Tisch und die fünfzig Kerzen, die da brannten und tropften. »Wo ist Gates?«, fragte er. »War er es nicht, der stets getreulich das Nachtmahl auftrug?«

»Ja, Sire«, antwortete ich, »doch seine Hände sind ein wenig unsicher geworden ...«

Der König nickte ernst. »Ach ja«, sagte er. »Ich glaube, das erwähntest du in London. Aber es missfällt mir außerordentlich, wenn Dinge, die ich zu schätzen gelernt habe, zu Ende gehen.«

15 ✆

Der Frühling kam.

Während er jeden Baum und jede Hecke mit seinem grünen Kleid umhüllte, entdeckte ich von Tag zu Tag immer neue Zeichen der Besserung in Margarets Zustand. Sie begann, kleine, appetitliche Gerichte zu essen, um die ich Cattlebury gebeten hatte: Milchpudding, Rührei, mit Sahne überbackenen Sellerie. Ihre Wangen bekamen wieder Farbe. Ich sorgte dafür, dass ihre Haare gewaschen und, so wie sie es mochte, in Locken gelegt wurden.

Manchmal half ich ihr aus dem Bett, und wir setzten uns an einen kleinen Tisch vor dem Fenster des Zimmers, in dem sie so lange gelegen hatte, und spielten einige Partien Rommé, und dabei merkte ich, dass ihr Verstand klar und scharf war. Demselben herzlosen Gott, der meine unschuldigen Eltern in einem Feuer hatte umkommen lassen, sprach ich meinen Dank aus.

Ich holte meine angelaufene Oboe aus ihrem Kasten, polierte sie, führte meine Tochter zu ihr und zur Freude des Königs hinunter ins Musikzimmer und spielte für die beiden einige der alten, halb vergessenen Melodien, mit denen ich die Verrückten in Whittlesea unterhalten hatte. Bei einem dieser kleinen Konzerte stand der König auf, nahm Margaret bei der Hand und führte einen kurzen, aber würdevollen Tanz mit ihr auf, anschließend klatschten wir drei begeistert, als ob wir einem fabelhaften neuen Drama im herzoglichen Schauspielhaus beigewohnt hätten.

Ich schickte Sir James Prideaux eine Nachricht von Margarets Genesung und lud seine Familie zu einem Abendessen ein, und als die Frauen hörten, dass der König bei mir sei und an der Geselligkeit teilnehmen werde, verlangten sie allesamt – so schrieb mir Sir James – nach neuen Kleidern, neuen Bändern und neuen Schuhen. »Eure Soiree«, fuhr er fort, »wird mein Ruin sein, aber selbstverständlich schert mich das keinen Deut, so groß ist unser aller Freude, den König zu sehen und zu wissen, dass Margaret wieder mit uns in der Welt ist.«

Sie kamen, und das Haus hallte wider von Geplauder und Gelächter. Nacheinander umarmten sie Margaret, und Mary weinte vor Freude darüber, dass ihre Freundin wiederhergestellt war, so heftig, dass Arabella ihren Fächer vor das Gesicht halten musste, um ihre eigenen Tränen zu verbergen.

Für den König bedeutete die Ankunft der Familie gleich ein großes Vergnügen. Obwohl er mir gegenüber betont hatte, wie »gesetzt und behaglich« sein Umgang mit Fubbsy sei, merkte ich sofort, dass die vier schönen jungen Frauen in meinem Haus in seinen Augen das alte Feuer aufleuchten ließen.

Penelope, die Jüngste, war erst fünfzehn, doch er erwies ihr ebenso wie Mary, Jane und Virginia auf liebenswürdigste Weise seine Aufmerksamkeit und erklärte ihr mit Nachdruck, wie wichtig Tanz- und Geografiestunden seien. »Anmut *in der* Welt, Penelope, und Wissen *über die* Welt«, sagte er. »Mein Vater lehrte mich, diese Dinge zu schätzen, bevor ihm sehr unfreundlich der Kopf abgeschlagen wurde. Deshalb musst du sie, in seinem Namen, ebenfalls achten.« Die ganze Gesellschaft verstummte darauf, und wir wussten nicht, wohin wir schauen sollten, und es war nur gut, dass Will (der endlich sein Dachsfell abgelegt hatte und nun eine rot-goldene Livree trug, die zu groß für seine alten Knochen war) in diesem Augenblick den Raum betrat, um mir mitzuteilen, dass das Netz für das Federballspiel, nach dem ich verlangt hatte, in der Halle aufgespannt war.

Wir traten in wechselnden Besetzungen gegeneinander an, und wer immer in der Mannschaft des Königs spielte, ge-

wann, denn die Wendigkeit Seiner Majestät hatte sich kaum
vermindert, seit wir damals miteinander Tennis spielten, seine Schläge waren immer noch sehr hart und heftig. Aber
eigentlich kümmerte es niemanden, wer gewann und wer
verlor. Wir waren einfach sehr fröhlich und ausgelassen, wie
wir da mit den Schlägern umhersprangen und den Federball jagten, und obgleich wir außer Atem gerieten und Durst
bekamen und ich jemanden um Bier und Limonade in die
Küche schicken musste, mochten wir nicht aufhören.

Um Mitternacht spielten wir immer noch. Die einzigen
Zuschauerinnen waren Arabella und Margaret – Letztere
war noch nicht kräftig genug, um zu rennen und zu schwitzen, und durfte keinen Fieberanfall riskieren. Aber auch diese beiden wurden angesteckt vom Lachen der Spieler und
saßen neben den flackernden Kerzen, nippten Limonade und
spornten die Mannschaften an. Und ich dachte, dass es auf
Bidnold seit sehr langer Zeit keinen so wunderbaren Abend
mehr gegeben hatte, und mir schien, als sei all meine Melancholie aus meinem Herzen vertrieben, mit einem Federball in
irgendeine weit entfernte Leere geschickt worden.

Wie von ihm angekündigt, verbrachte der König viele Stunden mit einsamen Parkspaziergängen in der Morgensonne
und ebenso viele mit stillen Ruhezeiten im Ringelblumen-
zimmer. »Hier habe ich Frieden«, sagte er wiederholte Male
zu mir, »an diesem Ort habe ich Frieden.«

Briefe folgten ihm nach, immer mehr im Laufe der Tage,
doch er öffnete sie nicht. Er sagte, allein das Wort »Parlament« bringe ihn einer Ohnmacht nahe, »als wäre ich wieder ein Jüngling und im Exil«, und ich musste ihm versprechen, niemandem davon zu erzählen.

Die Abende verbrachte er mit mir und anderer Gesellschaft, die ich ihm zu seiner Erheiterung verschaffen konnte,
darunter auch Lady Bathurst, meine frühere Geliebte Violet,
inzwischen verwitwet und recht gealtert, aber immer noch

schön auf eine etwas verwitterte Art und geistreich und scharfzüngig wie eh und je.

Und eines Abends, als wir eine große Menge Wein getrunken hatten, nahm der König sie mit in sein Bett, und als ich mich etwas später zurückzog, hörte ich (und zweifellos auch Margaret ebenso wie alle Dienstboten auf Bidnold) das vertraute Schreien und Kreischen von Violet Bathurst, die sich von keinem Mann berühren lassen konnte, ohne einen kaum zu zügelnden Tumult zu veranstalten.

Zum Frühstück am folgenden Morgen erschien der König nicht. Violet, sehr blass und mit einem zarten Bluterguss am Hals, trank dünnen Zimttee und bemerkte, an mich gewandt: »Ich habe dir nicht gesagt, Merivel, dass ich sterben werde.«

»Nun«, entgegnete ich, »wir alle sterben, Violet ...«

»Aber ich sterbe früher als du. Es gibt einen Krebs in meiner Brust.«

Ich aß gerade Hafergrütze. Ich blickte auf den grauen klumpigen Brei und spürte, wie mir das Essen hochkam. Bevor ich etwas sagen konnte, erklärte Violet: »Nun, da mich der König durchgevögelt hat, kann ich glücklich sterben. Ist es nicht so?«

Sie lächelte ihr vertrautes herausforderndes Lächeln, das mich einst aufs Angenehmste verzaubern konnte, gegen das ich inzwischen jedoch fast gänzlich gefeit war.

»Woher willst du wissen, dass das, was du hast, ein Krebsgeschwür ist?«, fragte ich.

»Nun, es ist ein großes *Ding* neben meiner Achsel, das da nicht sein sollte. Was sonst könnte es sein? Aber ich habe nicht zugelassen, dass die Hände des Königs es entdeckten, und ich glaube, er hatte viel Vergnügen an mir, so wie einst auch du.«

»Daran zweifele ich nicht.«

»Aber er wird wohl nicht wieder zu mir kommen ...«

»Warum nicht?«

»Ich glaube, ich habe ihn erschöpft!«

In diesem Augenblick betrat Margaret den Speisesaal, weshalb Violet und ich unser Gespräch über solcherlei Dinge beendeten. Margaret sagte »guten Morgen« zu Violet, blickte sie dabei aber nicht an, weil es ihr, wie ich glaube, unangenehm war, dass sie die nächtliche Raserei gehört hatte, und weil sie nicht wusste, ob diese Geschichte zu großen Veränderungen im Haus führen würde. Als Violet ihre Abreise bekannt gab, schien meine Tochter deshalb erleichtert.

Ich begleitete Violet zur Tür. Als sie aus dem Haus trat, sagte ich zu ihr: »Ich werde morgen nach Bathurst Hall kommen und deine Brust untersuchen. Vielleicht hast du nur eine Zyste, die ich austrocknen kann.«

Sie strich mir mit der Hand über die Lippen. »Vielen Dank, Merivel«, sagte sie, »auch dafür, dass du mir den König geschenkt hast. Was durfte ich doch für Freuden unter diesem Dach erleben!«

Dann fuhr sie in ihrer Kutsche davon, und ich kehrte zu meiner Hafergrütze, die inzwischen kalt war, und zu Margaret zurück, die sehr still und verhalten war.

»Ich habe einen Entschluss getroffen«, sagte ich. »Morgen werde ich – in Maßen, für ein, zwei Stunden vielleicht – die Besuche bei meinen Patienten wieder aufnehmen. Wirst du den König unterhalten, falls es ihn nach irgendwelcher Unterhaltung verlangt, während ich fort bin?«

»Ja«, sagte Margaret. »Soll ich ihn lehren, Rommé zu spielen?«

Meine bedauernswerten Patienten …

Lange Zeit waren sie Dr. Murdoch ausgeliefert gewesen, den ich seit den Tagen meiner Ausschweifungen kenne. Jetzt ist er alt, und aus Nase und Ohren sprießen ihm Haare wie die Schnurrhaare von Ratten, und ich bedauere die Kranken, die im Bett liegen und angewidert diese Schnurrhaare betrachten und dabei noch fürchten müssen, gekratzt oder gepiekst zu werden, wenn Dr. Murdoch sich über sie beugt.

Auch Murdoch arbeitete einst, wie Pearce und ich, am St. Thomas-Spital in London, doch er blieb dort nicht lange und ist, meiner Einschätzung nach, nie ein *wirklich guter* Arzt gewesen, sondern in einem Nebel von Halbwissen durch sein Leben gestolpert und hat nach Willkür diese oder jene Arznei ausgeteilt.

Er neigt auch dazu, die Patienten miteinander zu verwechseln. Da war etwa jener Mann, der ein große Menge Blut verlor, als er beim Mähen über seine eigenen Füße stolperte und in seine Sense fiel; und was tat Murdoch? Er zapfte ihm *noch mehr* Blut ab, weil er ihn für einen Patienten mit cholerischen Anfällen hielt – und das nur, weil beide Männer groß und kahl waren. Und so starb der Mann mit der Sense, nachdem kaum noch Blut in seinem Körper war, und seine arme Frau sagte zu mir: »Der Doktor war's, der hat ihn umgebracht, das steht mal fest.« Doch sie besitzt weder Geld noch Ansehen in der Welt, und deshalb kann sie ihn auch nicht verklagen.

Weil Murdoch seine Patienten bis ins Grab und noch darüber hinaus mit Zahlungsforderungen verfolgt, ist er, trotz seiner bescheidenen Fähigkeiten, sehr reich geworden. Er hat sich ein hübsches Haus in Walsham bauen lassen und tritt auf, als wäre er ein Lord, verlangt von allen und jedem entsprechende Ehrerbietung und hegt eine außerordentliche Abneigung gegen mich, weil ich ein Intimus des Königs bin und Murdoch voller Neid und Eifersucht ist.

Seit einiger Zeit wird Murdoch von Dr. Sims, einem jüngeren Arzt, unterstützt, der auch zu Margaret gerufen wurde, als sie in Sir James' Haus erkrankte. Weder er noch Murdoch erkannten, dass sie an Typhus litt, woraus ich schließe, dass dieser Sims ebenfalls ein unverständiger Narr und kaum besser als der alte Rattenmann ist. Und ich muss daran denken, wie oft Pearce zu mir sagte, die Hälfte der Ärzte Englands seien Schwachköpfe, was eine große Tragödie für die Menschen sei.

»Zählst du mich auch zur Kategorie der Schwachköpfe?«, fragte ich.

»Nein«, antwortete Pearce. »Im Gegenteil. Du bist ein sehr guter Arzt – wenn du mit deinen Gedanken dabei bist.«

Diese Dinge gingen mir durch den Kopf, als ich aufbrach, und ein Gefühl der Schuld lastete auf meinem Herzen, weil ich so viele Kranke und Bedürftige den langen bitteren Winter hindurch im Stich gelassen hatte. Hoffentlich hatte sich die Nachricht von Margarets Krankheit verbreitet, und sie hatten mir vergeben.

Der erste Patient, den ich besuchte, war ein Wollhändler namens Mr. Percival Maybury, dessen einzige große Bedrängnis – die, wie er sagte, sein ganzes Leben zerstörte – seine anhaltende Verstopfung war. Und weil er tagein, tagaus nur damit beschäftigt war, einen guten Stuhlgang zu produzieren, der die Schmerzen in seinen Eingeweiden linderte, vernachlässigt er seinen Wollhandel, was ihn an den Rand des Ruins brachte.

Er war sehr dünn geworden. Er sagte mir, Dr. Murdoch habe Klistiere aus bitteren Mandeln verschrieben, doch die hätten »einen schwarzen und brennenden Stuhl produziert« und ihm große Schmerzen bereitet, wenn er aus ihm herauskam. Und deshalb hatte er sich jetzt das Essen beinahe ganz verboten, so sehr fürchtete er, die Speisen würden in seinen Gedärmen steckenbleiben.

»Das wird nicht helfen, Mr. Maybury«, sagte ich. »Wir müssen ein anderes Mittel finden.«

In der Vergangenheit hatte ich es bei ihm mit Terpentinklistieren versucht, und für eine Weile brachten sie ihm »große Erleichterung«, doch dann hatten sie, ich weiß nicht warum, plötzlich keinerlei Wirkung mehr. Nun berichtete ich ihm, ich hätte von einer exzellenten Vorrichtung zum Ausspülen unreiner Stoffe gehört. Sie nenne sich Enema-Pumpe und bestehe aus einer Schafsblase an einem sorgfältig zusammengenähten Lederschlauch. Die Blase werde mit Salzwasser gefüllt, und das Wasser durch den Schlauch mit Druck auf die Blase in den Anus gepumpt, und dabei steige es in den Dickdarm; und wenn das Gerät nach einiger Zeit wieder herausgleite, nun, dann folge der gesamte Stuhl hinterher, und das vollkommen ohne Anstrengung und Schmerzen.

Percival Maybury machte ein sehr hoffnungsfrohes Gesicht und fragte, wie er wohl an ein solches Gerät käme. Ich sagte, ich würde meinen Apotheker in Norwich bitten, ihm eines zu beschaffen.

Unterdessen solle er Haferbrei und Erbsen essen, riet ich ihm, denn diese Kost habe, wie ich sehr sicher wisse, eine ausgesprochen lösende Wirkung auf den Darm. Und ich erzählte dem armen Wollhändler ein wenig von der Atmosphäre während meiner Zeit in Versailles – wie ich mit Hollers in dem schäbigen Zimmer gehaust und Wasser aus den Brunnen im Garten getrunken hatte –, und darüber musste er gewaltig lachen, und das wiederum freute mich, weil ich weiß, im Lachen steckt Vergebung.

Danach begab ich mich zu einem asthmatischen Patienten. Mr. Joshua Phipps war einst Geldverleiher und Pfandleiher gewesen, musste sich nun aber von den Städten fernhalten, weil er die verpestete Luft fürchtete, die, wie er sagte, seinem Atem nicht guttue. Doch Geldverleiher können nur gedeihen, wenn sie sichtbar sind und die Leute ihr Schild sehen, zu ihnen gehen und um Darlehen bitten oder ihre ärmlichen Habseligkeiten gegen Münzen eintauschen können. Und so haderte Phipps ebenso wie Maybury mit beidem, seinem körperlichen Zustand und seinem erfolglosen Gewerbe.

»Ich kämpfe einen Kampf mit der Angst, Doktor Merivel«, erklärte er mir. »Mein Asthma kann ich nicht besiegen, aber ich versuche, meine *Angst* davor zu besiegen, indem ich ausprobiere, wie lange ich es ohne Atmen aushalte, bis ich meinen Pfefferminzbalsam inhaliere und wieder Luft in die

Lunge bekomme. Aufgrund fleißigen Übens kann ich es jetzt *zwei Minuten* aushalten.«

»Zwei ist heroisch«, sagte ich. »Ich könnte es sicherlich nicht *eine* Minute aushalten.«

»Angst verkrampft«, sagte er. »Die Angst beginnt im Hals. Vielleicht kann ich, wenn ich meinen Schrecken verscheuche, auch die Krankheit verscheuchen.«

Ich erklärte, das sei ein bewunderungswürdiges Bestreben, erzählte ihm dann aber von meiner Seereise nach Frankreich, wie glücklich mich da die salzige Luft gemacht habe und wie gereinigt ich mich danach von giftigen Säften fühlte.

»Warum besteigt Ihr nicht«, sagte ich, »wenn der Sommer kommt, ein Schiff in Harwich oder Felixstowe und bleibt an Deck und füllt Eure Lunge mit dem Westwind?«

Er sah mich ernst an. »Ich habe nie eine Vorliebe für das Meer gehabt«, sagte er. »Ich ziehe die Gesellschaft trockener Dinge vor: Kaufbriefe und Zahlungsanweisungen und hübsch ausgefüllte Quittungen.«

Dann ritt ich nach Bathurst Hall.

Dieses Haus ist sehr groß und war einst der Schauplatz einer wüsten Festivität – ein schwarzer Hengst wurde da in den Speisesaal geführt und schiss überall hin, und all die Gecken waren verrückt vor Gelächter und Begierde, und der alte Lord Bathurst rollte höchstselbst auf dem Boden umher und kreischte irgendwelchen geistlosen Unsinn, und Violet tanzte Pirouetten auf dem Tisch, und dann sangen alle und kopulierten in den Ecken oder kotzten und schliefen mitten in dem Durcheinander ein, und die armen Dienstboten hasteten hin und her, um irgendwie Ordnung zu schaffen.

Wenn ich an diese Zeit denke, merke ich, wie mir die Röte in die Wangen schießt, insbesondere über die andauernden schamlosen Kopulationen, mit denen Violet und ich uns in den verschiedensten Winkeln des Hauses vergnügten – sogar auf der Treppe, wenn wir, wie die Hunde auf allen vieren kriechend, auf dem Weg ins Bett waren. Ich kenne keine andere Frau, die so in tiefster Seele lüstern war wie Violet Bathurst, und sie brachte auch mich zu den verwegensten Zügellosigkeiten. Hätte Pearce auch nur die *Hälfte* von dem gesehen, was ich mit ihr anstellte, wäre sein Herz gewiss schon sehr viel früher stehen geblieben.

Nun wurde ich einmal mehr in ihr Schlafzimmer geführt, einen Raum, den ich gut kannte, der aber plötzlich sehr dunkel geworden zu sein schien; schwere Vorhänge waren vor die Fenster gezogen, und es stank nach dem Öl der Lampen, die an Violets Bett flackerten.

Dort lag sie nun, das graue Haar zu einem dicken Zopf geflochten, das Gesicht blass, aber mit zwei Rougetupfern auf den Wangenknochen, und streichelte eine graue Katze. Und als ich sie so daliegen sah, befiel mich eine entsetzliche Traurigkeit über die Vergänglichkeit der Zeit, die ihr die Schönheit und mir das Verlangen genommen und uns nur noch als bloße Hülsen dessen zurückgelassen hatten, was wir einmal gewesen waren.

Ich versuchte, eine freundliche Miene zu machen. Und ich war froh, dass sie, sollte sie tatsächlich im Sterben liegen, zumindest eine Nacht mit dem größten Liebhaber des Landes verbracht hatte. Und als sie mich sah, fühlte sie sich bemüßigt, mir sofort zu erzählen, wie schön diese Nacht gewesen sei und wie der Mund des Königs immer noch »sehr wollüstig war und mir eine Lust so tief wie der Ozean schenkte, Merivel, tiefer als jede Lust, die du mir jemals schenktest, so dass ich nahezu das Bewusstsein verlor«, und wie die Rute Seiner Majestät »so groß und seidig war, wie eine Frau es nur erträumen kann«.

»Schön«, sagte ich matt. »Ich bin sehr froh, Violet …«

»Möchtest du denn nicht mehr hören, Merivel?«

»Gibt es denn noch mehr?«

»Aber ja, denn er ist ein Liebhaber erstaunlicher neuer Positionen. Möchtest du von ihnen hören?«

»Nein«, sagte ich. »Ich bin nicht in der Stimmung dafür. Und ich muss bald wieder nach Bidnold zurück. Ich habe den König in Margarets Obhut gelassen.«

»Oh«, sagte Violet. »Das ist nicht sehr klug. Er wird sicherlich mit ihr anbändeln, und nicht nur das.«

»*Was* sagst du da?«

»Nun ja, ich habe nur festgestellt, was dir doch klar sein müsste. Margaret ist inzwischen eine sehr hübsche junge Frau. Wieso sollte der König da nicht versuchen –«

»Pscht, Violet!«, rief ich. »Sag nicht so etwas Schreckliches. Der König ist mein Freund und wird nicht über meine Tochter herfallen, während ich meine Patienten besuche.«

»Woher willst du das wissen?«, konterte Violet. »Mir war schon fünf Minuten nach meiner Ankunft in deinem Haus klar, dass er mich in sein Bett haben wollte. Er ist einfach ein Lüstling, und ich versichere dich, er wird sich an Margaret verlustieren!«

»Halt, stopp!«, sagte ich und hielt Violet den Mund zu. »Oder ich gehe. Möchtest du mir jetzt deinen infernalischen Knoten zeigen oder nicht?«

Sie zeigte sich jetzt sehr zerknirscht, küsste mir die Hand und streichelte sie mit ihren Lippen. Dann sank sie in die Kissen zurück, nahm die Katze zum Trost in die Arme und blickte mir mit der allerkläglichsten Miene in die Augen.

Ich wartete einen Augenblick, bis die Erregung in meiner Brust sich gelegt hatte. Dann hob ich sacht Violets Arm, griff nach einer der Lampen, hielt sie nahe an den Arm und sah in dem gelben Licht das »Ding«, welches sie mir beschrieben hatte, dort, wo ihre linke Brust in die Achselhöhle überging. Es war violettfarben, leicht glänzend und hart bei der Berührung, und ich erkannte sofort, dass es dem Aussehen nach ein Tumor und keine Zyste war, wie ich gehofft hatte.

Ich spürte sehr deutlich die Stille im Raum, die nur durch das Schnurren der grauen Katze und mein angestrengtes Atmen gestört wurde. Ich nahm meinen Instrumentenkoffer, wählte eine scharfe Nadel und stach damit in das Ding, worauf Violet vor Schmerz schrie und die Katze aus dem Zimmer floh.

»Es tut mir leid, dass ich dir wehtun muss«, sagte ich. »Wenn es sich um eine Zyste handelt, wird jetzt gleich die Flüssigkeit herausfließen. Ertrag den Schmerz noch einen Augenblick, und dann werden wir sehen ...«

Doch es kam keine Flüssigkeit, als ich die Nadel herauszog. Ich hatte in ein massives, fleischiges Ding gestochen. Sein Anblick war mir zuwider. Am liebsten hätte ich mein Skalpell genommen und es an Ort und Stelle herausgeschnitten, aber ich wusste, dass der Schmerz beim Schneiden ungeheuer ist und nicht ohne eine große Menge Opium zu ertragen, außerdem würde ich eine Krankenschwester brauchen, die die Patientin festhält und beim Stillen des Blutes hilft.

Wo die Nadel eingedrungen war, trat etwas Blut aus, und ich wünschte, ich hätte etwas von Louises Salbe für die Wunde dabei. Ich legte ein Stückchen Musselin darauf und ließ die Hand eine Weile dort, damit es nicht wegrutschte.

»Nun, Doktor?«, fragte Violet. »Sterbe ich jetzt oder sterbe ich nicht?«

»Ich werde den Tumor wegschneiden«, sagte ich. »Er ist nicht groß. An so einem kleinen Ding wirst du nicht sterben.«

»Ach«, sagte Violet, »und dennoch habe ich das Gefühl, dass ich sterbe. Wie kann das sein?«

»Das weiß ich nicht.«

»Wird der König sterben, Merivel? In der vergangenen Nacht sagte er zu mir, dass er sich manchmal unsterblich fühle.«

»Der König wird sterben«, sagte ich. »Aber das möchte ich nicht erleben. Ich werde mich bemühen, vor ihm zu sterben.«

Ich war immer noch sehr erregt, als ich nach Hause aufbrach. Der Gedanke, den Violet mir in den Kopf gesetzt hatte, dass nämlich der König meine Tochter verführen könnte, hatte mich ebenso tödlich verwundet wie irgendein Krebsgeschwür.

Während ich gen Bidnold ritt, spürte ich, wie Übelkeit in meinem Magen aufwallte, und ich musste mein Pferd zügeln und absteigen und mein Frühstück am Wegrand erbrechen. Zitternd und angstvoll stand ich da. Das Bild meiner armen Frau Celia in der Dachstube mit ihrer Handarbeit und nur einem alten Weib als Gesellschaft kam mir in den Sinn und machte mich noch elender. Ich lehnte mich für einen Augenblick an mein Pferd, um seine Wärme zu spüren. Dann ritt ich weiter.

16 ✑

Zwei Briefe erreichten mich um diese Zeit.

Der erste war von meinem niederländischen Freund Hollers. Nachdem er all seine Vorräte aufgebraucht habe, schrieb er, auch die wenigen Gläser mit Erbsen, die ich nach meiner plötzlichen Abreise nach Paris übrig gelassen hatte, und er, aus Mangel an Geld, keine andere Möglichkeit gesehen habe als nach Holland zurückzukehren, da endlich sei ihm seine Uhr zurückgesandt worden.

Mit ein paar Zeilen in Madame de Maintenons kultivierter Handschrift sei ihm mitgeteilt worden, dass seine Uhr »nicht dienlich ist, Monsieur Hollers, weil sie um mehr als eine Minute pro Tag der Zeit voraus ist, die die Kapellenuhr anzeigt. Insofern *stiehlt sie Gott Zeit* in einem Umfang von acht oder neun Minuten pro Woche; und Gott hat viel Arbeit zu erledigen, er lässt sich nicht gern auch nur eine Minute davon entwenden.«

So hat nun leider, schrieb Hollers,
all mein Bemühen in Versailles zu nichts geführt. All die Zeit (dieses launische Gut), die Du und ich mit dem Ausmalen meiner Zukunft verbrachten, war vergeblich und vergeudet. Ich bin wieder in meinem eigenen Geschäft in meiner eigenen Stadt, und wenn ich mich hier umblicke, sehe ich mit einem Mal, dass dieses Geschäft ein armseliger Ort ist, und all meine mit so viel Liebe und Sorgfalt hergestellten Zeitmesser machen mich nicht im Geringsten stolz und froh. Ich lege nicht einmal mehr Wert darauf, sie abzustauben. Ich werde niemals berühmt sein, Merivel! Meine Aussichten auf Ruhm sind dahin. Ich werde hier,

auf der trübseligen Seite des Kanals, vermodern. Ach, sag mir doch, mein Freund, was soll ich tun! Es kostet mich große Mühe, mein Leben überhaupt noch auf irgendeine Weise fortzusetzen.

Hollers' trauriger Bericht machte mich melancholisch. Obgleich ich wusste, dass das Leben in Amsterdam keinesfalls noch unerträglicher sein konnte als unser Dasein in der schrecklichen Unterkunft in Versailles, konnte ich mir dennoch vorstellen, wie der Uhrmacher vor Kummer und Enttäuschung mit den Zähnen knirschte.

Als ich dem König die Geschichte meines Freundes weitererzählte, sagte er: »Oh, man hat mir oft erzählt, Madame de Maintenon sei eine Pedantin. Und sie ist nicht einmal eine schöne Pedantin. Wie misslich für meinen Cousin Louis.«

In diesem Augenblick begann Bunting, mit viel Gekläff ihren Spaziergang anzumahnen, weshalb der König, stets ein ergebener Diener ihrer Forderungen, sich erhob und hinausging; zur Sache Hollers wurde nichts mehr gesagt. Und dies erschien mir ein trauriges Versäumnis des Königs – dass er nämlich dem Unglück meines Freundes ganz offenkundig keine Beachtung schenkte.

Und doch weiß ich nicht, weshalb es mich überraschen sollte. Der König ist der König und kann sich nicht der Bürden und Sorgen all seiner englischen Untertanen annehmen – geschweige denn jener von Bewohnern der Niederlande. Und nun fällt mir auch ein, dass er eine Abneigung gegen die Niederländer hegt. Er hält ihre Sprache für unaussprechlich und hat mir mehr als einmal erklärt, sein niederländischer Neffe, Wilhelm von Oranien, sei ein selbstgefälliger Tugendbold.

Während der König seinen Spaziergang machte, schrieb ich eine Antwort an Hollers und bat ihn, sich standhaft zu zeigen und die Freude an seinem eigenen Tun und seiner eigenen Stadt wiederzuentdecken und nicht länger von Ruhm zu träumen.

Wie merkwürdig ist es doch, dachte ich beim Schreiben, dass der Mensch immer wieder nach Dingen von Bedeutung strebt – Dingen, die sein Leben ändern könnten –, wenn er doch im Stillen ahnt, dass, sollte sein Versuch scheitern, all seine einstige Zufriedenheit dahin wäre. Er kann die Zeit nicht zurückdrehen und da wieder anfangen, wo das Spiel begann. Die Ketten des eingekerkerten Schuldners lasten gewissermaßen auf seiner Seele und seinem Körper. Er wünscht, er hätte dieses Bestreben nie gehabt. Er nennt sich einen Narren, weil er sich überhaupt darum bemüht hat, kann aber nichts dagegen tun.

Nichts von alledem schrieb ich an Hollers. Ich erwähnte nur, dass ich *wisse*, welch ein guter Uhrmacher er sei, und dass ich mir sehnlichst wünschte, ich selbst besäße die Fähigkeit, mit meinen Händen etwas vergleichbar Wunderbares herzustellen. »In meinem ganzen Leben«, schrieb ich, »habe ich nie einen einzigen Gegenstand von vollendeter Schönheit geschaffen. Du schafftest viele.«

Dann wandte ich meine Aufmerksamkeit dem zweiten Brief zu, der von Louise de Flamanville stammte.

Während ich in meinen wachen Stunden kaum Gelegenheit fand, an sie zu denken, schlich sie sich sehr oft in meine Träume, und diese Träume waren von einer seltsamen, wiederkehrenden Schönheit. In ihnen saßen Louise und ich nebeneinander in ihrem Laboratorium und brauten aus Kräutern und Mineralien Verbindungen, welche der Luft ein köstlich süßes Aroma verliehen und die wir dann auf alchemistische Weise in Arzneien von erstaunlicher Wirksamkeit verwandelten: Blinde Menschen erlangten ihre Sehkraft wieder, und unfruchtbare Frauen gebaren Kinder. Zauberkraft lag über all unserer Arbeit. Louise sagte zu mir: »Es liegt daran, dass wir *zu zweit* sind. Allein vermöchten wir kaum etwas. Gemeinsam wirken wir Wunder.«

Und nun, mit der Ankunft ihres Briefes, erwachte erneut eine große Sehnsucht nach Louise in mir, und meine Stunden mit ihr in Paris kehrten in all ihrer Süße zurück. Ich dachte mit glühendem Verlangen an den Sommer, wenn ich sie vielleicht in der Schweiz besuchen würde, und diese ferne Verheißung erhielt durch ihren Brief neue Nahrung.

Sie teilte mir mit, Jacques-Adolphe habe sich einen neuen Liebhaber genommen, einen jungen Soldaten russischer Herkunft, der Petrov heiße.

Dieser Petrov, schrieb sie,
*in Wahrheit noch ein bloßer Knabe, der aufs Köstlichste errötet, wenn jemand mit ihm spricht, hat meinen Gemahl derart bezaubert, dass er in seinem Verhalten nachlässig geworden ist. Er nimmt so gut wie nichts mehr wahr und ist nur noch damit beschäftigt, wann und wie er sich Petrov nähern und jene Dinge mit ihm tun kann, nach denen die Fraternité sich mehr als nach allen anderen Erfahrungen auf Erden verzehrt. So dass Jacques-Adolphe, mein lieber Merivel, als ich ihm gegenüber beiläufig erwähnte, ich würde, sobald das warme Wetter komme, in die Schweiz zu meinem Vater reisen, nur sagte: »Tu, was du willst. Nur bitte mich nicht darum, dich zu begleiten, da ich Petrov nah sein muss. Wenn ich ihm entrissen werde, sterbe ich.«
Deshalb hoffe ich, zu Beginn des Junimonats in die Schweiz zu reisen. Und wie vergnüglich würde mein Besuch dort sein, wenn ich Sie überreden könnte, mir auf das Schloss meines Vaters zu folgen. Kann eine solche Reise Sie verlocken? Oder haben Sie mich ganz vergessen? Werden wir gemeinsam auf den Almenwiesen wandeln? Der Duft geschnittenen Heus ist, wie Sie sich erinnern mögen, sehr kraftvoll und süß.*

Ich saß sehr lange da mit diesem Brief und stellte mir das Heu vor. Im Geiste sah ich über dem abschüssigen Feld eine untergehende Sonne, die glühend rot den Schweizer Berggipfeln entgegensank. Louise lag im Gras, die Sonne beschien ihr Gesicht, und meine Hände liebkosten ihren weichen Hals und die Spitzen ihrer Brüste. Irgendwo in der Nähe graste eine braunäugige Kuh in duftendem Schatten auf einem Butterblumenhang.

Dann legte ich den Brief weg. Ich wusste, welche Antwort ich Madame de Flamanville gern gegeben hätte, doch für den Augenblick war ich nicht in der Lage, irgendwelche Pläne oder Versprechungen zu machen. Ich war gefangen auf Bidnold. Und meine Gefangenschaft wurde mir nun unerträglich, denn ich sah mich gezwungen, Margaret und den König zu überwachen.

Ich entwickelte, wenn wir zu dritt beisammen waren, der König, Margaret und ich – was sehr häufig geschah –, die elende Gewohnheit, von einem zur anderen zu blicken, immer hin und her, als sähe ich einem Tennisspiel zu. Als könnte ich durch diese Wachsamkeit jeden verliebten Blick zwischen ihnen einfangen, ihn wie einen Schmetterling im Netz erhaschen und ersticken.

Was selbstverständlich eine törichte Vorstellung war: Die Wachsamkeit erstickte gar nichts. Solcherlei Blicke werden stets einen klugen Ausweg finden, am Rande des Gesichtsfelds. Und eines Abends, als wir Rommé spielten, rief der König aus: »Warum blickst du ständig auf unsere Gesichter und nicht auf unsere Karten, Merivel? Auf diese Weise wirst du nie merken, ob einer von uns den Joker oder das Pik-Ass hat, die du gern dem König oder der Dame hinzufügen würdest, welche du schon aufgenommen hast.«

Ich entschuldigte mich. Ich richtete meine Aufmerksamkeit wieder auf das Blatt, das keineswegs vielversprechend war, und ich prophezeite mir, dass ich erneut die geringste Punktzahl erlangen würde – zum dritten Mal an diesem Abend. Und ich wusste, dass ich diese Strafe verdiente, wenn nicht sogar eine schlimmere. Denn ich hatte begonnen, eine heftige *Abneigung* gegen mich in meiner Rolle als Spion und Inquisitor zu entwickeln. Ich verfluchte Violet. Ich schwor, dass ich meine jämmerliche Wache mit dem folgenden Tag beenden würde.

Ich schien nicht fähig, sie zu beenden.

Margaret hatte eine große Zuneigung zu Bunting gefasst, und gelegentlich begleitete sie im warmen Maiwetter den König und Bunting auf ihren Wanderungen im Park. Zu Anfang frohlockte ich, als ich sah, wie Margaret festen Schrittes durch die frische Luft spazierte, dem Hund die Stöckchen warf und manchmal aus schierer Freude darüber, dass sie wieder lebendig war, ausgelassen hüpfte. Ich hatte an meinem Bibliotheksfenster gestanden und sie beobachtet – diese beiden Personen, die mir das Liebste waren – und mich für den glücklichsten Menschen gehalten, weil ich sie hier wusste – lebendig und atmend, an meiner Seite.

Doch wenn sie jetzt einen Spaziergang ankündigten, hörte ich mich unsinniges Zeug stammeln (was Pearce einst als »das sonderbar hohle Geschwätz, das du manchmal von dir gibst, Merivel«, bezeichnete), wie etwa: »Ach, ein Spaziergang! Eine großartige Idee! Auch ich benötige dringend ein wenig körperliche Betätigung. Ich werde euch begleiten.«

Und so brachen wir dann zu viert auf – ich voller Scham über meine eigene Lächerlichkeit und sogar rot vor Verlegenheit. Und um es noch schlimmer zu machen, begann ich meist ein endloses Geplapper über das Wetter und die wilden Blumen und die Form der Wolken und ich weiß nicht was sonst noch für Themen, nur um sie daran zu hindern, miteinander zu plaudern. Oder ich fiel ein wenig hinter meine geliebten Gefährten zurück, in dem Versuch, an ihrer Haltung und der Häufigkeit, mit der sie einander die Köpfe zuwandten, zu ermessen, ob sich zwischen ihnen irgendeine Art von Vertraulichkeit anbahnte.

Eines Morgens führte der Weg uns zum Bärengehege, und als wir in einer Reihe davorstanden und den armen Clarendon anschauten, der als regungsloser Trauerkloß unter einer struppigen Esche hockte, kroch Bunting doch tatsächlich unter den Zaun der Einfriedung durch und lief auf den Bären zu.

Margaret schrie. Der König rief die Hündin energisch zurück, doch sie drehte sich bei dem Klang der königlichen Stimme nur kurz um und lief dann, angezogen vom Geruch des Tieres, weiter, wedelte mit ihrem flauschigen Schwanz und blieb nur wenige Schritte vor der Stelle, wo Clarendon saß, stehen.

Clarendon blickte Bunting an. Während ich noch zu ergründen suchte, was dem Bären wohl durch den Kopf ging, hievte er seine massige Gestalt auf seine vier Pfoten und stieß ein zorniges Gebrüll aus.

Dann bemerkte ich, dass der König über die schweren Pfosten des Zauns zu klettern versuchte, der mit Bedacht so konstruiert war, dass man gerade *nicht* darüberklettern konnte – weder Bär noch Mensch. Ich rief, er solle davon ablassen, und rannte gleichzeitig in die Richtung, wo ich das Tor zum Gehege wusste. Währenddessen hörte ich den Bären erneut brüllen, und nicht zum ersten Mal verfluchte ich mich dafür, dass ich Clarendon nach England gebracht hatte, denn ich sah ein entsetzliches Verhängnis auf mich zukommen – und das nur wegen ein paar empfindsamer Gedanken über den Kummer eines wilden Tiers. Das nächste Geräusch, auf das ich wartete, war das Krachen von Buntings Knochen.

Ich erreichte das Tor und setzte all meine Kraft darein, die Riegel zurückzuziehen. Ich konnte Bunting bellen hören. Langsam schob ich das schwere Tor auf. Ich nahm einen herabgefallenen Eschenast, wedelte wild damit und rief un-

terdessen den Namen der Hündin. Bunting hatte sich hinge-
kauert und knurrte. Clarendon war ungefähr einen Meter
von ihr entfernt. Angesichts dieser gefährlichen Situation
bewunderte ich den Mut der kleinen Hündin.

Dann sprang Bunting auf und sauste in meine Richtung.
Ich ließ den Eschenast fallen und breitete meine Arme aus.
Diese kleinen Spaniels können sehr schnell rennen, und
noch ehe Clarendon überhaupt entschieden hatte, ob er ihr
folgen sollte oder nicht, hielt ich Bunting schon sicher in
den Armen. Als ich mich umdrehte, sah ich den Bären auf
uns zu zotteln. Ich drückte die Hündin so fest an meine
Brust, dass ich sie beinahe erstickte, und hetzte keuchend
zum Tor zurück. Jetzt konnte ich den Bären riechen und
sein angestrengtes Atmen hören. Ich wusste, dass immer
noch alles verloren sein konnte, mein eigenes Leben eingeschlossen, da das schwere Tor sich nicht mit einer Hand
schließen ließ.

Doch als ich es erreichte und aus dem Gehege schlüpfte,
ergriffen andere Hände die Riegel und begannen zu drücken
und zu schieben. Ich stolperte, fiel rückwärts auf einen Gras-
hügel und sah, wie Margaret und der König mühsam die
Verriegelung zu bewerkstelligen versuchten. Und als das ge-
schafft war und sie sahen, dass wir uns alle in Sicherheit befanden, fielen sie einander in die Arme, und Margaret lehnte
den Kopf an die Brust des Königs und weinte.

Er strich ihr über das Haar und tröstete sie. Dann wandte
er sich mir zu, der ich, mit leicht geprelltem Allerwertesten
und ganz außer Atem, auf meinem Grasbüschel hockte, Bunting immer noch an mein Herz gedrückt.

»Gut gemacht, Merivel«, sagte er. »Du hast erneut das
Leben eines königlichen Hundes gerettet. Ich glaube, du ver-
dienst eine Belohnung.«

»Ihr schuldet mir nichts, Sire«, sagte ich. »Ihr habt Margarets Leben gerettet.«

Ich bin allein mit dem König.

Will hat sich mit einem Krug Met mühsam bis in meinen Salon vorgekämpft, was den König, nachdem mein gebrechlicher alter Diener eingetreten war, zu der Bemerkung veranlasst: »Guten Abend, Gates. Wir sehen dich zu selten. Kannst du nicht häufiger bei Uns im Speisesaal sein?«

Will verbeugt sich, während er den Met absetzt, der dabei beinahe überschwappt. Er blickt besorgt zu mir und antwortet: »Ich bitte Eure Majestät um Verzeihung, aber Sir Robert und ich sind übereingekommen, dass ich der Aufwartung bei Tisch nicht mehr gewachsen bin.«

»Nicht mehr gewachsen?«, sagt der König und scheint mit einem Mal entschlossen, sich blind zu stellen für Wills mannigfaltige Gebrechen. »Bist du nicht, so lange ich denken kann, der Herr und Meister des Haushalts?«

Will lächelt sein listiges, schiefes Lächeln. »Ich bin nicht der ›Herr und Meister‹, Eure Majestät. Ich bin der Diener.«

»Im Französischen bist du der ›Meister‹. Höre nur: *Maître*. *Maître d'hôtel*. Und Wir würden dich gern bei Unseren Mahlzeiten sehen. Es würde Uns an die alten Zeiten erinnern.«

»Oh, ich weiß nicht, was ich sagen soll, Sire. Ich fürchte wirklich, dass ich die Dinge durcheinanderbringe und verschütte.«

»Nun, dass soll dich nicht bekümmern. Es könnte sogar vergnüglich sein. Aber lass uns eine einfache Aufgabe für dich ersinnen, damit wir allzu großes Ungemach vermeiden. Du wirst hinter Unserem Stuhl stehen, Gates. Wenn ein Teller für Uns aufgetragen wird, rückst du ein wenig beiseite und nimmst ihn dem Lakaien aus der Hand und setzt ihn vor Uns ab. Wenn Wir den Teller leer gegessen haben, wirst du ihn wieder an dich nehmen und dem Lakaien reichen – und so weiter während des gesamten Mahls. Was hältst du von dieser einfachen Aufgabe?«

Wieder blickt Will ratsuchend zu mir. Ich nicke aufmunternd, frage mich aber dennoch, ob Will in der Lage ist, während eines ganzen langen Mahls in aufrechter Haltung stehen zu bleiben. Trotzdem strecke ich meine Hand aus und fordere ihn mit dieser Geste auf, selbst zu antworten.

Er verneigt sich sehr tief, so dass ich zum ersten Mal bemerke, dass seine Perücke oben beinahe *kahl* ist, was mich plötzlich sehr betrübt, zeigt es mir doch meine Knauserigkeit und meinen Mangel an Aufmerksamkeit für das Wohlergeben meiner Dienstboten.

»Von morgen an, Eure Majestät«, sagt Will und hebt seine arthritische rechte Hand zu einem fast militärischen Gruß, »werde ich meinen Posten antreten. Ich werde nicht von Eurer Majestät Stuhl weichen, außer, um ein wenig beiseitezutreten, wenn ich Eurer Majestät Teller von dem Lakaien entgegennehme, und um ihn dann wieder zurückzugeben.«

»*Voilà*«, sagt der König. »Eine vortreffliche Vereinbarung.«

Wir fallen beide über den Met her.

Ich weiß, dass der Abend lang werden wird. Ich bitte Will, uns aus der Küche etwas Kümmelkuchen und eine Schale mit Kirschen zu bringen.

Der König zeigt mir einen Brief seines Bruders, des Herzogs von York, in welchem jener ihn, obgleich auf nachsichtige, brüderliche Weise, für seine »allzu lange Vernachlässigung dringender staatlicher Pflichten« schilt und auffordert, ohne Verzug nach London zurückzukehren. Das Schreiben erwähnt ferner »tumultartige Petitionen für die Einsetzung eines Parlaments, welches, woran ich erinnern möchte, Eure Majestät nicht mehr zusammengerufen hat, seit es im Jahre 1681 in Oxford zu tagen versuchte«.

»Parlament!«, sagt der König. »Ich bin zu *alt* für Parlamente, Merivel. Sie mischen sich überall ein und wollen handeln und schlagen Rechtsmittel für Angelegenheiten vor, die perfekt ohne solche funktionieren und deshalb keine brauchen. Und sie lieben die Kriege zu sehr. Ich weiß, dass die

Menschen gern in Ruhe gelassen werden wollen. Sie wünschen keine unnützen Rechtsmittel, und sie wollen keine Kriege mehr. Sie wünschen sich, was ich mir wünsche: Essen in ihre Mägen, angenehme Nächte, ein kleines einträgliches Gewerbe, ein Schlückchen Met dann und wann, einige erbauliche Predigten, einen guten Tod. Ist es nicht so?«

»Ja«, antworte ich, »ich glaube, so ist es.«

Ich erwähne nicht, dass die Armut noch immer eine Geißel des ganzen Landes ist, denn ich weiß, dass der König der Überzeugung ist, Parlamente steckten voller ehrgeiziger Seelen, die nur nach dem eigenen Glück trachteten und sehr wenig gegen die Armut unternähmen, während er selbst so viel mehr tue, indem er all die vielen Menschen in seine Dienste nimmt, reichlich Almosen gibt und überhaupt sein Volk sehr liebt. Nach meinen Ritten über Land, um meine Patienten zu besuchen, scheint mir jedoch, dass die Anzahl der Armen in jüngster Zeit zugenommen hat, denn sie waren sichtbarer in den Dörfern und am Straßenrand, bettelten oder stahlen, und ich habe sagen hören, dass alle Arbeitshäuser in der Umgebung brechend voll sind. Und gewiss wird es nicht lange dauern, bis die Menschen dem König Vorhaltungen machen und verlangen, dass er Abhilfe schafft.

Ich werfe einen Blick auf den König, der, aus langer königlicher Gewohnheit, immer sehr gerade auf einem Stuhl sitzt, jetzt aber in einer Haltung großer Niedergeschlagenheit zusammengesunken ist. Ich will gerade vorschlagen, nicht mehr über Parlamente zu reden, als der König sagt: »Das Schuldgefühl, Merivel. Jetzt greift es nach mir. Selbst hier auf Bidnold liege ich nachts manchmal wach und denke an all meine Verfehlungen und all den begangenen Verrat, und dann glaube ich zu ersticken …«

»Kein menschliches Leben, Sire, ist frei von Verfehlungen.«

»Das mag sein. Aber wusstest du, mein Freund, dass ich neunzig Prozent der Gebühren aus dem Postwesen für

Barbara Castlemaines Pensionszahlungen beschlagnahmt habe?«

»Nein, Sire, aber –«

»Ich tat es, um endlich Ruhe zu haben – damit sie nicht mehr an mir herumnörgelte. Aber andere Menschen haben deshalb leiden müssen. Sie haben verloren, was rechtmäßig ihnen zustand. Und ich habe noch hundert andere Dinge getan, die mich jetzt verfolgen.«

»Nur hundert? Ich wundere mich über die geringe Zahl. Pearce warf mir einmal vor, ich beginge hundert Torheiten pro Woche!«

Ein Lächeln huscht über des Königs Antlitz. Es ist ein vertrautes Lächeln, eines, das sagt: »Deshalb schätze ich dich, Merivel, ach was, ich *liebe* dich sogar, weil du leicht machst, was schwer wiegt, und Kummer in Lachen verwandelst.«

Doch jetzt würde ich dem gern etwas entgegenhalten. Ich möchte sagen: »Wenn du mir meine Tochter nimmst, wenn du sie behandelst wie meine unglückliche Gemahlin Celia, dann kann ich nicht länger dein Narr sein; dann werde ich dein Feind sein.«

Diese Worte gehen mir immerzu im Kopf herum, wollen mir aber nicht über die Lippen, und ich sage mir, dass ich, bei aller tiefen Besorgnis in dieser Hinsicht, im Augenblick nichts tun kann, außer mich gedulden und warten, was die Zeit bringt.

Mir kommt das Bild in den Sinn, wie der König Margaret vor dem Gehege an sich drückt und ihr über das Haar streicht, doch ich schiebe es rasch weg und befehle mir, da nichts hineinzulesen, nichts als die Liebenswürdigkeit des Königs und seine Bereitschaft, nach Augenblicken der Gefahr für uns alle und nachdem er beinahe seinen kostbaren Hund verloren hatte, Margaret zu trösten. Ich darf nicht Verfehlungen sehen, wo keine sind.

In diesem heiklen Moment erscheint Will mit dem Kümmelkuchen und entschuldigt sich dafür, dass es keine Kirschen gibt, »weil Cattlebury sie nicht hinaufschicken kann«.

»Wieso kann er sie nicht hinaufschicken, Will?«, frage ich.

»Wie bitte, Sir?«

»Du hast mich sehr genau verstanden. Warum kann Cattlebury nicht die Kirschen hinaufschicken?«

»Nun, Sir Robert, ich kann es nicht richtig ausdrücken …«

»Vielleicht kann ich es ja ›richtig ausdrücken‹: Er kann sie nicht hinaufschicken, weil er sie gegessen hat?«

»Nun, Sir, ja, das hat er wohl. Aber er hat sie nur deshalb alle gegessen, weil er eine kleine Schwierigkeit mit seiner Verdauung hatte, Sir, und Kirschen lösen den Stuhl, wie Ihr uns erklärt, aber er hat es nicht böse gemeint.«

Daraufhin bricht der König in ein großes Gelächter aus. »Oh«, sagt er, »das erheitert mich wahrhaftig! *Er hat es nicht böse gemeint!* Es herrscht Anarchie in der Küche, Merivel, aber augenscheinlich ist sie recht harmlos!«

»Sie ist *nicht* harmlos«, sage ich ganz plötzlich mit entschiedenem Ernst. »Bitte erklär Cattlebury, dass meine Geduld am Ende ist, Will. Noch eine Verfehlung dieser Art, und –«

»Und was, Sir?«

»Das Ende der Straße ist erreicht. Er wird hinausgeworfen.«

Schweigen breitet sich aus. Der König und Will blicken mich überrascht an. Dann kommen Worte aus meinem Mund, die eigentlich ein anderer hören sollte, die ich nun aber über Will an meinen ungehorsamen Koch richte.

»Erinnere Cattlebury daran«, sage ich, »dass ich ein gutmütiger Mann bin. Loyalität denen gegenüber, für die ich verantwortlich bin und die von mir abhängig sind, habe ich seit jeher als eine Herzensangelegenheit betrachtet. Aber erinnere ihn auch daran, dass meine Loyalität nicht über die Maßen beansprucht werden darf! Bitte mach ihm das sehr deutlich. Man kann mich bis aufs Blut reizen – so wie damals, als ich sah, wie der Gutsherr Sands seine Shire-Stute so lange prügelte, bis sie starb. Und wie Sands sich schließlich selbst vor den Pflug spannen musste, um seine jämmerlichen Felder zu bestellen. Und habe ich auch nur ein Jota Mitleid mit ihm empfunden? Nein. Mein Zorn hatte alles Mitgefühl weggewischt. Und so wird es wieder sein, Will! So wird es Cattlebury ergehen, wenn er mich zu sehr reizt.«

Unter der Last dieser unerwarteten Worte sinkt Will zu Boden, und seine kahle Perücke rutscht ihm schief ins Gesicht. Der König hilft ihm auf die Füße. Auch ich erhebe mich, aber nicht, um Will zu helfen, sondern um mir ein Stück Kümmelkuchen vom Teller zu nehmen und es mir in den Mund zu stopfen, damit ich nicht in Tränen ausbreche.

17 ✍

Ich durfte mein Versprechen, Violet Bathurst das Krebsgeschwür herauszuschneiden, nicht zu lange aufschieben.

Obgleich ich vor der Aufgabe zurückscheute, begriff ich, dass ich mich bald dazu entschließen sollte, damit das Ding sich nicht ausbreitete. Denn die Vorstellung, Violet würde einsam in ihrem dunklen Zimmer sterben, war allzu traurig. Ich bin der festen Überzeugung, dass der Tod von Menschen, die ein unbezähmbares Vergnügen an ihrem tagtäglichen Dasein fanden – in einer Welt, in der viele ihr Leben halbtot in einem körperlichen und geistigen Dämmerzustand verbringen –, ganz besonders zu beklagen ist.

Die Krankenschwester, auf deren Hilfe ich bei der Operation hoffte, war eine gewisse Mrs. McKinley, eine muntere, freundliche Irin, deren katholische Familie nach der protestantischen Besiedlung Irlands im Jahre 1641 nach England geflohen war. Mrs. McKinley, mittlerweile über fünfzig und ein wenig beleibt, besaß die sanftesten, sichersten Hände, die ich in meiner Arbeit mit Krankenschwestern jemals erlebt habe. Überdies hat ihre Stimme einen besonders liebreizenden Klang, und das wirkt, wie ich häufig beobachten konnte, tröstlich auf Patienten.

Außerdem erheitert sie mich bei meiner Arbeit, denn mit ihrem hübschen Donegal-Akzent redet sie mich stets mit »Sir Rabbit« an, und mag sie es auch noch so oft wiederholen, so zaubert das »Herr Kaninchen« doch jedes Mal ein Lächeln auf meine Lippen, und auf diese Weise wird mein Herz, auch wenn meine Finger gerade tief in blutigem Fleisch stecken mögen, von solcher Leichtigkeit erfasst, dass ich in meinem Tun fortfahren kann.

Um Opium für Violet zu besorgen, musste ich zuerst meinen bevorzugten Apotheker, Mr. Dunn, in Norwich aufsuchen, ein Mitglied der *Ehrwürdigen Gesellschaft für die Kunst und die Geheimnisse der Apotheker.*

Die Bezeichnung »Geheimnis« empfand der König als »unpassend«, als ein Wort, das nicht dort hingehöre.

»Man wünscht sich doch in dieser Angelegenheit keinerlei *Geheimnis*«, konstatierte er. »Man wünscht sich im Gegenteil, dass die Kenntnisse des Apothekers auf Beweisen beruhen, zumindest theoretischen, will sagen, dass sie nicht hypothetisch sind oder gar aus dem Morast des Unwissens stammen. Ist es nicht so, Merivel?«

Ich stimmte ihm zu. Dann erklärte der König, er sei daran interessiert, sich mit Mr. Dunn zu unterhalten und seinen Laden zu besichtigen. Also reisten wir gemeinsam in der Karosse des Königs nach Norwich, und als wir dort ankamen, umringte uns eine große Menschenmenge, denn man hatte erkannt, dass der Kutscher die Livree des Königs trug.

Ich stieg als Erster aus und ergötzte mich an den enttäuschten Gesichtern der Menschen, als sie nur mich sahen (einen bloßen Sir Rabbit) und nicht ihren Herrscher. Doch dann streckte ich die Hand aus, und der König nahm sie und entstieg der Kutsche, trotz seines leichten Humpelns wegen jener hartnäckigen Wunde an seinem linken Bein, in elegantem Stil, und die versammelte Menge brach in Jubel aus, alle wollten den König berühren, und eine Frau legte ihm ihr Baby in die Arme.

Ich sah Mr. Dunn in der Tür seiner Apotheke stehen. Ich hatte ihm die Ankunft des Königs nicht ankündigen können, und als Dunn seinen Herrscher erblickte, wollte er es nicht glauben, und sein Körper begann krampfartig zu zucken. Er nahm seine Brille ab, setzte sie wieder auf, fürchtete, seine Augen würden ihn trügen. Dann plötzlich besann er sich, bedachte seine äußere Erscheinung und sprang in sein Geschäft, um seine Perücke abzulegen und durch eine bessere zu ersetzen.

Es verstrich einige Zeit, bis wir das Geschäft betreten konnten. Denn der König ließ sich, das Baby noch in den Armen, auf zahlreiche Gespräche mit der Menge ein, fragte nach dem Wollhandel in Norfolk und nach der Heringsflotte und musste hören, dass, »offen heraus gesagt«, die Zeiten nicht sehr gut seien, »denn den Leuten geht das Geld aus, Sire, nach den harten Winterstürmen, als die Flotte nicht ausfahren konnte und vielen Schafen der Atem im Schlund gefror von dem Eis und dem Schnee«.

Ich sah, dass der König diesen Geschichten von toten Schafen und ungefischten Heringen sehr aufmerksam zuhörte, jedoch keine Abhilfe anbot. Alles, was ihm zu sagen einfiel, war: »Ihr müsst durchhalten. Ihr Leute von Norfolk seid aufrecht, treu und beharrlich. Wir haben jetzt Maiwetter. Es kommen bessere Tage. Ihr müsst durchhalten.«

Als er dies sagte, drängte sich ein Mann, ein armer Fischer, durch die Menge der Bürger und zeigte dem König seine nackte Brust, die so dürftig mit Fleisch bedeckt war, dass ich nicht anders konnte als an Pearce' Leib kurz vor dessen Tod zu denken. Der Mann schlug sich mit den Fäusten auf seine Rippen und rief: »Ich bin jetzt ein Bettler in Norwich, Sire! Seht mich an! Ich besaß ein Heringsboot in Yarmouth, doch ich verlor es in den Januarstürmen, und meinen Lebensunterhalt obendrein. Und ich habe fünf Kinder. Sagt mir, wie soll ich da ›durchhalten‹!«

Daraufhin gab der König das Baby seiner Mutter zurück, wandte sich an mich, schnippte mit den Fingern und sagte: »Münzen, Merivel! Gib diesem armen Kerl einen Schilling oder eine halbe Krone, jetzt sofort.«

Und während ich in meinen Taschen nach meinem Geldbeutel wühlte, sagte er zu dem Fischer: »Plötzliche Verluste sind Teil des Lebens, wie ich, der ich so grausam meinen Vater verlor, nur zu gut weiß. Und alles, was wir tun können, ist, es ertragen. Aber hier … hier ist der freundliche Sir Robert Merivel, der dich mit einem Schilling oder zweien versorgen wird, und heute Abend kannst du dich mit deiner Familie satt essen.«

Hände griffen nach mir – nicht nur die schmutzige Hand des zum Bettler gewordenen Fischers –, und in weniger als einer Minute hatte ich mich, notgedrungen, von sämtlichem Geld getrennt, das ich besaß, denn in einer Menge kann man nicht dem einen geben und sich um die Übrigen nicht kümmern. Das Betteln um Münzen endete erst, als ich das Innere meiner Börse nach außen kehrte, um zu zeigen, dass ich keinen einzigen Penny mehr zum Verschenken besaß. Niemand dankte mir. Und als wir uns endlich abwenden und in Mr. Dunns Geschäft treten konnten, schien der König noch nicht begriffen zu haben, dass ich nun keine Mittel mehr besaß, um das nötige Opium für Violets Behandlung zu kaufen. Alles, was er sagte, war: »Ich bin nicht gern dem Anblick von Armut und Mangel ausgesetzt.«

Von der Decke in Mr. Dunns Laden hängt eine Vielzahl seltsamer ausgestopfter Kreaturen: ein Krokodil, eine Schildkröte, ein Aal und ein Krötenpaar.

Wenn man eintritt, möchte man, wegen des Gestanks dieser Exponate, die dort schon seit beträchtlicher Zeit hängen, am liebsten schnell wieder umkehren und hinausmarschieren. Ich sah auch, wie sich die Nasenlöcher des Königs weiteten, er zog aus seinem Ärmel ein Taschentuch, das mit Lavendelwasser parfümiert war, und hielt es sich eine Weile vor die Nase.

Die wissenschaftliche Neugier jedoch, die ihn auch veranlasst hatte, sich ein eigenes Laboratorium in Whitehall einzurichten und der Gesellschaft zur Verbesserung der Naturkunde durch das Experiment eine königliche Charta zu verleihen, ließ ihn jegliche körperliche Unannehmlichkeiten vergessen. Er begann seinen bedachtsamen Rundgang durch Dunns dunkles Reich, vermerkte, was die Gläser und Tiegel und Kalebassen enthielten, und steckte sein Taschentuch weg, um an ihnen zu schnuppern. Dann drehte er sich plötzlich zu dem Apotheker um und fragte: »Wo hat er sein Wissen erworben, Dunn? Auf ordentliche Weise?«

Dunn rückte seine Perücke zurecht und stammelte, er sei als Knabe von sechzehn Jahren bei einem Apotheker in die Lehre gegangen und habe, weil er »ebenso neugierig wie waghalsig« gewesen sei, sehr viele Arten von Arzneien an sich selbst ausprobiert, »um zu sehen, was sie bei mir bewirken würden …«

»Wie interessant«, sagte der König. »Neugier und Waghalsigkeit sind gewiss beides gute Eigenschaften eines Mannes. Das habe ich häufig gedacht.«

»Nun, Eure Majestät«, sagte Dunn und stammelte jetzt nicht mehr, »auf diese Weise kann ich, wenn Ärzte etwas verschreiben, gelegentlich eine Korrektur vornehmen, weil ich alles, was ich probiert habe, in ein Heft notierte, mitsamt den jeweiligen Mengen und den aufgetretenen Symptomen sowie dem speziellen Hinweis auf falsche Heilmethoden.«

»Falsche Heilmethoden?«

»Sir Robert kennt die Menge von Scharlatanen in diesem Land!«, erwiderte Dunn. »Sie verkaufen alles, Sire, nennen es, zum Beispiel, ›ein wunderbares wirksames Brechmittel‹ und verlangen dafür, ganz gleich, was es ist, anderthalb Schilling. Es könnte Rattengift sein. Es könnte einen fast umbringen. Aber manche Ärzte wissen kaum, welche Arznei gegen was hilft, und da kann das Wissen des Apothekers womöglich ein Korrektiv gegen falsche Heilmethoden sein.«

Der König nickte beifällig. »*Nullius in Verba*«, sagte er ruhig. »Das ist das Motto, das ich der Königlichen Gesellschaft gab. *Verlass dich auf niemandes Wort.* Alles sollte durch ordentliches Experimentieren begründet werden. Und Er, Mr. Dunn, scheint dieses Diktum auf bewunderungswürdige Weise befolgt zu haben, indem Er die Arzneien selbst prüft, obgleich ich wetten möchte, dass es Ihn an den Rand des Todes brachte!«

»Das ist richtig, Sire. Mehr als einmal. Aber hier stehe ich, lebendig. Und was mir an meinem Beruf gefällt, ist, dass das medizinische Wissen kein Ende hat. Sir Robert hat mich viele Dinge gelehrt, die ich vorher nicht wusste.«

Der König blickte mit leichtem Erstaunen zu mir. »Ach? Wirklich?«

»Viele Dinge.«

»Wirklich? Wir kennen ihn vor allem als Spaßvogel. Als Spaßvogel und Freund. Würde Er denn behaupten, Dunn, Sir Robert sei ein guter Arzt?«

»Ein sehr guter, Eure Majestät.«

»Ach, wie interessant. Einst gelang ihm tatsächlich die wunderbare Heilung eines meiner Lieblingshunde, war es nicht so, Merivel? Ich glaube aber, es war eher eine Heilung durch Unterlassung, nicht wahr?«

»Nun, ich würde vorziehen, es eine Heilung durch die Natur zu nennen, Eure Majestät. Wie der große Fabricius sagte: ›*Non dimenticare la Natura.*‹ Ich habe der Natur nur Zeit zum Wirken gelassen.«

»Und unterdessen hast du guten Sherry getrunken und Feigen gegessen und schöne Damen ...«

»Nur, um mir die Zeit zu vertreiben.«

»Ha! Da sieht Er, Dunn, warum Wir diesen Mann lieben. Weil er Uns immer wieder zum Lachen bringt. Doch nun zu unserem Geschäft. Wir brauchen einen beträchtlichen Vorrat an Opium, und beide haben wir keinerlei Geld mehr, denn wir verschenkten es an armes Fischervolk und dergleichen. Wird Er den Kredit des Königs akzeptieren?«

Ich wollte Violet den Krebs gern bei hellem Tageslicht herausschneiden, damit ich auch genau sah, was ich tat.

Ich ritt nach Bathurst Hall und sagte Violet, ich würde am nächsten Morgen kommen und sie möge ihr Bett näher ans Fenster rücken lassen.

»Mrs. McKinley wird mich begleiten«, sagte ich, »und ich

habe mich mit einer großen Menge Opium versorgt, damit du keinerlei Schmerzen spürst.«

An diesem Tag saß Violet mit einer Handarbeit still in ihrem *Salon*. Sie bei derlei Beschäftigung anzutreffen, betrübte mich ungemein, denn ich hatte Violet Bathurst noch nie bei einem so monotonen und konventionellen Zeitvertreib gesehen.

»Violet«, sagte ich, »es tut mir in der Seele weh, dass du so etwas machst. Ich bitte dich, keine Stickerei mehr, wenn dein Tumor beseitigt ist!«

Sie hob den Kopf, blickte mich traurig an und hielt mir die Handarbeit hin, die – anders als Celias – sehr unbeholfen wirkte, überall hingen lose Fäden und Schlingen herunter. »Merivel«, sagte sie, »zeig doch etwas Mitgefühl. Siehst du nicht, was für eine Anfängerin ich bin? Ich muss aber sticken lernen, falls das *alles* ist, was ich nach der Operation noch tun kann. Kannst du dir etwa vorstellen, dass eine Frau mit einer halben Brust sich am Kegeln beteiligt?«

»Ja«, antwortete ich entschieden. »Wenn die kurze Zeit der Rekonvaleszenz vorüber ist. Doch! Ich werde eine Kegelpartie auf Bidnold organisieren, und du wirst zusammen mit dem König antreten.«

Violet schüttelte den Kopf. »Du träumst«, sagte sie. »Das wird nicht geschehen.«

Ich stand früh auf und holte Mrs. McKinley in ihrem Haus im Dorf Bidnold ab, und mir entging nicht, wie ordentlich und sauber geschrubbt alles an ihr wirkte, von den rosigen Fingernägeln bis zu den blankgeputzten Stiefeln.

Ich zeigte ihr das Opium, das ich von Dunn erhalten hatte, und sie sagte: »Lieber Himmel, Sir Rabbit, mit dieser Menge könntet Ihr eine ganze Armee in Schlaf versetzen!« Ich musste an die Schweizer Garden auf der *Place des Armes* in Versailles denken und stellte mir vor, wie sie alle stramm in Reih und Glied standen und dann, einer nach dem anderen, in einer Art Opium-Trance umfielen. Ich lächelte.

»Ich möchte doch nur, dass Lady Bathurst nicht allzu sehr leidet«, sagte ich. »Aber ich warne dich, sie neigt sehr zum Schreien, das liegt in ihrer Natur, und du darfst dich nicht zu sehr davon ablenken lassen.«

»Nein, nein, Sir. Ich werde mich nicht ablenken lassen. Alle meine Kinder waren Schreihälse. Ich hielt mir dann einfach die Ohren zu und sprach meine Gebete, und schon verwandelte sich alles in wunderbare Stille.«

Wir erreichten Bathurst Hall und wurden sofort in das Zimmer und zu Violets Bett geführt, das jetzt vor dem Fenster stand. Sie sah sehr blass aus, und das harte Morgenlicht grub Falten in ihre Haut, die ich vorher noch nicht bemerkt hatte. Als ich mich über sie beugte, hob sie die Arme und zog mich an sich. »Merivel«, sagte sie, »ich habe Angst ...«

»Es wird schnell gehen, Violet«, sagte ich. »In weniger als fünf Minuten wird es vorüber sein. Wir werden dann bei dir bleiben, während du schläfst.«

Ich hatte die Dienstboten tags zuvor angewiesen, ein Feuer im Zimmer zu entfachen und einen Kessel Wasser zu erhitzen, und genauso war es geschehen. Während ich einen Stuhl neben das Bett stellte und mein Skalpell zurechtlegte, rührte Mrs. McKinley Laudanum aus einer reichlichen Menge Opiumpulver und Branntwein an, und Violet trank die Mixtur. Ich sah, wie ihre Augen zu flattern begannen, als das Laudanum in ihr Blut drang.

Dann schob Mrs. McKinley Violets Nachtgewand vorsichtig über der Brust beiseite, nahm einen sauberen Musselinlappen und wusch die Stelle, wo geschnitten werden sollte, erst mit heißem Wasser, dann mit einer Tinktur aus der Zaubernuss. Danach hob sie Violets Arm, säuberte sie dort ebenfalls und sagte: »Ihr werdet nichts spüren, gnädige Frau. Ihr werdet sehen. Im Nu ist es weg.« Nach der Reinigung legte sie ein Stück Leinen unter den Arm, band Violets

Handgelenke an die Bettpfosten und bat sie, sich so ruhig zu verhalten, wie es eben ging.

An der Tür stand Violets Kammerzofe Agatha, ein hübsches junges Mädchen mit Grübchen, die, wie ich erkennen konnte, hin- und hergerissen war zwischen dem Wunsch, bei ihrer Herrin zu bleiben, und dem Bedürfnis zu fliehen. Ich wandte mich an sie und sagte: »Agatha, geh nach unten und bereite den Bettwärmer vor. Nach dem Schock des Schneidens beginnen die Menschen häufig zu frieren. Ich werde dich rufen, wenn ich den Bettwärmer brauche. Bring auch Wolldecken mit.«

Das Mädchen knickste und eilte davon. Ich sah zu Mrs. McKinley.

»Wir sollten dem Laudanum noch etwas Zeit geben«, sagte ich, »dann fangen wir an.«

Mrs. McKinley setzte sich eine weiße Leinenkappe auf den Kopf und rollte die Ärmel auf. Sie streichelte sanft Violets angebundene Hände, und das schien sie zu beruhigen, wir sahen, wie ihr die Augen zufielen, und hörten, wie ihre Atmung tiefer und langsamer wurde.

Ich nahm das Skalpell. Ich wies Mrs. McKinley an, ihre Brust zu pressen und die Haut für den Schnitt zu spannen. Während sie presste, schien das Ding sich zu vergrößern, und ich entdeckte jetzt, dass ein kleiner Auswuchs bis in Violets Achselhöhle gewandert war, und das bestürzte mich, denn ich hatte gedacht, ich würde einen sauberen runden Knubbel herausschneiden, so als entfernte ich einen Augapfel aus seiner Höhle. Nun begriff ich, dass mein Skalpell einen zweiten und dann noch einen dritten Schnitt würde machen müssen.

Mrs. McKinley sah es auch. »Ich glaube, es ist mehr, als es zu Anfang schien, Sir Rabbit«, flüsterte sie. »Seht nur. Und Ihr werdet alles herausnehmen müssen.«

Ich holte tief Luft. Ich kann nie in den Körper eines Menschen schneiden, ohne daran zu denken, wie tief ich mit dem Messer einst in Katharinas Körper eindringen musste, um

Margaret zu entbinden. Infolgedessen bleibe ich mittlerweile ruhig, denn ich weiß, dass mir nichts mehr solch tiefe Angst einjagen kann wie jene Operation damals.

Ich machte zwei schnelle kreuzförmige Schnitte in die Mitte der Geschwulst. Es floss nicht viel Blut. Ich klappte die Haut zurück und prüfte, wie tief ich gehen müsste, um den ganzen Tumorklumpen herauszuholen, der weiß war mit blauroten Flecken und für mich wie ein Meerestier aussah, das sich in einem Gezeitentümpel an einen Stein klammert.

Violet hatte zu stöhnen begonnen. Mrs. McKinley redete leise mit ihr und sagte, das Schlimmste sei gleich vorüber.

Ich begann mit dem Schneiden. Die Klinge fuhr tief hinein, schnitt am Rand des Geschwürs entlang. Mrs. McKinley tupfte mit ihren Musselintüchern das hervortretende Blut auf. Jetzt begann Violet in ihrer Qual laut zu wimmern, ihr Körper bewegte und bog sich, so dass meine Hand zuckte und die Klinge tiefer eindrang, als ich beabsichtigt hatte. Violet schrie. Der Schrei war so laut und erschütternd, dass ich das Gefühl hatte, das Hörvermögen hätte sich plötzlich vor das Sehvermögen geschoben und dem Auge die Sicht verstellt. Ich blinzelte. Mit einer Hand versuchte Mrs. McKinley, Violet festzuhalten, und mit der anderen tupfte sie Blut von der Wunde.

»Wie wäre es mit einem Gebet?«, fragte ich flüsternd.

»O ja, ein Gebet. Das mache ich, Sir.«

Sie begann ein sehr leises Gemurmel mit Gott und bat ihn, uns Ruhe zu schenken.

Ich blinzelte erneut und drehte das Skalpell so, dass es *unter* dem Tumor entlangschnitt – jedenfalls hoffte ich das.

»Ich habe ihn beinahe, Violet«, sagte ich. »Ich habe ihn beinahe heraus …«

»Nein!«, rief Violet. »Hör auf! Mach alles wieder zu, Merivel. Mehr ertrage ich nicht!«

»Verehrte Dame«, sagte Mrs. McKinley. »Sir Rabbit muss ihn ganz rausholen, sonst könnte er wieder wachsen.«

»Lass ihn wachsen!«, rief Violet. »Ich bin jetzt alt und hässlich! Soll er mich ruhig ersticken und mit sich nehmen!«

Mrs. McKinley handelte rasch und schüttete mehr Laudanum in Violets Mund, und das war es dann auch – eher als das Gebet, muss ich zugeben –, was sie beruhigte. Ich nahm das Musselintuch und tupfte und tupfte, um das Blut aufzuwischen. Dann tastete ich mit dem Finger und spürte, wie sich die Geschwulst an einer Seite vom Fleisch löste. Ich schnitt noch ein Stück darunter entlang und lockerte den Knubbel weiter. Blut lief mir über die Hand.

Noch zwei Schnitte, und das Ding war frei. Mit meinem Spatel holte ich es heraus und legte es in ein Glasgefäß. Ich drückte einen Musselinbausch fest auf die Wunde, starrte die Krebsgeschwulst an und dachte bei mir, wie seltsam und schrecklich es doch sei, dass der Körper heimlich und im Verborgenen Metastasen produziert, die ihn ins Grab bringen können.

Violet war mittlerweile ruhig, ihre Atmung flach. Ich wünschte mir von ganzem Herzen, ich könnte die Wunde jetzt zunähen, und das Schneiden hätte ein Ende. Doch ich wusste, ich musste noch weiter gehen. In der Achselhöhle lagen zwei Metastasen der Hauptgeschwulst, und die durften nicht in Violets Körper bleiben.

Ich griff erneut nach dem Skalpell. Ich hatte versprochen, dass ich für die ganze Schneiderei nicht mehr als fünf Minuten brauchen würde, aber meine Kämpfe mit den schwer zu fassenden Metastasen dauerten mehr als eine halbe Stunde, denn sie schienen im Blut zu versinken, und ich musste zwischen dem Schneiden immer wieder Pausen einlegen, während Mrs. McKinley tupfte und tupfte.

Als ich endlich so weit war, dass ich die Haut zusammennähen konnte, war Violet sehr blass und in einem tiefen Schockzustand. Sie hatte einen heftigen Schluckauf, und Mrs. McKinley und ich fürchteten schon, sie bekäme einen Krampfanfall oder ihr Herz bliebe stehen.

Gemeinsam verbanden wir die Wunden, dann wuschen wir uns Hände und Arme mit schwarzer Seife in heißem Wasser, und ich rief nach Agatha, sie möge den Bettwärmer und die Decken bringen. Wir banden Violets Handgelenke los und legten ihren rechten Arm neben ihren Körper, den linken jedoch auf das Kissen, weg von der Wunde.

Mrs. McKinley berührte Violets Stirn mit ihren starken Händen und flüsterte mir zu: »Gütiger Himmel, Sir, sie ist sehr kalt ...«

Agatha kam herein und sah all die blutigen Lappen und ihre Herrin bleich wie ein Gespenst und die Krebsgeschwüre in dem Gefäß und wäre fast ohnmächtig geworden. Ich nahm ihr den Bettwärmer aus der Hand und wickelte ihn in eine Decke und befahl Agatha, noch mehr heißes Wasser zu holen und zwei Schalen mit Schokolade für mich und Mrs. McKinley.

Das Leintuch und das Laken unter Violet waren hellrot und feucht von Blut, und Mrs. McKinley und ich wussten, dass wir sie wegschaffen mussten. Aber das war nicht einfach, denn es würde äußerst schmerzhaft für Violet sein, wenn wir sie bewegten. Ich schob meinen Arm unter ihre rechte Schulter und den Nacken und hob sie etwas hoch, und Mrs. McKinley zog das Leintuch und das blutige Laken weg, und dann legte ich Violet wieder hin und hob nun ihren Rücken und Hintern an, so dass das Laken ganz freikam. Dann breiteten wir saubere Leintücher aus und legten weiche Kissen um die Wunde und versuchten, Violet warm zu bekommen, indem wir den Bettwärmer an ihre Füße stellten und die Wolldecken über ihr ausbreiteten.

In ihren Mund tröpfelte Mrs. McKinley noch mehr Laudanum. Der Schluckauf dauerte weitere zehn Minuten. Dann hörte er auf, und Violet lag still und ruhig vor uns. Ich nahm ihr Handgelenk hoch und tastete nach ihrem Puls und fand ihn, er war schwach, aber vorhanden, und so ging der Morgen langsam vorüber.

Mrs. McKinley nahm ihre weiße Haube ab und wischte sich die Stirn damit. »Lieber Himmel, Sir Rabbit«, sagte sie, »die Schokolade wird jetzt aber wunderbar sein.«

Wir saßen den ganzen Tag lang in Violets Zimmer. Erst beschien die Sonne uns, dann versteckte sie sich hinter Wolken, und der Raum verdunkelte sich, als würde er Regen ankündigen.

Im Geiste wanderte ich immer wieder nach Bidnold und fragte mich, was der König und Margaret dort wohl machten, doch ich versuchte, diese hässlichen Gedanken wegzuschieben. Ich wusste, dass ich bis zum nächsten Morgen bei Violet bleiben musste.

Ich betrachtete ihr Gesicht, das ich einst beinahe liebte. Sie schnarchte in ihrem Laudanumschlaf. Leise sagte ich zu Mrs. McKinley: »Es ist nicht so sauber gelungen, wie ich gehofft hatte.«

»Nun ja«, erwiderte sie, »ich habe aber auch kaum einen Schlimmeren gesehen, meinen eigenen eingeschlossen.«

»Du hattest auch einen Tumor in der Brust?«

»Ja, aber der wurde mir herausgeschnitten, lange bevor ich Euch kannte. Und seht mich nur an, Sir Rabbit. Stark wie ein Pferd. Ich werde uralt in meinem Bett sterben. Darauf könnt Ihr eine fette Wette eingehen.«

18 ∽

Wir verbrachten eine äußerst jämmerliche Nacht: Violet erbrach das Laudanum, das sie geschluckt hatte, und weil sich die Menge an Arznei in ihrem Körper dadurch verminderte, begann sie unerträgliche Schmerzen zu leiden.

Wir säuberten sie und versuchten, sie zu beruhigen und ihr das Liegen etwas angenehmer zu machen, aber ihr Körper war immer noch eiskalt, und ihre Lippen waren trocken und rissig. Wir gaben ihr Wasser, Mrs. McKinley räucherte das Schlafgemach mit Weihrauch aus und ging dann hinunter in die Küche und kochte etwas, was sie »Kartoffelbrühe« nannte – ein Gericht, das ihrer Familie in Donegal früher stets sehr gut als »Kur gegen Gift« geholfen habe.

Ich saß nun allein bei Violet, sorgte dafür, dass das Feuer stetig und kräftig brannte, und hätte gern noch weitere Decken über dem Bett ausgebreitet, aber Violet sagte, sie würden zu schwer auf ihrer Wunde lasten und sie ertrage dort keine Berührung.

Um sie ein wenig von ihren Schmerzen abzulenken, schlug ich ihr vor, mir noch etwas mehr von ihrer Nacht mit dem König zu erzählen, und tatsächlich erschien ein schwaches Lächeln in ihrem von großen Schmerzen gezeichneten Gesicht.

»Nun, er ist sehr redselig währenddessen«, sagte sie. »Und ich schätze ein Gespräch beim Sex durchaus – genauso wie du, wenn ich mich recht erinnere, Merivel.«

»Manchmal …«, sagte ich.

»Aber später, nachdem wir uns in mehreren Positionen erschöpfend vergnügt hatten, begann er von der Königin zu reden, wie er sie in all den Jahren mit hundert Frauen betrogen, aber immer wieder mit Devotionalien beschenkt und beschwichtigt hatte.«

Violet wies auf ihren Sekretär neben dem Kamin. »Du siehst doch das Holzkästchen dort, Merivel. Bring es mir, dann zeige ich dir etwas.«

Ich holte das Kästchen, das sehr schön in der Form einer Seemannskiste gearbeitet und mit kleinen Messingnägeln beschlagen war. Violet bat mich, es zu öffnen, was ich tat; es war innen mit blauem Samt ausgeschlagen und enthielt eine weiße Locke.

»Diese Schatulle gehörte Bathurst«, erklärte Violet. »Er kaufte sie in Rom für eine große Summe. Wie du weißt, war er ein verrückter und auch ein leichtgläubiger Mensch. Man hatte ihm erklärt, das Haar in der Schatulle stamme vom Haupt des heiligen Petrus, und er beschloss, es zu glauben.«

»Oh, es ist also ein Haar, das beinahe siebzehn Jahrhunderte überdauert hat?«

»Exakt. Aber wie kann es sein, dass etwas Menschliches nach all der Zeit nicht vergeht und zu Staub wird? Das fragte ich auch Bathurst, doch er blieb bei seiner Meinung. Er pflegte seine Gebete über der Schatulle zu murmeln. Sie möge ihm Glück bei den Pferderennen bringen, pflegte er zu bitten.«

»Und? Tat sie das?«

»Das weiß ich nicht mehr, Merivel. Er war einer der furchtbarsten Glücksspieler, bis er dann verrückt wurde und das Spielen vergaß. Und als nun der König gegangen war, kam ich auf den Gedanken, dass seine Königin in ihrer katholischen Frömmigkeit vielleicht auch daran glauben könnte. Und deshalb möchte ich, dass du es ihm gibst, damit er es ihr schenkt – als Buße für all die wilden und schmutzigen Dinge, die er mit mir trieb!«

Ich versprach es Violet und streichelte ihre Stirn. Dann sagte ich mit leiser, erstickter Stimme: »Violet, beantworte mir eine Frage. Glaubst du wirklich, dass der König versuchen wird, meine Tochter zu verführen?«

»Er *versucht* nicht, Menschen zu verführen. Er tut es.«

»Wird er nicht meinen, Margaret sei noch zu jung?«

»Ich habe keine Ahnung, mein Freund. Aber kann das denn so schlimm sein? Seine Jungfräulichkeit an den König von England zu verlieren ...«

»Für mich wäre es sehr schlimm! Wenn ich daran denke, wie unglücklich es Celia machte.«

»Celia war ein dummes Mädchen, Merivel. Ich habe mich immer gewundert, dass du überhaupt etwas für dieses unscheinbare, langweilige Geschöpf empfunden hast – zumal du doch mich hattest, die ich mich so leidenschaftlich und erfolgreich der Wünsche deiner Rute annahm. Aber Margaret ist nicht leichtgläubig und schwach, so wie Celia. Sie wird nicht leiden.«

In diesem Augenblick kam Mrs. McKinley mit der Kartoffelbrühe, und wir mussten das Gespräch beenden.

Wir richteten Violet ein wenig im Bett auf. Durch das Fenster konnte ich sehen, dass es allmählich Morgen wurde. Ich löffelte Violet die Brühe in den Mund und betete, sie möge sie bei sich behalten und nicht wieder erbrechen. Dann betteten wir sie erneut in die Kissen, und ich berührte ihre Wangen und spürte, dass die gute Brühe sie ein wenig wärmte. Weihrauchduft hing schwer im Raum, und ich sehnte mich nach Schlaf.

Bevor ich gegen acht Uhr von Bathurst aufbrach, ging ich hinunter in die riesige Küche, wo in vergangenen Zeiten Mahlzeiten für dreißig oder vierzig Menschen zubereitet worden waren und die Herde Tag und Nacht zu prasseln schienen und der Geruch nach gebratenem Fleisch so stark war, dass ich manchmal fast glaubte, man könne allein davon leben – nur von dem köstlichen Duft.

Jetzt war alles sehr still, die Herdplatten waren kalt und sauber geschrubbt. Violets Koch stand am Fenster und blickte hinaus, als überlege er, was er mit dem angebrochenen Tag machen, wie er ihn verbringen sollte.

»Ein schöner Tag für dich, Chinery«, sagte ich. »Geht es dir gut?«

»So gut, wie die Zeiten es erlauben, Sir.«

»Das ist doch nicht schlecht. Darf *ich* mir erlauben, dir jetzt einige Anweisungen zu geben. Lady Bathursts Krankenschwester Mrs. McKinley wird so lange hier wohnen, bis ihre Ladyschaft sich so weit erholt hat, dass Agatha sie pflegen kann. Schwester McKinley hat gestern Abend eine sehr wirksame Kartoffelbrühe für Lady Bathurst gekocht, die ihre Verdauung beruhigte; würdest du also bitte für einen reichlichen Vorrat an Kartoffeln sorgen.«

»Es gibt immer Kartoffeln. Die Erde von Norfolk strotzt davon.«

»Schön. Ich möchte auch, dass du kräftige Gerichte für Mrs. McKinley kochst ...«

»Sie ist Irin, oder?«

»Ja, ursprünglich kommt sie aus der Grafschaft Donegal.«

Ich musterte den alternden Chinery, diesen großen, gequält wirkenden Mann aus Norfolk, der eine unerklärliche Zuneigung zu dem alten verrückten Grafen gefasst hatte und seit Lord Bathursts Tod keine Freude mehr an seiner Arbeit zeigte.

»Glaub bitte nicht, dass Mrs. McKinley nur mit Kartoffeln glücklich sein wird«, sagte ich. »Lady Bathursts Pflege ist sehr anstrengend. Sie wird Fleisch und Brot und Fisch und Obst und Bier brauchen. Sie muss bei Kräften bleiben.«

Chinery drehte sich wieder um und blickte hinaus auf den Stallhof, als hätte er mich nicht gehört.

»Chinery!«, sagte ich scharf. »Bitte hör mir zu. Ich bin sehr müde. Ich hätte gern ein paar weich gekochte Eier, Brot und Kaffee, bevor ich hier aufbreche. Bitte mach so viel, dass auch genügend für Mrs. McKinley da ist, und schick alles unverzüglich nach oben.«

Ich blieb so lange stehen, bis Chinery sich umdrehte und zustimmend nickte. Dann schritt ich aus der Küche, versuchte dabei, den Kopf sehr gerade zu halten, und war froh, dass ich kein Schwert trug, über das ich hätte stolpern und stürzen können.

Als ich auf Bidnold ankam, wollte ich nur noch schlafen, doch kaum hatte ich das Haus betreten, nahm der König mich beiseite. Er habe, sagte er, eine Angelegenheit von großer Bedeutung mit mir zu besprechen.

Im Nu verschwand meine Erschöpfung, und eine schreckliche Erregung trat an ihre Stelle.

Wir begaben uns in die Bibliothek, wo der König auf und ab zu schreiten begann, bis mir von seinem Hin und Her ganz schwindlig war.

Endlich blieb er stehen und sagte: »Ich habe einen Entschluss gefasst, Merivel. Ich kann nicht länger auf Bidnold bleiben.«

Meine Lippen wurden trocken, und mit schwacher Stimme fragte ich: »Ist während meiner Abwesenheit irgendetwas *geschehen*, Sire?«

»Nein. Nichts ist geschehen, außer dass meinem Gewissen ein Stich versetzt wurde.«

»Darf ich fragen, wovon, Eure Majestät?«

»Von all dem, was ich derzeit vernachlässige. Ich kann so nicht weitermachen. Der Herzog von York hat Recht: Es würde in der Katastrophe enden. Ich bin der König. Ich muss zurückkehren und regieren.«

»Das kommt sehr plötzlich, Sire ...«

»Eigentlich nicht. Seit dem Brief meines Bruders habe ich mich nicht mehr wohlgefühlt. Es gibt so vieles im Land, das aus Mangel an Geld zu zerfallen droht. Ich muss sehen, dass ich auf irgendeine Weise Mittel zusammenbringe.«

»Wie wollt Ihr sie zusammenbringen, Sire ...?«

»Durch weitere Darlehen von König Louis vermutlich. Sofern sich nicht aus heiterem Himmel eine andere Möglichkeit ergibt oder du womöglich einen unerschöpflichen Vorrat an

Halfcrowns besitzt. Doch hör zu, Merivel, lass uns nicht mehr darüber sprechen. Sollten wir nicht noch einen letzten heiteren gemeinsamen Abend mit der vortrefflichen Prideaux-Familie verbringen, bevor ich abreise? Mit einem Nachtmahl und Federball? Kannst du sie für Donnerstag einladen?«

»Ja …«

»Und vielleicht ist Margaret dieses Mal kräftig genug, um am Spiel teilzunehmen?«

»Ich bin nicht sicher, Sire.«

»Ich glaube schon. Sie kann in meiner Mannschaft spielen. So, Merivel, und nun erzähl mir. Wie geht es Lady Bathurst?«

Wir ließen uns beide nieder. Ich hatte das dringende Bedürfnis, Margaret zu sehen, war jedoch gezwungen, dem König in der Bibliothek Gesellschaft zu leisten und von Violets Operation zu berichten.

Er hörte sehr ernst zu. Er sagte, er halte Violet Bathurst für »eine außergewöhnliche Frau mit einem erstaunlich starken Verlangen«. Er fragte mich, ob sie das Herausschneiden des Krebses wohl überleben werde.

»Diese Operation kann sie durchaus überleben, Sire«, sagte ich. »Aber der Krebs kann wiederkommen. Für den Augenblick habe ich jedoch alles getan, was in meiner Macht steht.«

In dem Moment fiel mir die Schatulle mit der Locke vom Haupt des heiligen Petrus wieder ein. Ich holte sie hervor, überreichte sie dem König und erklärte, es sei ein Geschenk von Violet für die Königin.

Er nahm die Locke heraus und roch daran. Dann wickelte er sie um seinen langen Zeigefinger und betrachtete sie prüfend.

»Die Bedeutung von Aberglauben und Täuschung im menschlichen Leben hat mich schon immer außerordentlich interessiert«, sagte er. »Über diese Dinge lässt sich gewiss bequem spotten, aber ich nehme sie ernst. Ich habe selbst erlebt, wie die Reliquien, welche die Königin zusammengetragen hat, sie zu trösten vermögen. Sie küsst sie mit einer solchen Leidenschaft! In ihren Augen sind sie Manifestierungen des liebenden Gottes. Es spielt keine Rolle, ob es sich um einen alten Fingerknöchel von einem Armenfriedhof in Kent handelt oder um einen Stofffetzen von einem Basar in Ägypten. Was zählt, ist das, was diese Dinge *ihr bedeuten*.«

»Da stimme ich Euch zu, Sire. Montaigne sagt, das Ende der Täuschung kann das Ende der Freude sein.«

Und da fühlte ich mich bewogen, dem König zu erzählen, wie mir vor langer Zeit eine indische Nachtigall in einem vergoldeten Käfig geschenkt worden war. Der Vogel hatte mich sehr gerührt und fasziniert, und ich versuchte immer wieder, ihn zum Singen zu bewegen, indem ich ihm mit der Oboe vorspielte.

»Doch irgendwann«, sagte ich, »kommt mein Freund Pearce, der Quäker, und sagt zu mir: ›Merivel, du bist ein Dummkopf. Das ist keine indische Nachtigall. Das ist eine ganz gewöhnliche Amsel mit ein paar bunt gemalten Federn!‹ Und ich erkannte, dass Pearce Recht hatte und meine geliebte indische Nachtigall nichts dergleichen war – und dass es womöglich auf dieser Erde gar keine indische Nachtigall gibt. Und dennoch war ich in meinem Zustand der Täuschung glücklich gewesen, und dessen Ende verursachte mir großen Kummer.«

»Ach ja«, sagte der König. »Natürlich. Du hieltest ein Wunder in Händen, und dann verlorst du es.«

Beide versanken wir in einer ansteckenden stummen Düsternis. Nach einer Weile legte der König die Locke vom Haupt des heiligen Petrus wieder in ihr blaues Samtbett, schloss die Schatulle und sagte: »Der Königin wird sie gefallen. Ich werde ihr erzählen, dass ein Priester in Norwich – in welche Stadt der heilige Petrus vor langer Zeit reiste und Freundschaft mit einem Barbier schloss – die Schatulle mit der Locke in meine Hände legte.«

Darüber mussten wir beide lachen, und der König sagte:

»Es kommt alles auf die *Geschichte* an, Merivel. Kein Gegenstand kommt zu seiner vollen Bedeutung ohne die dazugehörige Geschichte.«

Am Donnerstag, dem 23. Mai, kam abends die Prideaux-Familie, und wir alle kleideten uns in unsere feinsten Gewänder, und einer meiner französisch herausgeputzten Satinröcke mit seiner Kaskade von Schulterbändern wurde ebenso sehr bespöttelt wie bewundert.

Ich hatte vorher ausführlich mit Cattlebury gesprochen. Er schien nach seinem Kirschenverzehr ein wenig einsichtiger und bereit, sein ganzes Können in das Bankett für den letzten Abend des Königs zu legen. Es waren reichlich Forellen bestellt worden, dazu Kapaune und Haselnüsse und eine Lammschulter und noch andere Delikatessen, denen der König, wie ich wusste, sehr zugetan war; außerdem wurden einige gute Weine aus dem Keller geholt.

Das Essen war exquisit und ein großer Erfolg. Auf meinen Wunsch hin waren hundert Kerzen entzündet worden, so dass überall im Raum ein regelrechtes Flammenfeuer tanzte und flackerte, und als ich in all die vom Kerzenschein erleuchteten Gesichter blickte, sah ich nichts als Seligkeit darin. Selbst Will, der – in einer viel zu großen Livree für seinen geschrumpften Körper – auf seinem Posten hinter dem Stuhl des Königs stand, konnte, wie ich bemerkte, ein närrisches Lächeln nicht verbergen, außer in den Momenten, wenn er einen Teller vom Lakaien entgegennahm und vor den König hinstellte, was er jedes Mal mit der grimmigsten Konzentration tat.

Margaret trug ein türkisfarbenes Gewand und türkisfarbene Bänder in ihrem kastanienbraunen Haar. Sie schien sehr häufig zu erröten, fast wie über ihre eigene Schönheit, und ich staunte, dass ich – mit meiner platten Nase und meinen Igelborsten und dem dicken, fleckigen Bauch – der Vater eines so hübschen Mädchens sein konnte.

Vom reichlichen Essen und Trinken viel zu träge für eine Partie Federball, begannen wir nach dem Festmahl, in meinem Salon Blindekuh zu spielen, und hatten alle großes Vergnügen daran, die Blinden auf meinem Teppich aus Chengchow umherstolpern zu sehen, während wir anderen rannten und uns hinter Stühlen und Vorhängen versteckten und sie mit frechen Zurufen neckten.

Als die Reihe nun an den König kam, behauptete er, er werde als Fänger jeden von uns am Geruch erkennen, weil wir uns nicht vor unserem eigenen Parfüm verstecken könnten. Und in der Tat stellte sich heraus, dass er uns schneller fing und erkannte als jeder andere Fänger, und ich dachte, es müsse wohl sein besonderes Talent sein, Menschen an ihrem Duft oder ihrem Gang oder ihrem Atem zu erkennen und manchmal sogar mit unheimlicher Präzision zu wissen, was in ihren Köpfen vor sich ging.

Als wir genug vom Blindekuhspielen hatten, stellten wir zwei Tische für Rommé auf, und es wurde Met serviert, zusammen mit köstlichen Vanillekeksen, die Cattlebury gebacken hatte. Und wir mussten feststellen, dass Sir James Prideaux ein wahrer Meister des Kartenspiels war; er übertraf uns alle und häufte einen großen Berg halber Pennys, um die wir spielten, vor sich auf.

»Oh«, sagte Sir James lachend, während er sein Geld an sich nahm, »wie hervorragend! Nun kann ich es mir leisten, euch alle erneut nach Cornwall einzuladen, und dieses Mal, Margaret, wirst du mit uns kommen.«

»Und die Papageientaucher sehen«, sagte Penelope.

»Und Kaurischnecken sammeln!«, sagte Mary.

»Aber keine Garnelen essen!«, sagte Arabella.

Margaret lächelte errötend, sagte zu meiner Überraschung jedoch nichts. In diesem Augenblick erhob der König sich, ging hinüber zu Margaret, nahm sie bei der Hand, half ihr aus dem Stuhl, verbeugte sich anschließend vor mir und sagte: »Ich habe es dir, aus Furcht, du würdest es mir ausschlagen, bis jetzt noch nicht mitgeteilt, Merivel, aber ich habe zu Margaret gesagt, dass wir für sie eine Stelle bei Hof finden könnten, und sie will gerne kommen – wenn du deinen Segen dazu gibst.«

Ich saß sehr still und plötzlich innerlich fröstelnd auf meinem Stuhl, während die gesamte Prideaux-Familie diese Ankündigung mit großem Staunen vernahm.

»Also ...«, sagte Sir James und ließ aus Versehen eine ganze Handvoll seiner halben Pennys fallen, »das ist doch wunderbar, Sire. Wunderbar für Margaret ... und für Sir Robert ...«

»Die Herzogin von Portsmouth hat mir geschrieben«, fuhr der König fort. »Sie bat mich, eine neue junge Hofdame für sie zu finden. Und so scheint es sich denn aufs Schönste zu fügen. Ich werde morgen nach Whitehall reisen und alles in die Wege leiten, was Unterkunft und Vergütung und so weiter anbetrifft, und dann wird Margaret, wenn ihr Vater einwilligt, zu Anfang des Monats Juni nach London kommen. Darf ich von deinem Einverständnis ausgehen, Merivel?«

Alle blickten zu mir. Nur die kleine Penelope verstand, glaube ich, was ich empfand, denn sie kam zu mir und nahm mit großem Ernst meine Hand in ihre.

Immer noch Penelopes Hand haltend, stand ich auf und verbeugte mich vor dem König. »Ich fühle mich geehrt. Dies ist ... eine große Ehre«, sagte ich. Doch meine Stimme klang sehr kümmerlich, als hätte ich mich an einer Pastinake verschluckt. »Aber es wird Euch hoffentlich nicht erzürnen, Sire, wenn ich mich verpflichtet fühle, Margaret – vor Eurer Majestät und vor der hier versammelten Gesellschaft – zu fragen, ob es sich um eine Ehre handelt, die sie auch wirklich gerne annehmen möchte.«

Schweigen senkte sich über den Salon. Es war spät, und wo noch Kerzen brannten, tropfte das Wachs unablässig in die Halterungen.

»Ja, das möchte ich«, sagte Margaret.

Ich stehe im fahlen Mondlicht vor Clarendons Gehege und blicke mich in der hereinbrechenden Dunkelheit suchend nach ihm um. Ich kann ihn atmen hören, sehe ihn aber nicht.

Dann spüre ich einen Schatten an meiner Seite, und ich weiß, es ist Pearce.

»Nun«, sagt er mit seiner geisterhaften Stimme, »was wirst du jetzt tun, Merivel?«

»Ich kann nichts tun«, erwidere ich.

Ich höre Pearce seufzen – oder vielleicht ist es auch Clarendon, der seufzt, oder die Eschen in der Bäreneinfriedung seufzen …

»Diese bittere Nacht musste kommen«, flüstert Pearce. »Jetzt wird der König dich hintergehen.«

DRITTER TEIL
Der große Trost ᔕ

19 ∽

Margaret ist fort.

Ich begleitete sie nach London und half ihr dabei, sich in den Gemächern der Herzogin von Portsmouth im Whitehall-Palast einzurichten.

Margarets Raum ist keine dunkle Dachkammer wie die von Celia, sondern ein geräumiges Zimmer. Es gibt ein mit blauem Brokat verhängtes Himmelbett, einen Kamin mit geschnitztem Mahagonirahmen und einen Tisch, auf dem silberne Bürsten und Kämme bereitliegen. Ich stand am Fenster dieses Zimmers und blickte hinunter auf das, was sie nun jeden Tag sehen würde, und ich sah in einem kleinen Hof einen steinernen Brunnen in Form einer Nymphe, die das Wasser aus einer Amphore goss, und der Anblick dieser unschuldigen Gestalt besänftigte mein Herz. In dem Brunnenbecken tummelten sich einige leuchtend goldene Fische um die Füße der Nymphe.

Die Herzogin von Portsmouth, des Königs geliebte »Fubbs«, gesellte sich zu uns und war sehr liebenswürdig und freundlich, nahm Margaret in die Arme, küsste sie und erklärte, sie werde hier fortan ein wunderschönes Leben führen. Und ich konnte sehen, dass Margaret ihr glaubte und voller Aufregung und Vorfreude war, und ich wollte dieses Glück nicht trüben, indem ich den Argwohn und die Befürchtungen äußerte, die mir immer noch im Kopf herumgingen.

Fubbs mag vielleicht ein »wunderschönes Leben führen«, aber sie ist keine wunderschöne Frau, und dieser Mangel an Schönheit verstärkte nur noch meine Sorge, dass der König sich Befriedigung bei meiner Tochter holen könnte – oder

es schon getan hatte. Fubbs ist klein und mollig, mit gro-
ßen Augen in einem runden Gesicht und einem krummen
Näschen. Sie erinnert mich an eine Waldtaube. Ich sagte zur
Waldtaube: »Margaret ist alles, was ich habe.«

Sie nahm meine Hand und sagte: »Die Frauen in meiner
Obhut sind meine kleinen Entlein, und ich bin ihre liebevolle
Entenmutter.«

Ich musste lachen, weil sie eine Vogelmetapher gewählt
hatte, wo ich sie doch eben noch im Geiste als Taube bezeichnet hatte, und in diesem Augenblick erschien der König,
und wir sanken alle drei in unsere Verbeugungen und Knick-
se, indes mein schweres Schwert an mir baumelte wie ein
loser Zügel an einem Pferd, und der König sagte zu Fubbsy:
»Margaret hat mich das Rommé-Spiel gelehrt. Nun bin ich
sehr gut darin. Sie wird es dir auch beibringen, wenn du nett
zu ihr bist.«

Der König trug einen schlichten braunen Rock und sah
müde aus, und sein Humpeln schien stärker geworden zu
sein, seit er Bidnold verlassen hatte. Zu mir sagte er:

»Ich vermisse Norfolk, Merivel. Wie geht es Clarendon?«

»So wie immer, Sire«, antwortete ich. »Er ist einsam.«

Er sah mich mitfühlend an. »Und du wirst jetzt auch einsam sein, wo ich dir Margaret gestohlen habe«, sagte er,
»was wirst du also machen?«

Ich wusste nicht, wie ich antworten sollte. Der Widerhall
von Pearce' geisterhaften Worten, den ich in der Frage des
Königs hörte, beunruhigte mich für einen Moment. Mehr
noch, ich war bislang kaum in der Lage gewesen, darüber
nachzudenken, was ich tun *würde* außer um den Fortgang
von Margaret zu trauern. Im Geiste sah ich mich Stunde um
Stunde am Bärengehege stehen und dem Tier dabei zuschau-
en, wie es traurig am Zaun der Einfriedung entlangtrottete,
ohne dass ich gewusst hätte, wie sich sein Schicksal oder
meines verbessern ließe. Doch dann hörte ich mich sagen:
»Ich habe eine Einladung in die Schweiz, Eure Majestät.«

»Oh«, sagte der König. »Sehr gut. Aber bist du auch sicher, dass dort keine Giraffen auftauchen?«

»Giraffen!«, rief Fubbs. »*Que voulez-vous dire?*«

»Merivel weiß, was ich damit meine. Er würde sich seine Lustbarkeiten nicht gern durch ein langhalsiges Wesen verderben lassen.«

»Was für ›Lustbarkeiten‹, Papa?«, fragte Margaret.

»Ach, keine«, entgegnete ich, »es ist nur so, dass man, wie Seine Majestät weiß, beim Thema Giraffen nicht vorsichtig genug sein kann!«

Daraufhin brachen wir beide, der König und ich, in Lachen aus, während die Frauen uns mit jener tiefen Verstörung anblickten, die einen befällt, wenn man von einem Witz zwischen Eingeweihten ausgeschlossen wurde.

Dann kam für mich der Augenblick, Margaret adieu zu sagen.

Davor hatte mir über die Maßen gegraut, nicht nur, weil er so traurig sein würde, sondern auch, weil ich fürchtete, mich durch Tränen lächerlich zu machen. Ich korrigierte den Sitz meines Schwerts und begab mich so beherzt, als ginge es um das pünktliche Erscheinen bei der Versammlung der Armenaufseher der Gemeinde Bidnold, zu Margaret. Ich ergriff ihre Hand und bat sie, gut auf sich aufzupassen und mir so oft wie möglich zu schreiben.

Doch sie zog mich an sich, schlang ihre Arme um meinen Hals und sagte: »Ich liebe dich, mein lieber Papa.« Was meinen Entschluss, nicht zu weinen, ins Wanken zu bringen drohte; also hielt ich sie einen Moment lang fest und küsste ihre Wange, und dann ließ ich sie los und verließ, nach einer etwas ungelenken Ehrerbietungsbezeugung für den König und Fubbs, den Raum.

Und so kehrte ich einmal mehr (wie oft war ich schon abgereist und wieder zurückgekehrt!) nach Bidnold zurück und saß in meiner Bibliothek, trank Wein und versuchte, meinen Geist auf zukünftiges *Handeln* auszurichten, scheiterte jedoch kläglich. All mein Handeln bestand im Dasitzen und Trinken. Ich befand mich in einem derart benommenen Zustand des Nichtstuns, dass ich schon meinte, ich würde mich niemals mehr bewegen können und in meinem Sessel zu Stein werden.

Nach einer langen Zeit solch versteinerter Reglosigkeit dachte ich bei mir, wie schwer es mir mittlerweile fiel, daran zu glauben, dass *ich jemals irgendetwas getan hatte.* Als Will den Raum betrat, um nun, da der kühle Sommerabend hereinbrach, ein Feuer zu entfachen, fragte ich ihn: »Sag mir doch, Will, habe ich mich jemals von diesem Stuhl hier weggerührt?«

»Wovon redet Ihr, Sir Robert?«, entgegnete Will.

»Mir will scheinen, als säße ich schon immer hier ... und als hätte das ganze Leben ohne mich stattgefunden.«

Will schüttelte ratlos den Kopf. Er machte sich am Aschekasten zu schaffen und sagte: »Nun, Ihr seid einmal mit zwei gebratenen Wachteln in Eurer Rocktasche nach London geritten, und wir konnten die Flecken nie ganz herausbekommen. Aber wenn Ihr nicht glauben wollt, dass Ihr jemals etwas getan habt, warum lest Ihr dann nicht in dem kleinen Buch, das Ihr über Euer Leben geschrieben habt? Darin müssen doch irgendwelche *Taten* aufgeschrieben sein.«

Ich blickte zu dem Sekretär, in dem ich den *Keil* versteckt hatte. In letzter Zeit hatte ich kaum noch daran gedacht, doch nun war ich plötzlich begierig, darin zu lesen, vielleicht auch nur, um mich zu vergewissern, dass ich einmal die Fähigkeit besessen hatte, folgenschwere Ereignisse durchzustehen und doch am Leben zu bleiben.

Während Wills Feuer zögerlich zum Leben erwachte, ging ich steifbeinig zum Sekretär und öffnete die Schublade, worin der *Keil* lag. Ich nahm das Buch heraus, das immer noch ganz staubig und mit Mäusekot und Fliegenscheiße beschmutzt war, und ging zu meinem Sessel zurück. Will blickte mich besorgt an.

»Gibt es da, in Eurem Buch, Sir, irgendeine Erwähnung von mir?«, fragte er.

»Ja, Will, natürlich«, antwortete ich. »Nicht nur eine. Und sieh mal, hier, kurz vorm Ende, hier habe ich einen Brief kopiert, den du mir geschrieben hast, als ich einmal meinen Besuch auf Bidnold ankündigte, ohne auch nur zu ahnen, dass es jemals wieder mir gehören würde, aber voller Sehnsucht war, es wiederzusehen.«

»An den Besuch erinnere ich mich, Sir.«

»Möchtest du hören, was du schriebst?«

»Ja ...«

»Nun, hier kommt es:

»*Ach, Sir Robert! Ihr könnt nicht wissen, wie sehr wir hier alle, jeder von uns, der sich an Euch erinnert, mit Freude erfüllt sind über dieses große kommende Ereignis, welches Eure Ankunft auf Bidnold ist. Bitte, Sir, seid versichert, dass wir alles sehr hübsch und ordentlich für diese glückliche Rückkehr machen ...*«

»Meine Sätze waren nicht sehr gut«, bemerkte Will.

»Deine Sätze waren ausgezeichnet.«

»›Glückliche Rückkehr‹ ist doch nicht korrekt, Sir, oder?«

»Mir scheint, es ist erstaunlich korrekt und zutreffend. Denn wie du dich vielleicht erinnerst, war es eine glückliche Rückkehr. Ich hatte geglaubt, ich hätte das Haus verloren, und dann erschien der König mit seiner großen Hundemeute, und es war an eben dem Tag, dass er mir den Westturm zurückgab und sagte, er sei für immer mein.«

»Ich werde den Jubel in meinem Herzen nie vergessen, Sir Robert ...«

»Wie viele Male habe ich Margaret dort in den weißen Raum mit hinaufgenommen und ihr die Pfautauben auf dem Fensterbrett und den herrlichen Blick auf den Park gezeigt ...«

»Und ich *wusste*, dass eines Tages wieder alles Euch gehören würde. Ich wusste, dass Seine Majestät es Euch zurückgeben würde.«

»Nun, ich wusste das nicht. Ich wagte es nicht zu hoffen. Doch nun gehört es wieder mir. Nur Margaret ist entschwunden.«

»Aber danken wir dem Herrgott, dass sie nicht in den Himmel entschwunden ist.«

»Richtig. Doch ich fürchte mich vor dem, was ihr widerfahren wird, Will. Für zahllose junge Frauen hat das Hofleben den Untergang bedeutet. Meine Angst ist so groß, dass meine Gliedmaßen an diesem Sessel festzukleben scheinen.«

Es gelang mir, abends ein wenig Nahrung zu mir zu nehmen, doch im Stillen musste ich ständig denken: »Ich brauche mehr als Nahrung und Wein, um Trost zu finden. Ich brauche irgendeine Art von Vergessen ...«

Dann entsann ich mich, dass ich noch eine beträchtliche Menge Opium in meinem Besitz hatte, das ich vom Apotheker Dunn für Violet Bathursts Operation gekauft hatte, und ohne weiter zu überlegen, ging ich in mein Zimmer, holte es hervor und mischte mir in einem Gefäß eine kräftige Portion Laudanum.

Ich entkleidete mich, zog mein Nachthemd an und legte mich ins Bett. Der helle Juniabend draußen war erfüllt von lebhaftem Vogelgesang. Ich schlug den *Keil* auf, blätterte die Seiten um und suchte nach Erwähnungen von Margaret. Hin und wieder bemerkte ich, dass meine Handschrift sehr unordentlich und flüchtig war, als sei ich beim Niederschreiben in großer Eile gewesen.

Während ich das Laudanum in kleinen Schlucken trank, zwang ich mich, die Passage zu lesen, wie ich Katharines Leib aufschnitt, um Margaret zu entbinden. Und obgleich die Einzelheiten sehr grässlich waren, bewirkte die Beschreibung eine Art Hochgefühl, denn ich wusste, dass ich und ich allein Margaret lebendig auf diese Welt gebracht hatte und dass das Baby ohne meine medizinischen Kenntnisse gestorben wäre. Und deshalb dachte ich: Das immerhin tat ich. Die armselige Summe meines Lebens enthält dieses eine wunderbare Ereignis: Ich rettete Margaret vor dem Tod.

Ich trank noch mehr Laudanum. Ich stellte mir vor, dass ich wieder jung war (oder beinahe jung, mit vierzig Jahren) und meine Tochter in die Arme nahm, und ich sah die große Schönheit dieser Szene, als wäre sie damals von einem Künstler in einem Bild eingefangen worden, und das Licht in dem Gemälde war weich und golden.

Als ich nach dieser Traumfantasie erneut die Augen öffnete, sah ich, dass es jetzt wirklich Nacht geworden war. Ich horchte auf das Geräusch von Clarendons Geheul in der Dunkelheit, doch ich konnte nichts hören. Ich wusste, dass mich bald der Schlaf umfangen würde, und legte den Kopf in die Kissen. Das Letzte, woran ich mich erinnere, war das Geräusch vom *Keil*, der auf den Boden fiel.

Als ich erwachte, wusste ich nicht, wo ich war und was gerade geschah.

Ich hörte eine Stimme sagen: »Wacht auf, Sir Robert. Wacht auf!«

Ich sah das Licht der Morgendämmerung im Fenster und wähnte mich in einem Zimmer in Whitehall, mit einem Brunnen draußen und goldenen Fischen, die im Kreis schwammen.

»Hier sind Männer«, sagte die Stimme, »und sie sind sehr ärgerlich. Ihr müsst euch ankleiden und hinunterkommen.«

»Was für Männer?«, brachte ich mühsam hervor.

»Dorfleute. Bauern. Und sie führen Waffen in Form von Mistgabeln und Schaufeln mit sich und auch eine Art Gewehr.«

»*Was?*«

»Beeilt euch, Sir. Ich rieche, dass Ihr Branntwein genossen habt, aber Ihr müsst aufstehen, ich fürchte, sie kommen sonst hier hereinmarschiert.«

»Wo bin ich? Bin ich in London?«

»Nein, Sir. Ihr seid auf Bidnold. So, hier habe ich Euren Rock und die Hosen, Sir. Erhebt Euch freundlicherweise aus dem Bett, damit ich Euch ankleiden kann.«

Endlich begriff ich, dass die Stimme Will gehörte. Ich blickte hoch in sein faltiges Gesicht, und ein Schimmer von Erinnerung drang in mein Gehirn, das von dem vielen Laudanum, das ich bei Anbruch der Nacht getrunken, und all den Träumen und Wundern, die ich erlebt hatte, stark getrübt war.

Doch nun waren jene Wunder endgültig entfleucht. Ich nahm Wills ausgestreckte Hand, hievte mich in eine sitzende Position und sah, wie das Zimmer sich in wilden Kreisen um mich drehte.

»Will«, sagte ich, »es geht mir nicht gut. Ich kann nicht aufstehen.«

»Ihr müsst aber. Oder wollt Ihr in Eurem Bett mit der Mistgabel aufgespießt werden?«

»Mit der Mistgabel im Bett aufgespießt? Du redest Unsinn, Will. Du gehörst in ein Irrenhaus. Lass mich nun freundlicherweise schlafen …«

»Nein. Ausnahmsweise müsst Ihr einmal tun, was ich sage, Sir Robert. Etwas Schlimmes ist geschehen.«

»Etwas Schlimmes?«

»Leider ja.«

»Wie spät ist es?«

»Kurz vor sechs. Bitte bleibt aufrecht sitzen, Sir Robert, während ich Euch die Hosen anziehe.«

Ich saß schwankend da und dachte, dass ich mich wohl gleich über Wills altem Kopf erbrechen würde, während er mein Nachthemd in die Hosen stopfte.

»Was kann denn Schlimmes so früh am Morgen geschehen sein? Um diese Stunde bin ich gewöhnlich nicht wach …«

»Das weiß ich, Sir …«

»Ich habe immer gedacht, es könne ernstlich nichts geschehen, ehe ich nicht … Reich mir jetzt den Nachttopf, Will. Mir wird gleich übel.«

Will suchte nach dem Topf und hielt ihn mir eben noch rechtzeitig hin, um einen Sturzbach aus braunem Erbrochenem aufzufangen, das nach Branntwein und Arznei stank.

So grässlich hatte ich mich schon lange nicht mehr erbrochen, und es tat mir leid um Will, der zusehen und alles riechen musste, doch die Wirkung war heilsam, denn danach fühlte sich mein Kopf ein wenig klarer an.

Indem ich mir den Mund abwischte und die Nase schnäuzte, fragte ich: »Was für eine schlimme Sache ist uns denn widerfahren, Will? Ist Lady Bathurst tot?«

»Nicht Lady Bathurst. Sondern ein Schaf.«

»Ein Schaf?«

»Ja, Sir.«

»Und wieso werde ich dafür aufgeweckt? Sterben Schafe nicht die ganze Zeit? Mir scheint, schon in der Bibel verheddern sie sich ständig in Dornbüschen oder werden geopfert …«

»Es ist Euer Bär, Sir Robert. Er ist aus der Umfriedung ausgebrochen und tötet das Vieh. So, und nun steht bitte auf und setzt Eure Perücke auf. Euer Haar ist sehr zerzaust.«

Ich erhob mich, während Will meine Perücke bürstete und sie mir aufsetzte.

»Das muss ein Irrtum sein«, erklärte ich. »Der Zaun der Einfriedung ist sehr stark, und ich habe nie gesehen, dass der Bär ihn zu überklettern versuchte.«

»Nun, irgendwie ist er draußen. Und jetzt müsst Ihr Euch dem Zorn der Bauern stellen.«

Leicht taumelnd stieg ich die Treppe hinunter. Meine Beine schienen unter meinem Gewicht zusammenbrechen zu wollen. In der Diele sah ich eine Gruppe von fünf Männern, die Mistgabeln und Schaufeln trugen, und einer von ihnen hatte eine Donnerbüchse geschultert.

Als sie mich sahen, redeten sie alle sofort auf mich ein,

ohne jede höflichen Artigkeiten. Sie erklärten mir, eine wilde Bestie streife über ihre Felder, und sie machten mich dafür verantwortlich, und sie würden Rechnungen über jeden einzelnen Verlust vorlegen. Während sie mich weiter anschrien, warfen sie den blutigen Kadaver eines Schafs auf die Steinfliesen der Diele.

»Ich kann nicht hören, was ihr sagt, wenn ihr alle gleichzeitig redet«, sagte ich. »Verstehe ich recht, dass mein Lieblingstier Clarendon – das Seine Majestät, der König, so benannte – Schaden angerichtet hat?«

»Er mag ja Euer Lieblingstier sein, Sir Robert«, sagte der Donnerbüchsenmann, »aber er ist eine Bestie! Seht Euch dieses Mutterschaf an. Zerfleischt und halb gefressen! Als Nächstes sind unsere Kinder dran.«

Ich blickte hinab in die wütenden Gesichter. Ich hatte diese Leute schon früher gesehen, einige wenige Male in all den Jahren, aber nie in meinem Haus, und erst jetzt, hier in meiner prächtigen Diele, begriff ich, wie arm sie waren, diese Menschen in ihren aus Lumpen zusammengebundenen Kleidern und ihren schweren, abgetragenen Stiefeln. Sie stanken nach Erde und ungewaschener Haut. Eine neue Welle der Übelkeit stieg in mir hoch, und ich setzte mich rasch auf die Treppenstufen.

»Was, meint ihr, soll ich denn tun?«, fragte ich kleinmütig. »Wie ihr seht, ist mir heute nicht wohl …«

»Das kann uns jetzt nicht kümmern, Sir. Wollt Ihr, dass wir ruiniert werden, unser gesamtes Vieh uns genommen wird? Wollt Ihr, dass unsere Kinder umgebracht werden?«

»Nein, natürlich nicht. Der Bär muss wieder eingefangen werden.«

»Eingefangen? *Eingefangen*? Ich bitte Euch, Sir Robert, beleidigt uns nicht. Wenn Ihr ihn wieder hineinsetzt, was wird er denn anderes tun, als erneut herauskommen?«

»Ich werde den Zaun erhöhen.«

»Und unterdessen? Schafe, Ziegen, Hühner … Alle sind

dann längst verschwunden in seinem großen Schlund. Und wir in Armut versunken.«

Ich blickte hilflos zu den Männern, und sie blickten hilflos zu mir.

»Was soll ich denn tun?«, fragte ich erneut.

»Er muss sterben«, sagte Mr. Donnerbüchse, dessen Name, wie ich mich jetzt erinnerte, Patchett lautete und der auf einem armseligen Hof außerhalb des Dorfs Bildnold lebte, dort, wo die Felder unter Jakobskreuzkraut erstickten und seine ganze Arbeit darin bestand, dieses Kreuzkraut auszurotten, damit seine Rinder keine Koliken bekamen, doch es kehrte jedes Jahr wieder. »Es tut uns leid«, fuhr Patchett fort, »wenn er Euer Lieblingstier ist. Aber ein Bär ist ein sehr seltsames Lieblingstier, und er muss beseitigt werden.«

Ich rieb mir die Augen. Meine Übelkeit ließ ein wenig nach. »Armer Clarendon«, dachte ich, »dein ›Beschützer‹ hat dich im Stich gelassen. Ich habe einen Saphirring verkauft, damit du ein besseres Leben hättest, doch ich habe es nicht gut geplant. Alles, was ich getan habe, war, dir ein Stück Land und einige Bäume als Schatten zu geben, aber du bliebst ein Ausgestoßener und kanntest keine Freude.«

Ich erhob mich. »Ich werde mit euch kommen«, sagte ich, »und euch helfen, ihn zu finden. Aber er muss anständig beseitigt werden. Er darf nicht leiden. Hast du Pulver für deine Donnerbüchse?«

»Ja, Sir.«

»Dann benutze es. Ich kenne die Stärke deiner Waffe. Ich habe gesehen, wie einem Mann auf der Straße nach Dover der Kopf damit weggeblasen wurde.«

Daraufhin murmelten die Männer untereinander. Sie dachten vermutlich, dass ich, der ich so wohlhabend und verzärtelt war, in meinem ganzen Leben sicherlich noch nie etwas Unangenehmes gesehen hätte. Ich hörte mich seufzen.

Will stand stumm neben mir, und ich schickte ihn nach

einem warmen Rock für mich, denn der Morgen schien mir frisch, und ich zitterte am ganzen Körper.

»Trinkt einen Schluck Schokolade zur Kräftigung, bevor Ihr aufbrecht, Sir«, sagte Will.

»Nein«, entgegnete ich. »Den nehme ich bei meiner Rückkehr, um mich zu trösten. Da werde ich ihn gewiss brauchen.«

Wir wanderten zum Park hinüber. Wir starrten auf das leere Gehege, auf die Spuren der Bärenklauen und das gesplitterte Holz, wo er über den Zaun geklettert war.

Von dort aus versuchten wir, seiner Fährte im betauten Gras zu folgen, aber sie führte uns nur immer weiter und weiter, bis wir schließlich auf dem Feld landeten, wo das Schaf getötet worden war.

Wir blieben stehen, und ich schnupperte und witterte, denn Clarendons Geruch war mir mittlerweile sehr vertraut, aber ich konnte nichts riechen. Mir kam die verrückte Idee, dass er schon meilenweit gelaufen war und Bildnold und Norfolk längst hinter sich gelassen hatte, da er wusste, dass er nie mehr zu mir zurückkehren konnte. Und diese Vorstellung – wie er da, ohne Ziel und ohne Absicht, auf einsamen Straßen entlangwanderte – griff mir ans Herz. »Clarendon hat mir vertraut«, jammerte ich im Stillen, »und jetzt bleibt mir nichts anderes übrig, als dieses Vertrauen zu missbrauchen.«

Es begann zu regnen. In meinem leeren Magen begann ein wütender Schmerz. Doch wir trotteten immer weiter, über grüne Wiesen und Weiden und weite Getreidefelder und Obstwiesen und Schweinepferche und mit Ginster bewachsenes Brachland.

Weil wir im Kreis gegangen waren, erreichten wir schließlich, ohne Clarendon gesichtet oder gewittert zu haben, das Dorf Bidnold, wo *Die fröhlichen Binsenschnitter*, eine Schenke, die ich sehr gut kannte, gerade öffnete, und ich sagte zu den Männern: »Lasst uns hier einkehren, und ich werde uns allen einen ordentlichen Schluck Bier zur Kräftigung kaufen. Dann marschieren wir weiter.«

Dagegen hatten sie nichts einzuwenden. Wir setzten uns auf Bänke inmitten von Sägemehl und zechten, und niemals hat mir ein Bier so gut geschmeckt, und auch mein armer Magen beruhigte sich. Nachdem ich zwei Krüge geleert hatte, hätte ich mich nur zu gern auf eine der harten Bänke der *Binsenschnitter* ausgestreckt und geschlafen, doch ich wusste, dass ich Wort halten musste. Also bezahlte ich das Bier, und wir traten wieder hinaus in den trüben Morgen.

Der Regen fiel beständig weiter. Es war einer dieser Sommerregen, die man kaum wahrnimmt und die dennoch die Kleider recht schnell durchfeuchten und die Lebensgeister dämpfen. Und der mehrstündige Marsch hatte mich derart erschöpft, dass ich kurz davor war, in ein Kleefeld zu sinken und darauf zu warten, dass Clarendon mich fand und mir das Herz aus dem Leib riss.

Auf diesem Feld stand eine Scheune, in der das erste Sommerheu in großen Haufen gelagert war. Und kaum dass ich diese Scheune erblickte, wusste ich, dass wir hier den Bären finden würden. Ich entdeckte die Spuren seiner Tatzen im Klee, die hierhin und dorthin führten, und dann roch ich auch, trotz des Regens, seinen Duft.

Ich brachte unseren Trupp zum Stehen. Ich befahl Patchett, seine Donnerbüchse zu laden.

Ich sagte: »Er ist hier drinnen. Beweg dich ganz langsam, dann wird er nicht auf dich losgehen. Ziel auf seinen Kopf oder auf sein Herz.«

Die Bauern hoben alle ihre Schaufeln und Mistgabeln, und Patchett brachte sein großes Gewehr in Anschlag. Dann marschierten sie im Gänsemarsch los, die Mistgabelmänner hübsch sicher hinter Patchett.

Ich stand im Klee. Ich wartete auf die Explosion der Donnerbüchse, und als sie erfolgte, spürte ich, wie sich ein Gefühl der Befreiung meiner bemächtigte. Als wäre ich von all meinen Pflichten der Welt gegenüber – an denen ich so verheerend häufig gescheitert war – entbunden, als würde niemals mehr etwas von mir verlangt werden.

20

Ich erklärte Patchett und den anderen Männern, ich würde Clarendon gerne begraben, und bat sie, mir beim Ausheben einer Grube zu helfen. Sie sahen mich an, als wäre ich vollkommen verrückt.

»Ich bitte um Vergebung, Sir Robert«, sagte Patchett, »aber seht doch nur das Fleisch an ihm! Genug für zehn Familien. In meinem Haus haben wir seit dem Frühling kein Fleisch mehr gegessen.«

Die Donnerbüchse hatte Clarendon neben dem Herzen getroffen, die blutigen Muskeln seiner Brust freigelegt und sein linkes Vorderbein abgetrennt, aber sein Kopf war unberührt geblieben, und er lag im weichen Gras wie auf einem Kissen. Ein Auge war offen, eines geschlossen. Aus dem offenen Auge sickerte etwas Schwarzes, und ich wusste nicht, was das war, ob schwarze Tränen oder eine Absonderung aus seinem Gehirn, die durch den Schädel getropft war.

Nichts als Ratlosigkeit, dachte ich.

»Bärenfleisch wird sehr streng schmecken ...«, sagte ich kraftlos zu den Bauern. »Es wird kaum genießbar sein.«

»Wir können streng schmeckendes Fleisch vertragen«, sagte Patchett. »Da macht Ihr Euch mal keine Sorgen. Ihr geht jetzt nach Hause, Sir Robert, und wir werden ihn häuten und zwischen uns aufteilen und heute Abend einen schönen Braten haben. Wir können Euch das Fell bringen, wenn Ihr wünscht, aber das Fleisch gehört uns: ein gerechter Ausgleich für das getötete Mutterschaf.«

Gegen diese Logik konnte ich nichts einwenden, obgleich mich die Vorstellung, dass Clarendon gegessen würde, mit der Welt hadern ließ: mit ihren gnadenlosen Übereinkünften.

Ich sagte, ich würde den Pelz nehmen – vermutlich, weil ich gern irgendetwas von meinem Bären besitzen wollte, auch wenn das Tier nun tot war. Ich dachte, ein Gerber aus Norfolk könnte mir vielleicht einen großen Läufer machen, den ich, wenn der dunkle Winter wieder kam, auf mein Bett legen und warm und schwer auf mir spüren würde in meiner Einsamkeit.

Ich machte mich auf den Rückweg nach Bidnold, wanderte langsam durch die Obsthaine und die Kleefelder, während der Regen aufhörte und eine helle Morgensonne mir auf den Schädel brannte.

Unterwegs fiel mir ein, dass ich, müde wie ich war, doch eine dringende Pflicht zu erledigen hatte, und das war ein Brief an Louise de Flamanville, in dem ich sie bitten wollte, mich in ihres Vaters Haus in der Schweiz zu empfangen.

Diese Flucht – zu ihr und nur zu ihr – erschien mir mit einem Mal als etwas, was ich mir über alle Maßen wünschte. Ich sehnte mich danach, auf den Schwingen irgendeines mythischen Vogels dorthin getragen zu werden, ohne die glitzernden Strapazen einer Seereise, die mühselige Langsamkeit der Kutschen und die Unbehaglichkeit der Gasthäuser an der Straße. Nun, nachdem Margaret in den Fängen des Königs und mein armer Clarendon tot war, schien ich aller Dinge hier so überdrüssig zu sein, dass ich kaum noch wusste, wie ich die nächsten vierundzwanzig Stunden auf Bidnold und überhaupt in England anders überstehen sollte als mit einer erneuten Portion Laudanum.

Als ich das Haus erreichte, sah ich ein merkwürdiges Gefährt, eine Art mit Segeltuch überspannten Karren, der vor meiner Haustür stand. Ich vermutete sofort, dass es ein hausierender Zigeuner war, und bereitete mich schon auf meinen strengsten und mitleidlosesten Ton vor, mit dem ich ihm erklären würde, er solle seinen Handel mit Trödel und Lumpen gefälligst woanders fortsetzen. Doch da kam Will, der mich endlich nach Hause hatte wanken sehen, in die Auffahrt hinausgetapert, um mir zu melden, ein Herr, »ein Quäker seiner Kleidung nach, aber mit einem Namen, den ich nicht verstehen konnte, ist hier, um Euch zu sehen, Sir Robert«.

»Ach, Will«, sagte ich, »ich bin durch halb Norfolk gelaufen und durch und durch nass, und zuletzt habe ich in der Sonne geschwitzt, und mein armer Bär ist tot. Ich schwöre dir, ich kann heute absolut nichts mehr tun außer mich hinlegen …«

»Das verstehe ich wohl, Sir«, sagte Will und half mir, den durchnässten Rock von den schmerzenden Schultern zu nehmen, »und um Euren Bären tut es mir leid, aber dieser Quäkermensch möchte Euch unbedingt sehen, und ich glaube, Ihr solltet mit ihm reden, denn er sagt, er war ein Freund von Mr. Pearce.«

Diese letzte Bemerkung ließ mich aufhorchen, das wusste Will. Im Nu war mein Interesse erwacht, mit dem Mann zu sprechen. Ich schickte Will zu Cattlebury, er möge für Früchtekuchen und heiße Schokolade sorgen; dann schleppte ich mich zu meinem Nachtstuhl und pisste das Bier der *Fröhlichen Binsenschnitter* wieder aus, wechselte die Kleider, setzte meine Perücke auf und stieg in den Salon hinunter, wo ich meinen Besucher vermutete.

Doch keine Spur von ihm. Ich rief nach Will, der mir flüsternd erklärte, »wo dieser Mann doch Quäker ist, Sir, dachte ich, die Pracht vom Salon ist für ihn nicht zu ertragen – wie es auch immer mit Mr. Pearce war –, drum habe ich ihn in die Bibliothek gesetzt. Übrigens, Sir Robert, Eure Perücke hängt schief.«

»Das macht nichts!«, fuhr ich Will an. »Lass mich einfach nur zu dem Quäker und sehen, was er will, und dann gehe ich in mein Zimmer. Ich muss in die Schweiz schreiben. Bitte sorge dafür, dass Tinte und Federn und Papier bereitliegen. Mein Mittagsmahl werde ich auf einem Tablett einnehmen.«

»Ja, Sir«, sagte Will. »Und wäre es Euch recht, wenn ich Euch mit einer dringenden Botschaft unterbreche?«

»Wovon redest du, Will? Was für eine Botschaft?«

»Wäre es Euch recht, Sir, wenn ich mit einer angeblich wichtigen Mitteilung in die Bibliothek komme, so dass Ihr dem Quäker entfliehen könnt, der dann leider aufbrechen muss, damit Ihr Euren dringenden Brief schreiben könnt?«

Ich blickte in Wills treues, faltiges Gesicht. »Er ist wie ein kleines Tier«, dachte ich im Stillen, »dessen Muskeln ich mit allen Mitteln vor der Zerstörung durch die Donnerbüchse bewahren muss.«

»Ja, Will«, sagte ich freundlich. »Nun verstehe ich dich. Das ist eine großartige Idee. Komm in zehn Minuten. Sag, ein Bote des Königs sei überraschend erschienen.«

»Das werde ich, Sir Robert. Überraschend.«

Ich betrat die Bibliothek und traf dort auf eine hochgewachsene, ausgemergelte Gestalt, die in das mir so vertraute schwarze Quäkergewand gekleidet war. Der Mann hatte seinen Hut abgelegt (etwas, was Quäker gewöhnlich nicht gerne tun, aus Furcht, es könnte als Zeichen von Respekt vor einem Menschen, und sei es der König, ausgelegt werden), und sein Haupthaar war weiß. Er hatte einen kleinen Bart, ebenfalls weiß, an der Spitze jedoch leicht rostrot gefärbt, als wäre er angesengt.

Er kam mit ausgestreckter Hand auf mich zu. Seine Augen, sehr lebhaft in dem zerfurchten Gesicht, leuchteten in sichtlicher Ergriffenheit. »Robert«, sagte er.

Und diese Nennung meines Taufnamens enthüllte mir, wer er war. Nur wenige Menschen haben mich in meinem Leben jemals mit »Robert« angesprochen: meine lieben toten Eltern sowie John Pearce und seine Quäker-Freunde in der Whittlesea-Irrenanstalt, wo ich vor Margarets Geburt arbeitete. Und dieser Mann war Ambrose, einer jener Quäker und ein liebenswürdiger Mensch dazu, dem, nachdem ich Katharine verführt hatte und Pearce gestorben war, die schreckliche Aufgabe zufiel, mich fortzuschicken. Und er hatte sie traurig und mit großem Einfühlungsvermögen gemeistert, so dass ich ihm später nie – unter keinem Vorwand und in keinem Augenblick – einen Vorwurf daraus machte; er hatte seine Pflicht getan, und es war gut so. Katharine und ich wurden in einem offenen Karren weggefahren.

»Ambrose«, sagte ich, indem ich seine Hand ergriff. »Ach, welch ein schöner Tag, an dem wir uns wiedersehen dürfen!«

Er nickte nur. Ich hatte den Eindruck, dass meine Erscheinung, mit den noch sichtbaren Spuren meines morgendlichen Kummers im Gesicht, ihn, siebzehn Jahre, nachdem er mich zum letzten Mal gesehen hatte, schockierte, und dass er deshalb nicht sprechen konnte.

»Ich habe Kuchen und Schokolade bestellt«, sagte ich. »Komm, Ambrose, setz dich ans Fenster, wo du einen hübschen Ausblick auf meinen Park hast, und lass uns über alte Zeiten sprechen.«

Ambrose zog ein fadenscheiniges Taschentuch aus einer seiner schwarzen Taschen und wischte sich die Augen. »Entschuldige bitte«, sagte er.

»Denk dir nichts dabei. Ich muss ständig weinen. Aber sag mir als Erstes, lieber Ambrose, was ist aus eurer Irrenanstalt geworden? Vor zehn Jahren fuhr ich mit meiner Tochter dorthin, weil ich wollte, dass ihr alle sie und sie euch kennenlernt. Doch der Ort war verlassen und verfallen.«

»Es ist traurig, dass du ihn so sahst.«

»Ich ging zum Grab von John Pearce und beseitigte das Brombeergestrüpp, das meine Augen beleidigte. Ich sah auch die Überreste der Scheunen, wo eure Insassen ihr Dasein fristeten, doch überall blies nur der Wind hindurch. Mir schien, ihr wart da schon lange fort.«

Ambrose hatte unterdessen Platz genommen. Er formte mit den Händen unter seinem Kinn dieses typische Denkerdach und blickte nicht zu mir, sondern hinaus in den Sommermorgen.

»Ich wage es dir kaum zu sagen, Robert«, begann er. »Wir waren in all unserer Arbeit ganz auf die barmherzigen Gaben der Quäker angewiesen. Und es scheint, dass der Geist der Barmherzigkeit in England im Laufe der Jahre geschwunden ist und jeder nur noch für sich selbst sorgt. Wir wurden also sehr arm und konnten keine verzweifelten Menschen mehr in unsere Obhut nehmen.

Wir konnten kaum die ernähren, die schon bei uns lebten, und auch uns selbst nur kärglich. Wir mussten auf das zurückgreifen, was die Natur uns bot. Daniel ging jeden Morgen mit dem Netz hinaus, um Lerchen zu fangen, wenn sie mit ihrem Gesang anhuben. Wir aßen gemahlene Eicheln und in Milch eingeweichtes Gras ...«

In diesem Moment betrat einer meiner makellos livrierten Lakaien die Bibliothek und brachte uns einen Krug mit dampfender Schokolade und einige große Stücke Früchtekuchen.

Ambrose verstummte und starrte Getränk und Kuchen an, als hätte er eine Schatulle mit Juwelen vor sich. Er schien den Faden verloren zu haben, so groß war sein Erstaunen.

Ich wies den Lakaien an, meinen Gast mit Kuchen und Schokolade zu versorgen, und erst als Ambrose ein großes Stück Kuchen verzehrt und einen kräftigen Schluck Schokolade getrunken hatte, fuhr er fort mit seiner Geschichte.

Er erzählte, dass die Quäker-Pfleger und die Kranken mehr als ein Jahr von »wilden Vögeln und kleinem Wurzelgemüse, das wir anbauen konnten«, gelebt hätten, doch in Wahrheit hätten sie gehungert.

Schließlich mussten sie die Kranken – jene, die den Hunger überlebt hatten – zusammenrufen und ihnen mitteilen, dass die Whittlesea-Irrenanstalt ihre Tore vor Beginn des nächsten Winters schließen werde. »Das waren bittere Nachrichten«, sagte Ambrose, »und allesamt starrten sie uns hilflos an, denn wir waren ihre Beschützer gewesen, und sie dachten, unser Schutz würde ewig währen, doch das war nicht möglich.«

Die Quäker halfen den verzweifelten Menschen, Briefe an ihre Familien zu schreiben, in denen sie baten, wieder nach Hause zu dürfen. »Doch es gab drei Männer und zwei Frauen«, sagte Ambrose, »die keine Familie hatten oder sich nicht an sie erinnern konnten oder deren Familie sie nicht wieder aufnehmen wollte. Was sollten wir also mit ihnen machen?«

»Das weiß ich nicht, Ambrose ...«

»Wir baten das Arbeitshaus in Marsh, sie aufzunehmen, aber es weigerte sich.«

»Obwohl sie *arbeiten* konnten?«

»Das konnten sie eben nicht. Und fast waren wir schon entschlossen, sie in unserer Verzweiflung auf die Straße zum Betteln zu schicken. Aber es war Daniel, der uns davor bewahrte und ein Unterkommen für sie fand.«

»Der gute Daniel. Er war noch ein Knabe, als ich in Whittlesea war. Erzähl mir, was er für sie fand?«

»Es war in Cambridge. Er kannte dort einen Mann, der mit einer Tierschau auftrat: mit Elefanten, Hunden und einem Tiger aus Indien. Und diesen Schausteller suchte er auf, und er sagte zu ihm: ›Wir könnten eure Schau erweitern, was euch zu einem höheren Eintrittspreis verhülfe. Wir können euch fünf Geisteskranke bringen. Und sie werden kreischen und sich die Kleider zerreißen und alle möglichen verrückten Dinge vorführen, um das Publikum zu unterhalten. Und sie werden keine Entschädigung verlangen, nur Essen und Unterkunft ...‹«

»Oh, ich erkenne Daniels Erfindungsreichtum, aber ...«

»Ich weiß, was du denkst – dass sie dadurch entwürdigt würden und in den Augen der Zuschauer nicht besser als Bären wären.«

»Nun ...«

»Natürlich hast du Recht. Und das zeigte sich dann auch, denn sie wurden in einen Käfig gesetzt, damit die Menge sich noch mehr gruselte vor ihnen, und als ich von diesem Käfig hörte, war ich sehr bekümmert. Doch wenn der Schausteller sie nicht genommen hätte, Robert, wären sie gestorben. Was meinst du? Wofür hättest du dich an unserer Stelle entschieden – für ihren Tod oder ihre Entwürdigung?«

Ich schwieg, denn ich sah mich zu keiner Antwort in der Lage. Ich trank einen Schluck Schokolade und war froh über ihre Wärme und Süße.

Ambrose hielt inne und sah mich flehentlich an. »Ich bitte dich, Robert, mach uns keine Vorwürfe. Bei uns hätten sie keinen weiteren *Tag* überleben können. Wir waren selbst sehr schwach und dünn und litten unter allerlei Gebrechen, und ich übertreibe nicht, wenn ich dies sage: Der Schausteller hat fünf Leben gerettet.«

»Fünf Leben im Käfig«, sagte ich.

»Ja, leider …«

»Ich mache euch trotzdem keine Vorwürfe, Ambrose«, fuhr ich rasch fort. »Ich verstehe, dass ihr es mit jedem anderen Ausweg versucht habt. Klopft der Hunger an die Tür, muss man wohl zu äußersten Maßnahmen greifen.«

Ich wollte gerade zu einer kleinen Rede ansetzen, dass ich am Hof von Versailles selbst Hunger erfahren hätte, erkannte aber gerade noch rechtzeitig, dass das, was ich erlitten hatte, lächerlich war im Vergleich zu dem, was die Quäker und die ihnen Anbefohlenen durchgemacht hatten, und fragte deshalb nur: »Und als alle Kranken fort waren, wohin bist du da gegangen, Ambrose? Und wohin gingen Daniel und Hannah und Eleanor?«

»Ach«, sagte Ambrose. »Es blieb auch uns nichts anderes übrig als unsere Verwandten zu bitten, dass sie uns wieder aufnähmen. Wir schieden voneinander in großem Kummer, weil wir uns trennen mussten und weil wir in unserem Bemühen gescheitert waren, und kehrten in die Welt zurück. Ich ging zu meinem Bruder nach Ely. Und nach und nach konnte ich dort einen kleinen Handel aufziehen. Ich werde dir die Früchte meiner Bemühungen zeigen, wenn du mir deine Zeit schenkst. Sie sind draußen im Wagen …«

In diesem Augenblick wurde die Bibliothekstür geöffnet, und Will trat ein. Er verbeugte sich vor Ambrose. Er schlurfte zu meinem Stuhl und verkündete nahezu unhörbar: »Es kam ein Bote, Sir. Vom König.«

»Jetzt nicht, Will«, zischte ich.

Will räusperte sich und wiederholte, nun etwas lauter: »Bitte um Verzeihung, Sir Robert, aber hier ist ein Bote von Seiner Majestät, der Euch zu sehen begehrt.«

»Bitte ihn, zu warten, Will«, sagte ich.

Will blickte mich an und schielte beinahe vor Verwirrung. Und weil er nicht wusste, was er sagen sollte, griff er nach der Lehne einer Bank, drehte sich, derart gestützt, um und ging wieder hinaus.

Zu meiner Bestürzung machte nun Ambrose Anstalten, sich zu erheben, und sagte: »Ich möchte dich nicht aufhalten, wenn dich eine wichtige Botschaft erwartet …«

»Nein, nein«, sagte ich, »es ist nicht wichtig. Nur eine unbedeutende Angelegenheit, die … ähm … mit Giraffen für den St. James' Park zu tun hat …«

»Giraffen?«

»Ja, darum geht es. Die Giraffen von König Louis von Frankreich. Ich war jüngst in Versailles und versprach Seiner Majestät, ihm zumindest eine für seine Menagerie in St. James' zu besorgen. Bitte setz dich doch wieder, Ambrose, und fahr fort mit deiner Geschichte. Und Will, bitte sag dem Boten des Königs, dass die Giraffenangelegenheit bearbeitet wird, und reich ihm etwas von dieser köstlichen Schokolade.«

Will, mittlerweile fast an der Tür, schwankte wie betrunken vor Verwirrung. Doch gehorsam ging er hinaus und machte nur eine kleine Pause, um sich seinen alten Schädel zu kratzen.

Ich bot Ambrose noch vom Früchtekuchen an und setzte mich in meinem Sessel zurecht, um den Rest seiner Geschichte zu hören. Kaum hatte er damit begonnen, ging die Bibliothekstür erneut auf, und mein Lakai kam mit einem

Brief herein, den er neben mir auf den Tisch legte, und als ich den Poststempel »Helvetica« sah, machte mein Herz einen Sprung: Der Brief war von Louise! Nun konnte ich nicht anders als auf den Brief zu starren, ich brannte vor Begier, seinen Inhalt zu lesen.

Ambrose war verstummt. Nun erhob er sich und sagte: »Ich sehe, ich bin zur unrechten Zeit gekommen, Robert. Boten und Briefe benötigen deine ganze Aufmerksamkeit. Lass mich dich nicht länger aufhalten.«

»Nein, nein!«, widersprach ich. »Das Geschäft kann warten. Das sind nur Nichtigkeiten, anders als dein lieber Besuch. Du sagtest doch, du würdest mir gern etwas in deinem Wagen zeigen. Wie wäre es, wenn wir jetzt hinausgingen und die Dinge anschauten?«

Ich steckte Louises Brief, der schon eine Art Wärme auszustrahlen schien, in meine Rocktasche und folgte Ambrose hinaus in die Einfahrt.

Er schlug die Segeltuchbahnen seines Wagens zurück, und was sich dann meinen Augen bot, waren, wie kleine Bäume dicht an dicht nebeneinander aufgestellt – lauter Taubenschläge, alle in unterschiedlichen Farben bemalt und mit unterschiedlichen Dächern und Nisthöhlen versehen.

»Potzblitz, Ambrose!«, rief ich. »Wie bist du an so viele Taubenschläge gekommen?«

Ambrose griff in den Karren, holte einen heraus und setzte ihn auf den Kies. Er war weiß bemalt und, wie ich gestehen musste, ein Gegenstand von einiger Schönheit. Er erinnerte mich sofort an die weißen Tauben, die sich immer noch auf dem Dach meines geschätzten Westturms niederließen.

Ambrose fuhr mit der Hand sacht über das Dach, das aus Reet bestand. »Ich habe sie gemacht«, sagte er. »Mit meinem letzten Heller, als ich in Ely bei meinem Bruder wohnte. Ich kaufte billiges Holz und fertigte kleine Gegenstände daraus: Schalen und Schöpfkellen und einfache Kisten, und ich verkaufte sie auf dem Markt.

Und die Leute erklärten, meine Sachen seien hübsch. Und
da begann ich, andere Dinge zu entwerfen, aber was ich vor
allem bauen wollte, waren diese Häuschen hier; warum,
kann ich nicht sagen.«

»Du wolltest sie machen, weil sie wunderschön sind.«

»Ja, sie sind schön. Und sie haben mich gerettet. Ich lebe
davon. Ich versuche nicht mehr, Seelen für Gott zu gewinnen. Ich schaffe Zufluchtsorte für Vögel. Wahrscheinlich ist
das nichts besonders Großartiges.«

21

Ich kaufte drei Taubenschläge von Ambrose. Den weißen behielt ich für mich selbst. Die anderen beiden waren in einem zarten Graugrün gestrichen, und ich beabsichtigte, sie zu gegebener Zeit zu verschenken – an Violet Bathurst und an den König.

Bevor Ambrose aufbrach, bat ich ihn, mir zu berichten, was aus Eleanor, Hannah und Daniel geworden war.

»Ach«, sagte Ambrose. »Sie waren mit dem Herzen so tief unserer Arbeit in Whittlesea verbunden. Du erinnerst dich sicher, wie sehr sie sich diesem Werk widmeten. Als es dann scheiterte, fanden sie nichts anderes, und es vergingen keine zehn Jahre, da waren beide, Daniel und Hannah, von uns gegangen.«

»Sie sind gestorben? Und waren noch so jung?«

»Ja, leider.«

»An was sind sie gestorben, Ambrose?«

»An nichts Besonderem. Nichts, wovon ich wüsste. Sie fanden, obgleich sie fromme Quäker waren, einfach nicht die Kraft zum Weiterleben, denn es war ihnen der Grund für ihr leidenschaftliches Bemühen genommen worden.«

»Ach ja. Es ist schrecklich, wenn man feststellt, dass das Leben keinen Sinn mehr hat! Wie sehr fürchte ich diesen Zustand. Und Eleanor?«

»Sie fand einen guten Ehemann – einen Quäker-Bauern. Und sie leben von der Erde und haben ein hübsches Kind großgezogen. Das ist alles, was ich weiß.«

»Das freut mich für sie. Sie war gewiss eine gute Mutter. Für mich war sie häufig genug eine liebevolle ›Mutter‹!«

Dazu sagte Ambrose nichts, er drehte sich um und begann

wieder, in seinem Wagen zu kramen. Dann legte er mir eine lederne Tasche in die Hände, die ich sofort erkannte.

Sie hatte Pearce gehört. Sie war sogar ein *Geschenk* von mir an ihn gewesen, vor langer Zeit, als wir beide noch in Cambridge Medizin studierten und er ein armer »Sizar« war (er musste die Master und Fellows bedienen und brauchte dafür weniger Studiengebühren zu bezahlen), ohne eine Familie mit Geld und ohne etwas, worin er seine Bücher und Papiere tragen konnte. Ich weiß noch, dass er sich die Tasche immer um den Hals hängte, als wäre sie ein Futtersack für Pferde und all die gelehrten Dinge darin nichts weiter als Heu. Und dieser Anblick von Pearce, mit der umgehängten Tasche, pflegte mich sehr zu erheitern.

»Als wir Whittlesea verließen«, sagte Ambrose, »fand ich die hier tief unten in einem alten Schrank in dem Zimmer, wo einst Pearce wohnte. Seine Kleidung hatten wir, so wie sie war, unseren Schutzbefohlenen gegeben, aber die Tasche war übriggeblieben. Im Innenfach steckt ein Buch von Hieronymus Fabricius –«

»Ach, der große Fabricius!«

»Ja, aber ein seltsames Werk: *De brutorum loquela*, erschienen in Padua. Vielleicht kennst du es.«

»Ich habe davon gehört. Das Thema ist interessant. Aristoteles schreibt in seiner *Politika*, der Mensch sei das einzige Tier, das die Gabe der Sprache besitzt, aber das lässt sich durchaus anzweifeln, und ich glaube, Fabricius stellt seine Behauptung hier in Frage.«

»Mein Latein ist nicht so gut, dass ich es lesen könnte. Ich sagte zu Eleanor und Hannah: ›Robert sollte das Buch bekommen. Das hätte John so gewollt.‹«

»Da bin ich nicht sicher, Ambrose«, sagte ich. »Du wirst doch nicht vergessen haben, dass alles, was John mir schenkte, als er wusste, dass er diese Welt sehr bald verlassen würde, seine Suppenkelle war.«

»Die du ihm ins Grab gelegt hast ...«

»So ist es.«

»Dann hast du jetzt also eine Abhandlung über die Sprache der Tiere. Und die Ledertasche ist zwar alt, aber sie trägt den Stempel von Austell in Cambridge, weshalb sie gewiss von bester Qualität ist.«

»Das weiß ich. Ich habe sie ja selbst für John gekauft.«

»Ach. Nun, dann kehrt sie jetzt zu dir zurück. Großzügigkeit bewegt sich manchmal im Kreis.«

Ambrose machte sich wieder auf den Weg. Und ich blieb mit einem Gefühl des Bedauerns zurück, weil ich mich nicht gastfreundlicher gezeigt und seinen Besuch mehr gewürdigt hatte. Und obgleich ich die Taubenschläge gut bezahlt hatte, wusste ich, dass auch er enttäuscht war. Als er wegfuhr, warf er mir einen letzten sehr ernsten Blick zu. Sein Pferd hatte weder Futter noch Wasser bekommen.

Louises Brief, den zu lesen ich so begierig gewesen war, dass ich meine Zeit mit Ambrose sehr unhöflich abgekürzt hatte, liegt auf dem Boden. Mein Mittagsmahl aus gekochter Zunge und Karotten steht auf einem Tablett und wird kalt.

Ich schließe die Augen. Ich sehne mich nach Vergessen. Doch bestimmte Sätze aus dem Brief wollen mir nicht aus dem Kopf: »*Aus Eurem Schweigen kann ich nur schließen, dass das, was zwischen uns geschah, für Euch keine wirklichen Konsequenzen hatte.*« »*Ich halte es deshalb für das Beste, unsere flüchtige Liebschaft der Geschichte zu überantworten.*« »*Auch wenn ich vorschlug, Ihr könntet mich hier in der Schweiz besuchen, sehe ich nun, dass ich diese Einladung sehr überstürzt aussprach, weshalb ich sie zurückziehen muss.*«

Jetzt liege ich im Bett und trinke schlückchenweise Laudanum. Mein einziger Trost.

Ich mache mir bittere Vorwürfe, dass ich nicht auf Louises Brief antwortete, doch gefangengenommen von Margarets Krankheit und dann auch vom Besuch des Königs in meinem Haus, war ich wahrhaftig nicht in der Lage, zu Louise zu reisen – nicht einmal im Geiste. Törichterweise hatte ich angenommen, sie würde es irgendwie aus der Ferne verstehen und sich so lange gedulden, bis ich sie besuchen konnte. Doch ich hatte mich geirrt. Sie hatte es nicht verstanden. Wie sollte sie auch? Sie hatte nichts von dem gewusst, was hier geschah. Und folglich hatte sie, verletzt durch mein Schweigen, beschlossen, mich fallen zu lassen.

Als er hört, dass ich nichts zu Mittag gegessen habe, kommt Will zu mir ins Zimmer und blickt vorwurfsvoll auf das Glas mit Laudanum.

»Es wird Euch wieder übel werden, Sir Robert«, sagt er.

»Das kümmert mich nicht«, erwidere ich. »Tatsächlich kümmert mich nichts mehr auf dieser Erde. Es wird wirklich Zeit, dass ich sie verlasse.«

Will macht sich an meiner Bettdecke zu schaffen, versucht sie glatt zu streichen. »Ich erinnere mich, dass Ihr schon vor langer Zeit irgendetwas Närrisches übers Sterben sagtet«, erklärt er, »aber damals wart Ihr im Speisezimmer, und ich sagte zu Euch: ›Sterbt nicht hier, Sir. Das ziemt sich nicht. Wenn Ihr entschlossen seid zu sterben, begebt euch bitte woanders hin.‹«

»Jetzt bin ich nicht im Speisezimmer, Will. Ich liege im Bett. Das ist ein Platz so gut wie jeder andere.«

»Nun denn, wenn Ihr unbedingt müsst, Sir«, sagt der dreiste Will, geht aus dem Zimmer und überlässt mich meinem Schicksal, ohne dass er versucht hätte, es mir auszureden. Seine plötzliche und unerwartete Gleichgültigkeit trifft mich schmerzlich. Trifft mich bis ins Innerste. Überwältigt von Selbstmitleid, schlafe ich endlich ein.

Ich schlief vierundzwanzig Stunden lang und fühlte mich, trotz dummer Träume von Giraffen, die in meinem Park herumtollten, beim Aufwachen einigermaßen wiederhergestellt.

Nach einem herzhaften Frühstück aus Haferbrei, Speck

und Hefebrötchen, heruntergespült mit Bier, sammelte ich die Seiten von Louises Brief zusammen, ging damit in die Bibliothek und schrieb Folgendes:

Meine liebe Louise,
ach, welch ein elender Schuft bin ich nur! Doch um wie viel elender fühlt sich dieser elende Schuft nach Euren harten Worten!
Mögt Ihr mir nicht doch verzeihen?
Ich bitte Euch, hört, was ich zu berichten habe. Den ganzen Winter und Frühling hindurch befand sich mein Leben in der bittersten Konfusion wegen der ernsten Krankheit meiner Tochter Margaret, die ich durch viele qualvolle Wochen begleitete, bis sie endlich gesund ins Leben zurückkehrte. Alles, was ich zu der Zeit tun konnte, war, den Tag ohne Verzweiflung zu überstehen, um dann kaum Schlaf in kurzen Nächten voller Schmerz und Schrecken zu finden. Ich hatte weder Zeit noch Raum ...

Bis dahin war ich, beschwingt von der Vorstellung, dass dieser Brief Louises Herz vollständig umstimmen würde, gekommen, als mein Lakai die Ankunft eines Dienstboten von Bathurst Hall meldete, der mich dringend zu sehen wünschte.

Ich sagte, er solle ihn in die Bibliothek führen. An der düsteren Miene des Dienstboten sah ich, dass er schlechte Nachrichten für mich hatte, und er platzte auch gleich damit heraus: Lady Bathurst liege im Bett, »niedergestreckt von Schmerzen in ihrem Leib und entsetzlichem Erbrechen, und alles, was sie sagen kann, ist, Ihr sollt sofort kommen«.

Widerstrebend legte ich meinen Brief beiseite. Und dabei fragte ich mich, ob die Welt sich womöglich, in unterschiedlichster Gestalt, gegen mich verschworen hatte und mit allen Mitteln ein Wiedersehen mit Louise verhindern wollte. Jetzt blieb mir nichts anderes übrig, als mich zu Violet zu begeben.

Ich suchte meine medizinischen Instrumente zusammen, packte auch den Rest Opium ein, der nach meinem Laudanum-Exzess noch übrig war, folgte Violets Dienstboten zu seiner Kutsche und bat den Kutscher, er möge im Dorf Bidnold vor Mrs. McKinleys Haus halten, damit wir sie mitnehmen könnten.

Dankbar für meinen langen Schlaf, der mir einen klaren Kopf beschert hatte, versuchte ich jetzt aus den mageren Hinweisen abzuleiten, was wohl mit Violet geschehen war. Ich wusste von meinen Studien, dass ein Krebs, der aus einem Teil des Körpers herausgeschnitten wurde, manchmal auf rätselhafte Weise an einer anderen Stelle wiederkommt und dass diese Geschwulst verheerender sein kann als die erste. Als Mrs. McKinley in die Kutsche stieg, sagte ich zu ihr: »Wir müssen darum beten, dass es sich nur um eine leichte Infektion handelt und nicht um die Rückkehr eines Tumors.«

Zu meiner Bestürzung erklärte Mrs. McKinley: »Wenn Ihr mich fragt, Sir Rabbit, ist es wahrscheinlich eine Rückkehr oder vielmehr eine Ausbreitung, denn offen gestanden hat Lady Bathurst sich nie wieder richtig erholt, nachdem wir ihr den Tumor aus der Brust herausgeholt haben.«

Und da dachte ich bei mir: »Es ist nicht nur Louise, die ich vernachlässigt habe; ich war dermaßen mit Margarets Weggang an den Hof beschäftigt und dann mit dem Verlust meines Bären, dass ich alles andere und auch alle anderen Menschen vernachlässigt habe. Ich hätte Violet viel häufiger besuchen müssen, aber ich tat es nicht.« Und ich dachte auch, dass alles, was der Mensch vernachlässigt, sehr bald kränkelt und dahinschwindet, und ich sagte zu Mrs. McKinley: »Ich begreife jetzt, was dies für Zeiten sind – es sind Zeiten des Abschieds.«

»Betet, dass es nicht so ist«, sagte die freundliche Irin. »Betet zur heiligen Jungfrau, Sir Rabbit.«

Sobald ich Violet sah, wusste ich, dass sie im Sterben lag.

Ihre Augen, einst so strahlend schön, schienen sich in ihren Schädel zurückgezogen zu haben, als versuchten sie, dem, was vor ihnen lag, zu entkommen. Ihre Wangen waren eingesunken, und ihre Wangenknochen warfen bläuliche Schatten darüber. Ihre mageren Hände krallten sich in die Laken.

»Gnädiger Gott«, flüsterte Mrs. McKinley, als wir das Zimmer betraten. »Ihr hattet Recht, Sir. Seht nur, wie sie krallt …«

Ich trat ans Bett und setzte mich. Die graue Katze war im Zimmer, hatte sich aber zu einem der Fensterplätze zurückgezogen, als wüsste sie, dass eine Katastrophe ihre Herrin heimgesucht hatte. Mrs. McKinley stellte sich etwas weiter weg ans Fußende des Bettes. Violet blickte mich inbrünstig an, als betete sie, und sagte mit schwacher, angestrengter Stimme: »Merivel, nun ist alles Trauer.«

Ich nahm ihre Hand in meine und streichelte sie. Einen Moment lang fand ich keine Worte des Trostes. Nach einer Weile aber sagte ich: »Wo ist der Schmerz?«

»Vollständig«, sagte Violet.

»Du meinst, dass er überall ist?«

»Ja.«

Mrs. McKinsey begann meine Instrumententasche auszupacken. Sie holte die kleinen Glasbecher heraus, die ich zum Schröpfen benutze – indem ich die Haut mit ihrem erhitzten Rand verbrenne, so dass sich Blasen bilden, durch die manchmal viel Gift austrat. Dieses Schröpfen vollführe ich jedoch nicht gern, da es dem Patienten noch mehr Schmerzen bereitet, aber ich habe auch seine wohltuenden Eigenschaften kennengelernt: Es entleert nicht nur, es lenkt auch ab: Während die glühende Hitze schmerzt, werden andere Symptome vielleicht überdeckt.

»Wir werden schröpfen«, sagte ich zu Violet und bedeutete Mrs. McKinley, sie möge eine Flamme zum Erhitzen der Gläser entzünden.

Während sie das tat, brachte ich Violet dazu, dass sie mich ihre Brustwunde untersuchen ließ. Ich wickelte die Binden ab und sah, dass sie gut heilte, ohne ein Anzeichen neuer Tumore. Doch da bemerkte ich, dass Violets Bauch merkwürdig geschwollen und voller Geschwulste war, und als ich die Hand darauflegte, schrie sie vor Schmerzen.

Ich streichelte ihr die Haare. Ihr ausgemergeltes Gesicht bekümmerte mich so sehr, dass ich am liebsten einen Schleier oder ein Stück Gaze darübergelegt hätte, damit ihre Schädelknochen für mich nicht so deutlich zu erkennen waren. Ich ertappte mich bei dem Wunsch, Violet Bathurst wäre in der Nacht gestorben, als der König ihr Bett teilte. Das wäre, so dachte ich, ein passendes Ende für sie gewesen: ein Übermaß an Wollust, das ihr Herz zum Stillstand bringt – und nicht dieses langsame Verfaulen des Fleisches.

Als die Schröpfköpfe bereit waren, drehte ich Violet sanft um und band ihr Nachtkleid auf. Ihr Rücken lag nun bleich und mager vor mir, jeder einzelne Knöchel der Wirbelsäule drückte sich durch die Haut, als wollte er sich vom Körper lösen.

Ich legte ihr meine Hand weich in den Nacken, um sie still zu halten, während Mrs. McKinley die Schröpfköpfe setzte. Als diese mit ihrer grässlichen Blasenproduktion begannen, streckte Violet die Hand aus und umfasste mein Knie.

Sie begann von ihrer alten Leidenschaft für mich zu brabbeln. Mein Gesicht wurde heiß vor Verlegenheit, als sie mich an unsere unzüchtigen Kopulationen auf der Treppe erinnerte und daran, wie ihr zu jener Zeit niemand außer mir die Befriedigung hatte schenken können, nach der es sie verlangte.

Ich wagte Mrs. McKinley nicht anzusehen, sondern blickte nur aus den Augenwinkeln auf ihre geschickten Hände, die mit der Arbeit fortfuhren. Und sie sagte kein einziges Wort.

»Es gehört zu den Aufgaben einer Krankenschwester«, hatte Mrs. McKinley einmal zu mir gesagt, »dass sie hin und wieder taub sein muss.«

Violet erinnerte mich dann an weitere wilde Dinge, die wir miteinander getrieben hatten, und schließlich sagte sie: »Da war aber auch Zuneigung, Merivel. Eine sehr tiefe sogar. Ich werde es nicht Liebe nennen, doch es war beinahe Liebe. Und wie viele Menschen kann man denn wahrhaftig lieben auf der Welt? Die, welche wir hassen oder verachten, übertreffen an Zahl die, welche wir anbeten. Unsere Seelen ähneln einander, deine und meine: immer hungrig, immer verletzlich. Es ist schon wundersam, dass wir beide so lange durchgehalten haben. Ich gebe mich zufrieden damit.«

»Dies ist nicht das Ende, Violet«, sagte ich zu ihr. »Wir werden noch manche Partie Federball spielen … im Herbst …«

»Nein«, sagte sie. »Das werden wir nicht, Merivel. Ein Federball ist leicht, und ich bin schwer. Ich falle zur Erde.«

Nach dem Schröpfen gaben wir ihr das Opium, sehr stark und unverdünnt, legten sie, so gut wir vermochten, zur Ruhe und wachten an ihrem Bett. Sie schlief sehr bald ein.

Mrs. McKinley holte ihr Strickzeug heraus, und während der Tag allmählich zum Abend wurde, war das Klappern ihrer Nadeln das einzige Geräusch.

»Und was strickst du?«, fragte ich sie.

»Nur ein Viereck, Sir Rabbit«, sagte sie leise. »Seht Ihr? Mit feinem Garn, nicht mit Wolle. Aus einem Viereck kann man alles Mögliche machen.«

Um fünf Uhr wurde uns von Koch Chinery etwas zu essen gebracht: ein Teller mit Koteletts in Soße, ein Eintopf aus Kohl und Kartoffeln und eine Flasche Apfelmost.

Hungrig setzten wir uns an den kleinen Tisch am Fenster und machten uns mit großem Appetit über Fleisch und Most her. Errötend gestehe ich: Wir aßen so gierig, und das Zimmer war derart von unserem geräuschvollen Schmatzen und Schlürfen erfüllt, dass wir nicht die erstickten Sterbelaute hörten, die Violet von sich zu geben begann. Die Katze aber hörte sie und floh aus dem Raum. Ich achtete jedoch nicht darauf. Ich dachte, *wir* hätten das Tier vertrieben.

Erst als ich meinen Teller sauber gekratzt und mir den Mund mit der feinen Damastserviette abgewischt hatte, blickte ich hinüber zum Bett und sah Violet mit offenen Augen und heruntergefallener Kinnlade daliegen. »Sie ist gegangen«, sagte ich. »Sie ist gegangen.«

Wir traten an ihr Bett, und ich schloss ihr die Augen und küsste sie auf die Stirn, dann band Mrs. McKinley ihr das Kinn mit einem festen Leinentuch hoch. Nachdem mit diesem Hochbinden ihr Werk getan war, ließ sie sich steif auf ihre Knie nieder und umfasste das Holzkreuz, das sie stets um den Hals trägt.

»Heilige Jungfrau Maria«, sagte sie, »bitte nimm die Seele von Lady Bathurst in deinem liebenden Herzen auf. Vergib ihr all ihre Schuld. Lass sie in Frieden ruhen. Und wenn es dir in deiner unendlichen Güte recht ist, dann betrachte den guten Sir Rabbit, der auch nur ein Mensch ist, mit wohlwollenden Augen.«

Der Abend brach über uns herein, sehr sanft und strahlend, und all die weißen Rosen im Garten leuchteten im schwindenden Licht.

Ich ging hinunter zum See und versuchte mir das rot gestrichene Ruderboot vorzustellen, in dem ich einst Violet beglückt hatte, bevor ich ins Wasser fiel. Ich musste wieder daran denken, dass meine Kniehose sich beim Fallen um meine Waden gewickelt und mich daran gehindert hatte, ordentliche Schwimmstöße zu machen; und einen Moment lang hatte ich gedacht, ich würde in dem eisigen See untergehen und ertrinken.

Dann sah ich, wie sich ein Ruder herabsenkte, und ich packte es und merkte, wie das Boot über mir zur Seite kippte, und dachte, jetzt würde Violet herabstürzen, und ihre gebauschten Röcke würden über den Wasserpflanzen schweben, doch sie fiel nicht. Mannhaft hielt sie das Ruder fest, und ich klammerte mich ebenfalls daran, und mein Kopf hüpfte auf und ab, und plötzlich spürte ich, dass mir die Hose von den Beinen rutschte und wegtrieb.

»Violet!«, schrie ich, halb erstickt und wie ein Walfisch Wasser speiend, »ich bin unten nackt!«

»Das sind wir doch alle!«, rief sie, und ihr Lachen hallte durch die laue Luft.

22 ✍

Langsam vergeht der Sommer.

Ich dämmere in meinem Bett dahin, ein Sklave von Fieber und Träumen. Zu Will, der mich zum Aufstehen drängt, sage ich: »Ich kann nicht. Ich habe zu viel Tod gesehen. Ich muss, um mir das Leben zu erhalten, hier liegen bleiben, muss meine Gedanken ordnen. Bitte sorg dafür, dass ich in Ruhe gelassen werde.«

Das Augustwetter ist warm und schön, und die Bäume, die ich durch mein Fenster sehen kann, haben noch keine Herbstfarben angenommen, auch wenn ich an der Art, wie die Blätter sich raschelnd bewegen, erkenne, dass alle Frische aus ihnen gewichen ist. Sie haben ihre Zeit gehabt und werden bald fallen. Und ich denke darüber nach, dass meine Seele und mein Körper sich stets nach Sommer und Wärme gesehnt haben und dass ich jetzt, im Jahre 1684, die schöne Jahreszeit habe vorübergehen lassen, ohne Trost oder Vergnügen daraus zu ziehen. Und halb begreife ich, wie dumm das ist; ich sollte durch meinen Garten wandeln, um den letzten Duft der Rosen einzuatmen, oder in einem leichten Galopp die Kastanienalleen entlangreiten oder Picknick-Partys ausrichten. Doch für nichts von alledem kann ich die nötige Begeisterung aufbringen.

Ich sage zu Will: »Ich bin ein Blatt, Will, zum Fallen verurteilt.«

Und Will erwidert: »Beleidigt mich nicht mit poetischem Quatsch, Sir Robert. Das ist Eurer nicht würdig.«

»Meiner nicht würdig?«

Darüber grübele ich: über meine Würde und meinen Wert in der eitlen Welt.

Ich lasse Clarendon sterben. Ich lasse Violet sterben. Die Gastfreundschaft, die ich Ambrose erwies, war jämmerlich und unwürdig. Ich könnte sogar Louise verloren haben. Und der König, der so beständig in meinem Herzen wohnte wie Gott in den Herzen wahrer Christen? Seit er Margaret in ein Leben eingeführt hat, das ihren Untergang bedeuten kann, ist er daraus fast verschwunden und hat nur einen blassen Nachhall seiner Gegenwart hinterlassen: einen Hauch von Parfüm, ein perlendes Gelächter. Doch ich empfinde sein Fehlen nicht als Erleichterung, sondern als eine schreckliche Wunde in meiner Brust.

Meine Träume wiederum sind – auch wenn das seltsam klingt – von süßer, tröstlicher Art. Häufig bin ich darin wieder ein fünfjähriger Junge, der mit seiner Mutter im Wald von Vauxhall nach Dachsen Ausschau hält. Sie legt im ersten Abendhauch eine Decke auf die Erde und setzt sich darauf, und ich setze mich neben sie, schmiege mich in ihre Armbeuge, spüre ihren warmen Körper an meinem Bein, und sie sagt: »Wenn du ganz ruhig bleibst, kommt ein Dachs aus seinem Bau, und du kannst sein schwarzweißes Gesicht sehen.«

Und nach einer Weile erscheint dann eines dieser Tiere, und es läuft auf seinen Hinterbeinen im Kreis und dreht Pirouetten, als tanzte es für uns, und ich bin völlig gebannt und spüre, während meine Mutter mich an sich drückt, wie sie sich freut.

Doch in Wirklichkeit hat uns nie ein Dachs besucht, obwohl wir immer wieder in den Wald von Vauxhall gingen. Vermutlich habe ich mich nie still genug verhalten, sondern geschwatzt und gezappelt. Ich begreife deshalb, dass meine Träume mir zeigen, *was hätte sein können*, wenn ich mich anders verhalten hätte. Und ich beginne mich zu fragen, ob uns ein Traum vielleicht auch lehren kann, wie wir uns *in Zukunft* verhalten sollten?

Ich weiß nicht, was diese Zukunft für mich bereithält. Im Augenblick scheint mir, sie hält absolut gar nichts für mich bereit. Ich liege über einem Abgrund. Die Tiefe unter mir ist schwarz und schweigend. Ich horche, ob ich den Wind hören kann oder das Rufen einer menschlichen Stimme, aber da ist nichts.

Ich schicke einen meiner Lakaien namens Sharpe zu Dunn in Norwich mit einer Bestellung für weiteres Opium. Obgleich ich versucht habe, nicht an diesen so verlockend wirksamen Trost zu denken, will mein Körper nicht davon lassen, weil er einen das Leiden vergessen lässt.

Doch leider kommt Sharpe nicht zurück. Opium ist sehr teuer, und ich schickte ihn mit einer beträchtlichen Summe los. Und Will kommt zu mir und sagt: »Sir Robert, dieser verfluchte Sharpe ist allem Anschein nach ein durchtriebener Schurke und ein Dieb. Da macht er sich einfach davon, mit allen Kleidern in einem Sack und all seinen Habseligkeiten, bis auf die Hauslivree, weil er weiß, dass er nicht wieder nach Bidnold zurückkommt, sondern eine hübsche Weile von dem Opiumgeld leben wird. Was sagt Ihr dazu?«

»Was ich dazu sage?«, erwidere ich. »Ich finde es beklagenswert. Aber was soll ich machen?«

»Ihr solltet ihn verfolgen und fangen, und dann muss er gehängt werden wegen Gaunerei und Diebstahl!«

Ich blicke Will an. Obgleich ich schockiert bin, dass ein Dienstbote mich bestiehlt und so wenig schätzt, dass er mein Vertrauen verrät, höre ich mich sagen: »Ach, leider. Unser England gedeiht nicht, Will.«

»Was hat das denn mit Sharpe zu tun, Sir?«

»Nun, nur Folgendes: Immer mehr Menschen wollen ihr Handwerk oder ihr Geschäft nicht mehr betreiben, oder sie werden selbst hinausgeworfen und entwickeln frevelhafte Gedanken – selbst Lakaien, die doch in Demut geübt sind und Befehlen von oben zu gehorchen wissen. Und ich weiß nicht, was sich dagegen machen lässt.«

»Seine Majestät muss Gesetze erlassen …«

»Seine Majestät hat kein Parlament einberufen, das sie erlassen könnte.«

»Also geht alles zugrunde, Sir Robert?«

»In Anbetracht dessen, was wir erhofften, ja, durchaus. Die Restaurationszeit war eine Zeit der Möglichkeiten, du und ich, wir haben sie beide erlebt, doch die Chancen wurden verspielt und sind dahin.«

»Und was wird dann aus uns?«

»Das weiß ich nicht, Will. So, und jetzt gebe ich dir einen Beutel Geld. Morgen musst du eine Kutsche nach Norwich nehmen und mir bei Dunn das Elixier besorgen, das ich benötige.«

»Wie belieben, Sir?«

»Du hast mich gehört.«

»Ich hörte das Wort Elixier, und das ist alles.«

»Und du wirst nach Norwich fahren und es besorgen.«

»Ich habe nicht die Erlaubnis, irgendein ›Elixier‹ zu besorgen.«

»Doch, ich erteile dir die Erlaubnis.«

»Ich wollte sagen, ich kann das nicht tun. Ich wollte sagen, ich *will* es nicht. Und damit ist das Thema beendet.«

Will, der an meinem Bett gestanden hat, worin ich in einem Zustand katastrophalen Ungewaschenseins liege, wendet sich um, geht überraschend schnell zur Tür, öffnet sie und schließt sie mit einem Knall, wie ein Kind in einem Wutanfall.

Das amüsiert mich für einen kurzen Moment. Wills Halsstarrigkeit hat schon häufig für Heiterkeit gesorgt. Und nun, da er so alt ist, begreife ich sie als Beweis für seinen hartnäckigen Wunsch, unbedingt durchzuhalten. Was mich wiederum tröstet, denn wenn Will sterben würde, dann wäre meine Einsamkeit wahrhaftig vollkommen. Solange er mit mir streitet, hegt er vielleicht die Absicht, mich zu überleben.

Doch dann beginne ich zu ahnen, dass ich, sofern ich mich

nicht selbst in eine Kutsche hieve, keinesfalls an mein Opium gelange, denn mittlerweile kann ich keinem Dienstboten mehr trauen außer Will. Und kaum habe ich das begriffen, überfällt mich eine entsetzliche Gier danach, und alles, woran mein Kopf noch denken kann, ist, wie ich zu meinem Trost komme.

Ich drehe mich rastlos in meinem zerwühlten Bett. Meine Glieder schmerzen. Mein Mund ist trocken. Ich fühle mich wie das elendeste Exemplar der menschlichen Rasse. Ich höre mich laut nach Louise de Flamanville rufen, sie möge mich retten.

Tage und Nächte vergehen.

Meine einzige Zuflucht sind, in Ermangelung von Opium, meine Träume, in denen ich manchmal mit Rosie Pierpoint zusammen bin, damals, vor langer Zeit, als sie noch jung war und wir beide halb im Delirium auf ihren Wäschebergen lagen, und dann erwache ich in Verzückung, da ich mich in ihr glaube. Und ihre bezaubernde Süße klingt noch lange in meiner Seele und meinem Körper nach und besänftigt beide fast zu einer Art Frieden.

Der einzige Brief, den ich erhalte, ist von Margaret. Sie schreibt:

Der König verbringt viel Zeit mit uns, die wir der Herzogin von Portsmouth aufwarten, und das ist höchst schmeichelhaft und angenehm. Er erzählt mir, dass er viel lieber hier in unseren Gemächern weilt als bei seiner Königin oder seinem Kronrat oder sonst irgendwo in Whitehall oder in seinem Königreich, außer auf Bidnold.

Sie fährt fort und berichtet, wie sie zur Lieblings-»Zofe« der Herzogin wurde, die sie mit neuen Kleidern und mit Schmuck verwöhne, *»und wenn der König in der Nacht nicht zu ihr kommt, weckt sie mich manchmal und nimmt mich in ihr*

Bett und legt ihre Arme um mich, und wie die Kinder schla-
fen wir zusammen ein«.

Auch wenn dieses Bild mich beunruhigt, zwinge ich mich, darin nur die Zuneigung der Herzogin zu sehen, und darüber hinaus sage ich mir, dass der König vielleicht davor zurückscheuen würde, seine Mätresse mit ihrer Lieblingskammerzofe zu betrügen.

Doch dann folgt ein neuer Gedanke. Ich stelle mir vor, wie der König nachts voller Wollust erwacht, vielleicht zur Herzogin geht und, wenn er Margaret dort bei ihr im Bett liegen sieht, plötzlich von der Idee fasziniert ist, dass sie sich doch *alle drei* miteinander vergnügen könnten. Und mir wird ganz heiß, ich schwitze bei dem Gedanken, dass meine Tochter so verdorben werden könnte, und ich greife sofort zur Feder und schreibe:

Bleib auf der Hut vor absonderlichen Schlafzimmer-
Gepflogenheiten, denn sie könnten Dich entwürdigen und
am Ende voller Scham zurücklassen. Halte Dich rein und
unbefleckt, Margaret, und verführe die Welt nur, indem
Du Deine Begabungen für Musik und Tanzen und Dein
Verständnis für die lateinische Sprache zeigst.

Als ich aber lese, was ich geschrieben habe, merke ich, dass der Ton prätentiös und von abscheulicher Dünkelhaftigkeit ist, und ich zerreiße alles. Stattdessen zwinge ich mich, Folgendes zu schreiben:

Wie froh bin ich, liebe Margaret, dass Du von Deiner Her-
rin so begünstigt wirst. Sie hat natürlich Recht, wenn sie
eine Person von so reizendem Wesen besonders auszeich-
net, und alles, was Dir geschenkt wird, hast Du Dir selbst
erworben – durch Deine eigene Liebenswürdigkeit und
Herzensgüte. Und wie gern möchte ich Deine neuen Klei-
der und Schmuckstücke sehen, die sicherlich alles über-

treffen, was ich mir leisten könnte! Ich werde noch vor
September nach London kommen. Unterdessen verbleibe
ich in tiefster Zuneigung
Dein Dich liebender Papa
R. Merivel

Ich sorge für die Beförderung meines Briefs, und kurz danach
teilt Will mir mit, dass Sir James und Lady Prideaux mir einen Besuch abstatten und mich in der Bibliothek erwarten.

»Oh«, sage ich, »wie freundlich von ihnen. Zweifellos haben sie erfahren, dass ich krank bin.«

Will zieht die Vorhänge in meinem Schlafzimmer zurück,
die ich gegen die Augustsonne halb zugezogen habe, und öffnet das Fenster. »Ihr seid nicht krank, Sir«, sagt er, »Ihr simuliert ganz fürchterlich. Und Ihr stinkt wie eine tote Ratte.«

»Aber, aber, Will«, sage ich. »Achte darauf, wie du mit mir
sprichst.«

»Ich spreche nur die Wahrheit aus. Ich werde dafür sorgen,
dass Euch heißes Wasser gebracht wird und Ihr euch selbst
waschen und neue Kleider anziehen könnt, ehe Ihr hinunter-
geht. Unterdessen werde ich Sir James und seiner Frau einen
Kräuterlikör servieren.«

Wenn es sich bei meinen Besuchern nicht um die Prideaux
gehandelt hätte, wäre ich vielleicht ungerührt liegen geblieben. Doch ihnen gegenüber existieren Bande der Zuneigung
(um Margarets ebenso sehr wie um meinetwillen), weshalb
ich mich abschrubbe, die saubere Kleidung anlege, die Will
für mich bereitgelegt hat, mir meine Perücke auf meinem
Schädel festklemme und mich danach mit sehr schwachen,
zittrigen Beinen nach unten begebe.

Der Anblick der Prideaux heitert mich auf. Was mich an
ihnen tröstet, ist ihre geistige Gesundheit oder Normalität.
Ihr Leben vollzieht sich – wie das Leben es sollte, aber selten
tut – in ruhigem Wohlstand und behaglicher Häuslichkeit.
Man hört nie, dass sie sich über irgendetwas beklagen, al-

lerdings gibt es, offen gesagt, auch wenig, worüber sie sich beklagen müssten. Dennoch wirken sie nicht dünkelhaft.

Sie bedauern mich wegen des Bären. (Diese Geschichte hat die Runde in der Grafschaft gemacht, und niemand außer James und Arabella Prideaux scheint Mitgefühl für meinen Verlust zu haben, alle schlagen sich vielmehr auf die Seite der Bauern, die das Geschöpf getötet und verspeist haben.)

»Was beabsichtigten Sie eigentlich mit Ihrem Bären?«, fragt Arabella.

»Oh«, erwidere ich, »ich hatte die Absicht, ihm ein sorgenfreies Leben zu verschaffen. Zuerst dachte ich daran, hier auf Bidnold eine Menagerie aufzubauen, doch irgendwann wollte ich keine Menagerie mehr, ich wollte einfach nur, dass der Bär glücklich wird.«

»Glücklich?«, fragt Sir James.

»Ja. Viele glauben, dass Tiere so etwas wie ›Glück‹ nicht empfinden können, aber ich denke, sie irren sich. Wir müssen doch nur einen Spaniel beobachten, der merkt, dass er gleich nach draußen darf …«

»Vielleicht sind Hunde ein Sonderfall, Merivel, denn sie haben sich den Menschen zu ihrem Beschützer gewählt. Aber Sie sagten, Ihr Bär hieß Clarendon?«

»Ja. Der König nannte ihn so nach dem verstorbenen Grafen.«

»Und verurteilte ihn damit womöglich fatalerweise zu einem *unglücklichen* Ende?«

»So ist es. Obgleich der König dies nicht beabsichtigte. Er hatte ihn sehr interessiert beobachtet und erklärte dann, irgendetwas an dem Verhalten von Bären erinnere ihn an uns selbst. Sie hätten die Gesichter von Ausgestoßenen.«

»Von Ausgestoßenen? Der König ist doch kein Ausgestoßener.«

»Elf Jahre lang war er es. Und das vergisst er nie – keinen einzigen Tag. Der Ort, den er in seinen Träumen am häufigsten aufsucht, ist Boscobel.«

Die Prideaux nicken ernst. Nach einer Weile fragt Arabella: »Haben Sie denn irgendein Andenken an den armen Bären?«

»Mir wurde das Fell gebracht. Und es war furchtbar, diese leere Haut anzusehen, an der noch der Kopf hing. Doch ich habe es zum Gerben weggegeben, um es vielleicht als Läufer zu benutzen.«

»Ach«, sagt Arabella. »Ich habe so ein Fell einmal gesehen, aus einer Tigerhaut. Doch unglücklicherweise haftete noch ein leichter Gestank daran. Weshalb ich es in seiner Nähe nicht aushalten konnte.«

Ich wechsele rasch das Thema. Wir reden über all unsere Mädchen, und sie berichten mir von Marys neuem Galan, dem ältesten Sohn von Sir Reginald Brocks-Parton, der zehntausend *livres* pro Jahr wert ist. Und wir schreien laut auf bei dieser Summe und geraten über den Visionen solch unglaublichen Reichtums peinlicherweise ganz außer Atem.

Dann sagt James Prideaux: »Wir fürchten, Sie sind zu viel allein, Merivel. Warum kommen Sie nicht zu uns und bleiben bis zum Ende des Sommers in Shottesbrooke? Wir können Whist-Runden einrichten, ich werde Musiker zu unserer Unterhaltung einladen, und nächste Woche gibt es auch eine Hinrichtung auf Mouse Hill …«

»Es wäre uns eine solche Freude, wenn Sie kämen«, sagt Arabella. »Das war auch der Grund unseres Besuchs. Und es ist so lange her, dass wir eine Hinrichtung in Norwich hatten. Wir könnten ein Picknick machen und das Spektakel gemeinsam genießen.«

Ich betrachte meine Freunde, die da so nett in ihren Sesseln sitzen und ihre Gläser mit dem Kräuterlikör so adrett halten, und zum ersten Mal, seit ich sie kenne, stelle ich fest, dass ich sie eigentlich doch nicht so *richtig mag*. Und obgleich ich darüber verwirrt bin und hoffe, dass es nur ein vorübergehendes Gefühl ist, stachelt es mich plötzlich zu einem trotzigen Optimismus an und ermutigt mich zu der Antwort:

»Das ist ein äußerst liebenswürdiges Angebot. Aber ich habe schon Pläne gemacht. Noch vor Monatsende werde ich nach Frankreich und in die Schweiz reisen.«

So kam mir die Idee.

Warum auf einen Brief warten, der vielleicht nie geschrieben würde? Warum nicht die letzten Tage des Sommers nutzen und eine lange, aufregende Reise quer durch Frankreich und in ein Land machen, das ich noch nie gesehen hatte? Sofort malte ich mir all die Wunder aus, die mir begegnen würden: Burgen auf Bergzinnen, Wälder in tiefster Dunkelheit, schimmernde Seen, eisige Gletscher, Gipfel, die bis hoch an den abnehmenden Mond ragen, Almen voller Enzian, Glockenspiel bei Sonnenuntergang und Gasthöfe am Wegesrand, die Rheinwein und Wildschweinbraten servieren.

Und sollte mir, bei der Ankunft im Château de Saint Maurice, dem Wohnsitz von Louises Vater, der Empfang darin und in Louises Leben verwehrt werden, nun, dann wäre ich immerhin in die Ferne gereist. Ich hätte die reine Luft der Berge geatmet und in Höhen gestanden, die ich noch nie erklommen hatte, um zu sehen, was es zu sehen gäbe. Ich hätte Geschichten zu erzählen.

Nachdem James und Arabella Prideaux wieder aufgebrochen waren, rief ich Will zu mir und erklärte ihm: »Du hattest Recht, Will. Ich habe simuliert. Doch nun wirst du es nicht mehr ertragen müssen. Fortan werde ich Vorkehrungen zu einer Reise in die Schweiz treffen.«

»In die Schweiz?«, sagte Will. »Da würde ich nicht hinfahren, Sir Robert. Ich habe gehört, es ist dort sogar noch kälter als in Schottland. Wie werdet Ihr da Euer Blut warm halten?«

Ich wollte schon antworten, dass ich eine große Menge jener hervorragenden Flüssigkeit trinken würde, die sie Schnaps nennen und die für ihre wärmenden Eigenschaften bekannt ist, doch stattdessen sagte ich: »Dem Kalender nach ist es noch Sommer. Und zum Zeitpunkt meines Aufbruchs wird der Sommer sanft in den Herbst übergehen, und dann werde ich goldene Buchen und stattliche Tannen und schneebedeckte Berggipfel sehen. Und schließlich werde ich Gast von Baron de Saint Maurice sein, in dessen Haus lodernde Feuer in den Kaminen brennen …«

»Verzeiht, Sir, aber hat er Euch auch tatsächlich *eingeladen*?«, fragte Will.

»Ja«, erwiderte ich. »Die Einladung steht schon lange. Ich war nur noch nicht so frei, sie anzunehmen.«

»Und für wie lange plant Ihr Eure Abwesenheit von Bidnold?«

»Das weiß ich nicht. Vielleicht für einige Monate. Alles hängt davon ab, wie lange ich im Château des Barons willkommen bin.«

»Und wir, Sir? Cattlebury und ich und die anderen Dienstboten. Was sollen wir während Eurer Abwesenheit machen?«

»Was ihr immer macht. Den Haushalt führen. Einen Teil des königlichen *loyer* wirst du persönlich verwalten und alle Ausgaben damit bestreiten. Ich bitte dich nur, dass du das Geld irgendwo versteckst, wo nur du drankommst – denn nachdem Sharpe sich mit meinem Geldbeutel davongestohlen hat, traue ich niemandem mehr. Sorg dafür, dass alles jederzeit für meine mögliche Rückkehr bereit ist.«

Will starrte mich an. Und ich sah, wie sein Gesicht sich zu einer Miene beängstigender Traurigkeit verzog, und er begann, seinen alten Kopf zu schütteln, wie in Verzweiflung über meine neuerliche Wendung in Laune und Ton.

»Was ist, Will?«, fragte ich.

»Nichts, Sir«, antwortete er. »Nur weiß ich, dass ich mich ein wenig einsam und verlassen fühlen könnte …«

»Du bist nicht ›verlassen‹, Will. Es ist doch nur eine kurze Zeitspanne. Und bitte denk daran, dass der König, auch wenn ich nicht hier sein werde, aufgrund des großzügigen Salärs, das er mir zahlt, das Recht hat, jederzeit auf Bidnold

Wohnung zu nehmen. Weshalb alles ständig blitzblank poliert sein muss – die Kandelaber im Speisesaal, das Silber und das Zinnzeug …«

»Ich werde daran denken …«

»Und glaub nur nicht, dass ich nicht an *dich* denken werde. Jeden Morgen, wenn ich in irgendeinem mittelalterlichen Turm aufwache und gen Nordwesten, nach England schaue, werde ich mir vorstellen, wie du in deinem Zimmer auf Bidnold aufstehst, deine Schale Schokolade trinkst, dann die Anweisungen für den Tag ausgibst, erklärst, was geschrubbt oder neu geordnet oder poliert oder herbeigeschafft oder fortgebracht werden muss.«

»Das werdet Ihr tun, Sir?«

»Ja. Mit Sicherheit.«

Will nickte. Seine zerfurchte Miene glättete sich ein wenig, doch es blieb ein hartnäckiger Rest von Traurigkeit, als er sich umwandte und das Zimmer verließ. Ich wusste, dass ich um seinetwillen womöglich noch von meinem kühnen Plan zu der Reise in die Schweiz absehen könnte, weshalb ich mich sofort an meinen Sekretär begab und die Feder zur Hand nahm.

Meine liebe Louise, schrieb ich,
ich habe mich entschlossen: Ich werde mich aufmachen, Dich zu finden.

23 ∽

Ich brach zu meiner Reise auf.

Im Geiste sah ich stets eine vieltürmige Burg vor mir. In deren Türme führten steinerne Treppen, die sich um sich selbst wanden und kalt anfühlten, wenn man den Fuß daraufsetzte.

Bevor ich mich einschiffte, blieb ich eine kurze Weile in London und fand meine Tochter in einem Zustand großen Entzückens über ihr neues Leben.

Fubbs flüsterte mir zu: »Margaret wird sehr von den jungen Galanen bei Hofe beachtet. Der jüngste Sohn Lord Delavignes, der ehrenwerte Julius Royston, glüht schon vor Verlangen, aber ich habe Margaret verboten, ihre Jungfräulichkeit an ihn zu verlieren. Sie muss standhaft bleiben, auf diese Weise erhält sie vielleicht einen Heiratsantrag. *Un Match très, très auspicieux, mon cher Merivel! La noble et riche famille Delavigne!* Und er ist solch ein charmanter junger Mann, Ihr könnt es Euch nicht vorstellen ...«

Fubbsys Freude an Margaret war, wie ich feststellen konnte, eher von liebevoll-zärtlicher Natur. Wenn Margaret sprach, heftete Louise de Kérouaille ihre glänzenden Vogelaugen auf sie wie eine Mutter, die ihr Kind ermuntert, das sprechen oder gehen lernt. Und wenn sie gemeinsam einen Raum verließen, hakte Louise sich bei Margaret ein, und sie gingen dicht aneinandergelehnt wie zwei Verschwörerinnen.

Nur eines beunruhigte die beiden Frauen, und das war der unsichere Gesundheitszustand des Königs. Fubbs erzählte mir, er habe an eben diesem Morgen, während ihm der Schnurrbart gestutzt wurde, einen Krampf erlitten und sei in Ohnmacht gesunken. Als ich sie fragte, ob ich ihn wohl besuchen könne, meinte sie: »Er schläft jetzt. Als die Königin von dem Anfall hörte, bestand sie darauf, dass er in ihre Gemächer zöge, und dahin kann ich Euch nicht bringen.«

Als ich mit Margaret einen Rundgang durch die Gärten machte, bemerkte ich feine Veränderungen in ihrem Verhalten. Während sie früher, auf Bidnold, gern ausgelassen wie ein Mädchen umhergesprungen war, bewegte sie sich jetzt mit gemessener Anmut, trug den Kopf gerade und hoch, und als sie meinen Arm nahm, sah ich, dass sie sorgfältig darauf achtete, ihre Hand so daraufzulegen, dass ihre Finger hübsch gespreizt waren, als vollführte sie einen getragenen Tanz. Und die Menschen, die uns begegneten – zumeist kleine Gruppen von Gecken, mit schweren Schwertern behängt –, lächelten ihr zu und verneigten sich in knappen, überflüssigen Verbeugungen.

»Potzblitz, Margaret«, sagte ich, »ich sehe wohl, du bist hier sehr bekannt. Wie ist das geschehen?«

»Ich weiß es nicht«, sagte sie unschuldig, »die Herzogin ist eben sehr bekannt, und ich bin viel an ihrer Seite.«

»Und bist du auch an der Seite des Königs?«

»Wie meinst du das, Papa?«

»Gehst du manchmal allein mit ihm spazieren?«

Margaret warf mir einen Blick von der Seite zu, ging dann aber weiter, ohne meine Frage zu beantworten. Erst als wir in den Schatten einer jungen Eiche traten, blieb sie stehen und sagte: »Ich hoffe nur, mein lieber Papa, dass du dir, wenn du in der Schweiz bist, meinetwegen keine Sorgen machen wirst. Das Schicksal hat mir sehr freundlich zugelächelt. Ich bin nicht am Typhus gestorben. Und jetzt – sieh nur, wo wir hier sind! Ich glaube, du solltest Vertrauen haben, in mich und in meinen gesunden Menschenverstand.«

Ich küsste sie auf die Stirn. Es gab sehr viel, was ich ihr hätte sagen wollen, doch ich spürte in Margaret einen großen Unwillen, es ausgesprochen zu hören. Also wanderten wir weiter, und ich versuchte, meinen Verstand von all den

Dingen abzubringen, die ihn immer noch beunruhigten, und dorthin zu lenken, wo vielleicht blauer Enzian vor meinen Füßen aus dem Boden sprießen würde.

Mein Weg durch Frankreich war geplagt von brennender Hitze.

In sämtlichen aufeinander folgenden Kutschen beklagten sich die Reisenden, ob Männer oder Frauen, über die Hitze, fächelten sich Kühlung zu, schnauften und prusteten wie Möpse, lockerten ihre Kleidung oder legten sie ab, damit die entblößten Teile ihrer schweißnassen Körper Luft bekamen.

Der Gestank in diesen Wagen war schlimmer als alles, was ich jemals erlebt hatte, und ich werde ihn nicht so bald vergessen.

In einer der Kutschen geschah dann etwas Außergewöhnliches und Beschämendes, das niederzuschreiben mich in Verlegenheit bringt, und dennoch habe ich beschlossen, es zu tun. (Es ist sicherlich sinnlos, sein Leben aufzuschreiben, wenn es nicht, ebenso wie die anständigen und förderlichen Vorkommnisse, auch die hässlichen und abscheulichen enthält.)

Auf der Strecke nach Besançon reisten nur Männer mit mir, bis auf eine Frau, die mir gegenübersaß. Diese Frau war eine Matrone, um die fünfzig Jahre alt, von beachtlichem Leibesumfang und mit einer Haut weißer als Speck, und sie hatte sich mit einem Glas Fleischpâté ausgestattet, aus dem sie ununterbrochen aß und laut und vernehmlich an einem Löffel saugte.

Etwa zwanzig Meilen vor Besançon beschloss dieses Geschöpf – gequält wie wir alle von der Sonne, die auf das Wagenverdeck brannte –, umstandslos und ohne irgendein Gestatten-Sie-wohl, sich ihrer Unterhose zu entledigen. Sie zog sie einfach aus und steckte sie weg und raffte ihre Röcke und scherte sich nicht darum, ob die Reisenden ihre Fut sahen. Sie spreizte, ganz im Gegenteil, ihre dicken Schenkel so, dass ihre höchst private Anatomie für uns vollständig zu sehen war, und bemerkte nonchalant, dass Frauen sich vor einer schwitzenden Fut hüten müssten, denn »mit dem Schweiß können die Pocken eindringen«.

»Ach«, sagte ich und suchte den Anblick möglichst zu meiden, den sie mir offenbar so dringend präsentieren wollte, »das habe ich noch nie gehört, Madame, und ich bin Arzt.«

»Arzt? Nun, Monsieur, lasst mich Euer Wissen erweitern. Es ist nämlich weithin bekannt, auch wenn es in Eure Profession noch kaum vorgedrungen sein mag. Meine eigene Mutter starb auf diese Weise während einer tropischen Hitze an den Pocken, und sie bekam sie nur von dieser Hitze und nicht vom Schwanz irgendeines Mannes.«

Und nachdem sie dies gesagt hatte, aß sie weiter ihr eingemachtes Fleisch, und ich konnte nicht umhin, sie anzustarren – ihren Mund, der die Pâté verschlang, und ihre Fut, die, sehr dunkel und schweißglänzend, auf dem Sitz mir gegenüber weit nach vorne geschoben war. Und ich wusste, dass ich sie, wenn ich in der torkelnden Kutsche allein und sie einverstanden gewesen wäre, gehörig rangenommen hätte, obgleich sie mich abstieß. Und voller Selbstmitleid dachte ich bei mir, wie einsam mein Leben doch geworden war, bar jeglicher animalischer Liebe.

Ich schloss die Augen und schlief ein wenig, und als ich erwachte, standen Körper und Geist in Flammen vor Wollust, ohne dass ich mich hätte erleichtern können, und ich verfluchte die fette Frau, weil sie mich dermaßen quälte, und wünschte mir, ich wäre ein Bär, ohne Skrupel und Sittsamkeit, und könnte mein Glied herausholen, das schmerzlich angeschwollen war, und es ohne weiteres in sie schieben und unverzüglich Vergnügen und Erlösung erlangen.

Dann sah ich, dass die Frau ihr Pâté-Glas beiseitegestellt hatte und so weit auf ihrem Sitz nach vorne gerutscht war, dass ihr Hintern fast über der Kante hing. Und ihr Blick war jetzt fest auf mich gerichtet.

Ich schaute zu den anderen Reisenden, drei Männern unterschiedlichen Alters und Schlages, und auch sie waren jetzt in atemloses Schweigen verfallen und betrachteten mich mit ebenso gespannter wie belustigter Miene. Und nach einer kurzen Weile stupste der Mann neben mir, ein rotgesichtiger Gutsherr mit großen Grützbeuteln auf der Nase, mich in den Schenkel und flüsterte: »*Allez-y, Monsieur. Pourquoi pas, si elle l'invite?*«

Und da begriff ich, dass diese alternde Dirne – mit ihrem demonstrativen Saugen, dem Verschlingen der saftigen Pâté und ihren Geschichten über Hitze und Pocken – schon die ganze Zeit eine Einladung zur Kopulation vorführte und nur gewartet hatte, wer von uns sie annehmen würde.

Ich atmete gepresst und sehr angestrengt. Die Kutsche rumpelte die glühend heiße Straße entlang. Und jetzt hielt die Frau drei Finger ihrer fetten Hand hoch und deutete auf meine Tasche: *Drei livres* würde der Preis sein. Ich zögerte nur noch einen Augenblick, wühlte nach meiner Börse, suchte das Geld zusammen und gab es ihr, und im Nu kniete ich, machte mich frei, schob mich in sie, riss an ihrem Schnürleib und nahm eine ihrer fetten Brustwarzen in den Mund.

Ich stieß sie sehr hart, und sie hob ihre Beine und umklammerte mich mit ihnen. Ich schloss die Augen. Die Erregung, die ich fühlte, war so wild, wie ich es kaum je erlebt habe. Ich spürte die lüsternen Blicke der anderen drei Männer, spürte, wie sie auf die Backen meines nackten Arsches glotzten, den ich bewegte wie ein brünstiger Schimpanse, und wie sie das Schaukeln und Beben der Kutsche wahrnahmen. Und ich dachte bei mir, dass ich mir niemals hätte vorstellen können, so etwas vor Unbekannten auf einer glühenden fremden Landstraße zu tun, und ich wusste, ich sollte große Scham empfinden, doch das tat ich nicht. Ich war ein reines Tier und konnte nur fortfahren in meinem wahnsinnigen Bedürfnis, mich zu verausgaben, und dann kam es, und all mein Verlangen war verflogen.

Als es vorbei war, sank ich in meinen Sitz zurück. Ich hätte mich am liebsten versteckt.

Ich dachte, dass ich es niemals fertigbringen würde, irgendjemandem, sei es Mann oder Frau, zu erzählen, was ich in einer schwankenden Kutsche auf der Straße nach Besançon getan hatte.

Ich schloss die Augen. Doch was sah ich, als ich sie wieder öffnete? Die Dirne rieb, die Beine von sich gestreckt, mit den Fingern der einen Hand ihr Geschlecht und zog mit der anderen an der Brustwarze, die ich aus ihrem Mieder geholt hatte. Und das schien alle Männer in der Kutsche außerordentlich zu erregen (weil ihre Eheweiber oder Mätressen wohl niemals so lüstern sein und sich vor ihnen ihr Vergnügen verschaffen würden), und als sie sich selbst mit einem langen, bebenden Seufzer zu einer unübersehbar ekstatischen *Jouissance* gebracht hatte, holte nun jeder Geld hervor, und einer nach dem anderen griff nach ihr. Und so geschah es, dass alle sie nahmen, sie entweder auf den Knien besprangen, so wie ich, oder sie auf ihren Schoß zogen und ihr großes Gewicht auf ihre Erektionen pressten. In kaum einer halben Stunde hatten wir alle vier sie gehabt, und sie hatte sich zwölf *livres* verdient.

Als es vorüber war, streckte die Frau (deren Namen keiner von uns wusste und offenbar auch nicht wissen wollte), die, wie ich vermutete, wund und müde war, sich zu unseren Füßen aus. Sie schien nicht zu bemerken, oder es kümmerte sie nicht, dass der Boden der Kutsche dreckig und hier und da mit Sperma befleckt war. Sie legte nur den Kopf auf ihren Arm, bedeckte sich und das Geld, das sie zwischen ihren Brüsten versteckt hatte, und schlief lautlos ein, während die Männer um mich herum schnarchten und furzten und der Gestank in der Kutsche mittlerweile schlimmer war als in einem Freudenhaus. Und es überkam mich eine große Traurigkeit.

Ich sehnte mich danach, endlich in die Schweiz zu kommen. Ich stellte mir vor, dass die Welt dort nicht so empfänglich wäre für ein derart außer Kontrolle geratenes Toben der Sinne, wie ich es gerade an mir selbst erlebt hatte.

Ich stieg in einer *Auberge* in Besançon ab, wusch mir den üblen Geruch von Kutsche und Dirne ab und schlief volle zwölf Stunden; am nächsten Tag überquerte ich die Grenze zur Schweiz und folgte der Straße zu dem großen See von Neuchâtel.

Als die Kutsche sich dem See so weit genähert hatte, dass ich ihn in der Ferne sehen konnte, bat ich darum, in einem kleinen Dorf namens Bellegarde abgesetzt zu werden. Dort spazierte ich dann im weichen Sonnenlicht umher, betrachtete mit Rührung all die vielen Gemüsegärten, die zu ärmlichen Holzhäusern gehörten, und die Obsthaine voller Früchte und die Ziegen, die mit Glöckchen um den Hals auf den abschüssigen Wiesen grasten.

Ich gab einem Knaben zwei *sous* für einen Becher Ziegenmilch und trank sie so durstig, wie ich einst die Milch vor den Toren von Versailles getrunken hatte. Dann ließ ich mich im Gras nieder, stellte meinen einzigen Koffer an meine Füße und überlegte, was ich tun sollte, nun, da ich meinem Ziel so nah war.

Ich hatte die Fantasie, auf einem edlen Ross durch das Tor vom Château de Saint Maurice zu reiten, um so, vor dem Baron und vor Louise, den Anschein eines größeren und großartigeren Mannes zu erwecken, als ich es tatsächlich war. Mit Sehnsucht dachte ich an Danseuse. Kein Pferd ist mir jemals so herrlich erschienen, keines war von solch heiterem Naturell wie Danseuse. Doch sie gab es schon lange nicht mehr.

Ich rief den Ziegenjungen herbei und fragte ihn, wo ich in Bellegarde wohl ein Pferd mieten könne. Doch er erklärte, niemand hier besitze ein Pferd, nur Esel und Maultiere, und obgleich mich das für einen Augenblick betrübte, erheiterte mich ganz plötzlich die Vorstellung, wie ich auf einem bissigen Maultier sitzen würde. Ich musste wieder daran denken, dass es womöglich meine Lächerlichkeit und der hoffnungslose Mangel an Eitelkeit gewesen waren, die Louise de Flamanville besonders gefallen hatten, und dass unsere kurze Liebschaft von manch bebendem Gelächter begleitet worden war.

Der Ziegenjunge erklärte mir auch, das Château de Saint Maurice liege nur drei oder vier Meilen von Bellegarde entfernt, »aber höher als wir, und sie sagen, man hat von dort einen sehr schönen Blick auf den See«. Und nachdem er seine Ziegen in ihren Pferch getrieben hatte, brachte er mich zu seinem Vater, einem gebeugten Mann, der in der Dunkelheit eines niedrigen Hauses saß und mit dem Schnitzen einer Pfeife aus Meerschaum befasst war.

Sein Maultier war klein und mager. Es hatte etwas Gehetztes in seinen Augen.

»Wird sein Rücken denn stark genug sein, um mich und meinen Koffer zum Château zu tragen?«, wollte ich wissen.

»Ja«, erwiderte der Mann, »aber es wird nicht gehen.«

»Das Maultier wird nicht gehen? Habe ich Euch vielleicht missverstanden, Monsieur?«

»Nein, es wird nicht gehen.«

»Wie soll ich dann aber überhaupt irgendwo ankommen?«

»Ihr sitzt auf. Und dann wird es in einen Trab fallen. Gehen wird es nicht. Trab-und-Halt. Trab-und-Halt. Das ist seine Natur. Ja oder nein, Ihr könnt Euch entscheiden.«

Und so geschah es, dass ich den Waldweg zum Haus des Barons in einer Art *Hüpftrab* zurücklegte.

Gerade begann die Sonne zu sinken, und die großen Eichen und Tannen, die entlang des Wegs Spalier standen, wurden schwärzer und schwärzer, während wir immer näher kamen, das Maultier und ich. Erneut hatte ich das irritierende Gefühl, dass nicht der Himmel verblasste, sondern mein Augenlicht schwächer wurde. Und ich versuchte mit aller Macht, Licht in den Pfad zu bringen, damit ich das Haus, wenn es auftauchte, auch sehen und die runden Türmchen erkennen würde, die ich mir schon seit so Langem vorstellte.

Und dann sah ich es. Es war aus Stein erbaut, hatte ein hohes Schieferdach, hohe Mansardenfenster und schlanke Schornsteine – aber keine Türme. Ich zügelte das Maultier, und als wäre es verblüfft über den Anblick eines turmlosen Gebäudes, ließ es sich dazu herab, langsam darauf zuzugehen.

Wir näherten uns also im Schritt. Bis zu diesem Moment war ich einigermaßen besorgt um meinen Hintern gewesen – so wund, wie er war von der Reise mit Kutsche und Maultier –, doch nun war ich besorgt um mein Herz, das in einen heftigen, erdrückenden Aufruhr geriet. Schweißperlen standen auf meinen Lippen. Meine Beine in den zu kurzen Steigbügeln fühlten sich schwach an.

Und dann, siehe da! Erneut entschloss sich das elende Maultier zu einem Trab, und während es vorwärts eilte, fiel ich nach hinten in den Sattel, verlor die Zügel, verlor vollkommen das Gleichgewicht – und gerade als wir den Irrgarten vor dem großen Eingangstor umrunden wollten, lag ich einfach unten im Kies.

Befreit von meinem Gewicht, schoss das Maultier nun mit einem verrückten Galopp um den Irrgarten herum und lief, vorbei an der Tür, mit hoher Geschwindigkeit denselben Weg zurück, den wir gekommen waren, all meine Habe noch an seinen mageren Rumpf geschnallt. Der Staub, den seine fliehenden Hufe aufwarfen, flog mir in die Augen.

Ich brachte mich in eine sitzende Haltung. In meinem linken Schienbein setzte ein stechender Schmerz ein. Ich saß da, atmete mühsam und wischte mir den Staub aus dem Gesicht – ein trauriger Kloß mit hängenden Schultern in der schnell einfallenden Dämmerung.

Niemand trat aus dem Haus. In der Ferne konnte ich das

Geräusch von kleinen Wellen hören, die sich an einem steinigen Ufer brachen.

»Merivel«, sagte ich zu mir, »das ist eine schöne Besche-
rung.«

24 ✍

Eine beträchtliche Menge Blut begann aus meinem Bein zu sickern, und meine Strümpfe wurden nass. Mit einem Mal konnte ich jetzt Bussarde hören und sehen, die über mir in der Dämmerung kreisten, weshalb ich versuchte, wieder auf die Füße zu kommen, um nicht tot gepickt zu werden. Während ich Kies und Staub von meinem Rock bürstete, tauchte plötzlich ein Dienstbote mit Perücke neben mir auf, reichte mir seinen Arm als Stütze und geleitete mich ins Haus.

Ich sah, dass ich mich in einer großen, mit Steinfliesen ausgelegten Diele befand, in der ein Feuer aus Tannenzapfen brannte. Louise kam eine breite Treppe heruntergestiegen. Sie sagte leise meinen Namen. Hinter ihr folgte ihr Vater, der Baron, ein hochgewachsener Mann mit einem kahlen Scheitel, den lange, fliegende weiße Haare umkränzten wie die Blütenblätter eines zerzausten Gänseblümchens.

Ich verneigte mich vor ihnen. Sie betrachteten mich mit unverhohlenem Erstaunen, als wäre ich der plötzlich herabgefallene Mann im Mond. An ihrer Seite standen zwei Lakaien mit Perücken in strammer Habachthaltung und blickten nur verstohlen auf das Blut, das aus meinem Bein auf die Fliesen tropfte.

»Ich bitte um Verzeihung für mein plötzliches Erscheinen«, brachte ich stammelnd hervor. »Ich hatte gehofft, dass mir eine angemessenere Ankunft hoch zu Ross gelingen würde, doch alles, was ich in Bellegarde finden konnte, war ein Maultier, und fürwahr, es mochte mich kaum mehr, als ich es mochte, und so warf es mich in den Staub und ...«

»Pscht«, sagte Louise. »Ihr seid fürchterlich bleich. Ihr werdet noch ohnmächtig, wenn Ihr weiterredet. Wir werden Eure Wunde versorgen. Papa, das ist Sir Robert Merivel, der aus England gekommen ist, und wir müssen uns um ihn kümmern.«

Der Baron glitt freundlich auf mich zu und schüttelte mir die Hand. Ich sah sofort, dass die haselnussbraunen Augen in seinem faltigen Gesicht noch sehr lebhaft funkelten.

»Seid willkommen, Sir Robert«, sagte er. »Meine Tochter hat viel von Euch gesprochen. Habt Ihr denn einen Koffer, der nach oben gebracht werden kann?«

»Ach«, sagte ich. »Das Maultier hat sich zwar nicht mit mir befreunden können, doch zu meinem Gepäck fasste es eine große Zuneigung und ist mit meinem Koffer auf dem Rücken zurück nach Bellegarde galoppiert.«

Daraufhin brach der Baron de Saint Maurice in ein großes Gelächter aus. »Oh, die Tiere!«, rief er. »Wie sie uns doch überraschen!« Dann schnippte er mit den Fingern seine Lakaien herbei, und ich wurde in einer Art *Chaise*, die nur aus den ineinanderverhakten Händen dieser Dienstboten bestand, vom Boden hochgehoben und die Treppe hinaufgetragen.

Louise wusch und verband persönlich die Wunde an meinem Bein und bestrich sie mit der Salbe, die bei dem Ausschlag in Margarets Gesicht so hilfreich gewesen war.

Während sie tupfte und reinigte, schwieg ich. Ich blickte nur auf ihren lieben Kopf. Als sie meine Wade verband, sagte sie leise: »Mein Brief war zu überstürzt, Merivel. Es tut mir leid. Ich wusste nicht, dass deine Tochter krank war. Dein Schweigen hatte mich verletzt, aber es war falsch, in so trotziger Manier zu schreiben. Ich hätte dir vertrauen sollen.«

Dann hob sie den Kopf und blickte mich an. Ich hätte sie küssen können, doch das tat ich nicht. Nach meinem beschämenden Verhalten in der Kutsche auf der Straße nach Besançon schienen all meine fleischlichen Gelüste gestillt, ich sehnte mich nur noch danach, an Louises Seite zu sein, ihre

Gesellschaft zu genießen; erst später – womöglich viele Tage und Nächte später – würde ich sie in mein Bett bitten.

Die Stunde des Nachtmahls war gekommen, und die Aussicht, an einem schön gedeckten Tisch zu sitzen, mit einem flackernden Kaminfeuer und der Unterhaltung von Louise und ihrem Vater, die meinen Ohren wohl wie eine komplizierte Melodie erscheinen würde, erfüllte mich mit Freude. Mein Herz würde, so dachte ich, nach den langen Monaten der Mühsal endlich Frieden finden.

Blieb nur noch das Problem meiner zerrissenen Kniestrümpfe und meiner fehlenden Kleidung, doch Louise besorgte mir rasch einen schönen purpurfarbenen Rock, der mit goldenen Schnüren besetzt war und der Giraffe gehörte, dazu eine schwarze Kniehose und weiße Seidenstrümpfe, das Ganze gekrönt von einem unerhört weißen Hemd mit Rüschen am Hals und an den Handgelenken.

Als ich mich so betrachtete, wie ich da halb ertrank in diesen Kleidungsstücken, die für einen sehr großen Mann gedacht waren, kam ich mir in meinem Aufzug vor wie eine Regimentsfahne – nicht mehr und nicht weniger –, eine schön verzierte Standarte, die auf irgendeinem entlegenen Schlachtfeld wehte. Und als im Winde flatternde Regimentsfahne hätte ich durchaus einige Würde besessen, doch als Mann sah ich absolut lachhaft aus. Und so schritt ich dann die Treppe hinunter, während mir der purpurfarbene Rock um die Waden schlug und die gerüschte Spitze an den Manschetten über die Hände fiel.

Das Essen war köstlich, und dazu wurde Wein von den Weingütern des Barons gereicht. Louise hatte sich in ein tief ausgeschnittenes blaues Samtgewand gekleidet und Spitzenbänder ins Haar geflochten. Um den Hals trug sie eine sehr schöne Perlenkette, und als ich sie so an ihres Vaters Tisch sitzen sah, geschmückt mit diesem exquisiten und doch unaufdringlichen Geschmeide, begriff ich, wie sehr sie mich an Geburt und Stand übertraf: Sie war die Tochter des Barons

Guy de Saint Maurice von Neuchâtel im Pays de Vaud, und ich war der Sohn eines bescheidenen Handschuhmachers aus Vauxhall und führte nur deshalb ein glanzvolles Leben, weil ich das Talent besaß, den König von England zu amüsieren.

Doch als ein Mann geschliffener Höflichkeit behandelte der Baron mich, als wäre ich der seit langer Zeit wichtigste Gast an seiner Tafel – und das, obgleich meine Spitzenmanschetten die ärgerliche Neigung hatten, ständig ins Essen zu geraten, und mit der Zeit furchtbar fleckig wurden.

Nachdem er mich die traurige Geschichte von Clarendon und seinem elenden Ende hatte erzählen lassen, verwickelte er mich in ein Gespräch über Säugetiere und Insekten, in dem wir beide mit jenen Philosophen übereinstimmten, welche die kartesianische Idee von den Geschöpfen als bloßen Maschinen verwarfen (zumindest als bewiesene Wahrheit) und bei bestimmten Spezies durchaus die Existenz einer Seele vermuteten.

»Nehmt die Ameisen«, sagte der Baron. »Wie selbstlos sie sich doch mühen! Ich habe sogar beobachtet, wie sie, Bein an Bein, eine Brücke über ein kleines Rinnsal hier im Wald errichteten, damit die Königin auf ihren Rücken zu einem neuen Platz für einen Bau getragen werden konnte, und einige von ihnen wurden von dem Gewicht derart hinuntergedrückt, dass sie ins Wasser gerieten und ertranken, und all das ohne einen Laut. Ist dies nicht ein Beleg für die Existenz eines Bewusstseins von einem übergeordneten Wohl und sogar von der Notwendigkeit des Selbstopfers und von daher auch ein Beleg für eine Seele – sei sie auch noch so klein?«

»Oder, und das ist schon sehr häufig behauptet worden«, sagte Louise, »es handelt sich um bloßen *Instinkt*, der sie dazu treibt, nach Futter zu suchen und zu kopulieren. Doch das werden wir nie wissen.«

»Wieso sollten wir das nie wissen?«, fragte ich. Und dann erwähnte ich eben jenes Werk von Fabricius, *De brutorum loquela*, das mir in Pearce' »Futtersack« übergeben worden war. Offen gestanden hatte ich das Buch noch nicht aufgeschlagen, erkühnte mich aber trotzdem zu der Bemerkung: »Fabricius hat viel zur *Sprache* der Tiere zu sagen.«

»Ah ja, Fabricius …«, nickte der Baron.

»*De brutorum loquela* wagt sich mit der Idee von einer Sprache der Tiere in ganz neue Bereiche vor«, fuhr ich im Ton vorgetäuschter Autorität fort. »Von daher könnten wir schließen, dass neue Forschungen die Idee von einer *Seele* der Tiere voranbringen werden.«

»Wer aber wird über diese ›neuen Forschungen‹ schreiben?«, fragte Louise. »Stimmen wir nicht doch alle heimlich mit Descartes überein, auch wenn wir das Wort Maschine nicht gern benutzen, weil wir auf diese Weise, ohne uns zu schämen, Skorpione tottreten und Schafe schlachten können?«

Bei der Erwähnung von Schafen und Scham kam mir sofort Clarendon in den Sinn – Clarendon als totes Fleisch. Ich dachte an Patchett und seine Freunde, die ihn zerlegt, seine Knochen gekocht und ihn hinuntergeschlungen hatten.

»Skorpione und Schafe gestehe ich Euch zu«, sagte ich, »aber Bären nicht. Ihr wart mit mir zusammen, Louise, als wir ihn das erste Mal in seinem Käfig sahen, und Ihr erinnert Euch sicher an den kläglichen Ausdruck, mit dem er uns anblickte. Glaubt Ihr denn nicht, dass er so mit uns *sprach* und um Rettung bat?«

»Und dennoch konnte er nicht sprechen, Merivel.«

»Er sprach zu mir.«

»In einer Sprache, die ich nicht verstand?«

»In keiner Sprache. Er sprach zu mir von Seele zu Seele.«

Der Baron nickte jetzt sehr lebhaft mit seinem rosigweißen Haupt und begann, in das kleine Buch zu schreiben, das während der Mahlzeit neben seinem Ellbogen lag.

»Von Seele zu Seele«, sagte er. »Das ist schön gesagt, Sir Robert. Manchmal glaube ich, dass Constanza so mit mir spricht.«

Constanza war Guy de Saint Maurices Hündin, ein Lurcher-Welpe mit langen, geschmeidigen Beinen, die mich an moosbewachsene Weidenäste erinnerten. Die Hündin hatte während des Nachtmahls still zu unseren Füßen gelegen, doch nun, da sie ihren Namen hörte, schaute ihre zitternde Nase unter dem Tischtuch hervor. Der Baron streichelte ihren Kopf.

»Ja, Constanza«, sagte er, »was habe ich dir denn jemals verweigert? Du bettelst so beredt um Spaziergänge und Aufmerksamkeit, dass ich fast immer nachgebe, selbst wenn ich im Grunde kein Bedürfnis nach einem Spaziergang habe. Du *sprichst* mit mir.«

»Montaigne behauptete etwas sehr Ähnliches über einen seiner Hunde, Baron. Er scheue sich nicht, sagte er, einzugestehen, dass seine Natur so ›kindisch‹ sei, dass er ein Spiel, welches dieser Hund ihm vorschlage, nicht verweigern könne, auch wenn es womöglich seine Arbeit unterbreche.«

»Ach! Nun, da bin ich eins mit ihm. Und ich freue mich dann stets über den Spaziergang mit Constanza – Ähnliches wird er sicherlich auch bei sich festgestellt haben. Mein Kopf wird dabei frei. Meine gesamte *Auffassung* von der Welt ändert sich dadurch zu ihren Gunsten.«

Louise lächelte ihren Vater zärtlich an. Sie sagte: »Papas *Auffassung* von der Welt ist ohnehin schon bewunderungswürdig otimistisch, *n'est-ce pas*, Papa? Erzähl Sir Robert doch, warum du immer ein Notizheft bei dir trägst.«

Der Baron lachte. Er nahm das Heft in die Hand und wedelte damit. »Ich fürchte einfach, Wunder zu verpassen, das ist alles! In meinem Alter ist das Gedächtnis schwach, doch überall um mich herum wird die Welt immer interessanter. Deshalb notiere ich mir alles.«

»Papa bewahrt im Griff seines Spazierstocks eine Feder und ein Tintenfass auf, damit er zu jeder Zeit seine Schreibgeräte dabeihat.«

»Vieles von dem, was ich hineinschreibe, ist unerheblich,

Sir Robert. Absolut unerheblich. Doch es gibt auch Wunder. Und darum geht es. Zwischen all der Schlacke gibt es immer auch die glänzenden Goldkörner.«

Ich sprach ihm meine Bewunderung für diese Gewohnheit aus. Und weil mein Herz in Frieden war (und weil ich mehrere Gläser vom ausgezeichneten Wein des Barons getrunken hatte), bekannte ich Louise und ihrem Vater, was ich noch niemandem außer Will Gates bekannt hatte – nämlich, dass ich vor langer Zeit versucht hatte, die Geschichte meines Lebens aufzuschreiben.

»Oh, erzählt uns mehr, Sir Robert!«, sagte der Baron. »War das nicht anstrengend?«

»Nein«, erwiderte ich, »denn ich fand den Versuch amüsant, meine eigene Natur zu ergründen – was Montaigne uns bekanntlich dringend anrät. Louise weiß, dass ich ein Mann unbesonnener Gelüste bin und von der Furcht verfolgt werde, das Leben zolle mir nicht gebührend Tribut. Doch ich bin auch sehr melancholisch und neige zu zügellosem Weinen – vor allem über meine eigenen Fehler. Und deshalb fand ich es amüsant, herauszufinden, wie diese unterschiedlichen Seiten von mir sich zu einer Geschichte formen.«

»Das gefällt mir ausnehmend gut«, sagte der Baron. »Und wo ist diese Geschichte jetzt? Das heißt, wo ist das Buch?«

Ich erzählte ihnen, das Buch habe sechzehn Jahre lang unter meiner Matratze gelegen und dabei Exkremente der Bettwanzen angesammelt, »und wie käme ich dazu, zu behaupten, diese winzigen Geschöpfe hätten keine Seele?«.

»Wahrhaftig! Aber könntet Ihr nicht darum bitten, dass es unter der Matratze hervorgeholt und uns geschickt wird? Louise und ich würden dann den Dreck der Bettwanzen abwischen und darin lesen.«

»Nun, ich glaube, es liegt jetzt fest verschlossen in der Schublade eines Sekretärs«, erwiderte ich, »und mein Diener Will könnte es tatsächlich herschicken. Doch was darin aufgezeichnet ist, sind all die Torheiten jener Zeit, meine Korruptheit und meine Versäumnisse. Das Bild, das Ihr daraus von mir gewinnt, würde mich Euch nicht sehr liebenswert erscheinen lassen.«

»Da könntet Ihr euch irren«, sagte der Baron. »Was ich an einem Menschen schätze, ist Aufrichtigkeit. Sie ist das Wichtigste, wichtiger auch als kleine menschliche Schwächen. Und ich nehme an, dass Euer Buch aufrichtig ist, denn sonst wäre es sinnlos.«

Schweigen senkte sich über den prächtigen Saal. Louise und der Baron sahen mich an und warteten auf meine Antwort. Schließlich sagte ich: »Als ich es schrieb, glaubte ich, aufrichtig zu sein. Doch nun erkenne ich, dass es voller Lügen und Selbsttäuschungen ist.«

Das Zimmer, welches mir im Château zugewiesen wurde, bot einen herrlichen Blick über die bewaldeten Gärten hinweg zum See.

Ein starker Wind kam auf, ich lag in einem Himmelbett und horchte auf das Seufzen der Tannen. Und mir schien, ich befände mich gleichsam auf dem Höhepunkt meines Lebens, von wo aus ich sowohl nach vorne wie nach hinten schauen konnte.

Ich schlief vollkommen friedlich und träumte von Pearce. Er stand vor mir, während ich mit bewundernswert schwungvoller Geste und *attaque* eine Leiche sezierte, die auf einem Tisch im alten Anatomiesaal des Caius College in Cambridge lag. Der Körper ähnelte mir, trotzdem war ich es nicht – sondern nur jemand, der ich möglicherweise hätte sein können oder zu sein versucht hatte.

Während meine Vorführung voranschritt, machte Pearce sich viele Notizen. Und wie es seine Art war, stellte er nicht ein einziges Mal eine Frage zu meinen Befunden oder unterbrach mich. Als ich endlich fertig war, legte er mir seinen Arm auf die Schulter und sagte: »Du hast mich viel gelehrt, Merivel. Und du schlägst kaum jemals einen Irrweg ein. Es war absolut bewunderungswürdig. Lass uns auf dein neues Können trinken.«

Woraufhin er eine Flasche Wein hervorholte, und wir reichten sie einander abwechselnd und löschten einen Durst, der kein Durst des Körpers war, sondern einer des Geistes – eine Sehnsucht nach Wissen und nach unserer alten Freundschaft. Einen solch schönen Traum von Pearce hatte ich seit vielen Jahren nicht mehr gehabt.

Als ich nachts erwachte, fiel mir wieder ein, dass all meine Habe verschwunden war.

Selbst jetzt war ich – wie in einen leinernen Kokon – in ein gewaltiges Nachthemd eingehüllt, das der Giraffe gehörte, und am nächsten Morgen würden es seine Strümpfe sein, die ich anziehen müsste.

Dass ich seine Kleidung tragen musste, machte mir nicht wenig zu schaffen, denn es erinnerte mich daran, dass Jacques-Adolphe de Flamanville, Oberst der Schweizer Garden Seiner Majestät, noch immer der Gemahl jener Frau war, die kennen und lieben zu lernen ich hierhergekommen war, und dass ich ein armer Sir Niemand war. Ich dachte daran, dass de Flamanville jeden Augenblick erscheinen konnte, um mich auf einem Maultier fortzujagen.

Und ich begann zu überlegen, welche Waffen ich zu meiner Verteidigung besaß, und ich wusste sofort, ich hatte eine. Und das war die große Liebenswürdigkeit, die der Baron de Saint Maurice mir erwies. Dieser bejahrte Mann mit seinem Notizheft und seinem Tintenfass, seinem großartigen Humor und seiner Weisheit würde, so entschied ich, Mittel finden, Schaden von mir fernzuhalten.

Er hatte versprochen, mir am nächsten Morgen seine Bibliothek zu zeigen, in der es, wie er sagte, Bücher zu jedem Thema gebe – von der Botanik bis zur Dämonenlehre, von den Leibesübungen bis zur Pharmakologie, von den Gezeiten des Ozeans bis zum Gerben von Leder, von der Kunst in Kathai bis zu einer Abhandlung über den Aberglauben in der Welt, von Mutterschaft bis Mythenkunde, von Zephiren bis Zoologie ...

Und so stellte ich mir all dieses Wissen, das für mich nun frei verfügbar war, als eine Art Schutzschild vor oder vielleicht sogar als einen unsichtbaren umfriedeten Hain der Aufklärung, der mich von all jenen fernhielt, die mich zu ihrem Feind erklären und mir nach dem Leben trachten wollten.

25 ✑

Wie ein Segen lag unterdessen über meinen ersten Tagen auf dem Château das heitere Gleichmaß des Wetters.

An meinem ersten Morgen zeigte der Baron mir nach dem Frühstück seine Besitzungen, während Louise in ihr Laboratorium verschwand. Und so sah ich seine vielen Hektar Weinberge voller Trauben, die in der milden Sonne der Ernte entgegenreiften. Er besaß auch große Pappelpflanzungen für die Vermarktung von Holz, und auf den grasbewachsenen steilen Hängen führten seine Kühe ein beschauliches, gut genährtes Leben.

Seine Obstgärten strotzten vor reifen Pflaumen, Äpfeln und Birnen. Es schien kein Stückchen Land zu geben, das nicht erfolgreich nutzbar gemacht worden wäre. Brachliegendes oder unfruchtbares Gelände gab es nicht. Und im französisch angelegten Garten wuchs eine große Menge von Kräutern und medizinischen Pflanzen, die Louise zu ihren Experimenten mit Salben und Tinkturen angeregt hatten. Der ordnende Geist, den ich hier am Werke sah, war planvoll und jeglicher Verschwendung abhold.

Und an diesen Geist wandte ich mich und sagte: »Hier erkenne ich, dass ich auf Bidnold in der Nutzung des Bodens nicht so einfallsreich gewesen bin, wie ich hätte sein sollen. Vieles bei mir ist bloßes Parkland, es bringt gar nichts hervor und dient nur meiner kleinen Rotwildherde.«

»Nun«, sagte der Baron, »die Schweiz ist ein kleines Land, und die Hälfte ragt mit Gipfeln und Felswänden steil in den Himmel. Wir müssen erfinderisch sein, wenn wir nicht sterben wollen.«

Nach dieser Bemerkung schwieg er eine ganze Weile, dann

drehte er sich zu mir um und sagte: »Sir Robert, wir müssen uns jetzt einem heiklen Thema zuwenden.«

»Oh«, sagte ich. »In heiklen Angelegenheiten würde ich aber gern Merivel genannt werden und nicht ›Sir Robert‹.«

»Merivel? Nun gut, gewiss, wenn Ihr es wünscht. Namen sind wichtig. So, und nun muss ich Euch mitteilen, Merivel, dass meine Tochter etwas sehr Qualvolles zu erdulden hat, eine unglückliche Ehe …«

»Ein wenig weiß ich Bescheid …«

»Ich werfe mir vor, dass ich dieser Ehe zugestimmt habe; aber de Flamanville machte ihr sehr artig und vornehm den Hof, und wir wussten damals nicht, dass er Frauen nie geliebt hat. Es wurde eine wahre Tortur für sie, weil er ein grausamer Mann ist, und ein Ende ist anscheinend nicht abzusehen – zumindest kein einigermaßen ehrenhaftes Ende. Deshalb hoffe ich seit einiger Zeit, dass Louise die Liebe vielleicht woanders entdeckt. Euer Besuch wird sie glücklich machen, da bin ich sicher.«

Wir spazierten gerade durch einen Apfelhain, und der Baron pflückte einen schönen roten *Délice* und reichte ihn mir. Ich hielt ihn in der Hand und betrachtete ihn. Und wie er da in dem ruhigen Licht der Sonne glänzte, war er in seiner Vollkommenheit so eindrucksvoll, dass ich das Gefühl hatte, Saint Maurice habe mir einen Edelstein geschenkt.

»Ich war in den vergangenen Jahren sehr viel allein«, sagte ich. »Doch als ich Louise kennenlernte, spürte ich, wie das Leben zu mir zurückkehrte. Sie ist eine außergewöhnliche Frau. Und seid versichert, Baron, ich habe die allergrößte Achtung vor ihr, ganz besonders vor ihrer Begabung als Botanikerin …«

»Ja, ihre Begabung. Sie ist mannigfaltig und bemerkenswert. In Kürze werdet Ihr Louises Kompositionen für Cembalo hören, die wirklich hübsch geworden sind.«

»Es wird mir eine Ehre sein, zum Publikum zu gehören.«

»Aber – und bitte verzeiht, wenn Ihr der Meinung seid,

dass dies mich nichts angeht – ich hielt meine Tochter und Euch für ein Liebespaar? Sie erzählte mir, ihr wäret Liebende geworden.«

»Ja …«

»Sie ist fünfundvierzig, Sir Robert. Und ebenso wie ich ist sie von leidenschaftlicher Natur.«

»Ja …«

»Sie sollte nicht ungeliebt alt werden.«

»Nein, ich habe nicht vor –«

»Sie sagte mir, Ihr hättet sie vergangene Nacht nicht aufgesucht.«

»Nein.«

»Dann verstehe ich aber nicht recht …«

»Nun, ich war mir nicht sicher, wie ich mich in Eurem Haus zu verhalten hätte …«

»Ach so. Dann lasst mich Euch Folgendes fragen: Wie, glaubt Ihr, würde Euer König Charles sich wohl verhalten haben?«

Ich drehte den *Délice* in meiner Hand, spürte seine Kühle und stellte mir sein festes Fleisch vor. »Er hätte nicht gezögert«, antwortete ich. »Er hätte sich zu Eurer Tochter gelegt.«

Der Baron und ich hatten eine lange Strecke im warmen Sonnenschein zurückgelegt und gingen gerade recht gemächlich die Auffahrt zum Schloss hinauf, als wir hinter uns das Klipp-Klapp von Pferdehufen vernahmen.

Sofort sah ich im Geiste Oberst de Flamanville – rittlings auf einem formidablen Hengst, das Schwert gezückt, bereit, mich mit einem Streich zu erschlagen, um dann, nach diesem Auftakt, Louise nach Paris oder Versailles zu verschleppen.

Als ich mich vorsichtig umschaute, sah ich jedoch, dass das Pferd ein Maultier war – tatsächlich sogar dasselbe Maultier, das mich abgeworfen hatte, und auf seinem Rücken der Ziegenjunge, der es mir vermietet hatte.

Er zügelte das Maultier, das stolpernd zu einem uneleganten Halt kam. Und da entdeckte ich dann, dass an den Rumpf des Geschöpfs mein verlorener Koffer geschnallt war.

»Potzblitz!«, sagte ich, »welch eine ehrliche Gegend, Baron.«

»Nun«, sagte der Baron. »Die Luft hier ist klar. Man kann alles sehen, nichts bleibt verborgen. Und deshalb neigen wir zur Ehrlichkeit. Ist das vielleicht langweilig?«

Nach dem Spaziergang ging ich in mein Zimmer, öffnete meinen Koffer und nahm das Wenige heraus, was ich mitgebracht hatte. Immerhin aber war darunter Pearce' »Futtersack«-Tasche mit dem Büchlein *De brutorum loquela* darin, und angesichts der anscheinend so umfassenden Bibliothek des Barons war ich nun froh, wenigstens *ein* Buch vorweisen zu können. Ich zog das *De brutorum* aus der Tasche und legte es auf meinen Nachttisch.

»Pearce«, sagte ich. »Kannst du mich sehen? Ich glaube, du wärst jetzt stolz auf mich. Ich bin an einen Ort großer Gelehrsamkeit gekommen.«

Ich hatte auch den Rock eingepackt, den ich mir, einschließlich seiner Kaskade von Schulterbändern, in Paris hatte machen lassen. Und während ich ihn aufhängte, beschloss ich, um Louises willen auch einiges im Hinblick auf meine Erscheinung dazuzulernen und mich um Eleganz und Anstand zu bemühen, damit ich ihr in Gegenwart ihres Vaters und seiner aristokratischen Freunde keine Schande machte.

Ich saß, inmitten von Unterhosen und einer ganzen Anzahl zerknitterter Hemden, auf meinem Bett, als Louise das Zimmer betrat.

Ich wollte mich erheben, doch sie sagte: »Nein, nein Merivel, bleib sitzen.«

Sie trug ein Glas auf einem Zinntablett, setzte es neben mir ab und sagte: »Ich bringe dir einen Kräuterlikör. Vater sagt, du seist ziemlich erschöpft von eurem langen Spaziergang. Mach es dir bequem, und dann nimm einen Schluck von dem hier. Er ist aus Holunderbeeren und Hagebutten gemacht und wird dich sehr rasch kräftigen.«

Ich tat, wie sie geraten hatte, legte mich auf meine Kissen und schob Hemden und Wäsche um mich zusammen. Sie setzte sich neben mich und hielt mir das Glas an die Lippen, so zärtlich, als wäre ich ein Kind.

Ich trank den Likör. Louise beobachtete mich höchst aufmerksam. Und ich fragte mich, ob sie mit der Erwartung in mein Zimmer gekommen war, ich würde mich, gewissermaßen als Intermezzo zwischen meinem Spaziergang mit dem Baron und dem Mittagsmahl, mit ihr verlustieren.

Ich fand ihre Nähe sehr süß und tröstlich, stellte aber einmal mehr fest, dass seit meinem verachtungswürdigen Verhalten in der Kutsche nach Besançon alles sexuelle Verlangen aus meinem Körper gewichen zu sein schien. Ich hatte am Hofe häufig flüstern hören, dass gewisse Gecken, die sich in tausend Betten allzu sehr verausgabt hatten, danach gänzlich unfähig waren, den Koitus zu vollziehen, sofern sie nicht durch obszöne und ganz und gar unaussprechliche Ausschweifungen stimuliert würden, die unterdessen vor ihren Augen stattfanden. Und ich betete, dass dies bei mir nicht der Fall sein möge – dass die Hure von Besançon mit ihrem unerhört aufreizenden Verhalten mich nicht derart traktiert hatte, dass normale zärtliche Liebe mir nicht länger möglich war.

Ich blickte Louise an und dachte an unsere Affäre im *Jardin du Roi* und hoffte, es würde mich ein wenig steif machen. Doch alles, was mir dazu einfiel, war die entsetzliche Winterkälte, der wir ausgesetzt waren, und wie diese Kälte an den Stellen, wo unser Fleisch entblößt war, gezwickt und gebissen hatte, und ich spürte erneut diese Kälte und zitterte.

»Louise …«, hub ich an.

Doch als ahnte sie, dass ich mich gleich dafür entschuldigen würde, dass ich im Augenblick so gar nicht der Liebhaber war, den sie kennengelernt hatte, legte sie mir sanft ihre Hand auf den Mund und sagte: »Pscht, Merivel. Ich glaube, du solltest die Augen schließen. Versuch eine Weile zu schlafen. Ich werde dafür sorgen, dass dir später etwas zu essen gebracht wird, denn ich weiß, wer sich bewegt hat, braucht Stärkung.«

Ich verschlief den Tag und erwachte erst am späten Nachmittag.

Auf den Tisch in meinem Zimmer war ein Teller mit Hühnchenpastete und eingelegtem Kohl gestellt worden, und ich verschlang alles mit unziemlicher Hast. Wenigstens ist der Hunger zurückgekehrt, dachte ich. Ich sterbe also nicht! Und nach dem Essen setzte ich mich auf meinen Nachtstuhl und schiss gewaltig und fühlte mich danach sehr erleichtert. Ich dachte bei mir: Nun bin ich von all meiner Verderbtheit gereinigt.

Ich zog ein sauberes Hemd an und ging nach unten, konnte aber weder den Baron noch Louise finden. Da ich vermutete, dass sie zu einer weiteren Überprüfung der Weinstöcke und Obstgärten aufgebrochen waren, die beide kurz vor der vollen Reife standen und zum richtigen Zeitpunkt abgeerntet werden mussten, betrat ich die Bibliothek des Barons.

Ich betrachtete die große Menge an Büchern (die die Anzahl der Werke in meiner Bibliothek auf Bidnold weit übertraf), atmete ihren Duft, nahm alles, was sie enthielten, tief in mich auf, und plötzlich erfüllte mich eine große Ruhe. Ich setzte mich an einen Eichentisch, der die ganze Länge des Raums einnahm, zog aber kein Buch zum Lesen aus den Regalen, sondern saß nur da und atmete unsichtbare Wörter.

Und da musste ich mit einem Mal wieder an Margarets Aufforderung denken, ich solle mit dem beginnen, was sie »das Wagnis des Schreibens« genannt hatte, und ich wusste, dass es das war, was ich sehnlichst zu tun wünschte. Vielleicht, dachte ich bei mir, ist das sogar der Grund für meine

Reise. Ich bin nicht nur hierhergekommen, um Louises Liebhaber zu werden, sondern um meinen Verstand zu einem echten Werk zu zwingen, und dieses Werk wird mein ganzer Trost sein und eine nützliche Vorlage für meine Zukunft.

Als Louise erschien, saß ich – regungslos wie ein Schauspieler in einem lebenden Bild – am Bibliothekstisch. Das Licht im Fenster war golden vom nahenden Sonnenuntergang.

Sie führte mich nach draußen, zu einer entzückenden Terrasse, wo der Baron sich bei einem Glas Wein erquickte, Constanza lag zu seinen Füßen.

Ein Lakai schenkte uns Wein ein. Direkt hinter der Terrasse standen einige Haselsträucher, in denen zwei Spatzen lebhaft herumhüpften und tschilpten, und das Geräusch dieser Vögel in der milden Abendsonne schien mir außerordentlich schön, fast als könne, solange ihr Gesang dauerte, nichts an unserer Welt verkehrt sein.

»Und? Was habt Ihr Euch in der Bibliothek zum Lesen ausgesucht?«, fragte der Baron. »Vielleicht seid Ihr ja gar nicht über A hinausgekommen: Äsops *Fabeln*? Aristoteles' *Dialektik*? Aubreys *Leben*?«

»Nein«, erwiderte ich, »nicht über A hinaus. Oder nicht einmal so weit. Dennoch *spürte* ich die Macht der Bücher sehr stark. Und das schien zu genügen …«

»Ach ja? Aber Ihr dürft die Bibliothek gern so benutzen, als wäre es Eure eigene. Bitte leiht Euch doch alles, was Ihr wollt, dort aus.«

»Vielen Dank, Baron.«

»Der Winter ist nicht mehr weit. Es wird hier um das Château herum sehr viel Schnee geben. Wenn wir alle unsere Arbeit haben, werden wir ihn tapfer und standhaft ertragen, *n'est-ce pas*, Louise?«

»Ja. Und ich wollte dir schon berichten, Vater, dass ich an einem Präparat arbeite, das die Fliegen davon abhalten wird, dich zu belästigen.«

Der Baron griff sich an die kahle Stelle über den zerzausten Gänseblümchenblättern seiner weißen Haare. »Geißel meines Daseins, die Fliegen. Ich schwitze nämlich auf dem Kopf, und sofort sind sie da, um die Feuchtigkeit zu schlürfen.«

»Ich könnte Euch eine Perücke leihen, Sir ...«, sagte ich.

»Ach, Perücken. Das ist eine eitle Mode, die mir, ich bitte um Verzeihung, Merivel, gar nicht gefällt. Dabei ist Eure sehr hübsch und sauber. Aber der Gedanke an diese Tonne modernder Locken auf meinem Kopf ... etwas in mir rebelliert dagegen.«

In diesem Augenblick flog einer der Spatzen aus dem Haselgebüsch ins Gras, wo er herumzupicken begann. Ich beobachtete ihn eine Weile, beneidete die Vögel darum, dass sie keine Kleiderfragen lösen mussten, und es dauerte keine Sekunde, da war es mit dem Vogel vorbei. Ein großer Sperber schoss aus der Luft herab und trug ihn in seinen Krallen davon.

Alle drei starrten wir auf das Gras, wo der Vogel eben noch gewesen war. Sein Gefährte kam aus dem Gebüsch angeflogen und landete zwischen den herabgefallenen Blättern, sah sich um, hüpfte hierhin und dahin. Wir sahen ihm traurig zu. Er flog zurück auf den höchsten Ast des Busches, wippte hin und her und versuchte herauszufinden, wohin sein Gefährte verschwunden war. Dann begann er verzweifelt zu rufen: »Tzip-tzip, tzip-tzip ...«

Dieser Ruf klang sehr anders als das fröhliche Tschilpen, das wir zuerst gehört hatten. Es war ein Trauergesang. Wir lauschten stumm, und Constanza begann klagend zu jaulen.

Der Baron streichelte die Ohren der Hündin, um sie zu beruhigen, und sagte: »Wer wird denn, wenn er dies hier gesehen und die Klage des Vogels gehört hat, noch sagen können, Tiere hätten keine Seele? Schreibt Aristoteles in seinem *De anima* nicht: ›die Stimme aber ist ein Ton von Beseeltem‹? Wollt ihr etwa behaupten, es sei nicht die Seele, die diesen Ruf hervorbringt?«

»Nein, das behaupte ich nicht«, sagte ich.

»Und ich behaupte, dass wir es nicht wissen«, erklärte Louise.

Wir speisten zu Abend und gingen zu Bett. Ich kleidete mich aus, wusch mich und zog ein sauberes Nachthemd an. Dann lag ich zwischen meinen Leinentüchern und horchte auf die Eulen in den Tannen und auf das Rauschen des Sees in der Ferne.

In meinem Kopf brodelte es. Auch wenn ich in den vergangenen anderthalb Jahren meine eigene Geschichte weiter aufgeschrieben hatte und dieses Niederschreiben mich häufig beruhigt, meine Melancholie gedämpft und mich gelegentlich sogar erheitert hatte, war mir doch durchaus bewusst, dass mein Leben bei all seiner Besonderheit nicht bedeutend genug war, um dieser Aufgabe einen wirklichen Sinn zu verleihen.

Was ich für mich zu finden gewünscht hätte, war ein Thema – wie etwa Sir James Prideaux' *Traktat über die Armen in England* –, das meine ganze Aufmerksamkeit verlangte. Dann würde ich ein Werk von echtem Rang schreiben, welches mir schließlich einen großartigen Auftritt in der Royal Society verschaffen müsste, deren Mitglieder mich ebenso sehr mit Bewunderung wie mit Neid erfüllten.

Das waren keine trivialen Spekulationen, sondern Überlegungen der kühnsten Art, und sie führten mich zu einer bedeutungsschweren Frage. »Warum«, sagte ich zu mir, »warum sollte nicht ich, Robert Merivel, es sein, der die volle Kraft seines Verstandes der Frage nach einer Seele der Tiere widmet und dieses Thema weiter zu erforschen versucht?«

Warum eigentlich nicht? Warum nicht?

Ich wusste, dass schon viele über diese Frage nachgedacht hatten und dass ich mich nicht unwissend ans Werk machen konnte, nicht ohne vorher solche Untersuchungen sorgfältig zu studieren. Doch ich vermutete, dass viele dieser Untersuchungen in der wunderbaren Bibliothek von Baron de Saint Maurice zu finden und mir von daher in den kommenden Tagen und Wochen zugänglich sein würden.

Dass ich keine eigene ausformulierte Meinung zu dieser Frage hatte, beunruhigte mich ein wenig. Ich besaß bis jetzt noch keine Hypothese, geschweige denn eine Theorie. Doch mir fiel wieder ein, dass Pearce in Bezug auf die Anatomie (worin ich glänzte, er aber nicht) häufig zu mir gesagt hatte, das Begreifen sei notwendigerweise eine lange, beschwerliche Reise, und auf diese Reise habe man sich in Demut zu begeben. »Man kann nicht«, sagte er in einem bravourösen Schwenk komplizierter Pearce'scher Logik, »schon im Voraus die unendlich große Anzahl von Dingen wissen, die man nicht weiß.«

Was ich, wie ich wusste, besaß – und was viele andere Menschen nicht besaßen –, war eine große Verbundenheit mit Gottes Kreaturen. Vom Star, den ich schon als Kind sezierte, bis zu den Dachsen, die ich so gern im Wald von Vauxhall gefunden hätte; von der indischen Nachtigall, meiner großen Enttäuschung über dieses Geschenk und meinen Versuchen, ihr das Leben zu retten, bis hin zu dem reizenden Hündchen Minette, das in manchen Monaten des Ungemachs meine Gefährtin gewesen war. Und so ging es weiter bis zu Clarendon, meinem armen Bären, der mich den Preis eines unbezahlbaren Rings gekostet hatte und dessen Seele ich zu meiner hatte sprechen hören, als sie mich bat, freigelassen zu werden.

Könnte es nicht der Fall sein, so grübelte ich, dass diese Verbundenheit mir – obwohl ich mich nicht für einen Gelehrten hielt – dazu verhelfen würde, Erkenntnisse zu gewinnen, die trockeneren und kälteren Menschen verborgen blieben? Und könnte es nicht auch sein, dass mein Versuch einer Abhandlung mich nicht nur ein wenig mehr über Vögel und Bären und ihren Platz in der Welt, sondern auch etwas über meinen eigenen Platz und meine eigene Seele lehren würde? Und könnte mir das nicht die Möglichkeit schenken, die letzten Jahre meines Lebens in größerer Würde als bislang zu verbringen?

All diese Überlegungen versetzten mich in einen Zustand von großem Optimismus und großer Erregung. Das liebliche Geräusch des Sees, das Rufen der Eulen, das Seufzen des Windes in den Tannen – all das zusammen schien die perfekte Bühne für diese Aufgeregtheit meines Geistes zu bilden. Ich wusste, dass ich geradezu leidenschaftlich glücklich war. Fast hätte ich Lust gehabt, in die Bibliothek hinunterzugehen und mit der Suche nach Büchern zu beginnen. Und allzu gern hätte ich Margaret erzählt, dass ich endlich ein Thema gefunden hatte, welches mir absolut zusagte, und dass ich mich mit all der Begeisterung, deren ich, wie sie wusste, fähig war, auf dieses mein großartiges Vorhaben werfen würde.

Obwohl der Schlaf in undenkbare Ferne gerückt schien, spürte ich, wie sich, während der Mond unterging und die Nacht voranschritt, eine herrliche Ruhe meiner bemächtigte. Ich hatte meinen Plan, und ich sah, dass er gut war. Ich fühlte mich wie Gott, der seine Schöpfung betrachtete und sich selbst zu seinem großartigen Werk beglückwünschte.

Und so fiel ich endlich in einen tiefen, geräuschlosen Schlaf, und erst, als ich bei Sonnenaufgang erwachte, fiel mir ein, was ich in der Nacht hätte tun sollen und nicht getan hatte. Ich hätte Louise in ihrem Bett lieben sollen.

Es war sechs Uhr morgens. Ich ging leise über den steinernen Flur zu ihrem Zimmer und verbarg unter meinem Nachtkleid ein prächtig erigiertes Glied. Es war, als hätte mich meine köstliche geistige Erregung – verbunden mit der Vorstellung, wie ich in den heiligen Hallen der Royal Society vor den gelehrten Mitgliedern eine Rede schwang – für deren körperliches Gegenstück vorbereitet.

Ich betrat Louises Zimmer und schlüpfte leise in ihr Bett. Sie erwachte, drehte sich zu mir, und ich küsste sie. Als sie spürte, wie ich meine Härte an sie presste, lachte sie glücklich.

26 ∾

Für eine lange Zeit, das kann ich ehrlich sagen, war ich nun, da die Herbstfarben, die durch den Nebeldunst des Sees schimmerten, allmählich braun und blass wurden und sich überraschend die erste Winterkühle bei uns bemerkbar machte, glücklich, ich hatte meinen Frieden gefunden.

Meine Tage folgten einem Muster süßer Gleichförmigkeit. Nach dem Frühstück ging ich stets mit Louise in ihr Laboratorium, um am Fortschritt ihrer Experimente teilzuhaben. Ich saß neben ihr und beobachtete, wie sie Kräuter und Verbindungen abmaß, mischte, erhitzte und durchseihte. Sie arbeitete an sechs verschiedenen Präparaten zur Abwehr von Fliegen, blieb aber erfolglos damit, denn die wirksamen Mittel verbrannten die Haut, und solche, die nicht brannten, schienen Insekten eher zu einer Landung auf dem Schädel des Barons zu verlocken.

Doch Louise gab nicht auf. Eines der vielen Dinge, die ich an ihr zu bewundern lernte, war ihre Gelassenheit angesichts von Scheitern und Misserfolg. Wenn ich eine Bemerkung darüber machte, sagte sie: »Ich versuche nur, im Kleinen eurem großartigen Newton nachzueifern. Er hat gezeigt, dass auf dem Weg zur wissenschaftlichen Wahrheit fortwährend Katastrophen und Irrtümer überstanden werden müssen. Was hätte es da für einen Sinn, ärgerlich zu werden?«

Nach vielleicht einer Stunde überließ ich sie dann ihren Versuchen und begab mich in die Bibliothek des Barons. Dort, in der duftenden Stille dieses Raums, hatte ich mich an die Lektüre von Aristoteles' *De anima* gemacht und lange über seine Schlussfolgerungen nachgegrübelt, die die Seele betrafen, welche er in drei Bestandteile unterteilt. Diese beschreibt er wie folgt: Das vegetative Seelenvermögen, das der Mensch und die Pflanzen besitzen; das sensitive Seelenvermögen, das der Mensch und die Tiere besitzen; und das vernünftige Seelenvermögen, das allein den Menschen auszeichnet.

Auch wenn es sich als sehr schwierig erweisen würde, seine Behauptung in Zweifel zu ziehen, nur der Mensch besitze eine intelligible Seele, die sich erinnern und die wollen kann, versuchte ich zu verhindern, dass ich selbst und der Traktat, von dem ich träumte, schon über dieses erste Hindernis stolperten. Ich rief mir in Erinnerung, dass Aristoteles vielleicht *im Irrtum befangen* war, wenn er Kartoffeln und Kürbissen eine Seele zuschrieb. Und falls das zutraf, dann konnte er sich doch auch irren, wenn er glaubte, Tiere könnten nicht denken oder Willenshandlungen ausführen, wenn sie dazu angehalten wurden.

Beispiele für Tierverhalten, das einen Willen vorauszusetzen scheint, gab es, wie ich wusste, viele. In dem Werk des Naturforschers Henry More hatte ich zu meinem Erstaunen von einem »Parlament der Saatkrähen« gelesen, das auf seinen hohen Schlafplätzen saß und einvernehmlich solche Vögel aus seinen Reihen ausschloss, die »abweichendes Verhalten« gezeigt hatten.

Und wie ich mich erinnerte, spricht Plinius von einer Herde Elefanten, denen von einem grausamen Lehrer das Tanzen beigebracht worden war und die man dabei beobachtet hatte, wie sie »heimlich übten«, damit sie in der nächsten Tanzstunde nicht bestraft würden.

Und es war doch auch kaum zu übersehen, dachte ich, dass Pferde, wie meine geliebte Danseuse, und Hunde, wie Bunting, das komplizierte System von Belohnung und Strafe, das ihre Besitzer einsetzten, weitgehend verstanden. Mit ihrem Verhalten lieferten sie doch ein Argument dafür, dass in den Köpfen dieser Tiere eine Art Denkprozess stattfand.

Darüber hinaus hatte ich bei diesen Tieren und auch bei

Clarendon eine Art Verachtung von Unterdrückung und sogar so etwas wie eine Würdigung von Gerechtigkeit beobachtet. Denn war es nicht so gewesen, dass Clarendon an dem Tag, als ich ihn aus seinem Käfig führte, damit er seine von Eis und Schnee verkrampften armen Gliedmaßen frei bewegen konnte, mir sehr sanftmütig gefolgt war, als verstünde er vollkommen meine guten Absichten ihm gegenüber?

Er hätte mich zerfleischen können, weil ich ihn so lange in den Käfig gepfercht hatte, doch er tat es nicht. Es war, als hätte er meinen Kummer über das, was in jener Zeit heftiger Schneefälle geschehen war, bemerkt und begriffen, dass ich mein Bestes tat, um es wiedergutzumachen.

Obgleich ich wusste, dass der Weg zu meinem Traktat (den ich versuchsweise *Betrachtungen über die Tierseele von Sir R. Merivel* betitelte) sehr langwierig sein würde, erlaubte ich mir, schon einige erste Notizen zu machen, und dieses Gefühl eines tatsächlichen Anfangs erfreute mein Herz so sehr, dass ich nicht umhinkonnte, zur Feder zu greifen und Margaret zu schreiben, weil ich ihr unbedingt erzählen wollte, wie wertvoll sich ihr Rat für mich erwiesen hatte und dass ich mich nun einem neuen Studienfeld zuwenden würde, »das meinen Geist wahrhaftig beruhigt und mich alle Melancholie hat abschütteln lassen«.

Ich erzählte meiner Tochter nicht, dass es noch ein zweites »Studienfeld« gab, in welchem ich lernte, Louise ein wunderbarer Liebhaber zu werden. Und diese *études* nahmen tatsächlich einen Großteil jeder, wirklich jeder Nacht ein; und Louise, als eine Frau unabhängigen Geistes, zögerte nicht, mich zu lehren und Teile meines Körpers exakt dorthin zu praktizieren, wo sie sie zu haben wünschte, und begleitete all unsere Übungen nur zu gern mit erotischen Kommentaren.

Diese Nächte schenkten mir immer neue sexuelle Befriedigung, erschöpften mich aber auch einigermaßen, wohingegen Louise aufzublühen schien. Und während der Herbst langsam vorüberging, beobachtete ich an ihr, trotz ihres großen Schlafmangels, die Entfaltung einer strotzenden Gesundheit – sie wirkte jetzt jünger als damals in Versailles, als ich sie kennenlernte.

Wir sprachen nicht von Liebe. Ich schien nicht in der Lage zu sein, das Wort auszusprechen. Dennoch wusste ich, dass es dies war, was sie sehnlichst von mir zu hören hoffte – dass ich sie liebte. Und in gewissem Maße traf es auch zu, dass ich sie liebte. Doch was ich noch mehr liebte, war mein neues Selbstbewusstsein als ein Mensch, der sich sehr ernsthaft einem großen Werk widmete. Denn ich erkannte, dass ich mich zum ersten Mal in meinem Leben an etwas wagte, was bei den beiden Männern, denen ich so lange hatte gefallen wollen, Anerkennung finden würde: bei Pearce und dem König.

Ich stellte mir vor, wie Pearce meine *Betrachtungen* las, wie er den Traktat Stunde um Stunde dicht vor sein Gesicht hielt, ihn schließlich weglegte und sagte: »Bewunderungswürdig tiefgreifend, Merivel. Du hast mir viel zum Nachdenken geschenkt. Endlich einmal hast du dich auf ein Thema konzentriert, das *deiner Zeit würdig* ist.«

Und was König Charles anbelangt, so sah ich ihn in herzliches Lachen ausbrechen, sich auf die Schenkel klopfen und sagen: »Tierseelen! Was für eine herrliche Idee. Auf mein Wort, mein lieber Narr, an diesem meisterlichen Werk erkenne ich, dass du dich endlich unter die Weisen eingereiht hast und unverzüglich ein Mitglied der Royal Society werden musst! Lass uns darauf einen Krug Met trinken.«

Die Szenen, die ich mir da vorstellte, schenkten mir unendliche Freude.

Wenn die Nachmittage schön waren, pflegten Louise und ich auf den verschlungenen Wegen des Landguts zum See hinunterzuwandern und zuzusehen, wie die Segelboote darüber hinweg glitten und die Wasservögel am Ufer entlangwateten oder ins Wasser tauchten. Und dieses Seepanorama – mit seinen sanft abfallenden Hügeln und dem Band aus Tannen an ihrem Saum, den hier und da wie hingetupften adretten Holzhäusern mit ihren blauen Rauchfahnen über den Schornsteinen – wurde mir bald mindestens ebenso lieb wie manch andere Landschaft, die ich in meinem Leben schon erblickt hatte, so anmutig war sie in ihrer stillen Friedlichkeit.

Nur einmal, als Louise und ich an einem Nachmittag, der schön begonnen, sich aber bald grau verdunkelt hatte, dort unten allein waren, wurde diese Stille gestört.

Wir standen Hand in Hand am Ufersaum, und ein großes Schiff segelte in unsere Richtung und machte am nahe gelegenen Steg fest. Dem Schiff entstieg eine Gruppe Soldaten – acht oder zehn oder noch mehr, alle trugen Uniform und schnallten ihre Schwerter an, als sie von Bord gingen. Ich hatte keine Ahnung, welchem Regiment sie angehörten, doch das dunkle Blau ihrer Röcke ließ mich an die Schweizer Garden denken.

Jeden Augenblick, dachte ich, wird Oberst Jacques-Adolphe zwischen ihnen auftauchen, und er wird auf mich losstürmen und versuchen, mir die Augen mit dem runden Ende eines Billardqueues auszustechen, und dann ist alles zu Ende.

Die Soldaten marschierten an uns vorbei, und keine hochgewachsene Giraffe kam in Sicht. Aber in der plötzlichen Nachmittagskühle hatte ich zu zittern begonnen, und ich sagte zu Louise: »Wir leben so, als wäre dein Ehemann tot und würde nie kommen, um dich zurück nach Paris zu holen. Doch eines Tages wird er kommen.«

Louise schwieg. Sie berührte meine Wange, die zweifellos blass geworden war. »Solange er in Petrov vernarrt ist, wird er nicht kommen.«

»Und wenn das vorbei ist?«

»Er glaubt, dass es nie vorbei sein wird.«

»Wird er denn nicht zu Weihnachten erscheinen?«

»Nein. Diese Jahreszeit ist ihm verhasst. Er erträgt keinerlei Vorstellungen von Geburt.«

An den Abenden begaben wir uns, nach einem stets exzellenten Nachtmahl, das von einem der zwei Köche des Barons (beide, anders als mein armer Cattlebury, wohlgesittete Männer) zubereitet wurde, häufig in den *grand salon*, um Louise zu lauschen, die uns auf dem Cembalo vorspielte.

Sie wusste sehr schön zu spielen und zu singen. Und wenn ich ihr zuhörte, konnte ich nicht umhin, an jene längst vergangenen Abende auf Bidnold zu denken, als Celia für mich gesungen und der Wahn, ich sei in sie verliebt, in mir mit so katastrophalen Folgen Platz gegriffen hatte.

Und ich fragte mich, was ich denn – zwischen dem Klang jener Frauenstimme damals und dem Klang einer anderen, sechzehn Jahre später – eigentlich in der Welt erreicht hatte. Und alles, was ich antworten konnte, war, dass ich *durchgehalten hatte*. Und dieses Durchhaltevermögen hatte mich hierher gebracht, in ein schönes Château in der Schweiz und in das Bett einer klugen Frau. Und das schien mir Glücks genug zu sein.

Louise spielte nicht nur Cembalo, sie komponierte auch. Pfeilgerade flog ihr Geist, offenbar ohne dass er auf Hindernisse traf, direkt ins mathematische Herz des Komponierens. Ihre Notenschrift war flüssig und gewandt. Melodien, die sie im Geiste hörte, konnte sie mühelos mit bewegenden Harmonien unterlegen. Bestimmte Bassakkorde von ihr brachten – in ihrer überraschenden Brillanz – selbst die unaufmerksamsten Zuhörer zurück ins Reich der Wunder.

Einige dieser Zuhörer waren Männer und Frauen mit weit größerer musikalischer Kenntnis, als ich sie besaß. Der Baron lud an Freitagen gern zu einer Soirée, und auf diese Weise lernte ich einige Personen der Neuchâteler Gesellschaft kennen, zu der auch Künstler und Sänger gehörten. Von Letzteren fühlte ich mich nun unwiderstehlich angezogen. Ihr großes Volumen, ob an Brustkorb oder an Busen, zusammen mit dem hallenden Timbre ihrer Stimmen, empfand ich als eine eigenartig sexuelle Provokation. Dass die Männer, nicht weniger als die Frauen, die Angewohnheit hatten, einander zu umarmen, weckte in mir die Sehnsucht, ebenso umarmt zu werden. Und ein Schweizer Bariton namens Marc-André Broussel drückte mich dann auch, als könnte er Gedanken lesen, bei unserer zweiten Begegnung bestimmt zehn Sekunden lang an seinen mächtigen Leib und presste einen wollüstigen Kuss auf meine Lippen.

Dieser Sänger sprach fünf Sprachen, kannte London und hatte für den Herzog von York gesungen. Als er erfuhr, dass ich ein Vertrauter des Königs war, wünschte er alle Einzelheiten meines Lebens zu erfahren. Und da mir sein Interesse und sein Moschusduft gefielen, erzählte ich ihm die Geschichte, wie der König mich als Gegenleistung dafür, dass ich ein professioneller Hahnrei wurde, mit Land und Titeln belohnt und wie ich meinen Pakt mit ihm gebrochen hatte. »Leider«, erklärte ich Broussel, »tat ich das Einzige, was mir verboten war. Ich versuchte, mich meiner angetrauten Gemahlin wie ein rechtmäßiger Gatte zu nähern. Darum wurde ich verstoßen und in die Wildnis geschickt.«

»In welche Wildnis? Wohin?«, frage Broussel und packte mich am Ärmel.

»Nun«, erwiderte ich, »allein die englischen Quäker glauben, sie lebten jenseits des großen Schattens, den Whitehall wirft. Also ging ich zu ihnen, um zusammen mit meinem einzigen Freund in der Welt, John Pearce, in einem Quäker-Irrenhaus zu arbeiten. Doch Pearce starb …«

»*Mon dieu, mon dieu, mon cher homme*«, sagte Broussel und umfing mich mit seinen Armen. »Ich liebe diese Geschichte! Ach, wie gern würde ich eine Oper darüber komponieren. Könntet Ihr sie nicht für mich aufschreiben? Ich bin ständig auf der Suche nach Geschichten, und eine ähnlich gute habe ich bislang nicht gefunden.«

So empfänglich bin ich für diese Art von Schmeichelei, die mich in den *Mittelpunkt* von Ereignissen stellt, und so sehr verführte mich Marc-André Broussel mit seiner imposanten Gestalt, seinen wilden schwarzen Haaren und seinem Duft nach Nelken und Rosenöl, dass ich mich eilfertig zustimmen hörte.

Und dann rief er so laut, dass es keinem entgehen konnte: »Hört alle her! Sir Robert Merivel wird eine Geschichte für mich schreiben – seine eigene Geschichte! Und ich werde eine Oper über ihn komponieren. Ich werde *ihn spielen*! Ich werde ihn musikalisch verkörpern!«

Damit zog er die Aufmerksamkeit der gesamten Gesellschaft auf sich, und allzu bald bedrängten mich alle, »meine Geschichte« zu erzählen. Indes, ich erkannte rasch, dass es *eine* Sache ist, sie dem großen Sänger privat und vertraulich zu erzählen, und eine gänzlich andere, sie den versammelten Gästen des Barons vorzutragen. Mir war bewusst, dass die Geschichte einiges an Pathos enthält, sie hätte mich aber auch leicht lüstern und närrisch erscheinen lassen können, und obwohl es mich selten störte, mich lächerlich zu machen, wollte ich es hier nicht herausfordern, nicht zuletzt deshalb, weil ich Louise nicht in Verlegenheit bringen mochte.

Als er mich zögern sah, erhob Broussel sich und erklärte mit einem dramatischen Schwenk seines Arms: »Wenn Sir Robert nicht möchte, werde ich sie erzählen. Es ist die Geschichte eines Mannes, dem das Paradies geschenkt wird. Ein Paradies wie das von Adam. Aber, wie Adam, verletzt er die einzige Regel, die er nicht verletzen darf. Und so verliert er wieder alles, was ihm gerade erst gewährt wurde. Was aber die Einzelheiten angeht, so werdet ihr warten müssen, bis ich meine Oper komponiert habe!«

Es folgte eine laute Empörung, und jemand rief: »Wie endet denn die Geschichte?«

Worauf Louise rasch sagte: »Das wissen wir nicht. Keiner von uns weiß, wie unsere Geschichten enden.«

Die Arbeit an meinen *Betrachtungen* schritt langsam voran. Ich hatte endlich Fabricius' *De brutorum loquela* aufgeschlagen und fand dort eine sehr rührende Passage über Glucken und das Schlüpfen ihrer Küken, die mir, wenn meine Übersetzung aus dem Lateinischen korrekt war, bewies, dass der Meister davon überzeugt war, dass womöglich *Liebe* in den Herzen der Vögel wohnte, wie ich selbst es ja auch bei der Beobachtung des Sperlings auf der Wiese vermutet hatte, der den Verlust seines Gefährten betrauerte. Ich kopierte Folgendes aus Fabricius:

> *Das Küken im Ei, welches Luft benötigt, teilt seiner Mutter durch Tschilpen mit, es sei an der Zeit, die Schale zu zerbrechen, denn sein eigener Schnabel ist dafür zu schwach. Es sind jedoch genügend Raum und Luft vorhanden, die es dem Küken erlauben, laut genug zu tschilpen, um gehört zu werden, wie sowohl Plinius als auch Aristoteles bezeugen. Das Tschilpen hat möglicherweise einen flehenden Klang für sie (die Glucke), und wenn sie es hört und die Notwendigkeit begreift oder, wenn man so will, gern ihr Küken und geliebtes Kind sehen möchte, hackt sie die Schale auf.*

Wenn ein Huhn mütterliche Liebe empfinden kann, wie Fabricius nahelegt, dann räumt er damit doch wohl die Möglichkeit ein, dass der Vogel eine Seele besitzt. Menschen, die unfähig zur Liebe erscheinen, nennen wir »herzlos« oder »seelenlos«. Wir sagen auch, wir fühlen Liebe in unserem Herzen, doch es ist nicht das Organ, das wir meinen (welches, wie Pearce und ich feststellten, absolut kein Gefühl besitzt), es ist die Seele.

Wir wissen nicht, wo genau in uns die Seele wohnt. Bei der Durchsicht eines Werks mit dem Titel *Observations sur l'esprit humain (Betrachtungen über den menschlichen Geist)* von einem französischen Schriftsteller namens Jean

Duquesne las ich, dass man in Dänemark, zu Anfang dieses langen Jahrhunderts, glaubte, der Teufel stehle die Seele aus den Nasenlöchern ungetaufter Kinder.

Abergläubische Menschen stellten sich vor, der Satan fliege durch das geöffnete Fenster eines Kinderzimmers und nähere sich der kostbaren Wiege, greife dann mit einem gebogenen Finger, der so dünn und beweglich ist wie der Stängel einer Frühlingszwiebel, hinein und packe die junge Seele und lutsche sie, wie ein Feinschmecker eine rohe Spargelstange lutscht. Später würde sie dann durch den Körper des Satans wandern und als widerlicher Kot zur Erde zurückkehren, um in den Schmutz getreten zu werden.

Das seelenlose Kind würde dann leider ohne menschliche Eigenschaften aufwachsen, es würde mitleidlos sein und sein Leben lang ein Sklave seiner Begierden. Und damit diese Katastrophe nicht eintrat, blieben die Fenster der Kinderzimmer stets verschlossen und versperrt, und manchmal geschah es, dass Säuglinge aus Mangel an frischer Luft starben.

Und auch wenn ich sah, dass Duquesnes Buch viel Fantasterei enthielt, beunruhigte mich all dies doch sehr. Ich saß lange am Bibliothekstisch und grübelte darüber nach. Und es kam mir in den Sinn, dass ich mir das Thema der Tierseele wohl deshalb gewählt hatte, weil ich nachprüfen wollte, ob ich, als ein Mensch, den der Glaube an Gott längst verlassen hatte und der sich eine Wiederauferstehung absolut nicht vorstellen konnte, *überhaupt* eine Seele besaß oder ob ich lediglich ein Amalgam eitler Lüste und Begierden war und um nichts besser als ein junger Hahn, der am Morgen über seinen Hof stolziert und alle Welt mit seiner misstönenden Stimme weckt.

Es wurde mit jedem Tag kälter, und weil ich wusste, dass bald Weihnachten sein würde, begann ich Geschenke für Margaret zu kaufen – eine Elfenbeinbrosche in der Form einer Edelweißblüte, ein ledernes Schmucketui und edle

Schweizer Spitze. Ich schickte alles nach London zu Margaret, zusammen mit der Nachricht, dass ich im Winter nach Bidnold kommen würde, wenn sie in Whitehall nicht glücklich sei und nach Norfolk zurückkehren wolle.

Dann schrieb ich wie folgt an Will Gates:

Mein lieber Will,

Dein Dienstherr, Sir R. Merivel, schickt Dir seine guten Wünsche aus der Schweiz, wo wir uns, genau wie Du, mit hier und da einem leichten Schneefall dem Winter nähern. Obgleich ich es nicht übers Herz bringe, diesen sehr schönen Ort im Augenblick zu verlassen, denke ich immerzu an Bidnold und hoffe inständig, dass ihr nicht von Mauern aus Eis eingeschlossen werdet, so wie wir im vergangenen Winter.

Gib mir bitte Nachricht, ob es Dir gutgeht, Will. Ich nehme nicht an, dass der König Bidnold besucht hat. Ich fühle mich sehr fern von Euch allen. Doch ich kann Dir berichten, dass ich nicht müßig gewesen bin, sondern mit einem Werk begonnen habe, von dem ich glaube, dass es Miss Margaret gefallen wird.

In Erwartung Deiner Antwort schicke ich Dir als Weihnachtsgeschenk einen illustrierten Almanach, der alle Tage des Jahres 1685 enthält, welches in Kürze über uns kommen wird.

Von

Deinem Dir zugeneigten Freund und Gebieter

R. Merivel

Als ich Louise den Almanach zeigte, der sehr hübsch mit astronomischen Zeichen und Symbolen geschmückt war, sagte sie: »Der ist zu schön als Geschenk für einen Dienstboten.«

Ich nahm ihn ihr aus der Hand und wickelte ihn ein. »Nein«, sagte ich. »Das ist er nicht.«

27 ⟶

Weihnachten kam und ging, und ich empfing einen schönen Brief von Margaret, worin sie erklärte, wie wohl sie sich immer noch bei Fubbs fühle, und auch mit sehr herzlichen Worten ihren Bewunderer, den ehrenwerten Julius Royston, erwähnte. Sie schrieb:

Ich habe Julius in die Regeln von Gin Rommé eingeführt, und nun sind wir beide dem Spiel ganz verfallen. Wir spielen gern allein, ohne dass uns andere langsamere oder schwächere Mitspieler verdrießen, weshalb wir uns heimlich davonstehlen – vor der Herzogin und manchmal sogar vor dem König (der ein deutliches Wohlgefallen an Julius bekundet) –, um unsere Karten auszuteilen. Ich fürchte, es gibt keine Heilung für unsere Sucht …

Nach dieser zärtlichen Erwähnung von Royston spürte ich, wie meine Besorgnis um Margaret ein wenig nachließ. Doch ich befahl mir, wachsam zu bleiben. Margaret ist eine kluge junge Frau, die schon sehr früh begriffen hat, wie einfach es ist, mich wie den Fänger im Blindekuhspiel immerzu im Kreis herumzuführen.

Von Will kam keine Antwort.

Ich versuchte, mir die langsame Reise meines Briefs und meiner Geschenke vorzustellen, erst durch Frankreich und übers Meer und dann, nicht schneller als ein Pferd traben konnte, weiter auf den Straßen von Suffolk und Norfolk. Ich wusste, dass ich mich gedulden musste.

Doch in meinen Träumen sah ich mein Haus Feuer fangen und jede einzelne Person und jedes einzelne Ding darin verbrennen, so wie meine lieben Eltern 1662 verbrannt waren und London selbst vier Jahre später in Flammen aufging. Und die Stimme von Pearce sagte zu mir: »Es stand stets ein drittes Feuer zu erwarten, Merivel. Nur warst du zu blind, es kommen zu sehen.«

Immer wenn diese Albträume mich weckten, versuchte Louise, mich mit Zärtlichkeiten und Küssen zu besänftigen, die, wie sie hoffte, zwischen vier und fünf Uhr morgens dann zu einem weiteren schamlosen Akt führen würden. Manchmal jedoch führten sie nicht dahin, denn ich merkte, wie mich angesichts des immergleichen Verlaufs menschlichen Handelns eine große Müdigkeit erfasste, und dann stand ich auf und zog mich in mein eigenes Bett zurück, als würde es mich nicht kümmern, dass Louise sich vernachlässigt fühlen könnte. Ich wollte nur noch allein sein.

Louise hatte mir eines Nachts in einer flüsternden Unterhaltung sehr unerschrocken erklärt, dass sie mit sechsundvierzig Jahren an einen Punkt in ihrem Leben gelangt sei, wo sie, mit Hilfe meiner Dienste, in sich ein großes und beständiges Verlangen nach *Jouissance* entdeckt habe, weil ihr von ihrem Gemahl und ihren wenigen und wie sie sagte »unzureichenden« Liebhabern jegliches sexuelle Vergnügen verwehrt worden sei.

Herausfordernd (und in der Hoffnung, mich zu erregen) gestand sie, dieses Verlangen bedränge sie so sehr, dass es sie häufig von ihrer Arbeit ablenke, weshalb sie manchmal nicht ohne Schuldgefühl darauf verfalle, sich selbst ihr Vergnügen zu verschaffen – etwas, was sie, bevor sie mich kennenlernte, nur selten getan habe. Und einem Zyklus von Liedern, den sie gerade auf dem Cembalo komponiere, wolle sie den Titel *Lob der Glückseligkeit* geben. Die Strophen, die sie für diese Lieder schrieb, ließen mich für sie erröten.

»Wie willst du diese Verse vor deinem Vater singen?«, fragte ich.

»Sie werden ihm gefallen«, sagte sie unbekümmert. »Es

wird ihn freuen, dass ich, bevor ich alt werde, noch solche Glut erleben darf. Er möchte, dass ich geliebt werde.«

An einem kalten Januartag erschien Louise am Vormittag in der Bibliothek.

Ich machte mir gerade einige Notizen über die sichtliche Intelligenz bei Orang-Utans, zu der König Louis von Frankreich sich geäußert hatte und die von einiger Bedeutung für meine Beweisführung sein konnte. Ich erlebte gerade jenes rare Hochgefühl, in meinem Bemühen *merklich voranzukommen*, und wünschte nicht unterbrochen zu werden.

Doch ohne jede Entschuldigung schob Louise meine Bücher beiseite, setzte sich auf meinen Schoß, flüsterte mir ihr drängendes Bedürfnis ins Ohr und führte meine Hand unter ihren Rock, und ich musste sie zu einem schnellen, heftigen Spasmus bringen, wonach sie in meinen Armen beinahe ohnmächtig wurde.

Derart von meiner Arbeit abgebracht, fühlte ich mich plötzlich eingeengt von ihrer Besessenheit und den Forderungen, die sie an mich stellte, und sagte unfreundlich zu ihr: »Louise, solltest du deine Gelüste nicht ein wenig bändigen, bevor sie sich erschöpfen?«

»Das kann ich nicht«, sagte sie. »Warum fragst du mich so etwas? Du bist es doch, der sie in mir *geweckt* hat, Merivel. Ich war keusch, bevor ich dich kennenlernte. Es ist deine Schuld.«

Ich küsste sie sanft, als Wiedergutmachung für meine Unfreundlichkeit, und dachte, sie würde nun gehen und mich zu meinen Orang-Utans zurückkehren lassen, doch durch meine ruhigen, zärtlichen Küsse schon wieder erregt, begann sie, mich mit leidenschaftlicher Inbrunst zu umschlingen.

Wir fielen vom Bibliotheksstuhl auf den Boden, und ich merkte, dass meine Hose aufgeknöpft wurde. Ich begann zu protestieren, doch Louises Umarmungen erstickten meine Worte, machten sie unhörbar. Sie zog meine Hose herunter, kniete über mir und setzte sich dann rittlings auf mich (eine Position, die Violet Bathurst mit Vorliebe gewählt hatte, manchmal zusätzlich gewürzt mit exquisit ausschweifender Obszönität, indem sie auf meinen Bauch pisste), doch ich hatte weder den Willen noch die Härte für den Akt, und alles, was ich empfand, war ein plötzlicher Anfall von Trauer um Violet. Ich stieß Louise grob von mir weg, und sie kippte auf den Teppich.

In diesem Moment ging die Bibliothekstür auf. Voller Entsetzen, der Baron könnte mich so sehen – mit heruntergelassener Hose und seine Tochter beiseitestoßend, als wäre sie ein bloßes Objekt –, rappelte ich mich hoch und zerrte fieberhaft an der Hose. Meine Perücke war heruntergefallen. Mein Gesicht brannte vor Scham. Ich wollte mich entschuldigen, wandte mich um und stand plötzlich Auge in Auge mit Oberst Jacques-Adolphe de Flamanville.

Von seiner großen, strengen Höhe herab und immer noch, mitsamt Schwert, in die Uniform der Schweizer Garden gekleidet, betrachtete er mich. Hinter ihm stand ein weiterer Offizier, auch er in Uniform, der mich ebenfalls mit Furcht und Abscheu anstarrte, als wäre ich irgendein widerliches Reptil in einem Käfig.

Als ich Louise ungeschickt die Hand hinhielt und ihr auf die Füße half, sagte de Flamanville: »Ich sehe mich genötigt, Euch zu töten. Ihr besitzt keine Ehre, Sir, und um meine zu retten, werden wir das Ritual eines Duells absolvieren. Wir sehen uns am Freitagmorgen beim ersten Tageslicht.«

Ich wusste nichts zu sagen. Ich sah nur die absolute *Dämlichkeit* dessen, was geschehen war. Noch vor zehn Minuten hatte ich still an meinem Traktat gearbeitet; und jetzt hatte ich mein Todesurteil besiegelt. Oder, genauer, Louise hatte es besiegelt.

Zu meiner großen Beschämung machte ich mir keinerlei Sorgen um etwaige Bestrafungen, die Louise von ihrem Gemahl zu erwarten hatte, sondern beklagte plötzlich nur mit furchtbarer Heftigkeit das drohende Ende meines eigenen Lebens.

Ich fühlte, wie ich beinahe ohnmächtig wurde, und hielt mich an der Lehne des Stuhls fest, auf dem wir noch eben gesessen hatten. Louise sah, wie gedemütigt ich durch die Erklärung des Oberst war, und das gab ihr vermutlich die Kraft, sehr ruhig zu ihrem Gatten zu sagen: »Über deiner lächerlichen Androhung eines Duells hast du vergessen, mich und Sir Robert deinem Begleiter vorzustellen, Jacques. Ist das dein Liebhaber Petrov?«

»Louise«, sagte de Flamanville, »ich schlage vor, du begibst dich in dein Zimmer und bringst dich in Ordnung. Du stinkst wie eine Füchsin.«

»Und du, mein Lieber, stinkst wie immer nach Grausamkeit«, sagte Louise. »Ich werde selbstverständlich in mein Zimmer gehen – in *mein* Zimmer im Haus *meines* Vaters, wo ich mich benehme, wie ich möchte, und empfange, wen ich möchte. Doch bevor ich gehe, möchte ich noch hören, ob du deinen Lustknaben mit unter dieses heilige Dach gebracht hast oder nicht.«

De Flamanville öffnete schon den Mund, um zu antworten, doch da trat sein Begleiter vor, schlug fast nur symbolisch die Hacken zusammen und sagte: »Mein Name ist Capitaine Beck, Madame. Ich stehe in Versailles unter dem Befehl Eures Gemahls. Ich bin nicht Petrov.«

»Aha«, sagte Louise. »Nun, Capitaine Beck, darf ich Euch bitten, zusammen mit meinem Gemahl das Haus wieder zu verlassen, bevor mein Vater von seinem Spaziergang zurückkehrt und euch beide hinauswirft. Er ist Baron Guy de Saint Maurice de Neuchâtel. Er wird keine Duelle auf seinem Boden dulden, und ich garantiere Euch, dass er Sir Robert unter Einsatz seines Lebens verteidigen wird.«

Das schien Beck zu verwirren, doch die Giraffe richtete sich zu ihrer vollen Größe von einem Meter dreiundneunzig auf und sagte: »Louise, du hast offenbar die Situation nicht verstanden. Ganz gleich, was dein Vater sagt oder tut, dein lächerlicher Liebhaber wird sterben. Das gebietet mir meine Ehre. Capitaine Beck wird sich wegen der Formalitäten an Sir Robert wenden. Es kann mit Schwertern oder Pistolen geschehen. Mir ist alles gleich, denn er hat mit beiden nicht die geringste Chance.«

Da hatte er Recht. Ich war weder ein Mann des Schwerts noch ein Meisterschütze. Ich hätte de Flamanville selbst aus einer Entfernung von zwanzig Schritt und mit einer Donnerbüchse nicht sicher treffen können. Als die zwei Männer gegangen waren, sank ich auf den Stuhl, auf dem ich so leidenschaftlich gern den ganzen Morgen über gesessen hätte, und sagte: »Nun, Louise, das war's. Mir bleibt nichts anderes übrig, als die Rolle des Feiglings zu spielen und wegzulaufen.«

»Nein!«, erklärte Louise. »Denn das ist es genau, was er von dir erwartet. Er wird sofort die notwendigen Vorkehrungen treffen, dir auflauern und dich hinterrücks erstechen.«

»Ich habe doch nur zwei Möglichkeiten – entweder auf die eine oder auf die andere Art zu sterben.«

»Nein«, sagte Louise. »Es gibt noch einen Weg, an de Flamanville heranzukommen. Über Geld. Denn er hat nur sehr wenig – nicht genug, um seine Bedürfnisse in der *Fraternité* zu befriedigen –, sein Vater hat das Familienvermögen der de Flamanvilles verspielt. Alles, was er und ich besitzen – das Haus im Faubourg Saint-Victor, überhaupt alles –, kommt von meinem Vater. Der Baron wird eine große Summe anbieten. Jacques-Adolphe wird sie akzeptieren und gehen. Und du und ich machen einfach weiter wie bisher.«

»Und was ist mit der Ehre deines Mannes?«

»Ach, Merivel, hast du mir nicht einst selbst gestanden, dass du in deinem Pakt mit König Charles die Ehre gegen materiellen Besitz getauscht hast? Und begreift nicht jeder Mensch auf der Welt, wie einfach dieser Handel ist? Ich kenne Jacques-Adolphe. Er wird ihn für *sehr* einfach halten.«

»Louise«, sagte ich, »ich kann deinen Vater nicht bitten, mir das Leben zu erkaufen.«

»Nein«, sagte sie. »*Ich* werde ihn fragen.«

Ich sitze mit dem Baron an einem verlöschenden Kaminfeuer und trinke Rotwein.

Es ist spät und kalt, aber wir bleiben einfach sitzen. Der Baron ist zu diskret, um schon über de Flamanville oder meinen drohenden Tod zu sprechen oder darüber, was er tun könnte, um ihn aufzuschieben oder zu verhindern. Stattdessen diskutieren wir über Dinge, die uns mit der Welt verbinden.

Wir wenden uns dem Thema meiner *Betrachtungen über die Tierseele* zu, eine Arbeit, die er sehr schätzt, und ich beichte ihm meine eitle Fantasie, wie ich in der Royal Society vortrage und alle Naturphilosophen mir in jenem verschwiegenen Raum aufmerksam zuhören und endlich merken, dass ich zu einer Person mit Substanz geworden bin.

»Ach«, sagt der Baron. »Es ist doch interessant, dass es uns so schwerfällt, an unseren eigenen Wert zu glauben. Für mich seid Ihr längst eine Person mit Substanz, wie Ihr es nennt. Mit Euren medizinischen Fähigkeiten und Eurem tiefen Mitgefühl halte ich Euch für einen wertvollen Menschen. Wie Ihr es vielleicht mit mir auch tut. Doch in letzter Zeit bin ich zu der Einsicht gelangt, dass ich, trotz meines hohen Alters, nichts getan habe, um die Welt zu ändern. Ich habe viel geerbt. Ich habe noch mehr dazuerworben. Und das ist die Summe meines Lebens. Und deshalb habe ich mich mit meinem ganzen Herzen einem verrückten Unternehmen verschrieben.«

»Einem verrückten Unternehmen? Was mag das sein, Baron?«

Der Baron holt das kleine Notizheft hervor, das er immer bei sich trägt, und zeigt mir viele, viele Seiten mit Zeichnungen fliegender Maschinen. »Seht Ihr?«, sagt er, »ich bin ganz und gar närrisch. Bislang habe ich das Problem des Schubs oder der Vorwärtsbewegung nicht im Entferntesten gelöst. Wenn es mir doch nur gelänge! Dann hätte ich das Gefühl, dass ich einen großen Beitrag zum Glück der Menschheit geleistet habe. Es wäre so herrlich – wie Engel über die Erde zu fliegen. Ist das nicht eines der Dinge, nach denen wir uns in unseren Träumen sehnen?«

»In unseren Träumen verleihen wir uns diese Fähigkeit. Und beim Erwachen stürzen wir dann auf die Erde.«

»Genau. Aber stellt Euch vor, wir könnten über den See fliegen, und dann weiter gen Süden und zu den Bergen oder sogar *über* die Berge hinaus ...«

»Nicht nur bloße Engel, sondern Götter!«

»Ja, Götter! Ach, Merivel, ich fürchte, ich werde das Problem nie lösen. Ich habe nicht mehr genügend Zeit. Manchmal habe ich ohnehin das Gefühl, ich hätte zu lange gelebt. Ich habe fünf Hunde überlebt. Und ich sage Euch, Merivel, das Alter bringt keine Weisheit. Das Alter bringt Eitelkeit, dummes Geplapper und eine entsetzliche Besorgtheit um Besitz und Reichtum. Die Vorstellung, ich könnte mein Vermögen verlieren, verfolgt mich nicht weniger als die fliegenden Maschinen.«

»Es ist menschlich, Angst vor der Armut zu haben. Und auch menschlich, dass wir das, was wir besitzen, an unsere Kinder weitergeben möchten.«

»Ja, und das bringt uns notwendig auf das Thema Louise. Ihr wisst, dass sie Euch liebt? Ihr seid es jetzt, der sie mit der Welt verbindet.«

»Ich gestehe, dass es mich überrascht, Baron. Niemand hat mich jemals geliebt.«

»Ich entdecke in ihren Augen den Wunsch, Euch zu verschlingen! Ihr seid der erste Mann, dem sie sich so hingegeben hat.«

»Ja ...«

»Nun, Ihr müsst wissen, dass ich es nie fertiggebracht habe, meiner Tochter etwas auszuschlagen, worum sie mich bittet. Warum sollte ich auch, wenn ich so stolz auf das bin, was sie ist und was sie vollbringt.«

»Das verstehe ich vollkommen, Sir.«

»So, und hier ist, was ich beschlossen habe. Ich werde de Flamanville auszahlen, aber nicht nur, um Euch das Leben zu retten. Ich werde ihm ein hübsches Vermögen dafür zahlen, dass die Ehe annulliert wird, sofern Ihr bereit seid, Louise zu heiraten.«

Ich erhebe mich und gehe mit unsicheren Schritten zu der Rotweinkaraffe und gieße alles, was noch darin ist, in unsere zwei Gläser. Ich zittere, als ich sage: »Eure Großzügigkeit bewegt mich unendlich, Baron, aber ich kann das Angebot nicht annehmen. Man kann mir weder das Leben noch eine Zukunft kaufen.«

»Ich begreife nicht, wieso nicht.«

Eigentlich möchte ich sagen, weil mir dies *schon einmal widerfahren ist*, vor langer Zeit, und weil ich mir seitdem geschworen habe, niemals wieder in einer solchen Schuld zu stehen. Und die Tatsache, dass ich erneut vor eine so entsetzliche Wahl gestellt werde, lässt mich fast ohnmächtig werden. Es ist, als würde mein ganzes Leben und alles, was ich *durch eigenes Bemühen* zwischen jenem ersten Pakt mit dem König und diesem neuen mit dem Baron erreicht habe, vollkommen ausgelöscht.

Ich stürze den Wein hinunter und sage: »Es macht mich zu klein, setzt mich zu sehr herab.«

»Das verstehe ich. Aber Ihr müsst es nicht in dieser Weise betrachten.«

»Wenn Ihr in meiner Lage wärt, würdet Ihr denn annehmen?«

»Das ist eine vernünftige Frage. Ich glaube, es würde davon abhängen, ob ich Louise liebe oder nicht – aber bitte, antwortet nicht darauf. Lasst mich Euch nur daran erinnern, dass Ihr als Louises Gemahl das Château und seine Ländereien erben würdet. Ihr würdet Eure Tage in Wohlstand beenden. Und unterschätzt das nicht. Wenn Ihr mein Alter erreicht habt, werdet Ihr die Bedeutung großen Reichtums begreifen.«

Wir schweigen beide. Das Ticken der Standuhr ist das einzige Geräusch im Zimmer. Dann wimmert Constanza im Traum.

Ich habe so gut wie gar nicht geschlafen, zumindest meinem Gefühl nach, als ich von einem Dienstboten geweckt werde, der mir mitteilt, ein Capitaine Beck würde mich sprechen wollen.

»Nein!«, rufe ich. »Das Duell ist Freitag!«

»Duell, Monsieur? Was für ein Duell? Möchtet Ihr Euch ankleiden, Monsieur? Oder soll ich ihn hier heraufführen?«

»Ich muss mich ankleiden. Ich kann nicht im Nachthemd in den Tod gehen!«

Der Diener geht. Ich schaffe meinen Körper aus dem Bett, wo er so gerne liegen bliebe. Draußen ist es noch dunkel. Mir ist übel, und mein Mund ist trocken von dem vielen Rotwein, den ich mit dem Baron trank.

Ich wasche mir das Gesicht, bürste meine Perücke und suche nach einem sauberen Hemd.

Als ich, gepeinigt vom Gedanken an den Morgen, der mich erwartet, gerade in meine Kniehosen steigen will, klopft es an meine Tür.

Es ist Beck. Er schließt die Tür leise hinter sich. Verschwunden ist sein Mann-fürchtet-Reptil-Blick; mit höflicher Beflissenheit sagt er: »Ich bedaure, Euch so früh wecken zu müssen, Sir Robert. Doch ich bin beauftragt worden, mit Euch und nur mit Euch über eine schwerwiegende Angelegenheit zu sprechen.«

»Schwerwiegend?«, seufze ich und knöpfe meine Hose so rasch ich kann zu. »Nun, dies ist in der Tat eine ernste Angelegenheit, Beck. Ich gestehe Euch gern, dass ich tatsächlich nicht zu sterben wünsche.«

»Verständlich. Und deshalb wurde ich auch geschickt. Um Euch zu sagen, dass Ihr nicht sterben müsst.«

Ich lasse mich auf das Bett sinken. Ich registriere, dass es draußen hinter meinem Fenster noch dunkel ist. Beck kommt näher und bleibt stehen, eine Hand auf dem Bettpfosten.

»Wollt Ihr damit sagen, das Duell sei abgesagt?«

»Nein. Es ist nicht abgesagt. Doch nicht Ihr seid es, der getötet werden wird; es ist der Oberst.«

»Capitaine«, sage ich, »wollt Ihr Euch nicht setzen? Dann könnt Ihr mich beruhigen, indem Ihr mir erklärt, was Ihr gesagt habt.«

Beck wählt einen mit Gobelin bezogenen Sessel, lässt sich aber nicht zwanglos nach hinten sinken, sondern beugt sich, die Ellbogen auf den Knien, nach vorne. »Können wir in diesem Zimmer gehört werden?«, fragt er.

»Nein, das glaube ich nicht. Die Wände sind aus Stein.«

»Sehr gut. Dann werde ich Euch berichten. Weil der Oberst wusste, dass Ihr zusammen mit seiner Gemahlin im Château wohnt, reiste er her, um ein Duell *herauszufordern*. Was er will, ist ein Duell. Ein Duell bietet die Möglichkeit zu einem ehrenhaften Tod. Und das ist es, was er sucht.«

Ich starre Beck entgeistert an. Ihm scheint heiß zu sein in seiner Uniform, obwohl es ein kühler Morgen ist, und er beginnt, die Hände zu ringen. Er sieht aus, als könnte er gleich in Tränen ausbrechen.

»Ich kann Euch nicht ganz folgen, Capitaine«, sage ich.

»Lasst mich ganz offen sein«, entgegnet er. »Der Oberst hatte einen Liebhaber. Einen sehr jungen Offizier, fast noch ein Knabe ...«

»Petrov.«

»Ja. Seine Liebe zu Petrov war sehr groß. Zu mir sagte er, es sei eine besondere Liebe – die Art von Liebe, die er zwischen Soldaten für möglich gehalten hatte, eine *von Gott gestiftete* Liebe. Sie trieb den Obersten in eine religiöse und körperliche Liebesraserei. Petrov war schön wie ein Mädchen und voller Anmut. Der Oberst war im Paradies. Er glaubte, sein Leben würde hinfort mit Petrov stattfinden – und es würde ein wunderbares, nobles und treues Leben sein. Doch etwas geschah.«

»Ja?«

»Petrov betrog ihn. Das heißt, er verließ ihn – für einen anderen Offizier. Ich vermute, das tun die schönen Menschen immer: Sie versuchen, die ganze Welt zu verführen.«

Beck schluckt. Ich sehe, dass er sich außerordentlich unwohl fühlt, doch ich bleibe stumm, und nach einem kurzen Moment fährt er fort mit der Geschichte: »Der Oberst hat darum gekämpft, sein Leben weiterzuführen, seine Pflichten in der Garde Seiner Majestät zu erfüllen. In diesem kämpferischen Bemühen hat er sich als sehr tapfer erwiesen, aber er möchte es jetzt nicht länger ertragen. Wenn er nicht mit Petrov leben kann, zieht er es vor, zu sterben.«

»Könnte er Petrov denn nicht dazu bewegen, wieder zu ihm zurückzukehren?«

»Er hat es versucht. Er ist vor ihm auf die Knie gefallen. Aber Petrov ist seiner überdrüssig und in einen anderen verliebt, und so ist es vorbei. Liebe ist etwas Schreckliches.«

Beck wischt sich die schweißüberströmte Stirn. Ich erhebe mich und schenke ihm Wasser ein, und er dankt mir. Ich setze mich wieder aufs Bett und sage: »Verzeiht, Capitaine, aber wenn es den Oberst so sehr nach dem Tod verlangt, wieso bringt er sich dann nicht selbst um?«

»Er ist ein Soldat, Sir Robert. Er lebt nach dem Kodex der Schweizer Garden, der einen ›ehrenvollen Tod‹ verlangt. Im Selbstmord liegt keine Ehre, außer als Wiedergutmachung für Feigheit vor dem Feind.«

»Und deshalb hat er *mich* dafür ausgewählt? Hat seinen Zorn über das Verhalten seiner Gattin nur vorgetäuscht, damit ich zu seinem Henker würde?«

»Das ist korrekt. Am Freitagmorgen werdet Ihr Eure Positionen für das Duell einnehmen. Der Oberst wird seine Pistole auf Euch richten, aber er wird nicht schießen. Ihr werdet schießen. Ihr werdet auf sein Herz zielen.«

Schweigend starren wir einander an. Nach einigen Augenblicken sage ich: »Aber wie kann ich sicher sein, dass dies keine Falle ist? Oberst de Flamanville hat stets große Verachtung für mich gehegt, und ich kann mir gut vorstellen, dass es ihm eine Genugtuung wäre, mich zu töten.«

»Ich verstehe Eure Zweifel, aber ich schwöre Euch, Sir, es ist keine Falle. Als sein Adjutant lebe ich nun schon viele Monate mit Oberst de Flamanville zusammen. Er ist wie ein Mann auf der Streckbank. Die Seelenqualen, die er erleidet, zerfleischen ihn. Er isst nicht, und er schläft nicht. Habt Ihr bemerkt, wie dünn er geworden ist? Wenn er Petrov erblickt, beginnt er zu zittern und wird ohnmächtig. Sein Leben ist die Hölle. Er denkt nur noch an den Tod.«

Ich blicke zum Fenster, und über dem Horizont sehe ich erste Lichtstreifen einer blassen Morgendämmerung. »Es gibt ... eine Schwierigkeit«, sage ich.

»Und die wäre?«

»Ich werde nicht fähig sein, ihn zu töten.«

»Nein«, sagt Beck. »Auch das haben wir vorausgesehen. Ihr seid ungeübt. Wir haben eine Lösung gefunden.«

28 ⌾

Als ich wieder erwachte, blickte ich aus meinem Fenster und sah Louise, die allein durch den schneebedeckten Irrgarten wanderte. Sie trug einen Umhang, und ihr Schritt wirkte bedächtig und traurig.

Ich sah ihr lange und mit dem Gefühl großer Zärtlichkeit nach. Doch unter diese Zärtlichkeit mischte sich der Kummer, dass meine Liebe zu ihr nicht so maßlos war wie die ihre zu mir.

Als ich das erkannte, verfluchte ich meine eigensinnige Haltung der Verweigerung. Louise war eine Frau, so anmutig, gebildet und wunderbar, wie ich sie nur je an meiner Seite erhoffen konnte. Ich hätte frohlocken sollen, dass ich das Objekt ihrer Leidenschaft war. Und zum Teil – besonders, wenn mein fleischliches Verlangen nach ihr dem ihren nach mir entsprach – tat ich das auch. Doch die Vorstellung, den Rest meines Lebens mit ihr zu verbringen, ermüdete mich. Sie ermüdete mich deshalb, weil ich wusste, Louise würde zu viel von mir erwarten – von meinem Körper und von meinem Geist. *Ich wusste, dass ich sie enttäuschen würde.*

Ich kleidete mich an und ging hinunter in den Speisesaal, wo ich den Baron vorfand, der dort Pflaumenkuchen aß und Kaffee trank. Nachdem diese Stärkungsmittel auch mir gereicht worden waren und mich ein wenig belebt hatten, berichtete ich ihm von dem Inhalt meines Gesprächs mit Capitaine Beck.

Er sagte sofort: »Ich fürchte eine Falle, Merivel. Die Geschichte erscheint mir für einen Mann des Militärs zu fantastisch und ausgefallen. Ich glaube, es geht den beiden nur darum, dass Ihr Euch an Eure Zusage zu dem Duell haltet.«

»Das mag sein, Baron. Capitaine Beck wirkte jedoch sehr bekümmert wegen des Obersten, fast als *spürte* er dessen Leid im eigenen Körper. Es fällt mir schwer, das, was er sagt, nicht zu glauben.«

Der Baron nahm einen Schluck Kaffee. Dann sagte er: »Ich werde heute Morgen mit dem Vorschlag, den ich Euch gestern Abend unterbreitete, zu de Flamanville gehen. Vielleicht nimmt er ihn an. Falls er das tut, werden wir wissen, dass all das Gerede von Verzweiflung und Selbstmord nur eine List ist, um Euch eine sichere Hinrichtung zu bescheren. Und er wird, frei von den Zwängen der Ehe und mit genügend Geld, um sein Herz anderwärts zu beglücken, höchst zufrieden bis ans Ende seiner Tage leben. Er wird selbstverständlich von mir das Haus in Paris erhalten, auch wenn ich nicht glaube, dass Louise davon sehr angetan sein wird.«

Vor meinem inneren Auge erschien, bei dem Gedanken an dieses Haus, das grässliche Bild von der Schwester des Oberst, Mademoiselle Corinne, mit einem Stückchen Pastinake am Kinn, die mich aus ihrem zahnlosen Mund anschrie und ihre traurigen Abende mit dem Ausschneiden von Scherenschnitten aus schwarzem Papier verbrachte.

»Nein«, sagte ich. »Davon wird sie nicht angetan sein.«

»Und Ihr könnt mit Louise auf Euren Besitzungen in England leben. Es ist doch sicher Platz für ein Laboratorium auf Eurem Grundstück?«

Ich blickte beunruhigt auf die Reste meines Obstkuchens. Ich wusste, was diese Frage bedeutete. Der Baron sah meine Verlegenheit, beugte sich zu mir herüber und sagte freundlich: »Auch wenn ich Euch bewundere, Sir Robert, und es keinesfalls gern sähe, wenn Ihr umgebracht würdet, ich tue dies für Louise. Es sollte uns beiden klar sein, worum es hier geht. Wenn Ihr nicht versprechen könnt, dass Ihr sie heiraten werdet, müsst Ihr es mir jetzt sagen. Dann werdet Ihr Euer Glück im Duell versuchen müssen.«

Es folgte ein längeres Schweigen. Mit seinen klaren Haselnussaugen beobachtete der Baron, wie ich mit den Worten kämpfte, die, wie wir beide wussten, mein Leben ändern würden. Ich wusste, dass ich auf einem Felssporn saß, und zu beiden Seiten gähnte der Abgrund. Mein Schwindelgefühl war beängstigend. Ich hätte mich am liebsten dorthin zurückgezogen, wo ich einst sicher gewesen war, wusste aber, dass das unmöglich war. Zu meinem eigenen Verdruss hörte ich mich stammeln: »Es ist genügend Platz für ein Laboratorium auf Bidnold.«

Ich sah Louise lange hinterher, wie sie im Garten auf und ab schritt. Dann begab ich mich in die Bibliothek, als hätte ich vor, an meinen *Betrachtungen* zu arbeiten, und ging sogar so weit, meine Notizen und Schreibfedern bereitzulegen. Doch ich wusste, jetzt war nicht die Zeit zum Arbeiten. Ich saß nur am Tisch, fühlte mich matt und verfroren und starrte an die Wand.

Ich sehnte mich danach, wieder jung zu sein – auf dem Fluss zu rudern, mit Rosie Pierpoint zu tändeln, mit Pearce zu angeln, für den wieder eingesetzten König den Narren zu spielen, bis er dann mein Schicksal veränderte. Kurzum, ich sehnte mich danach, ein freier Mann zu sein.

Doch ich war nicht frei. Ich würde entweder am nächsten Morgen sterben oder meiner Verpflichtung, Louise de Flamanville zu heiraten, nachkommen müssen.

Ich sagte mir, viele Männer würden mich um solch eine Gemahlin beneiden. Sie würden Louises leidenschaftliche Liebe zu mir sehen und sie auch gern als Bettgenossin haben, aber Louise würde sie zurückweisen. Und dann würden diese Männer mich von Neuem anschauen und sich fragen, mit welcher List ich Louise nur so stark an mich zu binden verstand. Ihre Hochachtung wüchse.

Darüber hinaus und ungemein wichtig: Ich würde reich sein. Louise würde eine großzügige Mitgift erhalten. Es gäbe kein Alter im Elend für mich. Es gäbe keinen Tod aus Armut für mich. Ich würde für Will sorgen können. Ich würde meiner Tochter, wenn sie heiratete, eine prächtige Hochzeit ausrichten …

Und so beschäftigte ich mich in Gedanken nun mit Geld und mit Status. Ich würde nicht nur reich sein; ich würde in der Gesellschaft des Barons einen dauerhaften und ehrenvollen Platz einnehmen. Broussel würde eine Oper über mich komponieren. Ich würde meiner eigenen musikalischen Verewigung lauschen …

Zu meiner Beschämung stellte ich fest, dass diese Dinge mich schon sehr bald zu trösten vermochten. Ja, diese materiellen und künstlerischen Überlegungen heiterten mich derart auf, dass ich es wagte, Louise aufzusuchen, denn ich wusste, ich konnte zu ihr, meiner zukünftigen Gattin, nun zärtlich sein.

Ich fand sie in ihrem Schlafzimmer, wo sie sich das Haar bürstete. Ich nahm ihr die Bürste aus der Hand und sagte, dass ich sie liebe.

Sie zitterte noch von ihrem langen Spaziergang im Schnee, und ich drückte sie fest an mich, um sie zu wärmen, und sie küsste mich und sagte, wir würden nun gemeinsam so glücklich sein, »wie keiner von uns es je gewesen ist«.

Doch fürwahr, alles, was ich denken konnte, war, dass ihre Haut und die meine von nun an stets mit Seide oder Satin oder feinem Leinen umhüllt sein würden. Und ich barg mein Haupt zwischen ihren Brüsten und presste mein Gesicht auf das seidene Mieder, das sie trug, dann nahm ich einen Zipfel des seidenen Stoffs in den Mund und liebkoste ihn.

Zur Mittagszeit kehrte der Baron zurück. »Ich habe es selbst gesehen«, sagte er. »Ich hätte es diesem hartherzigen Soldaten nicht abgenommen, aber es ist wahr: Oberst de Flamanville ist zerrissen von Schmerz.«

»Seid Ihr der Überzeugung, dass er wahrhaftig sterben möchte, Sir?«

Der Baron seufzte und befahl einem Diener, ihm ein Glas Rheinwein zu bringen. »Ja«, sagte er. »De Flamanville sinnt auf Tod. Wie ein Mensch all seine Hoffnungen in die Launen und Bedürfnisse eines anderen Menschen setzen kann, habe ich nie verstanden. Doch genau das hat er getan. Und zu meinem Leidwesen war er schonungslos offen. Ich hätte ihn mir zurückhaltender und bescheidener gewünscht, doch es schien ihm ein dringendes Bedürfnis, mir alles zu erzählen. Er sagte, als er Petrov fand, habe er sich selbst gefunden, und als er ihn verlor, habe er seine eigene Seele verloren.

Und so sieht es nun aus. Er wünscht zu sterben. Mein Geldangebot konnte ihn ebenso wenig erweichen wie meine Hand auf seiner Schulter. Er hat kein Interesse mehr an weltlichen Dingen. Er möchte nicht einmal in das Haus in Paris zurückkehren, weil er einmal Petrov mit dorthin nahm, und er sagt, er ertrüge dessen Anblick nicht, wenn Petrov nicht an seiner Seite und in seinem Bett sei.«

»Nicht einmal um seine geliebte Corinne ist er noch besorgt?«, wollte Louise wissen.

»Er hat sie nicht erwähnt. Ich glaube, er ist um nichts und niemanden mehr besorgt. Er erklärte mir, er habe nur noch ein Ziel: den ehrenhaften Tod. So sieht es also aus. Das Duell muss stattfinden.«

Im Geiste sah ich schreckliche Bilder:

Ich richte meine Pistole auf den Oberst und feuere, und die Kugel schwirrt gegen einen Baumstamm, prallt zurück zu mir und schlägt mir ein Auge aus. Mein nächster Versuch, ihn zu töten, verpasst ihn um wenige Zentimeter und schießt ihm nur den Hut und ein Haarbüschel vom Kopf, was ihn ziemlich lächerlich aussehen lässt. Beim dritten Mal bin ich dermaßen verwirrt von der Situation, dass ich die Waffe herumschwenke und Beck töte. Und zu guter Letzt vergesse ich die Regeln des Duells so komplett, dass ich die Pistole auf mich selbst richte und mir mitten ins Herz schieße.

»Baron«, sagte ich, »darf ich Euch daran erinnern, dass ich kein Scharfschütze bin? Ich bin es nicht gewohnt, auf irgendetwas zu schießen, schon gar nicht auf Menschen. Ich bin keineswegs sicher, dass ich den Oberst töten werde.«

»Das weiß er«, sagte der Baron. »Beck wird sich darum kümmern.«

Nun ist es Freitagmorgen.

Ich kleide mich in meinen besten schwarzgoldenen Rock, um mich zum Duell zu begeben. Ich weiß, es besteht immer noch die Möglichkeit, dass ich in einer halben Stunde tot sein werde, und ich zwinge mich zu der Frage: Was schert mich mein Tod? Alle, die ich liebe, werden auch ohne mich weitermachen. Margaret wird heiraten. Will wird ohnehin bald ins Grab sinken, ob ich nun da bin oder nicht, und Pearce ist schon lange vor mir gegangen. Was den König betrifft, so wird er vielleicht nicht einmal merken, dass ich nicht mehr da bin …

Doch während ich durch den Schnee stapfe, ertappe ich mich bei dem Wunsch, ich könnte an Gott oder seinen Himmel glauben. Dann, so grübele ich, würde ich in der Hoffnung gehen, dass ich Pearce wiedertreffe, dass er in seiner Quäkerkleidung auf mich wartet und, sobald er mich sieht, auf seine stolpernde Art zu rennen beginnt und meinen Namen ruft: »Merivel! Herzlich willkommen! Ich hätte nicht gedacht, dich *hier* anzutreffen!«

Ich weiß jedoch, dass mich, wenn ich getötet werde, nicht mein Freund erwartet, sondern nur Dunkelheit. So lebendig komme ich mir vor – in all meinen Stimmungen, in meiner Güte und meiner Schlechtigkeit –, dass es mir nicht gelingen will, mir meine eigene Abwesenheit vorzustellen. Ich kann mir meine Zimmer auf Bidnold nicht ohne mich darin vorstellen. Ich kann mir nicht vorstellen, wie Cattlebury Mahlzeiten zusammenrührt, die ich nicht essen werde. Ich bin in der Lage, mein Grab vor mir zu sehen, auf dem Friedhof von Bidnold, mit einem hübschen Grabstein und Blumen und Tannenzweigen darum, doch meinen toten Körper darunter sehe ich nicht. Die Idee der Nichtexistenz erfüllt mich mit Empörung.

Es ist ein sonniger Morgen. Ich laufe durch den Wald, und ich sehe die Bäume mit ihrer herrlich glitzernden Schneelast. Ich bemerke die Spuren von Tieren – Füchsen und Rotwild – und beneide sie um ihre Freiheit und darum, wie sie den Wald in all seiner winterlichen Pracht fröhlich durchstreifen.

Es ist windstill. Die stummen Bäume scheinen uns mitleidig zu beobachten, als wir im Gänsemarsch vorübergehen, ich vorneweg, gefolgt vom Baron, der sich mir als Sekundant angeboten hat und in einen mächtigen Pelz gehüllt ist, was mich unwillkürlich an Clarendon denken lässt.

Wir schreiben den 15. Januar des Jahres 1685, und ich bin achtundfünfzig Jahre alt.

Endlich erreichen wir die Lichtung, wo das Duell stattfinden soll.

Niemand ist dort.

Ich bleibe stehen und wende mich zum Baron um. Ein Rotkehlchen flattert von einem Ast herunter und betrachtet uns. Ich stelle mir vor, wie schrecklich Blut im Schnee aussieht.

Der Baron blickt sich um, und wir horchen auf Schritte, hören aber keine. Ich hebe mein Gesicht zum blauen Himmel und denke: Vielleicht findet am Ende doch kein Duell statt. Der Oberst begibt sich wieder nach Versailles und kann Petrov davon überzeugen, an seine Seite zurückzukehren. Es wird keine Annullierung der Ehe geben. Es wird keine Heirat mit Louise geben ...

Der Baron hat eine Flasche Branntwein mitgebracht, er öffnet sie, und wir trinken. Und dann sehen wir zwei Soldaten, die sich auf dem schmalen Pfad schweigend nähern.

Sie haben ihre Paradeuniform angelegt. Während sie uns entgegenkommen, scheint ihnen bewusst zu sein, dass ihre langen Beine dieses grausige Gemetzel mit einem Bild männlicher Vollkommenheit versehen, das nicht zu übertreffen ist. Ich wiederum weiß, dass ich, in meinem schwarzen Rock mit den etwas zu weiten Kniehosen, im Vergleich wie ein bescheidener Bittsteller aussehe, *der auf ihr Wohlwollen hofft.*

Wir begeben uns in die Mitte der Lichtung, verbeugen uns und reichen einander, wie es Brauch ist, die Hand. Das Gesicht des Oberst ist weiß und hager. Es verrät nichts.

Beck trägt die Waffen. Die beiden Pistolen liegen in einer hölzernen Kiste, die er uns nacheinander hinhält, als böte er uns Zigarren oder Zuckerwerk an. Als ich meine Pistole herausnehme, muss ich an den Wegelagerer auf der Straße nach Dover und an seinen für ihn so unerwarteten Tod denken. Und ich merke, dass ich immer noch nicht weiß, wie dieser Tag enden wird.

Beck holt zwei Kugeln aus seiner Tasche. Er hält sie in der Hand, und das Blei schimmert in der Sonne. Wir nehmen jeder eine und laden unsere Pistolen.

Dann blicke ich plötzlich angstvoll zu Beck, denn er scheint keine Waffe zu tragen. Er fragt mich, ob ich bereit sei, und ich antworte mit Ja, und ich spüre, wie der Baron meinen Arm berührt, bevor die beiden Sekundanten sich zurückziehen.

Nun stehe ich Rücken an Rücken mit Oberst de Flamanville. Auf den ersten Befehl hin haben wir uns mit »großen Schritten« voneinander zu entfernen. Wenn die Sekundanten zehn Schritte gezählt haben, geben sie den zweiten Befehl und rufen Halt. Dann haben wir uns umzudrehen und zu feuern.

Der erste Befehl kommt, und ich marschiere los. Die Pistole wiegt schwer in meiner Hand. Hoch über mir kann ich Saatkrähen hören, die laut schreiend ihre Kreise ziehen.

VIERTER TEIL
Der große Übergang ❧

29 ✿

Und wieder durchquere ich Frankreich, dieses Mal in nord-
westlicher Richtung. In großer Ferne und immer noch durch
manch gewundene Straße und eine wogende See von mir
getrennt, liegt England.

Die Abenddämmerung sinkt herab, während unsere Kutsche sich Dijon nähert und leichter Schneefall einsetzt.

Nur zwei Reisende sitzen im Wagen, ich selbst und ein
älterer englischer Priester. Er schreibt an Predigten, bis das
Tageslicht erlischt. Da ich nichts zu lesen habe, habe ich mir
seine Bibel erbeten, und ich stelle fest, dass dieses kostbare
Buch fleckig und zerdrückt ist und sehr penetrant riecht, als
hielte der Priester es jede Nacht an seinen Körper gepresst
(oder bewahrte es, zusammen mit Bettwanzen und Mäusen,
unter seiner Matratze auf, wie ich meinen *Keil*).

Um mich aufzumuntern, lese ich die Geschichte vom
Wunder von Kanaan; wie die geizigen Gastgeber nicht für
genügend Wein sorgten, so dass der überarbeitete Jesus gezwungen ist, solchen aus bloßem Wasser herzustellen. Mich
erstaunt nicht nur die Sparsamkeit der Gastgeber, sondern
noch etwas anderes, was mich an dieser Geschichte schon
immer irritiert hat.

Es wird dort in einer selbstgefälligen Art und Weise beschrieben, dass der beste Wein – jener, den Jesus aus Wasser
machte – »bis zuletzt« aufgespart wurde. Und das erscheint
mir als sehr töricht. Denn was den Wein anbelangt, so ist mir
der Verlauf von Festlichkeiten nur allzu vertraut. Als ich in
meinem früheren Leben auf Bidnold große Feste gab (und es
waren derer viele), wies ich Will stets an, die besten Weine
zuerst zu kredenzen, denn es war uns beiden vollkommen

bewusst, dass Menschen, die so berauscht sind, wie es meine Gäste ausnahmslos wurden (und jene in Kanaan sicherlich ebenfalls), den einen Wein nicht mehr vom anderen unterscheiden können, ja nicht einmal mehr das eine *Getränk* vom anderen. Sie werden einfach, bis sie umfallen, alles dumpf hinunterstürzen, was man ihnen in die Hand drückt. Und in diesem Zustand wäre der »beste« Wein komplett an sie vergeudet. Der Heiland hätte genauso gut billigen oder gewöhnlichen Wein machen können, und ich dachte: Schade, dass ich nicht da war, um ihm dies mitzuteilen, falls das Wunder des guten Weins ihn größere Mühe gekostet haben sollte.

Ich blättere weiter zum nächsten Wunder, welches das der Auferstehung des Lazarus ist, doch auch dieses gefällt mir nicht besonders, da ich mit Besorgnis an den Gestank denke, den der Leichnam in der Hitze eines judäischen Nachmittags ausgeströmt haben mag, und ich wandere weiter und gerate zufällig ins Buch des Predigers Salomo, wo ich lese: »*Denn es geht dem Menschen wie dem Vieh: wie dies stirbt, so stirbt er auch, und haben alle einerlei Odem, und der Mensch hat nichts mehr als das Vieh.*«

Der Tod geht mir viel im Kopf umher. Er zielte auf mich, doch er traf mich nicht.

Ich verließ die schneebedeckte Lichtung im Wald, Oberst de Flamanville tat es nicht. Er lag auf dem Boden, ins Herz getroffen von Beck. Das Blut sammelte sich über und unter ihm, hellrot und leuchtend. Beck kniete neben ihm nieder, weinte und küsste sein Gesicht, und seine schöne Uniform bekam rote Flecken. Und ich dachte, wie mutig dieser Capitaine doch war, dass er eine versteckte Waffe mit sich führte, um eine derartig traurige Pflicht zu erfüllen. Ich begriff sofort, dass er es aus Liebe zum Oberst getan hatte.

Ich gab ihm die Pistole zurück, mit der ich sehr weit an meinem Gegner vorbei geschossen und bedauerlicherweise eine Taube getroffen hatte, die von einem weiß überzuckerten Zweig fiel. Ich schüttelte ihm sehr herzlich die Hand, dann gingen der Baron und ich zum Château zurück und überließen es dem trauernden Adjutanten, sich um die Leiche zu kümmern. Anfangs schwiegen wir, dann sagte der Baron: »Ihr wart mutig, Merivel. Es gab, wie ich erst jetzt erkenne, sogar ein gewisses Risiko, dass Ihr hättet sterben können.«

Fast hätte ich entgegnet, dass, so wie ich diese komplizierte und unklare Situation begriff, es sehr viel mehr als nur »ein gewisses Risiko« gab, doch ich tat es nicht. Ich wollte mein Gefühl der Erleichterung, dass ich noch am Leben war, nicht durch zynische Worte besudeln.

Wir liefen weiter. Die Sonne war vollständig aufgegangen und schien auf den Schnee. Von hoch oben blickten die mächtigen Berge zu uns herab, ungerührt, gleichgültig. Ich bemerkte in mir einen gewaltigen Durst nach Wein.

Endlich sagte der Baron: »Wir werden eine angemessene Zeit vergehen lassen. Dann werden wir Eure Hochzeit mit Louise vorbereiten. Ich werde ganz Neuchâtel einladen. Marc-André Broussel wird für uns singen. Ich werde keine Kosten scheuen. Es wird das schönste Fest sein, das ich jemals in meinem Leben ausgerichtet habe! Vielleicht wird Eure Tochter aus England anreisen und die Herzogin von Portsmouth mitbringen? Es wäre uns eine große Ehre …«

Nach dem, was ich von Fubbs wusste, konnte ich mir nicht vorstellen, dass sie sich von ihrer Chaiselongue erheben und sich selbst, ihre Garderobe und ihre Berge von Schmuck über den halben Kontinent transportieren lassen würde, nur um an der Hochzeit des Sohns eines Handschuhmachers teilzunehmen. Und deshalb sagte ich zum Baron: »Meine Tochter berichtet mir, dass die Herzogin frische Luft nicht besonders schätzt, weshalb die Schweiz mit ihrem Überfluss an Luft von makelloser Frische sie womöglich abschreckt. Aber selbstverständlich wird sie eingeladen.«

Und dann begann ich zu grübeln, wen ich denn tatsächlich einladen würde, und ich erkannte, dass es eine Person gab, deren Anwesenheit bei meiner Hochzeit mich ganz besonders rühren würde, und das war Will. Ich wollte unbedingt erleben, wie sein Gesicht plötzlich vor Freude aufleuchtete.

Doch von Will hörte ich nichts. Jeden Tag hielt ich Ausschau nach einer Kutsche oder einem Maulesel, die mir einen Brief von Bidnold bringen würden, doch es kam keiner. Ich wäre auch das Risiko eingegangen, Cattlebury zu schreiben, um ihn nach Will zu fragen, doch Cattlebury ist kaum in der Lage zu lesen, »sofern es sich nicht um ein Rezept handelt, Sir Robert, und alles hübsch untereinander steht und mit Zahlen, die wie Zahlen geschrieben sind, dann kann ich es verstehen«. Weshalb es kein sehr sinnvolles Unterfangen zu sein schien.

Darum hatte ich jetzt beschlossen, Sir James Prideaux zu schreiben und ihn zu fragen, ob er nach Bidnold reiten und mir berichten würde, wie die Dinge dort standen; doch so sehr beschäftigte mich die Sorge um das Duell, dass ich es noch nicht getan hatte.

»Was haltet Ihr von einer Hochzeit im Mai?«, fragte der Baron plötzlich.

Als Louise und ich, völlig erschöpft von den anstrengenden Übungen am Nachmittag, mit denen wir unsere bevorstehende Hochzeit feierten, gegen Abend in ihrem Bett lagen, sagte sie: »Ach, Merivel, ich habe vergessen, dir zu sagen, dass heute Morgen ein Brief für dich gekommen ist.«

Sofort flog mein Herz Will entgegen. Jedoch nicht seine schwerfällige Handschrift erkannte ich auf dem Brief, es war Margarets, und sie schrieb folgendermaßen:

Mein liebster Papa.
Ich hoffe und bete, dass dieser Brief Dich erreicht und nicht durch Schnee aufgehalten wird.

Du musst mir vergeben, dass ich Deinen Aufenthalt in der Schweiz störe, doch mir bleibt keine andere Wahl. Der König erkrankte kürzlich und litt an schrecklichen Krämpfen. Mittlerweile hat er sich ein wenig erholt, doch an seinem Verhalten können wir alle erkennen, dass er schwach ist. Er hat große Schmerzen in seiner Blase und in den Nieren. Sein Bein ist sehr entzündet.

Lieber Papa, ich würde Dich nicht damit beunruhigen, doch heute kommt er in unsere Gemächer und legt sich auf das Bett der Herzogin und schickt nach mir. Er nimmt meine Hand und sagt zu mir: »Margaret, ich möchte, dass du an deinen Vater schreibst und ihn bittest, er möge so gut sein und zu mir kommen. Ich weiß nicht, was mir widerfahren wird, ob ich sterben werde oder nicht, aber ich weiß, es würde meine Lebensgeister sehr aufmuntern, wenn ich deinen Vater neben mir wüsste, der mir beisteht und mich zum Lächeln bringt.«

Deshalb, Papa, bitte komm sofort. Ich flehe Dich an, komm. Die Herzogin ist voller Furcht, dass Seine Majestät sterben wird. Ich weiß, dass Du alles tun würdest, um das zu verhindern. Du kannst in der Wohnung der Herzogin logieren, damit Du Tag und Nacht an der Seite des Königs bist.

Wir erwarten täglich Deine Ankunft.

Deine Dich liebende Tochter

Margaret

Ich saß still und versteinert auf Louises Bett. Als sie sah, wie ich bei der Lektüre erstarrte, nahm sie mir den Brief aus der Hand und las ihn, und da sie eine Frau von bewunderungswürdiger Urteilskraft ist, sagte sie ohne einen Anflug von Enttäuschung oder Selbstmitleid: »Du musst sofort hinfahren. Vaters Kutsche wird dich morgen früh nach Neuchâtel bringen, und dort kannst du einen Wagen nach Dijon und weiter nach Paris bekommen.«

Ich nahm Louise in die Arme und küsste ihre Wange. »Du hast Recht«, sagte ich. »Es bleibt mir nichts anderes übrig.«

»Ich werde auf dich warten, Merivel. Ich lasse nicht zu, dass dich das Leben mir für immer nimmt.«

»Auf keinen Fall. Und in London werde ich den Juwelier des Königs aufsuchen und dir einen Ring kaufen.«

»Wird es ein Saphir sein, wie der Ring, der Clarendon rettete?«

»Er wird den Stein tragen, der dir gefällt.«

»Dann nimm einen Rubin. So heiß und feurig wie mein Blut.«

Louise klammerte sich weinend an mich, als ich aufbrach. Es war ein schrecklicher Abschied.

Als ich in die Kutsche stieg, drückte der Baron mir einige Blätter in die Hand, die er aus seinem Notizbuch gerissen hatte. Ich hoffte, es seien vielleicht seine eigenen Bemerkungen zu meinem Traktat, an dem er so leidenschaftlich Anteil genommen zu haben schien, doch die Seiten des Barons enthielten keine Gedanken über mein großartiges Thema. Es handelte sich nur um diverse Listen – mit all den Personen, die er zu meiner Hochzeit einzuladen gedachte, mit den Plänen für die Unterhaltung der Gäste, mit den Liedern, die Broussel für uns singen würde, und mit den verschiedenen Speisenfolgen für das Fest.

Ich warf kaum einen Blick auf die Blätter, sondern steckte sie in meinen Koffer und musste dabei an meine lang zurückliegende Hochzeit mit Celia denken. Anfangs hatte ich damals geweint, mich später dann in einen Schrank eingeschlossen und durch eine Ritze zugeschaut, wie der König meine neue Braut beschlief.

Und ich erkannte, dass alle späteren Arrangements in meinem Leben sich als Folge jener Hochzeit erwiesen, einer Hochzeit, die nicht echt, sondern eine Fälschung war und allein den Gelüsten des Königs diente. Und nun, in meinem neunundfünfzigsten Jahr, war ich auf dem Weg zu einer zweiten Hochzeitszeremonie, die mir, in Wahrheit, ebenfalls nicht ganz echt erschien und die arrangiert worden war, um den spät erblühten Gelüsten von Louise de Flamanville zu dienen.

Als ich zu meinem Reisegefährten, dem Priester, hinüberschaute, der, ganz in Schwarz gekleidet, jetzt schlief, während die Kutsche durch die Finsternis rollte, stellte ich mir vor, dass nicht er es sei, der mir gegenübersaß, sondern Pearce. Und Pearce schlief nicht. Er warf mir einen Blick zu, der ohne Mitleid war.

»Was tust du da, Merivel?«, sagte er. »Was ist der *Sinn* dieser zweiten Heirat?«

Im Geiste lehnte ich mich jetzt zu Pearce hinüber, nahm seine kalte Hand in meine und drückte sie an mein Herz, um sie zu wärmen.

»Ich werde aufrichtig mit dir sein, Pearce«, sagte ich. »Ich werde nicht lügen. Ich hege eine große Bewunderung für Louise de Flamanville. Sie ist eine bemerkenswerte Frau. Und es gibt mehr als einen Augenblick, da ich Liebe für sie empfinde. Doch in dieser Ehe geht es in Wahrheit um Reichtum. Es geht darum, ein großes Anwesen zu erhalten und um ein Leben in bequemen Verhältnissen.«

»Genau wie beim ersten Mal.«

»Wenn du so willst.«

»Und schämst du dich nicht?«

»Nur ein bisschen. Nicht so sehr, wie du es dir wünschen würdest.«

»Das ist sehr bedauerlich, mein Freund.«

»Wenn es so ›bedauerlich‹ ist, was hätte ich denn sonst tun sollen?«

Darauf hörte ich Pearce nichts sagen. Seine Stimme war weg. In der Kutsche lastete jetzt nur noch sein Schweigen schwer auf mir, welches wie kein anderes Schweigen auf der Erde ist, und ich hatte es zu ertragen, ohne innerlich zu erzittern. Ich ließ seine Hand los. Ich schloss die Augen und wandte mich im Geiste dem König zu.

Am 29. Januar 1685 brachte mich ein Dreimaster namens *The Kentish Maid* über den Ärmelkanal, und obwohl die See rau und voller Schaumkronen war und immer wieder Gischt auf die Decks schleuderte, wurde mir nicht übel, und ich war einmal mehr auf seltsame Weise glücklich mit diesem neuen Element, bei dem der Mensch nichts ändern kann, sondern akzeptieren muss, was der Wind verfügt, und nur versuchen kann, seinen zerbrechlichen Kahn sicher zu steuern.

Und ich dachte, dass ich, mit meiner Rastlosigkeit und meiner Sehnsucht nach Wundern, ein guter Seemann geworden wäre und am Ende vielleicht sogar der Kapitän eines Handelsschiffs, auf der Fahrt zu fernen Kontinenten, nie für lange irgendwo, sondern immerzu unterwegs auf dem Globus, unter purpurnen Himmeln und zahllosen Sternen.

Und mir schien auch, dass sich auf dem Wasser eine Art Frieden finden ließe, eine herrliche Ruhe, die dem Leben an Land fast immer fehlt, wo die Menschen ebenso wie die Dinge ständig nach uns *rufen* und uns bedrängen mit allerlei Forderungen, und nirgendwo ist Stille.

Und ich überlegte, ob ich wohl, wenn ich mein Leben auf See verbracht hätte, jetzt ein Mensch von stoischer Ruhe wäre, der klaglos alles ertrug, was Zeit und Wetter ihm zudachten, und schließlich jenen Umhang aus Gleichmut trug, in den Pearce mich stets zu hüllen versucht hatte, was ihm jedoch nie gelungen war.

Ich begann ein Gespräch mit dem Kapitän der *Kentish Maid* und erzählte ihm, wie froh mich die schöne Kompliziertheit seines Schiffs mache, und ich merkte, dass ihn das sehr freute. Er strich zärtlich über die hölzerne Reling, an der wir lehnten, und sagte: »Sie ist ein Schatz, Sir, die *Maid*. Sie kann, ohne sich zu beklagen, erstaunlich hart am Wind segeln, hat schon gewaltige Stürme erlebt und sie großartig abgewettert – sie zusammen mit mir. Aber jetzt ist sie leider alt und leck. Sie wird vielleicht nicht mehr lange durchhalten.«

»Ach«, sagte ich. »Die arme *Kentish Maid*. Und dasselbe müssen wir nun im Hinblick auf den König befürchten.«

»Was?«

»Ich reise heim, um mich ans Bett des Königs zu begeben. Er ist ein kranker Mann.«

Der Kapitän starrte mich an. Ungläubig schüttelte er sein weißes Haupt. »Er darf nicht *sterben*«, sagte er. »Ihr wollt doch nicht behaupten, dass Charles Stuart sterben wird?«

»Ich weiß es nicht, Kapitän. Alles, was ich weiß, ist, dass ich herbeibefohlen wurde. Ich bin Arzt und ein alter Freund des Königs.«

Der Kapitän schüttelte erneut den Kopf und blickte auf das unruhige, schimmernde Wasser hinunter. »Er hat uns eine angenehme Ruhe geschenkt«, sagte er traurig. »Als hätten wir beigedreht. Als er an die Macht kam, ließen wir uns alle nieder, wo wir gerade gingen und standen, und atmeten tief und glücklich durch.«

30

Am Abend des 31. Januar, einem Samstag, betrat ich die Gemächer der Herzogin von Portsmouth und traf dort nicht
auf eine Szene großen Wehklagens, sondern auf Fubbs, die,
ein wenig fetter und in scharlachfarbenem Samtkleid, ein
stilles Nachtmahl mit Margaret einnahm. Bei ihnen war ein
junger Mann, der mir als der ehrenwerte Julius Royston vorgestellt wurde, jüngster Sohn von Lord Delavigne.

Beide Frauen begrüßten mich voller Entzücken. Margaret, die überaus hübsch aussah in ihrem dunkelblauen, mit
Schweizer Spitze abgesetzten Kleid, schien sehr daran gelegen zu sein, dass ich sofort Julius Royston kennenlernte, und
weil ich wusste, dass er der junge Mann war, der meiner
Tochter den Hof gemacht hatte, richtete ich meinen strengsten Blick auf ihn.

Nur wenig eingeschüchtert von meiner ernsten Miene (die
aber vermutlich nie so finster war, wie ich sie mir gern vorstellte), faltete dieser Royston sich zu einer tadellosen Verbeugung zusammen und plapperte etwas von seiner »großen
Ungeduld«, mich kennenzulernen, und betonte, wie sehr er
es bedauere, dass der Anlass meiner Rückkehr die Krankheit
des Königs sei.

»Wie geht es Seiner Majestät?«, fragte ich Fubbs.

»Jetzt schläft er«, erwiderte sie. »Er zieht sich gern früh
zurück. Doch in den letzten Tagen scheint er wieder mehr er
selbst zu sein. Meinst du nicht auch, Margaret?«

»Ja. Und gestern hat er sogar einen kleinen Erholungsspa-
ziergang gemacht, immerhin bis zum Krokodil. Er wird so
froh sein, dass du da bist, Papa. Jeden Tag fragte er mich, ob
du schon gekommen bist.«

Ich setzte mich zu ihnen an den Tisch, und einer von Fubbsys Dienstboten legte ein Gedeck für mich auf und brachte mir fast augenblicklich eine sehr erfrischende kalte Suppe aus Kartoffeln und Lauch. Zwischen heißhungrigem Löffeln betrachtete ich meine Tochter und Royston und sah, wie sie Blicke tauschten, mit denen nur Liebende einander bedenken, und ich flehte zum Himmel, dass dieser Sohn eines Grafen ein ehrenhafter Mann sein möge.

Er war auf eine blässliche Art und Weise hübsch und erinnerte mich mit seinen großen braunen Augen, den dunklen Locken und dem Lächeln von einiger Süße ein wenig an den König, als er jung war. Ich konnte nicht anders als ihn mögen. Sein Alter schätzte ich auf zweiundzwanzig oder dreiundzwanzig, und in seinem Gesicht konnte ich keine Anzeichen von Ausschweifung oder Boshaftigkeit entdecken. Seine Stimme war wohlklingend.

»Erzählt mir doch, Royston«, sagte ich und griff zum Weinglas, das man mir hingestellt hatte, »was brachte Euch an den Hof?«

»Mein Vater ist Sekretär des Grafen von Buckingham, Sir«, erwiderte Royston, »und fand für mich eine Stellung im Amt des Haushofmeisters des königlichen Palasts. Ich habe in Paris Gartenbaukunst studiert, und meine ganze Leidenschaft gilt der Gestaltung von Landschaft und Gärten. Ich hoffe, mir auf diesem Feld einen Namen zu machen.«

»Gärten?«, sagte ich. »Wie Margaret Euch vielleicht erzählt hat, haben Gärten eine sehr tröstliche Wirkung auf mich.«

»Ja, Sir. Sie hat mir Eure jüngst angelegte Hagebuchenallee auf Bidnold Manor beschrieben.«

»*C'est quoi*, ›Hagebuchen‹?«, fragte Fubbs. »Gehen da Hagestolze spazieren?«

»Nein, Euer Gnaden«, antwortete ich. »*Hêtre blanc* heißt es, glaube ich, auf Französisch.«

»Oh ja, *Hêtre blanc. Oui, je vois. Très joli.* Ihr seht, jedenfalls, Merivel, dass unser lieber Julius ein Mann mit Ehrgeiz ist. Ein Mann, der seinen Lebensweg kennt.«

»Ja, das vermute ich …«

»Ihr werdet Euch nicht mehr erinnern, Sir Robert«, sagte Royston, »aber ich wurde als Kind einmal nach Bidnold Manor mitgenommen.«

»Tatsächlich?«

»Von Lady Bathurst. Sie war meine Patin.«

»Violet Bathurst war Eure Patin?«

»Ja.«

»Ist das nicht ein Zufall, Papa?«, meinte Margaret.

»Ja«, stammelte ich. »Wahrhaftig …«

»Ich weiß noch, dass ich mich eine Weile bei Eurem Dienstboten aufhielt, da meine Patin etwas Privates in Eurem Haus zu erledigen hatte, wobei ich nicht anwesend sein durfte. Und dieser Mann war sehr freundlich zu mir.«

»Ach. Der gute Will. Ich bin sicher, dass er es war. Doch, ja, er muss es gewesen sein.«

Aber im Stillen musste ich an jene reichlich peinliche Geschichte denken, als Violet in großer Hast in meinem Haus erschien, in Begleitung eines recht bezaubernden kleinen Jungen, den sie zu seinen Eltern oder seiner Schule oder wer weiß wohin (ich habe damals nicht darauf geachtet) zurückbringen sollte, und sofort zu mir eilte, damit sie und ich unverzüglich zu einem unserer schamlosen sexuellen Exzesse schreiten konnten, ehe sie ihre Reise fortsetzen würde.

Ich konnte ein flüchtiges Lächeln nicht verhindern. Ich nahm einen Schluck Wein und sagte: »Ach, die liebe Violet. Sie und ich waren gute Freunde. Ich schwöre Euch, Royston, dass ich alles tat, um sie zu retten, als der Krebs kam. Doch es gelang mir nicht.«

»Ich weiß, Sir Robert. Und sie sprach immer sehr zärtlich von Euch.«

Einen Moment lang versanken wir in Schweigen. Mein

Suppenteller wurde weggetragen und ein Stück Hühnchen vor mir hingestellt.

An Fubbs gewendet sagte ich: »Euer Gnaden, habt Ihr Nachricht von Bidnold? Ich schickte Will Gates einen Brief aus der Schweiz, doch ich bekam keine Antwort.«

»Nein«, sagte Fubbs. »Wir haben nichts gehört. Nicht wahr, Margaret?«

»Nein. Aber gewiss ist alles in Ordnung, Papa. Briefe aus der Schweiz gehen häufig verloren.«

Offenbar auf ein Zeichen von Fubbs wünschten die beiden Frauen uns nach dem Essen abrupt eine gute Nacht, verschwanden in ihre Gemächer und ließen mich mit Julius Royston allein.

Ich war ebenfalls müde und verspürte das heftige Verlangen, mein Haupt niederzulegen. Doch kaum waren die Frauen gegangen, beugte Royston sich, das Gesicht mit einem Mal beetenrot, überraschend zu mir herüber und erklärte: »Ich muss Euch dies sagen, ehe mich mein Mut verlässt. Ich will es nicht aufschieben, denn die Sache ist sehr einfach, Sir. Ich liebe Margaret. Ich liebe Margaret von ganzem Herzen und mit ganzer Kraft. Ich liebte sie vom ersten Augenblick an. Sobald ich sie sah, war ich verloren ...«

»Aha ...«

»Sir Robert, ich habe Margaret gebeten, meine Frau zu werden, und sie hat zugestimmt. Und ich weiß, wir werden das glücklichste Paar in ganz England sein, wenn Ihr Euer Einverständnis zu unserer Ehe gebt.«

Sein Anblick war zu Herzen gehend – das Gesicht so rot, die Locken plötzlich feucht und die Hände jetzt flehend wie zum Gebet ineinandergeflochten. Etwas an ihm rührte mich sehr.

»Lasst uns«, sagte ich, »dies in aller Ruhe besprechen. So wie Ihr es vermutlich auch mit Eurem Vater besprochen habt. Was sagt Lord Delavigne zu der Verbindung?«

»Oh, er freut sich von Herzen! Er hält Margaret für bezaubernd, was sie auch ist, was sie wahrhaftig ist. Keine Frau, die bezaubernder wäre, hat je diese Welt betreten ...«

»Hätte er nicht vielleicht darauf gehofft, Ihr würdet Euch Eure Braut aus vornehmerer Familie als der meinen wählen?«

»Nun, was die ›Vornehmheit‹ angeht, da spricht Seine Majestät sehr viel herzlicher von Euch als von manch vornehmem Lord am Hof. Doch das ist unwichtig. Ich bin der jüngste von vier Söhnen. Alles, was er für mich wünscht, ist ein guter Platz in der Welt und dass ich glücklich bin. Aber ich werde niemals glücklich sein, Sir Robert, es wird niemals auch nur ein Quäntchen Zufriedenheit in meinem Leben geben, wenn ich Margaret nicht zu meiner Gemahlin machen kann. Bitte gebt Euer Einverständnis! Oh, ich flehe Euch an, quält mich nicht, sondern sagt, dass Ihr uns Euren Segen erteilt und der Heirat zustimmt!«

Ich schenkte Royston etwas Wein ein und reichte ihm das Glas, und er trank durstig.

Dann nahm ich selbst einen Schluck und sagte: »Eine glückliche Ehe ist ein viel begehrtes Gut auf der Welt. Meine eigene war kurz und voller Leid. Und daraus folgte, dass ich immer darum gebetet habe, Margaret möge glücklicher werden als ich. Aber sie ist sehr jung, Royston. Sie ist erst achtzehn. Und weiß wenig von der Welt und von den Männern ...«

»Ich werde sie alles lehren, was sie nur wissen möchte. Ich will für sie sorgen, und all mein Bemühen wird allein ihr gelten. Ich werde ihr niemals Tanzstunden oder Musikstunden oder Geografiestunden oder was ihr Herz sonst noch begehrt, verbieten. Ich werde kein Gefängnis um sie herum bauen, so wie manche Männer es um ihre Frauen errichten, und das schwöre ich. Sie wird meine Frau sein, aber sie wird immer Margaret bleiben.«

So leidenschaftlich waren Roystons Gefühle, dass ihm Tränen in die Augen traten. Er wischte sie weg und fuhr fort: »Ihr kennt mich nicht, Sir Robert. Wenn Lady Bathurst noch lebte, könnte sie sich für mich verbürgen, aber sie lebt nicht mehr. Ihr mögt denken, ich hätte nicht schon jetzt um Margarets Hand anhalten, sondern noch warten sollen, doch ich konnte nicht warten. Ich konnte nicht warten, weil alle fürchten, dass der König stirbt. Und wie hätte ich Euch mit dieser Angelegenheit kommen können, wenn Seine Majestät gerade im Sterben liegt? Dann hättet Ihr keine Zeit für mich. Deshalb muss ich Euch jetzt fragen. Jetzt, heute Abend. Und ich bitte Euch, mir zu antworten!«

Ich blickte den jungen Mann herzlich an. Etwas in mir *beneidete ihn* um seine Leidenschaft, seine Zuversicht, sein Rotebeetegesicht. Ich wusste, dass ich nie so tief empfunden hatte wie er, und ich beschloss im selben Augenblick, dass ich richtig handelte, wenn ich ihn sofort aus seinem Elend erlöste. Die erste Liebe ist häufig die größte Liebe und sollte nicht verhindert werden.

Und dennoch konnte ich ihm keine Antwort geben, solange ich nicht persönlich mit Margaret gesprochen hatte. Ich sagte, er solle hier am Kamin der Herzogin warten, ich würde Margaret aufsuchen, mir von ihren Gefühlen berichten lassen und wieder zu ihm zurückkehren und meine Antwort geben.

Gegen diesen Vorschlag konnte er nichts einwenden und tat es auch nicht. Als ich zur Tür ging, rief er mir hinterher: »Margaret liebt mich! Sie hat es mir geschworen!«

Sie saß aufrecht im Bett und las einen Brief von ihrer Freundin, Mary Prideaux.

»Vielleicht von Cornwall?«, fragte ich.

»Ja, genau. Sie hat neunundvierzig Kaurischnecken gesammelt.«

»Eine schöne Leistung. Hat sie auch Papageientaucher gesehen?«

»Die erwähnt sie nicht. Hast du mit Julius gesprochen, Vater? Hat er dich gefragt –«

»Ja, das hat er.«

Margaret legte ihren Brief beiseite und schlang ihre Arme um meinen Hals. »Ich weiß«, sagte sie, »dass du sagen wirst, es sei zu überstürzt. Doch uns erscheint es nicht so. Wir wussten schon in dem Augenblick, als wir uns begegneten, dass es sein musste. Julius ist der liebste, reizendste und klügste Mann überhaupt, Papa. Mit der Zeit wirst du es auch merken. Und wenn wir nicht zusammenkommen dürfen, werde ich sicherlich eine der unglücklichsten und elendesten Frauen auf der ganzen Welt sein, und alles, was mir zu tun bliebe, wäre, mich in einem Kloster zu verstecken und von Wasser und Brot zu leben.«

»Wasser und Brot?«, sagte ich. »Das darf nicht sein.«

In diesem Moment schwirrte Fubbsy, in wehendem pfirsichfarbenem Nachtgewand und einer Spitzenhaube auf ihren Locken, ungebeten ins Zimmer. »*Et alors?*«, sagte sie. »Ich hörte Eure Stimme, Merivel. Hat Royston Euch gefragt? Ist alles geregelt? Sagt nicht, Ihr habt abgelehnt!«

Fubbsy ließ sich neben uns auf dem Bett nieder. Ohne eine Antwort auf ihre Frage zu erwarten, begann sie mit einer Lobeshymne auf den ehrenwerten Julius Royston und erinnerte mich daran, aus welch angesehener Familie er kam und dass alle jungen Frauen am Hof »verrückt vor Eifersucht« auf Margaret seien, weil sie sein Herz gestohlen hatte.

»Und sie lieben einander so sehr!«, fuhr sie fort. »Ich habe noch nie zwei verliebtere Turteltäubchen gesehen. Sogar der König ist mit mir einer Meinung, dass Ihr rasch Euer Einverständnis zu der Ehe geben müsst. Wir werden Euch dann bei der Planung einer prächtigen Hochzeit im Frühling helfen. Auf Eurem herrlichen Bidmolch.«

»Bid*nold*, Euer Gnaden.«

»Gut, dann eben Bidnold. Sehr seltsames Wort. Doch der König ist dort glücklich. Und es wird Seine Majestät beleben, eine Maienhochzeit in Norfolk zu planen.«

Eine Maienhochzeit.

Ich war so meilenweit davon entfernt, Margaret von meiner eigenen Verlobung mit Louise zu erzählen, dass ich mich noch nicht einmal von dem Gedanken, es auch nur zu versuchen, beunruhigen ließ. Ich blickte in die zwei leuchtenden Gesichter vor mir, in die hoffnungsvollen großen Augen, die sich nach Glück sehnten, und entschied mich dazu, ihnen und dem jungen Mann, den ich am Kamin hatte warten lassen, nachzugeben.

»Dann soll es sein«, sagte ich. »Es soll sein.«

Ich kehrte zu Julius zurück und überbrachte ihm die gute Nachricht, und er verneigte sich tief vor mir, dankte und küsste mir die Hand und versprach bei seinem Leben, dass ich meine Entscheidung nicht bereuen würde.

»Da ist nur eines noch, Royston«, sagte ich. »Solltet Ihr in der Erwartung leben, dass Margaret eine große Mitgift erhalten wird, dann täuscht Ihr Euch.«

»Nein, nein …«, begann er.

»Ich lebe hauptsächlich vom *loyer*, den der König mir jedes Jahr zahlt. Er ist großzügig, aber ein Vermögen habe ich nicht angesammelt. Es reicht gerade, um meinen Besitz zu erhalten, zu mehr nicht. Margaret wird Bidnold Manor erben, wenn ich gestorben bin, aber jetzt habe ich ihr wenig mitzugeben.«

»Das ist nicht von Belang für mich, Sir Robert. Wie Ihr wisst, ist mein Vater sehr reich und wird uns ein Haus in London besorgen. Doch ich strebe danach, mit meiner Landschaftsgestaltung einen eigenen Weg zu finden. Gärten beleben den Herzschlag der Engländer. Das habe ich überall beobachtet.«

»Ja, ich glaube, da habt Ihr Recht. Ich habe es auch bemerkt.«

»Selbst in armen Dörfern gibt es Gärten, und nicht nur für Gemüse und Federvieh, sondern auch für Bergastern, Vergissmeinnicht und Kletterrosen. Und wenn Männer, die auf dem Weg zu Geld und Erfolg sind, erst einmal ein Porträt von sich und ihrer Gemahlin und ihren Hunden besitzen, denken sie folgerichtig an Gartenlauben und Seen und Brunnen und andere Verrücktheiten in ihren Parks. Weshalb es mir nicht an Aufträgen mangeln wird, da bin ich sicher.«

»Gut«, sagte ich. »Es gefällt mir, dass Ihr Euch in einem Beruf Eurer Wahl selbständig machen wollt.«

»Und wenn ich mich dann erfolgreich niedergelassen habe, hoffe ich, dass Margaret und ich Kinder haben werden. Ich weiß, dass ihre eigene Kindheit ein wenig einsam war …«

»Das stimmt.«

»Nicht, dass das Eure Schuld gewesen wäre, Sir Robert … wo Eure Gemahlin doch gestorben war. Es ist nur unsere Hoffnung –«

»Eine große Familie zu haben.«

»Ja. Und in meiner Fantasie sehe ich Margaret schon mit unseren Kinderchen.«

Und erst in dem Moment, als Julius Royston die wunderschöne Zukunft erwähnte, die er mit meiner Tochter und ihren Söhnen und Töchtern plante, keinen Moment früher, bemerkte ich, dass meine Angst im Hinblick auf Margaret ein plötzliches, wundersames Ende gefunden hatte.

Es schien mir, als habe diese Angst sich in meiner Brust seit einer unsagbaren Anzahl von Tagen und Monaten wie ein wachsender Tumor ausgebreitet und als sei jetzt ein gewaltiger (aber schmerzloser) Schnitt vorgenommen worden, der das Gewächs beseitigt und mein Herz von Kummer befreit hatte. Tatsächlich schien mir all meine Besorgnis (die Violet Bathurst mir eingeflüstert hatte) – dass der König Margaret verführen und ihr Leben zerstören könnte – jämmerlich und verblendet gewesen zu sein. Ich hatte das sichere Gefühl, dass keine derartige Verführung jemals stattgefunden hatte.

Ich lehnte mich in meinem Stuhl zurück und sah Julius Royston an. Er war kein papierener Bräutigam. Er war ein junger, in Liebe entbrannter Mann. Ich atmete einmal sehr tief und zufrieden aus.

»Ich hoffe«, sagte ich, »dass sowohl Seine Majestät als auch ich diese Eure Kinderchen noch erleben werden.«

Es war spät, als ich mich endlich in das Zimmer zurückzog, das die Herzogin mir zugewiesen hatte, doch ich wusste, dass mich noch eine letzte Aufgabe erwartete: Ich musste erneut an Will schreiben.

Lieber Will, schrieb ich,
ich bin kürzlich nach Whitehall gekommen, weil der König, der sich ein wenig unwohl fühlt, um meine Rückkehr aus der Schweiz bat. Ich werde Seine Majestät morgen sehen und bete darum, dass seine Unpässlichkeit nur vorübergehend ist und rasch verschwinden wird.
Sobald er wieder wohlauf ist, werde ich nach Bidnold zurückkehren. Ich bin ein wenig besorgt, weil ich nichts von Dir gehört habe, Will. Bitte schreib mir hierher, um mich zu beruhigen, dass alles in Norfolk seinen ruhigen Gang geht, ohne Missgeschicke oder Katastrophen.
Miss Margaret ist wohlauf, und ihre Stellung bei der Herzogin von Portsmouth gefällt ihr sehr. Es gibt einige Neuigkeiten, die ihre Zukunft betreffen und von denen ich Dir gern berichten werde, wenn wir uns demnächst auf Bidnold wiedersehen.
Unterdessen verbleibe ich
Dein Dir zugeneigter Dienstherr und Freund
Sir R. Merivel

31

Der folgende Morgen begann kalt, aber hell und mit einer strahlenden Sonne.

Auf Fubbsys Drängen hin begab ich mich, sobald ich gefrühstückt hatte, in die Gemächer des Königs und fand ihn am Fenster stehend, wie er in den strahlenden Tag hinausblickte. Als er sich umdrehte und mich sah, rief er: »Merivel! Ich träumte, du wärst unter einem Schweizer Gletscher begraben. Dein so geliebtes Gesicht lag vollkommen zerquetscht unter Bergen von Eis, und du konntest mich nicht hören.«

»Nun, zum Glück bin ich keineswegs erfroren, Eure Majestät, sondern stehe hier vor Euch und kann Euch sehr gut hören.«

Der König, der sehr blass aussah, hinkte mir entgegen, umarmte mich und setzte einen schmatzenden Kuss auf meine Wange. Mit uns in seinem Raum war auch Thomas, Lord Bruce, einer der Kammerherren des Königs, der mir gegenüber stets sehr zuvorkommend gewesen war. Er sagte: »Nun, da Ihr hier seid, um Seine Majestät zu erheitern, Sir Robert, wird er gewiss bald wieder bei guter Gesundheit sein.«

»Bruce und ich wollten gerade zu einer Ausfahrt aufbrechen«, sagte der König, »und uns die neuen Flamingos im Park ansehen, doch Bruce wird nichts dagegen haben, nicht wahr, Thomas, wenn Merivel mich stattdessen begleitet?«

»Nein, Sire«, sagte Bruce. »Ganz und gar nicht. Aber ich rate Euch, bleibt nicht zu lange draußen und legt Euch einen Pelz über die Knie.«

Eine Ausfahrt allein mit dem König in einer seiner vielen Karossen war etwas, was ich nur selten gemacht hatte, und so konnte ich nur staunen, wie ich da plötzlich in Pelze gehüllt im Wagen saß und vier Schimmel uns durch den kalten, hellen Wintermorgen zogen.

Weil ich wusste, welch furchtbare Ängste die Krämpfe des Königs bei Fubbsy ausgelöst hatten, und weil ich sah, wie blass und müde er wirkte, konnte ich es nicht unterlassen, ihn nach seinem Befinden zu fragen. Ich hatte erwartet, er werde meine Frage leichthin übergehen, doch das tat er nicht. Er blickte hinaus zu den Menschen, die im Park lustwandelten, und sagte: »Ich möchte sie nicht verlassen, Merivel, all diese Menschen, die auf und ab spazieren und ihrer Wege gehen und gemeinsam dieses kostbare Gebilde England formen. Doch ich beginne zu glauben, dass meine Zeit gekommen ist. Dabei gibt es so vieles, was ungetan geblieben ist.«

Ich wusste nicht, was ich zu dieser traurigen Äußerung sagen sollte. Der König hatte niemals in seinem Leben einfach nur grundlos um Sympathie geworben, weshalb ich wusste, dass er das, was er sagte, auch glaubte. Und wenn er glaubte, dass er bald sterben würde, nun, dann wusste ich, dass ich es auch glauben musste. Und das machte mich für einen Moment sprachlos.

»Als meine Mutter noch lebte«, fuhr der König fort, »sagte sie zu mir, ich solle mich, bevor ich diese Welt verließe, zu ihrer Religion, zur römisch-katholischen Kirche, bekennen. Mein Bruder hat konvertiert, aber ich habe es nicht getan, Merivel. Ich habe es deshalb nicht getan, weil es politisch unklug gewesen wäre. Doch nun dürstet meine Seele plötzlich danach. Was soll ich tun?«

»Wenn Eure Seele danach dürstet, Sire, nun, dann meine ich, Ihr solltet einen Priester rufen und Euer Gelübde ablegen.«

»Fürwahr. Doch so einfach ist es nicht. Es würde einen Aufschrei geben, nicht nur von jedem Einzelnen im Kronrat, sondern weit darüber hinaus. Der König von England kann nicht nach Rom überwechseln, ohne dass es zu einem schlimmen kirchlichen und politischen Skandal führt. Die einzige Möglichkeit besteht in einer privaten Zeremonie, bei der niemand außer dem Priester anwesend ist; damit würde es eine Angelegenheit zwischen mir und Gott und dem Geist meiner Mutter bleiben. Nur weiß ich nicht, wie ich, der ich Tag und Nacht von Ärzten umgeben bin, einen katholischen Priester in meine Gemächer schmuggeln könnte. Würdest du deine Gedanken daran wenden, wie sich ein Weg finden ließe?«

»Das werde ich, Sire.«

»Ich wünschte, *du* wärst ein Priester, Merivel, und wir könnten es hier und jetzt in der Kutsche tun, ohne irgendwelche Zeugen.«

»Ach je«, sagte ich, »was wäre ich für ein Priester! Ich hätte gar keine Zeit für meine Herde, weil ich so sehr mit der Beichte meiner Sünden und dem Buße-Tun beschäftigt wäre.«

Der König lachte und zwickte mich in die Nase; und als er bemerkte, dass wir schon bei der Stelle waren, wo die Flamingos sich versammelt hatten, befahl er dem Kutscher zu halten.

»Sieh sie dir an«, sagte er. »Gab es jemals einen erstaunlicheren Vogel?«

Wir betrachteten die rosafarbenen Beine, die geschwungenen Hälse und den zarten Korallenton, in dem ihre Spiegelbilder im Wasser schimmerten. Ich registrierte auch die feine Anmut, mit der sie sich bewegten.

»Es gibt auf der Welt«, erklärte ich, »eine große Anzahl von Wundern, die ich nie gesehen habe und nie sehen werde.«

»Fürwahr. Ich bin der König von England, aber auch ich werde sie nicht sehen. Und deshalb habe ich Krokodile und Kasuare hierher nach St. James' bringen lassen. Ist deine Madame de Flamanville denn ebenfalls von Vögeln und Säugetieren fasziniert?«

»Oh …«, sagte ich, irritiert durch die unangekündigte Einführung von Louise ins Gespräch, »ich glaube schon. Das Schicksal von Clarendon hat sie sehr bewegt.«

Ich sah weiter hinaus zu den Flamingos, spürte aber sehr deutlich den Blick des Königs. Endlich sagte er: »Und was ist mit ihr, Merivel? Hast du sie ihrem Schweizer Gardisten zurückgegeben?«

»Nein. Oberst de Flamanville ist tot. Er wurde in einem Duell getötet.«

»Einem Duell? Wir hatten gedacht, die seien gänzlich aus der Mode gekommen. Doch wie vorteilhaft. Da kannst du sie nun heiraten, wenn du es wünschst. Ist es denn dein Wunsch?«

In diesem Augenblick erschreckte irgendetwas die Flamingos, sie erhoben sich und flogen wie eine flatternde Wolke rosiger Magnolienblätter rund um den See, um am gegenüberliegenden Ufer wieder zu landen. Ich wandte mich zum König um und sagte: »Ein anderes Verlöbnis beschäftigt mich seit meiner Rückkehr, Sire, und das ist das Verlöbnis meiner Tochter mit Julius Royston.«

»Ach, wirklich«, sagte der König. »Und was sagst du dazu? Fubbs ist völlig begeistert. Sie ist ganz vernarrt in deine Tochter und in Julius Royston. Wirst du deine Zustimmung geben?«

»Was wisst Ihr über Royston, Sire?«

»Nun …«, und jetzt beugte sich der König zu mir herüber und flüsterte in mein Ohr.

»Sag es niemandem, Merivel, nicht einmal Margaret, denn ich habe größte Achtung vor Lord Delavigne und möchte weder ihm noch seiner Familie Ungemach oder Kummer bereiten. Aber ich habe immer geglaubt, dass Julius Royston mein Sohn ist.«

»Euer Sohn?«

»Hortensia Delavigne und ich … nun, es war eine Angelegenheit von einer Nacht, so wie auch jene mit Lady Bathurst …, doch neun Monate später erfolgt die Geburt von

Julius, und er ähnelt nicht Delavigne, der eher rötlich und sommersprossig ist; er ähnelt mir.«

Ich starrte den König an. Die Vorstellung, meine Tochter würde ein Kind des Königs heiraten – selbst wenn keiner der beiden es wusste –, erschien mir absolut ungeheuerlich.

»Natürlicherweise empfinde ich eine väterliche Zuneigung zu Julius. Und Margaret ist die vollkommene Ergänzung für ihn, zumindest erscheint es mir so. Ihre Natur ist von ähnlich liebenswürdiger und zärtlicher Art, und Margaret wird ihn bei seiner Arbeit der Landschaftsgestaltung unterstützen. Ich werde ihm einen kleinen Auftrag für einen neuen See mit einem kleinen Gehölz in Newmarket erteilen. Falls ich noch bis zum Sommer lebe.«

Ich wusste, dass ich Louise schreiben und es nicht wieder aufschieben sollte, so wie ich es schon einmal getan hatte, was ihr großen Kummer bereitete.

Und während ich an sie und ihr ungeniertes Verlangen nach *Jouissance* dachte, spürte ich eine leichte sexuelle Erregung in mir, und ich überlegte, ob ich mich nicht am Nachmittag zur London Bridge begeben und meine liebe Dirne, Rosie Pierpoint, besuchen könnte. Und ich dachte, wie mich das trösten und wie ich mich in ihren Armen wie ein verwöhntes Kind aufführen würde, ohne schlechtes Gewissen und ohne Verantwortung.

Unterdessen schrieb ich Folgendes an Louise:

Meine liebe Louise,
ich bin sicher in Whitehall angekommen, wohin ich gerade von einer kleinen Ausfahrt mit Seiner Majestät zurückkehre, nachdem wir die Flamingos im St. James' Park besichtigten. Daran erkennst Du, dass für seine Gesundheit keine unmittelbare Gefahr zu bestehen scheint, und doch bleibt eine gewisse Angst. Die Wunde an seinem Bein schmerzt ihn viel, und er ist sehr blass. Ich werde ihn wie-

der nach dem Abendessen sehen, wenn er die Gemächer
der Herzogin aufsucht.

Ich denke sehr viel an Dich und hoffe, dass Du wohlauf
bist und der Baron ebenfalls und auch Constanza und dass
der Winter euch freundlich behandelt. Es ist kalt hier, aber
die Sonne scheint.

So, und nun muss ich zu meiner Hauptneuigkeit kom-
men, Louise, und die lautet wie folgt: Margaret hat sich,
mit meinem Einverständnis, mit dem ehrenwerten Julius
Royston verlobt, dem jüngsten Sohn von Lord Delavigne.
Wir alle hier, der König eingeschlossen, freuen uns über
diese Verbindung, denn er ist ein feiner junger Mann, und
das Paar ist höchst zufrieden. Und da sie jung und leiden-
schaftlich sind, wollen sie mit der Hochzeit nicht bis über
den Frühling hinaus warten, und darum ist jetzt der Mai
als Datum festgesetzt.

Ich werde die Hochzeit auf Bidnold ausrichten und, da
es so viel vorzubereiten und zu beaufsichtigen gibt, nicht
in der Lage sein, vor Juni in die Schweiz zurückzukehren.
Deshalb wird unsere eigene Feier leider aufgeschoben wer-
den müssen.

Ich weiß, das ist für Dich wie für mich ärgerlich. Aber sei
versichert, dass ich mich, sobald Margaret Braut geworden
ist, unserer eigenen Zukunft zuwenden werde.

Zusammen mit diesem Brief schicke ich – als Zeichen mei-
ner Hochachtung für all Dein wissenschaftliches Bemü-
hen und meiner beständigen Zuneigung zu Dir – einige
Salbeiblätter, die all die Winterstürme und Schneetreiben
überlebt haben.

Dein bescheidener Kavalier
R. Merivel

Ich las diesen Brief mehrere Male und war entsetzt von seiner Kälte und Unpersönlichkeit. Ich hatte nicht beabsichtigt,
ihn so kalt und unpersönlich zu formulieren, doch ich sah

deutlich, dass genau das geschehen war, und ich schämte mich ein wenig, fast wie über eine schlecht gelöste Schulaufgabe. Doch mir fehlte die Geduld, ihn umzuschreiben.

Dann begann mich etwas anderes zu quälen. Als Margarets zukünftige Schwiegermutter müsste Louise de Flamanville von Rechts wegen zur Maihochzeit nach Bidnold eingeladen werden. Und das würde ihr vielleicht durchaus bewusst sein; sie würde in dem Brief nach einer Einladung suchen und, da sie keine fände, sehr traurig sein.

Doch obgleich ich es viele Male versucht hatte, konnte ich mir Louise de Flamanville nicht in der Rolle der Herrin von Bidnold vorstellen. Tief in meinem Herzen bewahrte ich die Erinnerung an jenen Moment, als Louise erklärte, mein illustrierter Almanach für Will Gates sei »viel zu schön« als Geschenk für einen Dienstboten. Und daraus ergab sich mein Eindruck, dass sie nicht *verstehen* würde, wie mein Haus organisiert war und wie meine Loyalitäten sich darin verteilten – dass sie auch Cattlebury in seinem ganzen verschwitzten Irrsinn galten und dass ich keinen meiner lang gedienten Hausangestellten wegschicken konnte.

Ich versiegelte den Brief und brachte ihn auf den Weg, damit ich mich nicht dazu gezwungen sähe, ein Postskriptum anzufügen, in welchem ich Louise nach England einlud.

Nachdem ich beim Postamt gewesen war, schlug ich die Richtung zur London Bridge ein, denn mein Verlangen nach Rosie war inzwischen sehr stark. Doch kaum war ich losmarschiert, hielt Fubbsys Kutsche neben mir, und Fubbs zog mich in den Wagen und begann, mich nach dem Befinden des Königs zu befragen, und so wurde ich, unter einem Ansturm von Fragen, wieder zurück in ihre Gemächer gefahren, und all meine einer Laune entsprungenen Gelüste verließen mich.

Das Nachtmahl an jenem Abend, zusammen mit Fubbs, Margaret und Julius, war angeregt und fröhlich. Später kamen noch Lord und Lady Delavigne hinzu, die sich mir ge-

genüber freundlich und höflich verhielten und mir mit großem Stolz einen prächtigen Diamantring zeigten, den Julius
dann Margaret auf den Finger schob.

Woraufhin der rötliche Lord Delavigne vor Glück zu
schluchzen begann (und sich mir mit dieser Tränenseligkeit
sympathisch machte; sicher hatte er, genau wie ich, im Laufe
der Jahre manch Taschentuch verbraucht). Er wischte sich
die Augen, legte den einen Arm Margaret und den anderen
seinem jüngsten Sohn um die Schultern und hielt aus dem
Stegreif eine kurze Rede über die flüchtige Natur menschlichen Glücks und dass man es fangen müsse, und zwar mit
einem, wie er sagte, »kühnen Vorstoß«, so wie man einen
Schmetterling im Netz fängt.

»Oh, um ihn dann *aufzuspießen*, wirst du jetzt so fortfahren, Delavigne?«, neckte ihn Lady Delavigne.

»Nein, Hortensia, ganz und gar nicht. Falls du mit ›auf-
spießen‹ sagen willst, dass ich damit etwas wie beherrschen
oder versklaven meine, was ich jedoch nicht hoffe, dann irrst
du gewaltig. Denn wann in dreißig Jahren bist du jemals von
mir ›aufgespießt‹ worden – außer im Ehebett und auf dein
eigenes Verlangen hin?«

»Also *wirklich*, Delavigne! Welch schockierende Rede in
Anwesenheit von Sir Robert!«

»Ich sage nichts Schockierendes. Ich sage nur, dass Glück
ein seltenes Gut ist und ergriffen werden sollte, wo es sich
bietet.«

»Wie richtig«, sagte Hortensia. »Und darum bitten wir
sehr eindringlich.«

Diese Szene hatte die Delavigne-Familie einander sehr nahe gebracht, aber ich konnte nicht umhin, Hortensia Delavigne zu beobachten, die immer noch eine gewisse Schönheit
besaß. Ich fragte mich, unter welchen Umständen sich ihr
wohl die Gelegenheit »geboten hatte«, das Bett mit dem König zu teilen, und ob sie sie rasch oder zögerlich ergriffen
hatte und was sie wohl später darüber dachte.

Ich war überzeugt, dass auch sie wissen musste – es zumindest vermutete –, dass Julius der Sohn des Königs war, aber dreiundzwanzig Jahre lang kein Wort davon hatte verlauten lassen, nicht einmal, um irgendwelche Vorteile von Seiner Majestät zu erlangen. Und ich dachte, das verrate nur Gutes über ihren Charakter und ihre Liebe zu Delavigne.

Dann kam der König herein, und wir begannen, voller Begeisterung Bassette zu spielen. Dieses Kartenspiel, ein wahres *divertissement*, beruht so gut wie gar nicht auf Geschick, sondern fast ausschließlich auf Glück. Und wir spielten es rücksichtslos, mit hohen Einsätzen und unter großem Gelächter. Das Lachen zauberte wieder ein wenig Farbe in das Gesicht des Königs. Und ich meinerseits war höchst entzückt über eine Glückssträhne, die mir am Ende mehr als zwanzig *livres* Gewinn einbrachte. Was mich jedoch wieder zum leidigen Thema Geld führte. Ich musste daran denken, dass die Hochzeit auf Bidnold sehr kostspielig werden würde, weil sie äußerst prächtig und im großen Stil gefeiert werden sollte, und ich wusste nicht, wie sich das bewerkstelligen ließ.

Später erschien einer von Fubbsys französischen Sängern und trug uns liebliche Weisen vor, und wir verstummten alle und dachten an die kommende Zeit und was sie uns wohl an Glück und Unglück bringen würde. Und ich sah, dass Fubbsy unterdessen traurig den König anblickte, und dachte, dass sie ihn von all seinen Mätressen vielleicht am meisten geliebt und ihm die größte Freude und den meisten Trost geschenkt hatte. Und es schmerzte mich der Gedanke, dass sie, wenn der König stürbe, vom Herzog von York verstoßen würde. Ihre Gemächer würden anders vergeben werden, und sie verlöre alles an Ansehen und Stand.

Doch so sieht es heutzutage aus. Und so sieht es bei jedem von uns aus. Das ist der Lauf der Welt, ganz gleich, wie hart wir arbeiten und streben. Wir werden niemals wissen, wann uns etwas gegeben und wann es uns genommen wird.

32 ✍

Ein seltsames Bild empfing mich am folgenden Morgen: Fubbs, einen veritablen Rosengarten von Papierlockenwicklern auf dem Kopf, die Wangen vom Weinen scharlachrot, beugte sich über mich und flehte mich an, ihr zu helfen.

»Was ist, Euer Gnaden?«, fragte ich.

»Ein neuer Anfall!«, stammelte sie. »Diesmal viel heftiger. Und ich darf nicht zu ihm, sagt Lord Bruce, weil die Königin dort ist. Ihr müsst zu ihm, Merivel. Er ist bewusstlos! Er wacht vielleicht nie mehr auf. Bitte, ich flehe Euch an, geht für mich zu ihm.«

Ich kleidete mich so rasch ich konnte an. Eine von Fubbsys Kammerzofen brachte mir eine Tasse Schokolade, und ich trank sie dankbar. Ich brauchte noch einen Moment, um meine chirurgischen Instrumente zu reinigen, und begab mich dann zu den königlichen Gemächern. Margaret ließ ich bei Fubbs, die halb ohnmächtig war vor Kummer und Angst.

Die Anzahl der Wachen vor der äußeren Tür war auf sechs angewachsen. Die Männer blickten schrecklich grimmig, fast wie Menschen, die einer Hinrichtung beiwohnen müssen. Aber einer erkannte mich und ließ mich in das Gemach des Königs eintreten, das schon völlig überfüllt war.

Ich drängte mich durch die Menge aus Kronräten, Bischöfen, verschiedenen Kammerherren, Dienstboten und Ärzten und erblickte endlich Königin Catherine, die am Bett Seiner Majestät kniete. Es schien, als schwebte sie auf ihren weiten schwarzen Röcken, während der König bereits zu seiner Fahrt auf dem schnell fließenden Styx aufgebrochen zu sein schien – einer protestantischen Verdammnis entgegen, vor der die Königin in ihrer schwachen katholischen Barke ihn zu bewahren versuchte.

Er lag, der Königin zugewandt, auf der Seite. Ich konnte sein Gesicht nicht sehen, stellte aber zu meiner Bestürzung fest, dass nichts seinen Körper bedeckte, nur sein Nachthemd, das zerknittert und fleckig war. Und an den anderen drei Seiten des Bettes standen Ärzte und praktizierten ihre »Heilkunst« an ihm. Am Arm wurde er zur Ader gelassen. Sein Kopf wurde gerade rasiert. Und genauestens beobachtet von zwei Gebete murmelnden Bischöfen, wurde der königliche Arsch mit Lederschlauch und Schafsblase der Enema-Pumpe traktiert.

Mitleid mit dem König erstickte mich schier. Ich blieb still stehen und sah zu. Und ich dachte bei mir, wie häufig doch mein Beruf in seiner Unzulänglichkeit unnütz und hilflos war, und ich hätte gewünscht, die Doctores würden gehen und Seine Majestät in Frieden lassen. Doch ich konnte nichts tun.

Ich blickte mich suchend nach Lord Bruce um, konnte ihn aber nicht in der Menge entdecken. Dann erblickte ich William Chiffinch, den »Hüter des königlichen Kabinetts«, der dem König während seiner gesamten Regentschaft sehr nahe gestanden hatte. Chiffinch war in jener längst vergangenen Septembernacht des Jahres 1666 zusammen mit mir in den königlichen Gemächern gewesen, als das Feuer ausbrach. Als ich zwei Jahre später nach Whitehall zurückkehrte, hatte er mich wiedererkannt, bei der Hand gefasst und nicht ohne Bewegung gesagt, er sei froh, dass ich nicht in den Flammen umgekommen war.

Jetzt war Chiffinch damit beschäftigt, sieben kläffende Spaniels aus der Hundemeute des Königs an ihren Leinen zu halten. Ich nahm ihm drei Hunde ab, darunter auch Bunting, die mich erkannte, auf und ab sprang und an meinen Strümpfen riss. Ich hob sie hoch und versuchte gleichzeitig, die anderen Hunde zu bändigen, doch nun wollten alle, wie die Kinder, getragen werden, und so setzte ich Bunting wieder ab und rief mit strenger Stimme einen Befehl, und tatsächlich setzten die Hunde sich für einige segensvolle Augenblicke, während Chiffinch mir berichtete, was geschehen war.

»Er ging gegen acht Uhr in seine Toilettenkammer, Sir Robert, und ich wartete draußen. Aber er blieb sehr lange darin, weshalb ich hineinging und sagte: ›Wie geht es Euch, Sire?‹ Er war aschfahl und schien mir nicht antworten zu können, blies nur seine Wangen ein wenig auf.

Ich führte ihn in sein Schlafzimmer, wo sein Barbier Follier auf ihn wartete, um ihn zu rasieren. Follier wünschte ihm einen guten Morgen, doch Seine Majestät sagte nichts, und zusammen mit Lord Bruce half ich ihm auf den Stuhl, und Follier begann mit der Rasur, doch kaum hatte er begonnen, kam ein grässlicher Laut aus dem Mund des Königs, so wie ein Schrei oder das Kreischen eines wilden Tiers, und er sank in den Stuhl zurück.

Wir konnten nur einen schwachen Puls fühlen, und er atmete flach und keuchend. Wir trugen ihn zum Bett und schickten nach den Ärzten und der Königin, und auch nach dem Herzog von York haben wir geschickt, doch der ist noch nicht erschienen, und jemand sagte, er sei gesehen worden, wie er auf dem Fluss ruderte, aber man hat ihn noch nicht gefunden. Alle Männer vom Kronrat sind jedoch herbeigeeilt sowie einige Bischöfe, und ich wünschte, sie wären nicht gekommen, denn sie tun nichts und verstopfen nur das Zimmer und verbrauchen die ganze Luft, die der König atmen sollte.«

Ich schwieg einen Augenblick. Dann sagte ich: »Ich bin hier ebenfalls überflüssig. Sagt mir, was ich tun kann.«

»Nun«, sagte Chiffinch, »Ihr könntet die Hunde ausführen, Sir Robert. Ich fürchte, sonst scheißen sie den Boden voll, und wir treten überall hinein. Seine Majestät geht gewöhnlich um diese Tageszeit mit ihnen spazieren.«

Also machte ich mich mit den sieben Hunden auf den Weg. Und ich sah, dass sich vor den Toren des Palasts eine Menschenmenge versammelt hatte.

Es war ein kalter, aber schöner Tag, und ich führte die Hunde zum Park. Es wollte aber jeder sofort losrennen, weshalb ich besser sagen sollte, *sie führten mich*, und ich war gezwungen, in trippelndem Laufschritt zu gehen, damit ich nicht zurückblieb, während die sieben Leinen sich ständig zu verheddern und mir ein Bein zu stellen drohten.

Kaum hatten die Hunde die Parkluft gerochen, beschlossen sie allesamt, ihr Geschäft zu machen, und ich gestehe, dass ich mich einigermaßen lächerlich fühlte, wie ich da stand und wartete, während sie schissen und pissten und die Menschen, die vorbeikamen, mich mit Abscheu betrachteten, weil ich es einige Hunde auf dem Kiesweg hatte tun lassen und sie nicht ins Gras gezerrt hatte.

Doch dann sprach ein Mann, der an dem Besatz der sieben Leinen erkannte, dass die Hunde dem König gehörten, mich mit ernster Miene an und sagte: »Ich hörte ein Gerücht, Sir, der König liege im Sterben. Dies sind, wie ich weiß, seine Hunde. Könnt Ihr mir sagen, ob das Gerücht wahr ist?«

Ich zog sehr heftig an den Leinen, um die Hunde ein wenig zu zügeln, und ein Schmerz schoss mir in den Arm, als ich antwortete: »Wir wissen es nicht, Sir. Die Ärzte sind bei ihm. Er erlitt heute Morgen eine Art Krampf, und seitdem scheint er zu schlafen. Das ist alles, was ich Euch sagen kann.«

Der Mann starrte mich an. Er war etwa in meinem Alter. Er drehte sich um, blickte in die Richtung von Whitehall und sagte: »Ich war bei seiner Thronbesteigung anwesend. Ich sah sein Schiff flussaufwärts segeln. Ich hörte alle Glocken Londons läuten. Wir nannten ihn unseren schwarzen Burschen, wegen seiner dunklen Locken und der goldenen Hautfarbe. Wir hielten ihn für unsterblich.«

Ich nickte ernst.

»Seid Ihr einer seiner Diener?«, fragte der Mann.

»Ja«, sagte ich. »Ich glaube, so könntet Ihr mich bezeichnen. Sehr viel Zeit meines Lebens verbrachte ich in dem Versuch, ihm zu dienen.«

»Verzeiht, wenn ich mich geirrt habe. Seid Ihr vielleicht ein Lord?«

»Nein, Ihr habt Euch nicht geirrt.«

Jetzt bemerkte ich, dass einige Spaziergänger unsere Unterhaltung mitgehört hatten, und eine kleine Gruppe versammelte sich um uns, und alle machten betroffene Gesichter, als sie hörten, der König sei ernstlich erkrankt. Mitten in der Gruppe jaulten die Hunde und sprangen herum, und die Menschen versuchten sie zu streicheln, als würden sie, wenn sie einen Hund des Königs berührten, Seine Majestät höchstpersönlich berühren.

Eine sehr nobel gekleidete Frau hob Bunting hoch, legte den Kopf der Hündin an ihren Busen und sagte: »Wenn diese Ära endet, was wird dann nur aus England werden?«

»Dann kommt James, der Papist, an die Macht«, knurrte ein anderer Zuschauer, ein Mann von finsterem, cholerischem Wesen, »und von den Weisungen Roms wird alles korrumpiert und verdorben, und England wird in einen weiteren holländischen Krieg gezogen. Und der wird blutig sein und kein Ende haben …«

Und auf diese Äußerungen hin (Voraussagen, die sehr wahrscheinlich sehr richtig waren) erhob sich ein Aufschrei in der kleinen Versammlung, der sich unterdessen weitere Personen zugesellt hatten. Einige riefen: »Nieder mit den Papisten!« und »Rom soll sterben, nicht König Charles!« und »Möge Gott den Herzog von York verfaulen lassen!«

Nach einer Weile bemerkte ich, dass viele *mich* so vorwurfsvoll anblickten, als wäre ich der Herzog oder womöglich der Papst persönlich. Mir erschien das sehr ungerecht und unvernünftig, aber alles, was ich tun konnte, war, die Menge beruhigen. Ich sagte also: »Noch ist das Leben Seiner Majestät nicht zu Ende! Er kann sich wieder erholen. Er kann so alt werden wie die Zeit selber. Bitte, setzt die Hunde wieder auf die Erde, damit ich sie weiter ausführen kann, meine Damen. Bitte, seid so freundlich ...«

Doch sie wollten die Hunde nicht loslassen, und die Menge um mich herum wurde immer größer, und ich wusste wahrhaftig nicht, wie ich entkommen sollte. Und als ich mich fast wie ein Gefangener eingeschlossen sah, konnte ich nicht umhin, an die Unterhaltung mit dem König zu denken, die am Vortag an eben dieser Stelle stattgefunden hatte und in der er mir seinen Wunsch anvertraut hatte, zur Kirche von Rom zu konvertieren. Ich befürchtete sogar, ein Hinweis auf diese heimliche Beichte könnte auf irgendeine Weise in meinem Gesicht zu lesen sein.

Ich langte an den opulenten Busen der Dame, die Bunting hielt, packte die Hündin, drückte sie fest an mich und versuchte, mit den Menschen zu argumentieren. Ich sagte: »Verehrte Damen und Herren, bitte hört mir zu. Pscht, ich bitte euch. Was soll ich machen, wenn Seine Majestät erwacht und nach seinen Spaniels fragt, und keiner ist da? Er gibt sehr viel auf sie und hat sie zu allen Zeiten gern in seiner Nähe. Ich bitte euch dringend, gebt die Tiere jetzt frei, damit ich sie zurückbringen kann.«

Wie schon Oberst de Flamanville und viele andere bemerkt haben, besitze ich keine »natürliche Autorität«, doch mein schwaches Argument obsiegte schließlich – die sieben Leinen immer noch fest umklammernd, schaffte ich es, mich durch die Volksmenge zu schieben und die Hunde heimwärts zu lenken, die in der Sonne fröhlich mit ihren fiedrigen Schwänzen wedelten.

Nachdem ich die Spaniels dem armen Chiffinch zurückgebracht und festgestellt hatte, dass es keine Veränderung im Befinden des Königs gab, außer dass sein Haupt ziemlich kahl und seine Füße mit Blasen übersät waren und der Herzog von York jetzt den Platz der Königin am Bett eingenommen hatte, begab ich mich wieder in Fubbsys Gemächer.

Margaret und Fubbs saßen vor einem großen Kaminfeuer und versuchten zerstreut, eine Partie Rommé zu spielen. Fubbsy hatte ihre Haare von den Papierwicklern befreit und trug eine hübsche Haube über ihrer wilden braunen Lockenpracht.

Kaum sah sie mich, eilte sie auch schon zu ihrer Kognakflasche, die sie immer auf einem kleinen Intarsientischchen stehen hatte, und schenkte uns allen ein Glas ein.

»Erzählt«, sagte sie. »*Erzählt ...*«

Dankbar nahm ich einen Schluck vom Branntwein (dessen Duft mich stets mit Wehmut und ebenso heftigem Verlangen an Laudanum denken lässt) und sagte: »Es gibt keine Veränderung. Aber die Königin hat sich zurückgezogen. Vielleicht lässt man Euch jetzt vor, Herzogin?«

Fubbsy, die ihre Schuhe für das Romméspiel abgestreift hatte, begann sofort, unter dem Kartentisch nach ihnen zu suchen, und streckte dabei ihr breites französisches Hinterteil in die Luft, ganz wie das Hinterteil eines Küchenmädchens, das den Fußboden wischt, und ich empfand allergrößtes Mitleid mit ihr.

Sobald sie ihre Schuhe gefunden hatte, verlangte sie nach ihrem blauen Satinumhang (ein Gewand, das dem König besonders lieb war), hüllte sich darin ein, eilte aus dem Zimmer und ließ mich mit Margaret allein.

Ich sank in einen Lehnstuhl und trank meinen Branntwein. Nach dem Spaziergang mit den Hunden im Park schwitzte ich. Margaret kam zu mir, kniete nieder und legte ihren Kopf in meinen Schoß. Sie schwieg eine ganze Weile, ließ mir Zeit, wieder zu Atem zu kommen, und sagte dann: »Wird er sterben, Papa?«

»Nun«, erwiderte ich, »die Ärzte tun ihr Bestes, ihn umzubringen.«

Fubbs war schon recht lange fort, und ich freute mich für sie, dass sie zum Zimmer des Königs vorgelassen worden war.

Unterdessen unterhielt ich mich mit Margaret über ihre Hochzeit, die, wie sie wünschte, auf Bidnold und nirgendwo sonst stattfinden sollte – die Prideaux-Mädchen sollten ihre Brautjungfern sein »und das ganze Haus voller Blumen und eine große Prozession die Auffahrt hinunter, und die Dorfleute sollen sich anschließen und ihre Trommeln und Tamburine schlagen und dabei Bänder und Blumensträuße in die Luft werfen«.

Ihre Wangen wurden ganz rosig vor Aufregung, während sie sich diesen Tag vorstellte (dessen Bilder mich unwillkürlich an meine eigene Hochzeit »auf dem Papier« mit Celia Clemence im Jahre 1664 erinnerten). Und während ich ihr versicherte, es würde alles genau so arrangiert, wie Julius und sie es wünschten, erfüllten mich die voraussehbaren Kosten doch mit Entsetzen.

Falls der König starb, würde es sofort vorbei sein mit seinem *loyer*. Dafür würde der Herzog von York sorgen. Meine einzige Möglichkeit, für die Kosten von Margarets Hochzeit aufzukommen, bestand darin, dass ich mir von einem Geldverleiher in Norwich eine große Summe mit dem Versprechen lieh, ihm den Kreditbetrag Weihnachten zurückzuzahlen – denn bis dahin hätte ich mit dem Baron de Saint Maurice eine Vereinbarung über Louises Mitgift getroffen. Doch vor diesem Handel – der so schmachvoll war – schreckte ich zurück.

Und ich musste feststellen, dass mein Schweigen gegenüber meiner Tochter zum Thema Louise ebenfalls schmachvoll war, schmachvoll, weil ich sie täuschte, und ich holte tief Luft und wollte gerade ansetzen zu dem Bericht von dem falschen Duell und meinem Versprechen, in die Schweiz zurückzukehren und Madame de Flamanville zu heiraten, als plötzlich die Tür aufflog und Fubbs zurückkehrte.

»Er ist aufgewacht!«, rief sie. »Ich hielt seine Hand, und

zuerst glaubte ich, er erkenne mich nicht, doch als ich mich über ihn beugte, um sein Gesicht zu küssen, flüsterte er: ›Fubbs' Busen‹ und versuchte, mich mit seiner Hand dort zu berühren.«

»Und was sagen die Ärzte?«, fragte ich. »Ist die Krise überstanden?«

»Sie lächeln alle. Sie glauben, ihre Einläufe hätten ihn geheilt. Doch ich konnte nicht bleiben und mit ihnen sprechen, denn der Herzog von York befahl, nach der Königin zu schicken. Wie gern hätte ich den ganzen Tag und die ganze Nacht an seinem Bett gesessen, aber bei diesen Leuten, die sich dort um ihn drängen, gelte ich nichts. Ich gelte nichts!«

Margaret küsste Fubbs auf die Wange und nahm ihr den blauen Umhang ab, und dann umarmten die beiden Frauen sich und weinten.

Erneut begab ich mich hinaus in den kalten, strahlenden Tag.

Beim Geflügelhändler machte ich Halt, kaufte einen fetten Kapaun und sah zu, wie man ihn rupfte und bratfertig machte, dann ging ich zu einem Milchgeschäft und erwarb einen Krug Sahne.

Ich erreichte Rosie Pierpoints Wäscherei auf der Brücke mit dem Läuten der Mittagsglocken. Rosie war mit schwerer Bügelarbeit beschäftigt, während ihre Mädchen Mabel und Marie auf ihren Waschbrettern Wäschestücke einseiften und schrubbten. Es roch sehr stark nach Lauge, und dichter Dampf vernebelte den Raum.

Ich ging zu Rosie und küsste sie auf den Mund, und die Mädchen unterbrachen ihre Arbeit und klatschten Beifall. Ich übergab Rosie den Kapaun und die Sahne und sagte: »Dies ist Euer Abendessen, Mrs. Pierpoint, das Ihr mit Euren Mädchen teilen werdet, der Vogel ist fett und gut. Also entfacht das Feuer im Herd für den Braten, und dann entfacht ein Feuer in Eurem Herzen und nehmt mich in Euer Bett.«

Sie protestierte nicht. Sie legte das halb gebügelte Spitzen-hemd beiseite, gab Marie die Anweisungen für den Kapaun und führte mich nach oben in ihr Schlafzimmer. Ich hörte die Mädchen kichern, als wir die Treppe hinaufstiegen.

Rosie ließ sich langsam von mir ausziehen, und ich schwelgte in der vertrauten Üppigkeit ihres Körpers mit den vollen Brüsten und dem etwas zu dicken Bauch, doch dann flüsterte sie: »Sir Rob, ich hörte ein Gerücht, dass der König stirbt. Sagt mir, dass es nicht stimmt.«

»Es stimmt nicht«, sagte ich. »Er war krank, aber er wird wieder gesund.«

»Seid Ihr sicher, dass er wieder gesund wird?«

»Nein. Sicher scheint mir gar nichts auf der Welt, außer dass mein Schwanz so hart ist, dass es weh tut. Fühl nur. Dein armer Sir Rob ist in eine bedeutsame Geschichte ver-wickelt und zu bedeutsamer Größe angewachsen. Hab bit-te Mitleid mit mir, und mach schnell, denn ich kann nicht warten.«

Später, verausgabt und angenehm erleichtert, begann ich, Rosie sehr zärtlich zu küssen, so wie ich vielleicht eine Ehe-frau geküsst hätte, die mir lieb und teuer ist. Die Vorstellung, dass ich den Rest meines Lebens in Neuchâtel verbringen und nach diesem Sommer vielleicht nie mehr zu ihr kommen würde, machte mir Angst.

33 ⁊

Am nächsten Morgen begab ich mich erneut in die Gemächer Seiner Majestät, in der Hoffnung, dort alles ruhig zu
finden und zu hören, dass er eine erholsame Nacht verbracht
hatte, doch es herrschte nichts als Angst und Panik. Die
Doctores probierten noch mehr Arzneien, und der Herzog
von York flatterte aufgeregt um ihn herum, gab den Befehl
für die Aufstellung eines Wach-Cordons um Whitehall und
unterzeichnete – wohl, weil er befürchtete, der Herzog von
Monmouth oder der Prinz von Oranien könnten eine Re-
volution planen – Papiere, mit welchen die Schließung der
Häfen des Landes für alle, die hinein- oder herauswollten, in
die Wege geleitet wurde.

Woraus ich schloss, dass die Nachrichten über den Zustand des Königs sehr schlecht waren.

Lord Bruce bestätigte mir, dass Seine Majestät um sieben
Uhr einen weiteren Anfall erlitten und seitdem zwar das Bewusstsein wiedererlangt hatte, aber nicht sprechen konnte.

Wegen des Andrangs der Ärzte war es schwierig, sich dem
königlichen Bett zu nähern, doch die meisten von ihnen
kannten mich und meinen Beruf und hatten keinen Zweifel
an meiner Loyalität, so dass ich schließlich doch zum König
vordringen konnte.

Und vor mir entfaltete sich eine entsetzliche Szene. James
Pearse, der Leibarzt des Königs, hatte entschieden, es müsse noch Blut aus der Halsader Seiner Majestät entnommen
werden. Und nun versuchte er, das geschärfte Skalpell bereits
in der rechten Hand, mit der linken die Halsvene zu *finden*,
indem er den Hals des Königs in alle Richtungen quetschte
und presste und drückte, offenbar ohne zu merken, dass sein

Patient, dessen Augen schon aus dem Schädel traten, langsam erdrosselt wurde.

»Ich finde sie nicht!«, rief Pearse gereizt und stach und drückte noch härter. »Da ist keine Vene!«

Die anderen Doctores, die derweil mit Spanischer Fliege und Zugpflastern arbeiteten und Blutegel in die Wunde am Bein des Königs setzten und ihm erneut den Enema-Schlauch einführten, starrten den Leibarzt hilflos an.

»Himmelherrgott!«, brüllte Pearse. »Steht nicht herum wie das blöde Vieh! Einer muss mir helfen, die Halsvene zu finden!«

Keiner rührte sich, woraufhin ich, der ich neben Pearse stand, ruhig sagte: »Ihr erstickt den König, Sir. Wollt Ihr nicht loslassen?«

Erst jetzt schien ihm offensichtlich aufzufallen, dass der Druck seiner linken Hand großes Ungemach bereitete, er nahm sie weg und fluchte dabei vor sich hin. Der König begann zu würgen und erbrach etwas grünlichen Schleim auf das Kissen. Ich holte ein Taschentuch hervor und wischte dem König den stark entzündeten Mund ab, die Zunge war geschwollen und gelb belegt.

Ich schickte einen Diener nach einem sauberen Kissen. Der Gestank, der vom Bett kam, war widerlich, und ich dachte bei mir, dass der König sein Leben lang einen sehr schönen, für mich wiedererkennbaren Duft an sich gehabt hatte, einen Duft wie Honig, gemischt mit Sommerfrüchten, und jetzt stank er wie ein Iltis, und das machte mich sehr melancholisch.

Doch ich hatte nicht die Muße, dem nachzusinnen, denn plötzlich hatte Pearse mir sein Skalpell in die Hand gedrückt, zusammen mit dem Befehl: »Findet die Halsvene, Merivel, oder Ihr seid nicht länger würdig, Euch als Arzt in diesem Raum aufzuhalten!«

Ich bemühte mich, ruhig zu bleiben, und sagte zu Pearse (dessen Namensähnlichkeit mit meinem geliebten Freund

John Pearce mich sehr grämte): »Könntet Ihr nicht Blut aus dem Arm entnehmen? Wenn die Halsvene durchstochen wird, tritt eine große Menge Blut aus – mehr vielleicht, als Ihr beabsichtigt –, und das wird Seine Majestät sehr schwächen.«

»Wir *haben* ihn schon am Arm zur Ader gelassen«, erklärte Leibarzt Pearse, »doch das reicht nicht. Die Unpässlichkeit wird nicht weichen, solange das krampfende Blut nicht purgiert wird. Macht Euch also bitte an die Arbeit und ziert Euch nicht länger.«

In all meinen Jahren als Arzt hatte ich niemals den Terminus »krampfendes Blut« gehört, doch angesichts all der Doctores, die mich anstarrten, blieb mir keine andere Wahl, als das Skalpell zu nehmen und dem Befehl Folge zu leisten.

Ich beugte mich über den König, legte meine Hand sanft auf seinen armen Hals und sprach sehr leise mit ihm. »Sire«, flüsterte ich, »ich bin es, Merivel. Und ich habe die Angelegenheit, die wir in Eurer Kutsche besprachen, nicht vergessen. Ich denke sehr konzentriert darüber nach, wie wir es arrangieren könnten.«

Der König blinzelte mit den Augen und öffnete den Mund und versuchte zu sprechen. Es kam kein Wort heraus, aber ich nahm an, dass er mich wohl gehört hatte.

Ich hatte aber, wie ich gestehe, keine Ahnung, wie ich all die Menschen aus dem Zimmer schaffen und einen katholischen Priester an die Seite Seiner Majestät zaubern sollte – nicht die geringste Ahnung –, doch das sagte ich nicht.

Unterdessen lag eine unmittelbare und viel schrecklichere Aufgabe vor mir. Zu meiner Erleichterung hatte der Leibarzt sich vom Bett entfernt, was mir etwas mehr Raum und Luft ließ. Sanft fuhr ich mit der Hand um das Ohr des Königs und an seinem Hals entlang. Und mir fiel wieder ein, wie John Pearce in der Irrenanstalt von Whittlesea einmal einen sehr cholerischen Mann an der Halsvene zur Ader gelassen hatte und wie er, als er nach der Vene tastete, gesagt hatte: »Die Halsvene ist einfach zu finden, Merivel. Sie *spricht* mit dir.

Sie tickt wie eine Uhr. Fühl nur. Hier ist sie. Und hier ist sie nicht. Man braucht nicht zu zwicken und zu drücken, um sie zu finden. Du horchst einfach mit deiner Hand, um ihre Stimme zu hören.«

Nicht zum ersten Mal bat ich den Geist meines verblichenen Freundes um Hilfe, und auf diese Weise konnte ich ruhig bleiben, eine sichere Hand behalten, die Finger bereit für das »Ticken« der Vene.

Und dann hatte ich sie. Ich drückte ein wenig fester, gerade genug, dass ich sie sehen konnte, ohne den Patienten zu ersticken, und bemüht darum, ihm nicht unnötig wehzutun. Ich rief nach einer Schale, die neben meine Hand gestellt wurde, und durchstach die Vene mit dem Skalpell. Helles Blut schoss aus dem winzigen Einschnitt, lief mir über die Hand und in meinen Ärmel. Währenddessen schrie der König laut und begann erneut zu würgen. Zwei andere Ärzte eilten an meine Seite.

»Nur wenige Unzen«, sagte der eine. »Nehmt nicht zu viel ab. Seht, wie schnell es fließt. Haltet es auf! Es muss jetzt aufgehalten werden!«

Ein Musselinbausch wurde mir gereicht, und diesen musste ich nun sehr fest auf die Vene drücken, um den Fluss zu unterbinden. Das Gefäß wurde fortgenommen. Ich wendete mich wieder an den König und sagte: »Es ist erledigt. Es ist vorbei. Das krampfende Blut ist heraus.«

Ich blieb an seiner Seite. Ich wischte ihm erneut den Mund ab, tröpfelte Wasser auf seine geschwollene Zunge und sah, dass er es hinunterschluckte. Am anderen Ende des Bettes wurde die Enema-Pumpe mit ihrem Schlauch endlich entfernt, nachdem der Vorgang des Spülens und Entleerens abgeschlossen war. Und es fiel nicht schwer sich vorzustellen, dass der arme Körper Seiner Majestät nun all seiner Leben spendenden Säfte beraubt worden war. Ich fuhr also fort, ihm Wasser zu geben, und er schluckte es wie ein hilfloses Baby, das an der Brust seiner Mutter saugt. Nach einer Weile sah ich, wie sich seine Augen schlossen und Schlaf sich seiner erbarmte.

Von diesen Geschehnissen erzählte ich Margaret und Fubbs nichts. Ich selbst wäre angesichts der furchtbaren Quälerei beinahe ohnmächtig geworden. Und zu meinem großen Kummer fand ich, als ich in Fubbsys Gemächer zurückkehrte, dort alles in Unordnung und höchster Aufregung.

Die Herzogin hatte anscheinend beschlossen, dass der König nicht überleben würde. Und aus Angst, sich bald verlassen zu sehen, hatte sie begonnen, ihre Kleider und ihren Schmuck und all die kleinen Dinge von Wert, die ihr gehörten, zusammenzusuchen und in vier große Truhen zu packen. Margaret half ihr, eilte hin und her, versteckte Ketten und Armbänder in kleinen goldenen Vasen und Kästchen, wickelte Pelze in Leintücher, ordnete Strümpfe zu Paaren.

»Wohin werdet Ihr die Truhen schicken, Euer Gnaden?«, fragte ich.

»Wohin?«, kreischte sie. »Um Himmels willen, Sir Robert, wohin glaubt Ihr wohl? In die französische Botschaft natürlich, wo kein Mitglied der königlichen Familie sie mir entreißen kann! Denn ich sehe sehr wohl voraus, wie es sein wird: Kaum dass Seine Majestät unter der Erde liegt, werden die Geier kommen und mir erklären, ich sei eine gewöhnliche französische Hure, und mich auf die Straße werfen.«

»Ich bin sicher, das werden sie nicht«, sagte ich. »Jeder weiß doch, wie viel Trost und Annehmlichkeit Ihr dem König schenktet …«

»Ach ja? Und weiß die Königin das auch?«

»Die Königin hat dem König immer seine Mätressen verziehen.«

»Solange er atmete, ja. Es blieb ihr keine Wahl. Aber wenn er keinen Atem mehr hat? Dann wird sie Rache nehmen, an uns allen und unseren Kindern. Unser Verderben wird ihr ein Vergnügen sein.«

»Es könnte wahr sein, Papa«, sagte Margaret. »Die Herzogin tut gut daran, ihre Wertsachen in Sicherheit zu bringen. Wirst du uns helfen? Es ist sehr viel zu packen.«

Ich blickte mich auf dem Fußboden um, auf dem alles Mögliche durcheinanderlag, von Kämmen bis zu Kaffeekannen, von Kerzenhaltern bis zu chinesischen Lackvasen, von goldenem Besteck bis zu schön gestalteten Kartenspielen. Wie viel von alledem tatsächlich Fubbsy *gehörte* und was vielleicht nur eine *Leihgabe* war, wie etwa ein Teil der Möbel in ihren prächtigen Gemächern, wusste ich nicht zu sagen.

»Was soll ich denn tun?«, fragte ich kraftlos. »Welche Aufgabe möchtet Ihr mir anvertrauen?«

»Schuhe!«, sagte die Herzogin. »Ich habe versucht, sie zu Paaren zusammenzustellen, aber es fehlen viele, die irgendwo hier versteckt sein müssen, unter Betten oder Stühlen oder ich weiß nicht wo sonst?«

»Schuhe!«

»Ja. Daran könnt Ihr sehen, wie liederlich die Dienstboten arbeiten, die mit Fegen und Staubwischen beauftragt sind, aber das ist eine andere Geschichte. Bitte, wenn Ihr so gut sein wollt, sucht nach den fehlenden Schuhen, Sir Robert. Viele haben diamantene Schnallen, oder es sind Edelsteine in den Satin eingenäht, sie sind also sehr wertvoll, weshalb ich nicht ohne sie fortgehen kann.«

Am liebsten hätte ich mich irgendwo hingesetzt und still einigen Branntwein getrunken, doch es blieb mir nichts anderes übrig, als zu tun, worum sie mich gebeten hatte. Weshalb man mich nun dabei beobachten konnte, wie ich – auf der vergeblichen Suche nach den Schuhen der Herzogin von Portsmouth – auf Händen und Knien über Teppiche kroch, die schweren Säume von Vorhängen hob, mir den Hals verdrehte, um unter Kommoden und Schränke und Chaiselongues zu spähen.

Und ich dachte bei mir, dass Pearce sich gewiss darüber lustig gemacht und mich »Lakai einer Dirne« genannt hätte, doch das scherte mich nur wenig, denn ich wusste tief in meinem Herzen, dass meine gesamte Welt im Begriff war, sich zu verändern; und wie ich die Zeit zwischen dem Jetzt und dem Anbrechen jener schrecklichen Ära des Übergangs ausfüllen würde, erschien mir gleichgültig.

Ich fand einen Schuh. Er war ein Objekt vollendeter Schönheit, gefertigt aus blauem Satin, mit hohem Absatz, tailliert und elegant. Der Satin war mit silbernem Kreuzstich bestickt, und auf dem Spann des Schuhs saß eine Blume aus Silberband mit einem Nest aus winzigen Perlen in der Mitte.

Ich hielt ihn in der Hand und wischte ein wenig Staub weg. Er war sehr zierlich, und ich fragte mich staunend, wie klein die Füße der Herzogin wohl sein mussten, um hineinzupassen. Dann dachte ich an den Schuhmacher dieses Schuhs, der sich bemüht hatte, etwas Makelloses herzustellen, und schon wanderten meine Gedanken zu meinem holländischen Freund Jan Hollers, der wiederum bei seinen Uhren Vollkommenheit angestrebt und diese nur um ein Kleines verfehlt hatte.

Gram erfüllte mein Herz. Gram über Hollers, Gram über den Schuhmacher und eine Art sentimentaler Gram über den Schuh, der so achtlos abgestreift worden war.

Sehr laut klang mir mein eigenes Versprechen in den Ohren, das ich dem König in seiner Karosse gegeben hatte, und ich wusste, dass ich *nicht nichts tun* durfte. Ich war jedoch einigermaßen ratlos, was ich denn tun könnte.

Ich wusste, ich sollte mich mit meinem Anliegen an die Königin wenden. Doch angesichts meiner allseits bekannten Verbindung – über Margaret – mit der Mätresse des Königs war es ein Ding der Unmöglichkeit, dass ich mich, in der Hoffnung auf Einlass, zu den Gemächern der Königin begab. Es gab nur noch eine weitere Person, die dem König zu einer heimlichen Konversion verhelfen konnte, die er sich so wünschte, und das war der Herzog von York.

Der Herzog schätzte mich wenig. Er hatte mir einmal erklärt, ich würde die Neigung des Königs zu »Faulheit und Müßiggang« befördern und damit das Wohl der Nation aufs Spiel setzen. Doch ich fürchtete, es blieb nur noch wenig Zeit, und ich wusste auch nicht, was ich anderes hätte tun sollen, als mit dem Herzog zu sprechen und die Angelegenheit in seine Hände zu geben.

Nachdem ich mit Fubbs und Margaret ein kleines Mittagsmahl eingenommen und andere Frauen herbeigerufen hatte, die der Herzogin beim Packen helfen würden, nahm ich Urlaub von meiner Aufgabe der Schuhsuche und kehrte zurück in die königlichen Gemächer, wo ich York zu finden und für einen Moment sein Interesse zu gewinnen hoffte.

Die Flure von Whitehall, in denen die Menschen sich auch sonst drängten, waren voller denn je. Doch mir schien, dass Angst und Sorge um den König, der im Sterben lag, die Fähigkeit dieser armen Seelen, *sich aufrecht zu halten*, eingeschränkt hatten. Jeder, an dem ich vorbeikam, lehnte entweder an der Wand oder saß zusammengesunken auf einer der Steinbänke oder bewegte sich nur mit unendlicher Langsamkeit. Woraus ich schloss, dass ihnen allen ihr Ziel abhandengekommen war, welches darin bestand, den König zu sehen und eine Gunst oder eine Beförderung von ihm zu erbeten (was sie gemeinhin mit lebhaftem Eifer betrieben); und jetzt wussten sie nicht, was sie taten oder wohin sie wollten, weil sie kein rechtes Ziel mehr hatten, mochten aber auch nicht wieder gehen.

Ich versuchte, mich nicht von dieser schwärenden Langsamkeit anstecken zu lassen, sondern eilte weiter und blieb erst stehen, als ich jemanden meinen Namen rufen hörte und Pater John Huddleston sah, der mir entgegenkam, ein alter, treuer Freund des Königs, der ihm einst bei der großen Flucht aus Worcester im Jahre 1651 geholfen hatte und dafür mit einem Posten im katholischen Haushalt der Königin belohnt worden war.

Ich kannte John Huddleston seit vielen Jahren und hatte ihm einmal mit einem sehr starken Brechmittel aus Steinsalz und Kreuzdornsirup das Leben gerettet, nachdem er eine vergiftete Hafersuppe gegessen hatte. Der Giftmischer (man vermutete einen Quäker) war niemals seiner gerechten Strafe zugeführt worden. Doch seit jenem Ereignis trug Huddleston stets ein Fläschchen mit »Merivels wirksamem Brechmittel« für den Fall bei sich, dass ihn so etwas noch einmal treffen sollte. Insofern neigte er dazu, mich als seinen Retter zu betrachten und meine bekannten Ausschweifungen und meinen einstigen schändlichen Einfluss auf die königliche Moral mit Nachsicht zu behandeln.

Wir begrüßten einander herzlich und ohne viel Aufsehen. Huddleston war mir immer als ein Mann von großer Menschlichkeit erschienen; nach dem Tod meiner Eltern in jenem grausamen und entsetzlichen Feuer von 1662 hatte ich ihm sogar gestanden, dass ich meinen Glauben an Gott vollständig verloren hätte.

Und anstatt mich zu schelten oder einen erneuten Bekehrungsversuch zu machen (was fromme Menschen so gern tun), hatte er mich gefragt, ob meine Mutter und mein Vater auch aufgehört hätten, an den liebenden Gott zu glauben. Und als ich ihm erklärte, das hätten sie nicht, sie seien vielmehr im Glauben fest geblieben, hatte er für mich ein liebliches Bild vom Paradies beschworen, in dem meine Eltern nun weilten.

Es war, wie es sich für das Gewerbe meines Vaters ziemte, ein Kurzwarenhändler-Paradies – mit Wolken aus Wolle und im Wind wehenden Federbäumen und mit Pfaden, auf die Perlmuttknöpfe gestreut waren, und Feldern aus Leinengewebe und Häusern aus Steifleinen. Und manchmal versuchte ich mir dieses fantasievolle Königreich vorzustellen, in dem meine Eltern jetzt weilten, und ich hörte im Geiste meine Mutter rufen: »Ach, sieh doch, Liebes, ein Bänder-Hain. Sieh nur, wie hübsch!«

»Es gibt schlechte Nachrichten, Merivel«, sagte Huddleston. »Sehr schlechte. Ich bin auf dem Weg zur Königin, wir werden zusammen beten.«

»Wie geht es Ihrer Majestät?«, fragte ich.

»Sie ist sehr niedergeschlagen. Sie kann weder essen noch schlafen. Sie schilt sich selbst, weil sie ›als Gemahlin nicht gut genug‹ gewesen sei.«

»Ach. Aber es könnte auch sein, dass der Gemahl ›nicht gut genug‹ gewesen ist.«

»Wohl wahr. Aber sie geißelt sich, und noch etwas anderes quält sie – dass der König trotz all seiner Versprechungen ihr gegenüber sich nie in die römisch-katholische Kirche hat aufnehmen lassen.«

»Das beschäftigt die Königin?«

»Ja, sie ist sehr aufgebracht, weil es noch nicht geschehen ist.«

Jetzt griff ich nach Pater Huddlestons Arm und zog ihn in einen Raum, den ich für ein Wartezimmer hielt, und erklärte ihm, es gebe eine dringende Angelegenheit, über die ich vertraulich mit ihm reden müsse.

Wir befanden uns jedoch nicht in einem Wartezimmer, sondern in einer Besenkammer.

»Oh«, sagte ich und betrachtete die zahlreichen Reisigbesen und Flederwische, die in diesem engen Raum untergebracht waren, »hier geht es nicht ...«

Ich war schon im Begriff, wieder hinauszugehen, doch Huddleston sagte: »Nein, ganz im Gegenteil, dies ist ein guter Ort für Geheimnisse jeglicher Art. Ihr müsst wissen, dass katholische Priester meines Alters daran gewöhnt waren, *sich klein zu machen*, um in die Löcher zu passen, die man für uns bereithielt. Als Cromwells Männer erschienen, um Moseley Hall zu durchsuchen, schliefen Seine Majestät und ich in einem Raum, nicht größer als dieser. Natürlich hatten wir keine Besen als Gesellschaft; wir hatten Angst. Sollte ich nun Angst haben vor dem, was Ihr mir erzählen wollt?«

»Nein«, sagte ich. »Ganz und gar nicht. Ich bitte Euch nur um Hilfe.«

Der Pater setzte sich auf einen umgedrehten Holzeimer, und ich quetschte meinen Körper daneben und hielt mich, um nicht zu schwanken, an den Besenstielen fest, während ich Huddleston alles berichtete, was der König mir in der Karosse anvertraut hatte.

Als ich fertig war, blickte er auf seine bleichen Hände nieder, die von den vielen Jahrzehnten des Betens ganz steif waren, und schwieg einen Augenblick. Dann sah er mich an und sagte: »Ich danke Euch, Sir Robert. Nichts, was ich lieber hören würde, hättet Ihr mir erzählen können. Aber wir müssen darum beten, dass es nicht zu spät ist ...«

»Ich weiß aber immer noch nicht, wie es geschehen soll.«

»Es wird durch mich geschehen. Ich werde mit der Königin und dem Herzog von York beratschlagen, und wir werden einen geeigneten Moment finden, bevor Seine Majestät uns entschlüpft. Ich weiß, dass Ihr nicht an einen Lohn im Himmel glaubt, doch solltet Ihr dorthin kommen, werdet Ihr es vielleicht.«

34 ~

Am Mittwoch, dem 4. Februar, schien der König sich, nach einem langen Schlaf, erholt zu haben. Ich drängte darauf, dass ihm eine Markknochenbrühe gekocht würde, wie sie Margaret während der Typhuserkrankung am Leben gehalten hatte. Dies wurde getan, und nachdem er sich im Bett aufgesetzt hatte, um rasiert und gewaschen zu werden, half ich ihm dabei, ein wenig davon zu trinken.

Weil ich Seiner Majestät die Brühe in den Mund löffelte, war ich gezwungen, sehr nahe bei ihm zu sitzen, und konnte, ungehört von den anderen im Raum, mit ihm reden und ihm auf diese Weise berichten, dass Pater Huddleston, sobald es dem Herzog von York gelungen wäre, das Schlafzimmer von all den Bischöfen und versammelten Kronräten zu befreien, mit der Hostie erscheinen werde.

»Wann wird das geschehen?«, flüsterte er.

»Ich weiß es nicht, Sire«, erwiderte ich. »Doch es *wird geschehen*. Vertraut mir.«

Bei dieser letzten Aufforderung sah ich im Gesicht Seiner Majestät etwas, was ich viele lange Stunden nicht gesehen hatte, und das war ein Lächeln.

»Ich weiß«, sagte ich und wusste sofort, was sich hinter dem Lächeln verbarg, »ich habe Euer Vertrauen einst gebrochen, doch das ist lange her. Und sagt mir, Sire, habe ich Euch seitdem jemals verraten?«

Der königliche Kiefer arbeitete entsetzlich langsam an der Brühe, fast als wäre es ein Klumpen zähen Fleischs. Dann sagte er leise und traurig: »... Clarendon verraten.«

»Ach ja«, sagte ich. »Clarendon. Aber dafür büße ich. Ich versuche, einen Traktat über die Seele der Tiere zu verfassen, und Clarendon steht mir dabei stets zuvörderst vor Augen.«

Ich dachte, der König würde darüber lachen oder zumindest lächeln, doch das tat er nicht.

»Die Seele der Tiere ... ganz sicher«, sagte er und nickte so heftig, wie es ihm sein armer malträtierter Kopf erlaubte. »Tiere haben eine Seele ...« Dann zerrte er plötzlich an seinem Bettzeug und fragte: »Wo ist Bunting?«

Ich schickte einen Dienstboten mit dem Auftrag fort, herauszufinden, wo die Hunde untergebracht waren, und Bunting zu Seiner Majestät zu bringen. Ich hoffte, nun würde er weiter die Brühe trinken, doch er stieß den Löffel weg und wiederholte: »Wo ist Bunting? Ich muss sie hier bei mir haben.« Dann blickte er sich verstört um, sah all die Gesichter in dem überfüllten Zimmer und sagte: »Warum ist niemand bei mir? Wo sind meine Kinder? Wo ist Fubbs?«

In diesen letzten Tagen war ich ein wahrer Springteufel ... ans Bett Seiner Majestät gerufen, wieder weggeschickt, erneut herbeizitiert und ein weiteres Mal entlassen ...

Dieses Hin und Her ähnelte – und darüber musste ich lächeln – einer beschleunigten Version meines Lebens mit meinem König. Und ich dachte bei mir, dass eine derart ungewisse Situation mich eigentlich hätte wendig und gewitzt machen sollen, doch das war nicht der Fall. Ich war seit jeher – wie Pearce es einmal formulierte – Cäsars Sklave. Und jetzt, immer noch ein Sklave, wurde ich alt und plattfüßig.

Doch eines wusste ich ganz sicher: Wenn die Stunde kam und König Charles seinem Königreich Lebewohl sagte, würde ich an seiner Seite sein. Ich war fest überzeugt, dass ich, auch wenn er mitten in der Nacht starb, geweckt werden würde, bevor es so weit war. Und auch wenn er in den Armen der Königin stürbe oder in den Armen von Fubbs, sah ich mich ihm im Geiste dennoch beistehen.

Am Mittwochabend verbreitete sich von Whitehall das Gerücht über die gesamte Stadt, der König erhole sich und werde bald wieder gesund sein, weshalb wir in ganz London die Glocken läuten hörten, und als ich aus einem der oberen Fenster in die einbrechende Dunkelheit hinausschaute, sah ich hier und da Freudenfeuer auflodern. Ich aber wusste, dass der König nicht wieder gesund würde. Und am liebsten wäre ich hinausgegangen und durch die Stadt gewandert, um mich an den Feuern zu wärmen und den Menschen zu sagen, sie sollten ihre Trauerkleidung herausholen und alles zu *Mrs. Pierpoints ausgezeichneter Wäscherei* auf der London Bridge zur Reinigung bringen.

Als ich in Fubbsys Gemächer zurückkehrte, sah ich, dass sie einer schauerlichen Entblößung unterzogen worden waren. Sämtliche Gegenstände, die in eine Truhe passten, aber auch solche, die es nicht taten, wie Kartentische und bestickte Fußschemel, waren in der Eingangshalle gestapelt und warteten auf einen Wagen, der sie in Sicherheit bringen würde.

Margaret und ich blickten uns einigermaßen verstört um.

»Nun«, sagte ich, »ich bin froh, dass sie nicht die Betten konfisziert hat.«

Aus Margarets Zimmer waren jedoch viele kostbare Gegenstände entfernt worden; sie hatte nichts mehr, um ihr Haar zu bürsten, und es war ihr nur eine einzige Wandleuchte geblieben. Sie setzte sich auf das Bett und sagte zu mir: »Wenn der König stirbt, wird die Herzogin nach Frankreich reisen. Sie hat mich gebeten, mit ihr zu kommen. Sie ist so gut zu mir gewesen, Papa, und doch würde ich lieber in England bleiben, wo ich Julius nahe sein kann. Was soll ich nur tun?«

»Du musst tun, was dein Herz dir gebietet«, sagte ich. »Und du solltest nicht vergessen, dass die Herzogin in Frankreich ohne den König nichts und niemand sein wird, weshalb dein Leben dort langweilig und traurig werden könnte.«

»Und doch erwartet sie, dass ich sie begleite …«

»Sie kann dich nicht für immer festhalten, und das weiß sie auch. Ich werde nach Bidnold zurückkehren, und du kannst gern mitkommen, wenn du das möchtest, und Julius kann uns besuchen, und dann zeigen wir ihm die Hagebuchenallee …«

In diesem Augenblick trat Julius Royston ein, und als er uns erschöpft in dem fast leeren Zimmer sitzen sah, sagte er: »Oh Elend! Was für ein Loch bewohnt Ihr denn jetzt?«

Und das Lachen machte uns froher, und Julius entwickelte sofort den Plan, dass Margaret in Lord Delavignes Haus am *Strand* ziehen könne, »wo Ihr es wieder behaglich hättet, Liebste, und auch eine Bürste besäßet!«.

Und ich sah, dass Margaret von dem Plan sehr angetan war und viel lieber in Delavignes Haus am *Strand* gewohnt hätte, als im Februar nach Norfolk zu reisen und von ihrem Verlobten getrennt zu sein.

Und so wurde denn beschlossen, dass Margaret nach des Königs letztem Lebewohl unter dem Schutz von Lord und Lady Delavigne in einem herrschaftlichen Haus leben würde, in dem es keinen Mangel an Schemeln und Kandelabern gab, und ich würde allein nach Bidnold reisen, wo ich hoffentlich bei meiner Rückkehr alles ordentlich und sauber vorfinden würde.

Am Donnerstag schickte der König wieder nach mir. Im Zweifel, ob er womöglich einen medizinischen Eingriff wünschte, wollte ich meine chirurgischen Instrumente zusammensuchen, konnte sie jedoch nicht finden.

Seit meiner Rückkehr aus der Schweiz bewahrte ich sie, direkt an meinem Bett, in der untersten Schublade meines Nachttisches auf, doch als ich diese Schublade öffnete, war nichts darinnen – nur ein wenig hellbrauner Staub, wo ein Käfer am Holz genagt hatte.

Ich suchte überall in meinem Zimmer, wusste aber, dass ich

meine Instrumente nicht finden würde. Und daraus konnte ich nur schließen, dass Fubbs ihre Dienstboten angewiesen hatte, einfach alle Dinge von Wert – ungeachtet ihres Besitzers – zu nehmen und in die wartenden Truhen zu stopfen.

Das machte mich ebenso traurig wie wütend. Ich besaß die Instrumente schon seit 1665. Sie waren ein Geschenk des Königs gewesen, der, um mich aus meiner Lethargie zu reißen, in die ich auf Bidnold verfallen war, in den Griff des Skalpells das Motto *Schlaf nicht, Merivel* hatte eingravieren lassen.

Ich hatte sie mit größter Sorgfalt gehütet und immer geschärft und schön poliert. Mit ihnen hatte ich Violet Bathursts Krebs wegzuschneiden versucht. Mit ihnen hatte ich Margaret in der Zeit ihres Typhus am Arm zur Ader gelassen. Mit ihnen hatte ich während eines Zeitraums von zwanzig Jahren die Steine und Tumore meiner Patienten zu entfernen gesucht. Ohne sie fühlte ich mich nutzlos.

Dennoch machte ich mich, mit leeren Händen, auf den Weg zum König und wurde in sein Zimmer vorgelassen, wo ich sah, wie Seine Majestät sich vom Herzog von Richmond, dem jüngsten seiner unehelichen Kinder und Fubbsys Sohn, verabschiedete; und ich beobachtete, wie jeder der ums Bett Versammelten Fubbsy und ihrem Sohn den Rücken zukehrte und sie zu schmähen suchte. Von ihrem übergroßen Schmerz und weil sie nun von allen und jedem so unverhohlen brüskiert wurde, hatte Fubbs ganz rot verquollene Augen.

Als Fubbsy und ihr Sohn gegangen waren, wurde ich ans Bett gebeten und erkannte an der Farbe des Königs und seinem eingesunkenen Gesicht sofort, dass er zusehends verfiel.

»Merivel«, flüsterte er. »Meine Zeit ist gekommen. Bitte hol Huddleston und sorg dafür, dass alle das Zimmer verlassen, bis auf meinen Bruder und Lord Feversham, der Katholik ist und meine Konversion bezeugen wird.«

»Ich werde Huddleston holen, Sire«, sagte ich, »doch ich habe nicht die Befugnis, das Zimmer räumen zu lassen.«

»Dann bitte den Herzog von York, es zu tun. Aber zögere nicht.«

Der Herzog von York gehörte zu den Vielen, die sich von Fubbs abgewandt hatten. Und ich sah jetzt, dass auch er weinte, weshalb es mir herzlos und unhöflich erschien, ihn darin zu stören. Trotzdem näherte ich mich ihm. Er sah mich mit absoluter Verachtung an, erlaubte mir aber trotzdem, näher zu treten, und als er meine geflüsterte Botschaft vernahm, putzte er sich sehr laut die Nase und erklärte sich bereit, das Zimmer räumen zu lassen.

Ich eilte fort zu Huddleston, der versprochen hatte, in den Gemächern der Königin zu warten, bis er gerufen würde, und als er mich sah, wusste er, dass der Augenblick gekommen war, nahm in großer Hast die Hostie an sich, die von einem Priester der Königin geweiht worden war, und warf sich eine Perücke über den Kopf, damit niemand ihn erkannte.

»Pater«, sagte ich, »ich fürchte, die Perücke wird nicht reichen, denn alle werden Euer priesterliches Gewand, das Ihr auf dem Leib tragt, bemerken. Warum nehmt Ihr nicht meinen Umhang? Ich lege ihn Euch um.«

Ich hängte Pater Huddleston meinen warmen Umhang über die Schultern, und gemeinsam kehrten wir zu den königlichen Gemächern zurück, wo wir die Phalanx der Bischöfe abmarschieren sahen, die die Prozedur mit dem Klistier so fasziniert hatte. Und es freute mich, dass diese hoffärtigen Kirchenmänner aus der königlichen Gunst gefallen waren und der bescheidene Huddleston durch die seltsame Konstellation der Zeitläufte und wegen der Gewissensnöte des Königs zu so plötzlicher Bedeutung gelangt war.

Wir lauerten draußen vor dem Schlafzimmer und täuschten so lange ein überraschendes Interesse für einen Wandteppich vor, auf dem ein Wildschwein von den Pfeilen anrückender Jäger getroffen wurde, bis der letzte der Lords und Kronräte abgezogen war. Dann erschien der Herzog von York an der Tür und bat Huddleston und mich herein, und ich wollte ihm folgen, doch die Tür wurde einfach vor mir geschlossen.

Es war ein sehr kalter Tag, und der violette Himmel versprach Schnee. Und wie ich da, meines Umhangs entledigt, vor der Tür stand, die mir so schnöde vor der Nase (welche der König häufig zu zwicken beliebte) zugeschlagen worden war, merkte ich, dass ich vor lauter Unglück zitterte, und ich musste an das eisige Grab denken, das meinen armen Herrscher erwartete – ein Grab, so kalt wie jenes, in das wir Pearce hinabgelassen hatten.

Ich setzte mich auf eine Steinbank und barg den Kopf in den Händen. Ich wusste, dass diese beiden Männer – John Pearce und Charles II. von England – die Hüter meiner Seele gewesen waren; sie hatten sie sich gegenseitig hin und her gereicht, aber stets sicher in Händen gehalten. Was nun aus ihr werden würde, konnte ich nicht sagen, doch ich ahnte, dass ihr ein langer Absturz in die Dunkelheit bevorstand.

Nach einer Weile kam Huddleston aus dem Zimmer und legte mir meinen Umhang wieder liebevoll über die Schultern und flüsterte: »Es ist vollbracht. Er wurde in die wahre Kirche aufgenommen.«

Ich murmelte, das freue mich, obschon für mich eine oder keine Kirche keinen Unterschied machte bei dem, was den König erwartete, und das war das Nichts, aus dem wir kommen und in das wir zurückkehren.

Huddleston setzte sich zu mir auf die Bank, und seine Anwesenheit tröstete mich, und ich sagte zu ihm: »Pater, wenn der König gegangen ist, bin ich verloren. Ich werde ohne jede Orientierung sein.«

Er legte mir die Hand auf die Schulter, sagte jedoch nichts, denn auch wenn er mich nicht besonders gut kannte, wusste er, dass es absolut *zutraf*. Was hätte er darum Tröstliches sagen können? Und dafür schätzte ich ihn. Denn was ich in dieser Welt wirklich verachte, sind Menschen, die meinen

Kummer auf die leichte Schulter nehmen und sagen: »Aber, aber, nicht gleich verzagen«, und die mir erklären wollen, was ich zu fühlen hätte, aber nicht fühlen kann, und die mich trösten, wo es keinen Trost gibt.

Wir saßen lange schweigend da. Pater Huddleston nahm seine geborgte Perücke ab und untersuchte sie nach Flöhen und Läusen. Er fand einen Floh, tötete ihn aber nicht, sondern wischte ihn nur weg. Endlich sagte er: »Kummer macht müde. Wie wäre es, wenn Ihr Euch ein wenig schlafen legt?«

Ich erwiderte, dass ich in meinem Herzen gelobt hatte, so lange Wache zu halten, bis der König verschieden war, aber Huddleston sagte: »Er möchte eine Weile allein sein, um darüber nachzusinnen, was er heute getan hat. Deshalb rate ich Euch, jetzt zu schlafen, für den Fall, dass Ihr in der Nacht oder am Morgen gebraucht werdet.«

Ich tat, was er mir empfohlen hatte, kehrte in mein halb leeres Zimmer zurück und legte mich nieder. Als es Nachmittag wurde, sah ich Schnee fallen. Der Schlaf kam und ging, kam wieder und ging wieder.

Als ich mich gegen vier Uhr erhob, war Fubbs dabei, den Abtransport ihrer Truhen zu überwachen, und ich sagte zu ihr: »Euer Gnaden, ich bin sehr verärgert, dass meine chirurgischen Instrumente eingepackt wurden, da man fälschlicherweise glaubte, sie gehörten Euch. Können wir die Truhen zurückrufen?«

»Was für Instrumente?«, kreischte sie. »Was sollte ich denn wohl mit chirurgischen Instrumenten?«

»Sie waren in meinem Nachtschrank verstaut. Sie sind mein Handwerkszeug und ein Geschenk des Königs und mir sehr kostbar …«

»Ich habe sie nicht gesehen. Die Truhen sind fort. Alles, was darin ist, gehört *mir* und niemandem sonst. Ihr müsst Eure Instrumente achtlos auf der Straße verloren haben.«

Achtlos auf der Straße!

»Herzogin«, sagte ich, »das ist nicht möglich. Die Instrumente sind seit *zwanzig Jahren* immer an meiner Seite, ich lasse sie kaum je aus den Augen. Sie waren neben meinem Bett verstaut. Ich habe sie nicht von dort entfernt. Doch jetzt sind sie fort.«

»Und deshalb werft Ihr mir vor, ich hätte sie zu meinem eigenen Gebrauch gestohlen?«

»Ich werfe Euch gar nichts vor. Alles, was ich weiß, ist, dass etwas mir sehr Kostbares versehentlich weggenommen wurde. Können wir wohl den Dienstboten sagen, dass sie die Truhen wieder herbringen …«

»Nein, auf keinen Fall! *Mon dieu, quelle histoire pour un petit rien!* Die Truhen enthalten meine Habseligkeiten und nichts sonst, und sie müssen jetzt unverzüglich zur Botschaft geschickt werden, sonst wird mir alles genommen werden. Also bitte belästigt mich nicht mit solchen Nichtigkeiten.«

»Euer Gnaden«, sage ich, »in aller gebotenen Demut, dies sind keine ›Nichtigkeiten‹ …«

»Oh doch! Ich bin erstaunt, dass Ihr, in solchen Zeiten, nur an Euch selbst denken könnt! Chirurgische Instrumente kann man wieder kaufen, aber wenn mir die Dinge, die mir gehören, genommen werden, habe ich nicht mehr die Mittel, sie zu ersetzen. Die Truhen verlassen jetzt das Haus, also lasst mich bitte nichts mehr davon hören.«

Im Furor des Packens und in ihrer großen Traurigkeit hatte Fubbsy sich den ganzen Nachmittag hindurch mit hier und da einem kleinen Schlückchen Wein gestärkt, und diese Schlückchen waren so zahlreich geworden, dass sie jetzt ganz unzweideutig betrunken war und nur noch schwankend gehen und nicht mehr klar sehen konnte, und ihr Atem war sehr penetrant.

Ich begab mich an ihre Seite, nahm ihren Arm, um sie zu stützen, und sagte freundlich: »Ich werde die Truhen begleiten und sie während der Fahrt durchsuchen …«

Fubbs entriss mir ihren Arm, hauchte mir ihren schlecht riechenden Weinatem ins Gesicht und kreischte: »Was! Und dann stehlt Ihr noch alles Mögliche dazu und nehmt mir die Dinge, die ich liebe, so wie Ihr mir Margaret nehmt!«

»Ich nehme euch Margaret nicht, Herzogin«, sagte ich. »Margaret möchte nicht von Julius Royston getrennt werden, das ist alles.«

»Ich habe sie doch nur darum gebeten, mich nach Frankreich zu begleiten und mir beizustehen, wenn ich mich dort niederlasse. Aber nein, sie will nicht. Ich dachte, sie hätte ein gutes Herz, aber jetzt sehe ich, dass sie, wie Ihr, nur an sich selbst denkt!«

Obgleich ich jetzt wirklich verärgert war, erkannte ich, dass es keinen Sinn hatte, weiter mit der Herzogin zu streiten. Während sie noch einen Schluck Wein nahm, verließ ich den Raum und ging in den Hof hinunter, wo die Truhen gerade auf einen hölzernen Karren geladen wurden. Hier versuchte ich, den Dienstboten, die mit dem Transport zur französischen Botschaft beauftragt waren, den Verlust meiner kostbaren Instrumente zu erklären, doch sie schienen mir nicht zuhören zu wollen.

Endlich holte ich einen Geldbeutel mit drei Schillingen hervor und legte ihnen mit mathematischer Schärfe dar, dass diese Summe – bei einer Anzahl von zwei zuständigen Dienstboten – für jeden einen Schilling und einen halben ergeben würde, wenn sie mich im Wagen mitfahren und unterwegs nach meinen Instrumenten suchen lassen würden.

Hastig nahmen sie das Geld und schoben mich zu dem Gepäck hinein, und die Pferde fielen in einen lächerlich rumpelnden Trab über die eisigen Straßen.

35 ༄

Ich weiß nicht, wo wir waren, als das Unglück geschah.

Eben noch kniete ich auf dem Boden des Gefährts und suchte in der obersten Truhe zwischen Bündeln von silbernen Gabeln und einer Reihe schöner Sahnekrüge, Salz- und Pfefferstreuer und Weinflaschenuntersetzer nach meinen verschwundenen Instrumenten, da merkte ich, dass der Karren sich neigte wie eine Barke im Sturm.

Ich hielt mich an beiden Seitenwänden fest, als könnte ich so gleichzeitig mich und den Karren wieder ins Gleichgewicht bringen, doch beides gelang nicht. Die schweren Truhen rutschten mir entgegen, und dann kippte alles seitwärts in den Rinnstein – Wagen, Pferd, Dienstboten, Merivel und das Gepäck – und lag einfach auf dem Boden, als wäre eine mächtige Welle über uns zusammengeschlagen.

Ich merkte, wie mein Kopf auf die harte Straße knallte und dann irgendetwas Schweres auf meinen Knöchel fiel. Und das ist alles, woran ich mich erinnere.

Ich erwachte ich einem kalten, düsteren Raum.

Ein Gestank herrschte darin, so heftig, dass ich fast erbrochen hätte, und doch seltsam vertraut. Geräusche wie von gequälten Tieren um mich herum. Ich glaubte, ich sei im Zoo.

Ich versuchte, bei Bewusstsein zu bleiben, indem ich mir überlegte, welche Tierarten dieser Zoo wohl enthalten mochte.

Ich stellte mir Straußen und Kamele, Hyänen und Krokodile vor. Ich hätte sehr gern das Tschilpen von jungen Vögeln gehört, da ich mir einbildete, diese Töne, die den Klang des

Frühlings und des wiederkehrenden Lebens verkörperten, könnten mich trösten.

»Piep-piep, piep-piep ... kommt zu mir, ihr süßen Feder-bällchen ...«, murmelte ich.

Dann wurde ich erneut verschlungen, wie Jonas vom Wal-fisch, und versank in einem Bauch von Dunkelheit und Leere.

Als ich das nächste Mal wieder zur Besinnung kam, beugte sich eine alte Frau in einem blauen Kleid über mich und zog meine Lider hoch, um mir in die Augen zu sehen. Dann wanderten ihre Hände zu meinem Kopf hinauf und machten da irgendetwas, und plötzlich spürte ich einen furchtbaren Schmerz in meinem Schädel und eine fast unerträgliche Tro-ckenheit in meinem Hals.

Der Zoo um mich herum lärmte immer noch sehr laut. Ich glaubte, Löwen und Affen zu hören und dazu das entsetzlich eintönige Kreischen eines Pfaus.

»Welcher Zoo ist das hier?«, brachte ich mühsam hervor.

»Zoo!«, erwiderte die blau gewandete Alte. »Gnädiger Gott! Haltet Euch still und sprecht nicht.«

Ich packte ihren Arm. »An welchem Ort bin ich?«, fragte ich.

Jetzt blickte sie mich freundlicher an. Sie war alt und arm, hatte das Haar auf unkleidsame Weise zu einem allzu straf-fen Knoten mitten auf dem Kopf gebunden, aber in ihren Augen lag ein Anschein von Herzlichkeit. »Ihr befindet euch im St. Thomas-Hospital«, antwortete sie, »und Ihr könnt froh sein, dass Ihr noch lebt. Ihr lagt hilflos auf der Straße, als man Euch fand.«

St. Thomas-Hospital.

Ich war nicht mehr in dieser elenden Institution gewesen, seit ich zusammen mit Pearce viele Stunden dort gearbeitet hatte, um nach unseren anatomischen Studien in Cambridge das ärztliche Handwerk zu erlernen. Und nie hätte ich ge-glaubt, dass ich jemals Patient im St. Thomas sein würde, weil es ein Hospital für die Armen ist, und ich hatte meinem Schicksal vertraut, dass ich niemals *arm genug* sein würde, um dort aufgenommen zu werden. Doch da war ich nun.

Ich drehte meinen schmerzenden Kopf, blickte mich um und sah, dass ich tatsächlich auf einer dünnen Matratze in einem hölzernen Bett lag, zusammen mit zahllosen Sterblichen in sehr traurigem Zustand, die neben mir in einem stinkenden Krankensaal aufgereiht waren.

Die Luft in dem Raum war feucht, als dringe niemals ein einziger Sonnenstrahl herein. Auf dem steinernen Fußboden war eine große Menge Stroh verteilt worden, das mittlerweile jedoch, wie in einem Kuhstall, mit vielen Exkrementen durchmischt war. Die Tiergeräusche kamen aus den Mündern und Ärschen der Kranken, die hier zusammengesperrt waren, unter dünnen Decken lagen oder, wie verhungernde Hunde, umherkrochen und greinten und sich die Zeit damit vertrieben, zu furzen und in Blechschüsseln zu scheißen. In der Nähe dieser Schüsseln raschelte eine muntere Mäuseschar durch das vollgesogene Stroh.

Ich hatte im Sinn gehabt, die Frau um ein Glas Wasser zu bitten, aber sie war nicht mehr da. In dem Bett neben dem meinen schlief ein Mann, sehr dünn, der Schädel rasiert für die Applikation eines Pflasters mit Spanischer Fliege und das Gesicht völlig verschorft von einer alten Pockenerkrankung. Speichel trat in Blasen aus seinem Mund und nässte sein Kinn und sein strohgefülltes Kissen. Und ich musste daran denken, dass Pearce stets sehr streng zu allen Pockenopfern gewesen war. Er hatte mir ernst in die Augen geblickt und gesagt: »Menschen, die ihr Elend durch Unzüchtigkeit herausfordern, erleiden das Schicksal, das sie verdienen.«

Doch trotz seiner unvergessenen Härte wünschte ich, Pearce wäre jetzt an meiner Seite. Ich wünschte, er würde mich hochheben, von hier forttragen und in mein weiches Bett auf Bidnold legen und bei mir wachen, so wie ich einst siebenunddreißig Stunden lang bei ihm gewacht hatte. Ich wünschte, er säße still da und spielte mit seinen bleichen Händen so zärtlich mit der Suppenkelle aus Porzellan, als wäre es eine Laute. Ich wünschte, er brächte mir Wasser und zu essen.

Ich betastete meinen Kopf mit der Hand und fühlte, dass dort ein Verband saß, und bei der Berührung des Verbands fiel mir wieder ein, dass ich mich in dem schwerfälligen Karren mit Fubbsys Truhen befunden hatte und dass es auf dem Weg zur Botschaft zu einer Katastrophe gekommen war.

Aus den Schmerzen in meinem Kopf konnte ich nicht schließen, wie verletzt und angeschlagen er war, aber ich wusste, dass ich noch meinen Verstand besaß, denn meine Gedanken waren jetzt mit der Frage beschäftigt, ob es mir wohl gelänge, aufzustehen und einfach hier herauszuspazieren. Mit Schrecken dachte ich daran, wie besorgt Margaret um mich sein musste. Fubbs hatte nicht die geringste Ahnung, dass ich in den Wagen mit den Truhen gekrochen war, und verwirrt vor Kummer mochte sie Margaret irgendetwas Verrücktes erzählt haben, wie, zum Beispiel, ich sei nach Norfolk geflohen oder hätte mich im Fluss ertränkt.

Auf meine Arme gestützt, richtete ich mich ein wenig im Bett auf. Nun sah ich, dass neben meiner jämmerlichen Pritsche ein Paar Schuhe stand, die ich, obgleich sie mit übelriechendem Rinnsteindreck verschmiert waren, als die meinen erkannte, und ich blickte mich suchend nach meinen übrigen Kleidern und meiner Perücke um. Alles, was ich trug, war meine Unterwäsche. Mein rechter Knöchel war, wie ich jetzt fühlen konnte, mit einem Verband umwickelt, aber meine Füße waren nackt.

In der Nähe meines Betts konnte ich keine Kleidungsstücke entdecken. Die Kälte im Krankensaal war grimmig. (Pearce und ich hatten das manchmal den Krankenschwestern gegenüber beklagt und gesagt: »Wie sollen Eure Patienten gesund werden, wenn sie ihre ganze Körperenergie für das Zittern verbrauchen?« Doch es schien keine Möglichkeit zu geben, ihr Los zu verbessern.) Der Winter war schwer zu ertragen an einem solchen Ort.

Am anderen Ende des Raums stand zwar ein großer Kamin, in dem auch ein paar Kohlen glühten, doch längst nicht genug, um eine wirkliche Flamme zu produzieren; es stiegen nur schwarze Rauchfahnen auf, die jedermann zum Husten und Würgen brachten. Ich zog die dünne Decke enger um mich, und langsam wie ein alter Mann beförderte ich meine Füße auf den Boden.

Ich starrte auf diese Füße und die Beine, an denen sie hingen. Sie sahen nicht wie meine Füße und Beine aus, sondern wahrhaftig wie die eines Almosenempfängers, fast als hätte man mir, um meinen Einlass in St. Thomas zu erschleichen, die eigenen Gliedmaßen abgeschnitten und in einem grässlichen Austausch die unteren Extremitäten eines Landstreichers eingesetzt. Ich konnte auch sehen, dass mein rechtes Bein (oder das rechte Bein des Landstreichers) entsetzlich geschwollen war, und der Fuß hatte eine garstige Purpurfarbe, und als ich aufzustehen versuchte, schoss ein sehr tückischer Schmerz aus diesem Bein in meinen Schenkel.

Daraus schloss ich, dass mein Knöchel entweder verstaucht oder gebrochen und nicht ordentlich behandelt worden war und dass das Gehen mir wochenlange Schmerzen bescheren würde. Und die Tatsache, dass diese Schmerzen vermutlich durch Fubbsys schwere Truhen verursacht worden waren, als sie mit all dem Zinn und Silber und Gold auf mein Bein fielen, machte mir mehr denn je begreiflich, dass die Reichen von den Ärmsten der Armen verachtet werden und dass Letztere es sicher gern sähen, wenn wir geköpft und unsere aufgespießten Häupter auf der London Bridge ausgestellt würden.

Beobachtet von dem verschorften Mann, der jetzt wieder wach war und sich überall kratzte und die verdorbene Luft durch den Mund einatmete, schaffte ich die wenigen Schritte bis ans Ende meines Betts. Dort bückte ich mich und spähte darunter, in der Hoffnung, mein Hemd, meinen Rock und meine Hosen zu entdecken, doch alles, was ich fand, war ein kleines Nest aus Stroh und darin, schon seit geraumer Zeit in Leichenstarre übergegangen, eine tote Katze.

Dieser Anblick war so eindrücklich und so schaurig, dass ich augenblicklich an all die toten Wesen denken musste, die Pearce und ich während unserer Zeit hier in St. Thomas gefunden und an denen wir uns gelegentlich in anatomischem Sezieren geübt hatten.

Zahllose Mäuse und Ratten, aber auch Hunde, Eichhörnchen, Füchse und Sperlinge waren darunter gewesen. In dem Operationssaal, wo die Steine herausoperiert wurden, stießen wir einmal auf eine tote Seemöwe, und im Abtritt auf einen toten Affen, der in das samtene Röckchen eines Quacksalbers gekleidet war. Die menschlichen Toten, die auf Karren zu den Gemeindegräbern gefahren wurden, hatten wir aufgehört zu zählen. Viele dieser Leben hatten wir zu retten versucht, aber weder das Wissen noch die Mittel dazu besessen, und sehr häufig hatten wir unseren Beruf wegen all seiner Mängel und unserer Misserfolge verflucht. Der Tod hatte Pearce, der seine eigene Mutter zu retten versucht hatte und gescheitert war, stets zornig gemacht.

Da meine Schmerzen in Bein und Kopf sehr heftig waren, ließ ich mich jetzt auf mein Bett sinken und überlegte, was ich tun sollte, so verletzt wie ich war, und dazu noch beinahe nackt. Und in dem Moment hörte ich ein neues Geräusch, und das war das Läuten einer Glocke.

Ich hob den Kopf und versuchte, aus dem schmutzigen Fenster zu schauen, aber es war zu hoch, und alles, was ich erblicken konnte, war der Himmel, der nach dem Schnee, den wir erlebt hatten, nun beinahe geisterhaft leuchtete, so wie Lampenlicht, das durch ein Baumwolltuch scheint, denn lauter Wolken hatten sich vor die Sonne geschoben; und aus mir unbekannten Gründen stürzte dieser Anblick mich in eine tiefe Melancholie.

Ich legte mich wieder hin, denn ich hatte beschlossen, dass ich noch nicht kräftig genug war, um mich irgendwohin zu begeben, und hoffte nur, dass ich so lange schlafen konnte, bis ich mich etwas stärker fühlte und in der Lage war, Margaret eine Nachricht zu schicken. Die Tatsache, dass meine Nasenlöcher jetzt kaum mehr als einen halben Meter vom Leichnam der Katze entfernt waren, beunruhigte mich ein wenig, doch es gab kein anderes Bett; alle waren belegt.

Also schloss ich die Augen und hoffte, etwas Schönes und Belebendes zu träumen, und sank wohl auch in ein vorübergehendes Vergessen, bis ich merkte, dass das Glockengeläut sich verändert hatte und zu einem mächtigen, klangvollen Lärm geworden war. Und da begriff ich, dass nicht nur eine, sondern viele, sehr viele Glocken zu läuten begonnen hatten, dann noch mehr und immer noch mehr, bis die Luft ganz Londons von einem schrecklichen, endlosen Getöse zerrissen zu werden schien.

Ich lag, mit offenen Augen, sehr still da. Dann flüsterte ich es deutlich vor mich hin: »Der König ist tot.«

Ich hatte nichts, woran ich mich festhalten konnte, nur meine Decke und mein Strohkissen.

Ich drückte mein Gesicht in das Kissen und legte die Arme um meinen Kopf, um das Geräusch der Glocken zu dämpfen. Das Stroh wurde von meinen Tränen so feucht, dass aus der trockenen, leblosen Materie wieder etwas Pflanzliches wurde, das zu stinken begann.

Allmählich kehrte wieder Stille in den Saal ein, und die armen Kranken von St. Thomas schlichen verwirrt umher, denn sie wussten, was die Glocken verkündeten, wollten es aber noch nicht glauben, denn in seiner Bedeutsamkeit überstieg es ihre Vorstellungskraft. Ich sah nicht zu den leidenden Menschen, vernahm aber wohl die schlurfenden Schritte im Raum, als alle, die sich bewegen konnten, zu den Fenstern schlichen, so als könnte, wer die läutenden Glocken *sah*, begreifen, was wir unter dem neuen Monarchen,

James, Herzog von York, demnächst in England zu erwarten hatten.

Ich legte die Arme noch fester um den Kopf. Ich rief den König. Ich erklärte ihm, es tue mir leid. Ich sagte, ich hätte mir so sehr gewünscht, in seinen letzten Momenten an seiner Seite zu sein, doch der bittere Verlust meiner medizinischen Instrumente habe mich davon abgehalten. Ich stellte mir vor, wie er mir jetzt zurief, so wie er es einst im Scherz beim Blindekuhspiel getan hatte: »Merivel! Wo bist du? Wo bist du?«

Und ich erwiderte, dass ich ihm im Geiste stets nahe gewesen sei, dass ich ihn seit über zwanzig Jahren liebe und dass ich, auch wenn ich manchmal versucht hätte, diese Liebe zu vergessen, dazu nicht in der Lage gewesen sei. Ich war, in Pearce' harten Worten, der Sklave Seiner Majestät. »Doch dieses Sklaventum hat mich nicht gestört!«, rief ich laut. »Denn was ist ein menschliches Leben wert, wenn es sich nicht einer Sache widmet, die größer ist als es selbst? Wenn ich euch nicht gedient hätte, wenn ihr mich nicht aus meinem trägen Schlaf gerissen hättet, wäre ich ein Nichts gewesen.«

Den ganzen Tag lang läuteten die Glocken.

Ich lag wie gelähmt, hätte mich gern den großen Menschenmengen in der Stadt angeschlossen, die auf dem Weg nach Whitehall waren, denn ich wollte ihm die letzte Ehre erweisen. Doch so groß war der Schmerz in meinem Schädel und so erschöpft war ich vom Weinen, dass ich kaum den Kopf von dem stinkenden Kissen heben konnte.

Essen wurde mir gebracht – Hammelfleisch und Brot und ein kleiner Becher Bier. Eine Krankenschwester half mir, mich aufrecht zu setzen. Und ich griff nach dem Bier und trank es, wie ein Ertrinkender Luft schluckt. Dann fragte ich die Schwester: »Könnt Ihr mir bitte sagen, wo meine Kleider sind? Ich brauche sie, um dorthin zu gehen, wo die Pflicht mich erwartet, zum Leichnam des Königs.«

Sie besprach sich mit der Oberschwester, und diese Frau kam zu mir und sagte: »Ihr wurdet so, wie Ihr seid, zu uns gebracht, in Eurer Unterwäsche und mit den Schuhen. Man hielt Euch offenbar für tot und raubte Euch alles andere.«

Ich verfluchte Fubbsys Dienstboten, die wohl weggelaufen waren und mich, trotz der anderthalb Schilling, die ich ihnen gegeben hatte, dem sicheren Tod überlassen hatten, und ich dachte bei mir: Hier komme ich nie mehr heraus. Die Tage werden vergehen, und der Leichnam der Katze wird verrotten, und ich werde ebenfalls verrotten, nackt und von allen vergessen. An diesem Ort begann eines meiner vielen Leben, und an diesem Ort wird es ein Ende finden, das ich nicht vorhersah: ein Ende aus Gram.

Die Nacht kam, und es wurde etwas Kohle aufgehäuft, damit wir nicht frören in unserer Trauer, und während der langen dunklen Stunden nahm das Klagen und Weinen der Patienten kein Ende und wurde nur hin und wieder durch das Geräusch eines Furzes oder eines plötzlichen Erbrechens belebt. Ich lag erschöpft auf meinem durchnässten Kissen und horchte auf all dies und schloss die Augen nicht. Ich sagte mir, dass ich Wache hielt bei der Seele des Königs.

Gesegnet sei der nächste Morgen, an dem sich gegen Vormittag eine Gestalt, die ich erkannte, langsam durch den Saal bewegte, jeden Patienten musterte und endlich an meinem Bett stehen blieb und laut rief, man habe mich endlich gefunden.

Es war Julius Royston.

»Julius«, sagte ich, »ich erkläre, dass ich Lazarus bin und du der Retter der Menschheit. Wenn ich mich aufrichten könnte, würde ich vor dir auf die Füße fallen und sie küssen.«

36 ∽

Der Tag, der auf den Abend der Beisetzung Seiner Majestät folgte, wirkte mit seinen Menschenmengen in schwarzem Trauerflor, die von unseren Fenstern aus überall zu sehen waren, und dem tief hängenden Himmel darüber wie eine Verlängerung der nächtlichen Dunkelheit. Ich stand mit Margaret an Fubbsys Fenstern, und wir beobachteten diese Massen im endlosen Halbdunkel der Wolken. Und ich dachte über die Liebe des Volks zum verstorbenen König nach, und mir schien, es müsse eine ebenso hartnäckige, sich immer wieder neu gestaltende Liebe wie die meine gewesen sein, weshalb die Menschen auch nicht zu bewegen waren, diesen Ort zu verlassen, den Ort, wo ihre Liebe endlich zur Ruhe gekommen war.

Margaret und ich sahen uns jedoch nur zu bald gezwungen fortzugehen.

Fubbsy hatte sich in das Haus des französischen Botschafters zurückgezogen und uns fast ohne Möbel und ohne frische Wäsche für unsere Betten zurückgelassen.

Am 16. Februar kam dann der Befehl von König James, die Gemächer seien »komplett zu räumen«, aber nichts daraus dürfe entfernt werden, nur wir selbst, »deren Zeit abgelaufen war«, hätten uns zu entfernen. Und so packte ich denn meine Kleider und das Wenige, was mir gehörte, obwohl ich kaum gehen konnte und der Schmerz in meinem Kopf unerträglich war, und begleitete Margaret zu Lord Delavignes Haus.

Als Lady Delavigne den Verband um meinen Kopf sah und bemerkte, dass ich einen Gehstock benötigte, um einen Fuß vor den anderen zu setzen, lud sie mich sehr liebenswürdig ein, so lange im Delavigne-Haus zu bleiben, »bis Eure Heilung etwas weiter fortgeschritten ist«. Doch inzwischen konnte ich es kaum erwarten, nach Bidnold zu gelangen, deshalb sagte ich, nachdem ich ihr ausführlich gedankt hatte: »Es gibt nur eines, was mich genesen lassen wird, Milady, und das ist die liebevolle Fürsorge meines Dieners Will Gates. Ich werde mich in seine Hände begeben.«

Also sagte ich Margaret noch auf der Treppe des Delavigne-Hauses Lebewohl, und wie sie da in dem stattlichen Eingangsportal mit seinem mächtigen Wappen stand, kam sie mir plötzlich sehr klein vor. Am liebsten wäre ich zurückgeeilt und hätte sie an mich gedrückt, doch da erschien Julius in der Tür und legte ihr seinen Arm um die Schultern. Die beiden lächelten und hoben zum Abschied die Hände. Und ich vertraute alles Julius Royston an und entfernte mich.

Fast immer hatte mein Herz gehüpft, wenn ich wieder einmal auf meinem geliebten Bidnold ankam. Doch als meine gemietete Kutsche dieses Mal in die Auffahrt einbog und ich meinen Park erblickte, war, was ich sah, nicht der Park, den ich in Erinnerung hatte, sondern eine mir fremde Landschaft.

Das Gras war lang und durchwuchert von Unkraut, tote Blätter lagen unter den Bäumen, und alle schmiedeeisernen Bänke waren verschwunden. Und auf den vernachlässigten Wiesen, wo einst das hübsche Rotwild umherstreifte, suhlten sich jetzt Schweine im Schlamm, und eine Herde räudiger Schafe trottete lahm durch das Gras. Von den Rehen war nichts zu sehen. Und die stets sehr akkurat mit Kies bestreute Auffahrt war jetzt aufgewühlt von Bauernkarren, und ein scheußliches Moos von braungelber Farbe hatte sich dort ausgebreitet.

Als dann das Haus in Sicht kam, musste ich feststellen, dass der Verfall hier noch größer war.

Ein Drittel der Westwand war unter wucherndem Efeu verschwunden. Ich sah zerbrochene Scheiben und leere Fensterhöhlen, auf dem Dach fehlten Schindeln. In meinem

Innenhof, der einst hübsch ordentlich mit Buchs und Stech-palmen bepflanzt war, stand jetzt irgendein verdorrtes Un-kraut mit einer armseligen Schar schütterer Schierlingstan-nen dazwischen.

Mit großen Schmerzen im Knöchel stieg ich aus der Kut-sche und blickte mich entgeistert um. Als ich Haus und Grundstück zuletzt gesehen hatte, war alles sauber, akkurat beschnitten und tadellos in Ordnung gewesen. Jetzt sah bei-des so verändert und schmutzig aus, dass ich Mühe hatte, es wiederzuerkennen. Selbst die Luft, einst frisch und lieblich, erinnerte mich, mit ihrem Gestank nach Schweinestall, an einen Bauernhof. Ich kam mir vor wie ein armer Bauer, der allein und ohne Hoffnung auf eine Verbesserung seines Le-bens zu seinem kleinen Stück Land und dem wenigen Vieh zurückkehrt.

Es war ein bitterkalter Tag. Mein Kutscher hielt die Pferde und wartete auf seinen Lohn. Die Eingangstür des Hauses blieb geschlossen. Während ich nach meinem Geldbeutel suchte, sagte ich zum Kutscher: »Es scheint, ich bin zur fal-schen Zeit gekommen ...«

Ich zählte ihm die Münzen für die Fahrt vor, und dann sah ich ihm – ganz ähnlich wie damals in Versailles – mit so großer Besorgnis bei seinem Aufbruch zu, als wäre ich einer Gefahr ausgesetzt, kaum dass die Kutsche mich zurückge-lassen hatte.

Endlich drehte ich mich um und humpelte mit meinem Stock zur Tür. Ich begann, nach Will zu rufen, um ihm mit-zuteilen, ich sei jetzt endlich nach Hause gekommen, und während ich ihn rief, musste ich an jene andere Heimkehr im Jahre 1667 denken. Damals, nach meiner sehr langen Ab-wesenheit, hatte ich geglaubt, das Haus gehöre nicht mehr mir, und war dennoch gerührt gewesen von seinem Anblick, ich hatte einen Freudenschrei ausgestoßen, und als ich dann Will und Cattlebury zur Begrüßung im Eingang stehen sah, hatte ich geheult wie ein Baby.

Ich trat ins Haus und stand in der Eingangshalle, die dunkel war, in der keine Kerzen brannten und kein Feuer im Kamin entzündet war. Auch hier wirkte die Luft anders. Gewöhnlich roch es nach Bienenwachs und Holzrauch, und dieser behagliche Geruch hatte stets meine Seele gewärmt. Jetzt fühlte sich die Luft feucht an, und irgendetwas Unangenehmes lag darin, als ob Mäuse oder Ratten hier gestorben wären. Auf dem Boden war das Fell von Clarendon ausgebreitet. Seine Glasaugen starrten blind in das trübe Halbdunkel. Und ich wusste, dass jener Gestank von ihm kam (meinem armen Clarendon, der unfachmännisch behandelt und gegerbt worden war).

Dann hörte ich – von unten aus der Küche – das unverkennbare Geräusch von Lachen. Ich machte einige Schritte vorwärts und horchte. Weitere Wellen der Heiterkeit stiegen auf und brachen sich am kalten, stummen Strand der Halle. Erneut rief ich Wills Namen laut und verzweifelt. In meinem Kopf pochte es. Mein Knöchel schickte einen stechenden Schmerz in meinen Schenkel.

Niemand erschien. Wer immer das Haus bewohnte, war taub für meine Stimme und existierte nur in Form von Gelächter. Derart ungehört und ausgeschlossen, blieb mir nichts anderes übrig, als nach unten zu humpeln.

Ich öffnete die Küchentür und erblickte eine höchst verdrießliche Szene.

Mehr als zwanzig Personen, Männer und Frauen, in schmutzigen, zerlumpten Kleidern, waren dort versammelt, lagen oder saßen auf dem Fußboden, den Stühlen und dem Tisch, alle in sehr fortgeschrittenem Zustand der Betrunkenheit.

Auf dem Tisch stand eine Ansammlung von Weinflaschen – auf den ersten Blick nicht weniger als dreißig oder vierzig –, die aus meinem Keller stammten. Und nun, da sie alle geleert worden waren, erging die Gesellschaft sich in einer schamlosen und hässlichen Ausschweifung, und es kümmerte sie nicht, was sie vor den Augen der anderen taten. So betrieben zwei in einer Ecke kauernde Männer Sodomie, und einige Frauen hatten ihre Brüste aus dem Mieder geschoben, und die Männer saugten, als Vorspiel zur kopulierenden Unzucht, an den Brustwarzen und versuchten gleichzeitig, ihre Hosen auszuziehen. Ein Junge, kaum älter als zwölf, lachte wie verrückt und pisste einen gewaltigen Strahl neben den Herd, auf dem ein Kessel mit Kaninchenbraten blubberte und überlief.

Benommen und ungläubig ließ ich meine Augen durch den Raum wandern. Zuerst schenkte mir niemand Beachtung. Dann klopfte ich, wie ein närrischer Schulmeister oder alter Büttel, mit meinem Gehstock auf den Steinfußboden, und ein paar Köpfe drehten sich in meine Richtung. Nach und nach erkannte ich mit großer Bestürzung einige dieser zerlumpten Gestalten als meine Mägde und Lakaien, die mir und auch dem König einst in adretter Dienstkleidung so viele Jahre gedient und hart gearbeitet hatten – bessere Dienstboten hätte ich mir gar nicht vorstellen können; und jetzt waren sie zu dieser selbst ersonnenen schamlosen Zügellosigkeit herabgesunken.

Ich sagte nichts, sondern starrte sie nur an, und sie starrten zurück, und allmählich wurde es still in der Küche. Einige der Frauen setzten sich auf und schoben ihre nackten Brüste wieder in die Kleider und stießen die Männer fort. Dann erhob sich, am Ende des Tisches, Cattlebury, scharlachfarben vom Wein und gewaltiger im Umfang denn je, in seinen breiten Pranken die Unterhose des Frauenzimmers, das neben ihm hockte und, noch betrunkener als die meisten, ihn immer noch an seinem dicken Bauch begrabschte. Ich wartete, bis Cattleburys Augen so weit geradeaus blicken konnten, dass er mich erkannte.

»Sir Robert«, sagte er endlich. »Wir dachten nicht, dass wir Euch jemals wiedersähen.«

»Ach«, sagte ich. »Ihr dachtet nicht, dass Ihr mich jemals wiedersäht? Wie das?«

»Wir dachten, Ihr wärt nicht mehr da. Ihr wärt tot, dachten wir.«

»Nun, ich bedaure, dich enttäuschen zu müssen, Cattlebury, aber hier bin ich. Und nun erklär mir bitte, was diese hässliche Szene bedeutet.«

Er schwanke vor und zurück. Schweiß lief ihm über die Wangen. Die Frau kicherte und stupste ihn in den Arm. »Seine großmächtige Lordschaft fragt, was das hier *bedeutet*, Mr. Cattlebury. Was die lausige BEDEUTUNG von dieser feinen Versammlung ist!«

Cattlebury wischte sich das Gesicht mit der Unterhose und versuchte, sich zu fangen und in seiner ganzen Länge aufzurichten, damit er mich von oben herab anschauen konnte.

»Die Bedeutung, Sir Robert«, stammelte er schließlich, »dieselbe Bedeutung wie damals, als Ihr und … Ihr und Lady Bathurst und all die fidelen Gecken und Wüstlinge aus London es genauso trieben, ein ums andere Mal und wieder und immer wieder, und wir … wir plagten uns, um Euer stinkendes Chaos hinter Euch wegzuräumen! Was könnte es denn sonst für eine Bedeutung geben?«

Daraufhin brach erneut wildes Gelächter aus. Die Männer in der Ecke verstanden die grobe Äußerung und die anschließende Heiterkeit als Einladung, ihre unterbrochenen gierigen Bemühungen wieder aufzunehmen, und taten es in einer gewissen Hast, völlig unbekümmert darum, ob ich sie in ihrer hündischen Brunst sah.

Ich betrachtete die beiden und das ganze unerfreuliche Spektakel, und ich dachte bei mir, wenn die Menschen *sich von Nahem sehen* würden, so bar aller Nüchternheit und zu Tieren geworden, nun, dann würden sie vielleicht nicht, so wie ich, immer wieder von Neuem so tief sinken und sich der bloßen Lüsternheit überlassen, weil sie endlich begriffen, dass ihnen das beinahe ihre Seele stiehlt.

In diesem Augenblick kam eine junge Frau zu mir, in der ich Margarets Kammerzofe Tabitha erkannte – sie, die mit solch selbstloser Hingabe über der schrecklichen Krankheit meiner Tochter gewacht hatte. Auch Tabitha hatte getrunken, und ihr Haar war zerzaust und fiel ihr in die Augen, aber ihr Kleid war sauber und glatt. Sie nahm mich wortlos bei der Hand und führte mich aus der Küche. Sie stieg die Treppe hinauf und betrat den Flur, der zur Bibliothek führt, und weil ich nicht wusste, was ich sonst tun sollte, humpelte ich hinter ihr her und überließ das unzüchtige Gelage unter mir sich selbst und seinem eigenen Verderben. Tabitha öffnete die Bibliothekstür, und wir traten ein.

Ich blickte mich um. Mir schien, es standen sehr viel weniger Möbel da als früher, und auf den verbliebenen lagen weiße Abdecktücher. Es war kühl und muffig in dem Raum. Ich zog eines der Tücher weg und sank in einen Sessel, und mein Stock fiel zu Boden.

»Wo ist Will?«, fragte ich mit einem langen, schmerzlichen Seufzer. »Bitte geh und such Will Gates.«

Da kam Tabitha zu mir und kniete neben mir nieder. »Sir Robert«, sagte sie, »Ihr dürft uns nicht bestrafen. Wir haben Eure Abwesenheit ungebührlich ausgenutzt, und wir entschuldigen uns für das, was geschehen ist, doch es ist nur deshalb so weit gekommen, weil wir kein Geld für den Haushalt hatten …«

»Kein Geld?«, sagte ich. »Was heißt das? Ich habe doch reichlich Geld hinterlassen.«

»Nein, Sir. Nach November hatten wir nichts mehr, Sir. Nichts für Essen oder Öl oder Kerzen oder sonst irgendwelche Waren. Wir haben das Rotwild getötet und gegessen. Es blieb uns nichts anderes übrig. Als es kein Wild mehr gab, haben wir die Schweine und die Schafe der Bauern im Austausch für Fleisch in Eurem Park grasen lassen. Wir konnten kein Bier kaufen, also tranken wir aus Eurem Keller. Denn Ihr schicktet uns kein Geld und keine Nachricht. Da konnten wir nur vermuten, dass Ihr tot wart oder beschlossen hattet, uns zu vergessen, und deshalb seid in Wahrheit Ihr verantwortlich, weil Ihr uns so grausam im Stich gelassen habt. Wir waren nicht bereit zu hungern.«

»Tabitha«, sagte ich, »ich habe Euch nicht ›im Stich gelassen‹. Du weißt, was für ein Mensch ich bin. Ich hätte so etwas nie tun können. Bevor ich in die Schweiz reiste, habe ich Will Gates die Hälfte vom Sechs-Monats-*loyer* des Königs übergeben. Das war mehr als genug, um den Haushalt zu führen und Lebensmittel für ein ganzes Jahr zu kaufen, und das Jahr ist noch nicht einmal vorbei.«

Tabitha blickte auf den Teppich nieder. Mit den Fingern fuhr sie nervös über sein kompliziertes Muster. »Wir haben gesucht«, sagte sie, »aber wir haben nichts gefunden. Wir konnten das Geld nirgendwo finden.«

»Ihr habt gesucht ...«

»Ja. Als Mr. Gates heimging –«

»Was?«

»Als Mr. Gates uns verließ, Sir ...«

Tabitha verbarg ihren Kopf in den Händen und strich sich die Haare aus dem Gesicht. Sie sah mich nicht an, als sie sagte: »Er hat nicht gelitten, Sir Robert. Er starb im Schlaf am ersten Dezember. Als er an dem Morgen nicht herunterkam, sind Mr. Cattlebury und ich zu seinem Zimmer gegangen, und er lag sehr friedlich und still auf seinem Bett und war mit seinem alten Dachspelz zugedeckt.«

Ich ließ den Blick durch die verhüllte Bibliothek wandern und klammerte mich an die Lehnen meines Sessels. Ich bewegte keinen Muskel meines Gesichts oder Körpers und sagte kein Wort.

Tabitha fuhr fort: »Wir haben alles korrekt erledigt, Sir Robert, so gut wir konnten. Wir haben nach den Leichenbeschauern geschickt, damit sie die Ursache des Todes feststellten, aber sie *sahen* keine Ursache, außer dass sein Herz aufgehört hatte zu schlagen. Sie sagten nur, dass Mr. Gates jetzt bereit sei, ›eins mit der Erde zu werden‹.

Wir hatten kein Geld für ein wollenes Leichentuch, aber

Mr. Cattlebury sagte, das sei nicht wichtig. Er ordnete an, dass Mr. Gates in mehrere Dachshäute eingenäht würde, wie wir sie im letzten Winter getragen haben, und es sollten so viele sein, dass er ganz eingehüllt wäre, und dann schickten wir nach dem Leichenbestatter, und der holte ihn ab.«

Schweigen senkte sich über den Raum. Ich blickte zum leeren Kamin, und mehr als alles in der Welt wünschte ich mir, Will würde davor knien und Kleinholz für ein herrliches Feuer zu einem ordentlichen Häufchen schichten.

Endlich fragte ich: »Wo liegt er begraben, damit ich hingehen und ihn besuchen kann?«

Als Tabitha nicht antwortete, wiederholte ich die Frage. Wieder zupfte sie an ihrem Haar herum, versuchte, es sich aus den Augen zu streichen. Dann sagte sie: »Wir hatten kein Geld, Sir Robert, und es kam kein Freund und kein Verwandter, um seinen Leichnam zu fordern. Wir hatten keine Wahl. Er liegt im Armengrab hinter dem Kirchhof von Bidnold.«

Ich blieb reglos in der Bibliothek sitzen, bis die Abenddämmerung hereinbrach. Und im Zwielicht sah ich betrunkene Gestalten die Auffahrt hinunterschwanken und hörte erneut das schrille Lachen des Jungen. Also erhob ich mich, ging hinunter zur Haustür und sah meine einstigen Dienstboten gemeinsam mit anderen mir nicht bekannten Menschen, die sie zu ihrem ausschweifenden Vergnügen eingeladen hatten, sich torkelnd von Bidnold entfernen, und mitgenommen hatten sie alles, was sie tragen konnten von meinen übrig gebliebenen Besitztümern.

Ich versuchte nicht, sie aufzuhalten. Dass ich um so Vieles gebracht wurde, was mir gehört hatte, bekümmerte mich nur wenig. Ich hatte einst in Norwich gesehen, wie ein Mann gehenkt wurde, nur weil er einen einzigen Ballen Stoff gestohlen hatte, und diese Leute hier machten sich, vor meinen Augen, mit einem großen Schatz an Porzellan und Silberwaren davon und verschwanden damit irgendwo in der weiten Welt, wo ich sie nie wiederfinden würde.

Unter den gestohlenen Gütern waren sehr viele Uhren, und dieses Stehlen von Zeit weckte in mir die wehmütige Erinnerung an Hollers und seine Uhr, welche er Madame de Maintenon hatte schenken wollen; doch sie war von ihr abgelehnt worden, weil sie »Gott die Zeit stahl«. Und dann dachte ich, dass das Leben der größte Diebstahl von Zeit war und dass uns nichts anderes übrig blieb als zuzuschauen, wie die Tage und die Monate und die Jahre davonschlüpften und in der Dunkelheit verschwanden.

Das war eine melancholische Beobachtung, aber was mich noch mehr betrübte und mir das Herz so schwer machte, dass ich kaum atmen konnte, war meine Vorstellung von Wills totem Körper: Wie er, fest eingewickelt in die Dachsfelle, achtlos in die Gemeindegrube geworfen und dann mit Ätzkalk zugeschüttet worden war.

»Das darf nicht sein, Will!«, erklärte ich der hereinfallenden Nacht. »So darf es nicht enden.«

Ich wusste nicht mehr, was ich tun und wohin ich mich begeben sollte in dem großen Haus, das in all der Zeit, die ich es kannte, nie derart menschenleer gewesen war.

Ich kehrte in die Bibliothek zurück, zündete eine einzelne Kerze an und setzte mich zu der Geisterschar von Fußschemeln und Kartentischen und dem sehr schönen Globus – Dingen, an die ich mich gerade noch erinnern konnte und die ich alle nie wiedersehen würde.

»Deine Welt, Merivel«, sprach plötzlich Pearce' Stimme aus dem Schatten, »ist grausam *geschrumpft.*«

Darüber musste ich lächeln. »Du hast Recht, mein Freund«, sagte ich. »Das ist sie wahrhaftig.«

»Und was wirst du nun tun?«, fragte Pearce.

»Ich weiß es nicht«, erwiderte ich. »Ich weiß es nicht.«

Ich dachte an mein Werk, meine *Betrachtungen über die Tierseele*, die ich mit solch rührendem Optimismus begonnen hatte, und fragte mich, ob ich mich wohl wieder daransetzen würde. Oder war ich vielleicht doch, nachdem ich eine Behauptung aufgestellt hatte, die sich wahrscheinlich nie endgültig erforschen und *beweisen* ließe, nur wieder zu einer meiner sinnlosen Reisen aufgebrochen? So wie damals nach Versailles – ebenso wenig, wie man dort meine angebotenen Dienste in Anspruch genommen hatte, würde ich die Beweise, die ich suchte, finden.

»Was meinst du, Pearce?«, fragte ich. »Soll ich weiter die Idee dieser Arbeit verfolgen?«

Doch es kam keine Antwort. Pearce war gegangen.

Ich schlief ein wenig und wachte mit quälendem Hunger wieder auf. Der Kaninchenbraten fiel mir ein, und ich nahm meinen Gehstock und stieg die Treppen hinunter zur Küche.

Dort brannten zwei Öllampen, und in deren Licht säuberte Tabitha langsam und geduldig den Raum von verschüttetem Wein und Urin und Sperma und weggeworfenen Kaninchenknochen.

Ausgestreckt auf drei Stühlen lag Cattlebury, gleichgültig gegen alles und schnarchend wie ein Bluthund. Ich starrte ihn an und sah, dass sein Hals fast entzweibrach, weil sein Kopf so schwer auf dem Sitz des einen Stuhls lastete, und plötzlich hatte ich Mitleid mit diesem Hals und mit dem Menschen Cattlebury, und ich sagte zu Tabitha: »Hilf mir, ihn hochzuheben, wir bringen ihn in sein Bett.«

Wir trugen ihn, mühsam und mit Pausen, in sein kleines Zimmer, legten ihn hin und deckten ihn gegen die kalte Nacht gut zu. Ich blickte in sein fettes, zerstörtes Gesicht und dachte an all die feinen Speisen, all die Gulaschgerichte und Früchtebrote und Taubenpasteten und Milch-Poshottes und Minztörtchen, die er zubereitet und die mich so lange am Leben gehalten hatten. Und ich streckte den Arm aus und berührte seine Stirn und ließ die Hand einen Augenblick dort ruhen, bevor ich ging.

37 ⋐⋑

Am folgenden Tag gab ich Tabitha einige Münzen und schickte sie ins Dorf Bidnold, sie solle mir Pferd und Wagen mieten, denn ich konnte auf meinem geschwollenen Knöchel kaum noch zehn Schritte weit humpeln.

Das Pferd, das sie bekommen konnte, war eine schwache, langsame Stute, die sich nicht in einen Trab peitschen ließ, und so wurde es eine müde Reise, aber es kümmerte mich nicht besonders. Ich hatte nur eine einzige Aufgabe im Sinn.

Ich erreichte das Haus des Totengräbers gegen zehn Uhr. Er hieß Blunt und war ein ungehobelter Mann, ohne Höflichkeit und Anmut. Und so war mein Handel mit ihm auch kurz und schmerzlos, denn ich hielt mich an sein Vorbild.

Ich hielt ihm einfach eine Geldsumme von fünf *livres* vor seine harten kleinen Augen und sagte: »Ihr kennt mich, Totengräber Blunt, und wisst, dass ich ein Mann bin, der sein Wort hält. Ich erkläre hiermit meine Verwandtschaft mit einem gewissen William Gates, der nach seinem Tod im Dezember, als ich nicht in England war, versehentlich in die Gemeindegrube geworfen wurde.«

»Verwandtschaft?«, sagte Blunt. »Was für eine Art Verwandtschaft kann ein armer Mann denn wohl mit euch haben?«

»Er war kein armer Mann«, sagte ich. »Er war zwanzig Jahre lang mein ehrlicher, gottesfürchtiger und hart arbeitender Diener, und ich habe ihn sehr gern gehabt. Und ich wünsche, dass er in einem ordentlichen Grab liegt. Ich werde für das Ausgraben und für einen Grabstein zahlen. Alles, was ich von Euch verlange, ist, dass Ihr Euch heute Männer sucht, die ihn aus der Grube holen und ein Grab für ihn auf dem Kirchhof schaufeln. Ich werde ihre Arbeit überwachen.«

Als Blunt murmelte, da müsste ich aber zuerst den Küster fragen, steckte ich das Geld wieder weg und sagte: »Ach so, ich soll also ihm die fünf *livres* geben?«

»Nein, nein«, sagte Blunt und blickte ängstlich auf das Geld, »aber so ist das *Verfahren*. Niemand darf ohne Unterschrift des Küsters aus der Grube geholt werden, die Unterschrift des Totengräbers genügt nicht …«

Zehn *livres* also: fünf für Blunt und fünf für den Küster für eine schriftliche Genehmigung. Nachdem er sich mit diesem Stück blanken Raubs einverstanden erklärt hatte, sagte Blunt: »Und Ihr müsst Euch selbst die Männer zum Graben suchen, Sir, *ich* kann niemanden, den ich kenne, um diese Arbeit bitten.«

»Wollt Ihr damit etwa andeuten, dass solche Männer, obgleich die Angelegenheit die Kirche betrifft und in Eurer Gemeinde stattfindet, eher *meinem* Befehl folgen als Eurem?«

»Nein.«

»Was dann?«

»Ich will andeuten, dass überhaupt niemand es machen wird.«

Während die Genehmigung mühselig geschrieben und beglaubigt wurde, begab ich mich zu dem Schreiner und Sargtischler, Mr. Shanks, und kaufte einen Sarg, »gefertigt für einen kleinen Mann oder eine Frau, nicht größer als ein Meter zweiundsechzig«, und legte ihn in den Pferdewagen. Die »gefertigten kleinen« waren die einzigen noch verfügbaren Särge, »denn die meisten, die sterben, Sir, außer Kinder«, sagte Shanks, »sind fetter, als sie einmal waren, und scheinen an dieser Fettleibigkeit zu sterben, und ich kann die Kisten gar nicht schnell genug zimmern«. Zu dem Sarg wurde mir auch ein wollenes Leichentuch mitgegeben, für das ich einen tollkühnen Preis zu zahlen gezwungen war, aber auch das kümmerte mich nicht.

Dann machte ich mich auf den Weg zu der ärmlichen Behausung, in der Patchett inmitten seiner Greiskraut-Felder wohnte – jener Mann, der den armen Clarendon mit seiner Donnerbüchse getötet hatte.

Er zog gerade Rüben aus der harten Erde seines Gemüsebeets, und ich sagte zu ihm: »Patchett, ich brauche dich ...«

Aber anstatt zu protestieren, lächelte er, als er von der grässlichen Arbeit hörte, die ich von ihm verlangte. Er kratzte sich an seinem gewaltigen Schädel und sagte: »Ich wusste doch, dass die Sache zwischen Euch und mir mit dem Tod Eures Bären noch nicht zu Ende war, Sir Robert. Ich wusste, dass eines Tages mehr von mir verlangt würde. Aber dies hier habe ich nicht vorausgesehen.«

»Wirst du es machen?«, fragte ich.

Er kratzte sich weiter. Er seufzte, und sein müder Atem verdunstete in der kalten Luft. Er hatte Will und seine Herzensgüte gekannt, also redete ich weiter und erklärte ihm, dass es nicht meinetwegen, sondern seinetwegen geschehe.

Endlich sagte Patchett: »Ich werde es für Geld machen, Sir Robert. Oder für Fleisch.«

Ich durchwühlte alle meine Taschen, um zu sehen, wie viel Geld mir noch geblieben war, nachdem ich den Totengräber, den Küster und den Sargschreiner bezahlt hatte, und alles, was ich fand, war ein goldener Sovereign. Ich legte ihn in meine offene Hand, und Patchett starrte ihn ehrfürchtig an.

»Hier«, sagte ich, »der gehört dir, wenn du Will Gates vor Einbruch der Nacht ordentlich in seinen Sarg gelegt hast.«

Den Sovereign sicher in der Tasche und das Gesicht mit allerlei Lappen gegen den Gestank und die Ansteckung der Armengrube geschützt, begann Patchett um ein Uhr mit dem Graben. Ich stand neben ihm, um ihn anzutreiben. Ich wusste, dass uns nur noch wenige Stunden mit Tageslicht blieben.

Ich sagte zu ihm: »Wir werden Will in dieser flachen Grube sehr schnell finden, denn sein Körper wurde in Dachshäute eingewickelt.«

»Dachshäute?«, sagte Patchett. »Fand denn niemand etwas Besseres, um ihn einzuwickeln?«

»Nein«, sagte ich. »Das ist sein Leichentuch – die Haut von Tieren.«

Während Patchetts Spaten sich durch Erde und Kalk wühlte, begann der Gestank des Todes aufzusteigen, und ich musste wieder daran denken, dass ich in dieser einen Sache, dem Geruch des Todes, stets mutiger gewesen war als Pearce und die Anatomiestunden immer gut durchgestanden hatte, während andere Studenten sich erbrachen oder ohnmächtig wurden. Und um Patchett ein wenig von seiner Arbeit abzulenken, begann ich, ihm von den Obduktionen zu erzählen, die ich einst in Cambridge vorgenommen hatte, und ich gestaltete meine Erzählung sehr blutig und anstrengend und aufregend, damit sein Geist sich eher mit diesen lang vergangenen Dingen beschäftigte und nicht mit dem Wühlen in Erde und Knochen.

Wie ich vorausgesagt hatte, dauerte es nicht lange, bis er auf das schmutzige Pelzbündel stieß, das Will gewesen war. Patchett hob ihn heraus und legte ihn auf das Gras, und ich sah, dass zwischen den Stricken, die das räudige Leichentuch zusammenhielten, zwei oder drei Dachsschnauzen hervorschauten, und diese verdreckten, aber doch traulichen Gesichter minderten ein wenig mein Entsetzen; ich stellte mir vor, diese Tiere würden Will Gesellschaft leisten, so wie ein ausgestopftes Spielzeugtier einem Kind Gesellschaft leistet, und Will die endlos lange Nacht erträglicher machen.

Ich hätte die Pelze und die Schnauzen sicherlich gewaschen und gebürstet, wenn ich nicht gesehen hätte, dass die Maden schon darin saßen, und vor dem Ausbürsten von Maden schreckte ich zurück. Doch ich ging zu Will, scherte mich nicht um den Gestank und kniete nieder und legte meine Hand dorthin, wo ich sein Gesicht vermutete.

»Will«, sagte ich, »ich hole dich aus dem Armengrab, denn du warst nie ein Armer, sondern, an Herzensgüte, so reich wie der reichste Mann.«

Dann hüllten Patchett und ich ihn in das teure wollene Leichentuch und legten ihn in den Sarg, der aus sehr massiver Eiche war, und ich schloss den Deckel und nagelte Will zu, während Patchett ein Grab für ihn zu schaufeln begann.

Die Grabstelle lag – selbst im Februar – im Sonnenlicht, nur der zarte Schatten eines Apfelbaums fiel auf eine Ecke, und ich dachte: Das ist ein guter Platz.

Als die Sonne verschwand und es sehr kalt wurde, bekam ich Angst, dass das Grab nicht vor Einbruch der Dunkelheit fertig würde. Also beschaffte ich mir ebenfalls einen Spaten und versuchte, Patchett trotz meines geschwollenen Knöchels bei seiner mühseligen Arbeit zu unterstützen. Doch es fiel mir so schwer, mit meinem Fuß überhaupt Druck auszuüben und mich in der aufgewühlten Erde zu bewegen, dass ich ihn in Wahrheit nur behinderte.

Endlich – es war schon fast dunkel und ein eisiger Stern wurde hinter dem Apfelbaum sichtbar – war das Grab fertig, und wir ließen den Sarg hinab. Und ich spürte, wie mich eine große Erleichterung erfasste: Ich hatte eine Sache ordentlich erledigt. Dann griff ich erneut nach dem Spaten, und wir bedeckten die Kiste mit der schweren Erde des Kirchhofs von Bidnold, und ich erklärte Patchett, welche Worte ich auf einen Grabstein eingravieren lassen würde, und sie lauteten wie folgt:

William Gates, Esquire
1609-1685
Ein unschätzbarer Mensch

Die klapprige Stute und ich fanden im Mondlicht den Weg zurück zum Haus. Sie war erschöpft und schwitzte vom Ziehen des Karrens, und ich erklärte ihr, wenn wir erst einmal zu Hause seien, würden die Pferdeknechte sie in einen warmen Stall bringen und ihr Heu und Wasser geben. Doch dann fiel mir ein, dass es *gar keine Pferdeknechte gab* – nur Männer, die in irgendeinem fernen Wirtshaus feierten, sich laut über die Beute freuten, die sie mir gestohlen hatten, und sich zweifellos über mein Unglück lustig machten.

Die Stallungen aber standen noch, und es gab auch Stroh darin, und ich befreite die arme Stute von dem Karren und führte sie hinein und fand zwischen dem Stroh noch einige Karotten und gab sie ihr und füllte den Eimer mit Wasser aus dem Brunnen und stellte ihn vor sie hin. Ich sah ihr zu, wie sie ein wenig trank, und dann legte sie sich nieder.

Ebenso müde wie das Pferd und mit Schmerzen im Fuß, die mittlerweile sehr heftig waren, humpelte ich ins Haus, und zu meiner großen Freude brannte ein stattliches Feuer in der Halle. Ich sank auf eine Bank vor dem Kamin, und nach einiger Zeit erschien Tabitha in einem sauberen Kleid mit Schürze, die Haare gewaschen und ordentlich gekämmt, und brachte mir Wein.

»Oh«, sagte ich, »es überrascht mich, dass überhaupt noch Wein da ist, Tabitha, wenn jeder Tag in diesem Haus so war wie gestern.«

Sie senkte den Kopf, während sie mir Wein einschenkte. »So war es nicht jeden Tag, Sir Robert, sondern nur, wenn Mr. Cattlebury übermütig wurde und alle Welt einlud.«

»Da bin ich aber froh.«

»Es war wirklich nur wenige Male, Sir Robert ...«

»Nun, Gott sei bedankt für kleine Gaben. Und jetzt hol mir bitte Cattlebury, Tabitha, denn wir werden eine ernste Unterhaltung führen müssen. Er wird sicherlich wissen, dass er für all das, was er getan hat, gehängt werden könnte.«

»Er hat es doch nur getan, weil kein Geld da war, Sir Robert. Einmal sagte er zu mir: ›Menschen, die nichts im Bauch haben, werden sehr schnell zu Tieren.‹ Und ich glaube, er hat Recht. Denn wir waren sehr elend hier. Wenn Mr. Gates

uns doch nur gesagt hätte, wo er das königliche *loyer* aufbewahrte ...«

»Ich weiß«, sagte ich. »Und dennoch, Tabitha, der Schaden, den ich hier vorfinde, ist sehr groß. Was soll ich mit
Cattlebury machen? Ich glaube nicht, dass er noch länger in
meinen Diensten bleiben kann.«

Tabitha bückte sich und legte ein weiteres Scheit ins Feuer.
Dann blickte sie zu mir hoch. »Er ist heute gegangen, während Ihr fort wart«, sagte sie, »und wird nie mehr zurückkehren.«

Ich starrte Tabitha an. Im Geiste sah ich meinen ehemaligen Koch, den ich seit beinahe zwanzig Jahren kannte, plötzlich sehr lebhaft vor mir – ein Ungetüm, das über seinen
Feuern wachte, stets bereit zu irgendeiner Meuterei und – bis
auf die jüngste Zeit – nie darüber gestürzt, denn Cattlebury hatte keine andere Heimat als Bidnold Manor. Und nun
hatte er sich hinaus in die Dunkelheit begeben, und ich hätte
nicht voraussagen können, was aus ihm werden würde.

»Hat er mir irgendeine Nachricht hinterlassen?«, fragte
ich.

»Ja«, sagte Tabitha. »Er bat mich, sie für ihn aufzuschreiben, weil er nicht sehr gut mit seinem Alphabet zurechtkam.«

»Dann zeig sie mir.«

Tabitha zog einen Zettel aus ihrer Schürzentasche und gab
ihn mir.

Sir Robert, las ich,
*ich hänge an meinem Leben und werde nicht auf Mouse
Hill im Wind schaukeln, nur weil ich mir nahm, was ich
brauchte, damit meine Seele nicht meinen Körper verließ.
Ich sage euch Lebewohl. Ich werde Bidnold immer in meinem Herzen bewahren.*
M. Cattlebury

Ich las die Botschaft mehrere Male, dann steckte ich sie in meine Tasche, nahm Tabithas Hand in meine und sagte: »Wir alle tragen Bidnold in unserem Herzen, doch es ist vorbei.«

»Es ist vorbei?«

»Ja. Ich werde einige kleine Reparaturen vornehmen lassen, an den Fenstern und so weiter, um das Haus sicher zu machen. Danach wird alles, was noch übrig ist, in ein Lagerhaus gebracht, und Bidnold Manor wird geschlossen werden. Ich werde nach London fahren und im Sommer von dort aus in die Schweiz.«

»Was wird denn aus dem Haus, Sir Robert?«

»Es wird verkauft werden.«

»An wen?«

»Das weiß ich nicht. Und es kümmert mich nicht. Einst habe ich es ganz und gar in Ordnung gebracht, Tabitha, in jedem Zimmer meine eigenen wilden Wunder geschaffen – mit scharlachfarbenem Brokat und goldenen Baldachinen und karmesinroten Quasten, und meinem Freund John Pearce blieb darüber fast das Herz stehen. Ich war Feuer und Flamme für mein Unterfangen. Ich konnte kaum schlafen vor Aufregung, als ich den Teppich aus Chengchow entdeckte! Bidnold Manor ist das einzige Haus, das ich jemals besessen habe. Ich verlor es einmal, und dann wurde es mir wieder übereignet, und ich liebe es seit jeher. Margaret hat gehofft, hier zu heiraten. Aber ich werde sie enttäuschen müssen, denn mir ist nicht danach zumute, es erneut in Ordnung zu bringen. Es muss nun ohne Merivel auskommen.«

»Das tut mir sehr leid, Sir Robert«, sagte Tabitha.

»Ja«, sagte ich. »Mir tut es auch leid. Aber alle Dinge kommen irgendwann einmal an ein Ende.«

Ein langes Schweigen senkte sich über die Halle. Dann sagte Tabitha leise und schüchtern: »Was wird denn aus mir? Schickt Ihr mich auch hinaus in die Dunkelheit?«

»Nein«, sagte ich. »Denn ich habe nie vergessen und werde auch nicht vergessen, was du für Margaret getan hast.

Morgen werde ich mit dem Wagen zu Lady Prideaux fahren und sie bitten, dass sie dich in ihre Dienste nimmt. Würde dir das gefallen?«

»Ja, Sir. Wenn sie mich nimmt ...«

»Sie wird dich nehmen. Und dann wirst du mit der Familie im Sommer nach Cornwall fahren?«

»Ja ...«

»Sehr schön. Es gibt dort Papageientaucher, und das sind Vögel, die ich noch nie gesehen habe, aber ich verspreche dir, dass du sie sehen wirst.«

Ich schlief lange und erwachte kurz vor Morgengrauen und wusste sofort beim Aufwachen, wo Will das *loyer* des Königs aufbewahrte – an einer Stelle, wo niemand es gesucht hätte.

Darum stand ich auf, zog meinen Morgenmantel an, nahm eine Kerze und meinen Gehstock und begab mich still und humpelnd in das weiße Zimmer im Westturm – jenes Zimmer, in dem einst mein gesamtes Leben stattgefunden hatte.

Es war völlig leer, bis auf einen kleinen türkischen Teppich und einen einzigen Sessel; in ihm hatte ich gern gesessen und die Veränderungen des Himmels beobachtet und dem Wind zugehört und das Gefühl gehabt, ich befände mich über der Welt, triebe aber, wie eine Wolke, dennoch inmitten seiner Schönheit. Nur Will wusste, dass ich manchmal noch hierherkam.

Ich setzte die Kerze ab. In den vier großen Turmfenstern gen Norden, Süden, Osten und Westen wurde das Licht heller, und ich sah, dass der Tag schön würde.

Ich kniete mich auf den Boden, rückte den Sessel von seiner gewohnten Stelle und rollte den Teppich auf. Und genau wie ich vermutet hatte, lag unter einem Brett, das zu diesem Zweck eingepasst worden war, die lederne Tasche, in der Will stets unsere jährlichen Rechnungen aufbewahrt hatte. Und, versteckt zwischen den Papieren, lag eine große Menge des königlichen Golds.

Ich berührte die Sovereigns kaum, sondern blieb auf meinen Knien liegen und bestaunte ihren hartnäckigen Glanz. Dann entdeckte ich, dass Will noch etwas anderes unter dem Fußbodenbrett versteckt hatte.

Ich griff danach und zog es heraus und sah, dass es mein Buch war (die Geschichte meines Lebens, die ich *Der Keil* genannt hatte), das sechzehn Jahre lang unter meiner Matratze gelegen hatte und jetzt, eingezwängt in dieses neue Versteck, mehr denn je zerknittert und zerrissen und mit Staub und Mäusedreck beschmutzt war. Und doch dankte ich Will dafür, dass er es in Sicherheit gebracht hatte. Nun, da mir so viel anderes genommen worden war, freute ich mich, dass dieser kleine Bericht über mein Leben, so zerfleddert er auch sein mochte, noch existierte.

Ich setzte mich in den Sessel und begann zu lesen. Ich las, dass ich mich im ersten Satz als »einen sehr unordentlichen Mann« mit einem dicken Bauch und einer missgestalteten Nase beschrieben hatte, und darüber musste ich lächeln.

Ich las weiter und kam zu den von mir so genannten »Fünf Anfängen« meines Lebens, und ich war sehr erstaunt über so viel Hast und Torheit und Irrsinn meines jüngeren Ichs. Tatsächlich nahm das Buch meine Aufmerksamkeit so sehr gefangen, dass ich erst aufblickte, als das Licht um mich herum plötzlich zu seinem großartigen Übergang in das tiefe Rot der aufgehenden Sonne ansetzte. Ich blickte hinaus in den Himmel. Einen Moment lang glaubte ich mich in einem Feuerkessel.

EPILOG
Eidesstattliche Aussage von
Mrs. R. Pierpoint, niedergelegt
in ihrer Wäscherei am achtzehnten Tag
des Märzes im Jahr 1685 ဢ

Ich schreibe diese Dinge hier nieder, die, das schwöre ich bei allen Fischen im Fluss, die Wahrheit sind, so wie sie zu mir kam am Morgen des 18. März 1685, dem Jahr, in dem der König starb.

Der Tag war kühl. Ich hatte meine Feuer geschürt und eine gute Menge Laken und Unterkleider zum Kochen aufgesetzt, und ich hielt gerade meine Arme an die Kupferkessel und wärmte mich, als meine Tür zur Straße aufging, und herein kam mein alter, lieber Freund Sir Robert Merivel. Und als ich ihn sah, lief ich zu ihm und rief: »Oh, Sir Rob, nehmt Rosie in Eure Arme, denn Ihr ist schrecklich kalt!«

Und so umarmten wir einander und seufzten miteinander, und ich klagte wie folgt: »Der König ist tot! Und es ist eine Schande, eine himmelschreiende Schande für England und für uns, die wir ihn liebten, und für all die viele weiße Kavaliersspitze, die das Wäschereigewerbe ernährt hat.«

Und Sir Robert streicht mir zärtlich übers Haar und küsst meine Wange, aber er kann nicht sprechen, weil er schier in Tränen erstickt.

Und so führte ich ihn zu meinen brodelnden Kesseln, um ihn zu wärmen, und gab ihm ein frisch gebügeltes Taschentuch, und er sagt zu mir: »Wessen Taschentuch ist das?«

Und ich sage: »Das spielt keine Rolle. Denn jetzt ist es Euers, und was kann irgendwen ein Taschentuch kümmern, wenn der König erst gerade gestorben ist?«

Er setzt sich auf einen Kleiderstapel, der gewaschen werden soll, darunter ein paar feine Hemden, aber das Meiste ist sehr verschlissen und abgetragen und hängt nur noch an einem dünnen Faden, weil nämlich die Träger in die Mittellosigkeit geraten sind und sich nichts Neues leisten können und mir immer wieder dieselben alten Lumpen bringen.

Und als Sir Robert sich die Nase geschnäuzt und die Augen gewischt hat, bemerkt auch er es: »Was sind das für Fetzen, die du jetzt waschen musst, Rosie?«

Und ich sag zu ihm: »Das sind die Fetzen von England. Und all die heilen und schönen Sachen gibt es nicht mehr.«

Und dann schickte ich Mabel und Marie nach Hause, die Mädchen, die für mich arbeiten, und schloss die Eingangstür und hängte mein Schild auf: *Mrs. Pierpoint bedauert, dass die Wäscherei heute geschlossen bleibt. Bringt Eure Kleidung bitte morgen*, und ich holte eine Flasche Wein aus meinem Regal, und dann setzte ich mich neben Sir Rob auf die Wäsche und drückte ihn an mich und sagte: »Sollen wir den hier trinken, auch wenn es erst zehn Uhr morgens ist, und die Welt einfach dahinziehen und zum Teufel gehen lassen?«

Und er legt seinen Kopf an meine Brust und sagt: »Rosie Pierpoint, in meinem Herzen habe ich dich stets sehr geschätzt, und du hast mir mein Leben lang Trost geschenkt.«

Ich küsse seine Stirn und sage: »Ich werde all die Kapaune und die Sahnekrüge, die Ihr mir mitgebracht habt, nicht vergessen, und auch nicht, wie ich immer die Sahne auf den gebratenen Kapaun gestrichen hab, und nie hat irgendein Vogel besser geschmeckt.«

Wir begannen, den Wein zu trinken. Und Sir Robert fing an, mir zu erzählen, wie er in die Schweiz fahren und dort Hochzeit mit einer wohlhabenden Dame halten wird, und ich sagte, dass ich mich für ihn freue und auch für die wohlhabende Dame freue, die die Ehefrau von einem so lieben Mann würde, der so gern und viel lacht.

Und er sagte: »Ach, Rosie, ich höre kein Lachen mehr in mir. Der Schädel tut mir weh. Meine Tochter wird heiraten und damit ein Leben beginnen, das feiner ist als alles, was ich ihr jemals bieten konnte, und sie wird mich nur allzu bald vergessen. Ich habe meinen Diener Will begraben, und

England hat den König begraben, und all meine Heiterkeit ist dahin.«

Das konnte ich mir nicht vorstellen: dass Sir Robert Merivel nie mehr lachen würde. Und um ihn aufzumuntern und um sein Lachen wieder zu hören, begann ich, ihn an all die Male zu erinnern, wo wir das Tier mit den zwei Rücken gemacht hatten und wie uns sein Vater einmal, vor sehr langer Zeit, mitten in diesem Spiel überraschte und sein armes Gesicht vor Scham hinter dem Bettvorhang versteckte, und im Nu erschien ein Lächeln auf Sir Roberts Gesicht, doch dann sagte er: »Ich bin müde, Mrs. Pierpoint. Ich kann weder mein Herz noch meinen Körper dazu bringen, irgendetwas zu machen – auch wenn ich weiß, dass mein Leben in der Schweiz ein leichtes Leben sein wird.«

Und was konnte ich schon sagen, um ihm zu widersprechen, denn hatte ich mich nicht selbst an eben diesem Morgen zu meinen Feuern schleppen müssen, und hatte ich nicht, als ich in den kalten Fluss hinunterblickte, für einen Augenblick meinen seligen Gatten beneidet, der dort vor vielen Jahren ertrank, als er versuchte, einen Schellfisch aus dem aufgewühlten Wasser zu holen, und der jetzt, von Engelsflügeln bedeckt, schläft und seine Armut und all seine Kümmernisse vergessen hat, während ich mich hier weiter in der Märzkälte abrackere?

Drum sage ich also – und ich schreibe auch das gerne auf, weil ich geschworen habe, ehrlich in diesem Dokument zu sein –: »Sollen wir dennoch weiter das machen, was wir immer gemacht haben, mein feiner Herr, und ein wenig das Tier spielen? Die Tür ist verschlossen und verriegelt, und auch wenn wir trauern, so leben wir doch noch.«

Und Sir Robert nahm meine Hand und küsste sie und sagte zu mir: »Süße Rosie, lass mich ruhen. Mein Kopf ist wund, und mein Fuß ist geschwollen. Lass mich, ich mag mich nicht bewegen …«

Ich sagte, in meinem Bett würde es bequemer sein als auf

einem Wäscheberg, und »außerdem sind die Kleider unter Euch nicht nur zerfleddert und zerrissen, Sir Rob, sie stinken auch, wo doch der Geldmangel der Leute den Abstand zwischen ihren Gängen zu meinem Waschhaus immer größer macht. Sie tragen ein Hemd Tage und Wochen und decken ein Tischtuch, auch wenn es fleckig ist, immer noch einmal auf. Riecht Ihr nicht den Gestank von Schweiß und Dreck und Soße?«

Er lächelte und sagte: »Der Gestank der Welt hat mich nie gestört. Selbst in Cambridge nicht, als ich Leichen sezierte … Selbst der sterbende König nicht … Selbst, als wir Will aus der Armengrube holten, nicht … Ein Arzt muss lernen, scheußliche Luft zu atmen, fertig, aus.«

»Und trotzdem«, sagte ich. »Lasst mich mein Bett machen. Ich werde es Euch richten. Und wenn es Euer Wunsch ist, nur zu schlafen, dann schlaft, und ich werde die Hüterin Eurer Träume sein.«

Ich rührte meine Kupferkessel um und schüttete etwas Lauge hinein, und dann ließ ich Sir Robert auf dem Wäscheberg sitzen, die Weinflasche in der Hand, und ich sah, wie er seine Perücke abnahm und fortschleuderte, und dann legte er sein Haupt auf den Berg und schloss die Augen.

Ich breitete eine saubere Überdecke über mein Bett und schüttelte die Kissen auf und leerte meinen Pisspott in den Fluss und schloss mein kleines Fenster. Als Nächstes zog ich meine Unterhosen aus, für den Fall, dass wir zum Liebemachen kämen, denn ich dachte daran, wie es Sir Rob immer erregte, wenn er merkte, dass ich unter meinen Unterröcken nackt war, und wie er dann seine Hand dahin legte und mich berührte. Und ich dachte bei mir, dass von all den Männern, die ich gekannt hatte, mein guter Sir Robert der verwegenste Liebhaber gewesen war und auch der aufmerksamste, und ich dachte an die »ehrbare« Frau in der Schweiz, die seine Gemahlin werden würde, und ich beneidete sie und ihr schönes Leben, das sie haben würde.

Schließlich kehrte ich in den Waschraum zurück, der jetzt vom Dampf etwas neblig war, und ging durch die Dunstschwaden zu dem Wäschehaufen, wo Sir Robert lag.

Ich kniete mich neben ihn. Er lag sehr still und schlief, und die Flasche war ihm auf die Brust gefallen, und Wein war ihm über die Weste gelaufen.

Ich mochte ihn nur ungern wecken, denn alle Zeichen hatten mir verraten, dass er müde war, aber, Gott verzeih mir, ich wollte ihn in meinem Bett haben, damit er mich tröstete gegen all das Sterben, das in der Londoner Luft lag, also nahm ich die Flasche weg und berührte sein Gesicht und sagte seinen Namen. Er öffnete die Augen und blickte mich an, aber sein Blick war leer, als könnte er mich nicht sehen und wüsste nicht, wo er war.

»Sir Rob«, flüsterte ich, »lasst mich Euch helfen. Versucht, Euch ein wenig zu bewegen, und dann gehen wir in mein Zimmer und legen uns beide hin und vergessen die traurigen Zeiten, die über uns gekommen sind.«

Ich griff unter seine Schulter und versuchte, ihn hochzuheben, aber plötzlich schien er sehr schwer zu sein, als hätte er einen Stein in seinem Herzen liegen.

»Kommt«, sagte ich. »Hebt Euren Kopf und Eure Brust. Lasst mich Euch helfen. Und dann werden wir im Nu behaglich unter meiner neuen Decke liegen.«

Es gelang ihm, sich ein wenig zu erheben. Doch als er mich anschaute, war sein Blick ganz und gar wirr, und dann stieß er mit einem Mal einen lauten Schrei aus, der fast wie ein Lachen klang. Und der Schrei hatte ein solch wildes, hallendes Echo, dass ich dachte, ich könnte hören, wie sein Hall aus meinem Zimmer hinausgetragen wurde und immer weiter westwärts flog, am Fluss entlang, vorbei an den Booten, die dicht gedrängt vor Southwark lagen, vorbei am geschäftigen Black Friars, vorbei an den Toren von Temple, und immer weiter übers Wasser, bis er in Whitehall schwächer wurde und endlich nicht mehr zu hören war.

Und während dieses Schreis war er gegangen. Es war sein letzter Laut auf Erden.

Ich schloss ihm die Augen und legte meinen Kopf neben seinen und hielt seinen Körper an meinen. Der Dampf aus den brodelnden Kupferkesseln hüllte uns ein und machte die Luft um uns herum weiß.

Wie glühend hätte ich mir gewünscht, dass er nicht so, hingestreckt auf einen Haufen dreckiger Wäsche, verblichen wäre, aber dagegen konnte ich nichts machen. Die Welt ist, wie sie ist, und er war einer, der sie gut kannte.

Inhalt